21 世纪高等教育规划教材

U0141075

大学物理实验

主　编	呼文来	孙光颖	
副主编	李亚林	牛延强	王燕涛
	徐雪楠	王建国	
主　审	房晓勇		

北京理工大学出版社
BEIJING INSTITUTE OF TECHNOLOGY PRESS

内 容 提 要

全书共分7章:第一章阐述了处理实验数据的有关知识,包括不确定度及其简便估算;第二章系统地阐述了物理实验中的测量方法和基本技术;第三章是力学和热学实验;第四章是电磁学实验;第五章是光学实验;第六章是近代物理实验;第七章是设计性实验。全书共7章51个实验。

本书可作为高等院校工科各专业物理实验课程的教材,也可作为实验技术人员或相关课程教师的参考书。

版权专有　侵权必究

图书在版编目(CIP)数据

大学物理实验/呼文来,孙光颖主编. —北京:北京理工大学出版社,2008.6

ISBN 978 - 7 - 5640 - 1636 - 4

Ⅰ. 大… Ⅱ. ①呼…②孙… Ⅲ. 物理学－实验－高等学校－教材　Ⅳ. O4－33

中国版本图书馆 CIP 数据核字(2008)第 104890 号

出版发行／北京理工大学出版社
社　　址／北京市海淀区中关村南大街 5 号
邮　　编／100081
电　　话／(010)68914775(办公室)　68944990(批销中心)　68911084(读者服务部)
网　　址／http://www.bitpress.com.cn
经　　销／全国各地新华书店
印　　刷／河北省昌黎县第一印刷厂
开　　本／787 毫米×1092 毫米　1/16
印　　张／18.75
字　　数／452 千字
版　　次／2008 年 6 月第 1 版　　2008 年 6 月第 1 次印刷　　　　责任校对／陈玉梅
印　　数／1～5500 册
定　　价／29.00 元　　　　　　　　　　　　　　　　　　　　　　　责任印制／母长新

图书出现印装质量问题,本社负责调换

【前言】

根据教育部全国工科物理课程指导组制定的"高等工业学校物理实验课程教学基本要求"，为适应 21 世纪高科技发展需求，培养高素质应用型的多层次人才，根据我校近几年来使用的实验讲义和开设的实验，也考虑到我校专业设置和实验设备的具体情况，尤其是近几年来，在进行物理实验教学改革中，学校更新和增加了许多智能化的新设备、新仪器，为了适应教学的需要，特编写本教材。

物理实验课程是教育部确定的 6 门主要基础课程之一，是高等工业学校学生进行科学实验基本训练的一门独立的必修课程。作为教材，我们在编写时既注意到它的系统性、科学性，也注意到了它的现代性、应用性。为此，我们对一些实验进行了取舍和调整，同时也加入了一些新实验。

全书共分 7 章。第一章是误差理论及有效数字，系统地介绍了与大学物理实验有关的数据处理知识，同时更加详细地介绍了不确定度方面的知识；第二章是物理实验的基本测量方法和基本要求，主要了解几种物理实验的测量方法。

在实验的顺序编排上基本还是按力、热、电、磁、光和近代物理的顺序，共计 51 个实验。第三章是力学和热学部分 11 个实验；第四章是电磁学部分 11 个实验；第五章是光学部分 8 个实验；第六章是近代物理与综合部分 11 个实验；第七章是设计性实验，是按实验教学应"开发学生智能培养与提高学生科学实验能力和素养"的根本目的编排的。本章只给出了实验任务、要求、可提供的仪器和必要的提示，而实验原理、方法、如何选择合适的实验仪器和得出实验结果都由学生经过分析自己完成。设计性实验部分共 10 个实验，可以根据进度和条件，选择一些进行安排，达到教学目的即可。

根据物理实验课的特点，本教材在绪论中介绍了物理实验教学的目的和要求、实验教学的程序、书写实验报告的要求及具体格式。在每个实验的编写过程中，大体格式是按照实验目的、实验仪器、实验原理、仪器简介、实验内容、注意事项和思考题的顺序，实验步骤包含在实验内容中。

本书由呼文来、孙光颖任主编，李亚林、牛延强、王燕涛、徐雪楠、王建国任副主编，参加本教材编写的还有（以姓氏笔画为序）马文青、乔引庄、张影、姜凤贤。

本书由房晓勇教授审稿，在编写过程中参考了呼文来主编的《大学物理实验》一书，也参阅了诸多兄弟院校的教材和仪器厂家的说明书，在此谨致以深切的谢意。

由于水平有限、时间紧迫，本教材难免存在不妥之处，恳请读者和同行专家们批评指正。

编　者
2008 年 6 月

【目录】

绪　　论

　　物理实验是独立于大学物理课程之外的一门必修课，是重要的实践环节。作为基础学科，它所用到的仪器、实验方法、测量技术、误差分析与计算等都是学习各种专业及科研中必不可少的。

1. 物理实验的重要性

　　(1) 物理学是在实验的基础上发展起来的。物理学定律无一不是实验规律的总结。当代物理学中，无论是哈肯的《协同学》还是普利高律的《耗散结构论》，都以著名的"贝纳德对流"实验为依据；即使是理论物理大师史蒂芬·霍金的《量子引力论》也必须用天文观测的数据来验证，所以我们说未经实验检验的理论不是真正的理论。爱因斯坦的相对论理论在创建半个世纪之后才经受实践的检验，在此之前并不能得到认可，他获得诺贝尔奖是因为成功地解释了光电效应实验。李政道和杨振宁吸取了这个教训，在他们宣布推翻弱相互作用下宇称守恒定律时，事先请"当代实验物理执政女王"吴健雄作了实验验证。

　　(2) 物理实验促进了其他自然科学、技术的发展。众所周知，法拉第历时 10 年，终于用实验的方法实现了磁生电，使得能源起了革命性的变化。列宁说，社会主义就是"苏维埃政权加上全国电气化"。实质上，历史上的工业革命都是能源的革命，每次革命的原始功绩都属于物理实验。近年来，物理实验越来越精确地测定了一系列物理常数，如各种基本粒子的荷质比、普朗克常量、光在真空中的传播速度等，使得计量基本单位的基准越来越精确和稳定。《量子宇宙学》指出，电子的质量稍许变化，宇宙便不是现在这个样子了。又如即将出现的高温超导材料会给技术带来的进步、经济效益和社会效益是很难正确估量的。还有许多实例不胜枚举。

　　(3) 物理实验证实了许多哲学命题。19 世纪发现的能量转化与守恒定律，得到了恩格斯的极高评价，称之为"伟大的运动基本定律"，因为这个定律使人们对世外造物主的最后记忆也消除了，而这个定律正是焦耳、迈尔等人用实验方法得到的；19 世纪末的迈克尔逊—莫雷实验导致了狭义相对论的诞生，给人们建立了辩证唯物论的时空观；自组织现象的发现，用物理学的观点解释了热力学第二定律的错误推论（当年恩格斯曾用归谬法以"宇宙大钟"的比喻批判过克劳修斯的"宇宙热寂"）。爱因斯坦与玻尔的争论实质上是哲学思想的争论，双方都在努力追寻实验验证，可惜虽然已经做了许多实验，但结果都不能令人满意。

2. 物理实验课的目的和要求

　　(1) 培养学生的自学能力和动手能力。物理实验课采用自学为主、教师指导为辅的教学方法。课前必须充分预习，要求写出预习报告。上课时，一定要自己操作，取得实验数据。教师在仪器的使用、实验技术上给予指导并检查数据的完整性和准确性。

　　(2) 培养学生解决问题的能力和实事求是的作风。实验中发生故障一般要自行排除。发现数据与理论值差异太大时，要实事求是，不得修改原始数据，更不得伪造和抄袭。

　　(3) 培养学生严谨的科学态度、勇于探索的精神。实验过程中要一丝不苟、严肃认真，如实记录数据，对实验中出现的奇异现象要及时重复实验，捕捉这个信息，有可能导致新的发现，通过对现象的分析追究其产生原因。

（4）培养学生热爱劳动、爱护国家财产、遵守纪律的品德。在实验室内必须遵守实验室守则，不得大声喧哗，不得做与实验无关的事情，要注意节约能源、爱护设备，发现仪器损坏要立即报告指导教师，实验结束后要搞好卫生，整理好仪器，以备下节课的同学做实验。

3. 实验课的基本程序

（1）实验前准备：了解实验目的、实验原理、实验仪器的性能、基本工作原理和使用时的注意事项。清楚每个实验中所列的问题，在此基础上写出预习报告。预习报告应主要包括实验中要观察的物理现象和需要测量的物理量，并列出实验记录表格。

（2）实验操作：实验时应对所要使用的仪器及工具是否完好和可用进行检查，通过练习能正确操作。在此基础上通过正确地组装和调整仪器进行实验（包括电路的正确连接、光路的调节等）。实验时一定要先观察现象，通过观察对被验证的定律或被测的物理量进行定性了解，然后再进行精确的测量。测量时一定要如实地记录数据，如有条件可进行重复测量。实验完成后对获得的数据或观察到的现象进行分析，在肯定结果合理后再整理仪器和工具。

（3）写出实验报告，整理和分析所获得的实验数据，从而得出合理的实验结果，并对所得结果进行分析。

4. 写实验报告的具体要求

（1）预习报告。在看懂实验原理和操作方法的基础上，按照"物理实验报告"规定的格式填写，内容包括实验题目、目的、仪器、原理和实验步骤，自己设计好数据表。进入实验室教师要检查预习报告，并提问一些问题，经教师认可后方可做实验。预习报告的内容一般包括以下部分：

1）实验名称。

2）实验目的。

3）实验原理。主要包括：简要的实验理论、实验方法、主要计算公式及公式中各量的物理意义、公式成立所应满足的实验条件、实验的电路图、光路图和实验装置示意图。有些实验还要求写出自拟的实验方案、设计的实验线路、选择的实验仪器等。

4）实验步骤。根据实际的实验过程写明实验的关键步骤和主要注意事项。

5）数据表格。

6）预习思考题。

（2）实验报告。取得的数据要填在备好的数据表中，待教师签字后方可离开。实验后应按照本书第一章的要求处理数据，作出正确的结果表示、误差分析并回答问题。最后可以写对本实验的意见、要求、心得体会等。总成绩由预习报告、操作、实验报告三部分综合评定。

实验报告是实验的书面总结，报告应用自己的语言表达出所做的内容、依据的物理思想及反应的物理规律、实验结果及结果分析和自己对实验的见解及收获。怎样写好一份合格的实验报告，也是实验课的一项重要基本训练。实验报告要在统一的实验报告纸上书写，除填写实验名称、日期、姓名、班级和组别等项外，实验报告的内容一般包括以下部分：

1）实验目的及任务。

2）实验仪器：注明仪器名称、编号和主要技术参数，必要时画出仪器简图。

3）实验原理：一般只需写出原理概要（包括原理图或测量公式，注明公式中各量的物理意义及适用条件）。

4）操作要点：根据要求及实际操作过程，写出仪器调节及测量中的关键过程和注意事项。

5）实验记录：实验数据一般应采用表格形式记录。在预习时，就应设计好记录表格。记录数据时，应特别注意有效数字，并注明测得量的单位。

6）实验数据处理：包括计算实验结果及其不确定度，给出实验结果的图示等。

7）实验讨论及作业：对实验结果进行分析讨论，也可对实验中出现的一些现象进行分析总结，并完成课后作业题。

第一章

误差理论及有效数字

1.1　测量与误差

1. 误差的基本概念

　　人类在生产、生活和科学实验中经常要对各种物理量进行测量，以获得客观事物的定量信息。为了进行测量，必须选定一些标准单位，如选定质量的单位为 kg、长度的单位为 m、时间的单位为 s、电流强度的单位为 A 等。测量就是将被测物理量与这些作为标准单位的量进行比较的过程，其倍数即为被测物理量的测得值。测量可分为直接测量和间接测量两种。凡使用测量仪器能直接测得结果的测量，如用米尺测量物体的长度、用秒表测量一段时间等，称为直接测量，相应的物理量称为直接测得量。另外，还有很多物理量，它们不是用测量仪器直接测得的，而是先直接测量另一些相关的物理量，然后通过这些量之间的数学关系运算才能得到结果，这样的测量称为间接测量，相应的物理量称为间接测得量。例如，测量某物体的平均运动速率，我们是直接测量路程和通过这段路程所用的时间，然后经过计算得到的。显然，直接测量是间接测量的基础。

　　一般来说，测量过程都是在一定的环境条件下，使用一定的测量仪器进行的。由于测量仪器的结构不可能完美无缺；观察者的操作、调整和读数不可能完全准确；环境条件的变化，如温度的波动、振动、电磁辐射的随机变化；理论的近似性等，都不可避免地对实验结果造成各种干扰。因此，任何测量都不可能做到绝对的准确。我们把被测物理量在一定客观条件下的真实大小，称为该物理量的真值，记为 a。把每次对应的测量值记为 x。那么 x 与 a 之差 ε，就称为测得值的误差，即

$$\varepsilon = x - a$$

误差 ε 为一代数值，当 $x \geq a$ 时，$\varepsilon \geq 0$；当 $x < a$ 时，$\varepsilon < 0$。

　　误差存在于一切测量之中，而且贯穿测量过程的始终。每使用一种测量仪器，进行一次测量，都会引进误差。

　　在同一条件下多次测量同一物理量时，误差的大小和符号始终保持不变，或者按照某种确定的规律变化，这种误差称为系统误差。例如：用停表测量一段时间，假设停表走的快，则用它测出的时间总比真值大（假设其他误差可以忽略不计），此时的误差就是系统误差。

　　在同一条件下多次测量同一物理量时，测得值总有差异，并在消除系统误差以后，差异依然存在，即误差的绝对值和符号是变化不定、不可预知的，这种误差称为随机误差（或称偶然误差）。

由于观测者的粗心大意或操作不当造成的人为差错称为过失误差（或称粗大误差），例如看错刻度、读错数字、计算错误等。含有过失误差的测量结果是完全无效的，它往往表现为巨大的误差。当确认测量结果中含有过失误差时，该结果应舍弃不用。显然，过失误差是可以避免的。

测量结果中一般同时含有系统误差和随机误差。我们研究误差的目的就是要在测量过程中尽量减小误差，并对残存的误差给出适当的估计值。

2. 精度

精度是个笼统的概念，通常用它来反映测得值与真值的差异。它与误差的大小相对应，因此可用误差的大小来表示精度的高低。误差小则测量的精度高，误差大则测量的精度低。按误差的性质，精度又可分为下面几种。

（1）准确度。准确度反映的是测量结果中系统误差的影响程度。如果系统误差小，则称测量的准确度高；如果系统误差大，则称测量的准确度低。

（2）精密度。精密度反映的是测量结果中随机误差的影响程度。随机误差小，即重复测量所得的结果相互接近，则称测量的精密度高；反之，则称测量的精密度低。

（3）精确度。精确度反映的是测量结果中系统误差和随机误差综合的影响程度。对于具体的测量，准确度高的测量其精密度不一定高，精密度高的测量其准确度也不一定高。但精确度高则表示测量的准确度和精密度都高。

1.2 系 统 误 差

1. 系统误差的来源

系统误差总是使测量结果向一个方向偏离，其数值一定或按一定规律变化。它的来源有以下三个方面：

（1）由于仪器本身的缺陷或未按规定的条件使用仪器而造成的误差。例如，仪器的零点不准造成的误差，等臂天平两臂不等长造成的误差，在20 ℃下标定的标准电阻在30 ℃的条件下使用造成的误差等。

（2）由于测量所依据的理论公式本身的近似性，或者实验条件不能达到理论公式所规定的要求，或者由于测量方法所带来的误差。例如，利用单摆测量重力加速度 g，所依据的公式为：$g = 4\pi^2 l / T^2$（式中 l 为单摆的摆长，T 为单摆的周期），此公式成立的条件是摆角趋于零，而在测量周期时又必然要求有一定的摆角，这就决定了测量结果中必含有系统误差。

（3）由于观测者本人的生理或心理特点所造成的误差。例如，测量一段时间时，观测者计时超前或落后习惯所带来的误差；对准标志时，观测者偏左或偏右所造成的误差等。

系统误差经常是一些实验主要的误差来源。依靠多次重复测量一般不能发现系统误差是否存在。系统误差处理不当往往会给实验结果带来重大影响，因此，我们要经常总结经验，掌握各种因素引起的系统误差的规律，以提高自己的实验技术素养。

2. 系统误差的发现

系统误差产生的原因往往是已知的，它的出现一般也是有规律的。人们通过长期实践和理论研究总结出一些发现系统误差的方法。下面简述两种常用的方法。

（1）理论分析法。理论分析法是观测者凭借所掌握的有关某项实验的物理理论、实验方法和实验经验等对实验所依据的理论公式的近似性、所采用的实验方法的完善性等进行研究与分析，从中找出产生系统误差的某些主要根源，从而发现系统误差的方法。例如，气垫导轨实验中，经理论分析知道由于滑块与导轨之间存在一定的摩擦阻力，如果实验中作为无摩擦的理想情况来处理，就会产生与摩擦阻力有关的系统误差。理论分析法是发现、确定系统误差的最基本的方法。

（2）对比法。对比法是改变实验的部分条件甚至全部安排，去测量被测量，分析改变前后测得值是否有显著的不同，从中分析有无系统误差和探索系统误差来源的方法。对比的方法有多种，其中包括不同实验方法和不同测量方法的对比、使用不同测量仪器的对比、改变测量条件的对比以及采用不同人员测量的对比等。例如，将物体放在天平的左盘和右盘上分别称衡，可以发现天平不等臂引入的误差；精确地测量同一单摆在不同摆角时的周期值，可以发现周期与摆角有关。

以上介绍了两种发现系统误差的方法。除此之外，还有一些发现系统误差的方法，在具体工作中我们应注意学习。

3. 系统误差的减少和消除

处理系统误差没有通用的一般方法，下面介绍几个具有一定意义的原则。

（1）消除产生系统误差的因素。这要求测量者要对整个测量过程及测量装置进行必要的分析与研究，找出可能产生系统误差的原因。例如，测量方法方面是否有近似公式或近似计算；测量仪器结构是否合理；测量环境方面是否有由于温度、湿度、气压、振动、电磁场等所引起的影响；观测者是否有估读刻度的偏高或偏低习惯等。经过分析与研究，如果确认实验中有系统误差，则针对具体原因，采取相应措施使系统误差得以减弱或消除。

（2）对测量结果加以修正。计算出要处理的系统误差值，取其反号为修正值，加到测量结果上，使测量结果得到修正；或者在计算公式中加入修正项消除某项系统误差；或者用更高一级的标准仪器核准一般仪器，得到修正值或修正曲线，从而使测量结果得以修正。

（3）采用适当的测量方法。在测量过程中，根据系统误差的性质，选择适当的测量方法，使测得值中的系统误差得到抵消，从而消除系统误差对测量结果的影响。例如，天平只有在两臂严格等长时，砝码的质量才等于被测物体的质量。事实上，天平两臂不总是严格等长的，即砝码的质量与物体的质量并不严格相等。为了消除这种系统误差，可以采用复称法称衡：设天平的左臂和右臂的长度分别为 l_1 和 l_2，物体的质量为 m。先将物体放在天平的左盘上、砝码放在天平的右盘上进行称衡，天平平衡时，砝码的质量为 m'，于是可得到 $ml_1 = m'l_2$。然后将物体放在天平的右盘上、砝码放在天平的左盘上进行称衡，天平平衡时，砝码的质量为 m''，于是 $m''l_1 = ml_2$。根据以上两式可得：$m = \sqrt{m'm''}$。

总的来说，消除系统误差影响的原则是首先设法使它不产生，如果做不到就修正或减小它，或者在测量过程中设法抵消它的影响。

我们在处理系统误差时，常把它分为两类来考虑，即已定系统误差和未定系统误差。已定系统误差是指误差的绝对值和符号已经确定的系统误差；未定系统误差是指误差的绝对值和符号未能确定的系统误差，对于未定系统误差通常可估计出误差范围。

4. 未定系统误差的处理

实验中使用的各种仪器、仪表和量具在制造时都有一个反映准确度的极限误差指标，习惯上称之为仪器误差，用 $\Delta_{仪}$ 来表示。这个指标在产品说明书中都有明确的说明。一般来说，仪器误差是构成测量过程中未定系统误差的重要成分（仪器误差的处理方法见后面介绍）。未定系统误差的含义很广，远不止仪器误差一种。至于其他的未定系统误差，以后遇到时再加以介绍，这里不再一一赘述。

5. 仪器误差（限）

当人们使用仪器进行各种测量时，最关心的问题无疑是仪器提供的测量结果与真值的一致程度，即测量结果中各仪器的系统误差与随机误差的综合估计指标——不确定度的大小。由于仪器误差在不确定度估算中扮演了重要角色，这里简单介绍仪器误差的相关概念。

在物理实验中，常常把国家技术标准或检定规程规定的计量器具最大允许误差或允许基本误差经过适当地简化称为仪器误差（限）。仪器误差（限）用 $\Delta_{仪}$ 表示，代表在正确使用仪器的条件下，仪器的示值与被测量真值之间可能产生的最大误差的绝对值。

导致仪器产生误差的因素是多方面的，以最普通的指针式电表为例，它们包括：轴承摩擦，转轴倾斜，游丝的弹性不均、老化和残余变形，磁场分布不均匀，分度刻线不均匀，外界条件的变化对仪表读数的影响，检验用的标准所引起的误差等。

仪器误差（限）通常是由制造工厂或计量部门使用更精确的仪器、量具，经过检定比较给出的，一般在仪器的标牌上或说明书中注明，但注明方式各不相同。

下面对注明方式分别作简要的介绍。

（1）仪器上直接写出准确度来表明该仪器的仪器误差。例如，精确度为 0.05 mm 的游标卡尺，其仪器误差就是 0.05 mm。

（2）根据仪器的准确度等级算出仪器误差。仪器的准确度等级是指在规定的使用条件下，仪器性能达到规定的允许误差范围内所划分的准确度等级或级别，其实质反映了测量仪器的示值接近真值的具体程度。用仪器的准确度等级计算出仪器误差，反映的是仪器在量程内可能产生的最大测量误差（极限值），因此，量程内任何分度的测量误差皆应小于该量值。通常定义

$$\Delta_{仪} = 级别\% \times 量程$$

例如，1.5 级，量程为 100 mA 的电流表，其测量示值的误差为

$$\Delta_{仪} = \pm(1.5\% \times 100) = \pm 1.5(mA)$$

又如，0.1 级，ZX21 型电阻箱调整其示值为 560.0 Ω 时，不考虑电阻箱的残余电阻，该电阻的误差为

$$\Delta_{电阻箱} = \pm(0.1\% \times 560.0) = \pm 0.56(\Omega)$$

还有一些仪器（如电桥、电位差计、各类数字仪表等）的仪器误差需用专用公式计算（见表 1.2.1）。

附：电表的准确度级别定义为

$$\frac{电表的最大误差 \Delta_m}{电表的量程} = 级别\%$$

如果电表的量程是 100 mA，经检定电表的最大误差 $\Delta_m = 1$ mA，得

$$\frac{1}{100} = 级别\% = 1\%$$

我们把这支电表规定为 1 级表，常见电表准确度级别分为 5.0、2.5、1.5、1.0、0.5、0.2、0.1 等级别。电表准确度级别出厂时已定好，并标在电表的表盘上。

（3）仪器的最小分度的一半或最小分度作为仪器误差。在不知道量具或仪器的误差或准确度等级时，我们作这样的规定：对于能连续读数（能对最小分度下一位进行估计）的仪器，取最小分度的一半作为仪器误差，如米尺、螺旋测微计、读数显微镜等；对于不能连续读数的量具或仪器，可取量具或仪器最小分度作为仪器误差，如秒表、数字式仪表等。以上规则在运用中有时也有例外，如最小分度值为 1 ℃ 的温度计，它能连续读数，仪器误差为0.5 ℃，但由于其准确度不高，也可以用最小分度值 1 ℃ 作为仪器误差。

为了方便读者，考虑到大学物理实验的对象，根据上述原则和习惯，现将常用物理实验仪器的仪器误差列成表 1.2.1。

表 1.2.1　常用物理实验仪器的仪器误差

仪器名称	仪器误差 $\Delta_{仪}$	说　明
毫米尺	0.5 mm	最小分度值的 1/2
游标卡尺	0.05 mm（1/20 分度） 0.02 mm（1/50 分度）	最小分度值
千分尺	0.004 mm（一级） 0.005 mm（零级）	最小分度值的 1/2
读数显微镜	0.004 mm（或 0.005 mm）	最小分度值的 1/2
测微目镜	0.004 mm（或 0.005 mm）	最小分度值的 1/2
水银温度计 （最小分度值 1 ℃）	0.5 ℃（或 1 ℃）	最小分度值的 1/2 （或最小分度值）
计时仪器	1 s，0.1 s，0.01 s（各类机械表） （$5.8 \times 10^{-6} t + 0.01$ s）（电子表）	最小分度值， t 为时间的测量值
物理天平	0.05 g（感量 0.1 g） 0.01 g（感量 0.02 g）	天平标尺最小分度值的 1/2
分光计	$1'$	最小分度值
电桥	$\dfrac{a}{100}\left(\dfrac{R_N}{10} + R_0\right)k$	a 为仪器精确度级别， R_0 为测量盘示值， R_N 为基准数值，k 为比率
电位差计	$K \cdot \% \ (V + U_0/10)$	K 为仪器精确度级别， V 为测量值，U_0 为基准数值
电阻箱	$K \cdot \% \cdot R$	K 为仪器精确度级别， R 为测量值
指针式电表 （电流表、电压表）	$K \cdot \% \cdot N_m$	K 为仪器精确度级别， N_m 为电表的满量程值
各类数字仪表	$K \cdot \% \cdot N_x + \xi \cdot \% \cdot N_m$ 或 $K \cdot \% \cdot N_x + n$ 或仪器最小读数单位	K 为仪器精确度级别，N_x 为测量值， N_m 为满量程值，ξ 为误差绝对项系数， n 为仪器固定项误差， 为最小量化单位的 n 倍

1.3　随机误差的数学处理

在相同的条件下多次测量同一被测量时，如果已经精心地排除了产生系统误差的因素（实际上不可能也不必要绝对排除），发现每次测量结果一般都不一样。测量误差或大、或小、或正、或负，初看显得毫无规律，但当测量次数足够多时，可以发现误差的大小以及正负误差的出现，都是服从某种统计规律的。这种误差我们称为随机误差。随机误差是由于人的感官灵敏程度和仪器的精密程度有限，周围环境的干扰以及随测量而来的其他不可预测的随机因素造成的。这些因素一般是无法预知、难以控制的。所以，测量过程中随机误差的出现带有某种必然性和不可避免性。例如，在测定单摆的周期时，观测者需按下秒表的按钮来记录单摆经过某一标志线的时刻。如果多次重复地测量，就会发现所测得的周期值一般并不相同。这是由于观测者有时过早地按下按钮，有时则过迟，而动作的迟、早也有程度上的差异。又如，在有的测量中，温度的微小起伏会造成测量结果的无序变化，杂散电磁场会影响精密测量等等。

1. 随机误差的正态分布规律

对某一被测量进行多次重复测量，假设系统误差已被减弱到可以被忽略的程度，由于随机误差的存在，测量结果 x_1，x_2，$\cdots$，x_n 一般存在着一定的差异，若该被测量的真值为 a，则根据误差的定义，各次测量的误差

$$\varepsilon_i = x_i - a \qquad i = 1, 2, \cdots, n \tag{1.3.1}$$

大量的实验事实和统计理论都证明，在绝大多数物理测量中，随机误差 ε_i 服从正态分布（或称高斯分布）规律。它具有以下的性质：

（1）绝对值小的误差出现的机会（概率）大，绝对值大的误差出现的机会（概率）小。

（2）大小相等、符号相反的误差出现的概率相等。

（3）非常大的正负误差出现的概率趋于零。

（4）当测量次数非常多时，由于正负误差相互抵消，各误差的代数和趋于零。

随机误差正态分布规律的这些性质在图 1.3.1 的正态分布曲线上非常明显。该曲线横坐标为误差 ε，纵坐标为 $f(\varepsilon)$，即误差的概率密度分布函数，它的意义是单位误差范围内出现的误差概率。曲线下阴影包含的面积元 $f(\varepsilon)\mathrm{d}\varepsilon$，就是误差出现在 $(\varepsilon, \varepsilon + \mathrm{d}\varepsilon)$ 区间内的概率。

根据统计理论可以证明

$$f(\varepsilon) = \frac{1}{\sqrt{2\pi}\,\sigma} \mathrm{e}^{-\frac{\varepsilon^2}{2\sigma^2}} \tag{1.3.2}$$

式中，σ 是一个取决于具体测量条件的常数，称为标准误差（或称均方误差）。由式（1.3.2）容易证明，标准误差 σ 正好处在正态分布曲线拐点的横坐标上（拐点是函数的二阶导数为零时解出的值）。

按照概率理论，误差 ε 出现在区间（$-\infty$，$+\infty$）的事

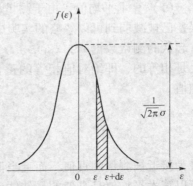

图 1.3.1　随机误差的正态分布曲线

件是必然事件，所以 $\int_{-\infty}^{+\infty} f(\varepsilon)\mathrm{d}\varepsilon = 1$，即曲线与横轴所包围的面积恒等于1。当 $\varepsilon = 0$ 时，由式（1.3.2）得

$$f(0) = \frac{1}{\sqrt{2\pi}\sigma} \tag{1.3.3}$$

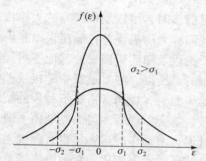

由式（1.3.3）可得，若测量的标准误差 σ 很小，则必有 $f(0)$ 很大。由于曲线与横轴间围成的面积恒等于1，所以曲线中间凸起较大，两侧下降较快，相应的测量必然是绝对值小的随机误差出现较多，即测得值的离散性小，重复测量所得的结果相互接近，测量的精密度高；相反，如果 σ 很大，则 $f(0)$ 就很小，误差分布的范围就较宽，说明测得值离散性大，测量的精密度低。这两种情况的正态分布曲线如图1.3.2所示。因为 σ 反映的是一组测量数据的离散程

图 1.3.2　正态分布函数与分布参数的关系

度，因此常称它为测量列的标准误差。它的数学表达式为

$$\sigma = \lim_{n\to\infty} \sqrt{\frac{\sum_{i=1}^{n}(x_i - a)^2}{n}} \tag{1.3.4}$$

可以证明，$\int_{-\sigma}^{\sigma} f(\varepsilon)\mathrm{d}\varepsilon \approx 0.683 = 68.3\%$，即在 $(-\sigma, \sigma)$ 区间正态分布曲线下的面积占总面积的68.3%。这就是说，如果测量次数 n 很大，则在所测得的数据中，将有占总数68.3%的数据的误差落在区间 $\pm\sigma$ 之内；也可以这样讲，在所测得的数据中，任何一个数据 x_i 的误差 ε_i 落在区间 $\pm\sigma$ 之内的概率为68.3%。区间 $\pm\sigma$ 称为置信区间，其对应的概率（$p = 68.3\%$）称为置信概率。扩大置信区间，置信概率就会提高。例如，在区间 $\pm2\sigma$ 内，置信概率为95.5%；在区间 $\pm3\sigma$ 内，置信概率为99.7%。$\pm3\sigma$ 这个置信区间表明，随机误差超过这个范围的测得值大约在1 000次测量中只出现3次左右。在一般的几十次测量中，几乎不可能出现。

2. 算术平均值和标准偏差

（1）算术平均值。由于测量误差的存在，真值实际上是无法测得的。如果在一次系统误差已被减弱到可以忽略的实验中，对被测量进行 n 次相同的测量，得到的将是一组大小略有起伏的测量数据 x_1，x_2，$\cdots$，x_n。根据随机误差的正态分布规律，测得值偏大或偏小的机会是相等的，即绝对值相等的正负误差出现的概率是相等的。因此，各次测得值的算术平均值

$$\bar{x} = \frac{x_1 + x_2 + \cdots + x_n}{n} = \frac{\sum_{i=1}^{n} x_i}{n} \tag{1.3.5}$$

最为接近被测量的真值，而且当测量次数趋于无限多时（$n\to\infty$），平均值无限接近真值，所以算术平均值是真值的最佳估计值。

（2）算术平均值的误差。我们通过测量获得了一组数据，并把求得的算术平均值 $\bar{x}$ 作

为测量结果。如果我们在完全相同的条件下重复测量时，由于随机误差的影响，不一定能得到完全相同的 $\bar{x}$。这表明算术平均值本身具有离散性。为了评定算术平均值的离散性，我们引入算术平均值的标准误差 $\sigma(\bar{x})$，可以证明

$$\sigma(\bar{x}) = \frac{\sigma}{\sqrt{n}} \qquad\qquad (1.3.6)$$

式中，n 为测量次数。算术平均值的标准误差表示算术平均值的误差（即 $\bar{x} - a$）落在 $(-\sigma(\bar{x}), +\sigma(\bar{x}))$ 区间的概率为 68.3%，或者说在 $\bar{x} - \sigma(\bar{x})$ 到 $\bar{x} + \sigma(\bar{x})$ 的范围内包含真值的概率为 68.3%。

由式（1.3.6）可见，$\sigma(\bar{x})$ 是测量次数 n 的函数。测量次数越多，平均值的误差越小。因此多次测量能提高测量的精度，但也不是测量次数越多越好。因为 n 增大只对随机误差的减小有作用，对系统误差则无影响，而测量误差是随机误差与系统误差的综合，所以增加测量次数对减小误差的价值是有限的。其次，$\sigma(\bar{x})$ 与测量次数 n 的平方根成反比，σ 一定时，当 $n > 10$ 以后，$\sigma(\bar{x})$ 随测量次数 n 的增加而减小得很缓慢。另外，测量次数过多，观测者将疲劳，测量条件也可能出现不稳定，因而有可能出现增加随机误差的趋势。实际上，只有改进实验方法和仪器，才能从根本上改善测量的结果。

（3）标准偏差。真值实际上是无法测得的，因此前面对误差的讨论只有理论上的价值。下面讨论误差的实际处理方法。

由于算术平均值最接近真值，因此可以用平均值参与对标准误差的估计。我们常用如下的贝塞尔公式估计标准误差

$$\hat{\sigma} = \sqrt{\frac{\sum\limits_{i=1}^{n}(x_i - \bar{x})^2}{n-1}} = \sqrt{\frac{\sum\limits_{i=1}^{n}\nu_i^2}{n-1}} \qquad\qquad (1.3.7)$$

式中，测得值 x_i 与平均值 $\bar{x}$ 之差 ν_i（即 $\nu_i = x_i - \bar{x}$）称为测得值 x_i 的残余误差，简称残差。贝塞尔公式是用残差去求标准误差 σ 的估计值 $\hat{\sigma}$，称此估计值为测量列的标准偏差。

可以证明，当测量次数 n 足够大时，可以用式（1.3.7）中 $\hat{\sigma}$ 的值代替式（1.3.4）中定义的 σ。

算术平均值的标准误差 $\sigma(\bar{x})$ 的估计值为算术平均值的标准偏差 $\hat{\sigma}(\bar{x})$，若测量列的标准偏差为 $\hat{\sigma}$，则

$$\hat{\sigma}(\bar{x}) = \frac{\hat{\sigma}}{\sqrt{n}} \qquad\qquad (1.3.8)$$

3. 绝对误差与相对误差

设某一测得值 x 的真值为 a，则误差 $\varepsilon = x - a$，此误差和测得值有相同的单位，又称其为绝对误差。绝对误差和误差的绝对值不同，绝对误差为一代数值，而误差的绝对值总是正值。

相对误差是误差与真值之比。因为误差和真值均不可知，在实际工作中就用标准偏差和平均值之比作为相对误差的估计值。相对误差常用符号 E 来表示，并表示成百分数。例如，测得单摆的周期及标准偏差为

$$\bar{T} \pm \hat{\sigma}(\bar{T}) = (1.995 \pm 0.004)\,\text{s}$$

则相对误差

$$E = \frac{\hat{\sigma}(\overline{T})}{\overline{T}} = 0.20\%$$

通过前面的讨论可以看到，误差一词有两重意义。一是将它定义为测得值与真值之差，是确定的，但是一般不可能求出具体的数值；二是当它与某些词构成专用词组时（如标准误差），不指具体的误差值，而是用来表示和一定的置信概率相联系的误差范围。这个问题应引起初学者的注意。

4. 过失误差的剔除

在测量数据中，有时会发现过大或过小的异常数据，这往往是测量过程中的过失引起的，这样引入的误差称为过失误差或粗大误差。那么按什么标准来判断一组数据中是否含有过失误差呢？下面介绍两个判别的准则。

（1）拉依达准则。此准则是以凡残差大于 $3\hat{\sigma}$ 的数据就应舍弃为标准来剔除不合理的数据的。其根据是，对于服从正态分布的随机误差来说，误差出现在 $\pm 3\sigma$ 区间的概率约为 99.7%，也就是说，在 1 000 次测量中，误差的绝对值大于 3σ 的测量约为三次。所以，在测量次数不太多的情况下，出现这样的数据是不正常的，这时我们宁可将它舍弃。这样以测量列的标准偏差的 3 倍为界来决定数据的取舍就成为一个准则。

拉依达准则只有在测量次数 n 较大时才适用，且至少应使 $n > 10$，否则用这种方法是无法剔除过失误差的。事实上，拉依达准则偏宽，又没有考虑数据个数的影响，在正式处理数据时一般不使用。

（2）肖维涅准则。设重复测量的次数为 n，则在一组测量数据中，凡未在区间 $\overline{x} \pm c_n \hat{\sigma}$ 中的测得值可以认为是异常值而舍弃。c_n 为此准则的系数，表 1.3.1 给出了各种测量次数下的 c_n 值。

表 1.3.1　肖维涅准则中的 c_n 值

n	c_n	n	c_n	n	c_n
5	1.65	14	2.10	23	2.30
6	1.73	15	2.13	24	2.31
7	1.80	16	2.15	25	2.33
8	1.86	17	2.17	30	2.39
9	1.92	18	2.20	40	2.49
10	1.96	19	2.22	50	2.58
11	2.00	20	2.24	75	2.71
12	2.03	21	2.26	100	2.81
13	2.07	22	2.28	200	3.02

必须指出，按上述准则若判别出测量数据中有两个以上测得值含有过失误差，此时只能首先剔除含有最大误差的测得值，然后重新计算算术平均值及测量列的标准偏差，再对余下的测得值进行判别，直至所有的测得值皆不含过失误差为止。

5. 单次测得值标准偏差的估计

在实际测量过程中，有的被测量是随时间变化的，我们无法对其进行重复测量，只能进行单次测量。还有些被测量，对它们的测量精度要求不高，只要进行单次测量就可以了。在单次测量的情况下，一般先估计测量的极限误差 δ，当测量的随机误差可能比较小时，可取仪器的分度值为极限误差。有的测量随机误差可能比较大，就要取仪器分度值的几倍为极限误差，此时要根据测量的不同情况以及观测者实验技巧的高低来具体对待。至于取极限误差 δ 的几分之一为标准偏差的估计值，要看对极限误差的估计，如估计极限误差为 $2\hat{\sigma}$，就取 $\sigma/2$ 为 $\hat{\sigma}$；如极限误差估计为 $3\hat{\sigma}$，则取 $\sigma/3$ 为 $\hat{\sigma}$。建议用 $\sigma/2$ 作为 $\hat{\sigma}$ 的估计值。

6. 直接测量的数据处理

在实际测量过程中，数据处理一般按下列程序进行：

（1）对被测量进行多次测量，获得一组数据，将它们列成表格。

（2）计算被测量的算术平均值 $\bar{x}$ 和测量列的标准偏差 $\hat{\sigma}$。

（3）审查实验数据，如发现有异常数据，应予舍弃。舍弃该数据后，再重复步骤（2）、（3）。

（4）计算平均值的标准偏差 $\hat{\sigma}(\bar{x})$。

（5）如有已知的系统误差（如仪器的零点误差），则将平均值加上修正值（修正值与系统误差符号相反）作为最后的测量结果。

（6）计算相对误差

$$E = \frac{\hat{\sigma}(\bar{x})}{x} \times 100\%$$

（7）最后，把实验结果表示为

$$x = \bar{x} \pm \hat{\sigma}(\bar{x})（单位）$$

$$E = \frac{\hat{\sigma}(\bar{x})}{x} \times 100\%$$

7. 间接测量结果的计算，误差的传递与合成

物理实验中大多数测量都不是直接测量，而是间接测量。间接测量是通过一定的公式计算出来的，既然公式中直接测得量都是有误差的，那么间接测得量也必然有误差。

（1）误差传递的基本公式。设间接测得量 N 是由直接测得量 x，y，z，…计算出来的，即

$$N = f(x, y, z \cdots) \tag{1.3.9}$$

假定 x，y，z，…是彼此独立的，对式（1.3.9）求全微分有

$$dN = \frac{\partial f}{\partial x}dx + \frac{\partial f}{\partial y}dy + \frac{\partial f}{\partial z}dz + \cdots \tag{1.3.10}$$

式（1.3.10）表示，当 x，y，z，…有微小改变 dx，dy，dz，…时，N 改变 dN。通常误差远小于测得值，把 dx，dy，dz，…，dN 看成是误差，式（1.3.10）就是误差的传递公式了。

有时，把式（1.3.9）取对数后再求全微分，即

$$\ln N = \ln f(x, y, z \cdots)$$

及

$$\frac{dN}{N} = \frac{\partial \ln f}{\partial x}dx + \frac{\partial \ln f}{\partial y}dy + \frac{\partial \ln f}{\partial z}dz + \cdots \tag{1.3.11}$$

式（1.3.10）和式（1.3.11）就是误差传递的基本公式。其中式（1.3.10）中的 $\frac{\partial f}{\partial x}dx$、$\frac{\partial f}{\partial y}$

$\mathrm{d}y$、$\frac{\partial f}{\partial z}\mathrm{d}z$ 及式（1.3.11）中的 $\frac{\partial \ln f}{\partial x}\mathrm{d}x$、$\frac{\partial \ln f}{\partial y}\mathrm{d}y$、$\frac{\partial \ln f}{\partial z}\mathrm{d}z$ 叫做分误差。$\frac{\partial f}{\partial x}$、$\frac{\partial f}{\partial y}$、$\frac{\partial f}{\partial z}$ 及 $\frac{\partial \ln f}{\partial x}$、$\frac{\partial \ln f}{\partial y}$、$\frac{\partial \ln f}{\partial z}$ 叫做误差的传递系数。由式（1.3.10）和式（1.3.11）知，一个量的测量误差对于总误差的贡献，不仅取决于其误差本身的大小，还取决于误差的传递系数。

（2）随机误差的传递与合成。假定各直接测得量 x，y，z，…中只含有随机误差，并设各直接测得量的平均值为 $\bar{x}$，$\bar{y}$，$\bar{z}$，…，则间接测得量

$$\bar{N} = f(\bar{x}, \bar{y}, \bar{z}, \cdots) \tag{1.3.12}$$

可以证明，间接测得量 N 的标准偏差

$$\hat{\sigma}(\bar{N}) = \sqrt{\left(\frac{\partial N}{\partial x}\right)^2 \hat{\sigma}^2(\bar{x}) + \left(\frac{\partial N}{\partial y}\right)^2 \hat{\sigma}^2(\bar{y}) + \left(\frac{\partial N}{\partial z}\right)^2 \hat{\sigma}^2(\bar{z}) + \cdots} \tag{1.3.13}$$

相对误差

$$\frac{\hat{\sigma}(\bar{N})}{N} = \sqrt{\left(\frac{\partial \ln N}{\partial x}\right)^2 \hat{\sigma}^2(\bar{x}) + \left(\frac{\partial \ln N}{\partial y}\right)^2 \hat{\sigma}^2(\bar{y}) + \left(\frac{\partial \ln N}{\partial z}\right)^2 \hat{\sigma}^2(\bar{z}) + \cdots} \tag{1.3.14}$$

式（1.3.13）和式（1.3.14）中的 $\hat{\sigma}^2(\bar{x})$，$\hat{\sigma}^2(\bar{y})$，$\hat{\sigma}^2(\bar{z})$ 分别为各直接测得量 x，y，z 的算术平均值的标准偏差的平方。

若函数形式以乘除为主，则先求相对误差，然后再根据 $\bar{N}$ 的数值计算标准偏差 $\hat{\sigma}(\bar{N})$ 较为方便。

表1.3.2 中给出了一些简单函数随机误差的传递公式（标准偏差的方和根合成）。

表 1.3.2　间接测量常用运算关系的标准偏差传递公式

函数表达式	标准偏差传递公式
$N = x + y$	$\hat{\sigma}(\bar{N}) = \sqrt{\hat{\sigma}^2(\bar{x}) + \hat{\sigma}^2(\bar{y})}$
$N = x - y$	$\hat{\sigma}(\bar{N}) = \sqrt{\hat{\sigma}^2(\bar{x}) + \hat{\sigma}^2(\bar{y})}$
$N = xy$	$\dfrac{\hat{\sigma}(\bar{N})}{N} = \sqrt{\left(\dfrac{\hat{\sigma}(\bar{x})}{\bar{x}}\right)^2 + \left(\dfrac{\hat{\sigma}(\bar{y})}{\bar{y}}\right)^2}$
$N = \dfrac{x}{y}$	$\dfrac{\hat{\sigma}(\bar{N})}{N} = \sqrt{\left(\dfrac{\hat{\sigma}(\bar{x})}{\bar{x}}\right)^2 + \left(\dfrac{\hat{\sigma}(\bar{y})}{\bar{y}}\right)^2}$
$N = \dfrac{x^k y^m}{z^n}$	$\dfrac{\hat{\sigma}(\bar{N})}{N} = \sqrt{k^2\left(\dfrac{\hat{\sigma}(\bar{x})}{\bar{x}}\right)^2 + m^2\left(\dfrac{\hat{\sigma}(\bar{y})}{\bar{y}}\right)^2 + n^2\left(\dfrac{\hat{\sigma}(\bar{z})}{\bar{z}}\right)^2}$
$N = \sin x$	$\hat{\sigma}(\bar{N}) = |\cos x|\hat{\sigma}(\bar{x})$
$N = \ln x$	$\hat{\sigma}(\bar{N}) = \dfrac{\hat{\sigma}(\bar{x})}{\bar{x}}$

假定随机误差在极端的条件下合成，或不必区分随机误差和系统误差，或系统误差是主要的，而其符号又不能确定，我们就将式（1.3.10）和式（1.3.11）取绝对值相加，这就是误差的算术合成。设 Δx，Δy，Δz 分别代表各直接测得量 x，y，z 的误差，ΔN 为间接测得量的总误差，则式（1.3.10）和式（1.3.11）化为

$$\Delta N = \left|\frac{\partial f}{\partial x}\Delta x\right| + \left|\frac{\partial f}{\partial y}\Delta y\right| + \left|\frac{\partial f}{\partial z}\Delta z\right| + \cdots \qquad (1.3.15)$$

和

$$\frac{\Delta N}{N} = \left|\frac{\partial \ln f}{\partial x}\Delta x\right| + \left|\frac{\partial \ln f}{\partial y}\Delta y\right| + \left|\frac{\partial \ln f}{\partial z}\Delta z\right| + \cdots \qquad (1.3.16)$$

误差的算术合成常用在误差分析、实验设计或粗略的误差计算中。由于这种合成是从最不利的情形考虑问题的，所以求出的总误差 ΔN 有些偏大。一些简单函数的误差的算术合成（传递）公式如表 1.3.3 所示（表中公式的每一项都取正值）。

表 1.3.3　间接测量常用运算关系的算术合成公式

函数表达式	误差的算术合成（传递）公式
$N = x + y$	$\Delta N = \Delta x + \Delta y$
$N = x - y$	$\Delta N = \Delta x + \Delta y$
$N = xy$	$\dfrac{\Delta N}{N} = \dfrac{\Delta x}{x} + \dfrac{\Delta y}{y}$
$N = \dfrac{x}{y}$	$\dfrac{\Delta N}{N} = \dfrac{\Delta x}{x} + \dfrac{\Delta y}{y}$
$N = \dfrac{x^k y^m}{z^n}$	$\dfrac{\Delta N}{N} = k\dfrac{\Delta x}{x} + m\dfrac{\Delta y}{y} + n\dfrac{\Delta z}{z}$
$N = \sin x$	$\Delta N = \lvert \cos x \rvert \Delta x$
$N = \ln x$	$\Delta N = \dfrac{\Delta x}{x}$

例 1.3.1　用单摆测量某地的重力加速度，已知摆长 $l \approx 100$ cm，单摆周期 $T \approx 2$ s。问如何测量可保证测量结果的相对误差不大于 0.4%？

解：在粗略的误差计算中，我们一般使用误差的算术合成公式。由于重力加速度

$$g = 4\pi^2 \frac{l}{T^2}$$

则根据式（1.3.16）得

$$\frac{\Delta g}{g} = \frac{\Delta l}{l} + 2\frac{\Delta T}{T}$$

根据 $\dfrac{\Delta g}{g} \leqslant 0.04\%$ 的要求，可要求 $\dfrac{\Delta l}{l} \leqslant 0.2\%$，$2\dfrac{\Delta T}{T} \leqslant 0.2\%$。因为 $l \approx 100$ cm，则得

$$\Delta l \leqslant 0.2 \text{ cm}$$

所以使用最小分度为 mm 的米尺去测量摆长就能够满足要求。因为 $2\dfrac{\Delta T}{T}\leqslant 0.2\%$，$T\approx$ 2 s，则

$$\Delta T\leqslant 0.002\ \text{s}$$

这就是说对周期的测量至少应达到 ms 的数量级，对这个要求可以考虑采用毫秒计来测量。但事实上，用普通秒表采用多周期测量法便可达到要求。设连续测量 n 个周期的时间为 t，则周期 $T=\dfrac{1}{n}t$，于是 $\Delta T=\dfrac{1}{n}\Delta t$，即

$$\Delta t=n\Delta T$$

若连续测量 50 个周期，即 $n=50$，则要求 $\Delta t\leqslant 0.1$ s，用最小分度为 0.1 s 的普通秒表就可以满足要求了。

1.4　测量结果的不确定度评定

用标准误差来评估测量结果的可靠程度，这种作法不尽完善，往往有可能会遗漏一些影响测量结果准确性的因素。例如未定的系统误差、仪器误差等。鉴于上述原因，为了更准确地表述测量结果的可靠程度，提出了使用不确定度的概念来对测量结果进行质量评价，也对误差进行评价。使用不确定度作为测量结果正确程度的评价是 1981 年国际计量委员会通过的决定。我国计量科学院在 1986 年也发出在测量过程中用不确定度作为误差数字指标名称的通知。

1. 不确定度的概念

（1）不确定度。实验不确定度，又称测量不确定度。不确定度（Uncertainty）一词是指可疑、不能肯定或测不准的意思。不确定度是测量结果携带的一个必要的参数，以表征待测量值的分散性、准确性和可靠程度。

不确定度是通过量值范围和置信概率来表示的。如果不确定度为 U，根据它的含义，则表示误差将以一定的概率被包围在量值范围 $(-U,U)$ 之中，或者表示测量值的真值以一定的概率落在量值范围 $(\bar{x}-U,\bar{x}+U)$ 之中。显然，不确定度的大小反映了测量结果与真值的靠近程度。不确定度越小，测量结果与真值越靠近，其可靠程度越高，即测量的质量越高，其使用价值就越高。

严格的不确定度理论比较复杂，考虑到本课程的性质，对不确定度评价的介绍将在保证其科学性的前提下，适当加以简化，以免初学者不得要领。

（2）不确定度的分类。由于误差的来源很多，测量结果的不确定度一般包含几个分量。在修定了可定系统误差后，把余下的全部误差分为 A、B 两类不确定度分量。

A 类不确定度：多次重复测量，用统计的方法评定的不确定度，称为 A 类不确定度，用 S 表示。直接测量量的 A 类不确定度就是用平均值的标准偏差表示，即

$$S=\hat{\sigma}(\bar{x}) \tag{1.4.1}$$

B 类不确定度：用非统计方法评定的不确定度，称为 B 类不确定度，用 u 表示。B 类分量应考虑到影响测量准确度的各种可能因素，这要通过对测量过程的仔细分析，根据经验和有关信息来估计。有关信息包括过去积累的测量数据，对测量对象与仪器性能的了解，仪表

的技术指标，仪器调整不垂直、不水平或不对准等因素引入的附加误差，检定证书提供的数据以及技术手册查到的参考数据的不确定度等。

在实验中尽管有多方面的因素存在，为简化起见，在本课程中通常主要考虑的因素是仪器误差 $\Delta_{仪}$，它是指计量器具的示值误差，或者是按仪表准确度等级算得的最大基本误差。在仅考虑仪器误差的情况下，B 类分量的表征值为

$$\sigma_{仪} = \frac{\Delta_{仪}}{C} \qquad (1.4.2)$$

式中 C 是一个大于 1 的，且与误差分布特性有关的系数。若仪器误差服从均匀分布规律，则 $C = \sqrt{3}$；若服从正态分布，则 $C = 3$；在不能确定其分布规律的情况下，本着不确定度取偏大值的原则，也取 $C = \sqrt{3}$。本课程中，我们一律取 $C = \sqrt{3}$，即

$$u = \sigma_{仪} = \frac{\Delta_{仪}}{\sqrt{3}} \qquad (1.4.3)$$

（3）不确定度的合成。对同一量进行多次重复测量，测量结果一般都含有 A 类不确定度分量和 B 类不确定度分量。在各不确定度分量相互独立的情况下，将两类不确定度分量按方和根的方法合成，构成合成不确定度，用 U 表示，即

$$U = \sqrt{S^2 + u^2} \qquad (1.4.4)$$

若 A 类分量 S 有 n 个，B 类分量 u 有 m 个，那么用方和根合成所得到的合成的不确定度为

$$U = \sqrt{\sum_{i=1}^{n} S_i^2 + \sum_{j=1}^{m} u_j^2} \qquad (1.4.5)$$

式中 n 和 m 分别是 A 类和 B 类不确定度分量的个数。应当指出，不确定度对应的置信区间 $(-U, U)$ 的置信概率为 68.3%，也就是说真值落在 $(\bar{x} - U, \bar{x} + U)$ 的概率为 68.3%。对于要求更高的一些用途，如鉴定新产品、鉴定精密仪器等，这样的置信水平太低。因而在工业、商业等活动中，常将合成不确定度乘以包含因子 k，kU 称为展伸不确定度。k 值一般取 2 或 3，当 $k = 2$ 时，展伸不确定度的置信概率为 95.4%；当 $k = 3$ 时，则置信概率为 99.7%。

物理实验课对误差处理的要求主要在于建立正确的概率，而不拘泥于对某一值进行精确的计算。从这一观点出发，本书除特别说明外，置信概率均取 68.3%。

（4）测量结果不确定度的表示。按照国际计量局 1980 年的建议书，直接测量量 x 的测量结果可表示为

$$\begin{cases} x = \bar{x} \pm U \text{（单位）} \\ E = \dfrac{U}{x} \times 100\% \\ (p = 68.3\%) \end{cases}$$

（5）测量结果的规范表示细则。每一位实验者都应学会怎样正确、规范、科学地书写测量结果的最终报告形式。作为一种教学规范，约定：

1）不确定度（U）有效数字取位。由于不确定度本身只是一个估计范围，所以其有效数字一般只取 1 位~2 位。在本课程中为了教学规范，约定对测量结果的合成不确定度（或总不确定度）只取 1 位有效数字，相对不确定度可取 2 位有效数字。若作为中间计算过程，

不确定度最好比正常多取 1 位 ~ 2 位。以避免舍入误差的累积效应。

2）不确定度截取剩余尾数规则。为保证不确定度的置信概率水平不致降低，不确定度截取剩余尾数采取"只入不舍"的原则，既剩余尾数只要不为零，一律进位，其目的是保证结果的置信概率水平不降低。例如，$U = 0.341\ 1$ mm，若截取 2 位有效数字，就是 $U = 0.35$ mm；截取 1 位有效数字，则 $U = 0.4$ mm。

3）测量结果（平均值）有效数字的取位。测量结果表达式中测量值（平均值）有效数字的取位必须使其最后一位与不确定度最后一位取齐。对测量值（平均值）中保留数字末位以后的部分，截取时，剩余尾数按"四舍六入五凑偶"的修约规则进行。例如，一测量数据计算的平均值为 13.502 5 cm，经计算获得的不确定度为 0.013 4 cm，不确定度取 2 位有效数字应为 0.014 cm，则测量结果为

$$L = （13.502 \pm 0.014）\text{ cm } (p = 68.3\%)$$

若不确定度取 1 位有效数字应为 0.02 cm，则测量结果为

$$L = （13.50 \pm 0.02）\text{ cm } (p = 68.3\%)$$

即测量值平均值的有效数字位数最终应根据不确定度的有效数字位数来决定，而平均值的修约原则是按"四舍六入五凑偶"规则进行。

4）标明置信概率。在测量结果表达式后面，必须用括号注明置信概率近似值（本课程中约定 $p = 68.3\%$）。

5）单位。测量结果完整表达式中应包括该物理量的单位。

2. 直接测量结果不确定度的评价

（1）单次测量结果不确定度的表示。在物理实验中，条件往往不允许进行重复测量。例如，有些物理量是随时间变化的，无法进行重复测量。也有些物理量因为对它的测量精度要求不高，没有必要进行重复测量。还有些物理量由于仪器的精密度差，不能反映测量值的随机误差，几次重复测量值都相同，这时可按单次测量来处理。

一般情况下，我们约定单次测量的不确定度用仪器误差代替，即 $U = \Delta_{仪}$。例如，用 50 分度的游标卡尺测量一个工件的长度为 L，$L = 10.00$ mm，50 分度游标卡尺的误差 $\Delta_{仪} = 0.02$ mm，则测量结果表示为 $L = （10.00 \pm 0.02）$ mm。

又例如，用一个精度为 0.5 级，量程为 10 μA 的电流表单次测量某一电流值为 $I = 2.00$ μA，试用不确定度表示测量结果。

解：已知测量值 $I_{测} = 2.00$ μA，$\Delta_{仪} =$ 量程 × 级别%

即

$$\Delta_{仪} = 10 \text{ μA} \times 0.5\% = 0.05 \text{ μA}$$

单次测量

$$\Delta_{仪} = U$$

$$I = I_{测} \pm U = (2.00 \pm 0.05)\text{μA} \qquad (p = 68.3\%)$$

$$E = \frac{U}{I_{测}} \times 100\% = \frac{0.05}{2.00} \times 100\% = 2.5\%$$

（2）多次测量结果不确定度的表示。在实际测量过程中，为了减小测量误差，使之用最佳值来代替真值，在可能的情况下，总是采用多次测量的方法。多次测量结果不确定度的数据处理一般按下列程序进行：

1）对被测量进行多次测量，获得一组数据，将它们列成表格。

2）计算被测量的算术平均值 $\bar{x}$ 和测量列的标准偏差 $\hat{\sigma}$。

3）审查实验数据，如发现有异常数据，应予舍弃。舍弃该数据后，再重复步骤2）、3）。

4）计算平均值的标准偏差 $\hat{\sigma}(\bar{x})$ 作为 A 类不确定度，即 $S = \hat{\sigma}(\bar{x})$。

5）计算 B 类不确定度 $u = \sigma_{仪} = \dfrac{\Delta_{仪}}{\sqrt{3}}$。

6）求合成不确定度 $U = \sqrt{S^2 + u^2} = \sqrt{\hat{\sigma}^2(\bar{x}) + \left(\dfrac{\Delta_{仪}}{\sqrt{3}}\right)^2}$。

7）计算相对不确定度 $E = \dfrac{\hat{\sigma}(\bar{x})}{\bar{x}} \times 100\%$。

8）最后，把实验结果表示为

$$\begin{cases} x = \bar{x} \pm U（单位） \\ E = \dfrac{U}{\bar{x}} \times 100\% \\ （p = 68.3\%） \end{cases}$$

例 1.4.1　用电子秒表测量一单摆的周期 T，共测 10 次，测量数据如表 1.4.1 所示。如果忽略系统误差，试处理这组数据。

表 1.4.1　测量单摆的周期 T 数据表

测量次数 n	1	2	3	4	5	6	7	8	9	10
周期 T/s	2.00	2.02	1.97	2.04	1.99	2.05	2.00	1.98	1.94	2.01

解：忽略系统误差，也不考虑其他因素引起的 B 类不确定度分量，那么 B 类不确定度分量 u 不存在，只有 A 类不确定度分量。

算术平均值

$$\bar{T} = \frac{1}{10} \sum_{i=1}^{10} T_i = 2.00 \text{ s}$$

测量列的标准偏差

$$\hat{\sigma} = \sqrt{\frac{\sum_{i=1}^{10}(T_i - \bar{T})^2}{n-1}} = 0.033$$

按肖维涅准则，测量次数 $n = 10$ 时，系数 $c_n = 1.96$，则保留值范围为 $(2.00 - 1.96 \times 0.033, 2.00 + 1.96 \times 0.033)$，即保留值范围为 $(1.935, 2.065)$。表 1.4.1 中没有超出此范围的数据，故所有数据均应保留。

算术平均值的标准偏差 A 类不确定度分量

$$S = \hat{\sigma}(\bar{T})$$

$$\hat{\sigma}(\bar{T}) = \frac{\hat{\sigma}}{\sqrt{n}} \approx 0.01 \text{ s}$$

B 类不确定度

$$u = 0$$

相对不确定度

$$E = \frac{\hat{\sigma}(\overline{T})}{\overline{T}} \times 100\% = 0.5\%$$

测量结果为

$$\begin{cases} T = \overline{T} \pm U = (2.00 \pm 0.01)\,\text{s} \\ E = 0.5\% \\ (p = 68.3\%) \end{cases}$$

该例题是只用 A 类不确定度分量，而忽略 B 类不确定度分量的例子。使用准确度等级很高的仪器对同一量进行多次重复测量，对测量结果可近似看做只含有 A 类不确定度。

例1.4.2 用 50 分度卡尺重复测一长度 L，得到 6 次测量的结果（单位为 mm）：139.70，139.72，139.68，139.72，139.74，139.70。写出测量结果的表达式。

解： 50 分度卡尺的仪器误差 $\Delta_{仪} = 0.02$ mm，B 类不确定度分量 u 仅由卡尺的误差引起，所以

$$u = \frac{\Delta_{仪}}{\sqrt{3}} = \frac{0.02}{\sqrt{3}} = 0.012 \text{ mm}$$

L 的平均值

$$\overline{L} = \frac{1}{6}\sum_{i=1}^{6} L_i = 139.71 \text{ mm}$$

而 A 类不确定度分量

$$S = \hat{\sigma}(\overline{L})$$

L 平均值的标准偏差

$$\hat{\sigma}(\overline{L}) = \sqrt{\frac{\sum_{i=1}^{6}(L_i - \overline{L})^2}{6(6-1)}} = 0.008\,6 \text{ mm}$$

合成不确定度

$$U = \sqrt{S^2 + u^2} = \sqrt{0.008\,6^2 + 0.012^2} = 0.02 \text{ mm}$$

测量结果表示为

$$\begin{cases} L = \overline{L} \pm U = (139.71 \pm 0.02)\,\text{mm} \\ E = \frac{U}{L} \times 100\% = \frac{0.02}{139.71} \times 100\% = 0.02\% \\ (p = 68.3\%) \end{cases}$$

例1.4.3 在测长机（计量部门所用的一种检定仪器）上测得某轴的平均值为 40.001 0 mm，该项测量含有不确定度分量为：① 由于读数给出 A 类不确定度的第一个分量 $S_1 = 0.17$ μm；② 由于测长机主轴不稳定性给出的 A 类不确定度的第二个分量 $S_2 = 0.10$ μm；③ 测长机标尺误差引起的 B 类不确定度的第一个分量 $u_1 = 0.05$ μm；（4）由于不稳定给出的 B 类不确定度的第二个分量 $u_2 = 0.05$ μm。写出测量结果的表达式。

解： 以上各量互相独立，因此根据不确定度合成规则，总不确定度为

$$U = \sqrt{\sum_{i=1}^{n} S_i^2 + \sum_{j=1}^{m} u_j^2} = \sqrt{S_1^2 + S_2^2 + u_1^2 + u_2^2}$$

$$= \sqrt{0.17^2 + 0.10^2 + 0.05^2 + 0.05^2} = 0.21 \ \mu m$$

测量结果的表达式为

$$
\begin{cases}
L = \bar{L} \pm U = (40.001\ 0 \pm 0.000\ 3)\ \text{mm} \\
E = \dfrac{U}{L} \times 100\% = \dfrac{0.000\ 3}{40.001\ 0} \times 100\% = 0.000\ 8\% \\
(p = 68.3\%)
\end{cases}
$$

以上例题并未考虑有异常数据的剔除，下面的例子介绍多次直接测量异常数据的剔除方法。

例 1.4.4 对物体的长度进行 10 次等精度测量，设仪器误差为 0.05 cm，测量数据（单位为 cm）为：63.57，63.58，63.55，63.56，63.56，63.65，63.54，63.57，63.57，63.55。求测量结果的表达式。

解：计算测量列的算术平均值

$$\bar{x} = \frac{1}{10} \sum_{i=1}^{10} x_i = 63.57 \ \text{cm}$$

计算测量列的标准偏差

$$\hat{\sigma} = \sqrt{\frac{\sum_{i=1}^{10}(x_i - \bar{x})^2}{10 - 1}} = 0.03 \ \text{cm}$$

根据肖维涅准则，测量次数 $n = 10$ 时，系数 $c_n = 1.96$，则保留值范围为（$63.57 - 1.96 \times 0.03$，$63.57 + 1.96 \times 0.03$），由此判定 $x_6 = 63.65$ cm 为异常数据，应剔除。剔除 x_6 后重新计算

$$\bar{x} = \frac{1}{9} \sum_{i=1}^{9} x_i = 63.56 \ \text{cm}, \hat{\sigma} = \sqrt{\frac{\sum_{i=1}^{9}(x_i - \bar{x})^2}{9 - 1}} = 0.013 \ \text{cm}$$

再经肖维涅准则判别，所有测量数据都符合要求。

算术平均值标准偏差为

$$\hat{\sigma}(\bar{x}) = \frac{\hat{\sigma}}{\sqrt{n}} = \frac{0.013}{\sqrt{9}} = 0.005 \ \text{cm}$$

所以 A 类不确定度分量

$$S = \hat{\sigma}(\bar{x}) = 0.005 \ \text{cm}$$

B 类不确定度分量

$$u = \frac{\Delta_{仪}}{\sqrt{3}} = \frac{0.05}{\sqrt{3}} = 0.029 \ \text{cm}$$

合成不确定度为

$$U = \sqrt{S^2 + u^2} = \sqrt{0.005^2 + 0.002\ 9^2} = 0.029 \ \text{cm}$$

取 $U = 0.03$ cm，测量结果为

$$
\begin{cases}
x = \bar{x} \pm U = (63.56 \pm 0.03)\ \text{cm} \\
E = \dfrac{U}{\bar{x}} \times 100\% = \dfrac{0.03}{63.56} \times 100\% = 0.05\% \\
(p = 68.3\%)
\end{cases}
$$

3. 间接测量结果不确定度的评价

设间接测得量 N 与直接测量 x，y，z，…的函数关系为

$$N = f(x, y, z, \cdots)$$

由于 x，y，z，…具有不确定度 U_x，U_y，U_z，…，N 也必然有不确定度 U_N，所以对间接测量量 N 的结果也需要采用不确定度评定。

（1）间接测量量的最佳值（平均值）。在直接测量中，我们以算术平均值 $\bar{x}$，$\bar{y}$，$\bar{z}$，… 作为最佳值，在间接测量中，可以证明 $\bar{N} = f(\bar{x}, \bar{y}, \bar{z}, \cdots)$ 为间接测量量的最佳值，即间接测量量的最佳值由各直接测量量的算术平均值代入函数关系式得到。

（2）间接测量量不确定度的合成。由于直接测量量具有不确定度，从而导致间接测量量也具有不确定度。间接测量量不确定度的传递公式与标准误差的传递公式在形式上完全相同，它们同样是方和根的合成，其计算公式为

$$U_N = \sqrt{\left(\frac{\partial f}{\partial x}\right)^2 U_x^2 + \left(\frac{\partial f}{\partial y}\right)^2 U_y^2 + \left(\frac{\partial f}{\partial z}\right)^2 U_z^2 + \cdots} \tag{1.4.6}$$

$$E = \frac{U_N}{N} = \frac{1}{f(x, y, z, \cdots)} = \sqrt{\left(\frac{\partial f}{\partial x} U_x\right)^2 + \left(\frac{\partial f}{\partial y} U_y\right)^2 + \left(\frac{\partial f}{\partial z} U_z\right)^2 + \cdots} \tag{1.4.7}$$

式中 $\frac{\partial f}{\partial x}$，$\frac{\partial f}{\partial y}$，$\frac{\partial f}{\partial z}$，…称为各直接测量量的不确定度的传递系数，根据式（1.4.6）和式（1.4.7）计算出来的常用不确定度传递公式列在表 1.4.2 中，以供参考。

表 1.4.2 间接测量常用运算关系不确定度的传递公式

函数关系	不确定度的传递公式
$N = x \pm y$	$U_N = \sqrt{U_x^2 + U_y^2}$
$N = xy$ 或 $N = \dfrac{x}{y}$	$E = \dfrac{U_N}{N} = \sqrt{\left(\dfrac{U_x}{x}\right)^2 + \left(\dfrac{U_y}{y}\right)^2}$
$N = k \cdot x$	$U_N = k \cdot U_x$
$N = \dfrac{x^k y^m}{z^n}$	$E = \dfrac{U_N}{N} = \sqrt{\left(\dfrac{k U_x}{x}\right)^2 + \left(\dfrac{m U_y}{y}\right)^2 + \left(\dfrac{n U_z}{z}\right)^2}$
$N = \sin x$	$U_N = \lvert \cos x \rvert \cdot U_x$
$N = \ln x$	$U_N = \dfrac{1}{x} \cdot U_x$

（3）间接测量结果不确定度的评定步骤。

1）按照直接测量量不确定度评定步骤，求出各直接测量量的不确定度 U_x，U_y，U_z，…。

2）求间接测量量的最佳值（算术平均值）$\bar{N} = f(\bar{x}, \bar{y}, \bar{z}, \cdots)$。

3）用不确定度合成公式（1.4.6）和式（1.4.7），分别求出 N 的不确定度 U_N 和相对不确定度 E。

4）写出最后结果表达式

$$
\begin{cases}
N = \overline{N} \pm U_N \quad （单位） \\
E = \dfrac{U_N}{N} \times 100\% \\
（p = 68.3\%）
\end{cases}
$$

对于不确定度 U_N、E 及算术平均值 $\overline{N}$，有效数字的取位与直接测量量的取位规则相同。

例 1.4.5 已知质量 $m = (213.04 \pm 0.05)\,\text{g}$，$p = 68.3\%$ 的铜圆柱体，用 $0 \sim 125$ mm，分度值为 0.02 mm 的游标卡尺测量其高度 6 次；用一级 $0 \sim 25$ mm 千分尺测量其直径 6 次（一级千分尺的仪器误差为 0.004 mm），其测量值列入下表，求铜的密度。

次 数	1	2	3	4	5	6
高 h/mm	80.38	80.38	80.36	80.38	80.36	80.36
直径 D/mm	19.465	19.466	19.465	19.464	19.467	19.466

解： 铜的密度 $\rho = \dfrac{4m}{\pi D^2 h}$，可见 ρ 是间接测量量，由题意知，质量 m 是已知量，直径 D 和高度 h 是直接测量量。

1）高度 h 的最佳值及不确定度

$$
\overline{h} = \frac{1}{6} \sum_{i=1}^{6} h_i = 80.37 \text{ mm}
$$

$$
\hat{\sigma}(\overline{h}) = \sqrt{\frac{1}{6(6-1)} \sum_{i=1}^{6} (h_i - \overline{h})^2} = 0.0045 \text{ mm}
$$

游标卡尺的仪器误差 $\Delta_{仪} = 0.02$ mm

$$
S_h = \hat{\sigma}(\overline{h}) = 0.0045 \text{ mm} \quad u_h = \frac{0.02}{\sqrt{3}} = 0.012 \text{ mm}
$$

$$
U_h = \sqrt{S_h^2 + u_h^2} = 0.013 \text{ mm}
$$

2）直径 D 的最佳值及不确定度

$$
\overline{D} = \frac{1}{6} \sum_{i=1}^{6} D_i = 19.4655 \text{ mm}
$$

$$
\hat{\sigma}(\overline{D}) = \sqrt{\frac{1}{6(6-1)} \sum_{i=1}^{6} (D_i - \overline{D})^2} = 0.00045 \text{ mm}
$$

一级千分尺的仪器误差 $\Delta_{仪} = 0.004$ mm，$u_D = \dfrac{0.004}{\sqrt{3}} = 0.0023$ mm

$$
S_D = \hat{\sigma}(\overline{D}) = 0.0045 \text{ mm}
$$

$$
U_D = \sqrt{S_D^2 + u_D^2} = 0.024 \text{ mm}
$$

3）密度的算术平均值

$$
\overline{\rho} = \frac{4\overline{m}}{\pi \overline{D}^2 \overline{h}} = 8.907 \text{ g/cm}^3
$$

4）密度的相对不确定度为

$$E_\rho = \frac{U_\rho}{\bar\rho} = \sqrt{\left(\frac{U_m}{m}\right)^2 + \left(2\,\frac{U_D}{\bar D}\right)^2 + \left(\frac{U_h}{h}\right)^2}$$

$$= \sqrt{\left(\frac{0.05}{213.04}\right)^2 + \left(2\times\frac{0.03}{19.466}\right)^2 + \left(\frac{0.02}{80.37}\right)^2} = 0.037\%$$

$$U_\rho = E_\rho \cdot \bar\rho = 8.907 \times 0.037\% = 0.003\,3 \ \text{g/cm}^3$$

5）密度测量的最后结果为

$$\begin{cases} \rho = (8.907 \pm 0.004)\,\text{g/cm}^3 \\ E = 0.037\% \\ (p = 68.3\%) \end{cases}$$

1.5 有 效 数 字

1. 有效数字的概念

在实验中我们所得到的测量值都是含有误差的数值，对这些数值不能任意取舍。在记录数据、计算以及书写测量结果时，要根据测量误差（或测量不确定度）来决定究竟应保留几位数字。例如，用最小分度为 mm 的米尺测量某物体的长度，若发现该物体比 151 mm 长约半个分度，则测量结果可以记为 151.5 mm。在这四位数字中，151 这三位数字是准确读得的，称之为准确数字；而 0.5 这一位是估计出来的，并且仪器本身也将在这一位出现误差，所以它存在一定的可疑成分，即实际上这一位可能不是 5，称这样的数字为存疑数字。准确数字和存疑数字的全体称为有效数字。上例中 151.5 mm 是四位有效数字。

在直接测量中，测量结果的有效数字位数与测量仪器的最小分度有密切关系。一般来说，必须读到最小分度值的十分位上，不应多读也不应少读。当然，这最后一位的具体数值是估计出来的。例如，用最小分度为 mm 的米尺测量一物体的长度，若物体的末端正好与 89 mm 刻线相重合，这时必须把测量结果记为 89.0 mm，而不能记为 89 mm。从数字的概念上看，89.0 与 89 是一样大的数值，前者小数点后的 0 没有保留的价值。但从测量与误差的角度来看，它却表示测量进行到了这一位，只不过把它估计为零而已。有的指针式仪表，它的最小分度较窄，而指针较宽，要读到 1/10 分度有困难，这时可以读到最小分度的 1/5，甚至 1/2。

进行十进制的单位变换，只改变有效数字的小数点的位置，而有效数字的位数仍保持不变。例如，某物体的长度为 10.50 mm，10.50 mm 是四位有效数字。若改用 m 为单位，则记为 0.010 50 m。这时有效数字的位数仍为四位。由此可见，在非零数字之前的 0 不是有效数字，而在非零数字之间或之后的 0 都是有效数字。

进行单位变换时，要避免把上例中的长度写成 10 500 μm，因为这样写无故增加了有效数字的位数。以后遇到这种情况时必须用科学记数法来表达。上例中的长度以 μm 为单位时，记为 1.050×10^4 μm；若以 m 为单位，则记为 1.050×10^{-2} m。

进行非十进制的单位变换，有效数字位数不一定维持不变。这时，先找出单位变换以后误差在哪一位上，然后把测量结果也保留到那一位，使测量结果的最后一位与误差所在的一位对齐。例如，$1.8° \pm 0.1° = 108' \pm 6'$，单位变换以后，两位有效数字变成了三位有效数字。

2. 运算后的有效数字

（1）实验后计算误差时有效数字的确定。无论是直接测量还是间接测量的结果，实验结果位数取舍的依据是：实验结果的末位必须与误差所在的位对齐。例如，计算得到某物理量的测得值为 21.516 单位，而标准偏差为 0.03 单位，则最后结果应为（21.52 ±0.03）单位。

普通物理实验中，标准偏差（或测量不确定度）通常只取一位数字，最多不超过两位；相对误差一般取两位数。另外，为了不人为地缩小误差范围，在对误差取位时，一般是采用进位的方法。例如，不仅将标准偏差 0.048 取为 0.05，而且将标准偏差 0.043 也取为 0.05。

（2）实验后不计算误差时有效数字的确定。实验后不计算误差时，测量结果的有效数字的位数只能按以下规则粗略地确定。

1）加减运算后的有效数字。根据表 1.3.3 中的公式知，加减运算后结果的误差等于参加运算的各数值误差之和。因此运算后的误差应大于参加运算的各数值中任何一个数值的误差，所以加减运算后所保留的数值的末位，应当和参加运算的各数值中最先出现的可疑位一致。

例如：

$$
\begin{array}{r}
115.2\underline{5} \\
17.\underline{7} \\
+100.12\underline{4} \\
\hline
233.0\underline{74}
\end{array}
$$

结果为 233.1（划有横线的数字为存疑数字）。

2）乘除运算后的有效数字。根据表 1.3.3 中的公式知，乘除运算结果的相对误差等于参加运算的各数值的相对误差之和。因此运算结果的相对误差应大于参加运算的各数值中任何一个数值的相对误差。而一般来说有效数字位数越少，其相对误差就越大，所以乘除运算后所得数值的有效数字的位数，可以估计为和参加运算的各数值中有效数字位数最少的数值的位数相同。

例如：$125.66 \times 0.145 \div 5.674 = 3.21$，结果保留三位有效数字。

3）函数运算后的有效数字。函数运算后有效数字的位数也是根据由误差来决定有效数字的原则来确定的。若函数为 $y = f(x)$，可以先对函数取微分，即取 $\Delta y = |f'(x)| \Delta x$，再取 x 的最后一位的误差为 1，然后进行计算，找出 Δy 在哪一位上，把函数运算的结果也保留到那一位。

例如：$x = 50.8$，则 $y = \ln x = 3.928$。因为 $\Delta y = \dfrac{\Delta x}{x}$，若取 $\Delta x = 0.1$（这是至少的），则 $\Delta y = \dfrac{0.1}{50.8} \approx 0.002$，于是取 $\ln 50.8$ 为 3.928。

又如：$x = 9°24'$，则 $y = \cos x = 0.986\,57$。这是用 $\Delta y = |\sin x| \Delta x$，取 $\Delta x = 1'$ 得到的。

再如：$x = 8.15$，则 $y = \sqrt[7]{x} = 1.349\,5$。这是用 $\Delta y = (1/7) x^{-6/7} \Delta x$，取 $\Delta x = 0.01$ 得到的。

3. 使用有效数字运算规则时应注意的问题

运算时应注意以下问题：

（1）在运算中，常数、无理数、常系数，如 π、$\sqrt{2}$ 等的位数可以认为是无限制的。对于 π、$\sqrt{2}$ 等所取的位数应足够多，以免引入计算误差。

（2）对数运算时，首数不算有效数字。

（3）首位数是 8 或 9 的 m 位数值和首位数是 1 的 $m+1$ 位数值的相对误差相似，因此在乘除运算中计数有效数字的位数时，对首位数是 8 或 9 的数值的有效数字的位数可多算一位（即可算为 $m+1$ 位）。

例如：$9.96 \times 14.212 = 141.5$，计算结果保留四位有效数字。

（4）有多个数值参加运算时，在运算中途各数值的位数应比按有效数字运算规则规定的位数多取一位，以防止由于多次取舍引入计算误差，但运算最后仍应舍去。

例如：
$$4.526 \times (3.528\,2^2 - 2.415^2) \times 14.12$$
$$= 4.526 \times (12.44\overline{7} - 5.832\,\overline{2}) \times 14.12$$
$$= 4.526 \times 6.61\overline{5} \times 14.12$$
$$= 423$$

上面划有横线的数字不是有效数字，运算过程中保留它是为了减少舍入误差。

4. 数值的修约规则

计算数据时要把多余的数字舍去，被舍去的数字应按"四舍六入五凑偶"的修约规则处理，即：

要舍去的一位数是 1、2、3、4 时就直接舍去，是 6、7、8、9 时，在舍去的同时进 1。要舍去的一位是 5，而保留的最后一位为奇数时，则舍 5 进 1；如果要保留的最后一位是偶数，则舍去 5 不进位，但 5 的下一位不是零时仍然要进位。

例如，将下列数值保留三位有效数字

$$3.542\,5 \longrightarrow 3.54$$
$$3.546\,6 \longrightarrow 3.55$$
$$3.535\,0 \longrightarrow 3.54$$
$$3.545\,0 \longrightarrow 3.54$$
$$3.545\,1 \longrightarrow 3.55$$

通常所用的数值修约规则是"四舍五入"。一般来说，这样舍入不是很合理的，因为总是"入"的机会大于"舍"的机会。采用上面的修约规则可使"舍"和"入"的机会均等，可以避免在处理较多数据时因"入"比"舍"多而带来的计算误差。

1.6 数据处理方法

1. 列表法

在记录和处理实验数据时常常将数据列成表。数据列表可以简单明确地表示出有关物理量之间的对应关系，便于及时检查测量结果是否合理、发现问题和分析问题，有助于找出有关物理量之间规律性的联系。数据列表时，表格的设计要力求简单、明确，要正确地使用有效数字，单位也要标记清楚。例如，用伏安法测电阻的实验数据如表 1.6.1 所示。表中 U 为电阻 R 两端的电压，I 为流过电阻 R 的电流。表中的数据显示了电流与电压的一一对应关系，并显示了电流随电压变化的趋势。

表 1.6.1 伏安法测电阻实验数据表

U/V	0.00	1.00	2.00	3.00	4.00	5.00	6.00	7.00	8.00	9.00	10.00
I/mA	0.00	1.00	2.01	3.03	3.93	4.85	5.92	6.88	8.01	8.90	9.97

2. 作图法

（1）作图规则。用作图法处理实验数据是数据处理的常用方法之一。它能直观地揭示物理量之间的联系，粗略地显示物理量之间的对应关系。例如，上例中的电压、电流关系可以用图线表示出来，如图 1.6.1 所示。图 1.6.1 中的图线清楚地显示出电压与电流之间的线性关系。为了使图线能够清楚地反映出物理现象的变化规律，并能比较准确地确定有关物理量的量值或求出有关常数，在作图时必须遵守以下规则：

1）作图必须用坐标纸。当决定了作图的参量以后，根据情况选用直角坐标纸、极坐标纸或其他坐标纸。

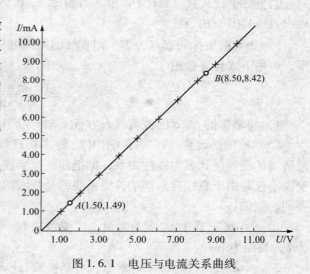

图 1.6.1　电压与电流关系曲线

2）坐标纸的大小以及坐标轴的比例，要根据测得值的有效数字和结果的需要来定。原则上讲，数据中的可靠数字在图中应为可靠的。我们常以坐标纸中一小格对应可靠数字最后一位的一个单位。有时对应比例也适当放大些，但对应比例的选择要有利于标注实验点和读数。最小坐标值不必都从零开始，以便作出的图线能充满全图，使布局美观、合理。

3）标明坐标轴。对于直角坐标系，要以自变量为横轴，以因变量为纵轴。用粗实线在坐标纸上描出坐标轴，标明其所代表的物理量（或符号）及单位，在轴上每隔一定间距标明该物理量的数值。

4）根据测量数据，实验点可用"＋"、"×"或"⊙"等符号标出。

5）把实验点连接成图线。由于每个实验数据都有一定的误差，所以图线不一定要通过每个实验点。应该按照实验点的总趋势，把实验点连成光滑的曲线（仪表的校正曲线不在此例），使实验点在图线两侧分布均匀且离图线最近。对于个别偏离图线很远的点，要重新审核，进行分析后决定是否应剔除。在确信两物理量之间的关系是线性的，或所有的实验点都在某一直线附近时，将实验点连成一条直线。

6）作完图后，在图的明显位置上标明图名、作者和作图日期。有时还要附上简单的说明，如实验条件等，使读者能一目了然。最后要将图粘贴在实验报告上。

（2）用作图法求直线的斜率、截距和经验公式。若在直角坐标纸上得到的图线为直线，并设直线的方程为 $y = kx + b$，可用如下步骤求直线的斜率、截距和经验公式。

1）在直线上选两点 A（x_1，y_1）和 B（x_2，y_2）。为了减小误差，A、B 两点应相隔远一些，但仍要在实验范围之内，并且 A、B 两点一般不选实验点。用与表示实验点不同的符号将 A、B 两点在直线上标出，并在旁边标明其坐标值。例如，图 1.6.1 中的 A、B 两点。

2）将 A、B 两点的坐标值分别代入直线方程 $y = kx + b$，可解得斜率

$$k = \frac{y_2 - y_1}{x_2 - x_1} \tag{1.6.1}$$

由此求得的直线斜率 k，一般是一个有单位的物理量。例如，在图 1.6.1 中，将 A、B

两点的坐标值代入式（1.6.1）中，得斜率 $k = 0.990$ mA/V $= 9.90 \times 10^{-4} \Omega^{-1}$，则待测电阻 $R = 1/k = 1.01 \times 10^{3} \Omega$。

3）如果横坐标的起点为零，则直线的截距可从图中直接读出；如果横坐标的起点不为零，可用下式计算截距

$$b = \frac{x_2 y_1 - x_1 y_2}{x_2 - y_1} \tag{1.6.2}$$

4）将求得的 k、b 的数值代入方程 $y = kx + b$ 中，得到经验公式。

（3）曲线的改直。在实际工作中，许多物理量之间的关系并不都是线性的，但仍可通过适当的变换使其成为线性关系，即把曲线变换成直线，这种方法叫做曲线改直。作这样的变换不仅是由于直线容易描绘，更重要的是直线的斜率和截距所包含的物理内涵是我们所需要的。例如：

1）$y = ax^b$，式中 a、b 为常量，可变换成 $\lg y = b\lg x + \lg a$，$\lg y$ 为 $\lg x$ 的线性函数，斜率为 b，截距为 $\lg a$。

2）$y = ab^x$，式中 a、b 为常量，可变换成 $\lg y = (\lg b) x + \lg a$，$\lg y$ 为 x 的线性函数，斜率为 $\lg b$，截距为 $\lg a$。

3）$pV = C$，式中 C 为常量，可变换成 $p = C (1/V)$，p 为 $1/V$ 的线性函数，斜率为 C。

4）$y^2 = 2px$，式中 p 为常量，可变换成 $y = \pm \sqrt{2p} x^{1/2}$，$y$ 为 $x^{1/2}$ 的线性函数，斜率为 $\pm \sqrt{2p}$。

5）$y = x/ (a + bx)$，式中 a、b 为常量，可变换成 $1/y = a(1/x) + b$，$1/y$ 为 $1/x$ 的线性函数，斜率为 a，截距为 b。

6）$s = v_0 t + (at^2/2)$，式中 v_0、a 为常量，可变换成 $s/t = (at/2) + v_0$，s/t 为 t 的线性函数，斜率为 $a/2$，截距为 v_0。

3. 逐差法

在两个变量间存在多项式函数关系，且自变量为等差级数变化的情况下，用逐差法处理数据，既能充分利用实验数据，又具有减少误差的效果。

具体做法是将测量得到的偶数组数据分成前后两组，将对应项分别相减，然后再求平均值。下面举例说明。

在拉伸法测定钢丝的杨氏弹性模量实验中，已知望远镜中标尺读数 x 和所加砝码质量 m 之间满足线性关系 $x = km$，式中 k 为比例常数。等差地改变砝码个数（每个砝码质量为 0.500 kg），测得下列一组数据（见表 1.6.2 所示），现要求计算 k 的数值。

表 1.6.2 数据表

次数 i	砝码质量 m_i/kg	标尺读数 x_i/cm	次数 i	砝码质量 m_i/kg	标尺读数 x_i/cm
1	0×0.500	15.95	6	5×0.500	19.02
2	1×0.500	16.55	7	6×0.500	19.63
3	2×0.500	17.18	8	7×0.500	20.22
4	3×0.500	17.80	9	8×0.500	20.84
5	4×0.500	18.40	10	9×0.500	21.47

如果逐项相减，然后再计算每增加 0.500 kg 砝码标尺读数变化的平均值 $\overline{\Delta x_i}$，即

$$\overline{\Delta x_i} = \frac{\sum_{i=1}^{n} \Delta x_i}{n} = \frac{(x_2 - x_1) + (x_3 - x_2) + \cdots + (x_{10} - x_9)}{9}$$

$$= \frac{x_{10} - x_1}{9} = \frac{21.47 - 15.95}{9} = 0.613 \text{ cm}$$

于是比例系数

$$k = \frac{\overline{\Delta x_i}}{\Delta m} = \frac{0.613}{0.500} = 1.23 \text{ cm/kg} = 1.23 \times 10^{-2} \text{ m/kg}$$

这样，中间测量值 x_9，x_8，$\cdots$，x_2 全部未用到，仅用到了始末两次测量值 x_{10} 和 x_1，它与一次增加 9 个砝码的单次测量等价。若改用多项间隔逐差，即将上述数据分成后组（x_{10}，x_9，x_8，x_7，x_6）和前组（x_5，x_4，x_3，x_2，x_1），然后对应项相减求平均值，即

$$\overline{\Delta x_5} = \frac{(x_{10} - x_5) + (x_9 - x_4) + (x_8 - x_3) + (x_7 - x_2) + (x_6 - x_1)}{5}$$

$$= \frac{1}{5}\big[(21.47 - 18.40) + (20.84 - 17.80) + (20.22 - 17.18) +$$

$$(19.63 - 16.55) + (19.02 - 15.95) \big]$$

$$= \frac{1}{5}\big[3.07 + 3.04 + 3.04 + 3.08 + 3.07 \big] = 3.06 \text{ cm}$$

于是比例系数

$$k = \frac{\overline{\Delta x_5}}{5\Delta m} = \frac{3.06}{5 \times 0.500} = 1.22 \text{ cm/kg} = 1.22 \times 10^{-2} \text{ m/kg}$$

$\overline{\Delta x_5}$ 是每增加 5 个砝码，标尺读数变化的平均值。这样全部数据都用上，相当于重复测量了 5 次，应该说，这个计算结果比前面的计算结果要准确些，它保持了多次测量的优点，减少了测量误差。

4. 最小二乘法

作图法虽然在数据处理中是一个很便利的方法，但在图线的绘制上往往带有较大的任意性，所得的结果也常常因人而异，而且很难对它作进一步的误差分析。为了克服这一缺点，在数理统计中研究了直线拟合问题（或称一元线性回归问题），常用一种以最小二乘法为基础的实验数据处理方法。由于某些曲线型的函数可以通过适当的数学变换而改写成直线方程，这一方法也适用于某些曲线型的规律。

下面就数据处理中的最小二乘法原理作简单介绍。

设在某一实验中，可控制的物理量取 x_1，x_2，$\cdots$，x_n 值时，对应的物理量依次取 y_1，y_2，$\cdots$，y_n 值。假定对 x_i 值的观测误差很小，而主要误差都出现在 y_i 的观测上。显然，如果从 (x_i, y_i) 中任取两组实验数据就可以得出一条直线，只不过这条直线的误差有可能很大。直线拟合的任务就是用数学分析的方法从这些观测到的数据中求出最佳的经验公式 $y = kx + b$。按这一经验公式作出的图线不一定能通过每一个实验点，但是它是以最接近这些实验点的方式穿过它们的。很明显，对应于每一个 x_i 值，测得值 y_i 和最佳经验公式中的 y 值之间存在一偏差 δy_i，我们称 δy_i 为测得值 y_i 的偏差，即

$$\delta y_i = y_i - y = y_i - (kx_i + b) \qquad i = 1, 2, 3, \cdots, n$$

最小二乘法的原理就是：如果各测得值 y_i 的误差相互独立且服从同一正态分布，当 y_i 的偏差的平方和为最小时，得到最佳经验公式。若以 S 表示 δy_i 平方和，它应满足：

$$S = \sum (\delta y_i)^2 = \sum [y_i - (kx_i + b)] = \min(\text{极小}) \tag{1.6.3}$$

式（1.6.3）中各 x_i 和 y_i 是测得值，都是已知量，所以解决直线拟合的问题就变成了由实验数据组（x_i，y_i）来确定 k 和 b 的过程。

令 S 对 k 的偏导数为零，即

$$\frac{\partial S}{\partial k} = -2 \sum (y_i - kx_i - b)x_i = 0$$

整理得

$$\sum x_i y_i - k \sum x_i^2 - b \sum x_i = 0 \tag{1.6.4}$$

令 S 对 b 的偏导数为零，即

$$\frac{\partial S}{\partial b} = -2 \sum (y_i - kx_i - b) = 0$$

整理得

$$\sum y_i - k \sum x_i - nb = 0 \tag{1.6.5}$$

由式（1.6.4）和式（1.6.5）解得

$$k = \frac{\sum x_i \sum y_i - n \sum x_i y_i}{(\sum x_i)^2 - n \sum x_i^2} \tag{1.6.6}$$

和

$$b = \frac{\sum x_i \sum x_i y_i - \sum x_i^2 \sum y_i}{(\sum x_i)^2 - n \sum x_i^2} \tag{1.6.7}$$

将得出的 k 和 b 的数值代入直线方程 $y = kx + b$ 中，即得最佳的经验公式。

由式（1.6.5）得

$$b = \frac{\sum y_i}{n} - k \frac{\sum x_i}{n} \tag{1.6.8}$$

式（1.6.8）中 $\dfrac{\sum y_i}{n}$ 和 $\dfrac{\sum x_i}{n}$ 分别是数据中 y_i 的平均值 $\bar{y}$ 和 x_i 的平均值 $\bar{x}$，即式（1.6.8）可写为

$$b = \bar{y} - k\bar{x} \tag{1.6.9}$$

将式（1.6.9）代入方程 $y = kx + b$ 中，得

$$y - \bar{y} = k(x - \bar{x}) \tag{1.6.10}$$

由式（1.6.10）我们可以看出，最佳直线是通过（$\bar{x}$，$\bar{y}$）这一点的。因此，严格地说在作图时应将点（$\bar{x}$，$\bar{y}$）在坐标纸上标出。作图时应将作图的直尺以点（$\bar{x}$，$\bar{y}$）为轴心来回地转动，使各实验点与直尺边线的距离最近而且两侧分布均匀，然后沿直尺的边线画一条直线，即为所求的直线。

必须指出，实际上只有当 x 和 y 之间存在线性关系时，拟合的直线才有意义。为了检验拟合的直线有无意义，在数学上引进一个叫相关系数 r 的量，它的定义为

$$r = \frac{\sum \Delta x_i \Delta y_i}{\sqrt{\sum (\Delta x_i)^2} \sqrt{\sum (\Delta y_i)^2}}$$ (1.6.11)

式中　$\Delta x_i = x_i - \bar{x}$；

　　　$\Delta y_i = y_i - \bar{y}$；

r 表示两变量之间的函数关系与线性函数的符合程度。

r 越接近 1，x 和 y 的线性关系就越好；如果它接近于零，就可以认为 x 和 y 之间不存在线性关系。物理实验中，如果 r 达到 0.999，则说明实验数据的线性关系良好，各实验点聚集在一条直线附近。

上面介绍了用最小二乘法求经验公式中的常数 k 和 b 的方法。用这种方法计算出来的 k 和 b 是"最佳的"，但并不是没有误差。它们的误差估算比较复杂，这里就不介绍了。

习　题

1. 判断下列的误差属于哪一类误差。

(1) 千分尺零点不准。

(2) 手按停表测时间控制不准。

(3) 两个人在一个温度计上的读数不一样。

(4) 水银温度计毛细管不均匀。

(5) 电压扰动引起电压值读数不准。

(6) 未通电时，安培表的指针不指零。

2. 试证明，当测量次数 $n \leqslant 10$ 时不能使用拉依达准则剔除过失误差。

3. 下列等式右边未经注明的物理量均为直接测得量，分别用误差的方和根合成与误差的算术合成，写出下列函数的误差表达式：

(1) $V = \frac{1}{6}\pi d^3$。

(2) $f = \frac{A^2 - l^2}{4A}$。

(3) $\rho = \frac{m_1}{m_1 - m_2}\rho_0$，$\rho_0$ 为常量。

(4) $n = \frac{\sin i}{\sin r}$。

(5) $f = \frac{u\nu}{u + \nu}$。

(6) $V = \frac{\pi}{4}L(D_1^2 - D_2^2)$。

(7) $r = \sqrt{\frac{m}{\pi l \rho}}$。

4. 今有 5 个测量数据：2.06 cm、12.04 × 10⁻³ m、0.305 0 cm、3.070 × 10² mm、10.500 cm，问以上各测量数据分别有几位有效数字。

5. 根据有效数字运算规则计算下列各式。

(1) $75.78 + 13.5$。

(2) 800.5×4.25。

(3) $\dfrac{64.25 \times 4.6 + 8.00 \times 1.4}{4.64}$。

(4) $\dfrac{1\,000\sqrt{2}}{280.0 - 185.3}$。

(5) $\tan 11.6°$。

(6) $\sqrt[5]{8.25}$。

6. 误差一般取几位有效数字？测量结果的有效数字位数如何由其误差来决定？

7. 改错。

(1) $l = （20.1 \pm 0.02）$ cm。

(2) $t = （8.65 \pm 0.4）$ s。

(3) $g = （9.803 \pm 0.020\,4）$ m/s^2。

(4) 38.0 mm $= 3.8$ cm。

(5) $0.332 \times 0.332 = 0.110\,224$。

8. 一个圆柱体，测得其直径 $d = （2.040 \pm 0.001）$ cm，高度 $h = （4.026 \pm 0.001）$ cm，质量 $m = （149.18 \pm 0.02）$ g。试计算此圆柱体的密度及其测量不确定度。

9. 由单摆实验得到如下表所示的测量数据，请按作图规则作一直线，并计算直线斜率和重力加速度（提示：作图时坐标原点可取 $l = 0.600$ m，$T^2 = 2.400$ s^2）。

摆长 l/m	0.615	0.706	0.814	0.907	1.018	1.120	1.206
周期 T 的平方/s^2	2.474	2.837	3.269	3.652	4.095	4.497	4.853

10. 试用最小二乘法对上题中的数据进行直线拟合，求直线方程的斜率和截距，并由斜率求重力加速度。

11. 实验测得长方形的边长 a、b 的测得值为 a_1、a_2、a_3 及 b_1、b_2、b_3，计算长方形的面积 s 有两种方法：

(1) $\bar{s} = \bar{a}\bar{b}$，式中 $\bar{a} = \dfrac{1}{3}\sum\limits_{i=1}^{3} a_i, \bar{b} = \dfrac{1}{3}\sum\limits_{j=1}^{3} b_j$。

(2) $\bar{s} = \dfrac{1}{9}(a_1b_1 + a_1b_2 + a_1b_3 + a_2b_1 + a_2b_2 + a_2b_3 + a_3b_1 + a_3b_2 + a_3b_3) = \dfrac{1}{9}\sum\limits_{i=1}^{3}\sum\limits_{j=1}^{3} a_ib_j$

试证明两种方法是等效的，并指出哪种方法简单。

第二章

物理实验的基本测量方法

物理实验主要包括再现自然界的物理现象、寻找物理规律和对物理量进行测量三部分。因此，物理实验与物理测量既有区别，又有紧密的联系。在任何物理实验中，几乎都要对物理量进行测量，故人们有时也把物理测量称为物理实验，而且物理测量是泛指以物理理论为依据，以实验仪器、装置及实验技术为手段进行测量的过程。物理测量的内容广泛，包括力学、热学、电磁学、光学、声学等。所以根据不同的出发点和所考虑的内容对测量方法有不同的分法。

在物理实验的测量中，对于同一物理量，通常有多种测量方法。测量方法及其分类方法名目繁多，如按测量内容可分为电量测量和非电量测量；按测量数据的获得方式可分为直接测量、间接测量和组合测量；按测量进行方式可分为直读法、比较法、替代法和差值法；按被测量与时间的关系可分为静态测量、动态测量和估算测量等。

这里介绍几种基本的物理测量方法，有些方法之间有着必然的联系，不能截然分开。但为了叙述方便，分别归入不同的方法之中。在有些物理量测量中，可能同时包含了多种测量方法。

2.1 比 较 法

比较法是物理测量中最普遍、最基本的测量方法，它是将被测量与标准量具进行比较而得到测量值的。通常将被测量与标准量通过测量装置进行比较，当它们产生的效应相同时，两者相等。测量装置称为比较系统，比较法分为直接比较和间接比较。

1. 直接比较

一个待测物理量与一个经过校准的、属于同类物理量的量具或量仪（标准量）比较，从测量工具的标度装置上获取待测物理量量值的测量方法，称为直接比较测量法。它所使用的仪表，通常是直读指示式仪表，它所测量的物理量一般为基本量。如用米尺、游标尺和螺旋测微计测量长度；用秒表和数字毫秒计测量时间；用伏特表测量电压等。仪表刻度预先用标准量仪进行分度和较准，在测量过程中，读出相应刻度值即可。由于测量过程简单方便，在物理实验的测量中得以广泛应用。

有些比较要借助于某些仪器设备，经过一定的操作才能完成，称为比较系统。天平、电桥、电位差计等均是常用的比较系统。为了进行比较，常用以下方法：

（1）直读法。米尺测长度，电流表测电流强度，电子秒表测时间，都是由标尺示值或数字显示窗示值直接读出被测值，此为直读法。直读法操作简便，但一般测量准确度较低。

（2）零示法。在天平称量时，要求天平指针指零；用平衡电桥测电阻时，要求桥路中检流计指针指零。这种以示零器示零为比较系统平衡的判据，并以此为测量依据的方法称零示法（或零依法）。零示法操作手续较繁，但由于人的眼睛判断指针与刻线重合的能力比判断相差多少的能力强，故零示法灵敏度较高，从而测量精密度也较高。

（3）交换法和替代法。为消除测量中的系统误差，提高测量准确度，常用交换法和替代法。如为消除天平不等臂的影响，第一次称衡时在左盘放置被称量物，第二次称衡时在右盘放置被称量物，两次测量值的平均值即为被称量物的质量。类似的测量方法称交换法，在用平衡电桥测电阻时，先接入待测电阻，调电桥平衡，保持电桥状态不变，用可调电阻箱替换待测电阻，调电阻箱使电桥平衡，则电阻箱示值即为被测电阻的阻值。类似的测量方法称为替代法。

直接比较是将被测量与同类物理量的标准量具进行比较，通过判断被测量是标准量的倍数可直接得到被测量。其特点是：

1）同量纲。标准量和被测量的量纲相同。如米尺测量长度，秒表测量时间。

2）直接可比。标准量与被测量直接比较，不需要繁杂运算即可得到结果。如天平称质量，只要天平平衡，砝码质量就是被测物的质量。

3）同时性。标准量与待测量在比较的同时，结果即可得出，没有时间的延迟和滞后。

直接比较事先制成很多可供比较的标准量具，如直尺、角规等。测量中根据不同的被测对象及误差要求，选用不同的标准量（仪器），所以测量精度受仪器的限制。

2. 间接比较

由于某些物理量无法进行直接比较测量，故需设法将被测量转变为另一种能与已知标准量直接比较的物理量，当然这种转变必须服从一定的函数关系。如用弹簧的形变去测力、用水银的热膨胀去测温等均为这类测量，也称间接比较。

有些物理量难以制成标准量具，而是利用物理量之间的函数关系制成与标准量相关的仪器，再用这些仪器与待测量进行比较。如电流表、电压表等均采用电磁力矩与游丝力矩平衡时，电流大小与电流表指针的偏转之间具有一一对应关系而制成；温度计采用物体体积膨胀与温度的关系制成。所以，虽然它们能直接读出结果，但根据其测量原理应属间接比较。

一般而言，间接比较需要选取一个中间量，为了减小误差，要求待测量与中间量的关系最简单，同时必须稳定。如任何液体的体积均随温度发生变化，但通常温度计却使用水银，这是由于在温度变化不大时，水银的体积膨胀与温度成线性关系且比较稳定，同时水银与玻璃毛细管无浸润，流动性好。

有时，只有标准量具还不够，还要配置比较系统，使被测量和标准量能够实现比较。如物体的质量与标准量砝码是通过天平这一比较系统来实现比较。又如只有标准电池还不能测量电压，还需要由比较电阻等附属装置等组成电位差计来测电压，这些装置构成了比较系统。

有一些物理量难以用直接比较测量法测量时，可以利用物理量之间的函数关系将被测量与同类标准量进行间接比较测出其值。图 2.1.1 是将待测电阻 R_x 与一个可调节的标准电阻 R_s 进行间接比较的测量示意图。若稳压电源输出

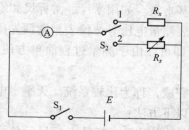

图 2.1.1　间接比较法示意图

V 保持不变，调节标准电阻值 R_s 使开关 S_2 在"1"和"2"两个位置时，电流指示值不变，则

$$R_x = R_s = \frac{V}{I}$$

如果在示波器的 X 偏转板和 Y 偏转板上分别输入正弦电压信号，其中一个为频率待测电信号，另一个为频率可调的标准电信号。若调节标准电信号的频率，当两个电信号的频率相同或成简单的整数比时则可以利用在荧光屏上呈现的李萨如图形间接比较两个电信号的频率。设 N_x、N_y 分别为 X 方向和 Y 方向切线与李萨如图形的切点数，则

$$\frac{f_y}{f_x} = \frac{N_x}{N_y}$$

2.2　放　大　法

实验中往往会遇到一些值很小的物理量或物理量的变化很微弱，即便能够找到可与之进行比较的标准量，也会因为这些量位过小而用肉眼无法分析和判断，此时需把这些量进行放大，使得测量成为可能。

1. 机械放大

利用部件之间的几何关系，使标准单位量在测量过程中得到放大，从而提高测量仪器的分辨率，达到提高测量精度的目的。

螺旋测微器和读数显微镜的读数系统是机械放大的典型例子。螺旋测微装置由主尺和鼓轮组成，一般主尺上 0.5 mm 对应鼓轮的 50 格或主尺上 1.0 mm 对应鼓轮的 100 格。所以，其放大倍数为 100。测量精度由 1 mm 变为 0.01 mm，提高了 100 倍。游标卡尺也是利用放大原理，将主尺上的 1 mm 放大为游标上的 n 格，n 一般为 10、20 和 50，将测量精度分别提高为 0.1 mm、0.05 mm 和 0.02 mm。

一根很细的金属丝，要直接用毫米尺测出它的直径是很困难的。这时，可以把它绕在一个光滑的直径均匀的圆柱体上。用毫米尺测量 n 匝的长度 L。则 L/n 就是细丝的直径，n 就是放大倍数。再如测量单摆周期时，测一个周期时的按表误差很大，这时可以测 n 次摆动的总时间 t，则周期 $T = t/n$，把按表误差平均分配在了 n 个周期中。以上两种方法都有先决条件，即细丝的直径必须均匀，每次摆动的周期必须相同。这种方法又称为累积（计）放大法。

2. 光学放大法

光学放大法分为视角放大和微小变化量放大两种。显微镜和望远镜属于视角放大仪器，它们只能放大物体的几何线度，帮助观察者分辨物体的细节或便于使测量基准对齐。而真正要测出被测物的尺寸，必须配以相应的读数装置。测微目镜、读数显微镜即为光学视角放大与机械放大的组合型仪器，其观察采用显微镜放大，便于测量基准对齐，而读数利用螺旋测微系统。光杠杆则是微小变化量值的直接放大。在复射式灵敏检流计中也应用了光杠杆放大原理（光杠杆原理见实验 3.5.1—用伸长法测定金属丝杨氏模量）。

3. 电磁放大

在电、磁等物理量的测量中，往往待测信号很微弱，必须经过放大才能测量。另外，很

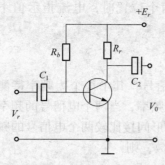

图 2.2.1　晶体管放大电路

多非电学量如压强、光强、温度、位移等，都可以先经过相应的传感器转换为电学量，然后放大测量，这种方法在工程测量中的应用非常广泛。电磁放大一般由电子仪器实现，对其要求有：

（1）尽量工作在线性区。

（2）抗外界干扰（温度、湿度、振动、电磁场影响）性能好。

（3）工作稳定，不发生漂移。

在物理实验中往往需要测量变化微弱的电信号（电流、电压或功率），或者利用微弱的电信号去控制某些机构的动作，必须用电子放大器将微弱电信号放大后才能有效地进行观察、控制和测量。电子放大作用是由三极管完成的。最基本的交流放大电路如图 2.2.1 所示的共发射极三极管放大电路。当微弱信号 V_r 由基级和发射极之间输入时，在输出端就可获得放大了一定倍数的电信号 V_0。

2.3　补　偿　法

补偿测量法是通过调整一个或几个与被测物理量有已知平衡关系（或已知其值）的同类标准物理量去抵消（或补偿）被测物理量的作用，使系统处于补偿（或平衡）状态。处于补偿状态的测量系统，被测量与标准量具有确定的关系，由此可测得被测量值，这种测量方法称为补偿法，也称为平衡测量法。

如图 2.3.1 所示，两个电池与检流计串接成闭合回路，两个电池正极对正极，负极对负极相接。调节标准电池的电动势 E_0 的大小，当 E_0 等于 E_x 时，则回路中没有电流通过（检流计指针指零），这时两个电池的电动势相互补偿了，电路处于补偿状态。因此利用检流计就可判断电路是否处于补偿状态，一旦处于补偿状态，则 E_x 与 E_0 大小相等，就可知道待测电池的电动势大小了。这种测量电动势（或电压）的方法就是典型的补偿法。

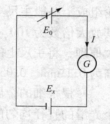

图 2.3.1　补偿法

补偿法大多用在补偿测量和补偿校正系统误差两个方面。

1. 补偿测量

设系统中 A 效应的量值为测量对象，但由于物理量 A 不能直接测量或难以测准，就用人为方法制造出一个 B 效应与 A 补偿，制造 B 效应的原则是 B 效应的量值应易于测量或已知。这样，用测量 B 效应的方法求出 A 效应的量值。

完整的补偿测量系统由待测装置、补偿装置、测量装置和指零装置组成。待测装置产生待测效应，要求待测量尽量稳定，便于补偿。补偿装置产生补偿效应，要求补偿量值准确达到设计精度。测量装置将待测量与补偿量联系起来进行比较。指零装置是一个比较仪器，由它来显示待测量与补偿量是否达到完全补偿。只有补偿装置所用仪器和示零装置的精度足够高才能使补偿测量具有足够高的精度。

电位差计和电桥均属补偿测量。但需注意，由于待测量和补偿量要进行比较，所以，补偿法又包含了比较。

2. 用补偿法校正系统误差

测量中，往往由于存在某些不合理因素而产生系统误差，且无法排除。想办法制造另一种因素去补偿不合理因素的影响，使得这种影响消失、减弱或对测量结果无影响，这个过程就是用补偿法校正系统误差。例如用电阻应变片测量应变实验中，由于应变片由金属制成，其阻值随温度的变化而变化。为了使温度变化引起的阻值变化对电桥的平衡不产生影响，必须在电桥的另一个臂上接一材料、参数完全相同的温度补偿片，使得它们对电桥的影响刚好相反，即应变片和补偿片处于同一温度变化环境时，其阻值同时且同大小变化，但它们的变化对电桥平衡状态无影响，电桥始终平衡。再例如在电路中常使用廉价的碳膜和金属膜电阻器，这两种电阻的温度系数都很大，因而只要环境温度变化或电阻自身发热，它们的阻值就变化很大，影响电路的稳定性。但是金属膜电阻的温度系数为正，碳膜电阻的温度系数为负，若将它们适当搭配串联在电路里，就可以使电路不受温度变化的影响。

另外，在电子线路里常配置各种补偿电路来减小电路的某种浮动；在光学实验中为防止由于光学器件的引入而影响光程差，在光路里常人为地适当配置光学补偿器来抵消这种影响。

2.4　转　换　法

在实验中，有很多物理量由于其属性关系，很难用仪器、仪表直接测量，或者因条件所限，无法提高测量的准确度。此时可以根据物理量之间的定量关系，把不易测量的待测物理量转换为容易测量的物理量后进行测量，之后再反求待测物理量，这种方法叫转换测量法。

物理量之间总是存在一定的联系，各个物理量相互联系、相互依存，在一定条件下相互转化。当物理量之间的关系已知时，就可以将一些不易测量的物理量转化为较易测量的物理量进行测量，这种转换测量法在物理实验中常用。

转换法一般可分为参量转换和传感器转换两大类。

1. 参量转换法

参量转换法是利用物理量之间的某种变换关系（或函数关系），实现各参量之间的变换，以达到测量某一物理量的目的。这种方法几乎贯穿于整个物理实验之中，例如伏安法测电阻是根据欧姆定律，将对 R 的测量转变为对电流 I 和电压 U 的测量，从而得到 $R = U/I$。利用单摆测重力加速度 g，是将对 g 的测量转换为对 L、T 的测量。从以上可以看出，间接测量属于参量转换测量。

2. 传感器转换法

传感器转换测量法，是指某种形式的物理量，通过变换器（传感器）变成另一种形式物理量的测量方法。由于电学测量方便、迅速、容易实现，且能与计算机连接进行数据自动采集和处理，所以最常见的传感器转换测量法是将非电学量转换为电学量的测量。

传感器是根据某一物理原理或效应而制成的，传感器是把非电的被测物理量转换成电学量的装置，是非电量电测系统中的关键器件。传感器是根据某一物理原理或效应而制成的，传感器转换测量法有：

（1）温度－电压转换。进行温度－电压转换，可用热电偶来实现。热电偶是根据两种不同材料的金属接触时产生电势的接触电势效应和单一金属两端因温度不同而产生电势的温差电势效应而制成的。当两种不同材料的金属导体两端接触，且两端温度又不同时，高低温两端出现电势差。此电势差与材料和温度有关。若测出此电势差，并已知一端的温度（比如把此端置于冰水中），便可查阅事先编制好的表格而知另一端的温度。这就是热电偶温度计。

将热学量通过热电传感器转换成电学量进行测量。热电传感器种类很多，它们虽然依据不同的物理效应，具有不同的用途，但都是利用材料的温度特性。常用的热电传感器有金属电阻热传感器、热敏电阻、P-N 结传感器和热电偶。

（2）压强－电压转换。该方法是将压力转换成电学量进行测量，常用于厚度、速度和声速测量。熟知的话筒就是把声压转换成电信号。

进行压强－电压转换，可用压电传感器来实现，这是利用某些材料的压电效应制成的。某些电介质材料，当沿着固定方向对其施力而使其变形时，内部产生极化现象，同时在它的两个表面上便产生符号相反的电荷，形成电势差，其大小与受力大小有关；当外力去除后，又重新恢复不带电状态；当作用力的方向改变时，电荷的极性也随之改变。这种现象称为正压电效应。反之，当在电介质的极化方向上施加电场，则会引起电介质变形，这种现象称逆压电效应，正压电效应可用来测量力与压强的大小，如对压电传感器施以声压，则会输出交变电压，通过测量电压的各参量而得知声波的各参量。

（3）磁感应强度－电压转换。进行磁感应强度－电压转换，可通过霍尔元件实现。霍尔元件是由半导体材料制成的片状物，当把它置于磁场中，并于两相对薄边上加电压，内部流有电流后，相临两薄边将有异号电荷积累，出现电势差，其大小、方向与材料、电流大小及磁场磁感应强度有关。此效应称霍尔效应，用霍尔片可测磁感应强度。

该方法主要是利用半导体材料的霍耳效应，把磁场大小转换为相应的电压大小进行测量，其基本原理见实验 4.9 "霍耳效应及其应用"。或者利用电磁感应原理，把磁场的变化转变为电流的变化，通过对电流的测量，达到对磁场及其相关物理量的测量。

（4）光－电转换。实现光－电转换的器件很多。利用光电效应制造的光电管、光电倍增管可测定相对光强。光敏电阻是根据有些材料的电阻率会因照射光强不同而不同的性能制成的，因而可用它测量光束中谱线光强。光电池受到光照后会产生与光强有一定关系的电动势，从而可通过测电势来测量入射光的相对光强。光敏二极管，光敏三极管等器件，多用于电路控制。

光电检测是将光能转换为电信号再测量，其基本原理是光电效应，一般可分为两种类型：

1）外光电效应，在光照下物体吸收光能，电子动能增加，从而逸出材料表面，该现象称为外光电效应，如光电管、光电倍增管等。

2）内光电效应，内光电效应根据其产生的原因分为两类：光电导效应和光生伏特效应。

① 光电导效应：入射光强改变物质导电率的现象称为光电导效应，如光敏电阻。

② 光生伏特效应：当 P-N 结受到光照时，如果光子能量大于半导体材料的禁带宽度，电子就能从价带跃迁到导带，成为自由电子，而价带则相应成为自由空穴。这些电子和空穴对在 P-N 结内部电场作用下，电子向 N 区移动，空穴向 P 区移动，使 N 区带上负电，P 区带上正电，于是 P-N 结两侧便产生了光生电动势，如光电二极管、光电三极管和光电池等。

2.5　模　拟　法

在研究物质的运动规律、探求自然界奥秘或解决工程技术问题中，经常会碰到一些特殊的情况，比如研究对象过分庞大、变化过程太迅猛或者太缓慢、所处环境太恶劣太危险等情况，以致难于对研究对象进行直接测量。于是依据相似理论，人为地制造一个类同于研究对象的物理现象或模型，用对模型的测试代替对实际对象的测试，这种方法称为模拟法。模拟法分为物理模拟和数学模拟。

1. 物理模拟

人为制造的"模型"和实际"原型"有相似的物理过程和几何形状，以此为基础的模拟方法即为物理模拟。物理模拟法可分为：

（1）几何模拟，对实验对象进行几何尺寸的放大或缩小，用模型来研究实验对象的物理性能和运动的变化规律，如模拟水坝泥沙沉积实验。

（2）动力学相似模拟，在物理性质上保证模型与实验对象一致的模拟方法，如飞行器的风洞实验。

（3）替代和类比模拟，利用物理量之间的物理性质或规律的相似性或等同性进行模拟的方法，如静电场模拟实验。

例如，为了研究高速飞行的飞机上各部位所受的空气作用力，便于飞机的设计，人们首先制造一个与飞机几何形状相似的模型，将其放在风洞中，创造一个与实际飞机在空中飞行完全相似的物理过程，通过对模型飞机受力情况的测试，便可以在较短的时间、方便的空间，以较小的代价获得可靠的实验数据。又例如，在空间科学技术的发展过程中，许多实验都先在实验室进行模拟实验，取得初步结果后，再发射人造卫星完成进一步的实验。

物理模拟具有生动形象的直观性，并可使观察的现象反复出现，因此具有广泛的应用价值，尤其对那些难以用数学方程式来准确描述的研究对象常被采用。

2. 数学模拟

数学模拟是指把两个物理本质完全不同，但具有相同的数学形式的物理现象或过程的模拟。例如模拟静电场实验中，根据电流场与静电场具有相同的数学方程式，用稳恒电流场来模拟静电场。

随着计算机技术的不断发展和广泛应用，人们可以通过计算机模拟实验过程，从而可预测可能的实验结果。这是一种新的模拟方法——人工智能模拟，它属于计算物理的研究范畴。由于计算机虚拟现实功能的实现，计算机仿真实验已成为物理实验的一部分。计算机仿真实验可以利用键盘和鼠标控制计算机上的仿真仪器，在计算机上实现实验现象的观察、测量、数据处理等各项任务。

模拟法是一种极其简单易行有效的测试方法，在现代科学研究和工程设计中被广泛地应用。例如在发展空间科学技术的研究中，通常先进行模拟实验，获得可靠的必要的实验数据。模拟法在水电建设、地下矿物勘探、电真空器件设计等方面都大有用处。

以上分别介绍了几种典型的测量方法，在具体的科学实验中，往往把各种方法综合起来使用。因此，实验者只能对各种方法有深刻的理解，才能在未来的实际工作中得心应手地综合应用。

第三章

力学和热学实验

3.0　力学和热学实验基础知识

1. 力学中的基本量

（1）长度。在国际单位制中，长度的单位是米（m）。按 1983 年第 17 届国际计量大会的决议，米是光在真空中于（1/299 792 458）s 的时间间隔内所经过的距离。

在力学实验中，测量长度的常用仪器有米尺、游标卡尺、千分尺（螺旋测微计）和读数显微镜等。其中后两种仪器在测量几个 mm 的长度时，可得到四位有效数字。进行更小尺度的测量一般则需用光学方法。

（2）质量。在国际单位制中，质量的单位是千克（kg）。按 1901 年第 3 届国际计量大会的决议，1 kg 等于国际千克原器的质量。国际千克原器是保存在巴黎国际度量衡局里的一个特制的铂铱合金圆柱体。

物理实验中，测量质量的常用仪器有物理天平和分析天平。物理天平的调整和使用参见本书实验 3.1 "长度和密度的测量"。

（3）时间。在国际单位制中，时间的单位是秒（s）。按 1967 年第 13 届国际计量大会的决议，1 s 是铯 133 原子基态的两个超精细能级之间跃迁所对应的辐射的 9 192 631 770 个周期的持续时间。

实验中常用的测量时间的仪器有机械秒表、电子秒表和电子计时仪（如数字毫秒计、数字频率仪等）。

2. 热学中的基本量

（1）温度。在国际单位制中，温度的单位是开尔文（K）。按 1967 年第 13 届国际计量大会的决议，1 K 是水三相点热力学温度的 1/273.16。此即国际温标的单位，国际温标以 T 表示。此外，常用的温标还有：

摄氏温标 $t = T - 273.16$，单位为摄氏度（℃）。

华氏温标 $t_F = 32 + \dfrac{9}{5}t$，单位为华氏度（℉）。华氏度为非法定计量单位。

实验中测量温度的常用仪器有水银温度计、酒精温度计、热电偶温度计和光学高温计等。各种温度计有不同的适宜测温区域，实验时应根据温度的高低和被测物体的状态，选取适当的温度计。

（2）热量。热量不是基本量，但在实验中经常需要测量它。热量的单位与功、能量的单位相同，都是焦耳（J）。测量被传递的热量时很难避免系统与外界交换热量，从而给实验带来系统误差。消除系统误差的方法有两类：

1）完善实验手段，改进仪器的装置和结构，尽量减少与外界交换热量。

2）从理论上计算出散失的热量，对实验结果进行修正。

实验 3.1 长度和密度的测量

长度和质量是两个基本物理量。本实验是大学物理实验中最基本的一个实验，通过该实验，可以初步了解掌握物理实验的基本要求和基本步骤，以及误差处理的一些基本知识，为以后的实验打下坚实的基础。

【实验目的】

（1）熟悉米尺、游标卡尺、千分尺和物理天平的构造及读数原理，学会正确的调节使用方法。

（2）了解测定长度和密度的基本方法。

（3）学会误差传递的基本知识，掌握有效数字的记录与误差计算。

【实验仪器】

米尺、游标卡尺、千分尺、物理天平、小钢球、空心圆柱体、烧杯、石蜡及其他待测样品等。

【实验原理】

测量长度常用的方法是比较法。各种量具仪器提供不同精度的单位量，让待测量分别与这些单位量进行比较，得到具有不同精度的测量值。常用的量具仪器有米尺、游标卡尺、千分尺、移测显微镜、测距仪和比长仪等。此外，测量长度的方法也比较多，有放大法、衍射法、干涉法、转换法和莫尔条纹技术等。质量是物质的基本属性之一，物质质量的大小一般用天平来测量。

物质的密度 ρ 定义如下：单位体积的物质所具有的质量称为该物质的密度。如果物体的质量为 M 和体积为 V，则其密度为

$$\rho = \frac{M}{V} \qquad (3.1.1)$$

对于形状规则的固体，例如，长方体、圆柱体和球体等，可以测出长和宽或直径和高而得到物体的体积 V，由天平测量出质量 M，于是物质的密度 ρ 可间接测出。

对于形状不太规则或极不规则的固体，例如，矿石、炉料和矿渣等，测量试样的体积就成为测量密度的关键。下面提供两种典型的实验室测量方法。

1. 流体静力称衡法

（1）待测物体的密度大于选用液体的密度。设物体在空气中有质量为 M_1，全部浸没纯水中后的质量为 M_2，则物体受到的浮力为

$$F = (M_1 - M_2)g \qquad (3.1.2)$$

根据阿基米德定律，物体在液体中所受到的浮力的大小，等于物体所排开的液体的重量，即

$$F = \rho_0 gV \qquad (3.1.3)$$

式中 ρ_0 为纯水的密度，g 为重力加速度，V 为物体所排开纯水的体积。由（3.1.2）式和（3.1.3）式得

$$V = \frac{M_1 - M_2}{\rho_0} \tag{3.1.4}$$

由于物体是全部浸入纯水中，因此 V 也是整个物体的体积。由（3.1.1）式和（3.1.4）式得

$$\rho_{固} = \frac{M_1}{M_1 - M_2} \cdot \rho_0 \tag{3.1.5}$$

用天平分别称出 M_1 和 M_2，根据室温 t 查出纯水的密度 ρ_0（见附表），即可由式（3.1.5）间接测量出待测固体的密度 $\rho_{固}$。

（2）待测物体的密度小于选用液体密度。如果待测固体的密度小于液体的密度，用上述方法时待测物体将无法浸没在液体中。于是选择另一辅助重物，将待测物体在空气中的质量 M_1 称出，然后将重物用细线挂在待测物体的下方，如图 3.1.1 所示。先将辅助重物浸没在液体中，称得质量为 M_2，再将两者一起浸没在液体中，称得质量为 M_3，则可求出待测物体浸没在液体中所受的浮力：$F = (M_2 - M_3)g$。所以，待测物体的密度为

$$\rho = \frac{M_1}{M_2 - M_3}\rho_0 \tag{3.1.6}$$

2. 比重瓶法

比重瓶是测定液体和小块固体密度的常用仪器，如图 3.1.2 所示。

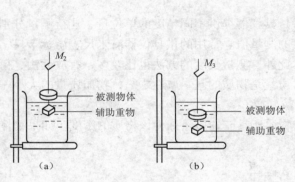

图 3.1.1　小密度值的测定

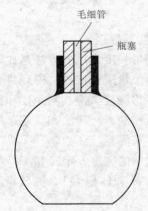

图 3.1.2　比重瓶

（1）测量液体密度。用比重瓶测量液体密度时，需先称出比重瓶的质量 M_0，然后将纯水注满比重瓶称出水和比重瓶的总质量 M_1，最后在比重瓶内换上待测液体称出其总质量 M_2。这样，同体积纯水的质量和待测液体的质量分别为（$M_1 - M_0$）和（$M_2 - M_0$）。若待测液体的密度为 ρ，纯水密度为 ρ_0，由于体积相同，同样可以导出待测液体的密度为

$$\rho = \frac{M_2 - M_0}{M_1 - M_0} \cdot \rho_0 \tag{3.1.7}$$

（2）测小块固体的密度。用比重瓶测量不溶于水的小块固体的密度，可依次称出小块固体（群）的质量 M，盛满纯水后比重瓶与水的总质量 M_1，装满纯水的瓶内投入小块固体（群）后的总质量 M_2。显然，小块固体（群）排开液体的质量为（$M + M_1 - M_2$），排出瓶外水的体积就是小块固体（群）的体积。由此得出小块固体的密度为

$$\rho = \frac{M}{M + M_1 - M_2} \cdot \rho_0 \tag{3.1.8}$$

【仪器简介】

1. 米尺

实验室常用的米尺，选用温度系数较小的不锈钢或某些合金制成。其最小分度为 1 mm，用米尺测量时，可准确到 mm 这一位。按读数规则，mm 的下一位应该估读，估读的这一位可疑数字虽然存在误差但仍能反映出这位数的可靠程度，因此需要保留。米尺的量程有各种不同的规格。

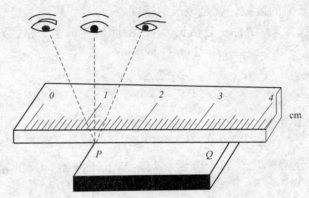

图 3.1.3 读数时防止视差

使用米尺的注意事项：

（1）测量时，应将刻度的一边与被测物体平面贴紧、对齐并正视读数，要尽量避免视差。

（2）为避免米尺两端的磨损而产生误差，测量时可不用尺的端点作为起点。若需多次测量，可选择不同的起点，以避免刻度的不均匀而引起的误差。

2. 游标卡尺（亦称游标尺）

游标是为了提高角度、长度微小量的测量精度而采用的一种读数装置，长度测量用的游标卡尺就是用游标原理制成的典型量具。游标卡尺的外形结构如图 3.1.4 所示。

当拉动尺框 3 时，两个量爪做相对移动而分离，其距离大小的数值从游标 6 和尺身 2 上读出。外量爪 5 用于测量各种外尺寸；内量爪 7 用于测量深度不深于 12 mm 的孔的直径和各种内尺寸；深度尺 1 固定在尺框 3 的背面，能随着尺框在尺身 2 的导槽（在尺身背面）内滑动，用于测量各种深度尺寸，测量时，尺身 2 的端面 A 是测定定位基准。

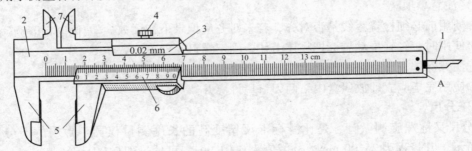

图 3.1.4 游标卡尺

1—深度尺；2—尺身；3—尺框；4—紧固螺钉；5—外量爪；6—游标；7—内量爪

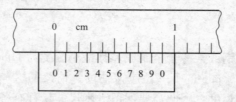

图 3.1.5 十分游标尺的 ΔL

（1）游标卡尺的最小分度值。游标尺的最小分度值是指主尺与游标最小分度之差值。如图 3.1.5 所示，十分游标尺的游标的 10 个分格总长与主尺 9 个分格总长相等，均为 9 mm，游标的一个小格为 0.9 mm，主尺与游标 1 分格之差为 0.1 mm，0.1 mm 就是十分游标尺的最小分度值，即游标上一个分格的读数，就是该尺的精度。

令主尺的一分格长为 x，游标一分格长为 y，游标刻有 m 个分格，则有

$$(m-1)x = my$$

$$y = \frac{m-1}{m}x$$

则

$$\Delta L = x - y = \frac{x}{m} \tag{3.1.9}$$

用此式可算出十分游标尺、二十分游标尺，与五十分游标尺的精度分别为 0.1 mm、0.05 mm 与 0.02 mm。

（2）游标卡尺的读数。当游标卡尺合拢时，游标的"0"刻线应与尺身的"0"刻线对齐；当用游标卡尺测量时，如物体的长度为 L，则游标"0"刻线与尺身的"0"刻线之间的距离即为 L。长度的毫米以上部分可以直接从尺身上读出，即游标左侧的尺身刻度数 L_0；毫米以下的部分从游标上读出，游标上的哪一条刻线与尺身的刻线对齐，此游标刻线前的游标分格数乘以卡尺的分度值即为该长度的毫米以下值 ΔL。所以该物体的长度为 $L = L_0 + \Delta L$。如图 3.1.6 所示 $L_0 = 20.00$（mm），$\Delta L = 15 \times 0.02 = 0.30$（mm），长度 $L = L_0 + \Delta L = 20.30$（mm）。

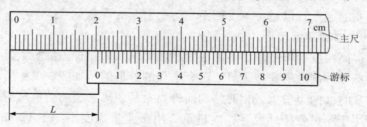

图 3.1.6 游标卡尺的读数举例

（3）注意事项。

1）使用前必须检查零线是否对齐，若未对齐应记录下初读数。

2）使用时，轻轻推动游标把物体卡住，固定螺钉 4 即可读数。

3）注意保护量爪，切忌被测物在卡口内挪动、摩擦。

4）使用完毕应立即放回盒内，两刀口稍许离开。

3. 千分尺

千分尺又称螺旋测微计，是比游标卡尺精度高的长度测量仪器。常用的千分尺如图 3.1.7 所示，其量程为 25.00 mm，分度值为 0.01 mm，可估读到 0.001 mm。

（1）构造。千分尺的主要部分是精密测微螺杆和套在测微螺杆上的固定套管以及紧固

在螺杆上的微分筒。固定套管上的主尺有两排刻线：1 mm 刻线和 0.5 mm 刻线。微分筒圆周上刻有 50 个分格，当它转一周时，测微螺杆前进或后退一个螺距（0.5 mm），所以，它的分度值为（0.5/50）mm，即 0.01 mm。它是采用机械放大原理来提高精度的。

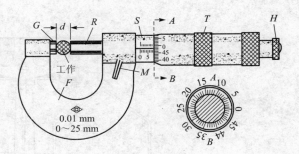

图 3.1.7　千分尺
F—尺架；G—测砧；R—测微螺杆；S—固定套管；T—微分筒；H—测力装置（棘轮）

（2）读数方法（见图 3.1.8）。

1）测量前应检查零位是否对齐，若不齐则应记下修正值，并注意修正值的正负。

2）0.5 mm 以上的数值由主尺读出，0.5 mm 以下的数值从微分筒读出并估读到 0.001 mm。

3）注意主尺上 0.5 mm 刻度是否露出微分筒的边缘。

（3）注意事项。

1）测量时须使用棘轮作为保护装置，当测微螺杆即将接触到被测物时，应旋转棘轮，直到接触上被测物时，它就自行打滑，并发出咔咔声音，此时应停止旋转，进行读数。

2）手握千分尺的绝热部分，以免因热膨胀而影响测量精度。

3）用完放回仪器时，应将测微螺杆退回几转，留出空隙，以免因热膨胀使测微螺杆变形。

4）无论是往哪个方向旋转都不能用力过猛。

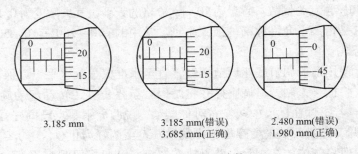

3.185 mm　　　　3.185 mm(错误)　　　2.480 mm(错误)
　　　　　　　　3.685 mm(正确)　　　1.980 mm(正确)

图 3.1.8　千分尺的读数

4. 物理天平

（1）构造原理。物理天平的实质是一个等臂杠杆。其构造如图 3.1.9 所示，主要由底座、支柱和横梁三大部分组成。

底座上有调节水平的螺钉和水准仪。支柱在底座的中央，内附有升降杆，通过起动旋钮能使升降杆上的横梁上升或下降；支柱下端附有标尺，横梁上装有三个刀口，中间主刀口置于支柱顶端的玛瑙垫上，作为横梁的支点；两侧刀口各悬挂一个秤盘；横梁下端中部固定一指针，升起横梁时，指针尖端将在支柱下方标尺前摆动；起动旋钮使横梁下降时有制动架托住，以免损伤刀口；横梁两端有平衡调节螺母，为空载调节平衡时用；横梁上装有游码，用于 1.00 g 以下的称衡；支柱左方装有烧杯托盘，可以托住被称衡的物体。

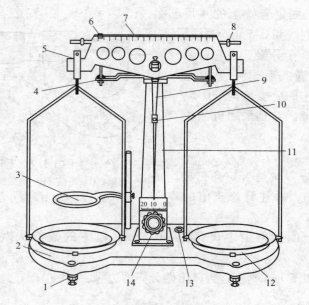

图 3.1.9　物理天平

1—水平调节螺钉；2—底座；3—托架；4—支架；5—标尺挂钩；6—游码；7—横梁及游码标尺；

8—平衡调节螺母；9—读数指针；10—感量调节器；11—支柱；12—托盘；13—水准仪；14—起动旋钮

物理天平的规格由两个参量表示：

1）感量。它是指天平平衡时，使指针偏转一分格，在一端所增加的质量。感量越小，天平的灵敏度越高。常用的物理天平的感量有 10 mg/分格、50 mg/分格等。有时也用灵敏度表示天平的规格，它和感量互为倒数。感量为 10 mg/分格的天平，其灵敏度为 0.1 分格/mg。

2）称量。它是指天平允许称衡的最大质量。常用的有 0~200 g、0~500 g 等。

（2）使用方法。

1）调水平。使用前应调节底座调节螺钉，直至水准仪显示水平，以保证支柱铅直。

2）调零点。将横梁上副刀口调整好并将游码移至零位处，转动起动旋钮升起横梁，观察指针摆动情况。若指针在标尺中线左右对称摆动，说明天平零点已调好；若摆动不对称应立即放下横梁，调节横梁两端平衡螺母，再观察，直至调好为止。

3）称衡。一般将物体放在左盘，砝码放在右盘，升起横梁观察平衡；若不平衡，按操作程序反复增减砝码，直至平衡为止。平衡时，砝码与游码读数之和即为物体的质量。

（3）注意事项。

1）应保持天平的干燥、清洁，尽可能将天平放置在固定的实验台上，不宜经常搬动。

2）称衡中使用起动旋钮要轻升轻放，切勿突然升起与放下，以免刀口撞击。被测物体和砝码应尽量放在托盘中央。

3）被称物体的质量不得超过天平的称量。

4）调节平衡螺母、加减砝码、更换被测物、移动游码时，必须将横梁放下进行。

5）加减砝码、移动游码必须用砝码镊子，严禁用手拿。天平使用完毕后，将横梁放下，砝码放入砝码盒，托盘架从副刀口取下置于横梁两端。

附：消除天平系统误差的方法——复称法

只有在天平两臂严格等长时，称得物体的质量才等于砝码的质量。事实上，天平两臂不总是严格等长的，平衡时，砝码显示的质量与被测物的质量就不是严格相等，为了消除这种系统误差的影响，需要用复称法称衡。

设 L_1，L_2 为天平左右两臂的长度，物体 M 放在左盘，砝码 M' 放在右盘，平衡时，必可得到 $ML_1 = M'L_2$，由于两臂不等，M 和 M' 也不等，如将物体和砝码交换重新达到平衡，左盘砝码为 M'' 时，有 $M''L_1 = ML_2$。由上两式相比后，用二项式定理展开，并考虑到 $[(M'' - M')/M'] = (\Delta M/M') \ll 1$，有

$$M = \sqrt{M'M''} = \sqrt{M'(M' + \Delta M)} = \sqrt{M'^2\left(1 + \frac{\Delta M}{M'}\right)}$$

$$\approx M'\left(1 + \frac{1}{2}\frac{M'' - M'}{M'}\right) = \frac{1}{2}(M' + M'')$$

即物体的质量为两次称衡的平均值。

复称法消除系统误差的原理也常用在其他物理量的测量中。

【实验内容】

（1）用钢直尺测长方体盒的长、宽、高各 10 次，把测得数据填入表 3.1.1 中。并计算其体积，写出结果表达式。

（2）用游标卡尺测圆柱体的内径、外径、高及孔深各 10 次，把测得数据填入表 3.1.2 中。写出各测得量的结果表达式。

（3）测钢球密度。用千分尺测小钢球的直径，不同位置测 10 次，计算其体积。用物理天平采用复称法测出其质量（单次测量）。把测得数据填入表 3.1.3 中。其体积可用公式 $V = \frac{1}{6}\pi D^3$ 求出，则其密度为 $\rho = \frac{6m}{\pi D^3}$。计算出密度及标准差，写出结果表达式。

（4）用流体静力称衡法测蜡块的密度。当待测固体的密度 ρ 小于液体密度 ρ_0（取液体为水）时。

① 调节好天平，然后称出该物体在空气中的质量 M_1。

② 将装好纯水的玻璃杯放在左方托架上，然后用细线绑好待测固体与辅助重物，如图 3.1.1（a）和图 3.1.1（b）。先将辅助重物浸没在液体中使待测物体处于液体的上面，称得质量为 M_2，再将两者一起浸没在液体中，称得质量为 M_3。

③ 用温度计测出水温，从附表中查出该温度下纯水的密度 ρ_0。

④ 将测量数据记录在表 3.1.4 中，按照式（3.1.8）计算出待测固体的密度并计算出测量误差，写出测量结果表达式。

【数据记录与处理】

表 3.1.1 用米尺测长方体盒的长、宽、高

实验台号：　　　　　仪器名称：　　　　　精度：　　　　　单位：

量　　次数	长		宽		高	
	a_i	Δa_i	b_i	Δb_i	c_i	Δc_i
1						

【实验内容】

1. 测量重力加速度

（1）测量摆长。取摆长为 150 cm 左右，用米尺测量摆线长 l，用游标卡尺测量小球直径 D，分别测量 6 次，取摆长 $\overline{L} = \overline{l} + \dfrac{\overline{D}}{2}$。

（2）测量单摆周期。移动小球一个小角度（不超过 5°），使小球在竖直平面内来回摆动，摆角可以用摆球的最大水平位移来估算。测量摆动 50 个周期的时间 T'，则周期为

$$T = \frac{T'}{50} \tag{3.3.1.4}$$

（3）将摆长每次缩短 10 cm 左右，重复上次测量，直到摆长为 100 cm 左右为止。将数据记录于表 3.3.1.1 中。

2. 验证周期与摆角之间的关系

取摆长为 150 cm 左右，在不同摆角下测量周期，可在 5°~25° 之间测 5 组数据，摆角可用摆球的最大水平位移来估算。将数据记录于表 3.3.1.2 中。

【数据记录与处理】

表 3.3.1.1　测重力加速度

	摆长 L/m			周期 T/s				
	l	D	L	1	2	3	T'	T
1								
2								
3								
4								
5								
6								

作 $T^2 - L$ 图线，并求出直线的斜率和重力加速度 g。

表 3.3.1.2　验证周期与摆角之间的关系

	最大水平位移 s/cm	摆角 θ	$\sin^2\dfrac{\theta}{2}$	50T/s				周期 T/s
				1	2	3	$50\overline{T}$	
1								
2								
3								
4								
5								

作 $T - \sin^2\dfrac{\theta}{2}$ 图线验证周期与摆角之间的关系。

【思考题】

（1）为什么在测量单摆周期时不是只测一次摆动的周期，而是测量多次摆动的总时间？

（2）从减小误差考虑，测周期时要在摆球通过平衡位置时去按秒表，而不是在摆球达到最大位移时按表，试分析其理由。

3.3.2 用复摆测重力加速度

【实验目的】

（1）研究复摆的物理特性。

（2）掌握用复摆测重力加速度。

（3）用作图法研究问题及数据处理。

【实验仪器】

复摆、计时器（电子秒表或光电计时器）。

【实验原理】

1. 复摆的振动周期公式

在重力作用下，绕固定水平转轴在竖直平面内摆动的刚体称为复摆（即物理摆），设一复摆（见图 3.3.2.1）的质量为 m，其重心 G 到转轴 O 的距离为 h，g 为重力加速度，在它运动的某一时刻，参照平面（由通过 O 点的轴和重心 G 所决定）与铅垂线的夹角为 θ，相对于 O 轴的恢复力矩为

$$M = -mgh\sin\theta \qquad (3.3.2.1)$$

根据转动定理，复摆（刚体）绕固定轴 O 转动，有

$$M = I\beta$$

其中 M 为复摆所受外力矩，I 为其对 O 轴的转动惯量，β 为复摆绕 O 轴转动的角加速度，$\beta = \dfrac{\mathrm{d}^2\theta}{\mathrm{d}t^2}$ 则有

$$M = I\frac{\mathrm{d}^2\theta}{\mathrm{d}t^2} \qquad (3.3.2.2)$$

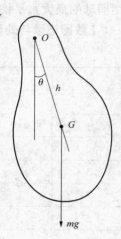

图 3.3.2.1　复摆

结合式（3.3.2.1）和式（3.3.2.2），有

$$I\frac{\mathrm{d}^2\theta}{\mathrm{d}t^2} + mgh\sin\theta = 0 \qquad (3.3.2.3)$$

当摆角很小的时候，$\sin\theta \approx \theta$，式（3.3.2.3）化为

$$\frac{\mathrm{d}^2\theta}{\mathrm{d}t^2} + \frac{mgh}{I}\theta = 0 \qquad (3.3.2.4)$$

解得

$$\theta = A\cos(\omega t + \theta_0) \qquad (3.3.2.5)$$

式中 A，θ_0 可由刚体的初始条件决定，ω 是复摆振动的角频率，$\omega = \sqrt{\dfrac{mgh}{I}}$，则复摆的振动周期

$$T = 2\pi\sqrt{\frac{I}{mgh}} \qquad (3.3.2.6)$$

2. 复摆的转动惯量、回转半径和等值单摆长

由平行轴定理，$I = I_C + mh^2$，式中 I_C 为复摆对通过重心 G 并与摆轴平行的轴的转动惯量，则（3.3.2.6）式可写为

$$T = 2\pi \sqrt{\frac{I_C + mh^2}{mgh}} \tag{3.3.2.7}$$

可见，复摆的振动周期随悬点 O 与质量中心 G 之间的距离 h 而改变，还可将 $I = I_C + mh^2$ 改写为

$$I = mR_C^2 + mh^2 \tag{3.3.2.8}$$

其中 $R_C = \sqrt{\dfrac{I_C}{m}}$，称为复摆对 G 轴的回转半径；同样也有 $R = \sqrt{\dfrac{I}{m}}$，R 称为复摆对悬点 O 轴的回转半径。则复摆周期公式也可表示为

$$T = 2\pi \sqrt{\frac{\dfrac{R_C^2}{h} + h}{g}} \tag{3.3.2.9}$$

事实上，总可以找到一个单摆，它的摆动周期等于给定的复摆的周期，令

$$L = \frac{R_C^2}{h} + h$$

则

$$T = 2\pi \sqrt{\frac{L}{g}} \tag{3.3.2.10}$$

其中 L 称为复摆的等值单摆长。这样，就它的振动周期而论，一个复摆的质量可以被认为集中到一个点上，这个点距悬点（支点）的距离为

$$L = \frac{I}{mh} = \frac{R_C^2}{h} + h$$

则这个点被称为复摆的振动中心。

3. 复摆的共轭性

图 3.3.2.2 给出一个复摆，假如它的振动中心在 C 点，悬点（支点）在 O 点，C 点和 O 点有下列特性：如果这个摆绕过 C 点的一个平行于过 O 点轴的新轴摆动，它的周期不变。而 O 变成了新的振动中心，这悬点 O 和振动中心 C 被称作互为共轭，即这个复摆以 O 为悬点和以 C 为悬点时有相同的周期，分别表示为 T_1 和 T_2 且 $T_1 = T_2$。还有 $\overline{OG} = h_1$，$\overline{CG} = h_2$。从公式（3.3.2.9）得到

$$h^2 - \frac{T^2}{4\pi^2}gh + R_C^2 = 0 \tag{3.3.2.11}$$

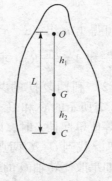

图 3.3.2.2　复摆的共轭性

可见，式（3.3.2.11）是 h 的二次方程式，有两个根 h_1 和 h_2 它们之间有以下关系

$$h_1 \cdot h_2 = R_C^2$$

$$h_1 + h_2 = \frac{T^2}{4\pi^2}g \tag{3.3.2.12}$$

很容易得到 $L = h_1 + h_2$，此结果表示式（3.3.2.11）的两个根 h_1 和 h_2 之和恰等于复摆的等值单摆长（注意这里一般 $h_1 \neq h_2$）。

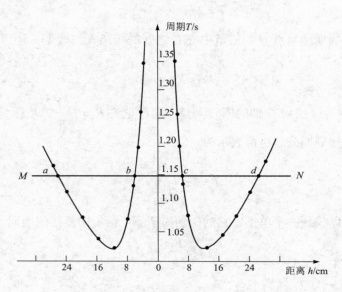

图 3.3.2.3 $T—h$ 关系曲线

4. 利用复摆测定重力加速度 g

（1）作图法求重力加速度 g。将公式（3.3.2.9）改写成

$$T^2 h = \frac{4\pi^2}{g}R_G^2 + \frac{4\pi^2}{g}h^2 \tag{3.3.2.13}$$

令 $y = T^2 h$，$x = h^2$，则上式可改写成

$$y = \frac{4\pi^2}{g}R_G^2 + \frac{4\pi^2}{g}x$$

测量可得出 n 组 (x, y) 值，用作图法求出拟合直线 $y = A + Bx$ 的斜率 B 和截距 A。再由 $B = \frac{4\pi^2}{g}$ 和 $A = \frac{4\pi^2}{g}R_G^2$，求出重力加速度 g 和回转半径 R_G 的值。

（2）利用复摆的共轭性求重力加速度 g。在复摆上总能找到这样两个悬点，如图 3.3.2.2 所示的 O 和 C，这两点分别位于重心 G 的两旁并和重心在同一直线上，当 OC 距离等于等值单摆长 L 时，以 O 为悬点的摆动周期 T_1 和以 C 为悬点的摆动周期 T_2 正好相等，由 $T_1 = T_2$，找到 O，C 两点后，测量其间距便可求得等值单摆长 L。

如果改变转轴 O 的位置测量相应的周期，可以给出振动周期与转轴位置之间的关系曲线。如图 3.3.2.3 所示：以横坐标 h 表示转动轴与重心间的距离，纵坐标 T 表示对应的摆动周期，所作出的 $T - h$ 关系曲线是两条以纵坐标轴为对称的曲线。在确定周期为 T 值处，画一条与水平横轴 h 平行的直线 MN，交曲线与 a、b、c、d 四点，ac 和 bd 连线相等，并等于复摆在此相应周期的等值单摆长 L，将确定的周期 T 和相应 L 代入式（3.3.2.10）中，可求得重力加速度 g。

【仪器简介】

实验室所用复摆如图 3. 3. 2. 4 和图 3. 3. 2. 5 所示。

复摆摆杆是一个厚 6 mm 的矩形扁钢，杆长 600 mm，杆上每隔 10 mm 钻一个直径 8 mm 的圆孔，可作支承刀口或插入刀口用。摆杆上自中心起向两端有米尺刻度，分度值为 1 mm。杆的两端各有一个微调螺母，还有一个指针，作挡光计使用。一个带有平衡块的 T 形座架，放在桌上或桌边上，座架上安装一可接拆的立柱，立柱顶端安装一个"上座"，其一侧是一个三角形的刀口，正好可套入摆杆上的圆孔内，另一侧是一个 U 形刀承，当在摆杆的圆孔中加上"插入刀口"后，也可将摆支承于此进行实验。

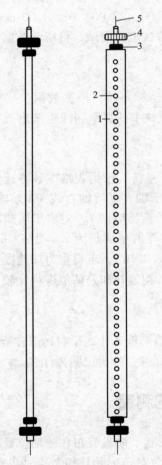

图 3. 3. 2. 4 复摆摆杆

1—摆杆；2—圆孔；3—固定螺母；

4—微调螺母；5—挡光针

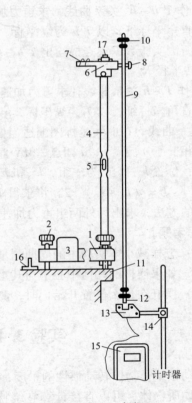

图 3. 3. 2. 5 复摆

1—T 形座架；2—调节螺丝；3—平衡块；4—立柱；

5—立柱的接拆部；6—立柱上座；7—U 形刀承；

8—刀口；9—摆杆；10—微调螺母；11—桌子；

12—挡光针；13—光电门；14—光电门支架；

15—光电计时器；16—桌上刀口；

17—固定上座的螺丝

【实验内容】

1. 安装和调节实验装置

将复摆底座靠近桌子边沿放置，取下摆杆调节杆上的重锤位置，尽量使摆杆的几何中心与带重锤摆杆的重心相重合，即摆杆重心处于 $h=0$ 处（实验前已调好），然后将摆杆挂在立柱上端的三角形刀口上，略微推动摆杆使其来回摆动，调节水平调节旋钮，使摆杆仅在竖直面内摆动而不发生扭转。

2. 测量复摆的振动周期 T

将离摆杆的重心距离 $h=28.00$ cm 的一个孔放入三角形刀口上，使其摆动幅角 $\theta < 5°$，摆动正常后按动秒表开始计时，摆动 50 次计时停止，测其摆动 50 次所需的总时间 t。则摆动周期为 $T=t/50$。依次使摆杆放入 h 距离为 26.00，24.00，22.00，…，4.00 cm 各孔中，重复上述测量步骤。然后再将摆杆倒转过来，用相同的方法进行测试，将所测数据记录于表格中。

3. 作 $T^2h - h^2$ 关系曲线，求重力加速度 g

用直角坐标纸，以 T^2h 为纵坐标，h^2 为横坐标建立坐标系统，根据数据表格中复摆一侧各孔所测实验数据逐点描绘出 $T^2h - h^2$ 拟合直线。从直线中的斜率和截距求出重力加速度 g 和回转半径 R_G。

4. 作 $T - h$ 关系曲线，求重力加速度 g

用直角坐标纸，以 T 为纵坐标，h 为横坐标建立坐标系统，根据表格中数据逐点描绘出 $T - h$ 关系曲线。在曲线坐标图上适当位置处，画一条与横轴 h 平行的直线 MN，与 $T - h$ 关系曲线相交于 a、b、c、d 四点，MN 直线与纵轴的交点可读出周期 T，对应于周期 T 有两组共轭点，位置 h_a 和 h_c 为一组，h_b 和 h_d 为一组，相应的等值单摆长为 $L_1 = |h_c - h_a|$，$L_2 = |h_d - h_b|$，$L = (L_1 + L_2)/2$，将求得 T 和 L 代入式（3.3.2.10），求得重力加速度 g 值。再用相同的方法，求出另外两组重力加速度 g 值。计算 g 平均值并和公认值进行比较。

【思考题】

（1）怎样减小本实验中的周期测量的误差？

（2）如果摆杆的几何中心不与其重心重合会给实验结果带来什么影响，试分析说明之。

（3）摆杆在什么位置开始记时，测得的周期 T 才最准确？分析说明为什么。

实验3.4 转动惯量的测量

转动惯量是物体转动惯性的量度，它取决于物体的形状、质量分布和转轴位置。对简单形状的均质物体，可以直接计算它绕特定轴的转动惯量，对于形状比较复杂或非均质的物体，则多用实验方法测定。测量物体转动惯量的方法很多，下面介绍用塔轮式转动惯量仪和气垫转盘来测量刚体的转动惯量。

3.4.1 用转动惯量仪测量转动惯量

【实验目的】

（1）测定刚体的转动惯量，验证刚体转动定律及平行轴定理。

（2）通过实验观察刚体的转动惯量与质量及质量分布的关系。

（3）运用作图法处理数据。

【实验仪器】

GZ—2A 型刚体转动惯量实验仪、GZ—2A 电脑存储测试仪及砝码等。

【实验原理】

当刚体绕固定轴转动时，根据刚体转动定律，

$$T_r - M_\mu = I\beta \tag{3.4.1.1}$$

式中，M_μ 为摩擦阻力矩；β 为角加速度；T_r 为张力；r 为塔轮绕线半径；I 为刚体转动惯量。

本实验采用图 3.4.1.1 所示的实验装置。在这个实验装置中，刚体所受的外力矩为绳子给予的力矩 T_r 和摩擦力矩 M_μ，其中 T 为绳子张力，与转轴相垂直，r 为塔轮绕线半径。当略去滑轮及绳子的质量、滑轮轴上的摩擦力，并认为绳子的长度不变时，m 以匀加速度 a 下落，并有

$$T = m(g - a) \tag{3.4.1.2}$$

g 为重力加速度。又因

$$a = r\beta$$

由（3.4.1.2）有

$$T = m(g - r\beta) \tag{3.4.1.3}$$

式中，m 为砝码及托的质量。若从 $t_0 = 0$，$\omega = 0$ 时开始实验

$$\theta = \omega t + \frac{1}{2}\beta t^2 = \frac{1}{2}\beta t^2$$

$$\beta = \frac{2\theta}{t^2} \tag{3.4.1.4}$$

式中，θ 为角位移；ω 为角速度。

若使 m 足够小，使 $a \ll g$，即 $r\beta \ll g$，则由式（3.4.1.1）、（3.4.1.3）、（3.4.1.4）可得

$$mgr - M_\mu = \frac{2I\theta}{t^2} \tag{3.4.1.5}$$

$$m = \frac{2I\theta}{gr} \cdot \frac{1}{t^2} + \frac{M_\mu}{gr} = K_1 \cdot \frac{1}{t^2} + \frac{M_\mu}{gr} \tag{3.4.1.6}$$

式中，$K_1 = \frac{2I\theta}{gr}$。可见，保持 I、θ、r 不变时，m 与 $\frac{1}{t^2}$ 呈线性关系。若以 m 为纵轴，$\frac{1}{t^2}$ 为横轴作图，由图线斜率可求出 I。

若保持 θ、m、I 为常量；改变 r 值，测出下落的时间，则式（3.4.1.5）变为

$$r = \frac{2I\theta}{mg} \cdot \frac{1}{t^2} + \frac{M_\mu}{mg} = K_2 \cdot \frac{1}{t^2} + \frac{M_\mu}{mg} \tag{3.4.1.7}$$

式中，$K_2 = \frac{2I\theta}{mg}$，同样用作图法可求得 I。

【仪器简介】

1. 转动惯量仪装置

本实验装置如图 3.4.1.1 所示，2 是一个具有不同半径 r 的塔轮，载物台有四个臂，它们一起组成一个可以绕固定转轴转动的刚体系。塔轮上绕一细线，通过滑轮 3 与砝码 9 相连。当砝码下落时，通过细线对刚体系施加（外）力矩。滑轮 3 的支架可以借固定螺丝 11

而升降，以保证当细线绕塔轮的不同半径转动时都可以保持与转动轴相垂直。将水准仪放在载物台上，通过底脚螺丝的调节可以使实验仪水平。

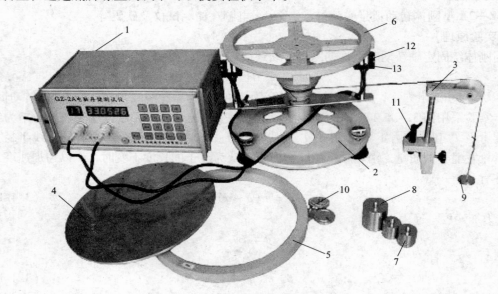

图 3.4.1.1　刚体转动实验仪与测试仪

1—电脑存储测试仪；2—转动惯量仪主体；3—滑轮组；4—铝盘；5—铝环；
6—铁环；7—100 g 重物砝码；8—300 g 重物砝码；9—砝码及托；10—砝码；
11—固定台架的螺旋扳手；12—光电门；13—遮光细棒

2. 电脑存储测试仪装置

（1）与转动惯量仪主体的连线如图 3.4.1.1 所示，通过遮光细棒经过光电门一次电脑存储测试仪记录一个脉冲时间，同时还可记录角加速度。

（2）打开电源，显示"PP – HELLO"，3 s 后进入模式设定等待状态，显示"F – 0164"，此时按数字键可直接修改模式。

（3）设定结束后，系统显示"88 – 888888"进入待测状态。当第一个脉冲通过时开始计时，显示"00 – 000000"，测量过程中，屏上显示的组数和时间随计时变化跳动，表示计数正常运行。

（4）计数完毕显示"EE"（数据提取模式），此时各组数据已存储，以备提取，若未出现"EE"则需重复上述步骤。

（5）提取时间按"时间"键显示"01 – tt"后，按"确认"键即可读取时间。若提取角加速度则按"结果"键，显示"01 – bb"后再按"确认"键即可读取角加速度。

【实验内容】

（1）调节刚体转动实验仪水平。试转动系统是否灵活，尽量减小摩擦，调节绕线长度使之恰好合适（最好是当砝码落地时，线刚好全部放完，砝码回升时自动回绕）。调节滑轮位置，保持细线张力 T 的方向与 OO' 互相垂直。

（2）选塔轮半径 r 为定值，$r = 2.50$ cm。将 300 g 的圆柱体放于载物台中心位置，使 m 由静止开始下落，记录此时所对应的下落时间 t。实验时，务必使遮光细棒紧靠光电门放手，使砝码在张力矩的作用下开始转动，遮光细棒即刻挡住光电门。

每测量一次，需重新设定电脑存储测试仪的模式（F—0106），即 $\theta = 6\pi$。每组重复测三次取平均值 $\bar{t}$，将数据记录在表 3.4.1.1 中。作 $m - \dfrac{1}{t^2}$ 关系曲线图，求转动惯量 I。

表 3.4.1.1　测量数据记录表　　　　　$r = 2.50$ cm，$\theta = 6\pi$

m/g	20.0	40.0	60.0	80.0	100.0
t_1/s					
t_2/s					
t_3/s					
$\bar{t}/s$					
$\dfrac{1}{t^2}/s^{-2}$					

（3）选取 m 为定值，$m = 40.0$ g。将 300 g 圆柱体仍放于载物台中心位置，改变 r（$r = 1.50$ cm，2.00 cm，2.50 cm，3.00 cm，3.50 cm），测出砝码下落时间 t，每个半径分别测三次取 $\bar{t}$，将数据记录在表 3.4.1.2 中。作 $r - \dfrac{1}{t^2}$ 关系曲线，求转动惯量 I。并与实验内容（2）的结果相比较，I 在理论上应该是个定值，但实验结果有些差别，考虑差别的原因。

表 3.4.1.2　测量数据记录表　　　　　$m = 40.0$ g，$\theta = 6\pi$

r/cm	1.50	2.00	2.50	3.00	3.50
t_1/s					
t_2/s					
t_3/s					
$\bar{t}/s$					
$\dfrac{1}{t^2}/s^{-2}$					

（4）保持 $r = 2.50$ cm，将质量为 100 g 的两个圆柱体放于载物台对称位置上（此时 300 g 的圆柱体已取下），令其质心与靠近转轴的距离为 X_1，远离转轴的距离为 X_2，分别对 X_1、X_2 两位置按实验内容（2）进行测量，记录砝码的下落时间 t。在同一坐标系中作出 X_1 及 X_2 的 $m - \dfrac{1}{t^2}$ 关系曲线，求转动惯量 I。观测转动惯量与质量分布之关系。（数据记录表参照表 3.4.1.1）。

（5）将载物台上放上铁环（或铝环、铝盘）（此时两个 100 g 的圆柱体已取下），重复实验内容（2），求转动惯量 I（数据记录表参照表 3.4.1.1）。

【注意事项】

用塔轮上不同半径做实验时，一定要上下调节滑轮的高度，以保证细线从塔轮绕出后总是与转轴垂直，同时调节滑轮与细线在同一平面内。

【思考题】

（1）实验中如何保证 $a \ll g$ 的条件？做了这一近似之后，对结果有无影响？

（2）通过实验结果分析刚体转动惯量与质量分布有什么关系。

3.4.2 用气垫转盘测量转动惯量

在很多情况下，固体在受力和运动过程中变形很小，基本上保持原来的大小和形状不变。对此，人们提出了刚体这一理想模型。刚体就是在任何情况下形状和大小都不发生变化的物体，其特点是：在运动过程中，刚体的所有质元之间的距离始终保持不变。在研究刚体的转动问题时，首先遇到的困难就是摩擦力矩的存在。气垫转盘正是适应这种需要，利用气垫技术制成的一种新型转动装置。由于采用了气垫转盘与气垫滑轮相结合及气流定轴等独特设计，所以该装置所有转动件间的摩擦均达到可以忽略的程度。用它可以测量多种物体的转动惯量，能够完成转动定律、角动量守恒定律及平行轴定理等许多实验。

【实验目的】

（1）了解并熟悉气垫转盘的性能、结构特点、使用方法及维护知识。

（2）观察刚体的定轴转动，学会一种角加速度的测量方法。

（3）验证刚体的转动定律及平行轴定理。

【实验仪器】

气垫转盘、数字毫秒计、砝码组、镊子及细线等。

【实验原理】

1. 刚体的转动定律

转动定律指出：绕固定轴转动的刚体，其所受的外力矩 N 与该力矩作用下所产生的角加速度 β 成正比，即

$$N = I\beta \tag{3.4.2.1}$$

式（3.4.2.1）中比例系数 I 为刚体绕定轴转动的转动惯量，单位是 $\text{kg} \cdot \text{m}^2$。当刚体的转轴被确定后，其转动惯量为一常数。

如图 3.4.2.3 所示（参见仪器简介），由于砝码 m 的重力作用，使绕在动盘圆柱上的软细线产生张力 T，在张力作用下，动盘将产生一转动力矩 N，假定动盘圆柱半径为 r，则当气动阻力可忽略时，外力矩

$$N = 2Tr \tag{3.4.2.2}$$

在力矩的作用下，动盘将作匀加速运动，砝码 m 随之下降。由牛顿第二定律可知

$$mg - T = ma \tag{3.4.2.3}$$

又因砝码下落的加速度 $a = r\beta$，由式（3.4.2.1）～（3.4.2.3）可得

$$2mgr - 2mr^2\beta = I\beta \tag{3.4.2.4}$$

若式（3.4.2.4）得证，则刚体转动惯量得以验证。其中角加速度 β 可由测量动盘转动一周和两周所需要的时间求得。

当 m 及 r 与动盘质量及半径相比均很小时，有 $a \ll g$，$2mr^2\beta$ 项可略去，于是式（3.4.2.4）变为

$$2mgr = I\beta \tag{3.4.2.5}$$

设动盘转动的初角速度为 ω_0，其继续转过 $\theta_1 = 2\pi$ 及 $\theta_2 = 4\pi$ 角度所用的时间分别为 t_1、t_2，

则由刚体运动学公式可得

$$\theta_1 = 2\pi = \omega_0 t_1 + \frac{\beta t_1^2}{2} \tag{3.4.2.6}$$

$$\theta_2 = 4\pi = \omega_0 t_2 + \frac{\beta t_2^2}{2} \tag{3.4.2.7}$$

消去上两式 ω_0，即可求出动盘在力矩 N 的作用下，绕固定轴转动的角加速度

$$\beta = \frac{4\pi(2t_1 - t_2)}{t_1 t_2(t_2 - t_1)} \tag{3.4.2.8}$$

改变砝码质量 m_i，测出动盘在不同外力矩 $N = 2m_i gr$ 下绕定轴转动的角加速度 β_i，做 $N - \beta$ 曲线，若为一直线，则证明刚体转动定律成立，且直线的斜率即为刚体绕固定轴的转动惯量 I。

2. 刚体转动惯量的平行轴定理

可以证明：刚体对任一转动轴的转动惯量 I 等于刚体对通过其质心且平行于该轴的转动惯量 I_0 加上刚体的质量 M 乘以两平行轴间距离 d 的平方。即

$$I = I_0 + Md^2 \tag{3.4.2.9}$$

这就是刚体转动惯量的平行轴定理。式（3.4.2.9）表明，刚体的转动惯量与其质心到转轴的距离的平方 d^2 成线性关系。当 d 不变时 I 亦不变。

（1）改变 d，考察 I 与 d^2 的线性关系。将质量为 M 的两个铜圆柱对称置于动盘圆柱两侧的插孔上，见图 3.4.2.1，设每个圆柱绕自身转轴的转动惯量为 I_c，动盘绕自身对称轴的转动惯量为 I_0，两轴间距离为 d，整个系统的转动惯量为 I。则根据平行轴定理有

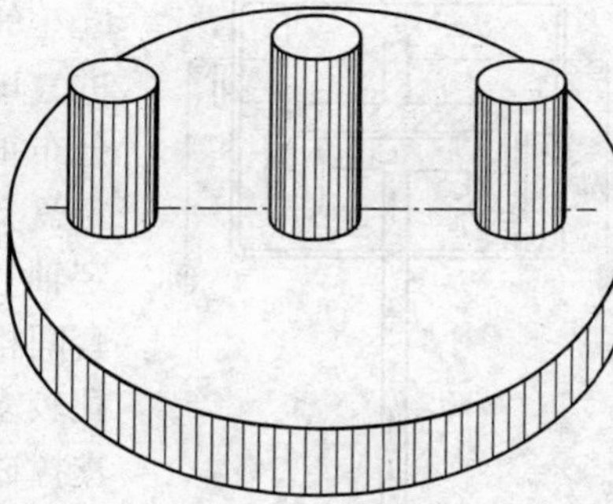

图 3.4.2.1　动盘及钢圆柱

$$I = I_0 + 2(I_c + Md^2) \tag{3.4.2.10}$$

又由式（3.4.2.4）可知，整体系统的转动惯量为

$$I = \frac{2mgr}{\beta} - 2mr^2 \tag{3.4.2.11}$$

式（3.4.2.11）中，r 表示动盘圆柱半径；β 表示砝码及砝码质量为 m 时系统转动的角加速度，且由式（3.4.2.8）可知

$$\frac{1}{\beta} = \frac{t_1 t_2(t_2 - t_1)}{4\pi(2t_1 - t_2)} \tag{3.4.2.12}$$

式（3.4.2.12）中，t_1 及 t_2 分别表示系统旋转一周及两周所需的时间。将式（3.4.2.11）代入式（3.4.2.10），整理后得

$$\frac{1}{\beta} = \frac{I_0 + 2I_c}{2mgr} + \frac{r}{g} + \frac{M}{mgr}d^2 \tag{3.4.2.13}$$

令 $A = \frac{I_0 + 2I_c}{2mgr} + \frac{r}{g}$，$B = \frac{M}{mgr}$，若在直角坐标系内 $\frac{1}{\beta} - d^2$ 关系为一条直线，则式（3.4.2.13）亦即式（3.4.2.10）成立，刚体转动惯量的平行轴定理得以验证。直线斜率为 A，截距为 B。

（2）d 不变，只改变刚体的方位。将质量均为 M 的两个长方体铝块对称地置于动盘圆柱两侧的插孔上，在保持铝块质心与动盘中心轴的距离 d 恒定的情况下，改变铝块方位，如图 3.4.2.2 所示，分别使两铝块长轴平行（1）、重合（2）及垂直（3）等。若在上述情况下，测得系统转动一周及两周所需要的时间对应相等，即角加速度相等，则说明：当转轴确

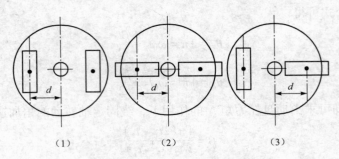

图 3.4.2.2　动盘及铝块

定后，刚体的转动惯量

$$I' = \frac{I_1 - I_0}{2} = I'_c + Md^2 \qquad (3.4.2.14)$$

只与其通过质心且平行于固定轴的转动惯量 I'_c 及平行轴间距 d 有关，而与刚体相对于自身转轴转过的角度无关。它又从另一个侧面证实了平行轴定理。式（3.4.2.14）中，若测定了动盘及整体系统的转动惯量 I_0 及 I_1，则可求出铝块的转动惯量 I'。

【仪器简介】

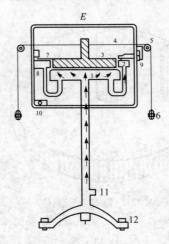

图 3.4.2.3　实验装置

气垫转盘的主体结构如图 3.4.2.3 所示：当压缩空气通入进气口 11 时，沿立柱进入气室 1 及定盘 2，气室 1 上表面均匀分布很多气孔可将动盘 3 托起，其间由一层很薄的气膜润滑，定盘 2 内侧径向分布一周小孔，从它喷出的气体可使动盘自动定轴（气流定轴）；另一部分气体导入气垫滑轮 5，使滑轮与轴套间构成气膜。轴上气孔并非均匀分布，而是在某一方位上气孔较多，调节时应使气孔密集处位于外侧斜上方 45° 左右，以支撑砝码盘 6 中的负重；动盘中央的小圆柱上有一水平通孔，软细线 4 从中穿过，并绕过气垫滑轮与质量已知的砝码盘 6 相连；为适应验证平行轴定理的要求，在动盘的直径方向上布有对称插孔，每个插孔到中心轴的距离为 2.5 cm～6.5 cm，插孔间距为 0.5 cm；动盘边缘固定一挡光片 7，它与矩形框架 E 某侧的光电门 8 及另一侧的定位开关 9 配合，可由数字毫秒计准确地测定动盘转动的角速度或角加速度；地脚螺丝 12 用以调节定盘及气室上表面的水平。

【实验内容】

1. 测量转动惯量，验证转动定律

（1）调节地脚螺丝使定盘及气室上表面处于水平状态。

（2）将仪器各部分均调到正常状态。主要包括：气垫滑轮运转自如且无附加力矩，细线自然缠绕于动盘圆柱时，应与动盘平面平行，且细线应分别与气垫滑轮轴向垂直，两端砝码盘基本等高，聚光灯泡对准光敏二极管，且光控计时正常等。

（3）依次向两个砝码盘（其质量相等且已知）内放入等量砝码：3，4，…，8（g）分别在不同力矩作用下以数字毫秒计时器测定动盘旋转一周（即 $\theta_1 = 2\pi$）及两周（$\theta_2 = 4\pi$）所需的时间 t_1 及 t_2 各 3 次；给动盘施加转动力矩的方法是逆时针在动盘圆柱上绕线

3 周左右。采用数字毫秒计时器测动盘旋转一周及两周的时间，其方法原理参见有关说明书。

（4）为采用对立影响法消除动盘可能的零转引起的系统误差，使动盘按相反方向旋转，并重复（3）中所述的测量；但测量前，应重新调整气垫滑轮轴线与细线垂直。

2. 验证刚体转动惯量的平行轴定理

（1）调节气垫转盘至正常工作状态。

（2）向砝码盘内各加入 8 g 砝码，依次将两钢圆柱对称地插于距动盘中心 2.5，3.5，4.5，5.5，6 及 6.5（cm）的插孔上，并分别测出系统转动一周及两周所需要的时间 t_1、t_2 各 3 次。

（3）在不改变所加砝码质量的情况下，取下钢圆柱，将两个铝块对称地插于距动盘中心 5.5 cm 的插孔上，分别测出图 3.4.2.2 中（1）～（3）所示位置时系统转动一周及两周所需要的时间 t'_1 及 t'_2 各三次；取下铝块，再测时间 t''_1 及 t''_2 各三次，以求 I_0。

【数据记录与处理】

（1）把在不同力矩作用下测定动力盘转动的角加速度的数据记录在表 3.4.2.1 中。根据表中的数据，在直角坐标纸上，以 N 为横坐标，β 为纵坐标，作 $N-\beta$ 曲线，验证刚体转动定律，并由直线斜率求动盘的转动惯量 I。

表 3.4.2.1 测定角加速度数据记录表

顺时针旋转时   单位制：SI；$g=9.8$ m/s^2； $r=$

测量	i	1			2			3			4			5			6		
次数	j	1	2	3	1	2	3	1	2	3	1	2	3	1	2	3	1	2	3
物理量	m_i																		
	t_{1ij}																		
	$\bar{t}_{1i}$																		
	t_{2ij}																		
	$\bar{t}_{2i}$																		
	β_{1i}																		

逆时针旋转时   单位制：SI；$g=9.8$ m/s^2； $r=$

测量	i	1			2			3			4			5			6		
次数	j	1	2	3	1	2	3	1	2	3	1	2	3	1	2	3	1	2	3
物理量	m_i																		
	t_{1ij}																		
	$\bar{t}_{1i}$																		
	t_{2ij}																		
	$\bar{t}_{2i}$																		
	β_{1i}																		
$\beta_i=\dfrac{\beta_{1i}+\beta_{2i}}{2}$																			
$N=2m_igr$																			

（2）自行设计验证平行轴定理的数据记录表格，在直角坐标纸上，以 d^2 为横坐标，$\frac{1}{\beta}$ 为纵坐标作图，并说明结论。

【注意事项】

（1）未开气源，动盘不得人为地在气室表面摩擦转动，气室、气垫滑轮及诸连接管道均不得漏气。

（2）每次使用前，应在接通气源的情况下，以蘸有酒精的软细布轻拭气室及动盘上、下表面，以防气孔堵塞或被尘粒划伤表面。

（3）实验前，应调节气室上表面水平等，使其处于正常状态，且调好后不得随意挪动。

（4）整个实验过程中要求气压稳定不变。

（5）安装、调节及使用该装置时，操作应细心谨慎，严禁磕碰动盘、定盘、气垫滑轮、水平校准盘、金属球、圆柱式定位器、转动惯量接插座、钢圆柱、铝块及凹盘等，更不得使其坠落地面。

【思考题】

（1）试分析本实验产生系统误差的主要原因。

（2）本实验采用什么方法消除或减弱系统误差的。

实验 3.5 弹性模量的测量

3.5.1 用静态拉伸法测定金属丝的弹性模量

弹性模量是反映固体金属材料抵抗形变能力的物理参量，在工程技术上是选用材料的重要依据之一。本实验介绍了光杠杆法，它可以测量微小长度变化，是一种重要的实验方法。因此，被广泛应用于非直接测量的微小长度测试技术中。处理数据时采用了逐差法，在满足一定条件的测量数据中，用逐差法处理既简便又精确，用此方法处理数据更具有实用性。

【实验目的】

（1）学习用拉伸法测定钢丝的弹性模量。

（2）掌握用光杠杆测定微小长度变化的原理和方法。

（3）学会用逐差法处理数据。

【实验仪器】

模量测定仪、光杠杆、望远镜尺组、千分尺、游标卡尺及米尺等。

【实验原理】

1. 弹性模量

一切物体，在外力作用下所发生的形状大小的改变称为形变。若形变不超过一定的限度，撤去外力后，物体则能完全恢复原状，这类形变被称为弹性形变。物体形变后能恢复原状的性质称为弹性。恢复原状的力称为弹性恢复力。当形变达到平衡时，弹性恢复力和所加外力数值相等、方向相反。

弹性模量，就是表征在弹性限度内物质材料抗拉或抗压性能的物理量。它与材料的几何形状无关，只取决于材料本身的物理性质，因此，它对研究材料的力学性质有着重要的意义。

若长 L、截面积 S 均匀的金属丝或棒，在其长度方向上受到作用力 F 而伸长 ΔL，则据胡克定律在弹性限度内，正应力 F/S 与应变 $\Delta L/L$ 成正比，即

$$\frac{F}{S} = E \cdot \frac{\Delta L}{L} \tag{3.5.1.1}$$

式（3.5.1.1）中，比例系数 E 即为该金属材料的弹性模量。将式（3.5.1.1）改写为

$$E = \frac{FL}{S\Delta L} \tag{3.5.1.2}$$

式（3.5.1.2）中，F、S 及 L 比较容易测量，由于金属的弹性模量一般较大，而 ΔL 是一个微小的长度变化，很难用普通测量长度的仪器将它测准。因此，实验装置的主要部分就是为了解决这个微小长度变化量的测量。光杠杆和尺读望远镜系统为测量提供了方便。

2. 光杠杆及光放大原理

光杠杆系统的构造如图 3.5.1.1 所示。在 T 形横架上装有平面镜，架下有三尖足（C_1，C_2，C_3）。测量时把它放在平台上，两前足 C_1、C_2 置于平台的凹槽里，后足 C_3 架在被测量的点上，并使镜面垂直地面。

在平面镜前约 1 m 处放置尺读望远镜，望远镜水平的对准平面镜，从望远镜中可以看到标尺经平面镜反射的像。望远镜中有细叉丝，用以对准标尺像的刻度来读数。

假定初始望远镜中标尺的读数为 x_0，当在砝码盘上加若干砝码时，金属丝将伸长 ΔL，光杠杆后足 C_3 也随之下降 ΔL，而前足 C_1 和 C_2 保持不动、设光杠杆两前尖足连线到后尖足的距离为 b，平面镜至标尺的垂直距离为 D。如图 3.5.1.2 所示。

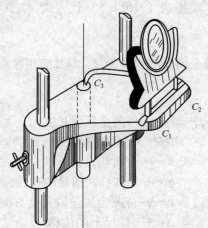

图 3.5.1.1　光杠杆系统

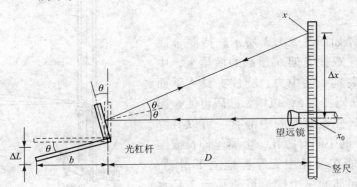

图 3.5.1.2　测量伸长量 ΔL 原理图

于是 C_3 将以 $\overline{C_1 C_2}$ 为轴、以 b 为半径旋转一角度 θ，这时平面镜也同样旋转 θ 角，此时，望远镜中标尺的读数也相应地变为 x。

在 θ 较小（即 $\Delta L \ll b$）时，由几何关系可得

$$\tan\theta \approx \theta \approx \frac{\Delta L}{b} \qquad (3.5.1.3)$$

平面镜转动后，根据光的反射定律，镜面旋转 θ 角，反射线将旋转 2θ 角。令 x 与 x_0 间的距离为 Δx，则当 θ 很小（即 $\Delta x \ll D$），并维持镜面与标尺面平行时，有

$$2\theta = \frac{\Delta x}{D} \qquad (3.5.1.4)$$

将式（3.5.1.4）代入式（3.5.1.3），即可得到 ΔL 的测量公式

$$\Delta L = \frac{b}{2D}\Delta x \qquad (3.5.1.5)$$

由此可见，光杠杆的作用在于将微小的 ΔL 放大为标尺上的位移 Δx，并通过 Δx、b、D 这些比较容易测准的量，而间接地测定 ΔL。

将式（3.5.1.5）代入式（3.5.1.2），有

$$E = \frac{2LD}{Sb} \cdot \frac{F}{\Delta x} \qquad (3.5.1.6)$$

若金属丝的直径为 d，则其面积 $S = \pi d^2/4$，代入式（3.5.1.6），有

$$E = \frac{8LD}{\pi d^2 b} \cdot \frac{F}{\Delta x} \qquad (3.5.1.7)$$

式中　L——待测金属丝长度；

　　　D——平面镜镜面至标尺的垂直距离；

　　　d——金属丝直径；

　　　b——光杠杆两前足的连线到后足距离；

　　　F——待测金属丝沿长度方向所受的外力；

　　　Δx——标尺上的位移。

实验中 L、D、d、和 b 均可直接测量，$F/\Delta x$ 的最佳估值可采用逐差法求出，故由式（3.5.1.7）可算出弹性模量 E。

【仪器简介】

弹性模量装置如图 3.5.1.3 所示。待测金属丝 1 的上端夹紧在双柱支架 6 顶部的横梁上，中间被夹紧在圆柱夹具 4 的中央，圆柱夹具 4 下面的金属丝上系有砝码托盘 5，以增添砝码可使金属丝作伸长形变；双柱支架 6 的中部有一可以升降的平台 3，平台 3 的中间有圆孔，金属丝伸长或缩短时圆柱夹具 4 能在圆孔中无摩擦地上下滑动；调节双柱支架 6 底部的三个螺钉可使平台 3 呈水平状态（双柱支架 6 垂直于桌面）。标尺 7 和望远镜 8 是测量伸长量 ΔL 的读数装置。

【实验内容】

（1）用水平仪把弹性模量装置调成铅直。

（2）在试件（金属丝）下部挂上砝码托，以

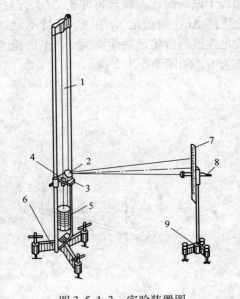

图 3.5.1.3　实验装置图

1—金属丝；2—光杠杆系统；3—平台；

4—圆柱夹具；5—砝码及托盘；6—双柱支架；

7—标尺；8—望远镜；9—三角支架

便拉直试件。

（3）将光杠杆放在小平台上（前足尖置于沟槽内，后足尖放在小柱体上，但不能触碰试件），将望远镜调成大致与反射镜面中心等高。

（4）调整望远镜的目镜，使能看清楚十字叉丝并转动镜筒使叉丝横平竖直。

（5）旋转望远镜调焦手轮直至从望远镜中看清楚标尺刻度为止。为了调节方便可先将眼睛位于望远镜的上方，顺着镜筒方向观察，看反射镜内有无标尺的像，如没有，可左右移动镜尺组支架，直到出现标尺像以后，再从望远镜里面来找标尺的像。

（6）调反射镜面的仰角，使其尽量铅直并记此时标尺的读数 x_0，填入表 3.5.1.1 中。

（7）每次增加一个砝码（1 kg），记下相应的标尺读数 x，再依次减一个砝码记下标尺读数。

（8）在金属丝的不同位置用千分尺测量直径，将数据记录在数据表格 3.5.1.2 中。

（9）用卷尺测量金属丝的长度 L 和镜尺间距离 D，用游标卡尺测光杠杆杆长 b，将所测数据记录在数据表 3.5.1.2 中。其中 b 的测量可以这样做：在纸上压出三足尖的位置，用做垂线的方法在纸上量出长度。

【数据记录与处理】

（1）测量 Δx 数据表（见表 3.5.1.1）。

（2）用逐差法求出 Δx。

本实验中，Δx 的计算要用逐差法。在光杠杆法中，如果每次增加的砝码重量为 1 kg，连续增重 7 次，则可读得 8 个标尺读数，然后每次再减去的砝码重量为 1 kg，连续减重 7 次，则可又读得 8 个标尺读数。在同一负荷下标尺读数平均值为 x_1，x_2，x_3，x_4，x_5，x_6，x_7，x_8，为充分利用实验数据，减小随机误差可将 8 个数据分两组。x_1，x_2，x_3，x_4 和 x_5，x_6，x_7，x_8，然后对应相减再求平均，即

$$\Delta x = \frac{(x_5 - x_1) + (x_6 - x_2) + (x_7 - x_3) + (x_8 - x_4)}{4}$$

其中 Δx 是增重 4 kg 的平均差值。逐差法的优点是减小随机误差。

表 3.5.1.1　测量数据表

次　　数	所加砝码/kg	望远镜中标尺读数/mm		在同一负荷下标尺读数平均值/mm
		加砝码	减砝码	
0	1			
1	2			
2	3			
3	4			
4	5			
5	6			
6	7			
7	8			

表 3.5.1.2　测量数据表

次数 项目	D/mm	b/mm	L/mm	d/mm
1				
2				
3				
4				
5				
平均值				

（3）计算不确定度 $u(d)$，$u(b)$，$u(L)$，$u(D)$ 和 $u(\Delta X)$。

（4）计算合成不确定度：

$$u(E) = \bar{E} \cdot \sqrt{\left(\frac{u(d)}{d}\right)^2 + \left(\frac{u(b)}{b}\right)^2 + \left(\frac{u(L)}{L}\right)^2 + \left(\frac{u(D)}{D}\right)^2 + \left(\frac{u(\Delta X)}{\Delta X}\right)^2}$$

给出 E 的结果，并写出结果表达式。

【注意事项】

（1）实验系统调好后，一旦开始测量 Δx，在实验过程中绝对不能对系统的任一部分进行任何调节。否则，所有数据需重新测量。

（2）在同样重量砝码的增、减两种情况下，标尺读数可能不一样，这是正常的，是由于试件形变量需一段时间恢复的缘故。

（3）实验时，砝码的取放要轻，以减少试件的振动，便于读数。

【思考题】

（1）调好仪器，未加砝码时，读得第一个数 x_0 在标尺最上端或最下端对实验有无影响。

（2）本实验中，要测几个物理量，各用什么仪器，为什么要使用不同的仪器？

（3）逐差法处理数据的优点是什么，是否任何一组的偶数数据都可以用逐差法，怎样的数据才能用逐差法处理？

3.5.2　霍尔位置传感器的定标和弯曲法测弹性模量

随着科学技术的发展，微位移测量技术也越来越先进。本实验介绍一种近年来发展的先进的霍尔位置传感器，利用磁铁和集成霍尔元件间位置变化输出信号来测量微小位移，该项技术以已被用于梁的弯曲法测弹性模量的实验中。已在科研和工业中得到广泛应用，在本实验中，用霍尔位置传感器测量材料的弹性模量。通过实验可使学生加深对霍尔传感器原理应用的认识，学会新型传感器的定标，不同量值长度的测量及长度测量仪器的使用方法。

【实验目的】

（1）学习用梁的弯曲法测金属的弹性模量。

（2）学习对霍尔位置传感器定标，求得其灵敏度。

（3）用霍尔位置传感器测弹性模量。

【实验仪器】

刀口及基座、金属梁，砝码，读数显微镜，米尺，游标卡尺，螺旋测微器，铜杠杆（顶端装有集成霍尔传感器），磁铁盒及磁铁等。

【实验原理】

1. 弹性模量

一根长度为 l、厚度为 h、宽度为 a 的规则矩形梁，两端自由地放在一对平行的水平刀口上，中点悬挂一重物 P（不计梁的自重），如图 3.5.2.1 所示。在重力 P 作用下，梁发生弯曲形变，上层受到压缩，下层受到拉伸，中间则有个无应力的中性面。图 3.5.2.2 所示为梁的一小段，这一段的原长为 dx，当梁弯曲后，中性面 $O'O''$ 的曲率 $\dfrac{1}{R}$ 可作为梁弯曲程度的标志，$d\theta$ 是这一小段梁对曲率中心 C 所张的角 $d\theta = \dfrac{dx}{R}$。

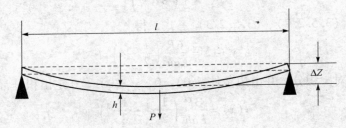

图 3.5.2.1　重物作用下梁发生弯曲

取距离中性面为 y 的薄层（薄层的厚度为 dy），它原来的长度为 dx，当梁弯曲后，它的长度变为

$$(R-y)\,d\theta = (R-y)\frac{dx}{R} = dx - \frac{y}{R}dx$$

可见该薄层的长度改变量为 $-\dfrac{y}{R}dx$，应变为

$\varepsilon = -\dfrac{y}{R}$，负号代表压缩。该薄层的应力为

$\dfrac{dF}{dS}$，根据胡克定律

$$\frac{dF}{dS} = -E\frac{y}{R}$$

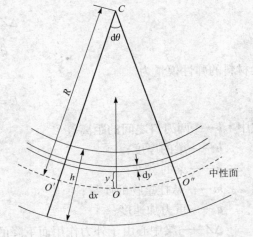

图 3.5.2.2　一段弯曲梁

其中 E 为弹性模量。作用在厚度为 dy 的横截面积 $dS\,(dS = aby)$ 上的总力 $dF = -\dfrac{Eay}{R}dy$，该力对中性面的转矩为 $dM = |dF|\,y = \dfrac{Ea}{R}y^2\,dy$。整个横断面的转矩为

$$M = \int_{-\frac{h}{2}}^{\frac{h}{2}} \frac{Ea}{R}y^2\,dy = \frac{Eah^3}{12R} \tag{3.5.2.1}$$

下面计算梁中心由于外力作用而下降的距离 ΔZ。

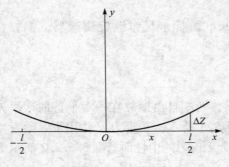

图 3.5.2.3　弯曲梁

选择坐标如图 3.5.2.3，图中曲线代表弯曲梁的中性面。曲线 $y(x)$ 的曲率（参见《数学手册》）

$$\frac{1}{R(x)} = \frac{y''(x)}{\left[1 + (y'(x))^2\right]^{3/2}}$$

因为梁的曲率一般是微小的，近似有 $y'(x) = 0$，所以

$$\frac{1}{R(x)} = y''(x) \qquad (3.5.2.2)$$

当梁平衡时，梁的 x 处的转矩 M 应与梁右端支撑力 $\frac{P}{2}$ 对 x 处的力矩相平衡，有

$$M = \frac{P}{2}\left(\frac{l}{2} - x\right) \qquad (3.5.2.3)$$

综合（3.5.2.1）、（3.5.2.2）、（3.5.2.3）三式，得

$$y''(x) = \frac{6P}{Eah^3}\left(\frac{l}{2} - x\right) \qquad (3.5.2.4)$$

将式（3.5.2.4）对 x 积分，并由边条件 $y(0) = 0$，$y'(0) = 0$ 定出积分常数，则有

$$y(x) = \frac{3P}{Eah^3}\left(\frac{1}{2}x^2 - \frac{1}{3}x^3\right) \qquad (3.5.2.5)$$

将 $x = \frac{l}{2}$ 代入上式，即得到右端点的 y 值，该值就是梁中心由于外力作用而下降的距离 ΔZ

$$\Delta Z = \frac{Pl^3}{4Eah^3}$$

$$P = mg$$

梁材料的弹性模量为

$$E = \frac{Mgl^3}{4\Delta Zah^3} \qquad (3.5.2.6)$$

式中　l——两刀口之间的距离；

　　　h——梁的厚度；

　　　a——梁的宽度；

　　　m——悬挂重物的质量；

　　　g——重力加速度；

　　　ΔZ——梁中心由于外力作用而下降的距离。

2. 霍尔位置传感器

霍尔元件置于磁感应强度为 B 的磁场中，在垂直于磁场的方向通以电流 I，则与这二者相垂直的方向上将产生霍尔电势差 U_H 为

$$U_H = KIB \qquad (3.5.2.7)$$

式（3.5.2.7）中 K 为元件的霍尔灵敏度。如果保持霍尔元件的电流 I 不变，而使其在一个均匀梯度的磁场中沿梯度方向移动时，则输出的霍尔电势差变化量为

$$\Delta U_H = KI\frac{\mathrm{d}B}{\mathrm{d}Z}\Delta Z \qquad (3.5.2.8)$$

式（3.5.2.8）中 ΔZ 为位移量。此式说明若当 $\dfrac{\mathrm{d}B}{\mathrm{d}Z}$ 为常数时，ΔU_H 与 ΔZ 成正比。

为实现均匀梯度的磁场，可如图 3.5.2.4 所示选用两块相同的磁铁（磁铁截面积及表面磁感应强度相同）相对而放，即 N 极与 N 极相对而放置，两磁铁之间留一等间距间隙，霍尔元件平行于磁铁放在该间隙的中轴上。间隙大小要根据测量范围和量程灵敏度要求而定，间隙越小，磁场梯度就越大，灵敏度就越高。磁铁截面要远大于霍尔元件，以尽可能地减小边缘效应影响，提高测量准确度。

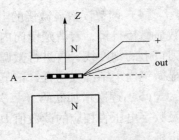

图 3.5.2.4　霍尔位置传感器

若磁铁间隙内中心截面 A 处的磁感应强度为零，霍尔元件处于该处时，输出的霍尔电势差应为零。当霍尔元件偏离中心沿 Z 轴发生位移时，由于磁感应强度不再为零，霍尔元件也就产生相应的电势差输出，其大小可由数字电压表测量。由此可以将霍尔电势差为零时元件所处的位置作为位移参考零点。

霍尔电势差与位移量之间存在一一对应关系，当位移量较小（<2 mm），这一对应关系具有良好的线性。

【仪器简介】

实验装置如图 3.5.2.5 所示。

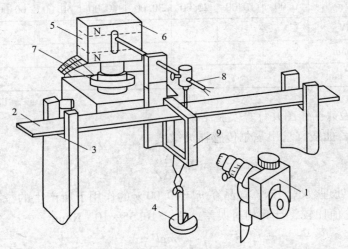

图 3.5.2.5　实验装置简图

1—读数显微镜；2—横梁；3—刀口；4—砝码；5—有机玻璃盒（内装磁铁）；6—磁铁（两块）；
7—三维调节架；8—铜杠杆（杠杆顶端贴有 95A 型集成霍尔传感器）；9—铜挂件（上有刻度线）

【实验内容】

1. 测量黄铜样品的弹性模量和霍尔位置传感器的定标

（1）用水准器观察磁铁是否在水平位置，若偏离时可用底座螺丝调节到水平位置。

（2）调节三维调节架的左右前后位置的调节螺丝，使集成霍尔位置传感器探测元件处于磁铁中间位置。

（3）调节零点：调节霍尔传感器的上下位置，调节仪器上调零电位器使在初始负载的条件下数字电压表读数为零或读数值达极小值时停止调节，最后调节补偿电压电位器，使数字电压表读数为零。

（4）调节读数显微镜的上下和左右位置，使镜筒轴线正对铜刀口上的刻度线。调节读数显微镜目镜，看清楚镜筒内的叉丝，然后移动读数显微镜前后距离，直到从镜中看清楚铜刀口上的刻度线，再进行微调并消除视差，转动读数显微镜的鼓轮使刀口上的刻度线与读数显微镜内十字准线吻合，记下初始读数值。

（5）逐次增加砝码（每次增加 10 g 砝码），相应从读数显微镜上读出梁的弯曲位移 ΔZ_i 及数字电压表相应的读数值 U_i（单位 mV）。以便于计算弹性模量和对霍尔位置传感器进行定标。

（6）测量横梁的有效长度 l，也就是安放此梁的两支柱上刀口间的距离，测量不同位置横梁厚度 h 和横梁宽度 a，注意合理安排每个量的测量次数及使用的仪器。

2. 用霍尔位置传感器测量铸铁的弹性模量

改用铸铁横梁，步骤方法自拟。

【数据记录与处理】

（1）数据表格（表 3.5.2.1）。

表 3.5.2.1　用霍尔位置传感器测量弹性模量数据表

砝码总质量 m_i/g	0.00	10.00	20.00	30.00	40.00	50.00	60.00	70.00	80.00
霍尔电压 U_i/mV									
显微镜读数 Z_i/mm									
霍尔灵敏度 K/mV·mm^{-1}									

（2）根据实验数据作图并计算实验结果。

1）画出 U—Z 曲线，求出霍尔传感器灵敏度

$$K = \frac{\Delta U}{\Delta Z}$$

2）用逐差法处理数据，计算样品在 $m = 40.00$ g 的作用下所产生的位移量 ΔZ，并计算弹性模量，与理论值比较，计算相对误差，$E_{标} = 10.55 \times 10^{10}$ N/m^2

$$E = \frac{mgl^3}{4ah^3 \Delta Z}$$

【注意事项】

（1）测量待测样品厚度必须取不同位置多点测量，因黄铜比钢软，当千分尺与金属接触时，必须使用棘轮，听到响声时，停止旋转千分尺。

（2）加砝码时，应该轻拿轻放，尽量减小砝码架的晃动。这样可以使电压值在较短的时间内达到稳定值，节省实验时间。

（3）实验开始前必须检查横梁是否有弯曲，如有应矫正。

【思考题】

（1）用公式（3.5.2.6）来测量 E，需要保证哪些实验条件？

（2）用霍尔位置传感器法测微位移有什么优点？（提示：与千分尺、读数显微镜等方法

比较，有什么特点）

实验 3.6 粘滞系数的测量

当两块板沿接触面相对滑动时，它们之间有阻止滑动的摩擦力。在流体中，当相邻两层流体之间有相对运动时，也会产生平行于接触面的切应力。相对运动的两流层相互施以阻力，这一对力称为流体层之间的内摩擦力，流体力学中称它为流体中的粘性切应力。流体所具有的抵抗两层流体相对滑动速度或抵抗变形的性质称为粘性，粘性的大小依赖于流体物质的性质，并明显地随温度变化。

流体的粘滞系数大小对其流动的阻力、流动过程功率的消耗以及传热和传质等都有很大的影响。例如，用搅拌器搅拌液体时，流体的粘滞系数越大搅拌器所消耗的电能也越多。此外，利用粘度法测定高分子稀溶液和纯溶剂的粘度，可以得出聚合物的分子量和稀溶液中高分子链的尺寸。在高分子研究中，聚合物熔体的粘度及其流变性能，对聚合物的注射、压膜、吹塑、压延、冷成型以及纤维纺丝等加工过程也有着重要的影响。工业上选择润滑油时，水利工程中研究流体的运动时，都必须考虑流体的粘度。此外，医学上由于许多病变中血液粘性变化很大，因此通过测定血流的粘度就能得出很多有价值的诊断资料。另外，在国防建设上，例如对飞机、船舶、舰艇的模型设计上，流体粘性的测定都有着重要的现实意义和应用价值。

实验表明，对于给定的流体，作用于接触面积 ds 的相邻两流层上的粘滞力 f，系与垂直于 ds 方向上的速度梯度 dv/dy 以及接触面积 ds 成正比，其方向与运动方向相反，即

$$f = \eta \frac{dv}{dy} \cdot ds \qquad (3.6.1)$$

式（3.6.1）就是决定流体内摩擦力大小的牛顿粘滞定律。其中，比例系数 η 是由流体本身性质决定的，是反映流体粘滞性大小的物理量，称为粘滞系数（又称动力粘度，简称粘度），其单位为：帕·秒（Pa·s），或牛顿·秒·米$^{-2}$（N·s·m^{-2}）。

3.6.1 用落球法测定液体的粘滞系数

【实验目的】
（1）观察小球在液体中的运动现象，了解其运动规律。
（2）学会用落球法测液体的粘滞系数。
（3）巩固基本测量仪器的使用。

【实验仪器】
盛有被测液体的量筒、读数显微镜、秒表、米尺、游标卡尺、镊子、铅球及温度计（公用）等。

【实验原理】
如图 3.6.1.1，使小球在盛有甘油的量筒中下落，小球下落到一定距离后将做匀速运动。当小球相对甘油的运动速度不大，小球很小，而且甘油不产生旋涡的情况下，小球在均匀的无限广延的甘油中运动，附着在小球表面的甘油与它周围甘油间的粘滞力为

$$f = 6\pi\eta v r \qquad (3.6.1.1)$$

式（3.6.1.1）称为斯托克斯公式。式中，η 为甘油粘滞系数；ν 为小球的运动速度；r 为小球的半径。小球在静止甘油中下落时，随着速度增大，粘滞力也增大，当浮力和粘滞力之和等于重力时，小球将匀速下落，此时有

$$\frac{4}{3}\pi r^3 \rho g - \frac{4}{3}\pi r^3 \rho_0 g - 6\pi\eta\nu r = 0 \qquad (3.6.1.2)$$

式中，ρ 为小球密度；ρ_0 为甘油密度。由式（3.6.1.2）可得

$$\eta = \frac{2(\rho - \rho_0)gr^2}{9\nu} \qquad (3.6.1.3)$$

考虑管壁对小球的影响，粘滞系数修正为

$$\eta = \frac{2(\rho - \rho_0)gr^2}{9\nu(1 + 2.4d/D)} \qquad (3.6.1.4)$$

式中，d 为小球直径；D 为量筒直径。

若在甘油中，小球匀速下落了一段间距 s，所需时间为 t。将 $\nu = \dfrac{s}{t}$，代入式（3.6.1.4）得

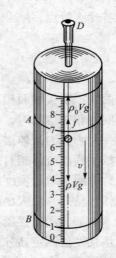

图 3.6.1.1　用落球法测定粘滞
系数装置图

$$\eta = \frac{gd^2t(\rho - \rho_0)}{18s(1 + 2.4d/D)} \qquad (3.6.1.5)$$

在小球的密度 ρ、甘油的密度 ρ_0 和重力加速度 g 为已知的情况下，只需测出小球的直径 d，量筒的直径 D 以及 A、B 的间距 s 和小球经过 s 的时间 t 就可计算出甘油的粘滞系数 η。

【仪器简介】

本实验中用到较为复杂的仪器只有读数显微镜，介绍如下：

1. 读数显微镜的结构和原理

读数显微镜是用于精确测量微小长度的专用显微镜，它主要由用于测量的螺旋测微装置和用于观察的显微镜两部分组成，图 3.6.1.2（a）是实验室常用的读数显微镜之一。测微鼓轮 A 的周边上刻有 100 个分格，鼓轮旋转一周，显微镜筒水平移动 1 mm，每转一分格，显微镜筒将移动 0.01 mm，它的量程一般是 50 mm。水平移动的距离（毫米数）由水平标尺 F 上读出，小于 1 mm 的数，由测微鼓轮读出，两者之和就是此时读数显微镜的位置坐标值，图 3.6.1.2（b）是读数显微镜的螺旋测微装置，它包括标尺 F、读数准线 E_1 和 E_2、测微鼓轮 A。

2. 读数显微镜的使用方法

（1）调整目镜 C 看清十字叉丝。

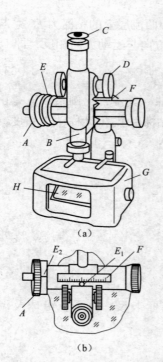

（a）

（b）

图 3.6.1.2　读数显微镜
A—测微鼓轮；B—显微镜筒；C—目镜；
D—调焦手轮；E_1、E_2—准线；F—标尺；
G—工作台；H—反光镜

（2）将待测物安放在测量工作台上，转动反光镜 H，以得到适当亮度的视场。

（3）旋动调焦手轮 D，使镜筒 B 下降到接近物体的表面，然后逐渐上升，看清待测物。

（4）转动测微鼓轮 A，使叉丝交点和被测物上的一点（或一条线）对准，记下读数，继续转动鼓轮，使叉丝交点对准另一点，再记下读数，两次读数之差即所测两点间的距离。

【实验内容】

（1）用镊子夹一个小球，在读数显微镜下测其直径 d，在小球的三个不同方向上测量 3 次，记录测量结果并计算平均值。

（2）用镊子夹起小球，在所测甘油中浸润一下，然后小心放入量筒中心处，用秒表测量小球通过刻线 A、B 间的时间。

（3）同样方法共测 5 个小球。把所测得数据填入表格内，表格自拟。

（4）用米尺测出 s 的大小。

（5）用卡尺测量量筒内径 D。

（6）由实验室给出小球和甘油密度 ρ、ρ_0，记下甘油温度，甘油温度取实验前后的平均值。

【注意事项】

（1）实验时甘油中应无气泡。

（2）甘油的粘滞系数随着温度的改变发生明显变化，因此实验过程中不应用手摸量筒，而且应尽量缩短测量时间和及时记录甘油温度。

（3）记录时间时眼睛必须平视标记线 A 和 B。

（4）实验时应尽量保持甘油静止。

（5）测量时显微镜筒的移动方向和被测两点间连线平行，为了防止螺距差，测量时应向同一测量方向转动鼓轮，若不小心超过了被测目标，就要多退回一些，再重新沿原测量方向测量。

【思考题】

（1）实验时，如果不要上标线，小球下落到甘油表面就开始计时是否可以，为什么？

（2）测小球下落速度时，每次测量的间隔时间长好还是短好？

（3）小球下落时甘油应是静止的，在实验过程中要保持静止状态，应采取什么措施？

3.6.2　用落针法测定液体的粘滞系数

【实验目的】

（1）学习用落针法测量液体的粘滞系数。

（2）对不同温度下的粘滞系数进行测量，研究粘滞系数随温度变化的关系。

（3）熟悉采用霍尔传感器和多功能毫秒计测量落针的速度。

【实验仪器】

仪器本体、落针、霍尔传感器、单片机计时器及温控装置。

【实验原理】

当针在待测液体中沿窗口在轴线垂直下落时，经过一段时间，针所受粘滞阻力、浮力及针上下端面压力达到平衡，针变为匀速运动，这时针的速度为收尾速度 V_0，此速度可通过测量针内两磁铁经过传感器的时间间隔 t 求得。

对牛顿液体，求动力粘滞系数 η 的公式为

$$\eta = \frac{gR_2^2(\rho_s - \rho_L)}{2V_0}\left(\ln\frac{R_1}{R_2} - \frac{R_1^2 - R_2^2}{R_1^2 + R_2^2}\right) \quad (3.6.2.1)$$

上述方程是对无限长的针及无限宽广环境推导的，对有限长度的针引入修正系数 C，于是（3.6.2.1）式改写为

$$\eta = \frac{gR_2^2(\rho_s - \rho_L)\,C}{2V_0}\left(\ln\frac{R_1}{R_2} - \frac{R_1^2 - R_2^2}{R_1^2 + R_2^2}\right)$$

$$C = 1 + \frac{2}{3L_r}\left[1 + \frac{3}{2C_W L_r}\left(\frac{K^2\,(1-\ln K)\ +\ (1+\ln K)}{1+K^2}\right)\right]^{-1}$$

$$K = R_2/R_1 \qquad C_W = 1 - 2.04K + 2.09K^3 - 0.95K^5$$

$$L_r = (L - R_2)/2R_2 \qquad V_0 = l/t$$

式中，R_1 为容器内半径；R_2 为针的外半径；g 为重力加速度；l 为两磁铁同名磁极的间距；t 为两磁铁经过传感器的时间间隔；ρ_s 为针的有效密度；ρ_L 为液体密度；L 为针的长度。

在实际情况下，C 可近似为 $C = 1 + \dfrac{2}{3L_r}$，则式（3.6.2.1）改写为

$$\eta = \frac{gR_2^2 t}{2l}(\rho_s - \rho_L)\left(1 + \frac{4R_2}{3(L-2R_2)}\right)\left(\ln\frac{R_1}{R_2} - \frac{R_1^2 - R_2^2}{R_1^2 + R_2^2}\right) \quad (3.6.2.2)$$

因为已将计算 η 的程序固化在微处理器中，所以利用单片机可将粘滞系数计算并显示出来，实现了智能化。同时应考虑待测液体的密度随温度变化的情况，在每次改变温度测量时应修改 ρ_L 值，该关系经测算为

$$\rho_L = \rho_0/\left[1 + \beta(T + T_0)\right] \quad (3.6.2.3)$$

β 值可用实验方法确定，大约 $\beta = 0.93 \times 10^{-3}$。$\rho_0$ 为 20 ℃时液体密度，$T_0 = 20$ ℃，T 为实际温度。

【仪器简介】

仪器由本体、落针、霍尔传感器、单片机计时器及控温装置组成。

1. 仪器本体（如图 3.6.2.1）

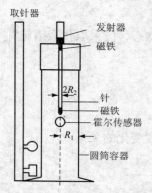

待测液体（例如蓖麻油）装在有机玻璃管制的圆桶容器中，管竖直固定在机座上，机座底部有调节水平的螺丝。机座上竖立一块铝合金支架，其上装有霍尔传感器、取针装置。装在液体容器顶部的盖子上有投针装置——发射架，它包括喇叭形导环和带永久磁铁的拉杆。此导环便于取针和让针沿容器中轴线下落。当取针装置将针由容器底部提起时，针沿导环到达盖子顶部，被拉杆上的永久磁铁吸住，拉起拉杆，针将沿容器轴线自动下落。

2. 落针

落针（如图 3.6.2.2）是有机玻璃制成的中空细长圆柱体，其外半径为 R_2，直径为 d，平均密度为 ρ_s。它的前端部为半球状。

图 3.6.2.1　仪器本体

在它的内部，两端装有永久磁铁（钕铁硼），异名磁铁相对，另有配重的铅条，改变铅条的重量可改变针的平均密度。两端的磁铁的同名磁铁间的距离为 l。

3. 霍尔传感器

采用 SMT 技术制成灵敏度极高的开关型霍尔传感器，做成圆柱体，外部有螺纹，可用螺母固定在仪器本体的铝板上，输出信号通过屏蔽电缆、航空插头接到单片机计时器上。传感器由 5 V 直流电源供电。外壳用非磁性金属材料（铜）封装。每当磁铁经过霍尔传感器附近时，传感器输出一个矩形脉冲，同时有 LED（发光二极管）指示。这种磁传感器的使用，为测量非透明液体带来方便。

4. 单片机计时器

以单片机为基础的多功能毫秒计用以计时和处理数据，硬件采用 MCS-51 系列微处理芯片，配有并行接口，驱动电路，输入由 4×4 键盘实现。显示为 6 位数码管，软件固化在微处理器中。单片机计时器不仅用来计数、计时，还有存储、运算和输出等功能。它由 220 V 交流电供电，经稳压电源变为 5 V 直流电供给单片机及霍尔传感器，输入信号经航空插座输入。

图 3.6.2.2　落针

5. 控温系统

该系统由两部分组成：

（1）温控装置，采用先进的 PID 方式控温，控制精度达 0.5 ℃。

（2）水循环装置，由水箱及压力水泵组成，循环速度快，加热效率高。

【实验内容】

1. 测液体的粘滞系数

（1）接通 220 V 电源，此时毫秒计显示"PH-2"，霍尔传感器上的 LED 应闪亮后熄灭。

（2）用微型供水泵经回水孔给水箱注水，水位上升至接近水位计的上出口处停止加水，换上本体上的回水软管，启动循环装置，形成水浴加热循环。

（3）用游标卡尺测量针的直径，用米尺测量针的长度 L，计算针的体积 V（用量筒直接测量针的体积亦可）。用天平称量针的质量 m，从而求出针的有效密度 $\rho_s = m/V$，或直接采用给定值。

（4）用比重计测量液体的密度，若无比重计，20 ℃时的 ρ_0 由实验室给出，再根据公式（3.6.2.3）换算成其他温度下的密度值 ρ_L。

（5）取下容器上端的盖子，将针放入液体中，然后盖上盖子，启动温控装置加热一段时间，从控温仪上读出实验时的温度值。

（6）开机或按复位键后显示"PH-2"，毫秒计进入复位状态。

（7）在复位状态下按"启动"键，显示"H"或"L"后落针。毫秒计显示时间（单位：毫秒），第一次按"设置"键将提示修改参数 ρ_s，如待测落针有效密度为 $1\,412\ \text{kg}\cdot\text{m}^{-3}$，则直接按下"1、4、1、2"。第二次按"设置"键将提示修改参数 ρ_L（同前），第三次按"设置"键显示粘滞系数。

（8）设定其它温度值，重复（7）过程，完成不同温度下粘度测量，将数据记录在表 3.6.2.1 中，并描绘出液体粘滞系数随温度变化的曲线。

（9）实验者还可在实验前复位后按"手动"键，启动毫秒计的电子秒表功能，粗测落针时间。

（10）温度高时用轻针，温度低时用重针，粘度大时用重针，粘度小时用轻针。

（11）根据测量数据，绘出粘滞系数随温度变化的曲线（$\eta - t$ 曲线）。

2. 测液体密度

在待测密度的液体中将已知密度的两针（密度不同）投入，由于液体粘滞系数对两个针来说是一样的，所以在（3.6.2.2）式中消去粘度 η，只有液体密度 ρ_L 是未知的，将针的密度代入，可求得液体密度。设 1 号针的密度为 ρ_{s1}，收尾速度为 V_{t1}，2 号针的密度为 ρ_{s2}，速度为 V_{t2}，则液体密度为

$$\rho_L = \rho_{s1} \frac{1 - (\rho_{s1}/\rho_{s2})(V_{t1}/V_{t2})}{1 - (V_{t1}/V_{t2})}$$

式中，$V_{t1} = l/t_1$；$V_{t1} = l/t_2$，上式改写为

$$\rho_L = \rho_{s1} \frac{1 - (\rho_{s1}/\rho_{s2})(t_2/t_1)}{1 - (t_2/t_1)} \qquad (3.6.2.4)$$

式（3.6.2.4）为计算液体密度的实用公式。

【数据记录】

表 3.6.2.1　不同温度粘滞系数测量数据表

设定温度 $t_1/$ ℃	测量温度 $t_2/$ ℃	液体密度 $\rho_1/(kg \cdot m^{-3})$	粘滞系数测量 $\eta/Pa \cdot s$			平均 $\bar{\eta}/Pa \cdot s$
室温						
30.0						
35.0						
40.0						
45.0						

【注意事项】

（1）应让针沿圆筒中心轴线竖直下落。

（2）用取针器将针拉起悬挂在容器上端后，由于液体受到扰动，处于不稳定状态，应稍等片刻，再将针投下，进行测量。

（3）取针器将针拉起并悬挂后，应将取针器的磁铁旋转，离开容器，以免对针的下落造成影响。

（4）落针过程中应保持垂直状态。

（5）建议在复位后先用"计停"键人工测定落针时间，然后利用霍尔传感器自动测量，以训练实验技巧。

【思考题】

落针过程中应保持垂直状态，若针头偏向（或偏离）霍尔传感器，试分析实验数据将如何变化，为什么？

实验3.7　液体表面张力系数的测量

生活中有许多现象都表明，液体具有一种尽可能收缩其表面的性质。把毛笔放进水中，

笔毛是散开的，但从水中提起后，笔毛又聚合起来。我们注意到，这样水的表面积最小；雨水滴到荷叶上，水珠近似呈球型。球型也是同等体积的水的表面积最小的形状。可见存在一种尽量使水的表面收缩的力，这种力就称为"表面张力"。利用它能够解释涉及液体表面的许多现象，如毛细现象、泡沫形成及喷液成雾等。在工程技术上，如结晶、焊接、铸造、浮选以及土壤保水等许多方面，都需要对表面张力进行研究和测量。

液体的表面张力是表征液体性质的一个重要参数。测量液体的表面张力系数有多种方法，拉脱法是测量液体表面张力系数常用的方法之一，该方法的特点是用称量仪器直接测量液体的表面张力，测量方法直观、概念清楚。用拉脱法测量液体表面张力，对测量力的仪器要求较高，由于用拉脱法测量液体表面的张力约在 $1 \times 10^{-3} \sim 1 \times 10^{-2}$ N 之间，因此需要有一种量程范围较小、灵敏度高且稳定性好的测量力的仪器。近年来，新发展的硅压阻式力敏传感器张力测定仪正能满足测量液体表面张力的需要，它比传统的焦利秤、扭秤等灵敏度高、稳定性好且可数字信号显示，利于计算机实时测量。

【实验目的】

（1）了解硅压阻式力敏传感器的测量原理和测量方法。

（2）学习利用拉脱法测量纯净水的表面张力系数。

【实验仪器】

液体表面张力系数测定仪、砝码盘和砝码、镊子、圆环型吊片、温度计及纯净水等。

【实验原理】

由于分子有相互吸引的力存在，液体表面有收缩到尽可能小的趋势。当表面平衡时，液体表面边界上，沿表面方向有张力作用，此张力称为液体的表面张力。表面张力大小与边界长度成正比，方向与边界垂直，设表面张力的大小为 F，边界长度为 L。则

$$F = \alpha L \tag{3.7.1}$$

α 叫做液体的表面张力系数，在本实验中将测定纯净水的表面张力系数。

若金属片为环状吊片时，考虑一级近似，可以认为脱离力为表面张力系数乘上脱离表面的周长，即

$$F = \alpha \cdot \pi (D_1 + D_2) \tag{3.7.2}$$

式中，F 为脱离力；D_1，D_2 分别为圆环的外径和内径。

可见测量表面张力系数的关键是测量表面张力 F。本实验采用硅压阻式力敏传感器来测量脱离力大小。硅压阻式力敏传感器由弹性梁和贴在梁上的传感器芯片组成，其中芯片由四个硅扩散电阻集成一个非平衡电桥，当外界压力作用于金属梁时，在压力作用下，电桥失去平衡，此时将有电压信号输出，输出电压大小与所加外力成正比。即

$$\Delta U = KF \tag{3.7.3}$$

式中，F 为外力的大小；K 为硅压阻式力敏传感器的灵敏度；ΔU 为传感器输出电压的大小。

【仪器简介】

图 3.7.1 为实验装置图。其中，液体表面张力测定仪包括硅扩散电阻非平衡电桥的电源和测量电桥失去平衡时输出电压大小的数字电压表，其他装置包括铁架台、微调升降台、装有力敏传感器的固定杆、盛液体的玻璃皿和圆环形吊片。实验证明，当环的直径在 3 cm 附近而液体和金属环接触的接触角近似为零时，运用公式（3.7.1）测量各种液体的表面张力系数的结果较为正确。

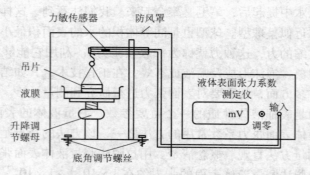

图 3.7.1 液体表面张力测定装置

【实验内容】

1. 硅压阻式力敏传感器的定标

每个力敏传感器的灵敏度都有所不同，在实验前，应先将其定标。步骤如下：

（1）打开仪器的电源开关，将仪器预热。

（2）在传感器梁端头小钩中，挂上砝码盘，调节测定仪上的补偿电压旋钮，使数字电压表显示为零。

（3）在砝码盘上分别加 0.5 g、1.0 g、1.5 g、2.0 g、2.5 g、3.0 g 等质量的砝码，记录相应这些砝码力 F 作用下，数字电压表的读数值 U。

（4）用逐差法处理实验数据，求出传感器灵敏度 K。

2. 环的测量与清洁

（1）用游标卡尺测量金属环的外径 D_1 和内径 D_2（为简化操作，D 值可由实验室给出）。

（2）环的表面状况与测量结果有很大的关系。实验前应将金属环状吊片在 NaOH 溶液中浸泡 20～30 s，然后用净水洗净。

3. 测量液体的表面张力系数

（1）将金属环状吊片挂在传感器的小钩上，调节升降台，将液体升至靠近环片的下沿，观察环状吊片下沿与待测液面是否平行。如果不平行，将金属环状吊片取下后，调节吊片上的细丝，使吊片与待测液面平行。

（2）调节容器下的升降台，使其渐渐上升，将环片的下沿部分全部浸没于待测液体。然后反向调节升降台，使液面逐渐下降。这时，金属环片和液面间形成一环形液膜，继续下降液面，测出环形液膜即将拉断前一瞬间数字电压表读数值 U_1 和液膜拉断后一瞬间数字电压表读数值 U_2，即 $\Delta U = U_1 - U_2$。

【实验记录与处理】

（1）传感器灵敏度的测量。

表 3.7.1　传感器的定标数据表

砝码质量/g	0.500	1.000	1.500	2.000	2.500	3.000
电压/mV						

用逐差法处理实验数据，求出传感器灵敏度 K。

（2）水的表面张力系数的测量。

金属环外径 $D_1 =$ _____ cm，内径 $D_2 =$ _____ cm。

水的温度：$\theta =$ _____ ℃。

表 3.7.2　表面张力测定数据表

编　　号	U_1/mV	U_2/mV	$\Delta U/mV$	F/N	$\alpha/$（$N \cdot m^{-1}$）
1					
2					
3					
4					
5					

将实验数据代入式（3.7.2）和（3.7.1），求出液体的表面张力系数，并与标准值进行比较。

【注意事项】

（1）硅压阻式力敏传感器受力量程在 $0 \sim 6 \times 10^{-3}$ 千克力（$0 \sim 0.059$ N），故不应在传感器端头加过大的压力。

（2）实验过程中应避免风力影响，另外在旋转升降台时，动作应尽量轻缓，尽量减小液体的波动。

（3）保持纯净水的纯净度，在使用过程中防止灰尘、油污及其他杂质污染。特别注意手指不要接触被测液体。

（4）实验中加砝码及吊环时应用镊子，且动作要轻缓。

【思考题】

空气中的灰尘若进入液体中，将对液体表面张力测量有何影响，实验过程中应如何防止此类影响？

实验 3.8　用电流量热器法测定液体的比热容

比热容是单位质量的物质温度升高 1 ℃时需吸收的热量，它的测量是物理学的基本测量之一，属于量热学的范畴。量热学在许多领域都有广泛应用，特别是在新能源的开发和新材料的研制中，量热学的方法是不可缺少的。比热容的测量方法很多，有混合法、冷却法、比较法（待测比热容与已知比热容比较得到待测比热容的方法）。本实验用的是电流量热器法测比热容，它是比较法的一种。几种方法虽各具特点，但就实验而言，由于散热因素很难控制，不管哪种方法实验的准确度都比较低。尽管如此，由于它比复杂的理论计算简单、方便，实验还是具有实用价值。当然，在实验中进行误差分析，找出减小误差的方法是必要的。每种物质处于不同温度时具有不同数值的比热容。一般地讲，某种物质的比热容数值多指在一定温度范围内的平均值。

【实验目的】

（1）学会用电流量热器法测定液体的比热容。

（2）熟练掌握物理天平，温度计和量热器的使用方法。

【实验仪器】

电流量热器、水银温度计、稳压电源、电流表、滑线变阻器及单刀开关等。

【实验原理】

电流量热器的构造如图 3.8.1 所示。它由绝热材料制成的外筒 A 和由良导体制成的内筒

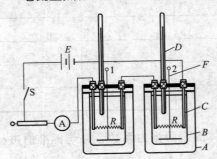

图 3.8.1　测定液体比热容的装置

B 构成。盛液体的内筒 B 固定在绝热架上，外筒口用胶木盖盖住。C 为电流导入棒，其上端用接线柱固定在胶木盖上，下端用来固定电阻丝 R。胶木盖上有两个孔，一个孔来插温度计 D，另一个小孔用来插入搅拌器 F。量热器的这种内外筒封闭结构减少了对流和热传导。内筒壁很光洁，可减少热辐射，这就减少筒内液体与周围环境的热交换。

实验选用两只相同的量热器 1 和 2，里面分别装着质量为 m_1 和 m_2、比热容为 c_1 和 c_2 的两种液体，液体中安置着阻值相等的电阻 R。如果按照图 3.8.1 连接电路，然后闭合开关 S，则有电流通过电阻 R。根据焦耳—楞次定律，每只电阻产生的热量为

$$Q = I^2 Rt$$

式中，I 为电流强度，单位是 A；R 为电阻，单位是 Ω；t 为通电时间，单位是 s；热量 Q 的单位是 J。

液体、量热器内筒、搅拌器和温度计等吸收电阻 R 释放的热量 Q 后，温度升高。

若两只量热器中分别装入待测液体和水，其质量分别为 m_1 和 m_2，比热容为 c_1 和 c_2，初始温度（包括量热器及其附件）分别为 t_1 和 t_2，加热终了的温度分别为 τ_1 和 τ_2，包括搅拌器、温度计、电流导入棒在内的两个量热器的水当量分别为 ω_1 和 ω_2，则有

$$Q_1 = (c_1 m_1 + c_2 \omega_1)(\tau_1 - t_1)$$
$$Q_2 = (c_2 m_2 + c_2 \omega_2)(\tau_2 - t_2)$$

由于电阻 R 相同，且采用串联连接，故 $Q_1 = Q_2$，即

$$(c_1 m_1 + c_2 \omega_1)(\tau_1 - t_1) = (c_2 m_2 + c_2 \omega_2)(\tau_2 - t_2)$$

由上式得

$$c_1 = \frac{c_2}{m_1}\Big[(m_2 + \omega_2)\frac{\tau_2 - t_2}{\tau_1 - t_1} - \omega_1\Big] \tag{3.8.1}$$

某一物体的水当量是指与该物体具有相同热容量的水的质量。如果物体的质量为 $m_x(\text{g})$ 比热容为 $c_x[\text{J}/(\text{kg} \cdot \text{K})]$，水在 20 ℃时的比热容为 $4.182 \times 10^3 \text{ J}/(\text{kg} \cdot \text{K})$，则这个物体的水当量可定义为

$$\omega_x = \frac{c_x}{4.182 \times 10^3} m_x$$

式（3.8.1）中的水当量 ω_1 和 ω_2，可以按下述方法计算。

（1）黄铜制的量热器和搅拌器的总质量为 m_0（kg），黄铜的比热容为 0.393×10^3 J/

（kg·K），它们的水当量为 $[0.393 \times 10^3 / (4.182 \times 10^3)]$ $m_0 = 0.094 m_0$ （kg）。同理，任何黄铜制品的水当量都等于其质量的 kg 数乘以系数 0.094。

（2）水银温度计由玻璃和水银组成，两者密度分别为 2.5×10^3 kg/m³ 和 13.6×10^3 kg/m³，比热容分别为 0.79×10^3 J/（kg·K）和 0.14×10^3 J/（kg·K），两者的比热容与密度的乘积基本相同，近似地取为 1.9×10^6 J/（m³·K）。那么与温度计浸入液体部分的体积 V（m³）对应的热容量为 1.9×10^6 VJ/（m³·K），相应的水当量为 $[1.9 \times 10^6 / (4.182 \times 10^3)]$ $V = 0.45 \times 10^3 V$（kg）。

（3）电流导入棒的水当量为 ω_0。由于具体的装置不完全相同，ω_0 的值由实验室给定。

将以上三部分相加

$$\omega = 0.094 m_0 + 0.45 \times 10^3 V + \omega_0 \tag{3.8.2}$$

取比热容已知的水作为第二种液体，显然 $c_2 = 4.182 \times 10^3$ J/（kg·K）。如果称出水和待测液体的质量 m_2 和 m_1 并测出温度 t_1、t_2 和 τ_1、τ_2，则根据式（3.8.1）和式（3.8.2）即可算出待测液体的比热容 c_1。

按牛顿冷却定律，辐射热与温度差及实验时间成正比，因此实验中常采用下列措施：

（1）设计实验时最好使量热器的始末温度尽量接近环境温度，例如在环境温度上下5 ℃左右。

（2）尽快地取得实验数据。例如，用搅拌器使量热器很快达到平衡，快速而准确地读得所需温度等。

【实验内容】

1. 用感量为 0.1 g 的物理天平称出量热器和搅拌器的质量 m_0、待测液体的质量 m_1 和水的质量 m_2。

2. 按照图 3.8.1 连接电路，但不得接通开关 S。把最小刻度为 0.1 ℃的 50 ℃温度计插入量热器中（注意不要接触到电阻 R），记下未加热前的温度 t_1、t_2。为了以后计算水当量，预先记下温度计浸入液体部分的刻度位置。

3. 接通开关 S（加热电流的数值由实验室给定）后，便有电流通过电阻 R。此时应不断搅拌，使整个量热器内各处的温度均匀。待温度升高5 ℃左右，切断电源。切断电源后温度还会有稍许上升，应记下上升的最高温度 τ_1 和 τ_2。

4. 根据步骤 2 所记下的刻度值，用 20 ml 的量筒测出温度计浸入液体部分的体积 V。

5. 实验中的加热电阻与电流导入装置不能做到完全相同时，会带来一些误差。为此，在实验时要求将两电阻（包括电流的导入棒）对调，重复以上步骤，再测一遍。

注意：对调时应该用清水将电阻及电流导入棒冲洗干净并吹干。

6. 将上述两次测量的数据分别代入式（3.8.2）和（3.8.1），算出待测液体的比热容 c_1。

【注意事项】

（1）在实验过程中应不断轻轻搅拌，以使温度计示值确能代表系统的表面温度，搅拌时不能让液体溅出。

（2）使用水银温度计要特别小心，因为它下端水银泡的玻璃壁很薄，不小心就会碰破而使水银泄漏引起污染。

【数据记录及处理】

（1）要求算出每次待测液体的比热容 c_1，然后取其平均值。将测得的液体比热容值与其标准值相比较，算出本次实验的相对误差。如果实验结果的误差较大，应该分析产生误差的原因。

（2）表 3.8.1 是供参考的数据记录表。

表 3.8.1　数据记录表

电流导入棒的质量_____kg

实验次数	液体名称	量热器内筒及搅拌器总质量/kg	液体质量/kg	温度计浸没部分体积/m³	初温/℃	终温/℃	量热器的水当量/kg
1							
2							

本实验的待测液体可选用甘油，比热容的标准值为 2.41×10^3 J/（kg·K）。甘油无毒、不导电，在常温下不挥发，完全溶于水，便于量热器的清洗。

【思考题】

（1）如果实验过程中加热电流发生了微小的波动，是否会影响测量的结果，为什么？

（2）实验过程中量热器不断向外界传导和辐射热量，这两种形式的热量损失是否会引起系统误差，为什么？

实验 3.9　固体线膨胀系数的测量

当温度升高时，一般固体由于其原子或分子的热运动加剧，粒子间的平均距离发生变化，温度越高其平均距离越大，这就是固体的热膨胀。热膨胀是物质的基本热学性质之一。虽然固体的热膨胀非常微小，但由于使物体发生很小形变时就需要很大的应力。所以，热膨胀虽然不很大，却可以产生很大的应力。因此，在建筑工程、机械装配、电子工业等部门中都需要考虑固体材料的热膨胀。所以，测定固体的线膨胀系数有着重要的实际意义。

【实验目的】

（1）学习和掌握用光杠杆（或千分表）测量微小长度变化量的方法。

（2）用线胀仪测定固体在一定温度范围内的平均线膨胀系数。

【实验仪器】

线胀系数测定仪，尺读望远镜，光杠杆，调压器，温度计，卷尺，游标卡尺及千分表等。

【实验原理】

实验表明，在一定温度范围内，原长为 L 的物体，受热后其伸长量 ΔL 与温度的增加量 Δt 成正比，与原长 L 亦成正比，即

$$\Delta L = \alpha L \Delta t \qquad (3.9.1)$$

式中，α——线膨胀系数（简称线胀系数）。

大量实验表明，不同材料的线胀系数不同，塑料的线胀系数最大，金属次之，熔凝石英的线胀系数很小。

为了测量线胀系数，将材料做成条状或杆状。由式（3.9.1）可知，测量出温度 t_1 时的杆长 L，受热后温度到达 t_2 时的伸长量 ΔL 和受热前后的温度 t_1 及 t_2，则该材料在（t_1，t_2）温区的线胀系数为

$$\alpha = \frac{\Delta L}{L(t_2 - t_1)} \qquad (3.9.2)$$

α 的物理意义是：固体材料在（t_1，t_2）温区内，温度每升高 1 ℃时的相对伸长量。其单位是 1/ ℃。

式中的杆长 L 和温度都容易测量，主要问题是伸长量 ΔL 的测量。先粗估一下 ΔL 的大小，若 $L \approx 500$ mm，温度变化 $t_2 - t_1 \approx 100$ ℃，金属 α 的数量级 10^{-5}（1/ ℃），则估算出 $\Delta L \approx 0.50$ mm。对于这么微小的伸长量，是不能用一般方法测量的，用普通量具，如钢尺或游标卡尺等是测不准的，甚至无法测量。这就要用其他合适的方法测量。我们用光杠杆镜尺放大法测量（其原理和方法见实验 3.5.1——用静态拉伸法测定金属丝的弹性模量）。

由光杠杆镜尺放大法的原理可以得出微小伸长量

$$\Delta L = \frac{b}{2D} \Delta x \qquad (3.9.3)$$

将上式代入式（3.9.2），得线胀系数 α 的测量公式

$$\alpha = \frac{b}{2DL(t_2 - t_1) \Delta x} \qquad (3.9.4)$$

式中　L——待测中空金属杆的长度；

　　　D——标尺到平面镜的距离；

　　　b——光杠杆后足尖到两前足尖连线的垂直距离；

　　　t_1，t_2——受热前后温度；

　　　Δx——受热前后标尺读数的变化量。

【仪器简介】

1. 线膨胀仪简介

线膨胀仪是采用电热法来测定金属棒的线膨胀系数，它主要包括下面几部分：给被测材料加热的加热器，安装加热器、散热罩的支架和放置光杠杆的平台。支架及平台与底座牢固地连接在一起。加热器中的加热管道上绕有电阻丝，接通电源即可逐渐升温，并有温场均匀的特点。加热管道内可放置待测材料杆和温度计。

实验前把被测棒取出，用米尺测量其长度 L，然后把被测棒慢慢放入加热管道内，直到被测棒的下端接触底面，温度计小心地放入加热管内的被测棒孔内，使其在被测棒孔内深度为 150～200 mm；将光杠杆的两前足放在平台的凹形槽内，后足尖立于被测杆顶端，并使光杠杆平面镜法线大致与望远镜同轴，且平行于水平底座，装置见图 3.9.1。

2. 千分表

千分表是一种测量微小长度变化的量具，其外形及内部结构如图 3.9.2 和 3.9.3 所示。

外套管 4 可用以固定千分表，测头 6 连接表盘中心的指针 2，当 4 被固定后，6 每被压缩 1 mm 时，2 就转过一圈，表盘上等分 100 小格。

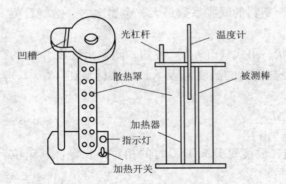

图 3.9.1　装置示意图

凹槽　光杠杆　温度计　散热罩　被测棒　加热器　指示灯　加热开关

图 3.9.2　千分表
1—毫米指针；2—指针；3—表体；
4—装夹套筒；5—测杆；6—测头

【实验内容】

1. 光杠杆法测线胀系数（必做部分）

（1）实验前把被测铜管取出，用米尺测量其长度 L，然后把被测铜管慢慢放入加热管中，直到被测铜管的下端接触底面为止。为简化测量的过程，各组待测金属杆的长度 L 的数值可由实验室给出。

（2）把温度计放入铜管内，记下初始温度 t_1。

（3）将光杠杆两前足放在测定仪的水平凹槽内，后足尖与铜管上端接触，使光杠杆的平面镜垂直于水平面。

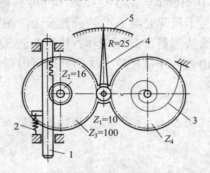

图 3.9.3　千分表的传动系统
1—测杆；2—弹簧；3—游丝；4—指针；5—表盘

（4）调节望远镜高度，使其与平面镜等高，然后把望远镜置于平面镜前 1 m 远左右处，左右移动望远镜，使眼睛能从望远镜上方观察到平面镜中标尺的像，调节望远镜目镜，使十字叉丝清晰，再调节物镜和仰角微调螺钉直到能从望远镜中看到清晰的标尺的像，记下叉丝与标尺重合的读数 x_1。此后切勿碰动整套仪器。

（5）接通电源，调节调压器先置于 60 V 预热 5 min，150 V 开始加热，要求温度升高到 80 ℃左右切断电源，待温度开始下降时，记录 t 与 x 所对应的读数。共测 7～9 组数据。

（6）用钢卷尺量出 D 值，用游标卡尺量出 b 值（方法参阅实验 3.5.1—用静态拉伸法测定金属丝的弹性模量）。

2. 用千分表测线胀系数（选做部分）

（1）安装千分表：安装千分表在固定架上，并且扭紧螺栓，不使千分表转动，再向前移动固定架，使千分表读数值在 0.2～2.4 mm 处，固定架给予固定。然后稍用力压一下千分表滑动端，使它能与样品有良好地接触（已经装好勿动），再转动千分表圆盘读数为零。

（2）接通控温仪的电源设定需加热的值。分别设定温度为 25 ℃、30 ℃、35 ℃、40 ℃、

45 ℃、50 ℃、55 ℃、60 ℃。按"确定"键开始加热。

（3）记录稳定后的温度 t_i 和 L_i 值。用作图法考查其线性情况并计算线膨胀系数。

【数据记录与处理】

（1）原始数据记录。

表 3.9.1　金属杆降温过程的数据记录表

$T/$ ℃	45	50	55	60	65	70	75	80
$X_i/$ mm								

表 3.9.2　其它测量数据记录表

次　数＼项　目	$D/$ mm	$b/$ mm	$L/$ mm
1			
2			
3			
平均值			

（2）用作图法处理数据。

本实验用作图法处理数据。以 x 为纵轴、温度 t 为横轴作 $x - t$ 曲线（实际是直线）。注意，图上的有效数字位数一定要和实验数据的有效数字位数相同。

由式（3.9.4）可知

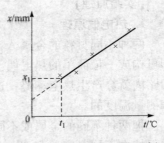

$$a = \frac{b}{2DL} \frac{\Delta x}{\Delta t} \qquad (3.9.5)$$

图 3.9.4　坐标原点选取示例

式中的 $\dfrac{\Delta x}{\Delta t}$ 即为 $x - t$ 直线的斜率 k，可在图上选取数据求出。

【注意事项】

（1）实验时要特别小心，注意防止光杠杆跌落摔坏。

（2）在整个实验过程中，仪器不宜再进行调整和移动，否则会改变测量条件而降低实验精度，甚至测得的数据为坏值。

（3）该实验在测量读数时是在温度连续变化时进行，因此读数时要快而准。

【思考题】

（1）试分析哪一个量是影响本实验结果精度的主要因素。

（2）两根材料相同，粗细长度不同的金属棒，在同样的温度变化范围内，它们的线膨胀系数是否相同？

（3）试举出几个在日常生活和工程技术上应用线膨胀的实例。

实验 3.10 热电偶定标

将一些不易精确测量的非电学物理量（如长度、位移、速度、加速度、温度、压力、浓度、时间等），转换成易精确测量的电学量（如电流、电压、频率、相位等），是现代测量技术的一个重要特征，一般把这些统称为非电量电测法。

利用热电偶或热敏电阻检测温度，则是非电量电测法中的一个重要领域。用热电偶测温度有许多优点，如测温范围宽（ $-200 \sim 2\,000\ ℃$ ）、灵敏度和准确度高（可达 $10^{-3}℃$ 以下）、结构简单不易损坏。此外，热电偶的热容量小，受热点也可做得很小，因而对温度变化响应快，对测量对象的状态影响小，可用来做温度场的实时测量和监控。

3.10.1 用电位差计方法进行热电偶定标

【实验目的】

（1）了解热电偶的测温原理和使用方法。

（2）学会用箱式电位差计测量电动势。

【实验仪器】

UJ33D－2 型数字电位差计、热电偶、加温炉、冰块、水、量热器及纯锡等。

【实验原理】

1. 热电偶原理

两种不同材料的金属 A、B 组成一闭合电路（如图 3.10.1.1 所示，接点焊接或熔接），即可构成一最简单的热电偶。如果将它们的两个接点分别置于温度为 T 和 T_0 的环境中，则回路内就会产生热电动势，这种现象称为热电效应或温差电效应。热电偶就是基于这种效应来测量温度的。

把两种不同的金属或不同成分的合金两端彼此焊接（或熔接）成一闭合回路，若两接点保持在不同温度 T 和 T_0，因为在金属中存在温度梯度和电子密度梯度，则回路中产生温差电动势，这个电动势使闭合回路产生电流，如图 3.10.1.1（a）所示。

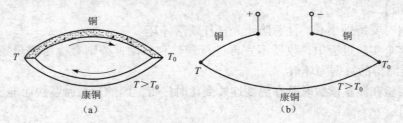

图 3.10.1.1 热电偶回路

如果将回路断开，则在断开处产生电势差（电位差）E_x，如图 3.10.1.1（b）所示。E_x 在温度 T 变动范围不大的情况下与两接触点的温差成正比，即

$$E_x = C(T - T_0) \qquad (3.10.1.1)$$

其中 C 称为温差系数或电偶常数，表示温差 $1\ ℃$ 时产生的电动势值，其大小主要取决于温差电偶的组成材料。只要使冷端温度保持不变时，热电偶产生的温差电动势（或回路

参数不变时的温差电流）将随热端温度作单值变化，这就是热电偶测温的物理基础。

我们所用的热电偶是由康铜（铜 60%，镍 40% 合金）与铜组成，在铜线的中间断开，作为热电偶的两个极，与高温接触点相连的是"＋"极，与低温接触点相连的是"－"极。

2. 热电偶的定标

用实验方法测量热电偶的温差电动势与工作端温度之间的关系曲线，称为对热电偶定标。定标方法有两种。

（1）比较法：即用一标准的测温仪器（如标准水银温度计或已知高一级的标准热电偶）与未知热电偶置于同一能改变温度的油浴槽或水浴槽中进行对比，即可作出 E-T 定标曲线，这种定标方法，设备简单，操作简便，为一种常用的定标方法。

（2）固定点法：即利用合适的纯物质，在一定气压下（一般应为标准大气压），将这些纯物质的沸点或熔点作为已知温度，测出热电偶在这些已知温度下对应的电动势，即可做出 E-T 定标曲线。其优点是准确度高，但较易得到且合适的纯物质为数不多。本实验采用此方法对热电偶进行定标，可选择以下几种物质作为定标的固定点：水，沸点为 100 ℃；锡，熔点（或凝固点）为 231.9 ℃；铅，熔点为 327.5 ℃；锌，熔点为 419.6 ℃。

为了使测量结果准确，对于金属的熔点不是在加热的过程中进行测量，而是待金属熔解后，撤去电源使其冷却，在冷却的过程中确定其凝固点。因为对金属而言，凝固点和其熔点是完全一样的。金属在熔解及凝固过程中，其温度不变，利用这一特性来确定金属的凝固点。为此可利用电位差计测定温差电动势随时间变化 E-t 曲线，通过测得的曲线，如图 3.10.1.2 所示，确定在一定时间（至少有几分钟）内，温差电动势值基本不变，则该值所对应的温度即为所用金属的凝固点。而水的沸点，只要保持在沸腾状态中测量即可。

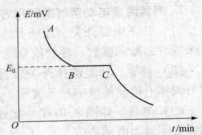

图 3.10.1.2　电动势—时间曲线

本实验的任务是要测定不同温度差时的温差电动势 E_x，在坐标纸上作出温差电动势与温度差的关系曲线，即热电偶的定标曲线，此曲线的斜率即为式（3.10.1.1）中温差系数 C 的数值。

【仪器简介】

本部分主要介绍箱式电位差计 UJ33D－2 型数字电位差计面板如图 3.10.1.3 所示。数字电位差计是传统直流电位差计更新换代型产品，它采用先进的数字化、智能化技术同传统工艺相结合，在使用功能上完全覆盖原直流电位差计 UJ33a、UJ33a－1 等产品，可对热电偶、传感器和变送器等仪表输出的毫伏信号进行精密检测，也可作为标准毫伏信号源直接校验各种变送器和数字式、动圈式仪表。

1. 主要特点

（1）数字直读发生和测量电压值。

（2）可直读对应于输出或测量毫伏值的 5 种常用热电偶分度号的温度值，省却使用者查表之麻烦。

（3）输出标准电压信号可带负载，直接校验各种低阻抗仪表。

（4）采用四端钮输出方式，消除小信号输出时测量导线产生的压降误差。

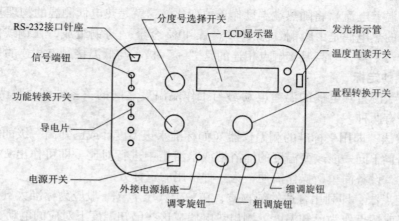

图 3.10.1.3　UJ33D – 3 型数字电位差计面板

（5）内附精密基准源，去除标准电池，避免环境污染，同时省却反复对标准要求，方便用户操作。

2. 测量温差电动势时的使用方法

（1）按下电源开关，或插上外接 9 V 直流电源（注意外接电源插头正负极不能插错），显示屏立即显示读数，注意信号端钮与短路导电片必须旋紧。

（2）调零。功能选择开关旋置"调零"，量程开关根据需要选择 20 mV 或 50 mV 挡，调节调零电位器使数字显示为零。

（3）测量。如图 3.10.1.4 接线，功能转换开关置"测量"，选择合适量程，显示读数即为被测温差电动势值。

【实验内容】

（1）按图 3.10.1.4 连接好线路，调节数字电位差计进入正常工作状态。

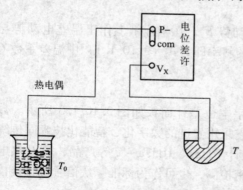

图 3.10.1.4　测量方式接线图

（2）将热电偶的冷端置于装有冰水混合物的量热器中。

（3）将盛有纯锡的坩埚放入电炉的炉腔内，加热到完全熔化，将热电偶的热端插入熔化的纯锡中，切断加热电源，观察温差电动势的变化情况，当温差电动势开始减小时，开始记录数据，每隔 30 s 记下温差电动势的值，这表明液态纯锡开始冷却，当温差电动势降到一定值时，将有几分钟的时间里温差电动势保持不变，这是由于液态锡在凝固过程中温度保持不变，此时所对应的温度即为纯锡的熔点，一直记录到锡完全凝固为止。

【数据记录与处理】

（1）自行设计表格，将所测得数据填入表格内。

（2）根据测得实验数据，做出纯锡的 E-t（电动势与时间）曲线，确定与锡的凝固点对应的温差电动势的值 E_0。

（3）根据在一个大气压下纯锡的熔点 $T = 231.91$ ℃，和所测得的凝固点的温差电动势的值及 0 ℃时温差电动势为零，作被测热电偶的定标曲线（E-T 曲线）。

【注意事项】

（1）掌握电炉加热时间，当金属全部熔融后，应及时切断电源。否则，会因加热时间过长，温度过高，一方面使金属氧化，也延长了金属冷却所用的时间。

（2）测量过程中保证热电偶冷端温度恒定。

（3）测量过程中热电偶热端要置于熔化的金属中。

【思考题】

（1）为什么要测金属凝固时的热电势？测熔化时的热电势能行吗？为什么。

（2）如果在实验中，热电偶的"冷端"不是放在冰水混合物中，而是直接处于室温中，对于实验结果会有什么影响？

3.10.2 用热电偶测试仪进行热电偶定标

【实验目的】

（1）了解热电偶的测温原理和使用方法。

（2）学会用热电偶测试仪进行热电偶定标。

【实验仪器】

JW—Ⅱ型热电偶测试仪、温控加热炉、带有坩埚的加热炉、冰瓶及秒表等。

【实验原理】

1. 热电偶原理（同实验 3.10.1）

2. 热电偶测试仪电路原理

该仪器由 XMT614 型智能温度控制仪、继电器、加热炉、毫伏表、保温杯及均温块等部分组成。其方框图如下：

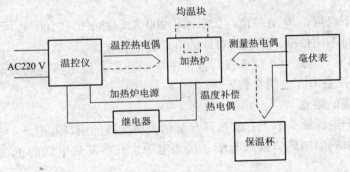

图 3.10.2.1 JW—Ⅱ型热电偶测试仪原理图

上图中的均温块是为了使温控热电偶、测量热电偶的信号保持一致，从而减少误差；冰瓶是用来作环境温度补偿的，也是为了减少误差。图中的热电偶，使用的材料为镍铬、镍硅，在图中实线表示镍铬（＋）、虚线表示镍硅（－）。温度补偿热电偶和测量热电偶是反串连接的。

【实验内容】

1. 热电偶定标

（1）按图 3.10.2.1 与图 3.10.2.2 连接好电路（部分连线已接好，勿动），打开电源

表 4.0.2 常见电器仪表盘面上的标记符号及其意义

名　称	符　号	意　义	名　称	符号	意　义
0.1 级	⑴	一般作标准用表	其他	☆	不进行绝缘强度试验
0.2 级	⑵		磁电式一级防外磁场	Ⓐ	在 5T 外磁场影响下，电表指示数的变化：一级不超过量程的 ±0.5%；二级 ±1%；三级 ±2.5%；四级 ±5.0%
0.5 级	⑸		二级防外磁场	Ⅱ	
1.0 级	⑽		三级防外磁场	Ⅲ	
1.5 级	⒂	一般测量或指示数值用	四级防外磁场	Ⅳ	
2.5 级	⒉⒌		A 组仪表	Ⓐ	一般仪表,通常不标符号在 (0 ~ ±40)℃ 条件下工作
5.0 级	⒌⓪		B 组仪表	Ⓑ	在 (−20 ~ +50)℃ 条件下工作
直流	===	表示电表可测的电学量类型	C 组仪表	Ⓒ	在 (−40 ~ +60)℃ 条件下工作
交流（单相）	∼		热型仪表	Ⓣ	在 (−10 ~ +50)℃，湿度不大于 98% 条件下使用
交直流两用	≃				注：A、B、C 三组仪表使用时相对湿度都低于 95%
三相交流	≋		电表直放	⊥	表示电表表面放置的方向
磁电系	🔲	表示电表的基本结构	电表平放	⊓	
整流系	🔲		电表与水平 60°	∠ 60°	
热偶系	🔲		高压警戒	⚡	
电子管系	🔲		耐压 2 kV	⚡ 2 kV	电表能经受 50 Hz、2 kV 交流电压，历时 1 min 的绝缘强度试验
晶体管系	🔲		☆	☆	
电动系	⊟		500 V	☆	同上，但试验电压 500 V
电磁系	🔲				

表 4.0.3 电路中常用电路元件的符号

名　称	符　号	名　称	符　号
检流计	 —Ⓐ—	变压器	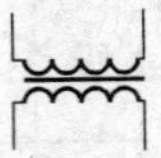
电流表	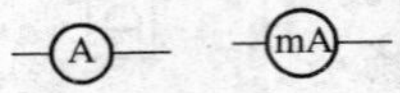 —Ⓐ— —mA—	二极管（晶体）	
电压表	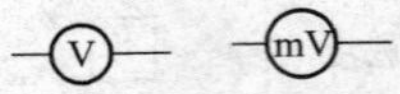 —Ⓥ— —mV—	三极管（晶体）	
直流电	— DC	指示灯	 —⊗—
交流电	∼ AC	单刀单掷开关	
交直流两用	≈	双刀单掷开关	
电源、电池	 —⊣⊢— —⊣⊢—	双刀双掷开关	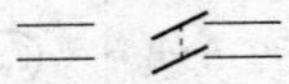
电　容	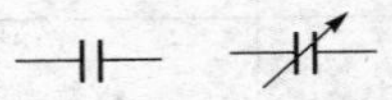 —⊣⊢— —⊣⊢—	接　地	⊥ ⊥
电　阻	 —▭—	连接线路	
可变电阻		不连接线路	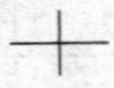
电感线圈	 ∼∼∼∼		

实验 4.1 电学元件伏安特性的研究

通过电学元件的电流随所加电压而变化的关系曲线，称为伏安特性曲线。从伏安特性曲线所遵循的规律，可以得出该元件的导电特性，以便确定它在电路中的作用。

【实验目的】

（1）了解晶体二极管的导电特性及原理。

（2）测绘晶体二极管和金属膜电阻的伏安特性曲线。

【实验仪器】

稳压电源、毫安表、电压表、滑线变阻器、开关、晶体二极管及金属膜电阻等。

【实验原理】

1. 晶体二极管的导电原理及特性

晶体二极管又称半导体二极管。因为它是由两种具有不同导电性能的 N 型半导体和 P 型半导体，用特殊工艺结合形成的 P-N 结制成的。它有正、负两极，具有单向导电性，常用图 4.1.1 中的符号表示。

关于 P-N 结的形成和导电性能可作如下解释：

如图 4.1.2（a）所示，由于 P 区中空穴的浓度比 N 区大，空穴（空穴带正电）便由 P

区向 N 区扩散；同样由于 N 区的电子浓度比 P 区大，电子（带负电）便由 N 区向 P 区扩散。随着扩散的进行，P 区空穴减少，出现了一层带负电的粒子区（以 ⊖ 表示）；N 区的电子减少，出现了一层带正电的粒子区（以 ⊕ 表示）。结果在 P 型与 N 型半导体交界面的两侧附近，形成了带正、负电的薄层区，称为 P-N 结。

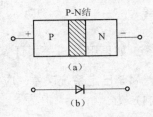

图 4.1.1　晶体二极管的 P-N 结和表示符号

这个带电薄层内的正、负电荷产生了一个电场，其方向恰好与载流子（空穴、电子）扩散运动的方向相反，使载流子的扩散受到内电场的阻力作用，所以将这个带电薄层称为阻挡层。当扩散作用与内电场作用相等时，P 区的空穴和 N 区的电子不再减少，阻挡层也不再增加，达到动态平衡，此时二极管中没有电流。

当 P-N 结加上正电压（如图 4.1.2（b））时，外电场与内电场方向相反，因而削弱了内电场，使阻挡层变薄。载流子能顺利地通过 P-N 结，形成较大的电流，电阻较小。

当 P-N 结加反向电压（如图 4.1.2（c））时，电阻加大，反向电流较小。

因此，晶体二极管具有单向导电性。它的伏安特性曲线如图 4.1.3 所示，是非线性的。

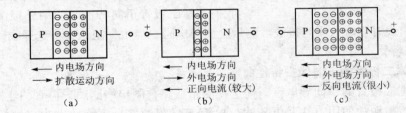

图 4.1.2　P-N 结的形成和单向导电性

2. 测伏安特性曲线线路的连接方法

（1）电流表内接法。在实验中，要想测绘电学元件的伏安特性曲线，就要测出流过元件的电流和加在它两端的电压，下面分析一下测伏安特性曲线的内接法。内接法如图 4.1.4 所示，图中毫安表测的是通过被测电阻 R_x 的电流，但电压表所测电压并非 R_x 两端的电压，而是 R_x 与毫安表两端电压之和。设毫安表的内阻为 R_g，根据部分电路欧姆定律有

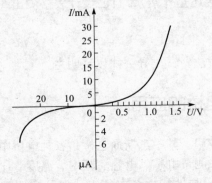

图 4.1.3　伏安特性曲线

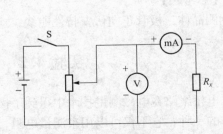

图 4.1.4　电流表内接法

$$R = \frac{U}{I} = R_x + R_g$$

或
$$R_x = \frac{U}{I} - R_g$$

如果用 $R_x = \frac{U}{I}$ 来计算测量结果，必然比 R_x 的真实值偏大。由于内接方法带来的系统误差属于已定系统误差，应在测量后加以修正。它与真实值的相对误差（即对测量结果的影响）为

$$E = (R_测 - R_真)/R_真 = \left(\frac{U}{I} - R_x\right)/R_x$$
$$= (R_x + R_g - R_x)/R_x = R_g/R_x$$

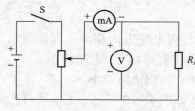

图 4.1.5　电流表外接法

可见，只有当 $R_x \gg R_g$ 时，用 $R_x = \frac{U}{I}$ 近似计算测量结果，才能保证方法误差对测量结果影响很小。

（2）电流表外接法。电流表外接法如图 4.1.5 所示。用同样的方法可以推导出只有当 $R_x \ll R_g$ 时，使用外接法对测量结果影响较小。

我们测量二极管正向特性时应用外接法，测量二极管反向特性曲线时则应该用内接法。测量金属膜电阻也应根据阻值大小选择线路。

【实验内容】

1. 测晶体二极管的正向伏安特性曲线

（1）根据二极管的单向导电性，先选择测量线路，画出线路图，再看图连接线路。

（2）复习电源的使用方法及电压表、电流表量程的选择、读数方法，注意测量时要及时改变量程。

（3）检查线路中表的正、负极是否接错，滑线电阻是否起到了分压作用。

（4）测出当电压值取 0.10 V，0.20 V，0.30 V，0.40 V，0.45 V，0.50 V，0.55 V，0.60 V，…，0.80 V，0.90 V 时对应的电流值，记入自己设计的数据表中。

（5）用坐标纸画出该晶体二极管的伏安特性曲线图。

2. 测金属膜电阻的伏安特性曲线

根据实验室给出的电阻值确定线路的接法（内接还是外接），自己设计表格测出 5 个电压、电流的对应值，在直角坐标纸上作伏安特性曲线。

【思考题】

测晶体二极管正向伏安特性曲线，应采用哪种方法？试推导公式以证明之。

实验 4.2　惠斯通电桥的应用

电桥线路在电磁测量技术中得到了极其广泛的应用。其中惠斯通电桥是各种电桥中较为简单的一种，它不仅可以用来测量电阻，还可以用来测量电感、电容、频率、温度、压力等许多物理量。根据用途不同，电桥有多种类型，结构与性能也各有特点，但基本原理是相同的。

【实验目的】

（1）掌握惠斯通电桥测量电阻的原理和方法。

（2）测定金属导体的电阻温度系数。

【实验仪器】

箱式惠斯通电桥、电阻箱、加温水浴加温杯、待测电阻及温度计等。

【实验原理】

1. 惠斯通电桥的基本原理

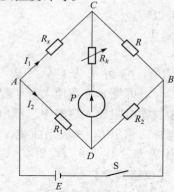

图 4.2.1　电桥线路图

惠斯通电桥的基本线路如图 4.2.1 所示：R_1、R_2、R 和 R_x 分别接在四边形的四个臂上，检流计接在对角线 CD 间，用来判断 C、D 两点是否等电位，或者说判断 C、D 有无电流通过。所谓"桥"就是指 C、D 两点这一对角线而言。

电桥未调平衡时，C、D 两点电位不等，则有电流流过检流计，为了限制过大电流损坏检流计，常串联一个可变保护电阻 R_k。若各电阻选择（或调节）适当，可使 C、D 两点等电位，检流计指针指零。将 R_k 调至 0，再次调节使电桥平衡。此时有

$$I_1 R_x = I_2 R_1 \qquad I_1 R = I_2 R_2$$

二式相除得

$$\frac{R_x}{R} = \frac{R_1}{R_2}$$

或

$$R R_1 = R_2 R_x \tag{4.2.1}$$

式中若 R_1、R_2、R 可测出，则 R_x 可求出。$\dfrac{R_1}{R_2}$ 称为倍率，若以 N 来表示，则

$$R_x = NR \tag{4.2.2}$$

一般将 N 值选为 10 的整数次方，如取 N 等于 0.01，0.1，1，10，100，1 000 等，这样可以很方便的算出 R_x。

2. 电桥的灵敏度

在实验中，电桥是否平衡是依据"桥"上的检流计的指针有无偏转来判断的。不同的检流计其灵敏度不同。将灵敏度不同的检流计分别接在某一电桥的"桥"上，电桥也会有不同的灵敏度。在已经平衡的电桥中，测定臂电阻 R 变动某值 ΔR 时，检流计指针离开零点刻度 Δd 格，定义电桥的灵敏度

$$S = \frac{\Delta d}{\Delta R} \tag{4.2.3}$$

单位为格/Ω。

一定的 ΔR 所引起的 Δd 越大，电桥的灵敏度 S 越高，所得平衡点越精确，测量的误差越小。

3. 金属导体的电阻温度系数

金属导电的电阻随温度的升高而增大，其变化规律为

$$R_t = R_0 \left(1 + \alpha t + \beta t^2 + \gamma t^3 + \cdots \right)$$

式中 $\alpha > \beta > \gamma$，对于纯金属 β 已经很小，在温度不高、温度变化不大（ $0 \sim 100$ ℃）情况下，电阻与温度近似为线性关系。其经验公式可简化为

$$R_t = R_0(1 + \alpha t)$$

也可以写成

$$\alpha = \frac{1}{R_0} \frac{\Delta R}{\Delta t} \tag{4.2.4}$$

式中 R_t、R_0 分别为 t ℃与 0 ℃时导体的电阻，单位为 Ω；α 为电阻的温度系数，单位为 ℃$^{-1}$。可见 α 在数值上等于温度变化 1 ℃时，电阻值相对于 0 ℃阻值的变化率。实验时，将金属丝电阻放入热液中，测出不同温度 t 所对应的电阻值 R_t，并以 R_t 为纵坐标，温度 t 为横坐标，作出 $R_t - t$ 关系曲线，从图中求出斜率 $\Delta R / \Delta t$，将图线反向延长，与纵坐标相交，找出 R_0 值，代入式（4.2.4）求出 α。

【仪器简介】

1. QJ43 型箱式电桥

箱式电桥的基本原理与开氏电桥相同，它只是把整个仪器装在箱内，便于携带和使用，以 QJ43 型箱式电桥为例，其仪器面板图如图 4.2.2 所示。

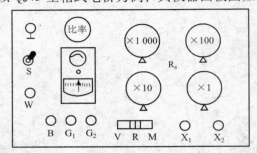

图 4.2.2　电桥面板图

此电桥主要由比率臂 R_1 / R_2、比较臂 R_s 旋钮及检流计放大器组成。电源是 $1.5 \text{ V} \times 3$ 和 9 V 电池，已装在箱内。比较臂旋钮 R_s 是可调的已知电阻，它由 4 个可变电阻串联构成，其结构与读数类似电阻箱，最大可调至电阻 $9\,999\ \Omega$。比较臂旋钮由四个不同的挡（ $\times 1$，$\times 10$，$\times 100$，$\times 1\,000$）旋钮所组成。

待测电阻 R_x 接在 X_1、X_2 两接线柱上，选择适当的比率臂 R_1 / R_2 的值，先后按下电源和检流计按钮 B、G，调节 R_s，达平衡时

$$R_x = (R_1 / R_2) R_s$$

与滑线式电桥有所不同，因为在箱式电桥的使用中，比率臂 R_1 / R_2 值的选择和 R_s 的调节都是不连续变化的，只有 R_1 / R_2 值选择恰当，才能使电桥更接近于精确平衡；因而在测量中，应根据被测电阻估计值的大小，正确选取比率臂，以使 R_s 有 4 位读数。

QJ43 型电桥在测量不同范围的电阻时，准确度不同，选用不同的电桥，可相应地提高准确度。

2. QJ43 型电桥的用法

测量前，首先调整检流计零点位置。调整程序是：

（1）机械调零。调节检流计上的旋钮"＼↗"使检流计指针对准零点。

（2）电器调零。打开放大器电源开关 S，经 5 min 左右预热后，先按下按钮 G_1，然后调节电位器 W 旋钮，使检流计指针对准零点；放开按钮 G_1，再按下按钮 G_2，调节电位器 W 旋钮，使检流计再次对准零点。

（3）将被测电阻接至 X_1、X_2 处，估选 R_1 / R_2，按下按钮 B，再按下检流计按钮 G_1 或 G_2 调节比较臂 R_s 各旋钮，直至检流计达到平衡。记下 R_1 / R_2 和 R_s 值，算出 $R_x = (R_1 / R_2) R_s$。

次数 \ 项目	直径 d/mm	长度 L/mm	电阻 $R/10^{-3}\Omega$	电阻率 $\rho/10^{-8}\Omega\cdot\mathrm{m}$	误差 $\Delta\rho/10^{-8}\Omega\cdot\mathrm{m}$
3		200			
4		250			
5		300			
6		350			
7		400			
8		450			
平均					

结果表达式：

$$\begin{cases} \rho = \bar{\rho} \pm \Delta\bar{\rho} = \\ E = \dfrac{\Delta\bar{\rho}}{\bar{\rho}} \times 100\% = \end{cases}$$

【注意事项】

（1）连接用的导线应该短而粗。各接头必须干净、接牢，避免接触不良。

（2）由于通过待测电阻的电流较大，在测量的过程中，通电时间应尽量短暂。

【思考题】

（1）被测低电阻为何具有 4 个端？

（2）要提高双臂电桥的灵敏度，可采取哪些措施？

（3）为获得好的测量结果，操作中有哪些需要注意的地方？

实验 4.5　电表的改装与校准

电流计表头一般只能测量 μA 级电流和 mV 级电压，若要用它来测量较大的电流和电压，就必须通过改装来扩大其量程。磁电式系列多量程表都是用这种方法实现的。电表改装的原理在实际中应用非常广泛。

【实验目的】

（1）掌握一种测定电流表表头内阻的方法。

（2）学会将微安表表头改装成电流表和电压表。

（3）了解欧姆表的测量原理和标定面板刻度方法。

【实验仪器】

磁电式微安表头、标准电流表、标准电压表、滑线变阻器、电阻箱、稳压电源、开关（单刀单掷和双掷）及导线等。

【实验原理】

1. 将微安表改装成毫安表

用于改装的 μA 表，习惯上称为"表头"。使表针偏转到满刻度所需的电流 I_g 称为表头的（电流）量程，I_g 越小，表头的灵敏度就越高。表头内线圈的电阻 R_g 称为表头的内阻。表头的内阻 R_g 一般很小，欲用该表头测量超过其量程的电流，就必须扩大它的量程。扩大量程的方法是在表头上并联一个分流电阻 R_s（如图 4.5.1 所示）。使超量程部分的电流从分流电阻 R_s 上流过，而表头仍保持原来允许流过的最大电流 I_g。图中，虚线框内由表头和 R_s 组成的整体就是改装后的电流表。

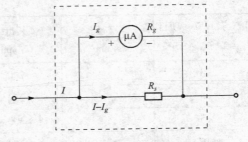

图 4.5.1　改装电流表原理图

设表头改装后的量程为 I，根据欧姆定律得

$$(I - I_g)R_s = I_g R_g \tag{4.5.1}$$

因而

$$R_s = \frac{I_g R_g}{I - I_g} \tag{4.5.2}$$

若 $I = nI_g$，则有

$$R_s = \frac{R_g}{n - 1} \tag{4.5.3}$$

当表头的参量 I_g 和 R_g 确定后，根据所要扩大量程的倍数 n，就可以计算出需要并联的分流电阻 R_s，实现电流表的扩程。如欲将微安表的量程扩大 n 倍，只需在表头上并联一个电阻值为 $R_g / (n - 1)$ 的分流电阻 R_s 即可。

2. 将微安表改装成伏特表

微安表的电压量程为 $I_g R_g$，虽然可以直接用来测量电压，但是电压量程 $I_g R_g$ 很小，不能满足实际需要。为了能测量较高的电压，就必须扩大它的电压量程。扩大电压量程的方法是在表头上串联一个分压电阻 R_H（如图 4.5.2 所示）。使超出量程部分的电压加在分压电阻 R_H 上，表头上的电压仍不超过原来的电压量程 $I_g R_g$。

设表头的量程为 I_g，内阻为 R_g，欲改成的电压表的量程为 V，由欧姆定律得

$$I_g(R_g + R_H) = V \tag{4.5.4}$$

可得

$$R_H = \frac{V}{I_g} - R_g \tag{4.5.5}$$

可见，要将量程为 I_g 的表头改装成量程为 V 的电压表，需在表头上串联一个阻值为 R_H 的附加电阻。同一表头，串联不同的分压电阻就可得到不同量程的电压表。

3. 将微安表改装成欧姆表

将微安表与可变电阻 R_0（阻值大）、R_m（阻值小）以及电池、开关等组成如图 4.5.3 所示电路，就将微安表组装成了一只欧姆表。图中，I_g、R_g 是微安表的量程和内阻，E、r 为电池的电动势和内阻。a 和 b 是欧姆表两表笔的接线柱。

设 a、b 间由表笔接入待测电阻 R_x 后，通过 R_x 的电流为 I_x，流经微安表头的电流为 I。根据欧姆定律有

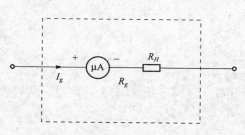

图 4.5.2　改装电压表原理图

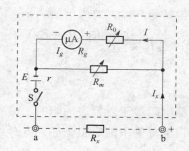

图 4.5.3　改装欧姆表原理图

$$I_x = \frac{E}{R_x + r + \dfrac{R_m(R_0 + R_g)}{R_m + (R_0 + R_g)}} \approx \frac{E}{R_x + R_m}$$

由

$$R_m \ll R_0 + R_g \qquad r \ll R_x \tag{4.5.6}$$

和

$$I(R_0 + R_g) = (I_x - I)R_m \tag{4.5.7}$$

解得

$$I = \frac{R_m}{R_0 + R_g + R_m} I_x \approx \frac{R_m}{R_0 + R_g} \cdot \frac{E}{R_x + R_m} \tag{4.5.8}$$

式中，$R_m \ll R_0 + R_g$。

　　可以看出，当 R_m、R_o，R_g 和 E 一定时，$I \sim R_x$ 之间有一一对应关系。因此，只要在微安表电流刻度盘上侧标上相应的电阻刻度，就可以用来测量电阻了。根据这种关系绘制的欧姆表刻度如图 4.5.4 所示。

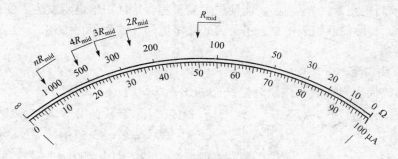

图 4.5.4　欧姆表刻度盘

　　由式（4.5.8）可以看出，欧姆表有如下特点：

　　（1）当 $R_x = 0$（相当于外电路短路）时，适当调节 R_0（零欧调节电阻）可使微安表指针偏转到满刻度，此时

$$I = \frac{E}{R_0 + R_g} = I_g$$

当 $R_x = \infty$（相当于外电路断路）时，$I = 0$，微安表不偏转。

　　可见，在欧姆表刻度尺上，指针偏转最大时示值为 0；指针偏转减小，示值反而变大；

当指针偏转为 0 时，对应示值为∞。欧姆表刻度值的大小顺序跟一般电表正好相反。

（2）当 $R_x = r + \dfrac{R_m(R_0 + R_g)}{R_m + (R_0 + R_g)} \approx R_m$ 时

$$I = \frac{R_m}{R_x + R_m} \cdot \frac{E}{R_0 + R_g} = \frac{1}{2} I_g$$

即当待测电阻等于欧姆表内阻时，微安表半偏转，指针正对着刻度尺中央。此时，欧姆表的示值习惯上称为中值电阻，亦即 $R_{mid} = R_m$。当

$$R_x = 2R_{mid} \text{时} \qquad I = \frac{I_g}{3}$$

$$R_x = 3R_{mid} \text{时} \qquad I = \frac{I_g}{4}$$

$$\cdots\cdots \qquad \cdots\cdots$$

$$R_x = nR_{mid} \text{时} \qquad I = \frac{I_g}{n+1}$$

可见欧姆表的刻度是不均匀的，指针偏转越小处刻度越密。上述分析还说明了为什么欧姆表测量前必须先将 a、b 两端短路并调节 R_0 使指针偏到满刻度（对准 0 Ω）。

此外，由于欧姆表半偏转时测量误差最小。因此，尽管欧姆表表盘刻度范围从 0 Ω ~ ∞ Ω，但通常只取中间一段（$R_{mid}/5 \sim 5R_{mid}$）作为有效测量范围。若待测电阻阻值超出这个范围，可将 m 扩大 10 倍，100 倍，…，从而使 R_{mid} 也扩大同样倍数。如图 4.5.4 所示，只要在欧姆表面板上相应标上 $R_x \times 10$，$R_x \times 100$，…等字样，就可以方便地测量出各挡电阻的阻值。测量时挡位的选用应由 R_x 的估计值决定，原则上应尽量使欧姆表指针接近半偏转（R_x 接近 R_{mid}）为好。

上述欧姆表在理论上能够测量电阻，但在实际应用中存在问题。因为电池用久了电压会降低，若 a、b 间短路，将 R_0 调小才能使电表满量程，这样中值电阻发生了变化，读数就不准确了。因此，实际的欧姆表中加进了分流式调零电路，这里不再细述。

【实验内容】

1. 测量表头内阻

本实验用替代法测量表头内阻，电路图如图 4.5.5 所示。测量时先合上 S_1，再将开关 S_2 扳向 "1" 端，调节 R_1 和 R_2，使标准电流表 mA 示值对准某一整数值 I_0（如 80 μA）；然后保持 U_{BC}（R_1 的 C 端）和 R_2 不变，将 S_2 扳向 "2" 端（以 R_3 代替 R_g）。这时只调节 R_3，使标准电流表 mA 示值仍为 I_0（如 80 μA）。这时，表头内阻正好就等于电阻箱 R_3 的读数。实验中要求按表 4.5.1 测量三次。

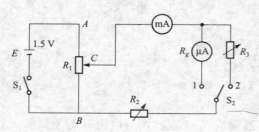

图 4.5.5　替代法测表头内阻电路图

注意：实验过程中 μA 和 mA 两表示值不同步并不影响 R_g 的测量，但标准表 mA 的电流不能超过 1 mA！

表 4.5.1　测量表头内阻数据表

$I/\mu A$	60.0	80.0	90.0
R_g/Ω			
$\overline{R_g}/\Omega$			

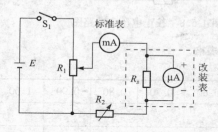

图 4.5.6　校正电流表电路图

2. 将 100 μA 的表头改装成量程为 1 mA 的电流表

按图 4.5.6 连接好线路。

（1）根据测出的表头内阻 R_g，求出分流电阻 R_g（计算值）。然后，将电阻箱 R_0 调到该值后，图中的虚线框即为改装的 1 mA 电流表。

（2）校准电流表量程：先调好表头零点（机械零点），然后调节 R_1 和 R_2 使标准表 mA 示值为 1 mA。这时改装表 μA 示值应该正好是满刻度值。若有偏离，可反复调节 R_1、R_2 和 R_s 直到标准表和改装表均和满刻度线对齐为止，这时改装表量程就符合要求。此时，R_s 的值才为实验值，否则电流表的改装就没有达到要求。

（3）校正改装表：保持 R_s 不变，调节 R_1、R_2 使改装表示值 I_x 按表 4.5.2 的要求（即由 1.00，0.90，…，0.10 mA 变化），也就是表头示值由 100，90，…，10 μA，记下标准表 mA 的相应示值 I_s。

（4）以改装表示值 I_x 为横坐标，以修正值 $\Delta I_x = I_s - I_x$ 为纵坐标，相邻两点间用直线连接，画出折线状的校正曲线 $\Delta I_x \sim I_x$（如图 4.5.7）。

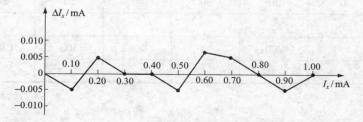

图 4.5.7　电流表校正曲线

表 4.5.2　电流表校正数据表格

分流电阻 R_s：计算值_____Ω、实验值_____Ω

I_x/mA	0.10	0.20	0.30	0.40	0.50	0.60	0.70	0.80	0.90	1.00
I_s/mA										
$\Delta I_x = I_s - I_x/mA$										

3. 将 100 μA 的表头改装成量程为 1 V 的电压表

参考改装电流表的步骤，先求出分压电阻 R_H（计算值），按图 4.5.8 接好线路，将表头组装成量程为 1 V 的电压表；测量出分压电阻 R_H 的实验值，并保持其不变，调节 R_1、R_2，使改装表由满刻度开始逐渐减小直到零值（表头 μA 示值由 100，90，…，10 μA）；同时，记下改装表（U_x）和标准表（U_s）相应的电压读数，将数据填入表 4.5.3 中。同样画出折线状的电压表校正曲线 $\Delta U_x \sim U_x$。

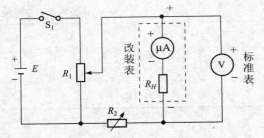

图 4.5.8　校正电压表电路图

表 4.5.3　电压表校正数据表格

分压电阻 R_H：计算值_____Ω、实验值_____Ω

U_x/V	0.10	0.20	0.30	0.40	0.50	0.60	0.70	0.80	0.90	1.00
U_s/V										
$\Delta U_x = U_s - U_x$/V										

4. 将 100 μA 的表头改装成中值电阻为 120 Ω 的欧姆表（选做）

（1）按图 4.5.3 连接好电路，此时已组装好欧姆表。组装通电前应拨好电阻箱 R_0、R_1 的阻值。

（2）用电阻箱代替 R_x，使 $R_x = 0$ 时，微安表指针对准满刻度值。

（3）根据表 4.5.4 所测出的数据，画出欧姆表刻度盘。

表 4.5.4　欧姆表校正数据表格

R_x/Ω	0	20	30	40	50	80	120
I/μA							
R_x/Ω	150	200	300	400	500	1 000	∞
I/μA							

【注意事项】

（1）对电表进行校正时，要注意保护各仪表，防止因电压过高、短路烧坏仪表。

（2）改装好的电表，其分流电阻（或分压电阻）绝不能再有所变化。

（3）改装电流表时，R_S 应首先调在阻值最小处，然后逐渐增大。

（4）改装电压表时，R_H 应首先调在阻值最大处，然后逐渐减小。

【思考题】

（1）给定一个已知量限为 I_g 的表头，改装成量限为 I 的电流表。试说明其主要方法及步骤。

（2）用万用表的欧姆挡能否测量表头的内阻？

（3）为什么要绘制改装表的校正曲线？

（4）如何计算改装表的等级？

实验 4.6　示波器的调整和使用

示波器是一种用途极为广泛的电子测量仪器，能直接观察电信号的波形，测量电流、电压、位相和频率，凡是可转化为电压（或电流）的电学量和非电学量都能直接用示波器来观察。示波器的具体电路比较复杂，需要具备一定的电子学基础知识才能懂得，故本实验对示波器电路不作详细介绍，仅限于初步学习示波器的使用。

【实验目的】

（1）初步了解示波器的工作原理和使用方法。

（2）学会用示波器观察各种电信号的波形。

（3）通过观察李萨如图形，学会一种测量正弦波频率的方法。

【实验仪器】

CA9000F 双踪示波器，SG1651A 函数信号发生器。

【实验原理】

示波器的规格和型号很多，但不论什么示波器都包括图 4.6.1 所示的几个基本组成部分：示波管（又称阴极射线管）、放大与衰减电路、锯齿波发生器及直流电源等。

1. 示波器的结构及其作用

示波管是示波器的心脏，它的基本结构如图 4.6.2 所示。主要包括电子枪，偏转系统和荧光屏三部分，全部密封在抽成高真空的玻璃外壳内。

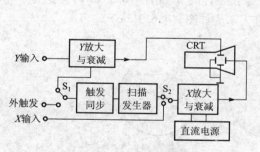

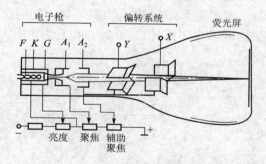

图 4.6.1　示波器组成部分　　　　　图 4.6.2　示波管基本结构

（1）电子枪。由灯丝、阴极、控制栅极、第一阳极和第二阳极五部分组成。灯丝通电后加热阴极。阴极是一个表面涂有氧化物的金属圆筒，被加热后发射电子。控制栅极是一个顶端有小孔的圆筒，套在阴极的外面。它的电位比阴极低，对阴极发射出来的电子起控制作用，只有初速度较大的电子才能穿过栅极顶端的小孔，然后在阳极加速下奔向荧光屏。示波器面板上的"亮度"调整就是通过调节栅极、阳极电位以控制射向荧光屏的电子流密度，从而改变了屏上的光斑亮度。阳极电位比阴极电位高很多，电子被它们之间的电场加速形成射线。当控制栅极、第一阳极与第二阳极之间电位调节合适时，电子枪内的电场对电子射线有聚焦作用，所以，第一阳极也称聚焦阳极。第二阳极电位更高，又称加速阳极，面板上的"聚焦"调节，就是调节第一阳极电位使荧光屏上的光斑成为明亮、清晰的小圆点。有的示波器还有"辅助聚焦"，实际上是调节第二阳极电位。

（2）偏转系统。它由两对互相垂直的偏转板组成，一对竖直偏转板，一对水平偏转板。在偏转板上加适当电压，电子束通过时，其运动方向发生偏转，从而使电子束在荧光屏上产生的光斑位置也发生改变。

（3）荧光屏。屏上涂有荧光粉，电子打上去它就发光，形成光斑。不同材料的荧光粉发光的颜色不同，发光过程延续的时间（一般称为余辉时间）也不同。荧光屏前有一块透明的、带刻度的坐标板，供测定光点位置用。在性能较好的示波器中，将刻度直接刻在屏玻璃内表面上，与荧光粉紧贴在一起以消除视差，光点位置可测得更准。

2. 偏转板对电子束的作用——扫描原理

（1）当 X、Y 轴偏转板上的电压 $U_x = 0$，$U_y = 0$ 时，电子束打在荧光屏上中心位置。

（2）当 $U_x > 0$，$U_y = 0$ 时，电子束将受电场作用力使电子束向正极偏转，则光点将由中点移动到右边。若 $U_x < 0$，$U_y = 0$ 时，则光点移动到左边。

（3）当 $U_y > 0$，$U_x = 0$ 时，则光点向上移动。若 $U_y > 0$，$U_x = 0$ 时，则光点向下移动。光点移动的距离大小与偏转板上所加电压成正比，即光点沿 Y 轴方向上下移动的距离正比于 U_y，沿 X 轴方向左右移动的距离正比于 U_x。

（4）若在 Y 轴偏转板上加正弦波电压（$U_y = U\sin \omega t$），X 轴偏转板不加电压（$U_x = 0$），此时光点将沿 Y 轴方向作简谐振动。因为 $U_x = 0$，所以光点在 X 轴方向无移动，由于存在余辉和视觉停留在荧光屏上只能看到一条沿 Y 轴方向的线段（如图4.6.3（a）），而不是正弦波。如何才能在荧光屏上展现正弦波呢？那就需要将光点沿 X 轴方向拉开，所以必须在 X 轴偏转板上也加上电压。由于 Y 轴上加的电压波形是随时间变化的，所以就要 X 轴光点的移动代表时间 t，因此希望 X 轴的电压（U_x）随时间的变化关系是线性的（如图4.6.3（b））。这样一来，用图示法将电子束受 U_y 和 U_x 的电场力作用的轨迹表示为如图（4.6.3（c））。

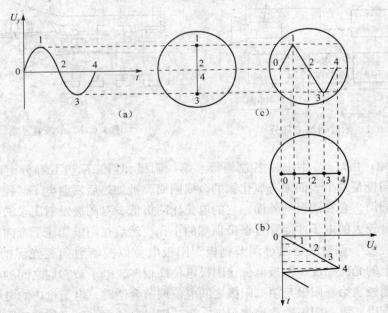

图 4.6.3　电子束受 U_y 和 U_x 电场力作用的轨迹

在示波管的 X、Y 偏转板上分别同时加上线性电压和正弦电压，若它们的周期相同，将一个周期分为相同的四个时间间隔，U_x 和 U_y 的值分别对应光点在 Y 轴和 X 轴偏离的位置，如图 4.6.3 所示，将 U_x 和 U_y 的各对应的投影交汇点连起来，即得被测电压波形（正弦波）。完成一个波形后的瞬间，光点立刻反跳回原点，完成一个周期，这根反跳线称为回归线。因这段时间很短，线条比较暗，有的示波器采取措施将其消除。

光点沿 X 轴线性变化及反跳回原点的过程称为扫描。电压 U_x 称为扫描电压（锯齿波电压），它是由示波器内部的扫描发生器（锯齿波发生器）产生的。这样电子束不仅受 U_y 电场的作用使其上下运动，同时受到 U_x 电场的作用使其沿 X 轴展开成正弦波。

上面讨论的波形因 U_y 和 U_x 的周期相等，荧光屏上出现一个正弦波，当 $f_y = nf_x$，$n=1$，2，3，…时，荧光屏上将出现 1 个，2 个，3 个，…稳定的正弦波。

3. 整步（或同步）作用——稳定波形

只有当 f_y 和 f_x 是整数倍时，波形才是稳定的正弦波。但 f_y 是由被测电压决定的，而 f_x 由示波器内锯齿波发生器决定，二者相互无关，虽然可以调节锯齿波的扫描范围和扫描微调，使 $f_y = nf_x$。但由于 f_y 和 f_x 是来自两个不同的系统，在实验过程中会不可避免地有所变化，因此不容易长久地维持 $f_y = nf_x$，也就是说波形是不稳定的。当 f_y 稍小于 nf_x 时，波形向右"走动"；当 f_y 稍大于 nf_x 时，波形向左"走动"。譬如锯齿波电压的周期 T_x 比正弦波电压周期 T_y 稍小，设 $T_x/T_y = 7/8$。如图 4.6.4 所示，在第二个扫描周期内，屏上显示正弦信号 0～4 点之间的曲线段，起点在 0′处；在第二周期内，显示 4～8 点之间的曲线段，起点在 4′处；第三周期内，显示 8～12 点之间的曲线段。起点在 8′处。这样屏上显示的波形每次都不重叠，好像波形在向右移动。同理，如果 T_x 比 T_y 稍大，则好像在向左移动。以上描述的情况在示波器使用过程中经常会出现，其原因是扫描电压的周期与被测信号的周期不相等或不成整数倍，以致每次扫描开始时波形曲线上的起点均不一样所造成的。

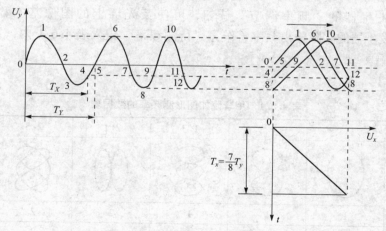

图 4.6.4　f_y 和 f_x 不成整数倍时波形的"走势"

为了得到稳定的波形，采用整步的方法，即把 Y 轴输入信号电压接至锯齿波发生器电路中，强迫 f_x 跟随信号频率 f_y 变化而变化，保证 $f_y = nf_x$，荧光屏上的波形即可稳定。若需要观察信号频率是 50 Hz，则整步选择开关应放在电源的位置，一般情况下放在"内"的位置即可。

【仪器简介】

关于 CA9000F 双踪示波器及 SG1651A 函数信号发生器的使用，请参阅附录。

【实验内容】

用李萨如图形测量频率

在示波器的"Y 轴输入"端输入正弦电压时，从电子枪中射出的电子束在 Y 轴偏转板之间因受到偏转电压的作用而产生纵向位移，荧光屏上的亮点在竖直方向上作谐振动。而在"X 轴输入"端输入正弦电压，电子束在 X 轴偏转板之间同样也要受到该偏转电压的作用而产生横向位移。于是荧光屏上的亮点将在水平方向上作谐振动，当"Y 轴输入"、"X 轴输入"均有正弦电压输入时，由于各自偏转电压的作用，荧光屏上的亮点将同时参与相互垂直的两种谐振动。如果位于 Y 轴方向上的谐振动的频率 f_y 与 X 轴方向上的谐振动的频率 f_x 完全相同时，荧光屏上亮点的合振动的轨迹为一直线、圆或椭圆。如果二者的频率完全不同，但它们之比为整数比时，荧光屏上的亮点的合振动轨迹是表 4.6.1 内的最简单的封闭图形。这种封闭图形，称为李萨如图形，通常利用李萨如图形的分割点数 N_i 与频率 f_i 之间的定量关系（$f_x:f_y = N_y:N_x$），可以测量未知频率的量值。

（1）实验中，在"Y 轴输入"端输入实验电压，"X 轴输入"输入 SG1651A 信号发生器的信号电压，并将前者作为"标准频率"，后者作为"待测频率"。然后用示波器观察表 4.6.1 中所示李萨如图形。试测信号发生器的实际输出频率 f_x'，且与理论计算出的频率值进行比较，计算二者之差，用 Δf_x 表示。Δf_x 称为频差。

（2）适当地调节 SG1651A 信号发生器的"频率范围"、"频率调节"旋钮，可以在荧光屏上显示出来。表 4.6.1 中列出了输入频率分别为：$f_x:f_y$ 为 1:1，1:2，1:3，2:1，2:3，3:4 的李萨如图形。

（3）在荧光屏上每显示出一种表 4.6.1 所示的李萨如图形时，只要适当地调节 SG1651A 信号发生器的"频率调节"旋钮，可使荧光屏上的图像基本稳定，将此时 SG1651A 信号发生器的实际输出频率 f_x' 作为"待测频率"记入表 4.6.1 内，且与理论值 f_x 作比较，求其频差 Δf_x。

【数据记录】

表 4.6.1　用李萨如图形测频率的数据表　　　　　单位：

$f_y:f_x$	1:1	1:2	1:3	2:1	2:3	3:4
李萨如图形						
N_x	1	1	1	2	2	3
N_y	1	2	3	1	3	4
f_y	50	50	50	100	100	150
f_x						
f_x'						
Δf_x						

【注意事项】

（1）荧光屏上的光点亮度不可太强，并且不可固定在荧光屏上一点过久，以免烧坏荧光屏。

（2）示波器上所有开关及旋钮都有一定的调节角度，不能用力太猛。

【思考题】

（1）如 Y 轴信号频率 f_y 比 X 轴信号的频率 f_x 大很多，在屏幕上看到什么波形？相反 f_y 比 f_x 小很多，又会看到什么波形？

（2）当荧光屏上出现 n 个正弦波形时，$f_x : f_y$ 的比值是多少？

（3）在李萨如图形中，$f_x : f_y$ 为 1:1，1:2，1:3，…时，图形有何规律？

附录：CA9000F 示波器及 SG1651A 函数信号发生器面板说明（见图 4.6.5～4.6.8）。

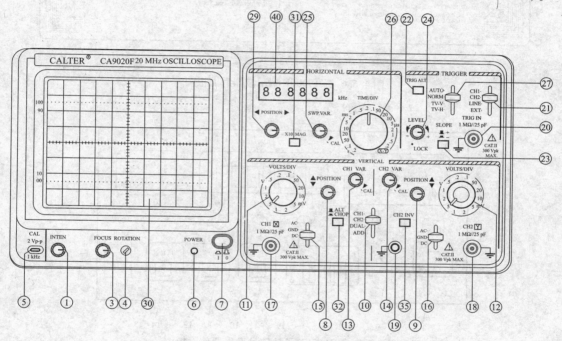

图 4.6.5　CA9000F 型示波器前面板图

1. CA9000F 示波器面板说明

（1）前面板介绍：（参见图 4.6.5）。

CRT：

⑦电源：主电源开关，当此开关开启时发光二极管6）发亮。

①亮度：调节光迹或亮点的亮度。

③聚焦：调节光迹或亮点的清晰度。

④光迹旋转：半固定的电位器用来调整水平光迹与刻度线的平行。

⑩滤色片：使波形显示效果更舒适。

垂直轴：

⑰CH1（X）输入：Y_1 通道输入端，在 X-Y 模式下，作为 X 轴输入端。

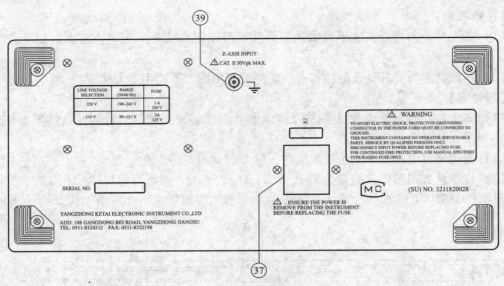

图 4.6.6　CA9000F 型示波器后面板图

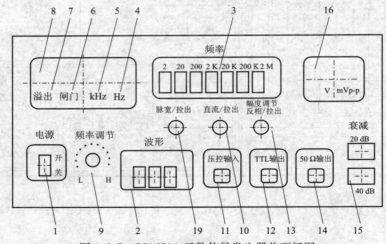

图 4.6.7　SG1651A 函数信号发生器前面板图

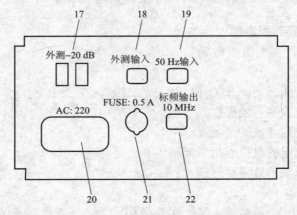

图 4.6.8　SG1651A 函数信号发生器后面板图

⑱CH2（Y）输入：Y_2 通道输入端，在 X-Y 模式下，作为 Y 轴输入端。

⑮⑯AC-GND-DC：选择垂直轴输入信号的输入方式。

　　AC：交流耦合。

　　GND：垂直放大器的输入接地，输入端断开。

　　DC：直流耦合。

⑪⑫垂直衰减开关：调节垂直偏转灵敏度从 1 mV/div ~ 5 V/div 分 12 挡。

⑬⑭垂直微调：微调比≥2.5:1，在校正位置时，灵敏度校正为标示值。

⑧⑨▼▲垂直位移：调节光迹在屏幕上的垂直位置。

⑩垂直方式：选择 CH1 与 CH2 放大器的工作模式。

　　CH1 或 CH2：通道 1 和通道 2 单独显示。

　　DUAL：两个通道同时显示。

　　ADD：显示两个通道的代数和 CH1 + CH2。按下 CH2INV ㉟ 按钮，为代数差 CH1 – CH2。

㉜ALT/CHOP：在双踪显示时，弹出此键，表示通道 1 与通道 2 交替显示（通常用在扫描速度较快的情况）；当此键按入时，通道 1 与通道 2 同时断续显示（通常用于扫描速度较慢的情况）。

㉟CH2 INV：通道 2 的信号反相，当此键按下时，通道 2 的信号以及通道 2 的触发信号同时反相。

触发：

⑳外触发输入端子：用于外部触发信号。当使用该功能时，触发源选择开关应设置在 EXT 的位置上。

㉑触发源选择：选择内（INT）或外（EXT）触发。

　　CH1：当垂直方式设定在 DUAL 或 ADD 状态下，选择通道 1 作为内部触发信号源。

　　CH2：当垂直方式设定在 DUAL 或 ADD 状态下，选择通道 2 作为内部触发信号源。

　　LINE：选择交流电源作为触发信号。

　　EXT：外部触发信号接于⑳作为触发信号源。

　　TRIG. ALT㉒：当垂直工作方式为交替状态，而且触发源开关㉑选在通道 1 或通道 2 上，按入此键时，则以交替选择通道 1 和通道 2 作为内触发信号源。

㉓极性：触发信号的极性选择。"+"上升沿触发，"–"下降沿触发。

㉔触发电平：显示一个同步稳定的波形，并设定一个波形的起始点。向"+"（顺时针）旋转触发电平增大，向"–"（逆时针）旋转触发电平减小。

㉗触发方式：选择触发方式。

　　AUTO：自动。当没有触发信号输入时扫描在自由模式下。

　　NORM：常态。当没有触发信号时，踪迹在待触发状态（并不显示）。

　　TV-V：电视场。适用于观察一场的电视信号时。

　　TV-H：电视行。适用于观察一行的电视信号。

　　（仅当同步信号为负脉冲时，方可同步电视场和电视行。）

㉔触发电平锁定：将触发电平旋钮㉔向逆时针方向转到底听到咔嗒一声后，触发电平被锁定在一个固定电平上，这时改变扫描速度或信号幅度时，不再需要调节触发电平，即可获

得同步信号。

时基：

㉖水平扫描速度开关：扫描速度可以分 19 挡，从 $0.2\ \mu s/div \sim 0.2\ s/div$ 或 $0.1\ \mu s/div \sim 0.1\ s/div$。

㉕水平微调：微调水平扫描时间，使扫描时间被校正到与面板上 TIME/DIV 指示的一致。TIME/DIV 扫描速度可连续变化，当顺时针旋转到底为校正位置。整个延时可达 2.5 倍甚至更多。

㉙水平位移：调节光迹在屏幕上的水平位置。

㉛扫描扩展开关：按下时扫描速度扩展 10 倍。

其他：

⑤CAL：提供幅度为 $2Vp-p$ 频率 1 kHz 的方波信号，用于校正 10∶1 探头的补偿电容器和检测示波器垂直与水平的偏转因数。

⑲GND：示波器机箱的接地端子。

㊵频率显示：显示当前触发源信号频率，在非"交替"状态下且获得稳定波形后方可读数（仅适用于 AUTO 或 NORM 方式）。

（2）后面板介绍：（参见图 4.6.6）。

㊴Z 轴输入：外部亮度调制信号输入端。

㊲电源插座及保险丝座：AC220V 电源插座。

2. SG1651A 函数信号发生器前后面板说明

序号	面板标志	名　称	作　用
1	电源	电源开关	按下开关，电源接通，电源指示灯发亮
2	波形	波形选择	1）输出波形选择。 2）与 13、19 配合可得到正、负向锯齿波和脉冲波
3	频率	频率选择开关	频率选择开关与 9 配合选择工作频率
4	Hz	频率单位	指示频率单位，灯亮有效
5	kHz	频率单位	指示频率单位，灯亮有效
6	闸门	闸门显示	此灯闪烁，说明频率计正在工作
7	溢出	频率溢出显示	当频率超过 5 个 LED 所显示范围时灯亮
8		频率 LED	所有内部产生频率或外侧时的频率均由此 5 个 LED 显示
9	频率调节	频率调节	与 3 配合选择工作频率
10	直流/拉出	直流偏转调节旋钮	拉出此旋钮可设定任何波形的直流工作点，顺时针方向为正，逆时针方向为负，将此旋钮推进则直流电位为零
11	压控输入	压控信号输入	外接电压控制频率输入端
12	TTL 输出	TTL 输出	输出波形为 TTL 脉冲，可作同步信号
13	幅度调节反向/拉出	斜波倒置开关幅度调节旋钮	1）与 19 配合使用，拉出时波形反向。 2）调节输出幅度大小
14	50 输出	信号输出	主信号波形由此输出，阻抗为 50 Ω

序号	面板标志	名　称	作　用
15	衰减	输出衰减	按下按键可产生 –20 dB/ –40 dB 衰减
16	V mVp – p	电压 LED	当电压输出端负载阻抗为 50Ω 时，输出电压峰 – 峰值为显示值的 0.5 倍，若负载（RL）变化时，则输出电压峰 – 峰值 = ［RL/（50 + RL）］·显示值
17	外测 –20 dB	外接输入衰减 20 dB	1）频率计内测和外测频率（按下）信号选择。 2）外测频率信号衰减选择，按下时信号衰减 20 dB
18	外测输入	计数器外信号输入端	外测频率时，信号由此输入
19	50 Hz 输出	50 Hz 固定信号输出	50 Hz 固定频率正弦波由此输出
20	AC 220 V	电压插座	50 Hz　220 V 交流电源由此输入
21	FUSE：0.5 A	电源保险丝盒	安装电源保险丝
22	标频输出 10 MHz	标频输出	10 MHz 标频信号由此输出

实验 4.7　用示波器测绘磁化曲线和磁滞回线

【实验目的】

（1）了解示波器获得磁滞回线的基本原理。

（2）学会用示波器法测绘磁化曲线和磁滞回线。

【实验仪器】

示波器、磁滞回线装置、调压器、真空管毫伏表及信号发生器。

【实验原理】

铁磁质材料分为硬磁和软磁两类，它们的性质和用途各不相同。硬磁质的磁滞回线宽、剩磁和矫顽力较大，因而磁化后其磁感应强度能保持，适用于制作永久磁铁（如铸钢等）。软磁质材料的磁滞回线窄，剩磁和矫顽力小，它的磁导率和磁感应强度却较大，容易磁化和去磁，适宜制造电机、变压器和电磁铁等（如硅钢片）。可见铁磁质的磁化曲线和磁滞回线是反映其特性的重要指标，也是设计电磁机构或仪表的重要依据。

1. 磁滞性质

铁磁质材料除了具有较高的导磁率，还具有磁滞这一重要的特点。当材料磁化时，其磁感应强度 B 不仅与当时的磁场强度 H 有关，而且与材料的磁化性质或历史有关。如图 4.7.1 所示，O 点表示铁磁质材料从没有磁性开始磁化，其磁感应强度 B 随 H 的增加而增加，曲线 OA 称为起始磁化曲线。当 H 增加到 H_s 时，B 随 H 的增加非常缓慢，可认为 B 不再增加，B_m 称为磁饱和强度。经过磁化的铁磁材料，当 H 减小，B 则不是沿 $A \to O$ 减小，而是沿 $A \to$

B_r。当 $H=0$ 时，$B \neq 0$，而是 $B=B_r$，B_r 称为剩磁。若要使 $B=0$，则需要加一个反向磁场 H_c，称为矫顽力。矫顽力大的称为硬磁材料，矫顽力小的称为软磁材料。当 H 由 $H_0 \rightarrow H_c \rightarrow H_s$ 时，B 随 H 的变化形成一条磁带回线。对铁磁质材料来说，在反复磁化开始的几个循环内，B 随 H 的变化每次形成的磁滞回线都不相同。只有经过十几次的反复磁化（称之为磁锻炼）以后，才能形成一个稳定的磁滞回线，这条稳定的磁滞回线，才能代表该材料的磁滞性质。

每种铁磁质材料，当其所处的磁场 H 不同时，其 B_m 也不相同。在每个不同 H 下将形成一组不同的磁滞回线 a_1，a_2，a_3，…，a_n。把原点 O 和各个磁滞回线的顶点所连成的曲线，称为铁磁材料的基本磁化曲线（如图 4.7.1 中 OA 曲线）。

用示波器观察和测量铁磁质的磁化曲线和磁带回线是磁测量的基本方法之一。

2. 用示波器显示磁滞回线

示波器法已广泛用在交变磁场下观察、拍摄和测量测绘铁磁材料的磁滞回线，但是怎样才能使示波器显示出磁滞回线（即 $B-H$ 曲线）呢？在示波器 X 偏转板输入正比于样品的励磁场强度 H 的电压，同时又在 Y 偏转板输入正比于样品中磁感应强度 B 的电压，结果在屏幕上得到样品的 $B-H$ 曲线。

图 4.7.2 是实验的电路图。图中铁磁材料为环形，绕有两组线圈，当一次绕阻中通以交流励磁电流 I_1 时，二次绕阻中产生感应交变电动势 ε，则有

$$\begin{cases} H = \dfrac{N_1}{L_1} I_1 \\ \varepsilon = \dfrac{\mathrm{d}\Phi}{\mathrm{d}t} \end{cases} \tag{4.7.1}$$

式中 N_1——一次绕阻上的匝数；

L_1——一次绕组铁心的平均长度。从上式可知 $H \propto I_1$。

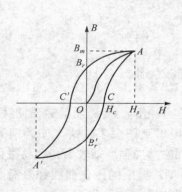

图 4.7.1　基本磁化曲线

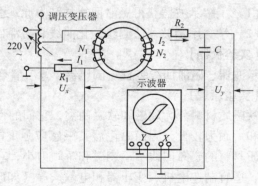

图 4.7.2　磁滞回线实验电路

如将电阻 R_1（要求 R_1 比绕组 N_1 的阻抗小得多，通常取 $1\,\Omega \sim$ 几 Ω）上的电压降 $U_x = I_1 R_1$（注意 I_1 和 U_x 是交变的）加在示波器 X 偏转板上，则电子束在水平方向的偏移跟磁化电流 I_1 成正比。因为 $I_1 = \dfrac{HL_1}{N_1}$，所以

$$U_x = \frac{L_1 R_1}{N_1} H \tag{4.7.2}$$

它表明，在交变磁场下，在任一瞬时 t，如果将 U_x 接到示波器 X 轴输入端，则电子束的水平偏转正比于励磁场强度 H。

为了获得跟样品中磁感之强度 B 成正比的电压 U_y，采用电阻 R_2 和电容 C 组成的积分电路，并将电容 C 两端的电压 U_c 接到示波器 Y 轴输入端。由式（4.7.1），得

$$\varepsilon = \frac{\mathrm{d}\Phi}{\mathrm{d}t} = N_2 S \frac{\mathrm{d}B}{\mathrm{d}t} \tag{4.7.3}$$

式中 N_2——二次绕阻匝数；

S——钢圆环的截面积。

即需要对 ε 积分，但 $\int \varepsilon \mathrm{d}t$ 不是电学量，应将 ε 转化为 I_2，而 $\int i\mathrm{d}t$ 是电学量，在二次回路中串入电阻 R_2 和电容 C，则

$$I_2 = \frac{\varepsilon}{R_2}$$

$$U_c = \frac{Q}{C} = \frac{1}{C}\int I_2 \mathrm{d}t = \frac{1}{CR_2}\int \varepsilon \mathrm{d}t$$

将式（4.7.3）代入上式得

$$U_c = \frac{N_2 S}{CR_2}\int_0^B \mathrm{d}B = \frac{N_2 S}{CR_2} B \tag{4.7.4}$$

上式表明，接在示波器 Y 轴输入端的电容 C 上的电压 U_c（即 U_y）确实正比于 B。

这样，在磁化电流变化的一个周期内，电子束的径迹描出一条完整的磁滞回线。

用逐渐增大调压变压器的输出电压使屏上磁滞回线从小到大的扩展方法，把逐次在坐标纸上记录的磁滞回线顶点的位置连成一条曲线。这条曲线就是样品的基本磁化曲线。

3. 测定磁滞回线上任一点 B、H 值

要用示波器测出某点的 B、H。需要先由示波器上读出该点的坐标 x、y 值，则该点的电压为

$$\begin{cases} U_x = D_x x \\ U_y = D_y y \end{cases} \tag{4.7.5}$$

式中，D_x、D_y 为示波器的灵敏度。可由示波器面板上读出。这样由式（4.7.2）、式（4.7.4）、式（4.7.5）得

$$\begin{cases} H = \dfrac{N_1 D_x}{L_1 R_1} x = K_x D_x x \\ B = \dfrac{R_2 C D_y}{N_2 S} y = K_y D_y y \end{cases} \tag{4.7.6}$$

式中，K_x、K_y 由实验室提供。各物理量单位：R_1 和 R_2 为 Ω，L_1 为 m，S 为 m^2，C 为 F，D_x、D_y 为 V/cm，x、y 为 cm。则 H 为 A/m，B 为 T。

【仪器简介】

（1）示波器，参见实验4.6。

（2）电子管电压表（又称真空管毫伏表）。它是引用电子管的整流和放大作用，配以微

安表来显示待测正弦交流电压的有效值的一种电子仪器。它的输入阻抗较高，不会因为并联测量而影响被测电路的工作状态。测量范围为（0.001～300）V，共分 10 个量程，可根据需要选择转换开关，以选择适当量程．测量频率范围较宽。在 1 kHz 时，测量的基本误差一般小于 ±2.5%。

使用时，将仪器放平，无校准电位零点。用导线将输入端两个接线柱短路，接通 220 V 电源后，待数分钟后，若指针不指零线，可调节"零点调整"旋钮，使指针对零。将两个输出端的连线断开，接入待测电压，可由电表读出相应的有效值。注意换量程时，均要重新调零。

【实验内容】

（1）按图 4.7.2 连线。调节示波器，使电子束光点呈现在坐标网格中心。

（2）把调压器调到输出电压为零的位置，然后接通电源，逐渐升高调压器的输出电压，屏上将显示磁滞回线图像。若出现在二、四象限，可将 X 轴或 Y 轴输入端的两根导线互换位置，调节示波器的垂直增益和水平增益，使图像大小适当。待磁滞回线接近饱和后，逐渐减小输出电压为零，同时将密绕圆环进行退磁。

（3）从零开始，分 8～10 次调节调压器，逐步增加输出电压，使磁滞回线由小变大分别记录每条磁滞回线顶点在第一象限的坐标并计算出各点的 H 和 B。将所记录的各点连成曲线，得到基本的磁化曲线。

（4）将最大的一个磁滞回线图像 12 个点的坐标记录记入表格中。

（5）绘出磁滞回线。

【数据记录】

（1）数据表格。

表 4.7.1　磁化曲线数据记录表

	1	2	3	4	5	6	7	8	9	10
x/cm										
$H/\text{A}\cdot\text{m}^{-1}$										
y/cm										
B/T										

表 4.7.2　磁滞回线数据记录表

	1	2	3	4	5	6	7	8	9	10	11	12
x/cm												
y/cm												

（2）根据实验内容（3）测绘出磁化曲线（用坐标纸）。并计算 H 和 B 值。

（3）按实验内容（4）把测得的各数据填入表格中。并绘出磁滞回线。

【注意事项】

（1）荧光屏上的光点亮度不可太强，并且不可固定在荧光屏上一点过久，以免烧坏荧光屏。

（2）示波器上所有开关及旋钮都有一定的调节角度，不能用力太猛。

【思考题】

（1）在标定磁滞回线各点的 B 和 H 值时，为什么一定要严格保持示波器 Y 轴和 X 轴增值（灵敏度）在显示该磁滞回线时的位置上？

（2）怎样测绘基本磁化曲线？怎样测绘磁滞回线？

（3）证明 R_1 上的电压正比于 H，C 上的电压正比于 B。

实验 4.8 模拟法测绘静电场

【实验目的】

（1）学习用模拟法描述和测绘静电场分布的概念和方法。

（2）测量等位面和描绘电力线，加深对静电场强度、电位和电位差概念的理解。

【实验仪器】

WQE-3 型电场描绘仪、静电场描绘电源及水槽等。

【实验原理】

随着静电应用、静电防护和静电现象研究的日益深入，常需要确定带电体周围的电场分布情况。各种电子管、示波管、电子显微镜的电子枪等多种电子束器件的设计和研究以及化学电镀、静电喷漆等工艺技术都需要了解各电极或导体间的电场分布。一般用计算方法求解静电场的分布比较复杂和困难。而且，直接测量静电场需要复杂的设备，对测量技术的要求也很高，所以常常采用模拟法来研究和测量静电场。

1. 用电流场模拟静电场

电场强度 E 和电位 U 是表征电场特性的两个基本物理量。电场的空间分布，可以通过 E 的分布，也可以通过 U 的分布来描写。由于标量在测量和计算上比矢量简单得多，所以常用电位 U 来描写电场。

电力线和等位面可以在图上形象地描绘出电场强度和电位的分布情况。用模拟法测定电场中等位面的分布；利用电力线垂直于等位面的关系，绘出电力线。根据电力线疏密程度和弯曲情况，利用场强矢量与电位梯度关系，就可以分析得知各处场强的强弱和方向。

本实验采用电流场模拟静电场来研究电场的分布情况。电流场和静电场虽然在性质上完全不同。但它们所遵守的规律在形式上有相似性。应用这种形式上的相似性，对容易测量的场进行研究，来代替对不容易测量的场的研究。用电流场模拟静电场是研究静电场的最简便的方法之一。由电磁学理论可知电解质（或水液）中稳恒电流的电流场与电介质（或真空）中的静电场具有相似性。在电流场的无源区域中，电流密度矢量 j 满足

$$\oiint j \cdot \mathrm{d}S = 0 \tag{4.8.1}$$

$$\oint j \cdot \mathrm{d}l = 0$$

在静电场的无源区域中，电场强度矢量 E 正满足

$$\oiint E \cdot \mathrm{d}S = 0 \tag{4.8.2}$$

$$\oint E \cdot \mathrm{d}l = 0$$

由式（4.8.1）和式（4.8.2）可看出电流场中的电流密度矢量 j 和静电场中的电场矢量 E 所遵从的物理规律具有相同的数学形式，所以这两种场具有相似性。因此，可以用电流线的分布来模拟电力线的分布。

不过，当采用电流场模拟法研究电场时，必须注意到它的适用条件，这就是：

（1）电流场中导电介质分布必须相应于静电场中的介质分布，如果要模拟真空（空气）中的电场，则模拟场中的介质应是均匀分布的。如果要模拟的电场中的介质不是均匀分布的，则模拟场介质应有相应的电阻分布。

（2）要模拟的静电场中的带电导体如果表面是等位面，则电流场中的导体也应是等位面，这就要求采用良导体制作电场，而且导电介质的电导率不宜太大。

（3）测定导电介质中的电位时，必须保证探测电极支路中无电流流过。

2. 同轴圆柱形导体间的电场分布

现用同轴圆柱形电极具体说明电流场与静电场的相似性。如图4.8.1（a）所示，将其置于电解质（导电纸或水液）中，在电极之间加电压 U_0（A 为正，B 为负）。由于电极是轴对称的，电流自 A 向 B 在水液（导电纸）中形成一个径向均匀的稳恒电流场。由于水液（导电纸）为不良导体，所以就形成带有等量异号电荷，内正外负，电位差为 U_0 的静电场。静电场中带电导体的表面是等位面，模拟场中的电极的良导体的电导率远远大于水液（导电纸）的电导率，才能认为电极也是等位面。有了模拟场可以分析它与静电场的相似性。

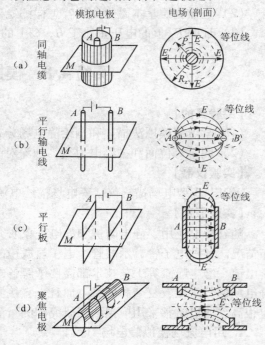

图4.8.1 用等位线和电力线表示的静电场的分布

（1）静电场。根据高斯定理，同轴圆柱面间的电场强度 E 为

$$E = \frac{\tau}{2\pi\varepsilon_0 r} \tag{4.8.3}$$

式中 τ 为柱面的电荷密度；r 为两柱面间任意一点距轴心的距离，如图4.8.2所示。

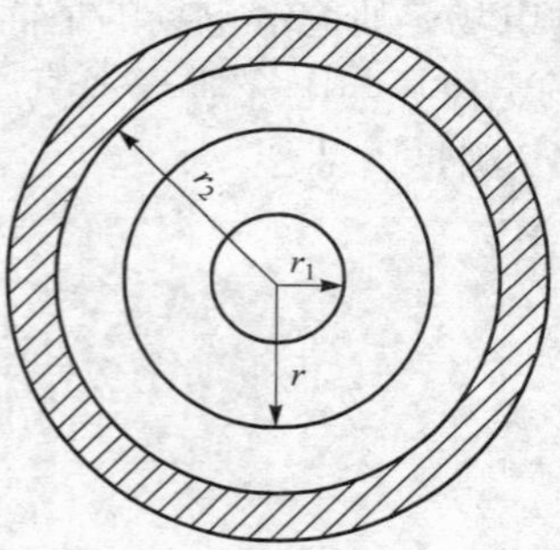

设 r_1 为内圆柱半径，r_2 为外圆柱面半径。则两柱面间的电位差 U_0 为

$$U_0 = \int_{r_1}^{r_2} E \cdot \mathrm{d}r = \frac{\tau}{2\pi\varepsilon_0} \int_{r_1}^{r_2} \frac{\mathrm{d}r}{r} = \frac{\tau}{2\pi\varepsilon_0} \ln \frac{r_2}{r_1} \tag{4.8.4}$$

半径为 r 的任意点与外柱面间的电位差为

$$U_r = \int_{r}^{r_2} E \cdot \mathrm{d}r = \frac{\tau}{2\pi\varepsilon_0} \int_{r}^{r_2} \frac{\mathrm{d}r}{r} = \frac{\tau}{2\pi\varepsilon_0} \ln \frac{r_2}{r} \tag{4.8.5}$$

图4.8.2 同轴圆柱面两柱面间任意一点至轴心的距离

由式（4.8.4）和式（4.8.5）得

$$U_r = U_0 \frac{\ln \dfrac{r_2}{r}}{\ln \dfrac{r_2}{r_1}} = U_0 \frac{\ln \dfrac{r}{r_2}}{\ln \dfrac{r_1}{r_2}} \tag{4.8.6}$$

（2）电流场。为了计算电流场的电位分布，先计算两柱面间的电阻，再计算电流，最后计算任意两点间的电位差。设不良导电介质薄层（水液或导电纸的石墨）厚度为 L，电阻率为 ρ，则任意半径 r 到 $r + \mathrm{d}r$ 的圆周之间的电阻为

$$\mathrm{d}R = \rho \frac{\mathrm{d}r}{S} = \rho \frac{\mathrm{d}r}{2\pi rL} = \frac{\rho}{2\pi L} \cdot \frac{\mathrm{d}r}{r} \tag{4.8.7}$$

将上式积分得半径为 r 到半径 r_2 之间的总电阻

$$R_{rr_2} = \frac{\rho}{2\pi L} \int_r^{r_2} \frac{\mathrm{d}r}{r} = \frac{\rho}{2\pi L} \ln \frac{r_2}{r} \tag{4.8.8}$$

同理得半径 r_1 到半径 r_2 之间的总电阻

$$R_{r_1 r_2} = \frac{\rho}{2\pi L} \ln \frac{r_2}{r_1} \tag{4.8.9}$$

因此，从内柱面到外柱面的电流为

$$I_{12} = \frac{U_0}{R_{r_1 r_2}} = \frac{2\pi L}{\rho \ln \dfrac{r_2}{r_1}} U_0 \tag{4.8.10}$$

则外柱面 $U_2 = 0$ 至半径 r 处电位

$$U_r = I_{12} R_{rr_2} = \frac{R_{rr_2}}{R_{r_1 r_2}} U_0 \tag{4.8.11}$$

整理上面几式得

$$U_r = U_0 \frac{\ln \dfrac{r_2}{r}}{\ln \dfrac{r_2}{r_1}} = U_0 \frac{\ln \dfrac{r}{r_2}}{\ln \dfrac{r_1}{r_2}} \tag{4.8.12}$$

从式（4.8.6）和式（4.8.12）可知，静电场与模拟场的电位分布是相同的。

【仪器简介】

双层式静电场描绘仪，其测绘系统为一个同步探针，如图4.8.3所示。描绘仪分上下两层，上层放白纸，用探针在其上打点描迹。下层为水槽电极或导电纸电极板，接入电源，形成模拟场。同步探针由装在探针座上的两根等长的金属片及探针构成，探针座可在载极板上水平自由移动，使下探针在电场中探测不同点的电位，而上探针与下探针始终同步。当下探针探测出电场中的等电位点时，轻按上探针，可在白纸上同步地打出相应的等位点，以供描迹。

【实验内容】

1. 测绘同轴圆柱电极的电场分布

（1）用水槽电极和双层式静电场描绘仪。

1）按图4.8.4接好电路，将电源接好，水槽中放入自来水，水深刚好没过电极。先在上层放好白纸，用探针测绘出内圆柱和外圆环内壁在白纸上的位置。调节分压器使内圆柱和

外圆环之间的电压为 5 V。对于静电场描绘仪首先将"电表指示"拨向"内侧",调节"电压调节"旋钮使之达到 5 V,再将"电表指示"拨向"外侧"(此时电表指零)。

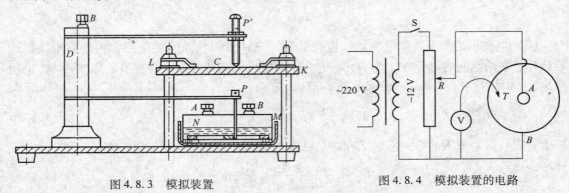

图 4.8.3　模拟装置　　　　　　　　图 4.8.4　模拟装置的电路

2)将同步探针放在内圆柱 A 极上,电压表读数为 5 V,放在外圆环 B 极上,电压表读数为 0 V,则此时处于正常工作状态。右手平稳地移动探针座,使下探针在水槽中移动,注意电压表读数,分别找出 1 V,2 V,3 V 的等位线,待找出准确的等位值后,即可用左手轻按上探针,在白纸上打出相应的等电位点(可在圆周围对称地找 12 个点)。

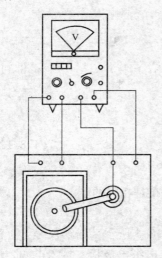

图 4.8.5　导电电极板的线路

(2)用导电纸型电极板和双层式静电描绘仪。

1)安装好导电纸电极板,在上层放好白纸,按图 4.8.5 接好线路,其余做法与实验内容(1)中的"1)"是相同的。

2)将同步探针放在中心极上,电压表读数为 5 V,则此时处于正常工作状态。然后用手平稳地移动探针座,使下探针沿导电纸电极板的导电线水平移动,分别找出 1 V,2 V,3 V 的等位线。待找出准确的等位值后,即可用左手轻按上探针,在白纸上打出相应的等电位点(至少 12 个点)。

2. 用同样的方法测绘其他电极的电场分布

【数据记录及处理】

(1)取下打出等位点的白纸,用制图工具将同一电位值的点连成光滑的曲线。即构成相应于电位为 1 V,2 V,3 V 的等位线,利用静电场中电力线与等位线垂直的关系,作出相应的电力线。

(2)对同轴电极用卡尺测出内圆柱半径 r_1,外圆柱半径 r_2,根据式 (4.8.6) 可导出各等位线的理论半径公式 $r = r_2 \cdot \left(\dfrac{r_1}{r_2} \right)^{u_r/u_0}$,然后根据该公式算出 1 V,2 V,3 V 的理论半径,再用卡尺测出圆心到 1 V,2 V,3 V 相对应的等位线上的任意三点的实验半径。将数据填入表 4.8.1。

(3)将计算出的各等位线的理论半径 $r_{理}$ 与实验测定的等位线半径 $\bar{r}_{测}$ 比较,计算出相对误差 $E = \dfrac{|\, r_{理} - \bar{r}_{测}\,|}{r_{理}} \times 100\%$,找出误差原因。

表 4.8.1 数据记录表

项目 次数	1 V				2 V				3 V			
	$r_{理}$	$r_{测}$	$\bar{r}_{测}$	E	$r_{理}$	$r_{测}$	$\bar{r}_{测}$	E	$r_{理}$	$r_{测}$	$\bar{r}_{测}$	E
1												
2												
3												

【思考题】

（1）电源电压如果增加一倍，等位线和电力线的形状是否变化，电场强度和电位分布是否变化？

（2）将电极之间的电压正负接反，所作的等位线和电力线是否有变化？

（3）为什么静电场可以用稳恒的电流场来模拟？

（4）作电位测量时能否使用低输入阻抗的电压表？

实验 4.9 霍尔效应及其应用

霍尔效应是磁电效应的一种。在匀强磁场中放一金属薄板，使板面与磁场方向垂直，在金属薄板中沿着与磁场垂直的方向通有电流时，金属薄板的两侧面间会出现电位差。这一现象是霍尔于 1879 年发现的，称为霍尔效应。后来发现半导体，导电流体等也有这种效应，而半导体的霍尔效应比金属强的多。如今半导体制成的霍尔元件具有结构简单、体积小、频率响应宽、输出电压变化大、自然寿命长等优点，在测量技术、自动控制、信息处理等方面已有极广泛应用。

WHCC – 2A 型霍尔效应测磁仪就是采用霍尔元件作为探头，来测量不同强弱磁场的大小及其分布情况。

【实验目的】

（1）了解霍尔元件的基本原理，观察霍尔效应现象。

（2）学习并掌握用霍尔元件测量长直螺线管磁场及分布的方法。

（3）学习并掌握用霍尔元件测量共轴线圈对磁场及分布的方法。

（4）学习并掌握测量单个和两个线圈磁场的方法，验证磁场迭加原理。

【实验仪器】

WHCC – 2A 型霍尔效应测磁仪。

【实验原理】

1. 用霍尔法测量磁场的原理

1879 年美国霍普金斯大学研究生院二年级研究生霍尔在研究载流导体在磁场中受力的性质时发现：处在磁场中的载流导体，如果磁场方向和电流方向垂直，则在与磁场和电流都垂直的方向上出现横向电场，这就是霍尔效应。所产生的电场称霍尔电场，相应的电位差称霍尔电压。产生霍尔效应的载流导体称霍尔元件。如图 4.9.1 所示，在厚为 d，长和宽分别为 L 和 D 的 N 型半导体薄片的四个侧面 MN（通常为长 L 的两端面，称电流输入端）和 PQ

（2）掌握用外加电场、磁场时电子束聚焦与偏转的原理和方法，加深对电子在电场，磁场中运动规律的理解。

（3）测量电子的核质比 e/m。

【实验仪器】

ZKY-DZS-1 型电子束实验仪。

【实验原理】

1. 电子在横向电场作用下的电偏转

从电子枪阴极 K 发射出来的电子与加速电压 V_2 之间有如下关系

$$\frac{1}{2}mV_x^2 = eV_2 \tag{4.11.1}$$

电子通过加有偏转电压（V_d）的空间，它将获得一个横向速度 V_y，但不改变轴向分量 V_x。此时电子偏离轴心方向将与 X 轴成一个夹角 θ，如图 4.11.1 所示，而 θ 由下式决定

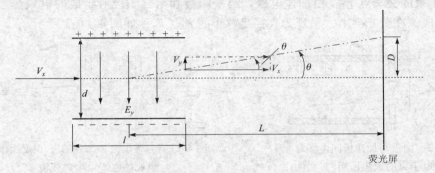

图 4.11.1　电子束在横向电场作用下的电偏转

$$\tan\theta = \frac{V_y}{V_x} \tag{4.11.2}$$

电子在横向电场 $E_y = V_d/d$ 作用下受到一个大小为 $F_y = eE_y = eV_d/d$ 的横向力。在电子从偏转板之间通过的时间 Δt 内，F_y 使电子得到一个横向动量 mV_y，而它等于力的冲量，即

$$mV_y = F_y \cdot \Delta t = eV_d\Delta t/d \tag{4.11.3}$$

于是

$$V_y = \frac{e}{m} \cdot \frac{V_d}{d} \cdot \Delta t \tag{4.11.4}$$

在时间间隔 Δt 内，电子以轴向速度 V_x 通过距离 l（l 等于偏转板长度），因此 $l = V_x\Delta t$，将 Δt 代入冲量－动量关系（4.11.4）可得

$$V_y = \frac{e}{m} \cdot \frac{V_d}{d} \cdot \frac{l}{V_x} \tag{4.11.5}$$

这样，偏转角可由下式给出

$$\tan\theta = \frac{V_y}{V_x} = \frac{e}{d} \cdot \frac{V_d}{m} \cdot \frac{l}{V_x^2} \tag{4.11.6}$$

把能量关系式（4.11.1）代入上式，最后得到

$$\tan \theta = \frac{V_d}{V_2} \cdot \frac{l}{2d} \tag{4.11.7}$$

上式表明偏转角与偏转电压 V_d 及偏转板长度成正比，与加速电压 V_2，及偏转板间距 d 成反比，由图 4.11.1 可知，$D = L \cdot \tan \theta$（L 为偏转板中心到荧光屏的距离），于是有

$$D = L \frac{V_d}{V_2} \cdot \frac{l}{2d} = \delta_{电} \cdot V_d (\delta_{电} \text{ 为电偏灵敏度}) \tag{4.11.8}$$

$$\delta_{电} = \frac{L}{2d} \cdot \frac{l}{V_2}$$

2. 电子在纵向不均匀电场作用下的电聚焦

在示波管中，阴极发出的电子处于加速电场中，这个电场经过栅极的出口孔而达到阴极表面，如图 4.11.2 所示。电场线的曲率（可用模拟法得到示波管各极间电场分布）具有这样的性质，使由阴极表面不同点发出的电子在向栅极方向运动时，在栅极出口前方会聚，形成一个电子束的交叉点 F_1，由加速电极、第一阳极和第二阳极所组成的电聚焦系统就是使交叉点 F_1 成像在荧光屏上，呈现为直径足够小的光点 F_2，如图 4.11.3 所示。

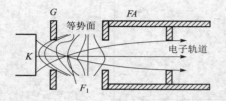

图 4.11.2 栅极与加速极间电场对
电子束的聚焦作用

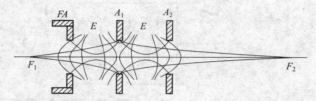

图 4.11.3 聚焦极、第一阳极和第二阳极
组成的电子束聚焦透镜

加速电极、第一阳极和第二阳极是采用一个圆筒两膜片组成的。据以上分析，这个静电透镜的中间部分是一个会聚透镜，而两侧是发散透镜。由于中间部分处在低电势空间，电子运动的速度小，电子在该区域通过的时间长，因而会聚作用的时间长，所以合成的透镜仍然具有会聚的性质。改变各电极之间的电势差，特别是改变第一阳极的电压，相当于改变了电子透镜的焦距，可使电子束的会聚点正好和荧光屏相合，这就是电子射线的电聚焦原理。

3. 电子在横向磁场作用下的运动（磁偏转）

电子束的磁偏转，是指电子束通过磁场时，在洛仑兹力的作用下发生偏转，如图 4.11.4 所示。

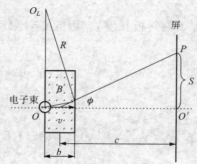

图 4.11.4 电子束的磁偏转

据理论分析可知，磁偏量 S 与磁感应强度 B 之间的关系由下式决定

$$S = bc \sqrt{\frac{e}{2m}} \frac{B}{\sqrt{V_2}} \tag{4.11.9}$$

式中 S——磁偏量；

e ——电子电量绝对值；

m ——电子质量。

设磁偏线圈是螺管式的，其单位长度上的线圈匝数为 n，磁偏电流为 I_a，K 是与磁介质及螺管几何因素有关

的常数，则有

$$S = Knbc\sqrt{\frac{e}{2m}}\frac{I_a}{\sqrt{V_a}} = \delta_磁 \cdot I_a \qquad (4.11.10)$$

$$\delta_磁 = Knbc\sqrt{\frac{e}{2m}}\frac{1}{V_a} = \frac{S}{I_a} \qquad (4.11.11)$$

由式（4.11.10）（4.11.11）可知，光点的偏转位移 S 与偏转磁感应强度 B 成正比线性关系，或者说与磁偏电流成正比关系，而与加速电压平方根成反比线性关系。

4. 电子在纵向磁场作用下的螺旋运动（磁聚焦）

偏转电压 $V_{d\,x}$ 提供给电子束一个径向分速度 V_r，加速电压 V_2 提供给电子束一个轴向分速度 V_x，当电子射入与轴向平行的磁场时，将作螺旋运动，如图 4.11.5 所示，其螺距

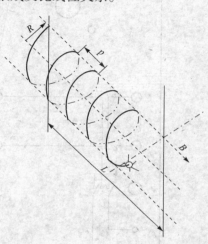

$$P = V_x \cdot T = \frac{2\pi m}{eB} \cdot V_x \qquad (4.11.12)$$

式中　T——电子绕圆一周的时间；

　　　　B——纵向磁场磁感应强度。

由此可见，从同一电子束交叉点 F_1 出发的电子，虽然径向速度 V_r 各不相同，所走的螺线半径也不同，但只要轴向速度 V_x 相同，并选择适合的轴向速度 V_x 和磁感应强度 B 改变 V_x，可调节加速电压 V_2，改变 B，可调节外供励磁电流 I 的大小，使电子在经过 l

图 4.11.5　电子束的螺旋运动

（电子束交叉点 F_1 到荧光屏的距离）长的路程恰好为螺距 P 的倍数，此时，电子束又将在屏上会聚成一点，这就是电子射线纵向磁场聚焦原理。由理论推导可得

$$V_x = \sqrt{\frac{2eV_2}{m}} \qquad (4.11.13)$$

当螺距 P 恰好等于 l 时，将式（4.11.13）代入（4.11.12）得

$$l = P = \frac{2\pi m}{eB}\sqrt{\frac{2eV_2}{m}} \qquad (4.11.14)$$

故电子荷质比为

$$\frac{e}{m} = \frac{8\pi^2}{l^2} \cdot \frac{V_2}{B^2} \qquad (4.11.15)$$

设螺线管长度为 A（m），螺线管平均直径为 D（m），且螺线管内聚焦磁场均匀。B 可近似用下式表示

$$B = \frac{\mu_0 nI_a A}{\sqrt{A^2 + D^2}} \qquad (4.11.16)$$

式中　I_a——外供励磁电流；

　　　　μ_o——4×10^{-7} N/A^2（真空中磁导率）；

　　　　n——螺线管单位长度线圈匝数。

如线圈总匝数为 N，则得实验电子荷质比公式

$$\frac{e}{m} = 8\pi^2 \cdot \frac{A^2 + D^2}{\mu_0^2 \cdot N^2 l^2} \cdot \frac{V_2}{I_a^2} \qquad (4.11.17)$$

保持加速电压 V_2 不变，测得聚焦电流 I_a，即可由式（4.11.17）计算电子荷质比实验值。

【仪器简介】（参见图 4.11.6）

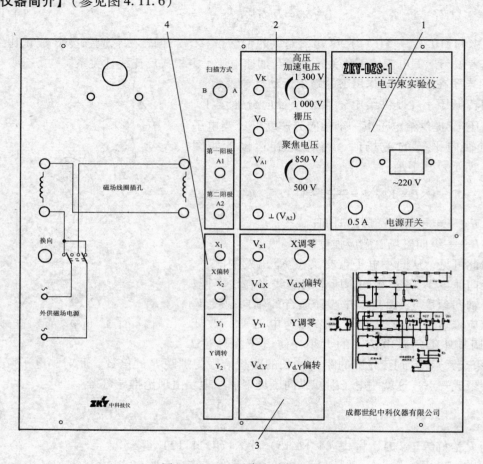

图 4.11.6　电子束实验仪面板

1. 电源区

（1）电源插座（注意接地要良好）。

（2）电源开关：拨向"开"位置，以其接通电源。

（3）电源指示灯：电源接通亮。

（4）保险管座：0.5 A 熔体。

2. 高压区

（1）电压定义：

1）加速电压 V_2：$\perp$（V_{A2}）—V_K。

2）聚焦电压 V_1：V_{A1}—V_K。

3）栅压（辉度）V_G：V_G—V_K；参考点 V_K。

（2）旋钮及接线孔：

1）加速电压旋钮：可用于调节 V_K 对地电压（1 100—1 250 V）。

2）聚焦旋钮（500～850 V）：可用于调节 V_{A1} 对 V_K 的电聚焦电压。

3）栅压（辉度）：可用于调节 V_G 对 V_K 电压，控制荧光屏上光点的亮度。

4）V_K、V_G、V_{A1}：为插线孔或测量孔。

注意：做电偏转，电聚焦，磁偏转三个实验时，V_{A1}—A_1，⊥（V_{A2}）—A_2。

3. X、Y 偏转区

（1）包括四个电位器及四个接线孔。X 调零、Y 调零、$V_{d\,X}$ 偏转、$V_{d\,Y}$ 偏转，分别调节 V_{X1}、V_{Y1}、$V_{d\,X}$、$V_{d\,Y}$ 四个插线孔对地电压。

（2）调零及 X、Y 偏转接线：V_{X1}—X_1，$V_{d\,X}$—X_2，V_{Y1}—Y_1，$V_{d\,Y}$—Y_2。

注意：光点调零时，V_{X1}—X_1，V_{Y1}—Y_1 必须连接。

4. 管脚接线区

（1）第一阳极 A_1 插孔接示波管 5 脚 A_1（聚焦电极）。

（2）第二阳极 A_2 插孔接示波器 9 脚（加速极 FA，辅助聚焦极 A_2 及屏蔽极）。

（3）X_1、X_2、Y_1、Y_2 插孔分别接示波管 11、10、7、8 管脚，分别为示波管的 X、Y 方向四个偏转电极板。

5. 8SJ31J 型示波管结构、引脚图见图 4.11.7

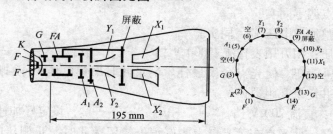

图 4.11.7　示波管结构

【实验内容】

实验一：

1. 实验目的

验证电子束在固定加速电压 V_2 下，电偏移量 D 与偏转电压 V_d 之间的近似线性关系；利用描点法将 D—V_d 在 X—Y 坐标系中描绘出来，并依据直线斜率确定加速电压 V_2 与电偏灵敏度 $\delta_{\text{电}}$ 之间的关系。

2. 实验步骤

（1）接插线：（电偏转及调零接线）V_{X1}—X_1，$V_{d\,X}$—X_2，V_{Y1}—Y_1，$V_{d\,Y}$—Y_2。（高压接线）⊥（V_{A2}）—A_2，V_{A1}—A_1。

（2）接通电源，示波管亮。

（3）调焦：调节栅压 V_G 旋钮，将辉度控制在适当位置，调节聚焦电压旋钮，使荧光屏上光点聚成一细点，光点不要大亮，以免烧坏荧光物质。

（4）光点调零：用万用表监测偏转电压 V_d（X_2、Y_2 对地电压），同时调节 $V_{d\,X}$、$V_{d\,Y}$ 旋钮将 X_2、Y_2 对地电压调整为零。此时光点若不在坐标原点，可调整 X 调零（Y 调零）旋钮，使光点处于坐标原点。

（5）测加速电压 V_2：用万用表直流 2 500 V 挡 " + " — ⊥（V_{A2}），" - " — K，调整面板右上方加速电压旋钮，选择一定的加速电压 V_2。

（6）测偏转电压 V_d：直流 200 V 挡，" + " — Y_2，" - " — ⊥。保持加速电压 V_2 及聚焦电压 V_1 不变，调节旋钮 V_{dY}，记录偏转电压 V_d 的数值及对应的电偏量 D（屏前坐标系中光点位置）。

（7）利用所测加速电压 V_2，偏转电压 V_d 及电偏移 D，在 $X—Y$ 坐标纸上描出不同 V_2 下 $D—V_d$ 的关系，并据直线斜率确认 V_2 与电偏灵敏度 $\delta_{电}$ 的反比关系。

注意：接通电源前，先检查接线是否正确，以免损坏仪器。绝不能让栅极 G 在零偏压下工作，因为过亮的光点会因为电子作强轰击而使荧光屏过热，导致荧光粉局部损坏。应将仪器预热几分钟后再开始实验。

实验二：

1. 实验目的

观察加速电压 V_2 对聚焦电压 V_1 和截止栅压 V_G 的影响，进一步加深对电聚焦原理的认识，通过改变第一阳极电压 V_1 来调整电子透镜焦距从而达到聚焦的目的。

2. 实验步骤

（1）接插线同实验一。

（2）调焦及光点调零同实验一。

（3）测量及调整加速电压 V_2，同实验一。

（4）调聚焦电压：用万用表直流 1 000 V 挡，" + " — V_{A1}，" - " — K，调整聚焦电压旋钮，同时调整栅压旋钮，使光点会聚最佳。记录此时聚焦电压 V_1 及栅压 V_G；改变栅压 V_G，重新调整 V_1，并记录几组数据。

（5）测栅压 V_G：直流 200 V 挡，" + " — K，" - " — V_G，设定好加速电压 V_2 及聚焦电压 V_1，调节栅压旋钮，使光点在荧光屏上刚好消失，记录此时截止栅压的数值。重新调节 V_2、V_1，记录对应的截止栅压的数值（至少五组）。

（6）分析记录数据，得出加速电压 V_2 与 V_1 及截止 V_G 之间的定量关系，并讨论产生的原因。

实验三：

1. 实验目的

横向磁场中，加不同的加速电压 V_2，描出磁偏量 S 与磁转线圈电流 I_a 的关系图线，从而验证 S 与 I_a 的正比关系，并由此确定磁偏灵敏度 $\delta_{磁}$ 与加速电压 V_2 之间的定量关系。

2. 实验步骤

（1）接插线：V_{X1} — X_1，V_{Y1} — Y_1。（高压接线）⊥（V_{A2}）— A_2，V_{A1} — A_1。机外直流稳压电源串接毫安表，再接 "外供磁场电源" 接线柱，二只偏转线圈分别插入示波器两侧。

（2）将外供磁偏电流 I_a 调零，同时调整聚焦旋钮、栅压旋钮，使光点辉度、聚焦良好；

（3）调整 X，Y 调零旋钮，使光点移至中心原点。

（4）调节加速电压旋钮，选择一定的加速电压 V_2。

（5）逐步增大磁偏电流 I_a，记录不同 V_2 下磁偏量 S 及对应 I_a 的数值（至少三组）。

（6）拨动 "换向开关"。同步骤（5）测量 X、Y 轴反方向数据，并做记录。

（7）在 $X—Y$ 坐标系中，描出不同 V_2 下的 $S—I_a$ 关系图线，并分析直线斜率与加速电压之间的关系。

注：S 可从屏外刻度板读出，I_a 可从串接毫安表上读出。I_a 可通过仪器换向开关换向。

实验四：

1. 实验目的

通过测量三次聚焦点对应的励磁电流，计算电子荷质比 e/m。

2. 实验参数及相关内容

V_2：加速电压（1 100 ~ 1 250 V）可调；

N：螺线管总匝数 1 230 匝；

l：阴极到荧光屏距离 190 mm；

D：螺线管平均直径 92.5 mm（内径 90 mm，外径 95 mm）；

A：螺线管长度 229 mm；

μ_0：真空中磁导率 $4\pi \times 10^{-7}$ N/A^2。

3. 实验步骤

（1）接插线：X_1—X_2—Y_1—Y_2—A_1—A_2—$\perp$（V_{A2}）；将纵向线圈套在示波管上，线圈两头——外供磁场电源接线柱——安培表——直流稳压电源（0 ~ 40 V 连续可调，最大输出电流 3 A）。

（2）将外供励磁电流 I_a 调零；光点调零见实验一步骤（4）。

（3）保持 V_2 不变，调整光点偏转位置，逐渐增大励磁电流 I_a，观察其三次聚焦情况，记录三次聚焦及对应的 I_a 数值，填写在表 4.11.1 中。

表 4.11.1　数据记录表

加速电压 V_2/V	次数	一次聚焦电流 I_1/mA	二次聚焦电流 I_2/mA	三次聚焦电流 I_3/mA	聚焦电流平均值 $I = \dfrac{I_1 + I_2 + I_3}{3}$/A	$\dfrac{e}{m} = 8\pi^2 \cdot \dfrac{A^2 + D^2}{\mu^2 N^2 l^2} \cdot \dfrac{V_2}{I^2}$
	1					
	2					
	3					
	平均					

$A = $＿＿＿ m　　$D = $＿＿＿ m　　$N = $＿＿＿ m　　$l = $＿＿＿ m

（建议 $V_2 = 1\,200$ V）

（4）按所测量加速电压 V_2 及对应三次聚焦电流 I_a，在表 4.11.1 中进行数据处理后，代入公式计算电子荷质比 e/m。计算 e/m 的实验值与标准值 $e/m = 1.76 \times 10^{11}$ C/kg 的相对误差，并对结果加以分析讨论。

【注意事项】

（1）做磁聚焦实验时，特别是做第三次聚焦实验时，不要使螺线管聚焦线圈长时间工作，以免线圈过热，影响实验结果。

（2）实验过程中光点不能过亮。调整加速电压 V_2 时，应尽量调准确。

（3）实验全程应尽量保证纵向螺线管与示波管的同心度，否则会带来较大误差。

第五章

光 学 实 验

5.0 光学实验基础知识

光学实验是物理实验的重要组成部分之一。研究光，一般有两个目的：了解光学仪器，即仪器的部件及其所起的作用；研究光学现象，光学的各种理论和技术，如光的干涉、衍射、偏振及激光、全息、光纤、傅里叶光学等，都为科学实验和生产提供了许多精密、方便的检测手段。而光学仪器也广泛地应用于材料加工、精密测量、通信、医学、农业等各个领域。

光学实验的突出特点是理论联系实际，这就要求学生上实验课前，要充分预习、了解实验基本原理。否则很多光学实验，如干涉、偏振等光学实验几乎无从着手，更谈不上对结果作详细的理论分析。在实验过程中，详细地考察在各种条件下得到的现象，正确记录和处理有关数据，认真思考，对结果进行理论分析和解释。这样不仅能丰富实验内容，提高实验趣味性，而且有助于巩固和加深基础知识。

光学实验另一个特点是测量仪器的精度高（分光仪的角度能读到 $1'$，而干涉仪上长度的最小分度为 1×10^{-4} mm），实验的规律性强，重复性好。所以，光学仪器在使用前必须进行调整和检验，否则，用未调好的仪器做实验既看不到预期的物理现象，也不能进行精密的测量。光学元件共轴的调节，分光仪的调节，迈克尔逊干涉仪的调节等，都是有代表性的基本训练。

光学实验还有一个特点，就是仪器贵重易损，调试要求严格，而有些光源强度大，易对人体造成伤害。所以做光学实验要遵守下列规程：

（1）必须在了解仪器的使用方法和操作要求后，才能使用仪器。操作前，必须认真阅读使用说明书。

（2）对可动机械部件，如：旋钮、狭缝、刻度盘、转台等，必须在弄清其作用后再施操作，且应动作轻缓、耐心细致，不能强扳硬拧，更不能随意拆卸仪器。

（3）大部分光学元件是由玻璃制成的，如：透镜、反射镜、棱镜、光栅等，在使用时要轻拿轻放，勿使元件受到冲击和摔碰，以免造成缺损和破裂。

（4）光学元件的表面是经过精细抛光的，应保持清洁和干燥。拿取光学元件时，绝不能用手触及光学表面，只能接触被磨砂的非光学表面，如透镜或光栅的边缘，棱镜的上下表面等。

（5）在暗室中工作时，关灯前应牢记仪器及用具的位置。在黑暗环境中拿取仪器或用具时，应将手贴着桌面缓缓移动，以免碰倒或带落仪器和用具。

（6）光学仪器和元件，在用完后应立即收入箱内，或加罩保护并放置干燥剂来防尘防潮。

（7）为防止唾液或其他液体溅到光学元件表面，不准对着光学元件哈气、说话、打喷嚏、咳嗽。光学表面的灰尘可以用特制的软毛刷轻轻地掸去，或用"皮老虎"吹去，切不可用嘴吹。

（8）光学表面轻微污痕、指印等，应由专业实验人员用乙醚、丙酮或酒精清洗。所有镀膜的光学表面，都不能触摸和擦拭。

（9）使用激光作光源时，勿使激光直接射入眼睛，以防损伤视网膜。

实验 5.1　薄透镜焦距的测定

透镜是光学仪器中最常用的元件。焦距是反映透镜特性的一个重要参数。通过透镜焦距的测定，掌握一些简单光路分析和调整的方法以及透镜的成像规律，将有助于了解各种光学仪器的功能和原理及使用方法。

【实验目的】

（1）学习测量薄透镜焦距的原理和方法。

（2）掌握简单光路的分析和调整方法，学会光具座上各元件的共轴等高调节方法。

（3）加深对薄透镜成像公式的理解。

【实验仪器】

光具座及附件、会聚透镜、发散透镜、平面反射镜、光源、物屏及像屏等。

【实验原理】

透镜的中心厚度 d 比透镜焦距 f 小很多的那种透镜称为薄透镜。

1. 薄透镜的成像公式

透镜分为凸透镜与凹透镜两类，凸透镜对光线具有会聚作用。当一束平行于透镜主光轴的光线通过透镜后，光线将会聚于主光轴上一点，会聚点 F 称为该凸透镜的焦点。透镜光心 O 到焦点 F 的距离称为焦距，用 f 表示。如图 5.1.1（a）所示。凹透镜对光线具有发散作用。一束平行于透镜主光轴的光线入射到透镜上，经透镜折射后，变成发散光线，所以凹

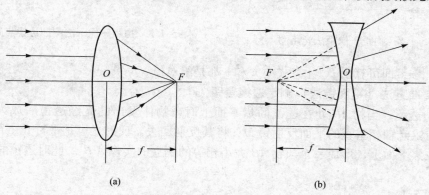

(a)　　　　　　　　　　(b)

图 5.1.1　透镜的焦点和焦距

透镜又叫作发散透镜。发散光线的延长线与主光轴的交点 F，是凹透镜的焦点。从焦点到透镜光心 O 的距离就是焦距 f，见图 5.1.1（b）所示。

在薄透镜近轴的区域内，成像光束与透镜主光轴的夹角很小时，薄透镜的成像公式为

$$\frac{1}{u} + \frac{1}{v} = \frac{1}{f} \tag{5.1.1}$$

式中，u 为物距；v 为像距；f 为焦距。u，v 及 f 都从透镜光心 O 算起，其符号见表 5.1.1。

表 5.1.1　透镜 u、v、f 的符号

符　　号	u 物距	v 像距	f 焦距
正号 +	实物	实像	凸透镜
负号 −	虚物	虚像	凹透镜

2. 用物距—像距法测定透镜的焦距

（1）凸透镜。光线由物发出，经过凸透镜折射后，成像在透镜另一侧，如图 5.1.2 所示，把式（5.1.1）改写成

$$f = \frac{uv}{u + v} \tag{5.1.2}$$

只要测出物距 u 和像距 v，就可利用式（5.1.2）算出凸透镜的焦距 f。

（2）凹透镜。由于凹透镜是发散透镜，因而单独的凹透镜不能将实物成实像于屏上，所以用物距—像距法测凹透镜焦距时，要用一个凸透镜作辅助。如图 5.1.3 所示。物 AB 经凸透镜 L_1 成像于 $A'B'$。在 $A'B'$ 和 L_1 之间放入待测的凹透镜 L_2，调整 L_2 和 L_1 的间距，由于凹透镜的发散作用，虚物 $A'B'$ 又成像于 $A''B''$，由式（5.1.1）及 u、v、f 的正负号规定可得

$$f = \frac{uv}{u - v} \tag{5.1.3}$$

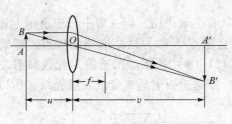

图 5.1.2　物距—像距法光路图

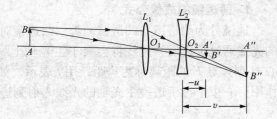

图 5.1.3　物距—像距法测凹透镜焦距光路图

测出 u、v，即可算出 f。注意式中 u 和 v 都是绝对值，$f < 0$。

3. 用自准直法（平面镜法）测定透镜焦距

（1）凸透镜。当物 AB 处在透镜的焦平面上时，物体发出的光经透镜后成为一束平行光，遇到与主光轴相垂直的平面反射镜 M，将其反射回去。反射光也是平行光，再次通过透镜后会聚在焦平面上，形成一个与物 AB 大小相等的倒立的实像 $A'B'$。此时透镜的焦距即为

$$f = u \tag{5.1.4}$$

其光路见图 5.1.4。

（2）凹透镜。把物点 A 放在凸透镜 L_1 的主光轴上，测出其对应的像点 F 的位置后，保

持 L_1 位置不变，在 L_1 和 F 之间插入待测凹透镜 L_2 和平面反射镜 M，此时 F 为凹透镜 L_2 的虚物，如图 5.1.5 所示。适当移动 L_2，使 F 处于 L_2 的焦平面上，则经凹透镜后的光为平行光，再经平面镜 M 反射后，从原路返回经 L_2 和 L_1 后仍成像在 A 点。测出此时 L_2 的位置 O_2，则 O_2F 即为凹透镜的焦距。

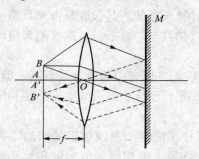

图 5.1.4　自准直法测凸透镜焦距光路图

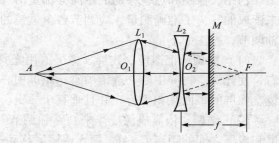

图 5.1.5　自准直法测凹透镜焦距光路图

4. 用共轭法测凸透镜焦距

如图 5.1.6 所示，让物体与光屏之间的距离为 L，且 $L>4f$，固定物体与像屏位置不变，移动透镜，则必能在屏上找到清晰的两次成像。当透镜在 O_1 位置时，$u_1 < v_1$，在屏上得到放大的实像 $A'B'$；当透镜在 O_2 位置时，$u_2 > v_2$，在屏上得到缩小的实像 $A''B''$。设两次成像透镜的相对位移为 $l = \mid x_{o_1} - x_{o_2} \mid$。透镜在 O_1 时，由式（5.1.1）可得

$$\frac{1}{f} = \frac{1}{u_1} + \frac{1}{L - u_1} \tag{5.1.5}$$

透镜在 O_2 位置时，由式（5.1.1）可得

$$\frac{1}{f} = \frac{1}{u_1 + l} + \frac{1}{L - (u_1 + l)} \tag{5.1.6}$$

由式（5.1.5）和式（5.1.6）可得

$$u_1 = \frac{L - l}{2} \tag{5.1.7}$$

把式（5.1.7）代入式（5.1.5），整理后得

$$f = \frac{L^2 - l^2}{4L} \tag{5.1.8}$$

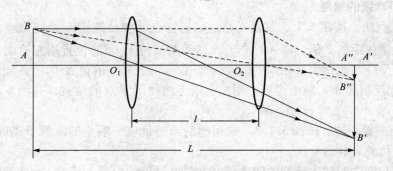

图 5.1.6　共轭法光路图

的距离 d_2（测 3 次，取平均值），则两虚光源距离为

$$l = \sqrt{d_1 d_2}$$

【数据记录】

（1）数据表格如下。

表 5.3.1　干涉条纹间距 Δx 测量数据表（用逐差法处理）　　　　单位：mm

条纹号	16	15	14	13	12	11	10	9
位置								
条纹号	8	7	6	5	4	3	2	1
位置								
$8\Delta x$								
Δx								
$\overline{\Delta x}$								

表 5.3.2　虚光源 l 的测量记录表格　　　　单位：mm

量 次	u	v	d	l	$\bar{l}$	Δl	$(\Delta l)^2$
1							
2							
3							

（2）将 Δx，D 和 l 等值代入式（5.3.5）计算出波长 $\overline{\lambda}$。

（3）计算出标准偏差 $\hat{\sigma}$（$\overline{\lambda}$），写出结果表达式：
$$\begin{cases} \lambda = \overline{\lambda} \pm \hat{\sigma}(\overline{\lambda}) \\ E = \dfrac{\hat{\sigma}(\overline{\lambda})}{\overline{\lambda}} \times 100\% \end{cases}$$

【注意事项】

（1）测量时，应缓慢转动鼓轮，而且鼓轮应沿着一个方向转动，中途不得反转，防止回程差。

（2）移动活动分划板时，要注意叉丝指示的位置，不能旋到 mm 刻线所示的范围之外。

【思考题】

（1）为了从双棱镜干涉现象中测定单色光波长，需要测量哪些物理量？

（2）双棱镜与光源之间为什么要放一狭缝？狭缝过宽、过窄是否能看到干涉条纹？试分析之。

实验 5.4　分光仪及其应用

　　分光仪是光学测量中常用的基本仪器，在光学实验中占有十分重要的地位。用它可以精确地测量光线的各种角度，也可以间接地测量光学中许多物理量。在分光仪上配上专用光学

元件，还可以组成专用仪器。除此之外，分光仪还可以用作多种光学现象的定性观察等。分光仪不仅用途十分广泛，而且构造精密，操作训练要求严格，了解分光仪的构造，学会调整使用分光仪是极为重要的实验训练。

5.4.1 分光仪的使用及三棱镜顶角的测定

【实验目的】

（1）了解分光仪的构造及其基本原理。

（2）学习分光仪的调节及使用方法。

（3）测定三棱镜的顶角。

【实验仪器】

分光仪、平面反射镜、三棱镜、钠光灯等

【实验原理】

1. 分光仪的结构原理

分光仪的型号很多，但构造大体相同，它主要由自准望远镜、载物平台、平行光管及读数装置四部分组成，各个调节装置的名称和作用分别如图 5.4.1.1 所示及表 5.4.1.1 所列。图 5.4.1.1 是一种常用的分光仪结构图。

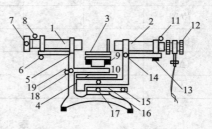

图 5.4.1.1　分光仪的结构

表 5.4.1.1　分光仪各调节装置的名称和作用

代号	名　　称	作　　用
1	平行光管	产生平行光
2	望远镜	观测经光学元件作用后的光线
3	载物台	放置光学元件
4	读数装置	精确测量角度
5	平行光管的水平调节螺钉	调节平行光管的光轴的水平方向
6	平行光管的俯仰调节螺钉	调节平行光管的俯仰角度
7	狭缝宽度调节螺钉	调节狭缝宽度，可在 0.02 mm ~ 2.00 mm 间变化
8	狭缝装置固定螺钉	松开时，前后拉动狭缝套管，调节平行光，调好后锁紧，用来固定狭缝
9	载物台调节螺钉（共 3 只）	调节载物台台面水平
10	载物台固定螺钉	松开时，载物台可单独转动和升降；锁紧后，可使载物台与读数游标盘同步运动
11	叉丝套筒固定螺钉	松开时，叉丝套筒可伸缩和转动（望远镜调焦）；锁紧后固定叉丝
12	目镜调节手轮	调节目镜焦距，使叉丝清晰
13	望远镜的光轴俯仰调节螺钉	调节望远镜的俯仰角度
14	望远镜的水平调节螺钉	调节望远镜的水平方向

代号	名　　称	作　　用
15	望远镜的微调螺钉	锁紧望远镜制动螺钉后，可使望远镜作微小偏转
16	刻度盘与望远镜固联螺钉	锁紧后，望远镜与刻度盘同时转动
17	望远镜制动螺钉	锁紧望远镜
18	游标盘微调螺钉	锁紧 19 后，调节 18 可使游标盘作小幅度转动
19	游标盘制动螺钉	锁紧 19 后，18 才起作用

（1）自准望远镜。望远镜可以绕仪器轴旋转，并可以用望远镜制动螺钉 17 固定在某一位置上，其位置可由读数装置 4 读得。望远镜和游标盘联在一起转动。

分光仪采用的是阿贝式自准直望远镜，其结构如图 5.4.1.2 所示。分划板上紧贴一个直角三棱镜，在棱镜的直角面上有一个被光源照亮（光源通过直角三棱镜的斜边平面反射面照亮该面）的绿色"十"字，其中心位置与分划板上叉丝的上交点对称。

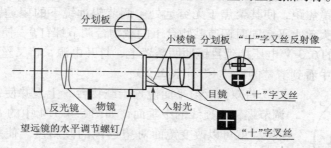

图 5.4.1.2　自准望远镜的结构

（2）载物平台。载物平台可绕仪器轴旋转，松开载物台固定螺钉 10，可使平台固定在所需要的高度。台下有三个调节螺钉 9，用以改变平台对铅直轴的倾斜度。

（3）平行光管。平行光管是用来获得平行光束的，它在分光仪上的位置是固定的。调节狭缝调节螺钉 7 可使狭缝宽度连续变化。松开固定螺钉 8 可使狭缝体前后移动。狭缝体位于平行光管物镜的焦平面上，当狭缝被照亮时，光线便以平行光射出平行光管。

（4）读数装置。读数圆盘用来指示望远镜或载物台旋转的角度。它由刻度盘和游标盘组成。盘平面垂直于转轴，且可绕转轴旋转。刻度盘分为 360°，最小刻度值为 30′，小于半度的值利用游标读出。游标上刻有 30 个分格，游标的最小分度值为 1′（见图 5.4.1.3）。在轴对称方向上装有两个游标。测量时，取两游标窗口读数的平均值，就可以消除仪器的偏心误差。例如，先读出望远镜在初位置 I 时的左右窗口读数分别记作 φ_1、φ_2，再读出望远镜在末位置 II 时的左右窗口读数分别记作 φ_1'、φ_2'。然后按下式取平均值，即望远镜在位置 I、II 之间的夹角 φ

$$\varphi = \frac{1}{2}\left[(\varphi_1 - \varphi_1') + (\varphi_2 - \varphi_2')\right]$$

注意当望远镜由位置 I 转向位置 II 过程中，若某窗口的游标越过刻度盘的零点时，则该窗口在为位置 II 的读数中加或减 360°，再与位置 I 窗口读数相减。

根据游标读数原理，φ 的读数应先读出游标上 0 刻线前主刻度尺的读数 A，再读出游标上与主尺刻度对齐的游标刻线（即重合亮线）的读数 B，则 $\varphi = A + B$。如图 5.4.1.3（a）所示，游标尺上的 22 与主刻度尺上的刻度重合，可知读数为 149°22′。而如图 5.4.1.3（b）所示，由于游标尺的零线过了主尺的半刻度线，所以读数为 149°44′。

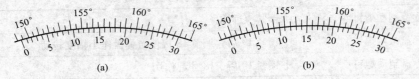

图 5.4.1.3　分光仪的刻度盘和游标

2. 分光仪的调节

调整分光仪，要求达到望远镜聚焦于无穷远处。平行光管和望远镜的光轴与仪器转轴相垂直，平行光管产生平行光。调整前先用眼睛估计一下，使各部分的位置大致符合上述要求，然后再对各部分进行仔细调整。

（1）调整望远镜焦距，使其聚焦于无穷远处。调节望远镜下的望远镜光轴的俯仰调节螺钉 13，使望远镜大致水平。同时调节载物台下的载物台调节螺钉 9，使载物台平面也大致水平。将变压器上的 6.3 V 电压接到目镜照明装置上，打开电源，将叉丝照亮，旋转目镜调节手轮 12，使目镜中看到清楚的双"‡"字叉丝。

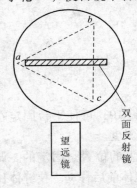

图 5.4.1.4　平面反射镜在载物台上的摆放位置

将双面反射平面镜置于载物台 3 上，并使镜面处于任意两个调节螺钉 9 连线的中垂面，如图 5.4.1.4 中的 b 和 c，只要调节 b 或 c，就可以改变镜面对望远镜的倾斜度。使用目测判断，尽可能使镜面垂直望远镜光轴，然后慢慢地转动载物台，先从望远镜外，再从望远镜中找到从镜面反射回来的绿色"十"字像。如果找不到，说明镜面的倾斜度不合适，需仔细调节望远镜光轴俯仰调节螺钉 13 和水平调节螺钉 14 及载物台底部螺钉 9，使得从双面反射镜的两个面反射的绿色"十"字像都能进入望远镜内。找到绿色"十"字像后，调整望远镜焦距，使绿色"十"字像清晰并与叉丝间无视差。此时说明望远镜已聚焦于无穷远处，可以使平行光会聚在目镜分划板上。

（2）使望远镜的光轴与仪器转轴垂直。望远镜调好焦后，用望远镜制动螺钉 17 将望远镜固定。这时转动载物台，并调节载物台上调节螺钉 9 中的 b 和 c 及望远镜俯仰螺钉 13，以改变平台或望远镜的倾斜度，可使绿色的"十"字反射像与视场上部调整叉丝完全重合，这说明望远镜光轴和平面反射镜一个面垂直。要使望远镜光轴与载物台转轴垂直，必须使望远镜光轴同时垂直平面镜另一个反射面，一般说来当转动载物台使平面镜另一面对准望远镜时，望远镜视场中观察到的反射绿色"十"字像和叉丝上交点又不重合了。一般采用渐近法（或称二分之一法）调节，即先调载物台调节螺钉 9 使"十"字像接近上部叉丝水平线一半的距离，再调望远镜俯仰螺钉 13，调好剩下的一半距离，使"十"字像与上部叉丝的水平线重合。转动载物台 180°，对双面反射镜的另一面重复上述步骤进行调节，直到两个反射面反射的绿色"十"字像都与上部叉丝水平线重合。此时望远镜光轴即与分光仪转轴互相垂直。

（3）调整平行光管产生平行光。用钠光灯照亮平行光管的狭缝，将已调好的望远镜转至对准平行光管的位置，并通过望远镜观察平行光管中狭缝的像，伸缩狭缝套筒调整狭缝位置，使其处于平行光管物镜的焦平面上。这时，在望远镜中可以清楚地看到狭缝，平行光管即发出平行光。调节狭缝方向使之与叉丝竖直线重合，锁紧螺钉 8。调节螺钉 5 使狭缝在望远镜视场中央，则平行光管光轴与望远镜光轴重合。

上述所有项目进行完毕后，分光仪即进入准备工作状态，可以进行测量了。

3. 三棱镜顶角的测定

测定三棱镜顶角的方法有两种：平行光法（反射法）和自准直法（法线法）。

（1）用自准直法测三棱镜顶角。如图 5.4.1.5 所示，将三棱镜置于载物台中央，转动望远镜对准 AB 面。利用自准直原理，调整望远镜调节螺钉 13 和 14，及微调螺钉 15，使分划板上部叉丝与亮"十"字像重合，从而使望远镜光轴垂直于 AB 面，读出角度值 θ_a 和 θ_b，再将望远镜对准 AC 面，使望远镜光轴垂直于 AC 面，读出角度值 θ_a' 和 θ_b'，由图 5.4.1.5 中光路和几何关系可知，望远镜转过的角度

$$\varphi = \frac{1}{2}(|\theta_a - \theta_a'| + |\theta_b - \theta_b'|)$$

三棱镜顶角

$$A = 180° - \varphi$$

在计算望远镜转过的角度时，同样要注意是否经过了刻度盘零点。

（2）用平行光法测三棱镜顶角。在上述调节工作完成之后，将待测棱镜顶角 A 正对平行光管，并接近载物台中心放置，如图 5.4.1.6 所示，锁紧望远镜与刻度盘固联螺钉 16，缓慢转动望远镜，记录望远镜在能看到经棱镜两反射面反射回来的狭缝像的位置Ⅰ、Ⅱ时的刻度盘两窗口的读数 θ_a、θ_b 和 θ_a'、θ_b'。则按公式求出顶角 A

$$A = \frac{1}{2}\varphi = \frac{1}{4}(|\theta_a' - \theta_a| + |\theta_b' - \theta_b|)$$

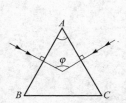

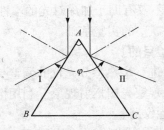

图 5.4.1.5　用自准直法测三棱镜顶角　　　　图 5.4.1.6　用平行光法测三棱镜顶角

【实验内容】

（1）根据分光仪的结构原理和调整方法调整分光仪，使其进入准备工作状态。

（2）用平行光法测三棱镜顶角。重复测量 5 次求平均值，计算三棱镜顶角 A 及误差值，写出结果表达式

$$A = \overline{A} \pm \Delta \overline{A}$$

$$E = \frac{\Delta \overline{A}}{\overline{A}} \times 100\%$$

表 5.4.1.2　平行光法测三棱镜顶角实验数据记录表

项目 次数	θ_a	θ_b	θ_a'	θ_b'	A	$\overline{A}$	$\mid \Delta A \mid$	$\Delta \overline{A}$
1								
2								
3								
4								
5								

【注意事项】

（1）分光仪是较精密的仪器，实验前应先对照教材弄清楚各个螺钉的作用，不得乱动乱扭。

（2）实验时，正确拿、放光学元件，严禁用手触摸光学表面。狭缝体不得闭拢，以免损坏。

【思考题】

（1）在望远镜调焦时，为什么当观察到反射回来的绿色"十"字像清楚时，说明望远镜已聚焦于无穷远处？

（2）分光仪调节好的具体要求是什么，调节的原理是什么，怎样才能调节好？

（3）为什么分光仪要设两个游标？计算角度时，应注意什么？

5.4.2　光栅衍射

当光波遇到的障碍物足够小时，产生偏离直线传播的现象称为光的衍射现象。研究光的衍射现象不仅有助于加深对光的本性的理解，也是近代光学技术（如光谱分析、晶体分析、全息技术等）的实验基础。

【实验目的】

（1）进一步熟悉分光仪的调整与使用。

（2）观察光栅衍射现象。利用衍射光栅测定钠光波长。

【实验仪器】

分光仪、光栅、钠光灯。

【实验原理】

1. 光栅

衍射光栅简称光栅，是在一块平面光学玻璃上利用精密刻画或用"光刻"的方法刻上一组很密很细、平行且等间距的直线而制成。刻痕是不透光的间隙，相邻两刻痕之间相当于透光狭缝。原制光栅价格昂贵，教学中常用的是复制光栅和全息光栅，它是用激光全息照相法拍摄于感光玻璃板上制成。此外，依照其结构的不同，光栅可分为透射光栅和反射光栅。本实验所使用的是平面透射光栅。平面透射光栅相当于一组数目极多、平行等距、紧密排列

的等宽狭缝。实验室中通常使用的光栅，一般 1 mm 约
100 ~ 600 条线。

如图 5.4.2.1 所示的衍射光栅，如果其缝宽为 a（透光部分），不透光部分的宽度为 b，则 $d = a + b$，叫做光栅常数，它是光栅的基本参数之一。

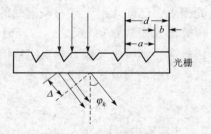

图 5.4.2.1　光栅

2. 衍射现象

根据夫琅和费衍射理论，当一束平行单色光入射到光栅平面上时，光波要发生衍射，所有缝的衍射又彼此发生干涉，而这种干涉条纹定域于无穷远处。若在光栅后面用一块会聚透镜，则射向会聚透镜的各方向上的衍射光都会聚在它的焦平面上，从而得到衍射光的干涉条纹，如图 5.4.2.2 所示。相邻两缝对应点以衍射角 φ_k 出射的光束光程差为

$$\Delta = (a + b)\sin \varphi_k = d\sin \varphi_k \tag{5.4.2.1}$$

式中　d——光栅常数；

　　　φ_k——衍射角。

凡衍射角 φ_k 满足光栅方程

$$d\sin \varphi_k = k\lambda \quad (k = 0, \pm 1, \pm 2, \pm 3, \cdots) \tag{5.4.2.2}$$

则该方向上的光将会得到加强。(5.4.2.2) 式中 λ 为单色光波长，k 是明条纹级数。至于其他方向的衍射光或者完全抵消，或者强度很小，几乎成为一片暗背景。衍射后的光经透镜会聚后，在焦平面上形成分隔得较远的一系列对称分布的明条纹，如图 5.4.2.3 所示。

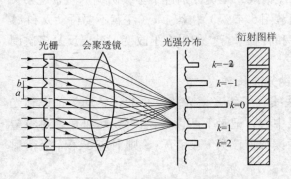

图 5.4.2.2　单色光垂直照在光栅平面上时的衍射

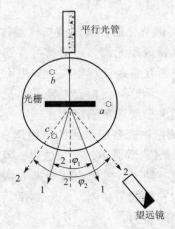

图 5.4.2.3　使用分光仪测量衍射角示意图

如果入射光波中包含有几种不同波长的复色光，除零级以外，同一级次中不同波长的明条纹将按一定次序排列，形成以中央明纹为中心的两边对称分布的彩色谱线。此谱线称为该入射光的衍射光谱。相同 k 级中的各不同波长明条纹组成的光谱称为 k 级光谱，在同一级光谱中，波长短的谱线靠内侧，波长长的靠外侧。当 k 取 ± 1 时，称为一级光谱，k 取 ± 2 时，称为二级光谱。

3. 衍射角

衍射光的方向与零级衍射方向间的夹角称为衍射角。由光栅方程可知，若光垂直入射到

光栅上，已知入射光某一条谱线的波长值，并测出该谱线在某一级时相应的衍射角 φ_k，就可算出光栅常数 d。反之，若光栅常数已知，则在实验中测定了某谱线的衍射角和对应的光谱级次，则可由光栅方程求出该谱线的波长 λ，进而得到光源各特征谱线的波长 λ。

衍射角与读数间的关系为

$$\varphi_k = \frac{\varphi}{2} = \frac{1}{2} \cdot \frac{1}{2} \left[|\theta_{-k} - \theta_{+k}| + |\theta'_{-k} - \theta'_{+k}| \right] \quad (k \text{ 为正整数}) \tag{5.4.2.3}$$

【实验内容】

1. 调节分光仪

按实验 5.4.1——分光仪的使用及三棱镜顶角的测定有关内容调整分光仪，即：

（1）调整望远镜聚焦于无穷远处。

（2）使望远镜光轴和平行光管光轴与仪器转轴相垂直。

（3）调整平行光管产生平行光。

2. 光栅的调整

（1）调整光栅，使入射光垂直投射于光栅面且光栅面与仪器转轴平行。调整的方法是：将已用双面反射镜调节好的分光仪（使望远镜中分划板双"丰"字叉丝竖线与绿色"十"字像竖直线和狭缝三者重合），从载物台上取下双面反射镜，照原位置放好光栅，如图 5.4.2.3 所示。微调光栅前后两侧载物台上的调节螺钉 b 和 c，使由光栅表面反射回来的绿色"十"字像与分划板双"十"字叉丝的上"十"字线重合且无视差，把平台转过 180°，重复以上步骤。如在这两个位置上两组叉丝都重合，则入射光垂直投射于光栅面上。

（2）调节光栅使其刻痕与仪器转轴平行。方法是：用钠灯做光源照亮平行光管的狭缝，转动望远镜观察光谱，一般就可看到一级和二级谱线，正负分别位于零级两侧。注意观察叉丝交点是否在各条谱线中央，如果不是，可调节图 5.4.2.3 中螺钉 a（注意不要再动 b 和 c）予以改正。调好后再检查光栅平面是否仍保持和转轴平行。如果有了改变，就要反复多次调节，直到两个要求都满足为止。

3. 测量钠光各级谱线的衍射角 φ_k 及计算钠光波长

（1）测定衍射角，其方法是：从光栅的法线（零级光谱亮条纹）起，转动望远镜到光栅的一侧，使叉丝的竖直线对准 K 级衍射谱线中心，记录下两读数窗读数 θ_k 和 θ'_k。再将望远镜转向光栅的另一侧，同上测量。记录下两读数窗读数 θ_{-k} 和 θ'_{-k}，则对应于第 k 级衍射条纹的衍射角为

$$\varphi_k = \frac{1}{4}(|\theta_k - \theta_{-k}| + |\theta'_k - \theta'_{-k}|) \tag{5.4.2.4}$$

测定 $k = 1$，2，3 时的衍射明纹位置，重复测量 5 次，计算各级衍射角。

（2）光栅常数 d 由实验室给出，由式（5.4.2.2）计算出钠光波长 λ 及其标准偏差。

【数据处理】

根据实验内容设计数据记录表格，推导出误差计算公式，处理数据并得出正确测量结果。分析与讨论实验结果。

【思考题】

（1）实验中如何测定光谱线衍射角 φ，如何测定光谱级次？

（2）用光栅观察衍射条纹的时候，光栅密度越大，衍射条纹将如何变化？

（3）结合实验，能观察到几级衍射条纹？

5.4.3 折射率和色散率的测量

【实验目的】

（1）进一步熟悉分光仪的调整及使用方法。

（2）用分光仪测量玻璃三棱镜的折射率。

（3）利用分光仪测量玻璃棱镜的色散率。

【实验仪器】

分光仪、钠光灯、三棱镜。

【实验原理】

1. 折射率

如图 5.4.3.1 所示，三角形 ABC 表示三棱镜的主截面，AB 和 AC 是透光面，又称折射面，其夹角 A 为棱镜的顶角，BC 为棱镜的底面。若有一束单色光射入棱镜 AB 面，经折射后由 AC 面出射。令入射角和出射角分别为 i 和 i'，入射光和出射光间夹角为 δ，δ 称为偏向角。

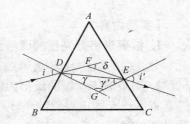

图 5.4.3.1 三棱镜的折射

理论和实验指出：以单色光入射时，偏向角大小随入射角变化而变化。如果调节三棱镜的方位，使入射角等于出射角，可得 $r = r'$，此时相应的偏向角最小，称为最小偏向角。由图 5.4.3.1 可以看出

$$\delta = (i - r) + (i' - r') \tag{5.4.3.1}$$

当 $i = i'$ 时，$r = r'$，可用 $\delta_{\min}$ 代替 δ，则

$$\delta_{\min} = 2(i - r) \tag{5.4.3.2}$$

又

$$r + r' = 2r = \pi - \angle G \tag{5.4.3.3}$$

$$= \pi - (\pi - A) = A \tag{5.4.3.4}$$

所以

$$r = A/2 \tag{5.4.3.5}$$

由式（5.4.3.2）和式（5.4.3.5）得

$$i = \frac{A + \delta_{\min}}{2}$$

根据折射定律

$$n = \frac{\sin i}{\sin r} = \frac{\sin \frac{1}{2}(A + \delta_{\min})}{\sin \frac{A}{2}} \tag{5.4.3.6}$$

由上式可知，只要测出棱镜的顶角和最小偏向角，就可求出棱镜对该种波长的单色光的折射率。

2. 色散率

媒质的折射率 n 随入射光波长 λ 的变化而变化的现象称为色散。折射率 n 随着波长的增

加而单调下降、并且下降率在短波一端更大的色散称为正常色散。对此，1836 年科希给出一个经验公式

$$n = B + \frac{C}{\lambda^2} + \frac{D}{\lambda^4}$$

式中 B、C、D 是和光学材料有关的常数，它的数值可由实验数据来确定。把上式两边求导可得色散率为

$$\frac{dn}{d\lambda} = -\frac{2C}{\lambda^3} - \frac{4D}{\lambda^5}$$

由此可见：只要在实验中定出 C 和 D，就可以从上式求出光学媒质的色散率。

用低压汞灯做光源，用最小偏向角法测出三棱镜对不同波长的入射光的折射率 n，从而由公式 $n = B + \frac{C}{\lambda^2} + \frac{D}{\lambda^4}$ 求出 C 和 D。

【实验内容】

1. 按要求将分光仪的调整至正常工作状态

分光仪的结构及调整方法，请参见实验 5.4.1——分光仪的使用及三棱镜顶角的测定。

2. 测量玻璃棱镜的最小偏向角 δ_{min}

将平行光管正对着钠光灯的射出窗口，使从平行光管射出的平行光最强且均匀。松开游标盘制动螺钉，转动游标盘，使入射光束与三棱镜顶角 A 的一个侧面法线成适当角（入射角不能太小），如图 5.4.3.2 所示，保持游标盘不动，即保持入射角不变，松开望远镜制动螺钉，转动望远镜到观察方向的位置寻找出射光束。出射光束找到后，保持望远镜不动，微微转动游标盘，改变入射角，观察出射光束偏转方向，并注意判断偏向角增大还是减小。如果出射光束远离入射光束方向，则偏向角增大。如果出射光束向入射光束方向靠近，则偏向角减小。在观察到出射光束向入射光束方向靠拢时，继续增大（或减小）入射角，可观察到出射光束不再向入射方向靠拢，反而远离入射光束，此转折点就是最小偏向角出射光束所在的位置。在寻找最小偏向角出射光束所在位置的过程中，出射光束可能跑出望远镜的视野，此时可转动望远镜进行跟踪，使出射光束在望远镜视野的中央，再保持望远镜不动，微微改变入射角，确定最小偏向角出射光束的位置，然后立刻将游标盘的制动螺钉旋紧，不再改变入射角，转动望远镜，使出射光束与分划板纵向叉丝重合，固定望远镜。记下两游标的读数 $\varphi_{出}$ 和 $\varphi_{出}'$。取下三棱镜，松开望远镜后再将其转动到入射光束与分划板纵向叉丝精确重合的位置，记下两游标读数 $\varphi_{入}$ 和 $\varphi_{入}'$（注意游标Ⅰ和游标Ⅱ在两次读时不能搞错）。最小偏向角为 $|\varphi_{出} - \varphi_{入}|$ 和 $|\varphi_{出}' - \varphi_{入}'|$。为消除刻度盘的偏心差，取平均值求得最小偏向角为

图 5.4.3.2　最小偏向角示意图

$$\delta_{min} = \frac{1}{2}(|\varphi_{出} - \varphi_{入}| + |\varphi_{出}' - \varphi_{入}'|) \tag{5.4.3.7}$$

为了提高测量精度，重复测量 5 次，求其平均值，把数据填入表 5.4.3.1。

3. 求折射率

将三棱镜顶角 A 和最小偏向角 δ_{min} 的值代入式（5.4.3.6），求得玻璃棱镜对钠黄光的折射率 n_D，已知冕牌玻璃对钠黄光的折射率的公认值为 $n_D = 1.5163$，求测定值的误差。

4. 测量玻璃棱镜的色散率

（1）用低压汞灯替换钠光灯。

（2）分别测出波长为 576.96 nm，546.07 nm，433.92 nm，404.66 nm 的入射光的最小偏向角 δ_{min}。

（3）重复测量 6 次。

（4）由公式 $n = \dfrac{\sin\dfrac{\delta_{min} + A}{2}}{\sin\dfrac{A}{2}}$ 计算出波长为 576.96 nm，546.07 nm，433.92 nm，404.66 nm 的折射率。

（5）由公式 $n = B + \dfrac{C}{\lambda^2} + \dfrac{D}{\lambda^4}$ 计算出 C 和 D，代入公式：$\dfrac{dn}{d\lambda} = -\dfrac{2C}{\lambda^3} - \dfrac{4D}{\lambda^5}$。

【数据记录与处理】

表 5.4.3.1　最小偏角测量数据表

实验次数	出射光线位置		入射光线位置		$\delta_{min} = \dfrac{1}{2}(\,|\varphi'_{出} - \varphi'_{入}| + |\varphi''_{出} - \varphi''_{入}|\,)$
	最小偏角位置				
	游标 Ⅰ $\varphi'_{出}$	游标 Ⅱ $\varphi''_{出}$	游标 Ⅰ $\varphi'_{入}$	游标 Ⅱ $\varphi''_{入}$	
1					
2					
3					
4					
5					

$$n = \frac{\sin\dfrac{1}{2}(\delta_{min} + \bar{A})}{\sin\dfrac{1}{2}\bar{A}}$$

$$E_n =$$

表 5.4.3.2　测定不同波长的折射率，计算色散率

波长/nm ＼ 次数	δ_{min}			n
	1	2	3	
404.66				
433.92				

次数 波长/nm	$\delta_{\min}$			n
	1	2	3	
546.07				
576.96				

由公式 $n = B + \dfrac{C}{\lambda^2} + \dfrac{D}{\lambda^4}$ 计算出 C 和 D，从而求出：$\dfrac{\mathrm{d}n}{\mathrm{d}\lambda} =$

【注意事项】

（1）不要用手触摸光学元件（如目镜、三棱镜等）的光学表面，被污染时应使用镜头纸轻轻擦净。

（2）严防损坏玻璃元器件。

（3）调节平行光管狭缝时，勿将两个刀片相碰，以防损坏。

【思考题】

（1）怎样准确找到最小偏向角的位置？

（2）玻璃对什么颜色的光的折射率大？

（3）试总结如何能迅速地将分光仪调整好？实验中你有哪些体会。

实验 5.5　偏振光的观察及液体浓度测定

对光的本性的研究自古至今一直在进行着。光是一种横波的认识最后是由光的偏振特性所揭示和证实的。事实上光的偏振实验是光的横波本性的最重要判据，光学因此进入了一个新的时期。提出光的横波特性的菲涅尔和托马斯·杨因此被称为"物理光学的缔造者"。光的偏振特性，在科学和技术上有重要的作用。例如，由光的偏振特性研究得知，土星环是由冰的晶体构成的。又如通过光的偏振状态的变化情况，可以对变电站中非常危险的极高电压进行非接触式测量。偏振光具有一些非常有趣、十分有用的特性，在测量、传感、通讯等领域有十分重要的应用。下面将对偏振光进行一些基础的实验研究，为学习和掌握偏振光在当今科学技术中的应用做好准备。

5.5.1　偏振光的研究

【实验目的】

（1）研究马吕斯定律。

（2）观察布儒斯特角并测定玻璃折射率。

（3）观察椭圆偏振光和圆偏振光。

【实验仪器】

光具座，起偏器，检偏器，1/4、1/2 波片及转动装置，观察布儒斯特角装置，光电转换装置，带小孔光屏及白屏，微安表及激光器。

【实验原理】

光的偏振是指光的振动方向不变，或电矢量末端在垂直于传播方向的平面上的轨迹呈椭圆或圆的现象。光的偏振最早是牛顿在 1704～1706 年间引入光学的；光的偏振这一术语是马吕斯在 1809 年首先提出的，并在实验室发现了光的偏振现象；麦克斯韦在 1865～1873 年间建立了光的电磁理论，从本质上说明了光的偏振现象。

按电磁波理论，光是横波，它的振动方向和光的传播方向垂直。自然光是各方向的振幅相同的光，对自然光而言，它的振动方向在垂直于光的传播方向的平面内可取所有可能的方向，没有一个方向占有优势。若把所有方向的光振动都分解到相互垂直的两个方向上，则在这两个方向上的振动能量和振幅都相等。线偏振光是在垂直于传播方向的平面内，光矢量只沿一个固定方向振动。起偏器是将非偏振光变成线偏振光的器件；检偏器是用于鉴别光的偏振光状态的器件。

1. 布儒斯特角

当自然光入射到两种介质分界面时，要发生反射和折射，反射光和折射光均是部分偏振光，当自然光以某一特定的入射角 φ_b 投射到玻璃片上时，反射光将成为线偏振光，其振动方向垂直于入射面，而折射光则为部分偏振光，平行于入射面方向的光振动占优势，如图 5.5.1.1 所示。此时的 φ_b 称为起偏角（也叫布儒斯特角）。由布儒斯特定律有

$$\tan\varphi_b = n_2/n_1$$

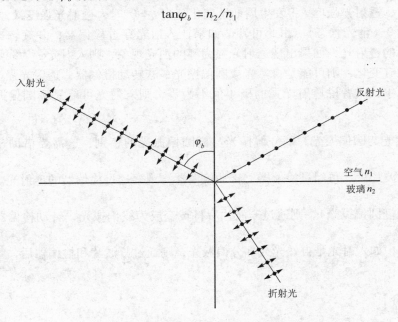

图 5.5.1.1　用玻璃片产生反射全偏振光

一般媒质在空气中的起偏角在 53°～58°之间，例如，当光由空气中射入 $n = 1.54$ 的玻璃板时，$\varphi_b = 57°$。

若入射光以起偏角 φ_b 射到多层玻璃片上时，经过多次反射和折射，最后透射出来的光偏振的程度加强，接近于线偏振光，同时光强减弱，其振动面平行于入射面，由多层玻璃片组成的这种透射起偏器又称为玻璃片堆，如图 5.5.1.2 所示。

2. 偏振光的鉴别

鉴别光的偏振状态的过程称为检偏，它所用的装置称为检偏器，实际上，起偏器和检偏器是通用的，用于起偏的偏振片称为起偏器，把它用于检偏就成为检偏器。

如前所述，按照光的振动状态的不同，可将光分为自然光、部分偏振光、圆偏振光、椭圆偏振光和线偏振光。那么，对于某一束入射光来说，它到底属于哪一种呢（在此假设入射光属于上述五种光中的一种，而不考虑该入射光是由两种或两种以上的光合成的情况）？鉴别的方法可分两步进行：

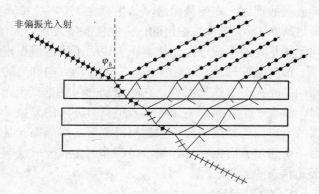

非偏振光入射

φ_b

图 5.5.1.2　用玻璃片堆产生线偏振光

（1）线偏振光的鉴别：根据马吕斯定律，强度为 I_0 的线偏振光通过检偏器后，透射光的强度为

$$I = I_0 \cos^2 \theta$$

其中 θ 为入射光的偏振方向与检偏器偏振化方向之间的夹角。显然，当以光线传播方向为轴转动检偏器时，透射光强度 I 将发生周期性变化，当 $\theta = 0°$ 时，透射光强度最大；$\theta = 90°$ 时，透射光强度为 0（消光状态）。由此可知，如果让入射光穿过检偏器，并旋转检偏器，观察透过检偏器后的透射光，如果出现透射光强为零的消光现象，则入射光必为线偏振光；若透射光的强度没有变化，则可能是自然光或圆偏振光；若转动检偏器，透射光强虽有变化，但不出现消光现象，或者说透射光强的极小值不为零，则入射光可能是椭圆偏振光或部分偏振光。

（2）自然光与圆偏振光、部分偏振光与椭圆偏振光的鉴别：这需要借助 $\frac{\lambda}{4}$ 波片，让入射光先经过 $\frac{\lambda}{4}$ 波片后，再经过检偏器，转动检偏器，观察透过检偏器的透射光。若入射光是圆偏振光（或椭圆偏振光），则通过 $\frac{\lambda}{4}$ 波片后将转变成为线偏振光，转动检偏器就会看到消光现象。否则，如入射光是自然光或部分偏振光，则通过 $\frac{\lambda}{4}$ 波片和检偏器后，不会出现消光现象。

【仪器简介】

1. 偏振片

有些晶体对不同方向的光振动的吸收能力差别很大，也就是说有选择吸收能力，这种性质称为二向色性。当光线入射到这种晶体表面上时，一个方向的光振动几乎全部被吸收，而与这一方向相垂直的方向上的光振动几乎无损失地全部通过，这样，自然光通过这种晶体后就成了线偏振光。如图 5.5.1.3 所示。偏振片上能透过振动的方向称为偏振片的偏振化方向。

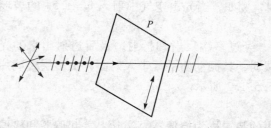

P

图 5.5.1.3　自然光通过偏振片

2. 波晶片

波片是用来改变或检验光的偏振情况的晶体薄片，一般采用优质石英、云母等矿物质双折射晶体沿光轴方向切割而成，其晶面平行于光轴。当线偏振光垂直于晶面入射时，o 光和 e 光都不发生折射而沿同一方向传播，但两者的传播速度不同，且振动方向也不同，其中 o 光的振动方向垂直于光轴，e 光的振动方向平行于光轴，经过一定厚度的晶体之后，o 光与 e 光之间将产生一定的光程差，和它相当的相位差为：

$$\Delta\varphi = \frac{2\pi}{\lambda}(n_o - n_e)L \tag{5.5.1.1}$$

式（5.5.1.1）中，λ 为入射光波波长；n_o、n_e 分别为晶体对寻常光和非寻常光的折射率；L 表示晶体的厚度。把这种能使振动面互相垂直的两束线偏振光产生一定相位差的晶体片称为波片。

（1）全波片：当 $\Delta\varphi = 2k\pi$（$k = 0$，1，2，3，$\cdots$）时，则 o 光、e 光穿过晶片后光程差等于 $k\lambda$，这种波片称为全波片，可知全波片的厚度为 $L = \dfrac{k\lambda}{n_o - n_e}$，线偏振光经过全波片后仍为线偏振光且振动方向不变。

（2）半波片：当 $\Delta\varphi = (2k+1)\pi$（$k = 0,1,2,3,\cdots$）时，则 o 光、e 光穿过晶片后光程差等于 $\dfrac{\lambda}{2}$ 的奇数倍，这种波片称为半波片，可知半波片的厚度为 $L = \dfrac{(2k+1)}{2}\dfrac{\lambda}{(n_o - n_e)}$，线偏振光经过半波片后，仍为线偏振光，但振动方向相对入射面转过 2θ 角（θ 是入射线偏振光振动方向与晶片光轴的夹角）。

（3）$\dfrac{\lambda}{4}$ 波片：当 $\Delta\varphi = (2k+1)\dfrac{\pi}{2}$（$k = 0,1,2,3,\cdots$）时，则 o 光、e 光穿过晶片后光程差等于 $\dfrac{\lambda}{4}$ 的奇数倍，这种波片称为 $\dfrac{\lambda}{4}$ 波片，可知 $\dfrac{\lambda}{4}$ 波片的厚度为 $L = \dfrac{2k+1}{n_o - n_e}\dfrac{\lambda}{4}$，对于 $\dfrac{\lambda}{4}$ 波片，线偏振光通过后的偏振状态随入射线偏振光的振动方向和光轴间的夹角 θ 的不同而不同：$\theta = 0°$ 时，获得振动方向平行于光轴的线偏振光；$\theta = \dfrac{\pi}{2}$ 时，获得振动方向垂直于光轴的线偏振光；$\theta = \dfrac{\pi}{4}$ 时，可获得圆偏振光；而对于其他 θ 值，将获得椭圆偏振光。

【实验内容】

1. 起偏与检偏，研究马吕斯定律

（1）在光源（激光波长 $\lambda = 6\,328\ \text{Å}$）至光屏 S 的光路上，放置起偏器 P，旋转 P，观察并记录光屏上光斑强度的变化情况。

（2）在起偏器 P 与光屏 S 间放置检偏器 A，固定 P 的方位，将 A 旋转 $360°$，观察并记录光屏上光斑强度的变化情况及消光次数。

（3）先使 P 和 A 的振动方向重合，以硅光电池（接至微安表上）代替光屏，接收由 A 射出光束的光强，从 $0°$ 开始旋转 A，每隔 $10°$ 记录一次光电流的大小（观察微安表指针变化并适当改变其量程）直至 $90°$，将数据填入表 5.5.1.1 中。在坐标纸上作出 $I \sim \cos^2\theta$ 关系曲线，验证马吕斯定律。

2. 观察布儒斯特角并测定玻璃折射率

（1）在起偏器 P 后，插入测布儒斯特角装置，再在 P 和此装置之间插入一带有小孔的光屏。调节激光器和玻璃平板，使反射光与入射光重合，此时玻璃平板位置即为法线位置，记录初始角 θ_1。

（2）一面转动玻璃平板，一面同时转动起偏器 P，反复调节直到反射光消失为止，此时记下玻璃平板位置 θ_2，算出布儒斯特角 $i_0 = |\theta_2 - \theta_1|$。

（3）根据布儒斯特定律 $\tan i_0 = n$，求出玻璃折射率 n。

（4）选择不同的起始点，重复以上步骤测量 5 次，将数据填入表 5.5.1.2 中，计算平均误差和相对误差，写出结果表达式。

3. 观察椭圆偏振光及圆偏振光

从起偏器 P 得到的线偏振光，在经过晶片 C 后，就成为两束相互之间有相位差而振动方向相互垂直的 o 光和 e 光，一般会产生椭圆偏振光。

（1）1/4 波片。

1）先使起偏器 P 和检偏器 A 的振动方向垂直（即 A 后的光片处于消光状态），在 P 和 A 间插入 1/4 波片，转动波片使 A 处的光屏上仍处于消光状态。用硅光电池及微安表取代光屏。

2）将起偏器 P 转过 20° 角，调节硅光电池使透过 A 的光全部进入硅光电池的接收孔内。转动检偏器 A 找出最大电流的位置，并记下光电流的数值。重复测量 3 次，求出平均值。

3）转动 P，使 P 的光轴与 1/4 波片的光轴的夹角为 30°、45°、60°、75° 和 90° 值，在取上述每个角度时，都将检偏器 A 转动一周，观察从 A 透出的强度变化。并加以解释。

（2）观察线偏振光通过 1/2 波片时的现象。

1）使起偏器 P 的振动面垂直，检偏器 A 的振动面水平。

2）在 P、A 之间插入 1/2 波片 C，转动 360°，能看到几次消光？记录解释这一现象。

3）将 C 转任意角度，这时消光现象被破坏，把 A 转动 360°，观察记录现象，并加以解释。

【数据记录】

（1）数据表格。

表 5.5.1.1　验证马吕斯定律数据记录表

θ	0°	10°	20°	30°	40°	50°	60°	70°	80°	90°
$\cos^2\theta$										
$I/\mu A$										

表 5.5.1.2　测定玻璃折射率数据记录表

次　　数	1	2	3	4	5
θ_1					
θ_2					
$i_0 = |\theta_2 - \theta_1|$					

续表

次　数	1	2	3	4	5
$n = \tan i_0$					
$\bar{n}$					
$\Delta n_i = \mid n_i - \bar{n} \mid$					

（2）在坐标纸上描绘出 $I \sim \cos^2 \theta$ 关系曲线。

（3）求出布儒斯特角 $i_0 = \mid \theta_2 - \theta_1 \mid$，并计算玻璃的相对折射率 n。

结果表达式：$\begin{cases} n = \bar{n} \pm \Delta \bar{n} \\ E = \dfrac{\Delta \bar{n}}{\bar{n}} \times 100\% \end{cases}$

【注意事项】

（1）实验中，各元件平面均要求与入射光垂直，各面互相平行靠近，减少周围杂散光的影响。

（2）不可用手触摸各偏振片、波片表面，更不可将偏振片、波片等在桌面等地方摩擦，以免损伤其表面，影响实验效果。

（3）使用激光器做光源时，应使用扩束镜扩束后再照亮狭缝，切勿直视激光，以免伤眼睛。

【思考题】

（1）如何利用测布儒斯特角的原理，确定一块偏振片的透光轴位置？

（2）如果在相互正交的偏振片 P_1、P_2 之间插入一块 1/2 波片，使其光轴与起偏器 P_1 的光轴平行，那么透过检偏器 P_2 的光斑是亮的还是暗的，将 P_1 转动 $90°$ 后，光斑亮暗的变化呢？

5.5.2　用旋光仪测量溶液的旋光率及浓度

1811 年法国物理学家阿喇果（Arago）首先发现，当线偏振光沿光轴方向在石英中传播时，偏振光的振动面会发生旋转，这种现象叫作旋光现象。具有旋光性的物质叫作旋光物质，石英、松节油、糖溶液等都是旋光物质。研究物质的旋光性质不仅在光学上有特殊意义，在化学和生物学上也有深远的影响。测量旋光物质的仪器叫旋光仪，因为旋光仪经常被用来测量糖溶液的浓度，故有时也把这种仪器称作量糖计。本实验要求理解旋光现象的物理本质，测量糖溶液的旋光率和糖溶液的浓度。

【实验目的】

（1）观察线偏振光通过旋光物质后的旋光现象。

（2）了解旋光仪的结构原理，学习测定旋光性溶液的旋光率和浓度的方法。

【实验仪器】

WXG — 4 型圆盘旋光仪、不同浓度的旋光性溶液等。

【实验原理】

如图 5.5.2.1 所示，所谓旋光现象，是指当线偏振光通过某些溶液（或晶体）时，偏振光的振动方向会转过一定的角度，这个旋转的角度称为旋光度，用 φ 表示。它与偏振光通过的溶液（或晶体）的长度 l 及旋光性物质的浓度 c 成正比

$$\varphi = acl \qquad (5.5.2.1)$$

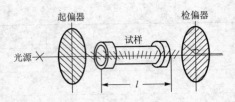

图 5.5.2.1　测旋光度原理图

式中　a——该物质的旋光率，它在数值上等于线偏
　　　　振光通过单位浓度（g/ml）、单位长度
　　　　（dm）溶液后，振动方向旋转过的角度；
　　　c——溶液的浓度（g/ml）；
　　　l——溶液的长度（dm）。

实验证明同一旋光物质对不同波长的光有不同的旋光率。在一定温度下，它的旋光率与入射光波长 λ 的平方成反比，即旋光率随波长减小而迅速增大。考虑到这一情况，通常采用钠黄光（589.3 nm）来测定。

另外，旋光率还与温度有关。如：用 589.3 nm 的钠黄光对蔗糖溶液测定旋光率时，在 20 ℃附近，温度每升高或降低 1 ℃时，蔗糖溶液的旋光率约减小或增加 0.24°，通常测定的室温以 20 ℃ ±2 ℃为宜。

若已知待测旋光性溶液浓度 c 和液柱的长度 l，测出旋光度 φ，就可以由式（5.5.2.1）算出旋光率 a。也可以在液柱长 l 不变的条件下，依次改变浓度 c 测出相应的旋光度，然后画出 φ 与 c 的关系曲线（称为旋光曲线），这是条斜率为 $a \cdot l$ 的直线。由直线的斜率可求出旋光率 a。反之，在已知某种溶液的旋光曲线时，只要测量出溶液的旋光度，就可以从旋光曲线上查出对应的浓度。

【仪器简介】

本实验用 WXG－4 型旋光仪来测量旋光性溶液的旋光度。其外形图如图 5.5.2.2 所示，其结构如图 5.5.2.3 所示。为了准确地测定旋光度 φ，仪器的读数装置采用双游标读数，以消除度盘的偏心差。度盘等分 360 格，每格 1°，游标在度盘弧长 19°上等分 20 格，仪器精度可达到 0.05°。度盘和检偏镜固定联结成一体，利用度盘转动手轮作粗（小轮）、细（大轮）调节。游标窗前装有读数放大镜，供读数用。

仪器还在视场中采用了半荫法比较两束光的强度。其原理是在起偏镜后面加一块石英晶体片，石英片和起偏镜的中部在视场中重叠，如图 5.5.2.4 所示，将视场分为三部分，并在石英片旁边装上一定厚度的玻璃片，以补偿由于石英片的吸收而发生的光强变化，石英片的光轴平行于自身表面并与起偏镜透射轴成一个小的角度 θ，称影荫角。由光源发出的光经过起偏镜后变成线偏振光，其中一部分再经过石英片，石英是各向异性晶体，光线通过它将发生双折射。可以证明，厚度适当的石英片会使穿过它的线偏振光的振动面转过 2θ 角。这样进入测试管的光是振动面间的夹角为 2θ 的两束线偏振光。

下面讨论这两束光通过检偏镜的情况。

如图 5.5.2.5 所示，OP 表示通过起偏镜后的光矢量，而 OP' 则表示通过起偏镜与石英片的线偏振光的光矢量，OA 表示检偏镜的透射轴，OP 和 OP' 与 OA 的夹角分别为 β 和 β'，OP 和 OP' 在 OA 轴上的分量分别为 OP_A 和 OP'_A。转动检偏镜时，OP_A 和 OP'_A 的大小将发生变化，于是从目镜中所看到的三分视场的明暗也将发生变化（见图 5.5.2.5 的下半部分）。图中画出了四种不同的情况：

面），防止侵蚀损坏仪器。

【思考题】

（1）阿贝折射仪使用什么光源？所测得的折射率是对哪条谱线的折射率，为什么？

（2）折射率液起何作用？对其折射率有何要求，为什么？

实验5.8　照相技术

【实验目的】

（1）初步掌握照相的基本知识，了解照相机、放大机基本结构、成像原理及使用方法。

（2）了解感光底片的基本知识。

（3）学习拍摄、冲片、印相和放大的操作方法。

【实验仪器】

照相机、放大机、印相机、感光底片、印放相纸、显影药、定影药及其他暗室设备等。

【实验原理】

照相技术在科技工作中已被广泛应用于各个领域，它能够迅速地将物体的形象记录下来，是一种重要的实验手段。随着科学技术的发展，如今已形成了专门的实验技术，如望远镜摄影、近接摄影、显微摄影、激光摄影及高速摄影等。因此掌握照相技术，对今后从事科学技术工作是有益的，本实验仅就有关摄影的最基本知识作初步介绍。

照相技术一般分为三个环节，分别为拍摄、底片处理和印相或放大。

1. 拍摄

用照相机正确地拍摄必须满足两个基本条件：其一，调节照相机使物体能清晰地成像在机内底片上。其二，适时控制曝光量使底片上产生适度的潜像。

图5.8.1（a）是照相机的光路原理图。物体经镜头成倒立、缩小的实像于底片上。当底片至物体的距离确定后，用改变镜头焦距的办法，使物体清晰地成像在底片上。图5.8.1（b）所示为照相机的基本参数。

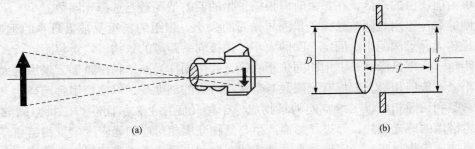

|(a)|(b)|

图5.8.1　照相机的光路原理

照相机由下列几个部分组成：

（1）机身。机身样式较多，有折合式、暗箱式、拉管式等。但基本结构都是在镜头和底片之间形成一段密封不透光的空腔，一般称为暗箱。其间距通过调节可刚好等于像距。

（2）镜头（物镜）。照相机镜头是照相机的重要部件，通过它将景物成像在感光底片上，构成清晰的实像。一般情况，被摄景物距离相机较远，而照相机不可能很大，物距比像距要长得多，故可以认为像平面近似地位于物镜的焦平面。为了校正像差和使其具有较高的分辨能力，以满足成像质量的要求，镜头由多片透镜组成。它的焦距值一般标在镜头的边缘上。镜头是照相机的重要组成部分，它直接影响到照片的质量，因此对镜头要倍加爱护，切不可用手触摸。

（3）光圈（物镜的相对孔径）。它由一组金属薄片组成，安装在镜头的镜片之间。用它可以连续调节通光孔径的大小，以控制到达感光片上光照度的强弱。在照明条件欠佳的情况下，如欲拍摄景物获得高分辨率，就需增大光圈的相对孔径；拍摄运动目标或瞬间出现的目标，曝光时间受到限制，也得需要足够大的相对孔径。由光度学的推导可得知，像面上的光照度 E 与光圈直径 d 及镜头焦距 f 的关系式为

$$E = K\left(\frac{d}{f}\right)^2 \tag{5.8.1}$$

式中，K 是与被摄物体亮度有关的系数；d/f 称为物镜的相对孔径。对于焦距一定的相机，焦平面光照度随光圈直径的平方而变化。一般照相机上都以相对孔径的倒数 $F = f/d$ 表示光圈的大小，称为光圈数。光圈数大的，实际光圈的直径小，像面光照度小（即辐射在底片上的光弱），像就暗些。反之，光圈数小则实际光圈直径大，像面光照度大（即辐射在底片上的光较强），像就亮一些。

为了使像平面在各种条件下获得所需要的照度，通常把照相机物镜的光圈做成可调的光圈。根据光照度 E 与相对孔径 f/d 的平方成正比的关系，令相对孔径按 $1/\sqrt{2}$ 等比级数变化，使光圈数变化一挡，底片上的照度变化一倍。根据我国部颁标准规定，照相机物镜相对光圈数排列如表 5.8.1。

表 5.8.1　照相机物镜相对 F 数表

相对孔径 d/f	1:1	1:1.4	1:2	1:2.8	1:4	1:5.6	1:8	1:11	1:16	1:22	1:32
F 数	1	1.4	2	2.8	4	5.6	8	11	16	22	32

后项的值为前项值的 $\sqrt{2}$ 倍，在拍摄时应根据景物的明暗情况适当选择光圈数。

光圈的另一作用是调节景深。景深与光圈的大小、焦距的长短及被摄景物的远近有关。光圈孔径越大，景深越小。固定光圈的大小，拍摄同一距离的景物，物镜焦距越长，景深越短；焦距越短，则景深越长。用相同焦距物镜，并用同样光圈，物距越远，景深越大，反之景深较小。一般照相机上都标有光圈数与景深相对应的刻度线，以便使用者选择。

摄影是利用照相机将三维空间的景物成像于感光底片上，从而获得二维空间的景物潜像。产生潜像的感光底片，经过显影而产生与景物亮度相对应的光密度。景物越亮，光密度越大；反之，景物越暗，光密度越小，这样就在底片上形成了丰富的层次。要使层次丰富则要求底片密度的变化与景物亮度变化成比例。曝光量和光密度关系曲线如图 5.8.2 所示。由图上可看出，只有 BC 段对应的曝光量和光密度成线性比例关系。因此摄影时应使曝光后在底片上产生的光密度正好位于曲线的直线区域内，才能使景物的影像有丰富的层次。

（4）快门。用来控制曝光时间长短从而控制曝光量的装置，称作快门。快门的种类很多，有手动快门、机械快门、电子快门、程序快门等。一般照相机用的是机械快门，常见的快门时间系列为 1，1/2，1/4，1/8，1/15，1/30，1/60，1/125，1/500，1/1 000（s）及 B

门和 T 门数挡。其中，B 门是手控曝光挡，当调至 B 门挡，按下快门钮，快门打开，手释放时快门立即关闭。T 门是长时间曝光挡，按下快门钮快门打开，必须再按一次快门钮才能关闭。一般在照相机上标示的各挡快门时间仅为其分母值，因此，标示的快门时间数字越大，对应的曝光时间越短。快门时间数字每差一倍，曝光量就差一级。

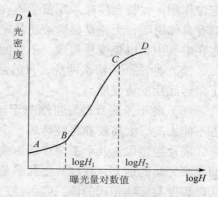

图 5.8.2　曝光量和光密度关系曲线

（5）取景测距装置。用来选取拍摄景物及其范围，并帮助正确调节物体至镜头的距离，以使景物能清晰地成像在焦平面上。

以上五个部分是一般照相机所共有的。其中拍摄距离、光圈数、曝光时间是照相机的三个基本特征量，在使用过程中必须掌握。

2. 感光底片及其处理

感光底片曝光后形成潜像，要使潜像显露出来并使显影后的底片得到固定，必须在暗室中进行底片的处理。其工艺过程有：显影、停显、定影、冲片、晾干等，统称底片冲洗技术。现将底片及处理过程简介如下：

（1）感光底片。用乳胶和卤化银的混合物涂在玻璃片或赛璐珞片上即成为感光底片。以玻璃为基片的称为干板，以赛璐珞片为基片的称为胶卷。

感光底片是一种光能接收器件，它以变黑的程度来反映接收到光能量的多少。感光底片对光的反应快慢用感光速度来描述。感光乳剂中卤化银晶粒的粗细，加入软化剂的种类和用量是影响感光速度的主要因素。目前我国国产胶卷以"GB"作为感光速度的标度，如GB17、GB21、GB24，通常称 17 度、21 度、24 度（折合德国标准 17、21、24DIN），度数越高，感光速度越快。度数每增加 3 度，感光速度就增加一倍。如果要用 21 度底片来代替 24 度的底片，且要求得到相同的感光效果，则曝光时间要增加一倍。

底片的感光速度决定了底片所需的正常平均曝光量。因此，为了得到曝光量合适的底片，应该综合考虑光圈、曝光时间和底片感光度三个因素的配合。

感光底片感光后，受到光照的卤化银晶粒就发生光化作用，使有些卤化银被还原成银原子，并呈现黑色。光越强被还原的银原子越多，这些还原了的银原子在底片中形成眼睛看不到的潜像，也就是显影的中心。

（2）显影。显影是潜像的显示和扩大过程。感光后的底片放在显影液中，底片中受到光照射而还原的银原子成为显影中心。由此开始向卤化银整个结晶扩展感染，最后将附近卤化银晶粒中的银原子还原出来。感光较强的部分显影后，被还原的银原子较多，从而较黑。

显影的效果不仅取决于曝光情况，而且与显影条件有密切联系。例如显影液的配方、浓度、显影时间、温度等，均对像的黑度及反差有较强的影响。

（3）停显。底片从显影液中取出时常带有显影液，它将继续起作用，并且显影液混入定影液会使定影液变质，所以必须停显。停显液有弱酸性水溶液，如醋酸水溶液，它与碱性显影液中和从而使其停显。

（4）定影。定影的主要作用是制止显影过程的继续和使感光片中未感光的卤化银乳胶全部溶掉而仅固定下已被还原的银微粒，把底片上的图像确定下来。定影时间太短不能起到定像作用，太长会使底片发黄变质。各种显影液、定影液都有成品出售，其性能和使用方法都有具体说明，无论是显影液还是定影液，用完后都应倒回原来瓶子中，不要让它们长时间露在空气中，以免变质失效。不要倒掉更不能相互混合在一起。

（5）冲洗。用清水冲洗，目的是把底片上残留的溶液和其他的杂质去净，以免时间长了以后底片发黄变质。

（6）晾干。底片最好自然晾干。底片晾干后才能使用或收藏，也可以烘干，但烘干温度不能太高，太高胶卷将被烤坏。

底片经过以上几个工艺步骤形成负片。所谓负片是指物光较强的地方，在底片上较黑，而原来光弱的地方，在底片上几乎是透明的，即和被拍摄物体的黑白是相反的。若要再得到明暗程度与实物相同的像，需再经过一个黑白层次反转的过程，通称为印相。

3. 印相和放大

印相和放大都是将底片负像再重拍一次。方法是：将底片乳胶面（药面）和印相纸（或放大纸）的乳胶面对贴（放大时离开相应的距离），分别在印相箱（如图 5.8.3（a））和放大机（如图 5.8.3（b））上使光透过底片对印相纸或放大纸进行曝光。

曝光后经过与底片处理相类似的工艺步骤便可得到和被拍摄物明暗相同的印相片或大小不同的放大片，统称为正片（照片）。若有条件还应在上光机上烘干上光。

放大相片欲达到所需放大倍数，可由调节螺钉（包括微调螺钉）改变放大镜头在底片与放大纸间的距离来实现。放大机用法类似照相机，但操作起来较为简单。

无论印相还是放大均应在暗室中进行。印相或放大过程各参量的确定一般可通过用小块相纸或放大纸作局部曝光，冲洗试验来确定。

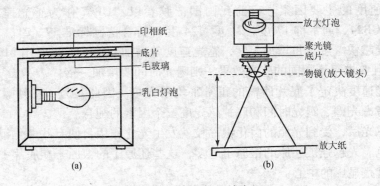

图 5.8.3　印相箱和放大机

【实验内容】

1. 拍摄

熟悉照相机的结构及使用方法。主要是找到光圈、快门及速度调节、调焦旋钮和快门扳手的位置，了解这些按钮、部件的作用。练习如何装入和取出底片，选择适当的光圈数和曝光时间，调节焦距，使拍摄对象清晰，取景窗内被拍摄物不能有重影或裂像现象。

熟悉照相机之后，装上底片（感光胶面要正对镜头。可用手指轻摸底片的两侧，严禁接触中央部分。底片基面是光滑的，胶面有粘性不光滑），拍摄指定静物或人物。注意拍摄时拿稳照相机，不要晃动。

2. 暗室处理

（1）冲卷（冲底片）。冲洗底片或胶卷应在安全灯下或显影罐中操作。大致程序如下：

1）在温度为 13~20 ℃ 的显影液中显影 4~5 min。

2）在清水中稍作漂洗，使其停显。

3）在温度为 13~20 ℃ 的定影液中定影 6 min（3 min 后可开灯）。

4）在流动的清水中冲洗，几分钟后取出晾干。

（2）印相。将底片和印相纸的胶面对贴在一起，在曝光箱上用白光进行曝光（时间约 1~2 s），取下曝光后的印相纸，按照底片处理大致程序进行正片处理。操作中要勤搅动、勤观察，最后在上光机上烘干上光。

（3）放大。将底片胶面朝下放在放大机上，在白光下调节机身和镜头，使放大图像清晰，放大倍数适当。挡上红玻璃，放上放大纸，胶面朝上。移开红玻璃开始曝光，时间约为（10~30 s）。挡上红玻璃取下曝光后的放大纸，按印相纸处理程序进行显影、定影、烘干上光。

实验完毕后把显影液、定影液分别倒回原瓶中，不得倒混。洗涤干净各种容器及上光板。清洗整理好暗室。

【注意事项】

（1）照相机的物镜绝对不容许用手触摸，不得自己擦拭。

（2）在暗室操作时，一定要慎开白灯。各盆中的夹子不得混用。

【数据记录与处理】

详细记录拍摄时的天气（环境）情况、光圈、曝光时间、底片感光度、显定影时间及药液温度等实验条件。将底片、印相片、放大片粘贴在报告上。

【思考题】

（1）光圈的作用是什么？选取光圈指数时应考虑到哪些因素？

（2）表示光圈的大小可以用光圈直径 D，相对孔径 d/f 或光圈数 $F = f/d$，而实际采用了光圈数，这样有什么优点？

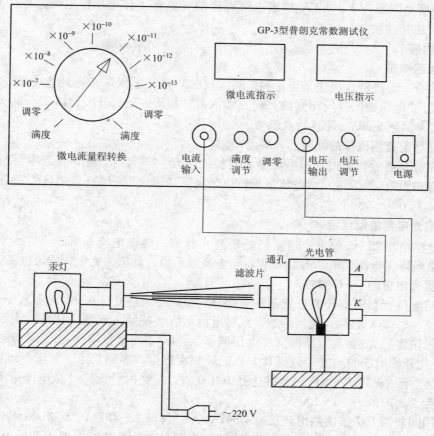

图 6.3.5 普朗克常数测定仪示意图

它包括四部分:

(1) 普朗克常数测定用光电管 (带暗盒)。

(2) 光源 (汞灯)。

(3) 滤色片组 (共五片)。

(4) 微电流测量放大器 (包括光电管工作电源)。

各部分具体性能简介如下:

(1) GDH - 3 光电管: 阳极为镍圈, 阴极为银 - 氧 - 钾 (Ag - O - K), 光谱范围 340.0 ~ 700.0 nm, 光窗为无铅多硼硅玻璃, 最高灵敏波长是 (410.0 ± 10.0) nm, 阴极光灵敏度约 1 μA·lm^{-1} (μA/m), 暗电流约 10^{-12} A。

为了避免杂散光和外界电磁场对微弱光电流的干扰, 光电管安装在铝质暗盒中, 暗盒窗口可以安放 φ5 mm 的光阑孔和 φ36 mm 的各种滤色片。

(2) 光源采用 GGQ - 50WHg 型仪器用高压汞灯, 在 302.3 ~ 872.0 nm 的谱线范围内有 365.0 nm、404.7 nm、435.8 nm、546.1 nm、577.0 nm 等谱线可供实验使用。

(3) NG 型滤色片: 是一组外径为 φ36 mm 的宽带通型有色玻璃组合滤色片。它具有滤选 365.0 nm、404.7 nm、435.8 nm、546.1 nm、577.0 nm 等谱线能力。

(4) GP - 3 微电源测量放大器: 电流测量范围在 10^{-7} ~ 10^{-13} A, 分七挡十进变换。机内附有稳定度≤1%，－3～＋3 V 精密连续可调的光电管工作电压；电压量程为 0～±1～±2～±3 V 连续读数。

【实验内容】

1. 实验前准备

（1）检查一下屏蔽线接法是否正确：测试仪的"电流输入"应与暗盒上的"微电流输出 A"相接，"电压输出"与暗盒的"电压输入 K"相接，随后开机预热 25～30 min。测量前打开汞灯，预热 5 min。注意暗盒遮盖。

（2）熟悉电流测试仪的面板、光源及暗盒。

（3）充分预热后，先将"微电流量程转换"旋至"调零"，调节"调零"旋钮，使电流显示为"00.0"；然后将"微电流量程转换"旋至"满度"，调节"满度"旋钮，使电流显示为"－100.0"。

2. 观察光电管的暗电流

将暗盒移动到 25 cm 位置，暗盒仍处于遮光状态。将微电流量程旋至"×10^{-12}"挡。顺时针缓慢旋转"电压调节"旋钮，观察暗电流显示值，此值为光电管的暗电流。

3. 测量光电管的 I—U 特性

（1）暗盒位置和倍率开关位置不变，将 $\phi5$ 孔径与滤色片 3 650Å 对齐置于孔的上方，"电压调节"从 －3 V 起调，缓慢增加，观察电流示数（特别注意寻找电流明显变化的范围，即"抬头"位置）。找到后重新调节"电压调节"，从 －3 V 缓慢增加。记下对应的电流值 I（在电流变化开始增加的地方，每隔 0.1 V 记录一次数据，多测几点，其余的地方隔 0.5 V 记一次数据，至 ＋3 V，当电流示数将达到 100.0 时，应逆时针旋转"微电流量程转换"换挡，依次换"×10^{-11}"、"×10^{-10}"）。

（2）用同样的方法依次测出波长为 4 047 Å、4 358 Å、5 461 Å、5 770 Å 的电流、电压值（注意在更换滤波片时先将暗盒遮盖，再将 $\phi5$ 孔径与滤波片对齐置于孔的上方），并将记录数据填于表 6.3.1 中。测量完毕后调节"电压调节"使电流显示为"00.0"，暗盒遮盖。

（3）用坐标纸作出五个波长（频率）下的 I—U 曲线，从曲线中认真找出各光电流开始变化的"抬头点"，以确定截至电压 U_S 值。并记入表 6.3.2 中。

（4）把不同波长下的 U_S（取绝对值）记录下来，以频率 ν 为横坐标，截止电压 U_S 为纵坐标作图。如果光电效应遵从爱因斯坦方程，$U_S = f(\nu)$ 关系曲线应该是一条直线，求出直线的斜率带入公式 $h = ek$，求出普朗克常数 h，与理论值比较，计算相对误差。

【数据记录】

（1）描绘光电管的 I—U 特性曲线。

表 6.3.1 伏安特性记录表　　　距离 $L=$　cm　光阑孔 $\phi=$　mm

滤色片波长	3 650 Å	U_{KA}/V							
		I_{KA}/×10^{-12}A							
	4 047 Å	U_{KA}/V							
		I_{KA}/×10^{-12}A							
	4 358 Å	U_{KA}/V							
		I_{KA}/×10^{-12}A							

续表

滤色片波长	5 461 Å	U_{KA}/V										
		$I_{KA}/\times 10^{-12}A$										
	5 770 Å	U_{KA}/V										
		$I_{KA}/\times 10^{-12}A$										

（2）认真从 $I_{KA}-U$ 曲线中找出 I_{KA} 的"抬头点"，以确定截止电压 U_s，作出 $U_s-\nu$ 曲线，并求出普朗克常数。

表 6.3.2　波长频率对照表　　距离 $L=$ 　　cm　光阑孔 $\phi=$ 　　mm

波长/ nm	365	405	436	546	577
频率（×10¹⁴）/Hz	8.22	7.41	6.88	5.49	5.20
U_s/V					

【注意事项】

（1）汞灯在实验过程中，不要随意关掉电源。在关掉后，至少要等 5 min 后重新打开，否则将损坏汞灯。

（2）先调节"调零"，再"满度"。

（3）电流显示不要超过量程"100"，一旦超过，必须换挡。

（4）实验完毕暗盒遮盖。

【思考题】

（1）爱因斯坦光电效应方程的物理意义是什么？

（2）光电效应有哪些规律？

（3）何为暗电流？

（4）真空光电管的 $I—U$ 特性曲线中包括哪些电流？

（5）如何由光电效应测量出普朗克常数？

实验 6.4　迈克尔逊干涉仪的应用

【实验目的】

（1）了解迈克尔逊干涉仪的结构、原理及调节和使用方法。

（2）应用迈克尔逊干涉仪测 He—Ne 激光的波长。

【实验仪器】

迈克尔逊干涉仪、He—Ne 激光器、扩束镜及毛玻璃。

【实验原理】

迈克尔逊干涉仪是 1883 年美国物理学家迈克尔逊与其合作者莫雷为研究"以太漂移"而设计制造的精密的光学仪器。它可以精密地测定微小长度。利用迈克尔逊干涉仪的原理，制造了各种专用干涉仪。历史上，迈克尔逊干涉仪曾用于研究电场、磁场及媒质的运动对光传播的影响；证明以太不存在，从而为爱因斯坦的相对论奠定了基础。

图 6.4.1 所示为迈克尔逊干涉仪的俯视图。导轨 1 固定在一只稳定的底座 2 上，2 由三只调平螺钉 3 调平。丝杠 4 螺距为 1 mm，转动粗动手轮 5，经一对传动比为 2:1 的齿轮副带动丝杠转动，进而带动移动镜从在导轨上滑动。移动距离可在 mm 尺 6 上读出，在窗口 7 中的刻度盘上读到 0.01 mm。转动微调手轮 8，经 1:100 的蜗杆副传动可实现微动。微动手轮上的最小刻度为 0.000 1 mm，要估读到 0.000 01 mm。分光板 G_1 和补偿板 G_2 已固定在基座上，不得强扳。参考镜 M_1 和移动镜 M_2 后各有三个滚花螺钉，用于粗调 M_1 与 M_2 相互垂直，不能拧得太紧或太松，以免使其变形或松动。M_1 的一侧和下部各有一只微调螺钉 9，可用来微调 M_1 的左右偏转和俯仰，也不能拧得太紧或太松。丝杠的顶进力由滚花部分 10 来调整。

迈克尔逊干涉仪的实验原理如图 6.4.2 所示。由光源 S 发出一束光，经扩束镜 G 后射到分光板 G_1 的半反射透膜 L 上，L 使反射光和透射光的光强基本相同，所以称 G_1 为分光板或分束板。透过膜层 L 的光束（1）到达参考镜 M_1 后被反射回来；被 L 反射的光束（2）到达移动镜 M_2 后也被反射回来。由于（1）、（2）两束光满足光的相干条件，相遇后就发生干涉，在屏 P 上即可观察到干涉条纹。G_2 是补偿板，它使光束（1）和（2）经过玻璃的次数相同，当使用白光作为光源时，G_2 还可以补偿 G_1 的色散。M_1' 是在 G_1 中看到的 M_1 的虚像。在光学上，认为干涉就发生在 M_1' 与 M_2 之间的空气膜上。

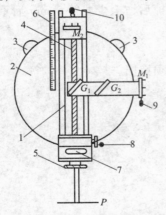

图 6.4.1　迈克耳逊干涉仪俯视图

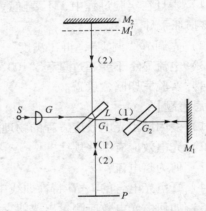

图 6.4.2　迈克尔逊干涉仪的实验原理图

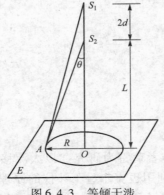

图 6.4.3　等倾干涉

如果实验使用激光作光源，激光束经透镜会聚后，是一个线度小、强度高的单色点光源，经 M_1、M_2 镜反射后，相当于由两个虚光源 S_1、S_2 发出的相干光束。如图 6.4.3 所示。S_1、S_2 的距离为 M_1'、M_2 距离的二倍，即 $2d$。虚光源 S_1、S_2 发出的球面波，在它们相遇的空间处处相干，因此为非定域干涉，在 P 处放一光屏调节 M_1 和 M_2 的方位，就可以看到干涉条纹，通常调节 $M_1 \perp M_2$，并把屏放在垂直于 S_1 和 S_2 的连线上，对应的干涉条纹是一组同心圆，圆心在 S_1、S_2 的延长线上，如图 6.4.3 中的 O 点。由 S_1、S_2 到屏上任意 A 的光程差 δ 为

$$\delta = AS_1 - AS_2 = \sqrt{(L+2d)^2 + R^2} - \sqrt{L^2 + R^2}$$

$$= \sqrt{L^2 + R^2}\left(\sqrt{1 + \frac{4Ld + 4d^2}{L^2 + R^2}} - 1\right) \qquad (6.4.1)$$

因 $L \gg d$，利用幂级数的展开式

$$\sqrt{1 + x} = 1 + \frac{1}{2}x - \frac{1}{2.4}x^2 + \cdots$$

可将式（6.4.1）改写为

$$\delta = \sqrt{L^2 + R^2}\left[\frac{1}{2}\frac{4Ld + 4d^2}{2L^2 + R^2} - \frac{1}{8}\frac{16L^2 d^2}{(L^2 + R^2)^2}\right]$$

$$= \frac{2Ld}{\sqrt{L^2 + R^2}}\left[1 + \frac{dR^2}{L(L^2 + R^2)}\right] \qquad (6.4.2)$$

$$\delta = 2d\cos\theta\left(1 + \frac{d}{L}\sin^2\theta\right) \qquad (6.4.3)$$

由式（6.4.3）可知，倾角相同的光线，光程差相同，因而干涉情况相同。当 M_1 与 M_2 完全垂直、即 $M_1' \parallel M_2$ 时，得到以 O 点为中心的环形干涉条纹。$d = 0$ 时，光程差最大，O 点处的干涉级次最高，这与牛顿环干涉情况恰好相反。在倾角不太大时，式（6.4.3）可简化为

$$\delta = 2d\cos\theta \qquad (6.4.4)$$

第 k 级亮纹对应的入射角应满足条件

$$2d\cos\theta_k = \pm\begin{cases} k\lambda,\ 亮纹 \\ (2k+1)\dfrac{\lambda}{2},\ 暗纹 \end{cases} \qquad (k = 0,1,2,\cdots) \qquad (6.4.5)$$

移动 M_2，若 d 增加时，可以看到圆环自中心"冒出"，而后往外扩张；若 d 减少时，圆环逐渐缩小，最后"湮没"在中心处。每"冒出"或"湮没"一个圆环，相当于 S_1、S_2 的距离改变了一个波长。设 M_2 移动了 Δd 距离，相应的"冒出"或"湮没"的环数 N，则

$$\Delta d = \frac{1}{2}\delta = \frac{1}{2}\Delta N\lambda \qquad (6.4.6)$$

从仪器上读出 Δd 及相应的环数 N，就可测出光波的波长。

【实验内容】

1. 迈克尔逊干涉仪的调整

（1）先将水准仪放在导轨上，调底脚螺钉使导轨水平。再调节 M_2 使它与 M_1 到 G_1 的距离大致相等（M_2 位于主尺 30 mm 或 35 mm 处）。

（2）点亮 He－Ne 激光器，调节其高度及位置，使光束通过 G_1 经 M_1、M_2 反射后落到光屏 P 上，呈现两组分立的光斑。如图 6.4.4 所示，一组是 M_1 镜反射产生的，另一组是 M_2 镜反射产生的。微调 M_1 反射镜反面的调节螺丝，使两组光点像重合（主要是最亮两点重合）。如果难以重合，可微调 M_2 镜后的两个螺丝。这样 M_1'、M_2 就大致平行，在视场中就可见到干涉条纹。

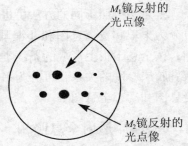

图 6.4.4　两组分立的光斑

2. 观察点光源非定域干涉，测定 He－Ne 激光波长

（1）按步骤将扩束镜放在激光器前共轴线上，把激光

大小和带电量比较合适。

5. 选择 5 个油滴分别测量 6 次, 每次测量都要重新调整平衡电压

【数据记录与处理】

（1）数据记录表格（见表 6.6.1）。

表 6.6.1 密立根油滴实验数据记录表格

次数 \ 项目		U/V	t/s	$q/ \times 10^{-19}C$	N	$e_i/ \times 10^{-19}C$	$\bar{e}/ \times 10^{-19}C$
第一个油滴	1						
	2						
	3						
	4						
	5						
⋮				⋮		⋮	
次数 \ 项目		U/V	t/s	$q/ \times 10^{-19}C$	N	$e_i/ \times 10^{-19}C$	$\bar{e}/ \times 10^{-19}C$
第五个油滴	1						
	2						
	3						
	4						
	5						

（2）实验数据处理。

实验中使用以下参数：

油滴密度	$\rho = 981 \text{ kg} \cdot \text{m}^{-3}$
重力加速度	$g = 9.80 \text{ m} \cdot \text{s}^{-2}$
空气粘滞系数	$\eta = 1.83 \times 10^{-5} \text{ kg} \cdot \text{m}^{-1} \cdot \text{s}^{-1}$
大气压强	$p = 76 \text{ cmHg} \ (0.1 \text{ MPa})$
修正常量	$b = 6.11 \times 10^{-6} \text{ m} \cdot \text{cmHg}$
平行板间距	$d = 5.00 \times 10^{-3} \text{ m}$
油滴匀速下落距离	$L = 2.00 \times 10^{-3} \text{ m}$

可得

$$q = \frac{1.43 \times 10^{14}}{U\left[t\left(1 + 0.019\,6\sqrt{t}\right)\right]^{\frac{3}{2}}} \qquad \text{单位：C} \qquad (6.6.10)$$

由上式计算被测油滴所带电量，并用"倒算法"求出油滴所带电荷个数 $n = q/e_0$（$e_0 = 1.60 \times 10^{-19}$C）。并将 n 取整数值 N，再用这个整数 N 去除所测得的电量值，得到测得的基

本电荷值

$$e = \frac{q}{N}$$

求得电子电荷 e 的平均值，并与 e_0 比较，计算相对误差，写出结果表达式。

【思考题】

（1）为什么两平行极板需调水平？

（2）在调平衡电压的同时，可否加上升降电压？

（3）长时间地监测一个油滴，由于挥发使油滴质量不断减小，将影响哪些量的测量？

（4）在跟踪某一油滴时，油滴为什么有时会突然变得模糊起来或消失，如何控制？

（5）怎样使油滴匀速下落？

【附录】

1. 主要技术参数

平均相对误差：≤3%；

极板电压：DC 0～700 V；

升降电压：DC 200 V～300 V；

数字电压表：（0～999 V）±1 V；

数字秒表：0～99.90 s；

显示屏刻度：总直线视场 4 mm，分 4 格，每格实际值 1 mm；

电源：～220 V，50 Hz；

显微镜：总放大倍数 30×。

2. 仪器简介

（1）油滴盒是本仪器很重要部件，机械加工要求很高，其结构如图 6.6.2 所示。

油滴盒防风罩前装有测量显微镜，通过胶木圆环上的观察孔观察平行极板间的油滴。监视器屏幕上刻有刻度线，其总刻度线为 4 mm，用以测量油滴运动的距离 l。屏幕上的刻度如图 6.6.3 所示。

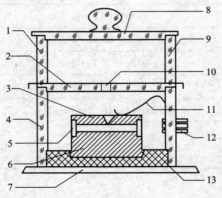

图 6.6.2　油滴盒结构图

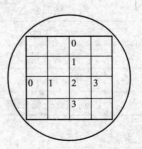

图 6.6.3　监视器屏幕

1—油雾室；2—油雾孔开关；3—防风罩；4—上电极板；

5—胶本圆环；6—下电极板；7—底板；8—上盖板；

9—喷雾口；10—油雾孔；11—上电极板压簧；

12—上电极板电源插孔；13—油滴盒基座

（2）仪器面板结构如图 6.6.4 所示。

① 电源开关按钮：按下按钮，电源接通，整机工作。

② 功能控制开关：有平衡、升降、测量三挡。

当处于中间位置即"平衡"挡时，可用平衡电压调节旋钮③来调节平衡电压，使被测量油滴处于平衡状态。

拨向"升降"挡时，上下电极在平衡电压的基础上自动增加 200 V ~ 300 V 的提升电压，油滴处于上升状态。

拨向"测量"挡时，极板间电压为 0 V，被测量油滴处于被测量阶段而匀速下落，并同时计时；油滴下落到预定距离时，迅速拨到"平衡"挡，同时计时停止。

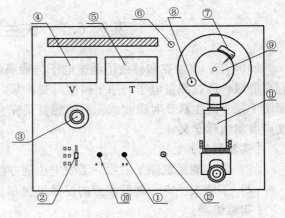

图 6.6.4　油滴仪面板

③ 平衡电压调节旋钮：可调节"平衡"挡时的极板间电压，调节电压 0 ~ 500 V 左右。

④ 数字电压表：显示上下电极板间的实际电压。

⑤ 数字秒表：显示被测量油滴下降距离间的时间。

⑥ 视频输出插座：在本机配用 CCD 摄像头，输出至监视器，监视器阻抗选择开关拨至 75 Ω 处。

⑦ 照明灯室：内置聚光灯泡对电场中的油滴照明。

⑧ 水泡：调节仪器底部两调节螺栓，使水泡处于中间，此时平行板处于水平位置。

⑨ 上、下电极：组成一个平行板电容器，加上电压时，板间形成相对均匀电磁场，可使带电油滴处于平衡状态（参见实验原理）。

⑩ 秒表清零键：按一下该键，清除内存，秒表显示"00.0"s。

⑪ 显微镜：显示油滴成像，配用 CCD 摄像头。

⑫ CCD 视频输入和 CCD 电源共用座：配用 CCD 成像系统时用。

3. 使用

（1）打开电源，整机开始预热，预热不得少于 10 min。

（2）调节仪器底部左右两调节螺栓，使水泡指示水平。

（3）功能键拨到"平衡"挡，调节电压在 150 ~ 200 V 左右，从油雾室小孔喷入油滴，打开油雾孔开关，油滴从上电极板中间直径 0.4 mm 孔落入电场中。

（4）1 ~ 2 min 后剩下几颗缓慢运动的油滴时，前后调节显微镜焦距，看清不同位置的油滴。选择其中一颗静止或缓慢运动的油滴（不要选过亮或过大的油滴），仔细调节平衡电压，使油滴静止不动（注意平衡电压应符合实验要求的范围 150 ~ 200 V）。

（5）按清零键，使秒表示数清零。

（6）功能键拨到"测量"挡，油滴匀速下降，同时计时开始，下落距离为 2 mm，即显示屏上 2 格时，再将功能键拨到"平衡"挡，同时计时停止，检查油滴下落 2 mm 的时间是否在 20 ~ 30 s，如符合要求则此时完成一颗油滴的挑选工作。

（7）如上对此油滴反复进行 6 次测量（每次测量都必须重新调节平衡电压）。

实验 6.7　夫兰克—赫兹实验

1914 年，夫兰克和赫兹用低速电子与稀薄气体原子碰撞的方法，使原子从低能级激发到高能级，通过测量电子与原子碰撞时交换某一定值能量，直接证明了原子能级的存在，也证明了原子发生跃迁时吸收或发射的能量是完全确定的、不连续的。他们因此获得 1925 年度诺贝尔物理学奖。

【实验目的】

（1）学习测量氩原子的第一激发电位的方法，加深对原子能级概念的理解。

（2）了解夫兰克—赫兹实验的设计思想和方法。

【实验仪器】

WFH – 3A 夫兰克—赫兹实验仪。

【实验原理】

原子只能处于一系列不连续的状态。这些状态具有分立的确定的能量值，称为定态。原子的跃迁只能吸收或发射相当于两定态能量差的能量。

原子从低能级向高能级跃迁，可以通过具有一定能量的电子与原子相碰撞进行能量交换来实现。

设气体原子的基态能量为 E_1，第一激发态能量为 E_2。若电子在某一电位差为 U_0 的加速电场作用下，获得能量 eU_0，且

$$eU_0 = E_2 - E_1 \qquad (6.7.1)$$

当电子与稀薄气体原子碰撞时，原子恰好吸收 eU_0 的能量，由基态跃迁至第一激发态，则这里的加速电位差 U_0 称为该原子的第一激发电位，测出 U_0 就可算出基态与第一激发态之间的能量差。

夫兰克—赫兹管的原理如图 6.7.1 所示。管中充有少量的氩。阴极 K 加热后发射出的电子，在阴极 K 与栅极 G_2 间的正向电压 U_{G2K} 的作用下被加速。板极 A 和栅极 G_2 之间加有反向拒斥电压 U_{G2A}。管内空间的电位分布如图 6.7.2 所示。

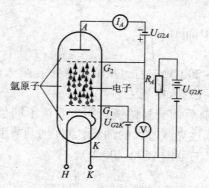

图 6.7.1　夫兰克 – 赫兹管原理图

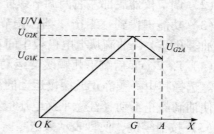

图 6.7.2　夫兰克 – 赫兹管内的电位分布

当电子通过 KG_2 空间进入 G_2A 空间时，如果具有较大的能量，就能冲过反向拒斥电场到达板极形成板流，为微电流计 I_A 检出。如果电子在 KG_2 空间因与气体原子碰撞，将

自己的全部或部分能量传给了原子使之激发的话，电子因失掉了能量或剩余能量很小，以致使通过栅极后也不足以克服拒斥电场而被折回，那么通过板极的电流就会显著地减少。

图 6.7.3 的 $I_A - U_{G2K}$ 曲线反映了电子与氩原子进行能量交换的情况。当加速电压 U_{G2K} 刚开始增大时，由于电压较低，电子获得的能量较低，与氩原子的碰撞只能是弹性碰撞，不会使氩原子激发，从而电子在碰撞后无显著的能量损失。能穿过栅极并克服反向拒斥电压而到达板极 A 的电子数随着 U_{G2K} 的增大而增多，即图 6.7.3 中的 Oa 段。当 U_{G2K} 达到或稍大于氩原子的第一激发电位 U_0 时，电子在栅极附近与氩原子作非弹

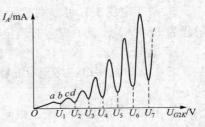

图 6.7.3　氩原子的 $I_A - I_{G2K}$ 曲线

性碰撞，使氩原子从基态跃迁至第一激发态，而失去能量的电子已不能克服拒斥电压到达板极，板流从峰值开始下跌。即图 6.7.3 中的 ab 段。随着 U_{G2K} 的增加，电子的能量也随之增加，在与氩原子碰撞后剩余的能量仍足以克服反向柜斥电场到达板极 A，这时电流又开始上升，即图 6.7.3 中的 bc 段。直到 U_{G2K} 加大到 $2U_0$ 时，电子在 KG_2 间又会第二次碰撞失去能量，造成如图 6.7.3 中 cd 段所示的板流第二次下降。同理，当 $U_{G2K} = nU_0$（$n = 1$，2，3，…）时，I_A 都会明显下降。$I_A - U_{G2K}$ 曲线的规则起伏变化，形象地证明了原子能级的存在。

应当指出，由于阴极和板极一般采用不同的金属材料制造，产生接触电位差，整个曲线会沿电压轴偏移。图 6.7.3 中与曲线第一峰值所对应的电压 U_a 并不等于而是稍大于原子的第一激发电位 U_0，但曲线上两相邻极值所对应的加速电压的差值就等于原子的第一激发电位 U_0 即 $U_0 = U_{n+1} - U_n$。公认值表明 $U_0 = 13.1$ V。

【仪器简介】

夫兰克—赫兹实验仪面板布置图如图 6.7.4 所示：

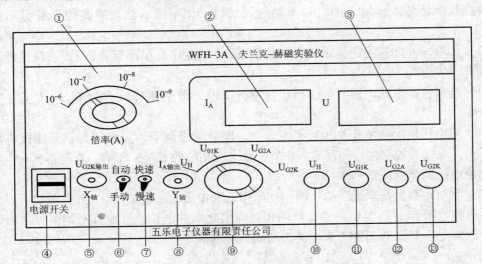

图 6.7.4　弗兰克-赫兹实验仪面板

① I_A 量程切换开关,分 4 挡:1 μA/0.1 μA/0.01 μA/0.001 μA(1 nA)。

② 数字电流表,I_A = 量程切换开关指示值 × 电流表读数/100。

如①指示 0.1 μA,本电流表读数 10,则 I_A = 0.1 μA × 10/100 = 0.01 μA。

③ 数字电压表,可分别显示 U_H、U_{G1K}、U_{G2A}、U_{G2K} 各种电压,显示 U_H、U_{G1K}、U_{G2A} 时满量程为 19.99 V,显示 U_{G2K} 时满量程为 199.9 V。

④ 电源开关。

⑤ U_{G2K} 输出端口,接至示波器或其他记录设备 X 轴输入端口,此端口输出电平为 U_{G2K} 的 1/10。

⑥ 自动/手动切换开关。拨向"自动"位置,与快速/慢速切换开关⑦及 U_{G2K} 调节旋钮⑬配合使用,可选择电压扫描速度及范围;拨向"手动"位置,与⑬配合使用,手动选择电压扫描范围。

⑦ 快速/慢速切换开关,用于选择电压扫描速度,拨向"快速"或"慢速"位置,只有⑥选择在"自动"位置时此开关才起作用。

⑧ I_A 输出端口,接至示波器或其他记录设备 Y 轴输出端口。

⑨ 电压指示切换开关,可分别指示 U_H、U_{G1K}、U_{G2A}、U_{G2K} 各种电压。

⑩ 灯丝电压 U_H 调节旋钮,调节范围 3 ~ 6.3 V,不可过高过低,调节过程要缓慢。

⑪ U_{G1K} 调节旋钮,调节范围 1.3 ~ 5 V。

⑫ U_{G2A} 调节旋钮,调节范围 1.3 ~ 15 V。

⑬ U_{G2K} 调节旋钮,自动/手动切换开关⑥拨向"手动"时调节范围为 0 ~ 100 V,拨向"自动"时调节范围 0 ~ 80 V 左右。

上述 U_H、U_{G1K}、U_{G2A} 各电压值由实验室给出。

【实验内容】

(1)将 U_H、U_{G1K}、U_{G2A}、U_{G2K} 四个电压调节旋钮逆时针旋到底,I_A 量程切换开关①置于"×10^{-7}(0.1 μA)"。U_{G2K} 输出端口⑤和 I_A 输出端口⑧分别用带⑨连接头电缆连接至示波器或其他设备 X 轴输入端口和 Y 轴输入端口。如不用示波器或其他设备可不接输出端口。

(2)如果⑤和⑧连接的是示波器,自动/手动切换开关⑥置于"自动",快速慢速切换开关置于"快速"。

(3)接通仪器电源,调节电压指示切换开关⑨,分别调节出 U_H、U_{G1K}、U_{G2A}(实验室给出值)。

(4)将电压指示切换开关⑨置于 U_{G2K} 挡,同时缓慢调节 U_{G2K} 旋钮⑬,使栅极电压 U_{G2K} 逐渐增大,观察 I_A 的变化,并每隔 0.5 V 记录一次相应的 U_{G2K} – I_A 值,直至得到 6 个峰值为止(栅极电压调节范围 0 ~ 100 V)。

(5)将所得数据选取适当的比例,在坐标纸上作出 I_A – U_{G2K} 曲线,并有曲线上得出各峰值所对应的电压 U_1,U_2,U_3…,计算两相邻峰值之间的电位差。取其平均值,求出氩原子的第一激发电位 U_0,计算相对误差并分析误差原因。

【数据记录】

表 6.7.1　手动测量数据记录表（共计 37 行 10 列）

U_{G2K}/V	$I/\times 10^{-\square}$A	U_{G2K}/V	$I/\times 10^{-\square}$A	U_{G2K}/V	$I/\times 10^{-\square}$A	U_{G2K}/V	$I/\times 10^{-\square}$A	U_{G2K}/V	$I/\times 10^{-\square}$A
10		28		46		64		82	
10.5		28.5		46.5		64.5		82.5	
11		29		47		65		83	
11.5		29.5		47.5		65.5		83.5	
12		30		48		66		84	
……	……	……	……	……	……	……	……	……	……
25.5		43.5		61.5		79.5		97.5	
26		44		62		80		98	
26.5		44.5		62.5		80.5		98.5	
27		45		63		81		99	
27.5		45.5		63.5		81.5		99.5	

结果表达式：

$$\begin{cases} U = \overline{U} \pm \Delta\overline{U} = \\ E = \dfrac{\Delta\overline{U}}{\overline{U}} \times 100\% = \end{cases}$$

【注意事项】

（1）调节 U_{G2K} 和 U_H 时应注意 U_{G2K} 和 U_H 过大会导致氩原子电离而形成正离子到达阳极使阳极电流 I_A 突然骤增，直至将夫兰克—赫兹管烧毁。所以，一旦发现 I_A 为负值或正值超过 10 μA，应迅速关机，5 min 以后重新开机。因为原子电离后的自持放电是自发的，此时将 U_{G2K} 和 U_H 调至零都无济于事。

（2）每个夫兰克—赫兹管的参数都不一样，尤其是灯丝电压，使用每一台仪器都要按调试步骤认真地进行操作。

【思考题】

（1）拒斥电压在实验中的作用是什么？

（2）板极电流 I_A 的峰谷是如何形成的？

（3）为什么 $I_A - U_{G2K}$ 曲线可以说明原子能级是分立的？

实验 6.8　塞曼效应

塞曼效应实验是物理学史上一个著名的实验，在 1896 年，塞曼（Zeeman）发现把产生光谱的光源置于足够强的磁场中，磁场作用于发光体，使其光谱发生变化，一条谱线即会分裂成 n 条偏振化的谱线，这种现象称为塞曼效应，塞曼效应的实验证实了原子具有磁矩和空间取向的量子化，并得到洛伦兹理论的解释。1902 年塞曼因这一发现与洛伦兹（H. Alorentz）共享诺贝尔物理学奖金。至今，塞曼效应仍然是研究原子内部能级结构的重要方法。

【实验目的】

（1）观察塞曼效应现象。

（2）掌握塞曼效应仪的结构和使用方法。

（3）学会测定荷质比的方法。

【实验仪器及原理】

塞曼效应测定仪，其构造如图 6.8.1 所示，其中 $F-P$ 标准具为法布里—珀罗标准具。它是由两块平行玻璃板及中间夹一个间隔圈所构成。平面玻璃板的内表面加工精度要求高于 1/20 波长，并镀有高反射膜，膜的反射率高于 90%。间

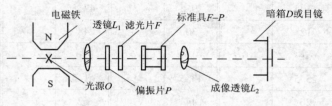

图 6.8.1　塞曼效应测定仪示意图

隔圈用膨胀系数很小的熔融石英或铟钢材料制成，用来保护两块平面玻璃板之间精确的平行度和稳定的间隔。

标准具的光路图如图 6.8.2 所示。当单色平行光束以小角度 φ 射到 $F-P$ 标准具后，在玻璃 M_1、M_2 板内表面之间多次反射和透射，分别形成一系列相互平行的反射光 1，2…及透射光束 1′，2′…，这些相邻光束之间的光程差 ΔL 为

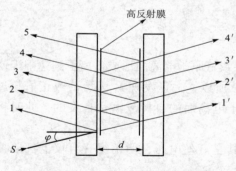

图 6.8.2　$F-P$ 标准具光路图

$$\Delta L = 2nd\cos \varphi \qquad (6.8.1)$$

式中　d——平行玻璃板之间的间隔；

　　　n——平行玻璃板间介质的折射率，标准具在空气中使用时 $n=1$；

　　　φ——光束的入射角。

这一系列平行并有一定光程差的光束，经透镜会聚后，在焦平面上形成干涉。光程差为波长整数倍时产生干涉极大值。即

$$2d\cos \varphi = k\lambda \qquad (6.8.2)$$

面光源射向标准具的光可以有各种角度，如果只考虑一个干涉级次，那么同一倾角的光可以形成一个干涉条纹，整个面光源形成一组等倾干涉条纹，即一组同心圆。

【实验内容】

1. 观察纵向塞曼效应

（1）旋转电磁铁，使其磁场方向与观察方向平行。

（2）点亮光源、调节各部件，使之与灯、磁铁中心等高同轴。

（3）沿导轨方向调节聚光镜位置，使光源位于透镜焦平面附近。

（4）调节 $F-P$ 标准具上的三个螺杆，直到眼睛上下、左右移动时，环心都没有明显的吞吐现象为止。

（5）调节测微目镜，使各级干涉环在目镜视场中央，并且亮度均匀、环纹细锐。

（6）接通电磁铁电源、缓缓增大励磁电流，从目镜中观察干涉环的分裂现象。当分裂条纹达到最清晰时，旋转偏振片观察左右旋圆偏振光。

2. 观察横向塞曼效应

（1）旋转电磁铁、使其磁场方向与观察方向垂直。

（2）重复 1 中的（2）、（3）、（4）、（5）步骤。

（3）去掉 1/4 波片，旋转偏振片观察 π 成分的偏振光。

（4）取相邻两级次干涉环进行测量，每一级次测 3 条，共测 6 条。如图 6.8.3 所示，测出的直径分别为 D_1、D_2、D_3、D_4、D_5、D_6。

（5）计算塞曼分裂的波数的实验值和理论值。

实验公式

$$\Delta \tilde{\gamma}_{\text{实验}} = \frac{1}{2d} \frac{\Delta D_{ab}^2}{\Delta D^2}$$

式中，d 为 $F-P$ 标准具间隔圈的间距

$$\Delta D_{ab}^2 = \frac{1}{2}(D_3^2 - D_1^2) + \frac{1}{2}(D_6^2 - D_4^2)$$

$$\Delta D^2 = D_5^2 - D_2^2$$

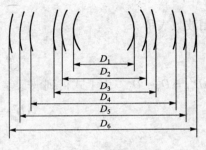

图 6.8.3 测量直径

理论公式

$$\Delta \tilde{\gamma}_{\text{理论}} = 4.67 \times 10^{-3} B (M_{2g_2} - M_{1g_1})$$

式中，B——从高斯计测出的电磁铁的 $B-I$ 曲线中求出。

3. 计算荷质比 e/m，与公认值比较，并计算误差

$$\frac{e}{m} = \frac{2\pi c}{B(M_{2g_2} - M_{1g_1})} \cdot \frac{1}{d} \cdot \frac{\Delta D_{ab}^2}{\Delta D^2}$$

【思考题】

（1）实验时，若用照相暗箱代替测微目镜，其步骤如何？

（2）实验时，如何鉴别 π 线和 σ 线。

【附录】

实验公式的推导：

用透镜把 $F-P$ 标准具的干涉花纹成像在焦平面上，花纹的入射角 θ 与花纹的直径 D 有如下关系

$$\cos\theta = \frac{f}{\sqrt{f^2 + (D/2)^2}} \approx 1 - \frac{1}{8}\frac{D^2}{f^2} \tag{6.8.3}$$

式中，f 为透镜的焦距，代入（6.8.2）得

$$2d\left(1 - \frac{1}{8}\frac{D^2}{f^2}\right) = N\lambda \tag{6.8.4}$$

由上式可见，干涉序 N 与花纹直径平方成线性关系。随花纹直径的增大，花纹越来越密。上式左边第二项负号表明直径越大的干涉环的干涉序 N 也越低。同理对于同序干涉环直径直径大的波长小。

对同一序不同波长 λ_a 和 λ_b 的波长差关系为

$$\lambda_a - \lambda_b = \frac{d}{4f^2N}(D_b^2 - D_a^2) = \frac{\lambda}{N} \times \frac{D_b^2 + D_a^2}{D_{N-1}^2 - D_N^2} \tag{6.8.5}$$

测量时所用的干涉花纹只是在中心花纹附近的 N 序花纹，考虑到标准具间隔圈的长度比波长大得多，因此用中心花纹的干涉序代替被测花纹的干涉序，引入的误差可以忽略不计。有

$$N = \frac{2d}{\lambda} \tag{6.8.6}$$

式（6.8.6）代入式（6.8.5），得

$$\lambda_a - \lambda_b \approx \frac{\lambda^2}{2d} \frac{D_b^2 - D_a^2}{D_{N-1}^2 - D_N^2} \tag{6.8.7}$$

用波数表示

$$\Delta \tilde{\gamma}_{\text{实验}} = \tilde{\gamma}_a - \tilde{\gamma}_b = \frac{1}{2d} \frac{\Delta D_{ab}^2}{\Delta D^2} \tag{6.8.8}$$

$\Delta D_{ab}^2 = D_a^2 - D_b^2$，由上式得到波长差与相应的直径平方差成正比，经逐差法处理

$$\Delta D_{ab}^2 = \frac{1}{2}(D_3^2 - D_1^2) + \frac{1}{2}(D_6^2 - D_4^2)$$

$$\Delta D^2 = D_5^2 - D_2^2$$

表 6.8.1　汞原子 $3s_1$ 和 $3p_2$ 能级的有关数据

	L	S	J	g	M	M_g
$3s_1$	0	1	1	2	1、0、−1	2、0、−2
$3p_2$	1	1	2	3/2	2、1、0、−1、−2	3、3/2、0、−3/2、−3

实验 6.9　用超声光栅测定液体中的声速

【实验目的】

（1）用超声光栅测量液体中的声速。

（2）了解压电陶瓷产生超声波的方法。

【实验仪器】

He—Ne 激光器一台，超声波发生器一台。

【实验原理】

超声波在液体中以纵波的形式传播，也就是说，当一束平面超声波在液体中传播时，在波前进的路径上，液体被周期性压缩与膨胀，其密度产生周期性变化，形成所谓疏密波。如果在超声波行进的方向上放置一表面光滑的与超声波波阵面平行的金属反射器，那么，到达反射器表面的超声波将被反射面沿反方向传播。在一定条件下，前进波与反射波叠加形成驻波（纵驻波）。其中振幅最大的位置称为驻波的波腹，振幅为零的位置则称为驻波的波节。由于驻波的振幅可达到单一行波振幅的两倍，这样，处于波源和反射器之间的液体，其疏密变化程度加剧了。仔细研究可以发现，对纵驻波的任一波节而言，它两边的质点在某一时刻都涌向节点，使波节附近成为质点密集区；半周期后，节点两边的质点又向左右散开，使波

节附近成为稀疏区。在同一时刻，相邻波节附近质点的密集和稀疏情况正好相反。与此同时，当一束光沿垂直于超声波传播的方向通过液体时，因为液体对光的折射率与液体密度有关系。所以，随着液体的密度周期性地变化，其折射率也是周期性变化的。在距离等于超声波波长 λ_s 的两点，液体密度相同，因而两点的折射率也相等。图 6.9.1 表示出超声驻波在 t 和 $t + \dfrac{T}{Z}$（T 为超声振动的周期）两时刻的振幅 y，液体的疏密分布以及液体的折射率 n 在空间各点的变化情况。

因为液体中各点的折射率是以正弦规律变化，所以光在通过这种疏密相间的液体时，空间各点的光速也产生了正弦规律的变化，于是光波波阵面的形状将发生改变。如果入射光的波阵面是平面，那么出射光的波阵面将成为以正弦规律变化的曲面。要是将这些出射光加以聚焦，就会出现干涉条纹。此现象与光线通过刻有刻痕的平面光栅的情形很相似。这种由超声波在液体中传播时所产生的光栅作用，称为超声光栅。所对应的光栅常数，即为两个相邻的稠密部分之间的距离，由图 6.9.1 可见，这一距离就是超声波的波长 λ_s。

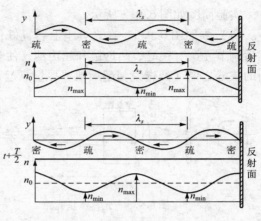

图 6.9.1　超声驻波

由光学理论知道，一波长为 λ 的平行光通过光栅常数为 $(a + b)$ 的光栅时，其第 K 级亮条纹的衍射角 φ_k 满足关系

$$(a + b)\sin \varphi_k = k\lambda$$

对于超声光栅，由于其光栅常数等于超声波的波长 λ_s，因此可以写成

$$\lambda_s \sin \varphi_k = k\lambda \tag{6.9.1}$$

如果已知光波波长 λ，通过测量衍射角 φ_k，即可求出超声波的波长 λ_s。再测出超声振动的频率 ν，就能够确定超声波在液体中的传播速度（声速）v

$$v = \lambda_s \nu \tag{6.9.2}$$

【仪器简介】

超声波发生器：本实验是用逆压电效应产生超声波。压电材料在交变电场的作用下，发生周期性的压缩与伸长，即产生机械振动。当外加交变电场频率达到压电元件的固有频率时，出现共振现象，机械振动的振幅达到最大值。这种振动向周围媒质传播出去，就得到超声波。具有显著压电效应的材料有石英晶体以及锆钛酸铅陶瓷（简称 PZT）等。采用锆钛酸铅陶瓷片，直径 30 mm，厚度 0.5 mm，频率 10 MHz 左右。

图 6.9.2（a）是振荡电源，用以产生所需频率的交变电压；图 6.9.2（b）是超声池，它是在一个小玻璃槽内装有待测声速的液体、压电陶瓷片和金属反射器。用导线将振荡电源的输出端接到压电陶瓷的电极上，压电陶瓷即成为超声波波源并在液体中激起超声波。旋钮 a，b 用来调节反射器表面和压电陶瓷片的平行度，松开旋钮 c，则可调节超声波波源（陶瓷片）和反射器之间的距离。当陶瓷片和反射器表面平行并距离合适时，前进波与反射波叠

加，形成稳定的驻波。此时，超声池中待测液体就成为一超声光栅，可用频率计测定振荡电源的输出频率。

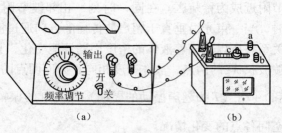

图 6.9.2　超声发生器

【实验内容】

本实验可采用两种方法完成。现分述如下：

1. 光具座法

实验简图如图 6.9.3 所示。

（1）参照图 6.9.3。在光具座上装置好仪器并调节光路。首先开启激光器的电源开关。然后调节光源、狭缝、凸透镜和超声池，使它们同轴等高。前后移动凸透镜，使屏上出现清晰的狭缝之像（凸透镜与超声池要尽量靠近）。

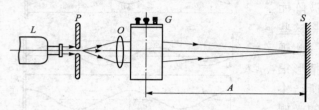

图 6.9.3　光具座法光路

（2）用导线将振荡电源的输出端与压电陶瓷的电极相连。接通振荡电源。稍待片刻，缓慢转动振荡电源的"频率调节"旋钮，当频率适当时，即可在屏上观察到衍射条纹。细心地调节超声池上的旋钮 a 和 b。必要时再微微转动超声池，以改善超声波波阵面与光束的平行度。直到屏上的衍射条纹又多又清晰为止（一般可达左右各三级）。

（3）测量超声池中心（声束中心）到屏之间的距离 A。再测出屏上第 $\pm K$ 级衍射条纹之间的距离 $D_{\pm K}$（为精确起见，此距离要进行多次测量后取平均值）。这样，$\sin \varphi_k \approx \dfrac{D_{\pm K}}{2A}$，代入式（6.9.1）得

$$\lambda_s = \frac{K\lambda}{\sin \varphi_K} \approx \frac{2KA\lambda}{D_{\pm K}} \tag{6.9.3}$$

（4）在教师指导下，测出振荡电源的振荡频率 ν。然后关闭振荡电源。于是声速

$$v = \lambda_s v \approx \frac{2KA\lambda\nu}{D_{\pm K}} \tag{6.9.4}$$

（5）把像屏 S 移到另一位置，再前后移动凸透镜，使得在屏上重新得到清晰的狭缝之像（超声池和凸透镜仍要尽量靠近），从而改变了声束中心到屏之间的距离 A。然后打开振荡电源开关，重复上述各步骤。如此重复做 3 次，记录数据并分别计算出所测得的声速 v_1、v_2、v_3，最后取平均值 $\bar{v} = \dfrac{1}{3}(v_1 + v_2 + v_3)$，将数据记入表 6.9.1 中。

表 6.9.1　数据记录表　　液体名称：　　激光 $\lambda = 632.8$ nm

次数	A/mm	K	$D_{\pm K}/\text{mm}$	v/MHz	$v = \dfrac{2KA\lambda\nu}{D_{\pm K}}$	$\bar{v} / (\text{m} \cdot \text{s}^{-1})$
1						
2						
3						

2. 分光仪法

用钠光灯作光源，$\lambda = 589.3$ nm。

（1）把一块平行平面玻璃竖直放在分光仪载物台的正中央。用自准直方法调节分光仪，使得在望远镜中能看到清晰明亮的狭缝之像。

（2）取下平行平面玻璃，把盛有待测液体的超声池放在分光仪载物台的中央。将振荡电源的输出接到压电陶瓷的电极上，然后开启振荡电源。稍待片刻，缓慢转动振荡电源的"频率调节"旋钮，在频率适当时，即可在望远镜中观察到衍射条纹。由于超声光栅的光栅常数较大，所以各条纹间的距离较小。细心地调节超声池上的旋钮 a 和 b，必要时再微微转动分光仪载物台，以改善超声波波阵面和光束的平行度，直到衍射条纹又多又清晰为止（一般可达左右各三级）。

（3）测出各级衍射条纹的角位置。为了消除分光仪分度盘中心对转轴的偏差，对每一条纹的角位置要分别从分度盘两侧的游标上读取。当衍射角很小时，$\sin \varphi_k \approx \varphi_k$（$\varphi_k$ 用 rad 表示），所以

$$\Lambda = \frac{K\lambda}{\sin \varphi_k} \approx \frac{k\lambda}{\varphi_k} \tag{6.9.5}$$

（4）在教师指导下，测出振荡电源的振荡频率 ν，于是声速 $v = \Lambda\nu = \dfrac{k\lambda\nu}{\varphi_k}$，将数据记入表 6.9.2 中

表 6.9.2　数据记录表　　　液体名称　钠光 $\lambda = 589.3$ nm

名称	$\varphi-3$	$\varphi-2$	$\varphi-1$	$\varphi 0$	$\varphi+1$	$\varphi+2$	$\varphi+3$	K	φ_K/rad	v/MHz	$v = \dfrac{K\lambda\nu}{\varphi_K}/(\text{m}\cdot\text{s}^{-1})$
左游标											
右游标											

【思考题】

（1）实验时可以发现，当振荡电源的振荡频率升高时，衍射条纹间的距离增大；当频率降低时，条纹间的距离减小。这是什么原因？

（2）由驻波理论知道，相邻波腹间的距离和相邻波节间的距离都等于半波长，为什么超声光栅的光栅常数等于超声波的波长呢？

（3）通过实验，你能比较出超声光栅与平面光栅有何异同吗？

【附录】

（1）超声波发生器原理图（图 6.9.4）。

（2）超声池简图（图 6.9.5）。

（3）数据举例。

① 液体名称：纯无水乙醇；

液体温度：$t = 12.5$ ℃；

激光波长：$\lambda = 633$ nm；

超声池与屏间距离：$A = 99.0$ cm；

超声频率：$\nu = 10.56$ MHz；

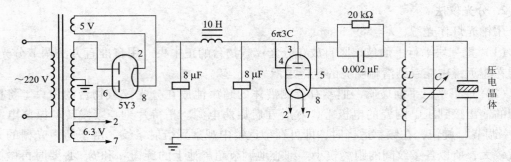

图 6.9.4 震荡电源原理图

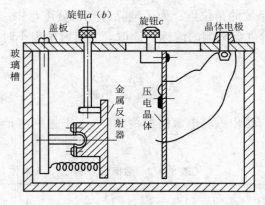

图 6.9.5 超生池

实验结果：$v = (1.19 \pm 0.02) \times 10^5$ cm/s。

表 6.9.3 数据举例表

K	D/cm	$\Lambda/\times 10^{-2}\text{cm}$	$v/\times 10^5\ (\text{cm}\cdot\text{s}^{-1})$	$\Delta v/\times 10^5\ (\text{cm}\cdot\text{s}^{-1})$
1	1.10	1.14	1.20	0.01
2	2.30	1.09	1.15	0.04
3	3.30	1.14	1.20	0.01
4	4.50	1.11	1.17	0.02
5	5.40	1.15	1.21	0.02
平均		1.13	1.19	0.02

② 液体名称：煤油；

液体温度：$t = 12.5\ ℃$；

激光波长 $\lambda = 633$ nm；

超声池与屏间距离：$A = 102.0$ cm；

超声频率：$\nu = 10.76$ MHz；

表 6.9.4　数据举例表

K	D/cm	$\Lambda/\times 10^{-2}\text{ cm}$	$v/\times 10^{5}\text{ }(\text{cm}\cdot\text{s}^{-1})$	$\Delta v/\times 10^{5}\text{ }(\text{cm}\cdot\text{s}^{-1})$
1	1.00	1.29	1.39	0.05
2	2.10	1.23	1.32	0.02
3	3.20	1.21	1.30	0.04
4	4.15	1.24	1.33	0.01
平均		1.24	1.34	0.03

实验结果：$v = (1.34 \pm 0.03) \times 10^{5}$ cm/s。

注：本实验参考天津大学李增智实验结果。

实验 6.10　钨的逸出功的测定

【实验目的】

（1）用里查逊直线法测定钨的逸出功。

（2）了解热电子发射的基本规律。

（3）进一步学习数据处理方法。

【实验仪器】

WF-6 型逸出功测定仪（包括理想二极管，二极管电源，温度测量系统）。

【实验原理】

在高度真空的管子中，应用最广泛的纯金属阴极是钨，个别的亦有钼、钽等材料制成。如果给阴极通以电流加热，金属中电子就可能逸出金属表面。这种因加热而使电子从金属中逸出的现象称为热电子发射。研究热电子发射的目的之一就是要选择合适的阴极物质。实验和理论证实：影响灯丝发射电流密度的主要参量是灯丝温度和灯丝物质的逸出功。灯丝温度愈高，发射电流密度愈大；金属的逸出功愈小，发射的电流密度亦愈大。因此理想的纯金属热电子发射体应该是具有较小的逸出功而有较高的熔点，使得工作温度得以提高，以期获得较大的发射电流。

1. 电子的逸出功

根据固体物理学的金属电子理论，金属中的传导电子具有一定的能量。但是它们处于简并情况，单个原子中的每一能级分裂为许多很靠近的能级，犹如一连续的带，称之为"能带"。现代电子论认为金属中电子能量分配不是按照麦克斯韦分布，而是按费米—狄拉克统计公式分布的。在绝对零度温度时，电子能量分布如图 6.10.1 中曲线①所示。这时电子具有最大的能量为费米能级 E_f 对应的能量。当温度高于绝对零度

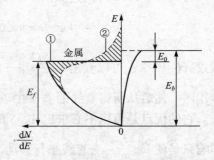

图 6.10.1　金属中的电子能量分布图

时，电子能量分布如图 6.10.1 中曲线②。这时有部分电子的能量大于 E_f，且高能量的电子数随着能量的增加按指数规律递减。

按上述分析，在通常温度下，金属中必然有部分电子的能量高于费米能级，但金属中几乎没有电子从其表面逸出。这是因为金属表面存在一个约 10^{-10} m 左右的电子 – 正电荷电偶层，阻碍电子从金属中逸出，即金属表面与外界（真空）之间存在一个势垒 E_b，电子要从金属中出来，至少要具备 E_b 的能量。从图 6.10.1 看出，要使处于绝对温度零度的金属中电子逸出表面。电子至少要从外界获得能量

$$E_0 = E_b - E_f = e\varphi \tag{6.10.1}$$

式中　E_o（$e\varphi$）——逸出功；

　　　φ——逸出电位；

　　　e——电子电量。

逸出功表征处于绝对温度零度时，金属中具有最大能量的电子逸出金属表面要给的最小能量。逸出功的单位常用电子伏特（eV）。

2. 热电子发射公式

图 6.10.2 是测量热电子发射所形成的电流的原理图，它由理想二极管、电表、电源组成。

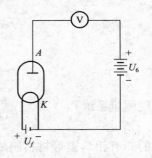

图 6.10.2　测量热电子发射
　　所形成电流的原理

根据费米—狄拉克分布可以导出热电子发射遵循的里查逊—杜希曼公式

$$I_s = AST^2 \exp\left(-\frac{e\varphi}{kT}\right) \tag{6.10.2}$$

式中　I_s——热电子发射的电流强度；

　　　A——与阴极表面化学纯度有关的系数；

　　　S——阴极的有效发射面积；

　　　k——玻耳兹曼常量（1.38×10^{-23} J/K）；

　　　T——阴极材料热力学温度；

　　　$e\varphi$——逸出功。

原则上，只要测定 I_s、A、S 和 T，就可以由式（6.10.2）计算出逸出功。但是困难在于 A 和 S 的测量，所以在实际测量中常用下述的所谓里查逊直线法。

3. 里查逊直线法

将式（6.10.2）两边除以 T^2，再取对数得

$$\log\frac{I_s}{T^2} = \log AS - \frac{e\varphi}{2.303kT} = \log AS - 5\,040\varphi\,\frac{1}{T} \tag{6.10.3}$$

从式（6.10.3）可以看出 $\log\dfrac{I_s}{T^2}$ 与 $\dfrac{1}{T}$ 成线性关系。如果我们以 $\log\dfrac{I_s}{T^2}$ 作纵坐标，以 $\dfrac{1}{T}$ 为横坐标作图，然后从所得直线的斜率中就可求出电子的逸出电位 φ。这方法就叫做里查逊直线法。它的优点是可以不必求出 A、S 的具体数值，直接由 T 和 I_s 就可得出 φ 的值，A 和 S 的影响只是使 $\log\dfrac{I_s}{T^2} - \dfrac{1}{T}$ 直线平行移动。这种方法在实验、科研、生产上都有广泛应用。

4. 肖脱基效应

为了维持阴极发射的热电子能连续不断地飞向阳极，必须在阳极与阴极间外加一个加速电场 E_a。然而，由于 E_a 的存在，就必然助长了热电子发射，这就是所谓的肖脱基效应。肖

脱基认为，在加速场 E_a 的作用下，阴极发射电流 I_a 与 E_a 有如下关系式

$$I_a = I\exp\left[\frac{\sqrt{e^3 E_a}}{kT}\right] \tag{6.10.4}$$

式中　I——零场电流；

　　　k——玻耳兹曼常量；

　　　T——阴极温度；

　　　e——电子电量。

对式（6.10.4）取对数得

$$\log I_a = \log I + \frac{\sqrt{e^3}}{2.30kT}\sqrt{E_a} \tag{6.10.5}$$

为了简便，将阴极和阳极做成共轴圆柱形，并忽略接触电位差的影响，其加速电场可表示为

$$E_a = \frac{U_a}{r_1\ln\dfrac{r_2}{r_1}} \tag{6.10.6}$$

式中　r_1 和 r_2——阴极和阳极的半径；

　　　U_a——加速电压。

将式（6.10.6）代入式（6.10.5），得

$$\log I_a = \log I + \frac{\sqrt{e^3}}{2.30kT}\cdot\frac{1}{\sqrt{r_1\ln\dfrac{r_2}{r_1}}}\cdot\sqrt{U_a} \tag{6.10.7}$$

由此式看出阴极温度一定时，对于确定的理想二极管（r_1 和 r_2 为定值），$\log I_a$ 和 $\sqrt{U_a}$ 有线性关系。若以 $\log I_a$ 为纵坐标，$\sqrt{U_a}$ 为横坐标作图，此直线的延长线与纵轴的交点为 $\log I_a$，由此可求出在一定温度下的零场电流 I。图 6.10.3 为一组 $\log I_a - \sqrt{U_a}$ 关系曲线。

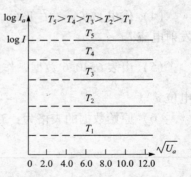

图 6.10.3　$\log I_a - U_a$ 关系曲线

【仪器简介】

1. 理想二极管

其结构原理如图 6.10.4 所示。它为直热式真空二极管，阴极与阳极为同轴圆形系统。阴极为待测逸出功的材料（本实验材料为钨）制成的细直线，阳极为镍片制成的圆筒。在阳极中部开有一小孔，以便用光测高温计测定灯丝温度。为避免灯丝两端温度较低和电场的边缘效应层，在阳极两端各装一圆筒形保护电极。保护电极和阳极加同一电压，但其电流不计入热电子发射电流中。

2. 实验电路

根据实验原理，实验电路如图 6.10.5 所示。220 Ω 的两只电阻是为了平衡灯丝上的电压降和阳极电压的关系而设置的平衡电阻。由于连接电路训练并非本实验的训练目的，因此理想二极管的电路已经在仪器中连接好了。

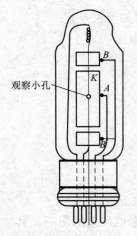

观察小孔

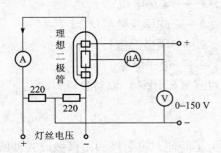

图 6.10.4　理想二极管的结构图　　　　图 6.10.5　实验电路

3. 关于 WF – 5 型逸出功测定仪操作说明请参阅附录

【实验内容】

（1）熟悉仪器装置，接通电源预热 10 min。

（2）取理想二极管参考灯丝电流 I_f 约从 0.55 ~ 0.75 A，每隔 0.05 A 进行一次测量，同时记录灯丝温度。

（3）对每一参考灯丝电流在阳极上加 25 V、36 V、49 V、64 V、81 V、…、144 V 等电压，同时各测出一组相对应的阳极电流，分别记录数据于表 6.10.1 ~ 表 6.10.5，作图并换算成表 6.10.6。

（4）作出 $\log I_a \sim \sqrt{U_a}$ 图线，求出截距 $\log I$，即可得到在不同灯丝温度时的零场热电子发射电流 I。

（5）由表 6.10.6 数据，作出 $\log \dfrac{I_s}{T^2} \sim \dfrac{1}{T}$ 图线，从直线斜率求出钨的逸出功 $e\varphi$（或逸出电位 φ）。

（6）原始数据的表格为：五组表 6.10.1 ~ 表 6.10.5。

表 6.10.1　数据记录表

灯丝温度：

	阳极电压	阳极电流
1		
2		
3		
4		
5		
6		
7		
8		
量程		第　组

按返回键"RIGHT"退到主菜单,按确定键"LEFT"可以继续浏览下一组数据,浏览完五组原始数据之后第六张表中存放的是处理后的中间数据。如表6.10.6所示。

表6.10.6 $\log I_s/T^2 \sim 1/T$ 关系数据记录表

T/K					
$\log I_s$					
$\log I_s/T^2$					
$1/T \times 10^{-4}$					

逸出功 $e\varphi =$ eV

(7)通过上、下方向键进入曲线拟合状态将阳极电流随阳极电压,灯丝温度的变化的关系显示出来,一共有两张图。一张是阳极电流随阳极电压的变化关系,还有一张是零电场发射电流与灯丝温度的关系。

图6.10.6虚线的意思是通过外延法测的零电场的发射电流。按确定键"LEFT"继续浏览下一张图,按返回键"RIGHT"退到主菜单。

图6.10.7测量点以×字显示,直线是通过最小二乘法拟合的效果。

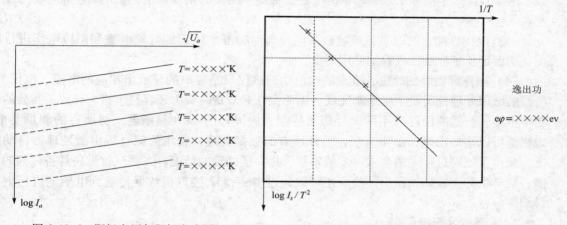

图6.10.6 阳极电压与阳极电流图 　　　　图6.10.7 零电场发射电流与灯丝温度图

(8)通过上、下方向键进入检查验收状态,按确定键"LEFT"可以判定试验是否合格。

(9)通过上、下方向键进入数据清除状态,按确定键"LEFT"可以清除数据。

(10)按背光键,可以通过左、右方向键来调节液晶屏的对比度。

(11)把逸出功公认值和用作图法计算出来的结果相比较,求出相对误差。

【思考题】

(1)何为逸出功?改变阴极的温度是否改变了阴极材料的逸出功?

(2)阴极温度的改变,对阴极热电子发射有何影响?

(3)里查逊直线法有何优点?

(4)何为零场电流,本实验中如何得到的?

(5)灯丝电流为什么要保持稳定?测量中,每次改变 I_f 值时为什么要预热几分钟,然后再测数据。

【附录】

1. 仪器用途

本仪器是专门为大专院校做测量金属（钨）电子逸出功（或逸出电位）实验设计的中级物理实验仪器，由于该实验在方法上所用的里查逊（Richardson）直线法是一种常被采用的基本实验方法；在数据处理方面有较好的基本训练，因此该实验已逐步被引入工科物理实验。

2. 仪器特点

新式的电子逸出功测试仪与老式的相比具有以下几个优点：

（1）在电路原理上的改进：老式的逸出功测试仪的稳压电源和测量电表需要外接，而新式的逸出功测试仪将所有的电源和测量电表集成在一起，免去了外部连线，缩小了实验场地。

（2）性能上的改进：老式的逸出功测试仪使用机械式的电压表、电流表进行测量，测量值受到了很大的人为因素的干扰，如观察的角度等，因此测量误差较大。新式的逸出功测试仪采用数字化技术，将所有的模拟量都通过模数转换器转换成数字量进行测量，结果都以数字的形式显示，消除了人为因素的干扰、提高了实验的精度，使整机的误差缩小到了5%左右。

（3）电气性能上的改进：通过数字电位器对标准二极管的灯丝电流和阳极电压进行嵌位，从而延长了标准二极管的使用寿命。

（4）操作界面上的改进：老式的逸出功测试仪只是简单的显示出相应的电流、电压值。所有的结果处理都需要学生手动完成，因而操作起来费时费力还容易出错，导致了实验的成功率不高。新式的仪器采用了微处理器控制，大屏幕的 LCD 显示器，将所有的测量菜单、表格都可以显示出来，操作直观，另外所有的数据处理，直线的拟合均由微处理器自动完成，减少了处理过程中的舍入误差的累积，提高了处理的精度。在测试仪上还具备评判的功能，对学生的实验结果做出评价。还可以通过 RS - 232 接口将数据传送到电脑上进行更为详细的分析。

3. 主要技术指标

（1）实验结果相对误差：≤5%。

（2）理想二极管。

灯丝材料：钨丝。

（3）测量稳定度：≤ ±3LSB。

（4）测量精度。

阳极电压、灯丝电流：12 bitAD（1/4 096）。

阳极电流：10 bit（1/1 023）。

（5）其它。

电源电压：220 V ±10%，消耗功率：≤30 W。

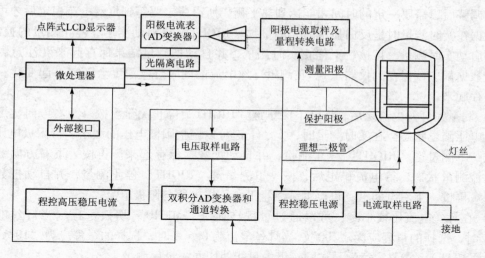

图 6.10.8　仪器电路原理方框图

4. 仪器电路原理方框图（见图 6.10.8）

5. 仪器操作说明

仪器需要预热 5～10 min，以便使测量结果稳定。

（1）打开仪器，在欢迎画面之后进入到主菜单，如图 6.10.9 所示。

（2）面板上各键操作说明：

1）上下左右键可以使光标移动到需要的项目上。按确定键 "LEFT" 进入该项功能中。

2）需要数据测量时进入到数据测量状态，这时显示出测量界面。如图 6.10.10 所示：

主　菜　单		操作
1：数据测量　5：数据清除		
		上
2：数据处理　6：检查验收		下
3：列表显示　7：同步传输		左
		右
4：拟合曲线　8：打印曲线		

确定		

图 6.10.9　LCD 主菜单图

灯丝电流：xxxxxA			
灯丝温度：xxxxx℃		第 01 组	操作
阳极电压		阳极电流	选择
1：xxxxxV		1：xxxxxV	上
2：xxxxxV		2：xxxxxV	下
3：xxxxxV		3：xxxxxV	
4：xxxxxV		4：xxxxxV	调节
5：xxxxxV		5：xxxxxV	加
6：xxxxxV		6：xxxxxV	减
7：xxxxxV		7：xxxxxV	
8：xxxxxV		8：xxxxxV	
确定		量程/1	测量

图 6.10.10　LCD 数据处理

图 6.10.10 所有的测量数据都未定。按测量键 "RIGHT" 进入测量状态，第一个测量的是灯丝电流，在同一组中只测一次，上、下方向键可调整灯丝电流的大小。需要注意的是灯

丝电流调整后，需要一定的时间才能达到热平衡。所以一定要等到灯丝电流稳定后才可以读数。数据在实时测量时是反白显示的。测量键"RIGHT"是启动测量、停止测量的控制键，按一下启动实时测量，再按一下停止实时测量，并自动把测量结果保存起来（注意测量的每一个数据都应该保存到仪器里）。在测量灯丝电流的同时灯丝温度会随着一起变化，并一起被保存起来。

3）测量完灯丝电流之后，按一下测量键"RIGHT"停止测量。按一下右方向键可以启动阳极电压测量状态。在实时测量时，上、下键可以调整阳极电压的大小。待阳极电压稳定后，按一下测量键"RIGHT"停止测量，并自动把数据保存起来。再按一下右方向键进入阳极电流测量状态，待电流稳定后，按一下测量键"RIGHT"停止测量，并自动把数据保存起来。再按一下右方向键，可以继续测量下一阳极电压与阳极电流。

4）在灯丝电流比较小时，可以通过量程转换键"MENU"切换量程（当灯丝电流为0.55 A时，选择的量程应为"100"；当灯丝电流为0.6 A时，选择的量程应为"10"；其他均为量程"1"）。需要注意的是在同一组中只能使用同一量程测量。

5）在测量时，阳极电流随阳极电压的变化并不大，所以在同一组中第一个阳极电流可以作为量程的选择标准。阳极电流的量程范围是0～1 023，合适的量程应该具备三位有效数字。阳极电流的实际值为显示值除以量程。如显示值为"0.666 mA"，量程是"/100"时，则结果是（0.666/100）mA = 6.66 μA。灯丝电流小时测量值稳定需要一定的时间，鉴别稳定的标准是数据长时间在某一个值的附近波动±2即可。

6）测量完一组数据后，按一下确定键"LEFT"可进入下一组的测量。待5组数据测完自动返回到主菜单。

7）通过上、下方向键进入数据处理状态进行数据处理，处理内容包括将原始数据转换、最小二乘拟合等。等待画面完成之后处理完成，自动返回主菜单。

8）通过上、下方向键进入列表显示状态把结果（包括原始测量的结果和处理过的中间数据）以表格的形式显示。

实验 6.11　光纤传感器测温度

光纤传感技术是伴随光通信的迅速发展而形成的新技术。在光通信系统中，光纤是光波信号长距离传输的媒质。当光波在光纤中传播时，表征光波的相位、频率、振幅、偏振态等特征参量，会因温度、压力、磁场、电场等外界因素的作用而发生变化，故可以将光纤用作传感元件，探测导致光波信号变化的各种物理量的大小，这就是光纤传感器。利用外界因素引起光纤相位变化来探测物理量的装置，称为相位调制传感型光纤传感器，其他还有振幅调制传感型、偏振态调制型、传光型等各种光纤传感器。

与其他传感器相比，光纤传感器的特点是：

（1）抑抗电磁干扰，电绝缘性能好，耐腐蚀，安全可靠，因此可用于强电磁干扰，易燃易爆，强腐蚀等环境中。

（2）灵敏度高、重量轻、体积小、光路可变等，有较广阔的应用前景和深刻的物理内容。

光纤及光纤传感技术，均有专门著作详细介绍，本实验介绍一种测定光纤干涉仪温度灵敏度的原理和方法。

【实验目的】

（1）了解光纤传感器的基本原理及其调整方法。

（2）测定 Mach—Zehnder 光纤干涉仪的温度灵敏度。

【实验原理及仪器】

光纤基本结构是由两层媒质构成，如图 6.11.1 所示，外层为包层，内层为纤芯，纤芯的折射率比包层的折射率大，当进入光纤的光入射角合适时，光在纤芯和包层的交界面发生全反射，光波就能沿着纤芯向前传播。

图 6.11.1 所示光纤的折射率沿径向分布从 n_1 到 n_2 有明显的分界，称为阶跃型光纤，也有的折射率沿径向分布是"渐变型"的，如图 6.11.2 所示，在这种光纤内，光沿光滑曲线前进。

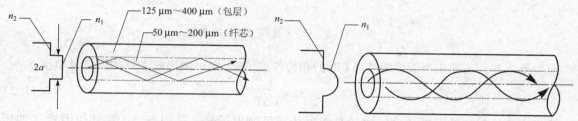

图 6.11.1 阶跃型多模光纤结构示意图　　图 6.11.2 渐变型多模光纤结构示意图

根据光纤理论可以证明，光在包层和纤芯界面上发生全反射的条件是：空气中入射光线和光纤轴线的夹角小于某一值 α_{max}，而

$$\sin \alpha_{max} = \sqrt{n_1^2 - n_2^2} \approx n_1 \sqrt{2\Delta}$$

$$\Delta = \frac{n_1 - n_2}{n_1}$$

$\sin \alpha_{max}$ 的值又称为光纤的数值孔径，简写为 NA，α_{max} 为光纤捕捉光线的最大入射角。当 n_1 与 n_2 的差值小时，说明光纤捕捉光线的能力差，当 n_1 与 n_2 的差大时，说明光纤捕捉光线的能力强。

Mach-Zehnder 光纤干涉仪（马赫—曾德尔干涉仪，简称 $M-Z$ 光纤干涉仪）是一种相位调制传感型光纤传感器，其原理图如图 6.11.3 所示。

将光纤和光学元件组成一定的干涉仪光路，用激光作光源，即可产生干涉条纹。

从 He－Ne 激光器发出的激光束经分束镜分成两束光，分别经两个会聚透镜（实验中采用显微镜物镜）后进入两根长度基本相等的单模光纤，它们就是干涉仪的两臂。其一为探测臂，它有一段通过长度为 L 的加热管；另一为参考臂。使两光纤的输出光汇合，在两输出光束重叠的空间中将产生干涉，用显微镜可观察到干涉条纹，各条纹强度近似相等。

双光束发生干涉的场中，光强分布的规律是

$$I \propto (1 + \cos \varphi) \tag{6.11.1}$$

式中 φ 是两光束的相位差。当 $\varphi = 2m\pi$ 时，I 为极大值，m 是干涉级次。当 φ 发生变化，则光强 I 随之而变，形成干涉条纹"移动"。由条纹移动数 Δm 即可得出相应的 $\Delta \varphi$ 值。

实验中，改变探测臂的温度 T，将引起光纤的长度和折射率发生变化，从而两臂的相位

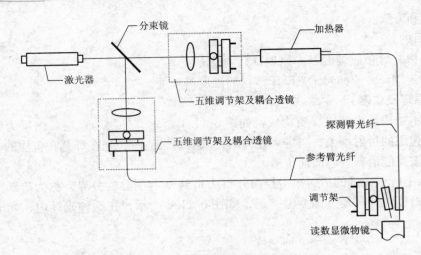

图 6.11.3 $M - Z$ 光纤干涉仪原理图

差发生改变。若测出当温度改变 ΔT 时的相位改变 $\Delta\varphi$，则可测出此光纤的温度灵敏度 S_T

$$S_T = \frac{\Delta\varphi}{L\Delta T} \tag{6.11.2}$$

式中 L 为被加热的光纤长度。这就是温度传感器测温原理。若引起 $\Delta\varphi$ 是其他因素（如压力），则可作出测量相应量的传感器。

【实验内容】

1. 调节干涉仪光路，使光纤与光束很好地耦合，将有很强的光输出，并得到对比度较好且疏密合适的干涉条纹。耦合不好，输出光强很弱，则无法进行观测。先调节光纤调节架的整体方位，让激光束照亮光纤，然后利用调节架上的微调螺钉进行细调。

2. 给探测臂加温，测出温度改变 ΔT 时相应的条纹移动数 Δm，每移动 10～20 个条纹记录一次，计算光纤的温度灵敏度 S_T，并与理论值比较；实验中被加热的光纤长度为30.8 cm。

3. 光纤易断，务必小心。不要用手去触摸光纤端面。

【思考题】

（1）光纤纤芯和包层折射率分别为 $n_1 = 1.62$ 和 $n_2 = 1.52$，请估计在调整时，应使光线进入光纤端面的入射角小于多少时，才能使光线顺利通过光纤？

（2）条纹对比度与什么因素有关？怎样调节才有可能改变？

（3）条纹疏密与什么因素有关？怎样调节才能使条纹变疏？

第七章

设 计 性 实 验

7.0 设计性实验的基本知识、任务与要求

7.0.1 设计性实验的性质和特点

设计性实验是由实验室给出的课题，根据实验室提供的条件，要求学生在规定的时间内，确定实验方案，选择合适的仪器设备，拟定实验程序和注意事项，调整测试，合理处理实验数据，最后写出完整的实验报告。

设计性实验是在学生有一定的基础实验训练后，对学生进行的一种介于基础教学与科学研究之间的教学实验，目的是使学生所学到的实验知识和技能，在实验方法的考虑、测量仪器的选择、测量条件的确定等方面受到系统的训练，它对开拓学生思路，扩展学生知识面，培养学生的科学实验能力具有非常重要的意义。

为了确保设计性实验的顺利进行，要求学生在进入设计性实验阶段之前，必须具有比较丰富的实验经验和技能，掌握相当数量的基本仪器使用和测量方法，掌握正确的数据处理方法。

7.0.2 实验方案的选择和仪器配套

1. 实验方法的选择

根据所研究的题目，查阅有关资料以便收集各种可能的实验方法：即根据一定的实验原理，确定被测量与可测量之间的关系，推证出有关测量公式，通过分析与比较，选择出一种实验上可行、实验条件允许、能够保证测量精度的最佳方案。例如，测定重力加速度，要求测量的百分差小于 0.05%。经查资料，可提供的实验方法有单摆法、复摆法、自由落体法、气垫导轨法等。各种方法均有优缺点，这就要进行综合分析和对比，分析各种方法可能引起的系统误差以及将采用的消除系统误差的方法，同时考虑测量的精确度，并确定数据处理的手段等等。

2. 测量方法的选择

实验方法选定后，为使各测量量的结果误差最小，需要进行误差来源及误差传递的分析，并依据可能提供的仪器，确定合适的测量方法。例如，若选定自由落体法，则在时间测量

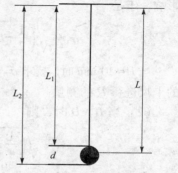

图 7.0.2.1 单摆摆长测量

上，就有光电计时法、火花打点法、频闪照相法等多种测量方法。再如，选定的是单摆法，则测量摆长（见图 7.0.2.1）有三种方法，即

$$(1)\ L=\frac{L_1+L_2}{2},\ (2)\ L=L_1+\frac{d}{2},\ (3)\ L=L_2-\frac{d}{2}$$

这里的 L_1 和 L_2 用毫米刻度的米尺测量，其测量结果的仪器误差

$$\Delta_{仪}=2\times\frac{0.1}{2}\ cm=0.1\ cm$$

而

$$\sigma_{L_1}=\sigma_{L_2}=\frac{\Delta_{仪}}{\sqrt{3}}=0.06\ cm$$

若用 0.1 mm 游标卡尺测量多次直径 d，$\sigma_d=0.02$ cm。由误差计算分析得
方法（1）

$$\sigma_L=\sqrt{\frac{1}{4}\ (\sigma_{L_1}^2+\sigma_{L_2}^2)}=0.042\ cm$$

方法（2）与（3）

$$\sigma_L=\sqrt{\sigma_{L_1}^2+\frac{1}{4}\sigma_d^2}=0.061\ cm$$

可见，采用方法（1）的误差最小。

3. 测量仪器的选择

在选择测量仪器时，通常要考虑仪器的分辨率、精确度、实用性、经济性。例如，测量长度时，用钢卷尺就能达到测量精度要求，就不要用卡尺；测时间用秒表能够满足精度，就不要用数字毫秒计。

例如，要求测量圆柱的体积 V，测量误差 $E\leqslant0.5\%$。直径 D、高度 H 的圆柱体的体积为：$V=\frac{\pi}{4}D^2H$，该圆柱的标准误差为

$$\sigma_V=\sqrt{\left(\frac{1}{2}\pi DH\right)^2\sigma_D^2+\left(\frac{1}{4}\pi D^2\right)^2\sigma_H^2}$$

以下分几种情况讨论：

（1）$H\ll D$（圆棒型），这时带有 σ_D^2 项的分误差对 σ_V 的影响远大于带有 σ_H^2 的分误差的影响，于是

$$\sigma_V\approx\sqrt{\left(\frac{1}{2}\pi DH\right)^2\sigma_D^2},\ E=\frac{\sigma_V}{V}\times100\%=\frac{2\sigma_D}{D}\times100\%\leqslant0.5\%$$

当 $D\approx10$ mm 时，要求 $\sigma_D\leqslant0.025$ mm，而 $\Delta_{仪}=\sqrt{3}\sigma_D\leqslant0.043$ mm，可见要求选用 0.02 mm 的卡尺进行 D 的测量。

（2）当 $H\gg D$ 时，则

$$\sigma_V\approx\sqrt{\left(\frac{1}{4}\pi D^2\right)^2\sigma_H^2},E=\frac{\sigma_V}{V}\times100\%=\frac{\sigma_H}{H}\times100\%\leqslant0.5\%$$

当 $H\approx10$ mm 时，要求 $\sigma_H\leqslant0.05$ mm，而 $\Delta_{仪}=\sqrt{3}\sigma_H\leqslant0.087$ mm，可见要选用 0.05 mm 的卡尺进行测量。

（3）当 $H = D$ 时，则依据误差均分原则（即规定各部分误差对总误差的影响都相同），来分析选择仪器。

$$E_H = \left(\frac{\sigma_H}{H}\right)^2 = E_D = \left(2\frac{\sigma_D}{D}\right)^2 = \frac{1}{2}E_V \leqslant 0.025\%$$

4. 测量条件的选择

确定测量的最有利条件，就是确定在什么条件下进行测量引起的误差最小。这个条件可以由各自变量对误差函数求导数并令其等于 0 而得到。对单元函数，只要求一阶和二阶导数，令一阶导数为 0，解出相应的变量表达式，代入二阶导数式，如二阶导数大于 0，则该表达式即为测量的最有利条件。

例如，用滑线式电桥测电阻时，滑动端在什么位置，才能使测电阻的相对误差最小。设 R_S 为已知标准电阻，L_1 和 $L_2 = L - L_1$ 为滑线电阻丝的两臂长（如图 7.0.2.2），当电桥平衡时

$$R_x = R_S \frac{L_1}{L_2} = R_S \left(\frac{L - L_2}{L_2}\right)$$

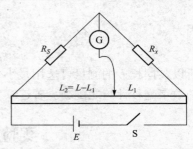

图 7.0.2.2　滑线式电桥测电阻

其相对误差为

$$E_{R_x} = \frac{\mathrm{d}R_x}{R_x} = \frac{L}{(L - L_2)\, L_2}\mathrm{d}L_2$$

因相对误差是 L_2 的函数，所以，相对误差为最小的条件是

$$\frac{\partial E_R}{\partial L_2} = \frac{L\ (L - 2L_2)}{(L - L_2)^2 L_2^2} = 0$$

解得

$$L_2 = \frac{L}{2}$$

这就是滑线电桥最有利的测量条件。

5. 实验仪器的配套

在前面，我们讲述了测量仪器的选择，但是如果实验中需要使用多种仪器时，还要考虑到仪器的合理搭配问题。

设间接测量：$N = f\ (x,\ y,\ z\cdots)$，则

$$\sigma_N = \sqrt{\left(\frac{\partial f}{\partial x}\right)^2 \sigma_x^2 + \left(\frac{\partial f}{\partial y}\right)^2 \sigma_y^2 + \left(\frac{\partial f}{\partial z}\right)^2 \sigma_z^2 + \cdots}$$

这时在考虑仪器配套时也是采用"误差均分原则"，即各直接测量量 x，y，z 的误差对间接测量量 N 的误差影响相同。于是有

$$\sigma_N = \sqrt{n}\left(\frac{\partial f}{\partial x}\right) \cdot \sigma_x = \sqrt{n}\left(\frac{\partial f}{\partial y}\right)\sigma_y = \cdots$$

因此可以根据测量量 N 的 σ_N 或 E_N 的要求，计算各直接测量量的分误差

$$\sigma_x = \frac{\sigma_N}{\sqrt{n}\left(\frac{\partial f}{\partial x}\right)}, \ \sigma y = \frac{\sigma_N}{\sqrt{n}\left(\frac{\partial f}{\partial y}\right)}\cdots$$

或者

$$E_x = \frac{1}{\sqrt{n}}E_{Nx}, \ E_y = \frac{1}{\sqrt{n}}E_{Ny}\cdots$$

由各分误差计算的结果，选择合适的测量仪器（式中 n 是独立变量的个数）。

例如，要求用秒摆（周期为秒的单摆）测定重力加速度，结果精确到 0.5%，选用测量摆长 L 和测量周期时间 T 的仪器。

依据题意，是秒摆，所以周期 $T = 1.00\ \text{s}$，假设摆长 $L = 100.0\ \text{cm}$，要求 g 的测量误差为 0.5%，则：$E_g = \sigma_g / g \leq 0.005$，给 g 预定一个约值 $980\ \text{cm/s}^2$，于是：$\sigma_g = 4.9\ \text{cm/s}^2$。按理论公式：$g = (4\pi^2 L)/T^2$，由误差均分原则得

$$\sigma_L = \frac{\sigma_g}{\sqrt{n}\left(\dfrac{\partial g}{\partial L}\right)} = \frac{4.9}{\sqrt{2}\dfrac{4\pi^2}{T^2}} = 0.088\ \text{cm}$$

$$\sigma_T = \frac{\sigma_g}{\sqrt{n}\left(\dfrac{\partial g}{\partial T}\right)} = \frac{4.9}{\sqrt{2}\dfrac{8\pi^2 L}{T^3}} = 0.000\ 44\ \text{s}$$

因为

$$\Delta_L = \sqrt{3}\sigma_L = 0.15\ \text{cm}, \quad \Delta_T = \sqrt{3}\sigma_T = 0.000\ 76\ \text{s}$$

所以，摆长 L 的测量可选用最小分度为 $1\ \text{mm}$ 的直尺。周期 T 若只测一次，则应选用 $0.1\ \text{ms}$ 的数字毫秒计与之配套。若连续 50 个周期测量时间，则选用 $0.01\ \text{s}$ 的电子秒表与之配套。

实验 7.1　物体密度值的测定

在实验 3.1 中，已学习了用直接和间接法测定固体密度的多种方法，本实验提出测量小密度值的固体或液体的密度问题。

【实验任务】

测定石蜡，酒精的密度。

【实验要求】

（1）设计实验方案，写出测量公式，简述实验方法。

（2）拟定实验步骤及数据表格。

（3）测出物体的密度，正确表示实验结果。

（4）分析讨论误差产生的原因。

【实验仪器】

待测石蜡和酒精，密度未知的金属块，物理天平，比重瓶，烧杯及蒸馏水。

【实验提示】

可参照实验 3.1 中的方法，自行设计。

实验 7.2　重力加速度的研究

【实验任务】

用单摆和自由落体法测定重力加速度。

【实验要求】

（1）写出两种测量重力加速度的原理，推导出其计算公式。

（2）用单摆测定重力加速度 g 时，要求单摆周期的相对误差（$\Delta T/T$）＜0.1%，确定其周期数 n，并说明其理由。

（3）用自由落体测定重力加速度 g 时，如何测得初速度，如用光电计时法，应该怎样选择光电门的恰当位置？

（4）得出测量结果，并对两种测量方法进行比较。

【实验仪器】

单摆、米尺、秒表、游标卡尺、自由落体仪及多用数字测量仪。

【实验提示】

在用单摆测重力加速度的实验中，假定单摆是由一个不计体积，质量为 m 的质点，悬挂在一根无质量、不可伸长，摆长为 l 的细线上构成的。在摆角 θ 很小，而且忽略空气粘滞阻力和浮力的情况下，推导出单摆的振动周期和摆长 l 与重力加速度 g 有如下关系

$$T = 2\pi\sqrt{\frac{l}{g}} \qquad (7.2.1)$$

显见，利用此式测量重力加速度是存在系统误差的。这是因为：

（1）实际并不存在如此理想的单摆，而摆球不可能当作一个不计体积的质点，摆线是有一定的弹性。

（2）单摆的周期 T 与摆角 θ 的关系，只有在取零级近似时，公式（7.2.1）才成立。

实验 7.3 谐振动的研究

【实验任务】

（1）学习进行设计性实验的基本方法，培养设计能力。

（2）研究谐振动的特性：$T-m$ 和 $T-A$ 的关系。

（3）测定弹簧的有效质量和倔强系数。

【实验要求】

（1）设计一个实现并能证明简谐振动规律的方案。

（2）设计测量弹簧的有效质量和倔强系数的方法。

（3）分析振动周期 T 与质量 m 和 T 与振幅 A 的关系。

【实验仪器】

根据实验内容，选定实验方案后自行拟出所需要的仪器和工具。

【实验提示】

有两种方法可以参考：

1. 气垫法

如图 7.3.1，质量为 m 的物体与 AB 面光滑无摩擦，设两弹簧的倔强系数分别为 K_1 和 K_2，弹簧一端固定、一端与物体连接。

证明：

（1）该系统的运动属简谐振动。

（2）系统振动周期

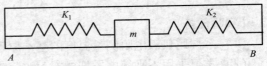

图 7.3.1 弹簧振子系统

$$T = 2\pi \sqrt{\frac{m + m_0}{K_1 + K_2}}$$

式中，m_0 是弹簧的有效质量。由此测定 m_0 和系统的 K（$K_1 + K_2$）。

2. 焦利氏称法

使焦利氏称的一根弹簧作上下振动，周期 $T = 2\pi \sqrt{\frac{m + m_0}{K}}$。

【思考题】

（1）测量周期 T 时，取多少个周期合适？这是由什么因素来决定的？

（2）理论上，弹簧的有效质量 $m_0 \approx m/3$，与实验所得结果进行比较分析。

实验 7.4 用电位差计校准电表

【实验任务】

（1）拓展电位差计（补偿原理）的使用范围，掌握电位差计的其他应用。

（2）学习测试电路的设计和测量条件的选择。

【实验要求】

1. 校准 2 V 电压表，作出校准曲线。

2. 校准 2 mA 电流表，作出校准曲线。

【实验仪器】

提供电位差计，根据实验内容，选定实验方案后自行拟出其他所需的仪器和工具。

【实验提示】

（1）在用电位差计校准 2 V 电压表时，受电位差计量限的制约，所以，测量电路中要考虑分压转化方法。如图 7.4.1，活动触点在 C 时的分电阻为 R_i，若 $R_i = R_0/m$，则

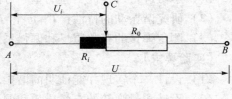

图 7.4.1 分压原理

$$\frac{U_i}{U} = \frac{R_i}{R_0} = \frac{1}{m}, \quad U_i = \frac{U}{m}$$

式中，$1/m$ 称为分压比。

（2）在用电位差计校准 2 mA 的电流表时，还应考虑使用精密已知的电阻。

（3）作出 $\Delta U - U$（$\Delta I - I$）校准曲线，ΔU 为校读值与电表示值之差。

【思考题】

你能够利用电位差计测量电阻吗？拟出测试方案。

实验 7.5 电 阻 测 温

【实验任务】

（1）掌握用热敏电阻测量温度的基本原理和方法。

（2）学习采用不平衡电桥把微安表改装成温度表。

【实验要求】

（1）根据实验室提供的热敏电阻温度特性参数，合理选取线路参数，利用不平衡电桥把微安表改装成热敏电阻温度表。要求微安表零数时的温度对应于 0 ℃，满刻度时的温度对应于 100 ℃，间隔 5 ℃ 标定一个点，画出温度表的刻度盘（一般表盘圆弧对应的圆心角为 90°）。

（2）画出改装成的温度表的实际线路图，标出参数值，并说明其使用方法。

【实验仪器】

微安表，热敏电阻，电阻箱，稳压电源，开关及导线等。

【实验提示】

材料对电流显示电阻，电阻（或电阻率）与材料及材料所处的外部条件有关。磁敏电阻的电阻率随磁场的变化而变化；压敏电阻的电阻率随压力的变化而变化。温度也是影响电阻率的因素，物体电阻率或电阻随温度变化的现象，称为电阻温度效应。电阻测温是在温度测量领域内被广泛应用的一种测量方法。

金属的电阻率是由传导电子的散射引起的。一般认为与温度有关的散射主要来源于晶格上金属离子的热振动，随着温度的升高，散射的几率加大，金属的电阻率也随之增大，电阻温度系数为正。纯金属的电阻率在一定温度范围内与温度呈线性关系，大多数纯金属的电阻温度系数均为 0.004/℃，也就是温度每升高 1 ℃，电阻率约增加 0.4%。利用金属导体电阻随温度变化的热电阻效应，可制成电阻温度计来测量温度。铂电阻性能稳定，常用作标准温度计，适于 -200 ~ 500 ℃ 范围的温度测量；铜电阻温度计适于 -50 ~ 150 ℃ 范围的温度测量；锗半导体温度计常用于低温测量等。

有些合金，如康铜（镍铜）合金和锰铜，电阻温度系数非常小，常用这类合金线来绕制标准电阻，例如常用的电阻箱。

随着温度的降低，某些金属、合金及化合物的电阻率在某一特定温度 T_C 电阻率突然降低至近乎零，这称之为超导现象。

大多数半导体和绝缘材料的载流子浓度随温度的升高而增大，这类材料具有负的电阻温度系数，并且电阻率随温度的变化比金属的更大。用半导体材料制成的热敏电阻，其阻值随温度的升高而迅速下降，就是因为半导体中的载流子数目随着温度的升高而按照指数规律增加（忽略载流子所受阻力也增大的影响），热敏电阻的阻值按照指数规律迅速减小，其变化规律为

$$R_T = Ae^{\frac{B}{T}} \tag{7.5.1}$$

式中，A，B 为材料特性常数，T 为热力学温度。如果用 $\dfrac{1}{R} \cdot \dfrac{\mathrm{d}R}{\mathrm{d}T}$ 作为电阻温度系数 α 的定义，则由上式可得

$$\alpha = -B/T^2 \tag{7.5.2}$$

由此可知，热敏电阻的电阻温度系数是与温度有关的。

作为理想的感温元件，热敏电阻的阻值随温度的微小变化会发生很大的改变，同时还具有体积小、热容量小和电阻率大等特点，这在各方面都有着广泛的应用，例如在灵敏温度计、稳压器、自动控制和远距离测量仪器中。此外热敏电阻还可以通过测量温度间接地测量其他物理量，如制成湿度计、风速计、气压计等。

用热敏电阻测量温度，常采用不平衡电桥电路，如图 7.5.1 所示，R_T 为热敏电阻，采用微安表代替惠斯通电桥桥路中的检流计，根据基尔霍夫定理有（忽略电源内阻）

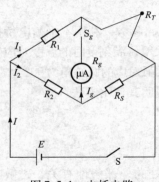

图 7.5.1　电桥电路

$$\begin{cases} I_1 R_1 - I_g R_g - I_2 R_2 = 0 \\ I_2 R_2 + (I_2 - I_g) R_S - E = 0 \qquad (7.5.3) \\ I_g R_g + (I_1 + I_g) R_T - (I_2 - I_g) R_S = 0 \end{cases}$$

解此方程组，得到不平衡电流

$$I_g = \frac{(R_1 R_S - R_2 R_T) E}{R_g (R_1 + R_T)(R_2 + R_s) + \Delta} \qquad (7.5.4)$$

式中，$\Delta = R_1 R_2 R_S + R_1 R_2 R_T + R_1 R_T R_S + R_2 R_T R_S$。可知，当 $R_1 R_S = R_2 R_T$，电桥达到平衡。

由上述可知，桥路中微安表的指针偏转量、热敏电阻的阻值和温度，任意两者之间都存在着一一对应的关系，该对应关系与电路参数和热敏电阻材料特性有关。设计确定微安表偏转量和热敏元件温度值的具体对应关系，并在微安表刻度盘上标出后，用相同特性参数的热敏元件作为测温传感探头，微安表就被改成为温度表。由于不平衡电流随温度的变化是非线性的，所以改装后的温度表表盘刻度是非均匀的。

实际设计温度表时，需要确定微安表零刻度值（此时电桥平衡）和满量程时所对应的温度值，即需要确定温度表的测量范围，该测量范围由具体的实验要求确定。为方便调节，设计过程中采用电阻箱代替热敏电阻，电阻箱直接取热敏电阻在相应温度时的阻值。

如图 7.5.1 所示，实验线路中常加上一个分压电路。适当调节分压电路，可以近似线性地改变同一热敏电阻阻值下微安表的偏转量，这既可以用于确定温度表的测量范围，又可以弥补由于电源电动势的下降所造成的影响。

若采用检流计代替微安表，可以在电桥的平衡位置附近获得高精度的温度测量。

热敏电阻既可以测量温度，又可以控制温度。温度的控制与温度的测量相似，只需将桥路处的电信号取出，经放大器放大后送至加热电压的控制器，由控制器根据取出电信号的方向和大小进行温度的调节和控制。

注意到热敏电阻的温度系数为负，而金属电阻的温度系数为正，利用这一点进行温度补偿，便可使总电阻在一定温度范围内近似保持恒定。

实验 7.6　感应法测螺线管磁场

当螺线管通以交流电时，其周围空间会产生交变磁场，若将一探测线圈置于该磁场中，将会因磁通量的变化而产生感生电动势。通过测定这个电动势，便能求出磁感应强度 B，这种测量方法叫感应法。

【实验任务】
用感应法测出长直螺线管轴线中部的磁感应强度分布。

【实验要求】
（1）掌握感应法测磁场的原理，画出线路图，推导测量公式。
（2）测量长直螺线管内部磁场的分布情况，计算出其中部某点的磁感应强度值。

【实验仪器】
低频信号发生器，量程不同的交流电表若干块（电流表、高内阻、电压表），探测线圈待测长直螺线管，滑线电阻器及电阻箱等。

【实验提示】

假定有一个均匀的交变磁场，其量值随时间，按正弦规律变化

$$B = B_m \sin \omega t$$

式中 B_m 为磁感应强度的峰值，ω 为角频率。再假定置于此磁场中探测线圈 T（线圈面积为 S，其有 N 匝）的法线 n 与 B_m 之间夹角为 θ，如图 7.6.1 所示。由于磁场是交变的，因此在线圈中会出现感应电动势，其值为

$$\varepsilon = -\frac{\mathrm{d}\phi}{\mathrm{d}t} = -\varepsilon_m \cos \omega t$$

式中 $\varepsilon_m = NS\varepsilon B_m \cos \theta$ 为感应电动势峰值。

可用交流毫伏表测出探测线圈两端的电压有效值，求出磁感应强度。

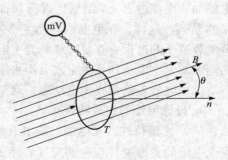

图 7.6.1　探测线圈

实验 7.7　硅光电池特性的研究

硅光电池是一种常用的光电转换器件，它的特点是光谱范围宽、光电转换效率高、性能稳定，使用方便。由于以上特点它被广泛地用于光电探测装置。通过本实验的设计和测试，我们可以更深入地了解硅光电池的结构、原理及其特性。

【实验任务】

（1）了解硅光电池的工作原理、基本特性，并学会正确使用硅光电池。

（2）掌握光谱响应的测量方法。

【实验要求】

（1）说明硅光电池的构造、工作原理以及光谱响应等主要特性。

（2）设计出测试主要特性的具体方案。

【实验仪器】

作为光谱响应特性的测试，主要仪器有：溴钨灯、调光装置、硅光电池及灵敏电流计等。

【实验提示】

1. 硅光电池的工作原理

硅光电池的工作原理是光生伏特效应。硅光电池的结构如图 7.7.1 所示，它实质上是以 N 型硅为基底而生成的 $P - N$ 结。光照面为 P 型硅，其上面镀有抗反射膜。P 区为硅光电池的正极，N 区为负极。其工作原理如下：当光照在 P 型硅的外表面上时，如果照射光子

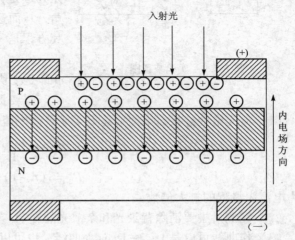

图 7.7.1　硅光电池结构图

的能量大于材料的禁带宽度，则光子被吸收而在 P 区产生光生电子对，即光生电子和光生空穴。由于 P 型硅做得很薄，故有很多光生载流子扩散到 $P-N$ 结中去。又因为 $P-N$ 结本身存在内电场，方向从 N 区指向 P 区，因而扩散的光生载流子电子（简称光生电子）得到电场加速而穿过 $P-N$ 结到达 N 区，而光生空穴扩散到 $P-N$ 结中后，会被内电场拦回到原来的 P 区。这样，光生电子与光生空穴间形成光生电场，方向与内电场相反。这种扩散又分离载流子的过程一直要持续到光生电场与 $P-N$ 结原来的内电场相平衡为止。这时 $P-N$ 结两边的光生电子和光生空穴就不再增多。因而在 $P-N$ 结的两端就出现了一个稳定的电势差。这个电势差就是光生电动势，这个效应就称为光生伏特效应。

2. 硅光电池的主要特性

（1）光谱特性：光电池的输出信号（主要为光电流）i_{SC} 与入射的辐射能通量 ϕ 之比称为光电池的灵敏度（也称响应度）用 S 表示

$$S = i_{SC}/\phi$$

由于光电池的灵敏度与入射光的波长有关，因而光谱灵敏度按波长的分布称为光谱响应，也称为光谱特性。

（2）照度特性：特性参数中有开路电压——它是指在光照一定的条件下的光生电动势。特性参数中有短路电流——它是指在光照一定的条件下光电池被短路时输出的光电流。测定硅光电池这两个特性参数可采用外推法，也可采用电压和电流的补偿法。

其他方面还有负载特性、温度特性等。

3. 实验装置提示

当照射到硅光电池的入射光强不是太大，且负载电阻较小的情况下，硅光电池的光电流 i_{SC} 与光照度之间呈现线性关系，我们的任务是要通过测定来校准光电流与光照度呈线性关系的响应范围。

实验装置如图 7.7.2 所示。

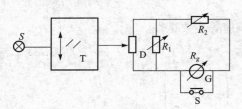

图 7.7.2　实验装置图

图中：D 为硅光电池，S 是短路按钮开关，G 为灵敏电流计，T 为调光装置，一种较为简单的调光办法是：改变两块尼科耳棱镜主截面之间的夹角，从而达到改变照射在硅光电池上的光辐照度。其方程是

$$\lg i_{SC} = 2\lg\cos\phi + \lg C$$

ϕ 即是二块尼科耳棱镜主截面间的夹角。

需要提醒的是：

（1）硅光电池外接总电阻应正好等于灵敏电流计内阻 R_g 的数值。即有：

$$R_1 = \frac{n}{n-1}R_g$$

$$R_2 = (n-1)R_g$$

n 为电流表量程的扩大倍数。

（2）在测量中要消除背景光和杂散光的影响。

（3）作曲线可以是 $\lg i_{SC} - \lg\cos\phi$ 曲线，也可以是 $i_{SC} - E$ 曲线。若是 $i_{SC} - E$ 曲线，其中 i_{SC} 是电流，单位是 mA/cm^2；E 是照度值，单位是 lx。

实验 7.8　测透明固体的折射率

当我们从空气中看水底的物体时，总觉得其位置升高了，这是因为光入射到水中时产生了折射。这种折射现象在透明的固体中也会发生，折射的程度与物体的折射率有关。

【实验任务】

测定一块透明的有机玻璃的折射率。

【实验要求】

（1）写出实验原理，画出光路图，推导测量公式。

（2）正确选用仪器，测出所需各量。

（3）处理数据，计算出待测物的折射率。

【实验仪器】

读数显微镜，游标尺及待测有机玻璃等。

【实验提示】

当入射角 i 很小时，有 $\sin i \approx \tan i$。

实验 7.9　等厚干涉法测液体的折射率

液体折射率的测定方法很多。如全反射法、全偏振法、利用布儒斯特定律等。本实验利用等厚干涉测定透明液体折射率。

【实验任务】

利用劈尖测量一透明液体的折射率。

【实验要求】

（1）通过对光的等厚干涉原理的理解，设计实验方案，画出光路图，推导测量公式。

（2）自行选择和调仪器，产生相干光。

（3）测出蒸馏水的折射率。

【实验仪器】

钠光灯、读数显微镜、劈尖及待测蒸馏水等。

【实验提示】

在薄膜干涉中，薄膜厚度相同处的上下表面的两反射光的光程差相同，干涉情况相同。因此，形成的干涉条纹是膜厚相同点的轨迹，这种干涉称为等厚干涉。劈尖的干涉现象属于等厚干涉。可在劈尖中间某处滴一滴待测透明液体（液体不要充满劈尖），用显微镜分别测量有液滴处条纹和无液滴处条纹，求出液体折射率。

实验 7.10　用迈克尔逊干涉仪测玻璃片的厚度

光通过折射率为 n、厚度为 l 的均匀透明介质时，其光程比通过同厚度的空气要大。在迈克耳逊干涉仪中，当白光的中央条纹出现在视场的中央后，如果在光路中，加入一块折射率为 n、厚度为 l 的均匀薄玻璃片，则中央条纹会发生位移，利用该现象可以测出已知折射

率 n 的玻璃片厚度。

【实验任务】

利用迈克尔逊干涉仪产生的等厚干涉花纹测量一薄玻璃片的厚度。

【实验要求】

（1）了解等厚干涉的原理和白光的等厚干涉图形特点。

（2）根据等厚干涉原理设计测定薄玻璃片厚度的方案，推导测量公式。

（3）用白光干涉条纹测量玻璃厚度。

【实验仪器】

迈克尔逊干涉仪、白炽灯、透镜及待测玻璃片。

【实验提示】

若用白光作光源，在一般情况下，不出现干涉条纹。进一步分析还可看出，在 M_2、M_1' 两面相交时，交线上 $d=0$，但是由于 1、2 两束光在半反射膜面上的反射情况不同，引起不同的附加光程差，故各种波长的光在交线附近可能有不同的光程差。因此，用白光作光源时，在 M_2、M_1' 两面的交线附近的中央条纹可能是白色明条纹，也可能是暗条纹。在它的两旁还大致对称的有几条彩色的直线条纹，稍远就看不到干涉条纹了。

调出白光干涉条纹，此时 M 镜位置读数为 d_0，将待测玻璃片插入有 M_1 镜的臂中，再次调出白光干涉条纹，这时 M_1 镜位置读数为 d_0'。

若薄膜的折射率 n 已知，则可测出膜厚 D。

国际单位制

1984年2月27日国务院颁布了"关于在我国统一实行法定计量单位的命令"，决定采用国际单位制，统一我国的计量单位。

我国的法定计量单位包括：

（1）国际单位制的基本单位（见附表1）。

附表1　国际单位制的基本单位

量的名称	单位名称	单位符号
长度	米	m
质量	千克（公斤）	kg
时间	秒	s
电流	安［培］	A
热力学温度	开［尔文］	K
物质的量	摩［尔］	mol
发光的强度	坎［德拉］	cd

（2）国际单位制的辅助单位（见附表2）。

附表2　国际单位制的辅助单位

量的名称	单位名称	单位符号
平面角	弧度	rad
立体角	球面度	sr

（3）国际单位制中具有专门名称的导出单位（见附表3）。

附表3　国际单位制中具有专门名称的导出单位

量的名称	单位名称	单位符号	其他表示式例
频率	赫［兹］	Hz	S^{-1}
力；重力	牛［顿］	N	$kg \cdot m \cdot S^{-2}$
压力；压强；应力	帕［斯卡］	Pa	$N \cdot m^{-2}$
能量；功；热量	焦［耳］	J	$N \cdot m$

量的名称	单位名称	单位符号	其他表示式例
功率；辐射通量	瓦［特］	W	$J \cdot S^{-1}$
电荷量	库［仑］	C	$A \cdot S$
电位；电压；电动势	伏［伏］	V	$W \cdot A^{-1}$
电容	法［拉］	F	$C \cdot V^{-1}$
电阻	欧［姆］	Ω	$V \cdot A^{-1}$
电导	西［门子］	S	$A \cdot V^{-1}$
磁通量	韦［伯］	Wb	$V \cdot S$
磁通密度，磁感应强度	特［斯拉］	T	$Wb \cdot m^{-2}$
电感	亨［利］	H	$Wb \cdot A^{-1}$
摄氏温度	摄氏度	℃	
光通量	流［明］	lm	$cd \cdot sr$
光照度	勒［克斯］	lx	$lm \cdot m^{-2}$
放射性活度	贝可［勒尔］	Bq	S^{-1}
吸收剂量	戈［瑞］	Gy	$J \cdot kg^{-1}$
剂量当量	希［沃特］	sv	$J \cdot kg^{-1}$

（4）国家选定的非国际单位制单位（见附表4）。

附表4　国家选定的非国际单位制单位

量的名称	单位名称	单位符号	换算关系和说明
时间	分	min	1 min = 60 s
	小［时］	h	1 h = 60 min = 3 600 s
	日（天）	d	1 d = 24 h = 86 400 s
平面角	［角］秒	(″)	$1'' = (\pi/648\ 000)\ /rad$
	［角］分	(′)	$1' = 60'' = (\pi/10\ 800)\ rad$
	度	(°)	$1° = 60' = (\pi/180)\ rad$
旋转速度	转每分	$r \cdot min^{-1}$	$1\ r \cdot min^{-1} = (1/60)\ s^{-1}$
长度	海里	n mile	1 n mile = 1 825 m（只用于航程）
速度	节	kn	$1\ kn = 1\ n\ mil \cdot h^{-1} = (1\ 825/3\ 600)\ m/s$（只适用航行者）
质量	吨	t	$1\ t = 10^3\ kg$
	原子质量单位	u	$1\ u \approx 1.660\ 565\ 5 \times 10^{-27}\ kg$
体积	升	L，(1)	$1\ L = 1\ dm^3 = 10^{-3}\ m^3$
能	电子伏	eV	$1\ eV = 1.602\ 189\ 2 \times 10^{-19}\ J$
级差	分贝	dB	
线密度	特［克斯］	tex	$1\ tex = 10^{-6}\ kgm^{-1}$

（5）由以上单位构成的组合形式的单位。

（6）由词头和以上单位构成的十进倍数和分数单位（词头见附表5）。

附表5 用于构成十进倍数和分数单位的词冠

所表示因数	词头名称	词头符号
10^{18}	艾［可萨］	E
10^{15}	拍［它］	P
10^{12}	太［拉］	T
10^{9}	吉［咖］	G
10^{6}	兆	M
10^{3}	千	k
10^{2}	百	h
10^{1}	十	da
10^{-1}	分	d
10^{-2}	厘	c
10^{-3}	毫	m
10^{-6}	微	μ
10^{-9}	纳［诺］	n
10^{-12}	皮［可］	p
10^{-15}	飞母［托］	f
10^{-18}	阿［托］	a

注：（1）圆括号中的名称是它前面名称的同义词。

（2）方括号中的字，在不致引起混淆、误解的情况下，可以省略。

（3）角度单位度分秒的符号不处于数字后时，用括号。

附录二

常用物理数据
（附表 6 ~ 附表 21）

附表 6　基本和重要的物理常数

名　称	符　号	数　值	单位符号
真空中的光速	c	$2.997\ 924\ 58 \times 10^8$	$m \cdot s^{-1}$
基本电荷	e	$1.602\ 189\ 2 \times 10^{-19}$	C
电子的静止质量	m_e	$9.109\ 534 \times 10^{-31}$	kg
质子质量	m_p	1.675×10^{-27}	kg
原子质量单位	u	$1.660\ 565\ 5 \times 10^{-27}$	kg
普朗克常数	h	$6.626\ 176 \times 10^{-34}$	$J \cdot s$
阿佛加德罗常数	N_o	$6.022\ 045 \times 10^{23}$	mol^{-1}
摩尔气体常数	R	$8.314\ 41$	$J \cdot mol^{-1} \cdot K^{-1}$
玻尔兹曼常数	k	$1.380\ 62 \times 10^{-23}$	$J \cdot K^{-1}$
万有引力常数	G	6.67×10^{-11}	$N \cdot m^2 \cdot kg^{-2}$
法拉第常数	F	$9.648\ 56 \times 10^4$	$C \cdot mol^{-1}$
热功当量	J	4.186	$J \cdot cal^{-1}$
里德伯常数	R_∞ R_H	$1.073\ 731\ 77 \times 10^7$ $1.096\ 775\ 76 \times 10^7$	m^{-1}
洛喜密德常数	n	$2.687\ 19 \times 10^{25}$	m^{-3}
库仑常数	$e^2/4\pi\varepsilon$	14.42	$eV \cdot m^{-19}$
电子荷质比	e/m_e	$1.758\ 804\ 7 \times 10^{11}$	$C \cdot kg^{-1}$
电子静止能量	$m_e c^2$	$0.511\ 0$	MeV
质子静止能量	$m_p c^2$	938.3	MeV
原子质量单位的等价能量	Mc^2	$9\ 315$	MeV
标准大气压	P_o	$1.013\ 25 \times 10^5$	Pa
电子磁矩	$\mu = \dfrac{E\pi}{2M}$	$0.927\ 3 \times 10^{-23}$	$J \cdot m^2 \cdot Wb^{-1}$

续表

年份	获 奖 者	国 籍	获 奖 原 因
1935	J. 查德威克	英国	发现中子
1936	V. F 赫斯	奥地利	发现宇宙射线
	C. D. 安德逊	美国	发现正电子
1937	J. P. 汤姆逊	英国	通过实验发现受电子照射的晶体中的干涉现象
	C. J. 戴维逊	美国	通过实验发现晶体对电子的衍射作用
1938	E. 费米	美籍意大利人	用中子轰击的方法产生新的放射性元素，以及发现原子核吸收慢中子所引起的有关核反应
1939	F. O. 劳伦斯	美国	研制回旋加速器以及利用它所取得的成果，特别是有关人工放射性元素的研究
1940	（未发奖）		
1941	（未发奖）		
1942	（未发奖）		
1943	O. 斯特恩	美籍德国人	发展分子束的方法；发现质子磁矩
1944	I. I. 拉比	美籍奥地利人	用共振方法测量原子核的磁性
1945	W. 泡利	美籍奥地利人	发现泡利不相容原理
1946	P. W. 布里奇曼	美国	发现获得超高压的装置以及利用这种装置在高压物理学领域中所做出的贡献
1947	E. V. 阿普顿	英国	研究大气高层的物理性质，发现电离层中反射无线电波的阿普顿层
1948	P. M. S. 布莱克特	英国	改进威尔逊云雾室及在核物理和宇宙线方面的发现
1949	汤川秀树	日本	在核力理论研究的基础上用数学方法预见介子的存在
1950	C. F. 鲍威尔	英国	研制出核乳胶照相法并发现介子
1951	J. D. 科克罗夫特	英国	首先利用人工所加速的粒子开展原子核
	E. T. S. 瓦尔顿	爱尔兰	蜕变的研究
1952	E. M. 珀塞尔	美国	用感应法高精度测量核磁矩，发现了核磁精密测量方法
	F. 布洛赫	美籍瑞士人	
1953	F. 塞尔尼克	荷兰	论证相衬法，特别是研制相差显微镜
1954	M. 玻恩	英籍德国人	对量子力学的基础研究，特别是量子力学中波函数的统计解释
	W. W. G. 玻特	德国	符合法的提出及分析宇宙辐射

续表

年份	获奖者	国籍	获奖原因
1955	P. 库什	美籍德国人	精密测定电子磁矩
	W. E. 拉姆	美国	发现氢光谱的精细结及兰姆移位
1956	W. 肖克莱	美国	研究半导体并发明晶体管
	W. H. 布拉顿	美国	
	J. 巴丁	美国	
1957	李政道	美籍中国人	否定弱相互作用下宇称守恒定律,使基本粒子研究获重大发现
	杨振宁	美籍中国人	
1958	P. A. 切连柯夫	前苏联	发现并解释切连柯夫效应(高速带电粒子在透明物质中传递时放出蓝光的现象)
	I. M. 弗兰克	前苏联	
	I. Y. 塔姆	前苏联	
1959	E. 萨克雷	美籍意大利人	发现反质子
	O. 张伯伦	美国	
1960	D. A. 格拉塞尔	美国	发明气泡室
1961	R. 霍夫斯塔特	美国	由高能电子散射研究原子核的结构
	R. L. 穆斯堡	德国	研究 r 射线的无反冲共振吸收和发现穆斯堡效应
1962	L. D. 朗道	前苏联	研究凝聚态物质的理论,特别是液氦的研究
1963	E. P. 维格纳	美籍匈牙利人	原子核和基本粒子理论的研究,特别是发现和应用对称性基本原理方面的贡献
	M. G. 迈耶	美籍德国人	发现原子核结构壳层模型理论,成功地解释原子核的长周期和其它幻数性质的问题
	J. H. D. 詹森	德国	
1964	C. H. 汤斯	美国	在量子电子学领域中的基础研究导致了根据微波激射器和激光器的原理构成振荡器和放大器
	N. G. 巴索夫	前苏联	用于产生激光光束的振荡器和放大器的研究工作
	A. M. 普洛霍罗夫	前苏联	在量子电子学中的研究工作导致微波激射器和激光器的制作
1965	R. P. 费曼	美国	量子电动力学的研究,包括对基本粒子物理学的意义深远的结果
	J. S. 施温格	美国	
	朝永振一郎	日本	
1966	A. 卡斯特莱	法国	发现并发展光学方法以研究原子的能级的贡献
1967	H. A. 贝特	美籍德国人	对核反应理论的贡献,特别是建立关于恒星能源理论

年份	获 奖 者	国籍	获 奖 原 因
1968	L. W. 阿尔瓦雷斯	美国	对基本粒子物理学的决定性的贡献，特别是通过发展氢气泡室和数据分析技术而发现许多共振态
1969	M. 盖尔曼	美国	关于基本粒子的分类和相互作用的发现，提出"夸克"粒子理论
1970	H. O. G. 阿尔文	瑞典	磁流体力学的基础研究和发现并在等离子体物理中找到广泛应用
	L. E. F. 尼尔	法国	反铁磁性和铁氧体磁性的基本研究和发现，这在固体物理中具有重要的应用
1971	D. 加波	美籍匈牙利人	全息摄影术的发明及发展
1972	J. 巴丁	美国	提出所谓 BCS 理论的超导性理论
	L. N. 库珀	美国	
	J. R. 斯莱弗	美国	
1973	B. D. 约瑟夫森	英国	关于固体中隧道现象的发现，从理论上预言了超导电流能够通过隧道阻挡层（即约瑟夫森效应）
	江崎岭于奈	日本	从实验上发现半导体中的隧道效应
	I. 迦埃弗	美籍挪威人	从实验上发现超导体中的隧道效应
1974	M. 赖尔	英国	研究射电天文学，尤其是孔径综合技术方面的创造与发展
	A. 赫威斯	英国	射电天文学方面的先驱性研究，在发现脉冲星方面起决定性角色
1975	A. N. 玻尔	丹麦	发现原子核中集体运动与粒子运动之间的联系，并在此基础上发展了原子核结构理论
	B. R. 莫特尔逊	丹麦籍美国人	原子核内部结构的研究工作
	L. J. 雷恩瓦特	美国	
1976	B. 里克特	美国	分别独立地发现了新粒子 J/Ψ，其质量约为质子质量的三倍，寿命比共振态的寿命长上万倍
	丁肇中	美籍中国人	
1977	P. W. 安德逊	美国	对晶态与非晶态固体的电子结构作了基本的理论研究，提出"固态"物理理论
	J. H. 范弗莱克	美国	对磁性与不规则系统的电子结构作了基本研究
	N. F. 莫特	英国	

年份	获奖者	国籍	获奖原因
1978	A. A. 彭齐亚斯	美籍德国人	3 K 宇宙微波背景的发现
	R. W. 威尔逊	美国	
	P. L. 卡皮查	前苏联	建成液化氮的新装置,证实氮亚超流低温物理学
1979	S. L. 格拉肖	美国	对同一基本粒子之间弱相互作用与电磁相互作用的理论所作的贡献,特别是预言弱中性流的存在
	S. 温伯格	美国	
	A. L. 萨拉姆	巴基斯坦	
1980	J. W. 克罗宁	美国	在实验上发现中性 K 介子衰变时存在宇称 CP 不守恒
	V. L. 菲奇	美国	
1981	N. 布洛姆伯根	美籍荷兰人	激光光谱学与非线性光学的研究
	A. L. 肖洛	美国	
	K. M. 瑟巴	瑞典	在发展高分辨率的电子光谱技术中的贡献,以及光电子和轻元素定量分析方面的工作
1982	K. 威尔逊	美国	建立相变的临界现象理论,即重正化群变换理论
1983	S. 钱德拉塞卡尔	美籍巴基斯坦人	对恒星结构和演化过程的研究,特别是对白矮星的结构和变化的精确预言
	W. 福勒	美国	与核起源有关的核反应的实验和理论研究,以及对宇宙化学元素形成的理论做出贡献
1984	C. 鲁比亚	意大利	发现传递弱作用 $W^{\pm}$ 的粒子和 Z^0 粒子,以及为发现这些粒子而建造质子–反质子对撞机和探测器所作的贡献
	S. 范德梅尔	荷兰	
1985	K. V. 克利青	德国	从金属–氧化物–半导体场效应晶体管发现量子霍尔效应
1986	E. 鲁斯卡	德国	电子物理领域的基础研究工作,设计出世界上第一架电子显微镜
	G. 宾尼	瑞士	设计出扫描式隧道效应显微镜
	H. 罗雷尔	瑞士	
1987	J. G. 柏诺兹	美国	发现新的超导材料
	K. A. 穆勒	美国	
1988	L. M. 莱德曼	美国	用中微子的方法和通过发现 μ 子型中微子而验证了轻子的二重态结构,为研究物质的最深层结构和动态开创了崭新的机会
	M. 施瓦茨	美国	
	J. 斯坦伯格	美籍德国人	

续表

年份	获奖者	国籍	获奖原因
1989	N. F. 拉姆齐	美国	发明原子铯钟及提出氢微波激射技术
	W. 保罗	德国	发明了使用六级磁场将原子束聚于一束射线的方法
	H. G. 德梅尔特	美籍德国人	发明了电磁陷阱捕捉质子、电子和离子的技术，并将其应用于原子基本常数和光谱学的测量
1990	J. 杰罗姆	美国	电子与质子及束缚中子深度非弹性散射进行的先驱性研究，对粒子物理学中夸克模型的发展起过重要作用
	H. 肯德尔	美国	
	R. 泰勒	加拿大	
1991	P. G. 德燃纳	法国	为研究简单系统中的有序现象而创造的方法，推广到更复杂的物质态，尤其是对液晶和聚合物，建立了相变理论
1992	J. 夏帕克	法国	对粒子探测器的研制，特别是在正比计数管的基础上发明了多丝正比室
1993	J. 泰勒	美国	发现一对脉冲星，质量为两个太阳的质量，而直径仅 10－30 km，故引力场极强，为引力波的存在提供了间接证据
	L. 赫尔斯	美国	
1994	C. 沙尔	美国	发展中子散射技术
	B. 布罗克豪斯	加拿大	
1995	M. L. 珀尔	美国	对轻子物理实验有开创性贡献，在实验上发现了 τ 轻子
	F. 雷恩斯	美国	对轻子物理实验有开创性贡献，探测到了中微子
1996	D. M. 李	美国	发现氦－3 中的超流动性
	D. D. 奥谢罗夫	美国	
	R. C. 里查森	美国	
1997	朱棣文	美籍中国人	发明了用激光冷却技术俘获原子的方法，对促进人类了解放射线与物质之间的相互作用，特别是深入理解气体在低温下的量子物理特性开辟了道路
	K. 塔诺季	法国	
	W. D. 菲利浦斯	美国	
1998	R. B. 劳克林	美国	发现分数量子霍尔效应，以及对分数量子霍耳液体的研究在实验和理论上的贡献
	H. L. 斯特默	美国	
	崔琦	美籍中国人	
1999	H. 霍夫特	荷兰	阐明弱电相互作用的量子结构
	M. 韦尔特曼	荷兰	

年份	获奖者	国籍	获 奖 原 因
2000	Z. I. 阿尔弗洛夫	俄罗斯	发明高速晶体管、激光二极管和集成电路等，奠定了现代信息技术的基础
	H. 克罗默	美国	
	J. S. 基尔比	美国	
2001	E. A. 康奈尔	美国	在"碱性原子稀薄气体的玻色－爱因斯坦凝聚态"以及"凝聚态物质性质早期基础性研究"方面取得成就
	W. 克特勒	美国	
	C. E. 维曼	美国	
2002	R. 戴维斯	美国	在天体物理学，特别是"探测宇宙中微子"领域做出的先驱性贡献
	小柴昌俊	日本	
	R. 贾科尼	美国	领导研制了世界第一个宇宙 X 射线探测器，在世界上第一次发现了太阳系外的 X 射线源，第一次证实宇宙存在着 X 射线背景辐射
2003	A. A. 阿比瑞克索夫	俄罗斯美国双重国籍	在超导体和超流体理论上作出了开创性贡献
	V. L. 金兹伯格	俄罗斯	
	A. J. 莱格特	英国美国双重国籍	
2004	D. J. 格罗斯	美国	发现了粒子物理强相互作用理论中的渐进自由现象
	D. J. 波利泽	美国	
	F. 维尔泽克	美国	

参 考 文 献

[1] 呼文来，等．大学物理实验 [M]．北京：机械工业出版社，2005.
[2] 陈早生，等．大学物理实验 [M]．上海：华东理工大学出版社，2003.
[3] 范虹．大学物理实验 [M]．北京：人民邮电出版社，2004.
[4] 吴长坤．物理量测量 [M]．北京：科学出版社，2004.
[5] 丁慎训，等．物理实验教程 [M]．北京：清华大学出版社，2002.
[6] 肖苏．物理实验 [M]．合肥：中国科学技术大学出版社，2004.
[7] 李恩普，等．大学物理实验 [M]．北京：国防工业出版社，2004.
[8] 杨俊才，等．大学物理实验 [M]．北京：机械工业出版社，2004.
[9] 吴平，等．大学物理实验 [M]．成都：西南交通大学出版社，2004.
[10] 李平舟，等．大学物理实验 [M]．西安：西安电子科技大学出版社，2002.
[11] 朱鹤年．基础物理实验教程 [M]．北京：高等教育出版社，2005.
[12] 沈元华，等．基础物理实验 [M]．北京：高等教育出版社，2004.
[13] 成飞维．大学物理实验 [M]．北京：高等教育出版社，2004.

但是，测量一般只进行有限次，真值 N' 是测不到的，因而误差 ε_i 也是测不到的。测量只能求得最近真值——算术平均值 $\overline{N}$，以及各测量值的偏差 ΔN_i。

统计理论证明，当 $K \to \infty$ 时，子样方差 S^2 近似等于总体方差 σ'^2，或 $\sigma' = \sqrt{\dfrac{\sum\limits_{i=1}^{K} \varepsilon_i^2}{K}} \approx$

$\sqrt{\dfrac{\sum\limits_{i=1}^{K} \Delta N_i^2}{(K-1)}} = S$；而当测量次数 K 有限时，S 也是 σ' 的最佳估计值。因此，在有限次测量中，可用 S 来表示一组测量数据的可靠程度，S 称为等精度测量列的标准偏差或任一次测量的标准偏差（也称子样标准偏差）。即：

$$S = \sqrt{\frac{\sum\limits_{i=1}^{K} \Delta N_i^2}{K-1}} = \sqrt{\frac{(N_1 - \overline{N})^2 + (N_2 - \overline{N})^2 + (N_K - \overline{N})^2}{K-1}} \qquad (1-1-6)$$

计算时，为避免舍入误差的影响，式（1-1-6）可改写为：

$$S = \sqrt{\frac{\sum\limits_{i=1}^{K} N_i^2 - \left(\sum\limits_{i=1}^{K} N_i\right)^2 / K}{K-1}}$$

该表达式为一般函数型计算器说明书中所用公式。利用计算器的"统计计算"功能，只要将测量数据逐个键入计算器，就可方便地求出 S 值（有的计算器用 σ_{n-1} 表示 S）。

由式（1-1-6）可见，标准偏差 S 并不表示任何一个测量误差的实际大小，它只是对这一组测量列中各个偶然误差的统计平均结果，国际上将这种用统计方法估算的标准偏差，称为"A 类不确定度分量"，用 S 表示。不确定度 S 的大小反映了这组数据的分散程度和偶然误差可能出现的量值范围，S 越大说明测量越不精密，数据越分散；反之，S 越小说明测量越精密，数据越集中。

A 类不确定度分量 S 的物理意义表明这一组测量列中，任一次测量的偶然误差有 68.3% 的可能性落在 $\pm S$ 区间内，或者说任一次测量值的偶然误差落在 $\pm 2S$ 区间的可能性为 95%，而落在 $\pm 3S$ 区间的可能性为 99.7%。对应 S 的不同倍数，概率值 P 也不同。

以上结果适用于 $K \to \infty$ 的情况。当测量次数 K 有限（如 $K \leqslant 20$）时，偶然误差不再服从正态分布而服从 t 分布（又叫学生分布），不确定度 S 需要加以修正。比如 $K \geqslant 3$，则任一次测量值的误差落在 $\pm 3S$ 区间里的可能性不是 99.7%，而是近于 90% 以上而已！

② 算术平均值的标准偏差及多次直接测量结果的表示。由于算术平均值是多次直接测量的最佳值，它比任何一个测量值更接近真值。因此它的精密程度应高于任何一个测量值，也即算术平均值之间的分散程度要比任一组测量列中各测量值之间的分散程度小得多。理论证明，算术平均值的标准偏差 $S_{\overline{N}}$ 是测量列的标准偏差 S 的 $\dfrac{1}{\sqrt{K}}$ 倍。即：

$$S_{\overline{N}} = \frac{S}{\sqrt{K}} = \sqrt{\frac{\sum\limits_{i=1}^{K} (N_i - \overline{N})^2}{K(K-1)}} \qquad (1-1-7)$$

一般来说，当我们对某一物理量进行一组 K 次重复测量所得算术平均值 $\overline{N}$，与在以后进

行的同样条件下的 K 次重复测量所得的算术平均值是不会完全相同的；但是任一个算术平均值落在 $(\overline{N} \pm S_{\overline{N}})$ 区间的可能性有 68.3%；而落在 $(\overline{N} \pm 3S_{\overline{N}})$ 区间的可能性为 99.7%。由式 (1-1-7) 看出，随着测量次数 K 的增加，算术平均值的标准偏差 $S_{\overline{N}}$ 减小，也即算术平均值更接近于真值。但是当次数 K 大于 10 以后，$S_{\overline{N}}$ 的减小趋于缓慢，因此单靠测量次数的增加来减小偶然误差的作用将受到限制，只有改进仪器和改善测量条件才是减小偶然误差的根本。

不计系统误差时，多次（K 次）直接测量的结果应表示成：

$$N_{测} = \overline{N} \pm S_{\overline{N}} = \overline{N} \pm \sqrt{\frac{\sum_i (\Delta N_i)^2}{K(K-1)}} \qquad (1-1-8)$$

上式间接表明了被测量的真值以极大（99.7%）的可能性落在 $(\overline{N} \pm 3S_{\overline{N}})$ 区间内。

③ 单次测量偶然误差的估计。在实验中，有时测量不能重复或不需要重复；有时测量虽能重复，但多次测量的结果偶然误差远小于仪器的最小分辨值甚至是零（注意：这是由于仪器的精密度不足以反映测量误差的微小差别，而绝不是没有误差！）在这种情况下可以只测量一次，并对结果进行估读。这类估读误差具有随机性，其不确定度大小也需要通过分析误差限 Δ_R 来确定，所以也称为 B 类不确定度分量，且有 $U = \dfrac{\Delta_R}{C}$。其中 Δ_R 为估读误差限，C 为对应分布的置信因子，U 为估读误差引起的测量不确定度。鉴于这类估读误差大多服从均匀分布规律，C 可近似取作 $\sqrt{3}$，即 $U = \dfrac{\Delta_R}{\sqrt{3}}$。估读误差限 Δ_R 的估计要根据仪器分度值的大小、测量环境和测量条件的优劣具体考虑，估计要尽量符合实际。下面分不同情况对单次测量的估读误差限 Δ_R 的估计原则做如下约定：

a. 对于在其分度值以内仍可分辨和估读的一般仪器——如米尺、螺旋测微计、温度计、电表等，Δ_R 可估计为仪器分度值的 1/5（即 0.2 分度）；有时根据被测量的环境和条件可估计得略大一些，比如 0.5 分度或几个分度不等；对于电表，一般采用示值误差来表示其仪器误差 $\Delta_R =$（电表的量限 $\times S\%$），S 为电表级别。

b. 对于那些分度值不便再细分或数字式仪器，如游标卡尺、分光仪的角游标、机械秒表等；Δ_R 可估计为仪器的分度值；而数字式仪器一般取 1~2 个最小计数单位。

c. 对于多次重复测量所得值不变的情况，其估读误差限 Δ_R' 视仪器的具体情况分别与 a 或 b 作类似估计。

d. 对于需要判断平衡的一些测量仪器，如检流计，其平衡误差最大可视为 0.2 分格。

还有些测量仪器虽然很精密，但整个测量的灵敏度较低，此时应将灵敏度引起的误差加以考虑，Δ_R 应估计为测量的灵敏阈值，即足以引起可察觉变化的被测量的最小变化值，而不应只取仪器分度值的 1/5。

（3）合成不确定度及直接测量结果的表示

前面已分别讨论了系统误差和偶然误差对直接测量结果的影响以及它们的处理问题，而实验测量中两类不同性质的误差一般是同时存在的，因此测量结果的误差应当是系统误差和偶然误差的综合影响效果，由于误差的不确定性，总的测量误差也应当用不确定度加以表征。

如前所述，对于确定大小的系统误差要通过校准仪器、引入修正项和采取适当办法将它从测量结果中加以修正；而对于未定系统误差和偶然误差的影响，则用不确定度来表征，其中 A 类不确定度分量和 B 类不确定度分量分别表示了两种不同的估算方法所求得的各种误差对测量结果的单独影响，因此也称为测量的不确定度分量。当各类误差的影响同时存在且各误差是独立无关时，测量结果的不确定度则应当是各个不确定度分量的合成称为"合成不确定度"。即合成不确定度 σ 可表示为：

$$\sigma = \sqrt{\sum_i S_i^2 + \sum_j U_j^2} \qquad (1-1-9)$$

式中，S_i 为第 i 项 A 类不确定度分量；U_j 为第 j 项 B 类不确定度分量，合成不确定度 σ 的意义仍然是一个标准偏差，其物理意义表明测量结果的总误差有 68.3% 的可能性落在 $\pm\sigma$ 区间内。

　　至此，一般物理量的多次直接测量结果应表示成如下形式：

$$N_{测} = N_c \pm \sigma = N_c \pm \sqrt{\sum_i S_i^2 + \sum_j U_j^2} \qquad (1-1-10)$$

当测量不能重复或只进行一次时，式（1-1-10）中的 N_c 应为一次测量的修正值。显然合成不确定度 σ 只是 B 类不确定度分量的合成结果，而不应包含 A 类分量。即单次直接测量结果应表示为：

$$N_{测} = N_{c单} \pm \sigma = N_{c单} \pm \sqrt{\sum_j U_j'^2} \qquad (1-1-11)$$

式（1-1-10）、（1-1-11）中的 N_c 表示修正了确定系统误差后的测量结果，σ 为直接测量结果的合成不确定度。

　　例 2　用分度值为 0.02 mm 的游标卡尺测量一圆柱体直径 5 次，测得值分别为 26.26 mm，26.18 mm，26.26 mm，26.22 mm，26.20 mm，求圆柱体直径 D 的测量结果。已知游标卡尺的允许基本误差 Δ_S 为 ±0.02 mm，零点读数无误差。

　　解：多次测量的算术平均值——平均直径为：

$$\overline{D} = \frac{1}{K}\sum_{i=1}^{K} D_i = \frac{1}{5}(26.26 + 26.18 + 26.26 + 26.22 + 26.20)$$

$$= 26.224（mm）（中间运算结果可先多保留一位有效数字）$$

测量列的标准偏差：$S_D = \sqrt{\frac{1}{K-1}\left[\sum_{i=1}^{K}(D_i - \overline{D})^2\right]} = 0.036$ mm

平均值的标准偏差：$S_{\overline{D}} = \frac{S_D}{\sqrt{K}} = 0.016$ mm

仪器误差引起的不确定度：$U_D = \frac{\Delta_S}{3} = 0.007$ mm

合成不确定度：$\sigma_D = \sqrt{S_{\overline{D}}^2 + U_D^2} = 0.017 \approx 0.02（mm）$

则圆柱体直径的测量结果表示为：$D_{测} = \overline{D} \pm \sigma_D = （26.22 \pm 0.02）$ mm

　　从以上计算结果看出，这里合成不确定度 σ_D 的主要影响来自多次测量的偶然误差 $S_{\overline{D}}$。在合成不确定度的计算公式中，当其中一个分量小于其他任何分量的 1/3 时，则该分量的影响可忽略不计，计算可以简化。由于不确定度本身是一估计量，计算结果只取一位，最多两位。

　　在实验测量中，有时对不同性质的误差影响很难加以严格区分，更无从掌握各误差服从的分布规律，因此也不可能求得各不确定度分量。为了说明误差可能出现的量值范围，可简单的估算其总的误差限 Δ_{lim}，此时将各极限误差 Δ_i 以方和根的形式合成，即 $\sqrt{\sum\limits_i \Delta_i^2} = \Delta_{lim}$，它简单、粗略地表明了直接测量结果的最大误差限度，此时测量结果可表为：$N_{测} = N_c \pm \Delta_{lim} = N_c \pm \sqrt{\sum\limits_i \Delta_i^2}$，$\Delta_i$ 包含各个未定系统误差限和偶然误差限。例如，在金属丝的杨氏模量测定实验中，由于金属丝的长度 L 不易测准，我们只用卷尺对 L 进行一次测量。此时根据测量的具体情况估读误差可估计为 $\Delta_R = 2$ mm，若卷尺的仪器误差为 $\Delta_S = 0.5$ mm，长度 L 的测量误差限可估计为 $\Delta L = \sqrt{\sum\limits_i \Delta_i^2} = \sqrt{\Delta_S^2 + \Delta_R^2} = 2$ mm。如果长度的测量值为 70.2 cm，则长度测量结果可表示为 $L_{测} = (70.2 \pm 0.2)$ cm。

（4）几个名词概念

① 绝对误差、相对误差和百分误差。前面我们所讨论的误差估计量，均指各种误差的绝对值大小，它既有大小，又有单位，这种误差的表示形式称为"绝对误差"。如两个不同物体的长度测量结果为 $L_1 = (12.52 \pm 0.05)$ mm 和 $L_2 = (0.125 \pm 0.005)$ mm，从绝对误差来看，ΔL_2（$= 0.005$ mm）$< \Delta L_1$（$= 0.05$ mm），似乎 L_2 的测量结果要比 L_1 好。实际上在 12.52 mm 的长度测量中，误差 0.05 mm 仅是测量结果的 4/1 000；而在 0.125 mm 的长度测量中，误差 0.005 mm 却占测量结果的 4/100，所占比重比前者要大一个数量级。因此，为了确切比较不同测量结果的好坏，通常用该量的绝对误差与测量值之比值即"相对误差"来评价更为合理。从某种意义上讲，绝对误差反映了测量的重复性好坏；而相对误差则反映测量的准确程度，它定义为：

$$E_N = \frac{\sigma_N}{N} \times 100\%$$

如例中，$E_{L_1} = \frac{0.05}{12.52} \times 100\% = 0.4\%$；$E_{L_2} = \frac{0.005}{0.125} \times 100\% = 4\%$，其中 $E_{L_1} < E_{L_2}$，说明 L_1 的测量结果要比 L_2 准确。

相对误差的计算结果也是一种估计，所以一般只取一位或最多取两位即可。

有时被测量的量值有公认值或理论值，此时测量结果和公认值或理论值的偏差可以用百分误差加以比较。百分误差的大小从某种程度上也反映测量结果的好坏。其中：

$$百分误差 = \frac{|测量值 - 理论值|}{理论值} \times 100\%$$

② 精密度、正确度（准确度）和精确度。

精密度：指在一定的条件下进行多次重复测量时，所得测量结果之间的重复程度；它反映测量结果中偶然误差的大小，偶然误差小，则测量精密度高。

正确度（准确度）：指在规定条件下，测量结果与真值的符合程度，它反映系统误差的大小。系统误差小，则测量正确度高。

精确度：指测量结果中系统误差和偶然误差的综合大小程度，或者说既反映测量结果和真值的接近程度，也反映测量结果的重复性程度。精确度高的测量，表示测量结果的系统误差和偶然误差均很小。

③ 仪器的分度值、仪器的精密度和准确度。所谓仪器的分度值是指仪器的最小刻度的大小；而仪器的精密度则表示仪器的最小估读单位。如测微计的分度值为 0.01 mm，则其精密度可达 0.001 mm。分度值越小的仪器，其精密度越高。

仪器的准确度是指仪器在正确使用的条件下，本身所能达到的准确程度。一般来说，仪器的准确度是低于仪器的精密度。如分光仪的度数盘可以精密测量到15″，但该分光仪的准确度一般都达不到这个指标。

④ 灵敏度：指仪器示值的微小变化与造成该变化所需要的待测量的变化之比。灵敏度高，说明仪器对待测量的微小变化的响应能力高。灵敏度的概念不仅对测量仪器而言，对测量电路同样存在灵敏度的问题，而且它有时会成为测量误差的主要来源，必须充分予以重视。

4. 间接测量的误差传递和估计

间接测量一般是通过与它有函数关系的直接测量代入公式求得。由于直接测量有误差，则间接测量必然也有误差，这就是误差的传递。

（1）误差传递的基本公式

设物理量 N 是各个独立的物理量 x，y，z…的函数，$N = f(x, y, z…)$，对函数求全微分有：

$$dN = \frac{\partial f}{\partial x}dx + \frac{\partial f}{\partial y}dy + \frac{\partial f}{\partial z}dz + \cdots \qquad (1-1-12)$$

由于通常误差远小于测量值，把 dx、dy、dz…看做直接测量量的误差，dN 就是间接测量量的误差，而式（1-1-12）就是间接测量量的绝对误差公式。

对函数取对数后再求全微分，则有相对误差公式：

$$\frac{dN}{N} = \frac{\partial \ln f}{\partial x}dx + \frac{\partial \ln f}{\partial y}dy + \frac{\partial \ln f}{\partial z}dz + \cdots \qquad (1-1-13)$$

式（1-1-12），（1-1-13）表达了各直接测量量 x，y，z…的误差与间接测量量 N 的误差之间的关系，称为误差传递的基本公式。等式右边各项叫做分误差，$\frac{\partial f}{\partial x}$，$\frac{\partial f}{\partial y}$，$\frac{\partial f}{\partial z}$ 及 $\frac{\partial \ln f}{\partial x}$，$\frac{\partial \ln f}{\partial y}$，$\frac{\partial \ln f}{\partial z}$ 叫做误差的传递系数。间接测量量的误差，不仅取决于各直接测量量的误差大小，还取决于误差传递系数。

（2）误差的"方和根合成"公式

误差的传递和合成有两种方式——"方和根合成"和"算术合成"。"方和根合成"又称为"方差合成"。对于标准偏差、相似标准偏差——即不确定度以及合成不确定度来说，由于它们的方差均存在，只要各直接测量量独立无关，则间接测量量的误差服从"方和根合成"。即：

$$\sigma_N = \sqrt{\left(\frac{\partial f}{\partial x}\right)^2 \sigma_x^2 + \left(\frac{\partial f}{\partial y}\right)^2 \sigma_y^2 + \left(\frac{\partial f}{\partial z}\right)^2 \sigma_z^2 + \cdots} \qquad (1-1-14)$$

$$\frac{\sigma_N}{N} = \sqrt{\left(\frac{\partial \ln f}{\partial x}\right)^2 \sigma_x^2 + \left(\frac{\partial \ln f}{\partial y}\right)^2 \sigma_y^2 + \left(\frac{\partial \ln f}{\partial z}\right)^2 \sigma_z^2 + \cdots} \qquad (1-1-15)$$

式（1-1-14），（1-1-15）中，σ_x，σ_y，σ_z…为直接测量量的合成不确定度；σ_N 为间接测量量的合成不确定度，其意义仍然是标准偏差。

常用函数关系的"方和根合成传递"公式如表1-1-1所示。

由表中可见，间接测量量的函数关系为加减法时，用绝对误差公式计算方便，为乘除关系，则用相对误差公式计算方便；另外，当某一项分误差小于最大一项分误差的 1/3 时就可略去不计，使运算简化，在分析中可突出主要因素的影响。

实际应用中，有时难以确定误差所服从的分布规律而仅仅估算直接测量量的误差限 $\Delta_{\lim}$ 时，则间接测量量的误差限仍应以方和根的形式合成。式（1 - 1 - 14），（1 - 1 - 15）可改写成：

$$\Delta N = \sqrt{\left(\frac{\partial f}{\partial x}\right)^2 \Delta x^2 + \left(\frac{\partial f}{\partial y}\right)^2 \Delta y^2 + \left(\frac{\partial f}{\partial z}\right)^2 \Delta z^2 + \cdots} \qquad (1-1-16)$$

$$\frac{\Delta N}{N} = \sqrt{\left(\frac{\partial \ln f}{\partial x}\right)^2 \Delta x^2 + \left(\frac{\partial \ln f}{\partial y}\right)^2 \Delta y^2 + \left(\frac{\partial \ln f}{\partial z}\right)^2 \Delta z^2 + \cdots} \qquad (1-1-17)$$

表 1 - 1 - 1　常用函数关系的"方和根合成传递"公式

函数表达式	标准偏差传递公式
$N = x + y$	$\sigma_N = \sqrt{\sigma_x^2 + \sigma_y^2}$
$N = x - y$	$\sigma_N = \sqrt{\sigma_x^2 + \sigma_y^2}$
$N = xy$	$\dfrac{\sigma_N}{N} = \sqrt{\left(\dfrac{\sigma_x}{x}\right)^2 + \left(\dfrac{\sigma_y}{y}\right)^2}$
$N = \dfrac{x}{y}$	$\dfrac{\sigma_N}{N} = \sqrt{\left(\dfrac{\sigma_x}{x}\right)^2 + \left(\dfrac{\sigma_y}{y}\right)^2}$
$N = \dfrac{x^k y^m}{z^n}$	$\dfrac{\sigma_N}{N} = \sqrt{k^2\left(\dfrac{\sigma_x}{x}\right)^2 + m^2\left(\dfrac{\sigma_y}{y}\right)^2 + n^2\left(\dfrac{\sigma_z}{z}\right)^2}$
$N = kx$	$\sigma_N = k\,\sigma_x\,;\ \dfrac{\sigma_N}{N} = \dfrac{\sigma_x}{x}$
$N = \sqrt[m]{x}$	$\dfrac{\sigma_N}{N} = \dfrac{1}{m} \cdot \dfrac{\sigma_x}{x}$
$N = \sin x$	$\sigma_N = |\cos x|\,\sigma_x$
$N = \ln x$	$\sigma_N = \dfrac{\sigma_x}{x}$

式中，Δx，Δy，$\Delta z \cdots$ 为各直接测量量的最大误差限，ΔN、$\dfrac{\Delta N}{N}$ 则近似为间接测量结果的绝对误差限和相对误差限。将对应表（1 - 1 - 1）中不确定度的符号（σ）改写成误差限符号（Δ），即可得到间接测量量的误差限的近似公式。

（3）间接测量结果的表示

已知间接测量量 N 与直接测量量 x，y，z 的函数关系为 $N = f(x, y, z)$。各直接测量量的测量结果为 $x_{测} = \bar{x}_c \pm \sigma_x$，$y_{测} = \bar{y}_c \pm \sigma_y$，$z_{测} = \bar{z}_c \pm \sigma_z$，则间接测量的最佳值 $\overline{N}_c$ 是将各直接测量最佳值 $\bar{x}_c$、$\bar{y}_c$、$\bar{z}_c$ 代入函数关系式求得，即：

$$\overline{N}_c = f(\bar{x}_c, \bar{y}_c, \bar{z}_c)$$

间接测量结果的不确定度可由"方和根合成传递"公式求得。即：

$$\sigma_N = \sqrt{\left(\frac{\partial f}{\partial x}\sigma_x\right)^2 + \left(\frac{\partial f}{\partial y}\sigma_y\right)^2 + \left(\frac{\partial f}{\partial z}\sigma_z\right)^2} \qquad (1-1-18)$$

最后，间接测量的结果也应表示成如下形式：

$$N_{测} = \overline{N}_e \pm \sigma_N \qquad (1-1-19)$$

式 $(1-1-18)$ 中的 σ_x，σ_y，σ_z 可以是各直接测量的合成不确定度 σ 或误差限 Δ_{lim}，则 σ_N 的意义对应为合成不确定度或总误差限（近似值）。σ_N 的位数一般取 1 位，最多 2 位。

例 3   用游标卡尺测量金属圆柱体的高度 5 次，测量值为 10.70 mm，10.78 mm，10.80 mm，10.72 mm，10.76 mm；用螺旋测微计测量直径 5 次，测量值分别为 5.644 mm，5.648 mm，5.653 mm，5.640 mm，5.638 mm，如果已知游标卡尺的最大示值误差为 ± 0.02 mm，测微计的最大示值误差为 ± 0.004 mm，求金属圆柱体的体积。

解： 直径的平均值：$\overline{D} = \dfrac{1}{5}\sum_{i=1}^{5} D_i = 5.644\,6$ mm

标准偏差：$S_D = 6.1 \times 10^{-3}$ mm；$S_{\overline{D}} = \dfrac{S_D}{\sqrt{K}} = 2.7 \times 10^{-3}$ mm

$$U_D = \frac{0.004}{3} = 1.3 \times 10^{-3}\,(\text{mm})$$

合成不确定度：$\sigma_D = \sqrt{S_{\overline{D}}^2 + U_D^2} = 3.0 \times 10^{-3} = 3 \times 10^{-3}$ （mm）

直径的测量结果：$D_{测} = (5.645 \pm 0.003)$ mm

高度的平均值：$H = \dfrac{1}{5}\sum_{i=1}^{5} H_i = 10.752$ mm

标准偏差：$S_H = 4.1 \times 10^{-2}$ mm；$S_{\overline{H}} = 1.9 \times 10^{-2}$ mm

仪器误差引起的不确定度：$U_H = \dfrac{0.02}{3} = 6.7 \times 10^{-3}\,(\text{mm})$

合成不确定度：$\sigma_H = \sqrt{S_{\overline{H}}^2 + U_H^2} = 2.1 \times 10^{-2} \approx 3 \times 10^{-2}$ （mm）

高度的测量结果：$H_{测} = (10.75 \pm 0.03)$ mm

体积的平均值：$\overline{V} = \dfrac{\pi}{4}\overline{D}^2\overline{H} = 269.1$ mm^3

由误差公式：$\dfrac{\sigma_V}{V} = \sqrt{\left(2\,\dfrac{\sigma_D}{D}\right)^2 + \left(\dfrac{\sigma_H}{H}\right)^2} = 0.002$

则　　$\sigma_V = \dfrac{\sigma_V}{V} \times V = 0.538$ mm^3

体积的测量结果　$V_{测} = (269.1 \pm 0.6)$ mm^3

（4）误差的"算术合成"公式

在一些要求不高的实验场合下，尤其在进行误差分析、实验设计等误差作粗略、简单估计时，为简化计算和分析或者系统误差占主要成分时，常常将各项分误差按绝对值相加的形式进行合成，这就是"算术合成"公式。这种合成方式常常使得间接测量量的误差估计过大，但运算简便。

常用函数关系的"算术合成传递"公式如表 $1-1-2$ 所示。

从表 $(1-1-2)$ 看出，当间接测量的函数关系为加减法时，估计绝对误差方便；为乘除法时，估计相对误差更为方便。而当某一项分误差小于最大一项分误差的 1/10 以下时就可将它略去不计，使运算简化。

表 1 – 1 – 2　常用函数关系的"算术合成传递"公式

函数表达式	误差的算术合成公式
$N = x + y$	$\Delta N = \Delta x + \Delta y$
$N = x - y$	$\Delta N = \Delta x + \Delta y$
$N = xy$	$\dfrac{\Delta N}{N} = \dfrac{\Delta x}{x} + \dfrac{\Delta y}{y}$
$N = kx$	$\Delta N = k\Delta x;\ \dfrac{\Delta N}{N} = \dfrac{\Delta x}{x}$
$N = \sqrt[m]{X}$	$\dfrac{\Delta N}{N} = \dfrac{1}{m} \cdot \dfrac{\Delta x}{x}$
$N = \sin x$	$\Delta N = \cos x \cdot \Delta x$
$N = \ln x$	$\Delta N = \dfrac{\Delta x}{x}$

对于复杂的函数关系，间接测量量的误差公式可归纳为以下步骤来推导：

① 先对函数求全微分（或先取对数再求全微分）。

② 合并同一变量的系数。

③ 将微分符号变为误差符号；对于按"方和根合成"的误差，可将各项分误差平方相加再开方；对于按"算术合成"传递的误差，则将各项分误差取绝对值相加。

例如，在测定气体的 γ 值实验中，利用了公式 $\gamma = \dfrac{h_1}{h_1 - h_3}$，如果已知 h_1，h_3 的误差分别为 σ_{h_1}、σ_{h_3}（或 Δh_1、Δh_3），则 γ 值的测量误差可按下述步骤求出：

① 对公式两边取对数，求全微分，得：

$$\ln\gamma = \ln\frac{h_1}{h_1 - h_3} = \ln h_1 - \ln(h_1 - h_3)$$

$$\frac{\mathrm{d}\gamma}{\gamma} = \frac{\mathrm{d}h_1}{h_1} - \frac{\mathrm{d}h_1 - \mathrm{d}h_3}{h_1 - h_3}$$

② 合并同一变量的系数是：

$$\frac{\mathrm{d}\gamma}{\gamma} = \frac{h_3}{h_1(h_1 - h_3)}\mathrm{d}h_1 + \frac{1}{h_1 - h_3}\mathrm{d}h_3$$

③ 则

$$\frac{\sigma_\gamma}{\gamma} = \sqrt{\frac{h_3^2}{h_1^2(h_1 - h_3)^2}\sigma_{h_1}^2 + \frac{1}{(h_1 - h_3)^2}\sigma_{h_3}^2}$$

当误差按"算术合成"传递时，则有：

$$\frac{\Delta\gamma}{\gamma} = \left|\frac{-h_3}{h_1(h_1 - h_3)} \cdot \Delta h_1\right| + \left|\frac{1}{h_1 - h_3} \cdot \Delta h_3\right|$$

（5）误差分析和计算的目的、意义

利用误差公式不仅仅是对测量结果的不确定度进行估算，更主要的还有以下几点目的：

① 根据实验给定的误差要求，合理选择仪器、确定测量方法。

例如，称量一质量大于 100 g 的物体，如果要求测量误差不大于 0.5%，则用物理天平即可满足要求了。如果单纯为了精密而用分析天平去称量，不仅很不经济，且费力费时徒劳无益。

再比如弦振动实验中，驻波波长测量由于波节的位置难于准确定位而不能直接用米尺去测量。不仅如此，根据弦中稳定驻波形成的条件，推得波长公式为 $\lambda = \dfrac{2L}{n-1}$，只要测出弦长 L，即可求出波长。但当仪器的误差 ΔL 一定时，用公式求得的波长的测量误差 $\Delta \lambda = \dfrac{2}{n-1} \cdot \Delta L$，显然要比直接测量波长的误差 ΔL 小 $\dfrac{2}{n-1}$ 倍，这种优势在波节数比较多时更为明显。由此可见，当同时存在几种测量方法或计算公式时，就可利用误差公式进行分析，从而选择最佳的方法或公式，使测量误差尽可能减少。

② 在实验设计中，如果给定了间接测量结果的误差限，根据误差公式，可以确定直接测量量的误差分配，从而选择合理的实验方案，即仪器的精度、实验条件和测量的重点等。

关于误差的等分配原则：已知 x，y，z 为各直接测量量，N 为间接测量量，且有 $N = F(x, y, z)$，根据误差传递公式有 $\Delta N = \dfrac{\partial F}{\partial x}\Delta x + \dfrac{\partial F}{\partial y}\Delta y + \dfrac{\partial F}{\partial z}\Delta z$。由于直接测量量的误差 Δx，Δy，Δz 有多种可能的组合，使间接测量量的误差 ΔN 的取值也不是惟一的。因此实际工作中常应用的"误差等分配（或等作用）"原则使问题简化，也即假设各项分误差对 ΔN 的贡献是相同的，即 $\left| \dfrac{\partial F}{\partial x}\Delta x \right| = \left| \dfrac{\partial F}{\partial y}\Delta y \right| = \left| \dfrac{\partial F}{\partial z}\Delta z \right| = \dfrac{\Delta N}{3}$。对于 K 个直接测量量，同样有 $\Delta N = \left| K\dfrac{\partial F}{\partial x}\Delta x \right| = \left| K\dfrac{\partial F}{\partial y}\Delta y \right| = \left| K\dfrac{\partial F}{\partial z}\Delta z \right| = \cdots$。即各直接测量量的误差只要控制在 $\Delta x = \left| \dfrac{\Delta_N}{K} \cdot \dfrac{1}{\dfrac{\partial F}{\partial x}} \right|$，$\Delta y = \left| \dfrac{\Delta N}{K} \cdot \dfrac{1}{\dfrac{\partial F}{\partial y}} \right|$，$\Delta z = \left| \dfrac{\Delta N}{K} \cdot \dfrac{1}{\dfrac{\partial F}{\partial z}} \right| \cdots$ 的范围内，ΔN 就可满足实验的要求。

例如，用欧姆定律 $I = \dfrac{V}{R}$，测得 $R = 100\ \Omega$，$V \approx 25\ \text{V}$，若要求 I 的误差不大于 0.005 A，如何安排设计该实验？

由 $I = \dfrac{V}{R}$，求得 $I \approx 0.25\ \text{A}$，即 $\dfrac{\Delta I}{I} \leqslant \dfrac{0.005}{0.25} = 2\%$。

根据误差传递公式有：$\dfrac{\Delta I}{I} = \left| \dfrac{\Delta V}{V} \right| + \left| \dfrac{\Delta R}{R} \right| \leqslant 2\%$。

根据"误差等作用"原则，则 $\left| \dfrac{\Delta V}{V} \right| = \left| \dfrac{\Delta R}{R} \right| \leqslant 1\%$。

计算结果表明，只要电阻 R 和电压 V 的测量相对误差都小于 1%，则可使电流 I 的误差不大于 0.005 A。因此为保险起见，选用 0.5 级以上的电桥测量 R，用 0.5 级、量程为 30 V 左右的电压表测量 V 就可以满足实验要求了。

第二节　测量结果的有效数字及其运算规则

任何物理量的测量既然存在着误差，在测量和运算过程中用几位数字来表示结果就不能是任意的，而必须遵循有效数字及其运算规则。

1. 有效数字的一般概念

把测量结果中可靠的几位数字加上可疑的一位数字统称为测量结果的有效数字。即有效数字的末位是可疑位。有效数字的末位虽然可疑，但它在一定程度上反映了客观实际，如测量所用仪器和测量方法等。一般说来有效数字的位数越多，测量精密度越高，如测量结果 2.356 0 cm 一定不是用米尺测量的，而可能是用螺旋测微计测得的，米尺的测量结果只能是 2.35 cm。可见有效数字的末位反映了测量结果的不确定度大小，因此测量结果的有效数字不能随意多写或少写。

2. 测量结果的有效数字位数的确定方法

根据有效数字的末位是可疑位的定义，测量结果的有效数字位数完全取决于合成不确定度的大小（或者说测量误差的大小），即任何测量结果的有效数字，其最后一位要与不确定度所在的那一位取齐。由于不确定度本身是一个估计的量值范围，因此其有效数字一般取一位即可。

对于直接测量，应将测量值估读到仪器分度值的十分位，或至少估读到仪器分度值的二分之一。根据单次测量结果的合成不确定度截取单次测量结果的有效数字位数。

对于多次直接测量结果和间接测量结果的有效数字，则是先通过估算其合成不确定度的数值大小，再截取测量结果的有效数字位数。

当不确定度取一位表示，测量结果的有效数字末位应与相应的不确定度的那一位对齐；如例 3 中的 $\sigma_H = 2.1 \times 10^{-2}$ mm，则当 σ_H 取一位，测量结果 $H = (10.75 \pm 0.03)$ mm。当不确定度取两位表示时，结果的有效数字也要相应多保留一位，但此时并不表示结果的有效数字增加了一位；如例 3 中当 σ_H 取二位时，应有测量结果 $H = (10.752 \pm 0.021)$ mm。

3. 有效数字与相对误差

有效数字的最后一位是有误差的，因此，大体上可以说，有效数字位数越多相对误差就越小，有效数字位数越少相对误差越大。

一般来说，两位有效数字对应于 $\dfrac{\tilde{}}{10}$ 至 $\dfrac{\tilde{}}{100}$ 的相对误差；三位有效数字对应于 $\dfrac{\tilde{}}{100}$ 至 $\dfrac{\tilde{}}{1\,000}$ 的相对误差，以此类推。因此，在进行误差分析时，有时讲误差多大，有时讲几位有效数字，它们是密切相关的。

4. 几点附加说明

① 有效数字的位数与十进制单位的变换无关。例如 1.35 cm 换成以毫米为单位时成了 13.5 mm，以米为单位时则为 0.013 5 m，三种表示法完全等效，都是 3 位有效数字。

② "0" 在数字中间或后面都是有效数字，不能随意省略或添加，而表示小数点位数的 "0" 不是有效数字。如 1.350 m 和 1.050 m 都是 4 位有效数字，而 0.001 35 km 是 3 位有效数字。

③ 当数字很大或很小而有效数字的位数较少时，一般采用 10 的方幂形式来表示，方幂前面的系数是有效数字，这种表达形式叫 "科学表达式"。例如 0.000 012 km 应写成 1.2×10^{-5} km，以微米为单位时则应写成 1.2×10^4 μm。它们都是 2 位有效数字。

④ 有效数字计算中，多余位数应按舍入法则处理——即多余尾数小于 5 则舍，大于 5 则入，恰等于 5 则看前一位，是奇数则入，是偶数则舍。这样做可使尾数的舍与入的几率

相等。

例如，将下列数据舍入到小数点后第一位：

a. $2.7498 \xrightarrow{舍入后} 2.7$

b. $2.7501 \xrightarrow{舍入后} 2.8$

c. $2.7500 \xrightarrow{舍入后} 2.8$

d. $2.6500 \xrightarrow{舍入后} 2.6$

对于不确定度的舍入，一般考虑的是不要估计不足，因此对误差的多余尾数，一律进而不舍。比如例 3 中的 $\sigma_H = 0.021$ mm 则取作 0.03 mm。

⑤ 参与计算的常数如 π、e、$\sqrt{2}$、$\frac{1}{2}$ 等，其有效数字位数可认为是无限多，一般可比其他参与运算的数值多取一位。

⑥ 为避免舍入过多而带来附加误差，在运算过程中，可多保留一位可疑数字，但在最后结果中，一般只保留一位可疑数字。

⑦ 有效数字的多或寡决定于测量条件（仪器、方法、环境等），而不决定于运算过程。因此在选择计算工具时，应使其所给出的数位不少于应有的有效数位，否则将造成测量结果精确度的降低。当然也不能通过运算工具随意扩大结果的有效数字，尤其使用电子计算器的情况下更要注意防止将运算结果毫无选择地通盘写下。

5. 有效数字的运算规则

在不需要进行误差计算的粗略运算中，为使运算结果不因计算过程中的舍入而引进不必要的"误差"，并使运算简化，有关数据的运算规则可参照如下几点进行处理：

（1）加减运算

设 $y = x_1 + x_2 + x_3$，误差分别为 Δy，Δx_1，Δx_2，Δx_3，则 $\Delta y = \Delta x_1 + \Delta x_2 + \Delta x_3$。即 y 的绝对误差较各个 x 的绝对差中最大的还大，而绝对误差大的 x 值，其有效数字的最后一位必然靠前。因此规定：加减运算后的有效数字位数，取至参与运算各数中最靠前出现可疑的那一位。运算前，可先将各数的尾数按舍入法则简化至绝对误差最大的那一位数的后一位。

例 4　$12.94 + 11.0 + 8.2263 = ?$

解：简化上式得：$12.94 + 11.0 + 8.23$

运算结果为：$12.94 + 11.0 + 8.23 = 32.2$

例 5　$8.3421 - 0.2 = ?$

解：简化得：$8.34 - 0.2$

结果为：$8.34 - 0.2 = 8.1$

（2）乘除运算

设 $y = x_1 \cdot x_2 / x_3$，误差分别为 Δy，Δx_1，Δx_2，Δx_3，则 $\frac{\Delta y}{y} = \frac{\Delta x_1}{x_1} + \frac{\Delta x_2}{x_2} + \frac{\Delta x_3}{x_3}$。即 y 的相对误差较各个 x 的相对误差都大，而一般情况下，相对误差大的有效数字其数位要少。因此规定：乘除运算后结果的有效数字位数以参与运算各数中位数最少的为准。运算中，先将各数简化至比位数最少的那个数多一位。

例 6　$32.512 \times 4.2 \div 2.796 = ?$

解：简化上式有：$32.5 \times 4.2 \div 2.80$

运算结果为：$32.5 \times 4.2 \div 2.80 = 49$

（3）其他简单函数关系的运算

如高次乘方、开高次方，三角函数、对数等，则要根据误差传递公式推算出结果的绝对误差，而后确定结果的有效数字位数。简要地，还可借助查表或计算器来确定函数值的位数。

① 对数运算：自然对数 $y = \ln x$，绝对误差 $\Delta y = \dfrac{\Delta x}{x}$。因此规定：某数的自然对数，其有效数字尾数与该数（即真数）的有效位数相同。如 $\ln 5.678 = 7.7366$；$\ln 0.356 = -1.033$。

常用对数 $y = \lg x$，绝对误差 $\Delta y = \Delta(\lg x) = \dfrac{1}{\ln 10} \cdot \dfrac{\Delta x}{x} = 0.43 \dfrac{\Delta x}{x}$。因此规定：某数的对数，其有效数字的尾数与该数（真数）的有效位数相同或多一位。如：$\lg 6.78 = 0.8312$；$\lg 23.45 = 1.3701$。

② 指数运算：对于 $y = e^x$，由于 $\Delta x = \Delta(e^x) \cdot \Delta x$，因此当运算后的结果写成科学表达式，其结果的有效数字的尾数与指数 x 的尾数相同。如 $e^{9.24} = 1.03 \times 10^4$；$e^{0.924} = 2.519$；$e^{0.00924} = 1.00928$；$e^{52} = 4 \times 10^{22}$。

对于 $y = 10^x$，由于 $\Delta y = \Delta(10^x) = (\ln 10) \, 10^x \cdot \Delta x = 2.3 \times 10^x \cdot \Delta x$。因此当运算后的结果写成科学表达式，其系数的有效数字的尾数与指数 x 的尾数相同或少一位。如 $10^{9.24} = 1.74 \times 10^9$；$10^{0.65} = 4.5$。

③ 开方运算：对于 $y = x^{\frac{1}{n}}$ 由于 $\Delta y = \Delta(x^{\frac{1}{n}}) = \dfrac{1}{n} x^{(\frac{1}{n} - 1)} \cdot \Delta x$，因此对同一个数的不同 n 次方根，其有效数字的位数差异较大，要具体运算误差后再确定有效数字的位数。如：

$$y = \sqrt[8]{9.24} = 1.3204 \; ; \quad \Delta y = 0.0002$$
$$y = \sqrt[2]{9.24} = 3.040 \; ; \quad \Delta y = 0.002$$

④ 三角函数的运算：对于 $y_1 = \sin x$，或 $y_2 = \cos x$，由于 $\Delta y_1 = \cos x \cdot \Delta x$，$\Delta y_2 = \sin x \cdot \Delta x$，在一般情况下都可以根据误差关系式确定 y_1，y_2 的位数（但 Δx 需以弧度为单位）。如 $\cos 9°24' = 0.98657$；$\cos 20°16' = 0.9381$；$\sin 36°42' = 0.5966$；$\sin 79°36' = 0.93357$。

需要指出的是，上述规则并不是绝对不变的，也不可能包罗万象，有些情况可能不完全符合以上规则，因此不应完全机械地照搬规定，惟一的办法就是利用误差传递公式具体去推算函数值的误差并确定运算结果有效数字的位数。

⑤ 借助查表（或计算器）确定函数值位数的简要方法：当某数的有效位数已知，则可通过改变该数的末位的一个单位，观察其函数值的变化，以确定该函数值的有效位数。

例如，已知 $x = 8°30'$，求函数 $\cos 8°30'$ 的值。

首先查出 $\cos 8°29'$ 和 $\cos 8°31'$ 的函数值，分别为 $\cos 8°31' = 0.98897$ 和 $\cos 8°29' = 0.98906$，故确定 $\cos 8°30' = 0.98902$ 为 5 位有效数字。

又如：$x = 9.2456$，求函数 $\ln 9.2456$ 的值。

首先查出 $\ln 9.2455$ 和 $\ln 9.2457$ 的值，分别为 $\ln 9.2455 = 2.22414$ 和 $\ln 9.2457 = 2.22416$，故确定 $\ln 9.2456 = 2.22415$ 为 6 位有效数字。

第三节　实验数据处理和作图法

处理实验数据的目的，在于通过一定的整理、计算和分析归纳，得出必要的实验结论。常用的数据处理方法有好多种——如逐差法、列表法、作图法和最小二乘法等。下面仅介绍三种。

1. 逐差法处理数据

逐差法是物理实验数据处理常用的一种方法。由误差理论可知，算术平均值最接近于真值，因此在实验中应尽量实现多次测量求得待测量的平均值。但是，在一些实验中如果简单地取各次测量的平均值，并不能达到求平均的目的，有些数据在求平均中甚至被抵消而未能参与运算。例如杨氏模量测量实验中，标尺读数 a_i 随着金属丝下端砝码质量（或外力 F_i）的变化而异。如果每次增加 1 kg 砝码，连续增加七次，则可读得八个标尺读数值 a_0，a_1，a_2，$\cdots$，a_7，每变化 1 kg 外力标尺读数的变化量相应为 $\Delta a_1 = a_1 - a_0$，$\Delta a_2 = a_2 - a_1$，$\cdots$，$\Delta a_7 = a_7 - a_6$。如果直接求 Δa 的平均值则可得：$\Delta \bar{a} = \dfrac{\Delta a_1 + \Delta a_2 + \cdots + \Delta a_7}{7} = \dfrac{a_7 - a_0}{7}$，$\Delta \bar{a}$ 的结果只用到始、末二次测量值，显然起不到求平均的作用，与砝码一次增加 7 个的单次测量等价。

如果把 8 个测量数据分成两组：一组是 a_0，a_1，a_2，a_3；另一组是 a_4，a_5，a_6，a_7，然后取对应项的差值 $a_{4,0} = a_4 - a_0$，$a_{5,1} = a_5 - a_1$，$a_{6,2} = a_6 - a_2$，$a_{7,3} = a_7 - a_3$，则平均值为
$$a_{i+4,i} = \frac{a_{4,0} + a_{5,1} + a_{6,2} + a_{7,3}}{4} = \left[(a_4 - a_0) + (a_5 - a_1) + (a_6 - a_2) + (a_7 - a_3) \right] \times \frac{1}{4}。$$
各测量数据在平均值内都起到了作用，$a_{i+4,i}$ 是对应于一次增加 4 个砝码标尺读数变化量的平均值。这种数据处理的方法叫逐差法。用逐差法处理数据，不仅能充分利用数据，起到求平均值的作用，而且还可以起到消除部分系统误差的作用。

2. 列表处理数据

将实验测量所得数据列成表格，不仅可以简单而明了地把有关物理量之间的对应关系表示出来，还可以及时发现和分析实验过程中的问题，有助于从中找出规律，求出经验公式等。

列表的一般要求：

① 表格要简单明了，要标明各物理量的符号、写明单位。单位及量值的数据级可写在标题栏中，不要重复记在各个数值上。

② 表格中所列数据要正确反映测量结果的有效数字。

③ 有关的实验条件统一写在表格顶部。

3. 作图法处理数据

作图法是物理实验中常用的一种数据处理的方法。通过作图可以把物理量之间的关系及其变化规律直观地表示出来，从图中还可以简便地求出实验所需的某些数据，甚至还可以从曲线的延伸部分读出测量数据范围以外的点。

（1）作图要遵从以下规则

① 要用坐标纸作图。根据作图的参量选用直角坐标纸、单对数坐标纸、双对数坐标纸

等。坐标纸的大小和坐标轴的比例要根据实验数据和结果的需要来定，要使数据中的可靠数字在图中也应为可靠的，而可疑的一位在图中应是估计的。一般横轴表示自变量，纵轴表示应变量。

② 要适当选择两坐标轴上的坐标和起点，使图线尽量对称地占满整个图纸，不要使图线偏于任一坐标轴。为此，坐标原点一般不取为0。

③ 标明坐标轴所代表的物理量（或符号）及单位，画出坐标方向；并在轴上每隔一定间距标明各物理量的数值；在图纸的明显位置写清图的名称，必要时适当标明实验的条件等。

④ 标点和连线，用"＋"标出测量数据各点的坐标，并使数据点的坐标准确落在"＋"的交点上，"＋"的横线长度是横坐标所代表的物理量在该测量点的不确定度的两倍，"＋"的竖线长度是纵坐标所代表的物理量在该测量点的不确定度的两倍，然后根据不同情况将各点连成直线、光滑曲线或折线。连线时，各坐标点不一定都通过图线（校准曲线例外，它要通过校准点连成折线），而是要求曲线（或直线）的偏差点均匀分布在曲线的两旁。个别偏离过大的点应当舍弃或重新测量。

（2）用直角坐标纸作图举例

弦振动实验中，已知横波沿弦线传播时，在维持张力不变的情况下，横波的传播速度 V 与张力 T 及弦线的线密度 μ 之间有以下关系：

$$V = \sqrt{\frac{T}{\mu}}$$

根据 $V = \lambda f$，则有 $\lambda = \frac{1}{f}\sqrt{\frac{T}{\mu}}$，即横波波长 λ 与 $T^{\frac{1}{2}}$ 成正比。试用作图法来验证，并求出弦线振动的频率 f。已知 $\mu = (3.1 \pm 0.1) \times 10^{-4}$ kg/m，重力加速度 $g = 9.80$ m/s^2。测量数据列表 1-3-1：

弦长 $L = 100.0$ cm 　　　　 砝码盘质量 $m' = 7.77 \times 10^{-3}$ kg

表 1-3-1　测量数据

波节数		8	7	6	5	4	3
$\lambda /$（$\times 10^{-2}$ m）		28.6	33.3	40.0	50.0	66.7	100.0
砝码质量/（$\times 10^{-3}$ kg）	m_1	19.5	29.0	45.9	77.2	143	330
	m_2	19.9	29.9	46.7	77.7	144	332
$\bar{m} /$（$\times 10^{-3}$ kg）		19.7	29.4	46.3	77.4	143.5	331
$m_{总} = \bar{m} + m' /$（$\times 10^{-3}$ kg）		27.5	37.2	54.1	85.2	151.3	338.8
$\sqrt{T} = \sqrt{m_{总}g} / \mathrm{N}^{1/2}$		0.519	0.604	0.728	0.914	1.218	1.801

由表中数据作图（如图 1-3-1 所示），得一直线，由此说明 λ 与 $\sqrt{T}$ 是线性关系。

由 $\lambda = \frac{1}{f}\sqrt{\frac{T}{\mu}}$，令斜率 $K = \frac{1}{f\sqrt{\mu}}$，则 $\lambda = K\sqrt{T}$。在图中取两点 M_1，M_2 的坐标求出斜率 K（注意：M_1，M_2 必须取直线上的两点，而且必须经过坐标线的交点。为了减小误差，两点离得应足够远）。

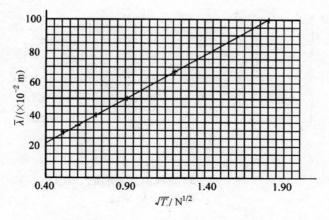

图 1 - 3 - 1 $\overline{\lambda}$—$\sqrt{T}$ 关系曲线

由图选择 M_1（0.490，27.0），M_2（1.640，91.0）。则斜率为：

$$K = \frac{(91.0 - 27.0) \times 10^{-2}}{(1.640 - 0.490)} = 0.557（\mathrm{kg}^{-\frac{1}{2}} \cdot \mathrm{m}^{\frac{1}{2}} \cdot \mathrm{s}）$$

由 $K = \dfrac{1}{f\sqrt{\mu}}$，则 $f = \dfrac{1}{K\sqrt{\mu}} = \dfrac{1}{0.557 \times \sqrt{3.1 \times 10^{-4}}} = 102$（Hz）。

4. 曲线的直化

实验中物理量之间的函数关系往往不是线性的，这样从图中不仅求值困难，而且很难判断结论是否正确，所以常置换变量进行处理。将自变量轴的变量改成原自变量的平方、开方、对数或其他形式等，则可将曲线变成直线。如 $y = Kx^2$，图形是一抛物线，如图 1 - 3 - 2（a）所示。将横轴的变量改成 $t = x^2$，则有 $y = Kt$，其图形为一条直线，如图 1 - 3 - 2（b）所示。

有时需要同时变换两个变量进行直化。如 $y = Kx^{\frac{1}{2}}$，取对数 $\lg y = \dfrac{1}{2}\lg x + \lg K$，则 $\lg y$ 为 $\lg x$ 的线性函数，如图 1 - 3 - 3（a）、（b）所示。这也是常用的一种曲线直化方法。

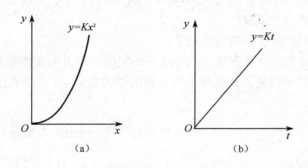

图 1 - 3 - 2 曲线的直化方法一
（a）抛物线；（b）直线

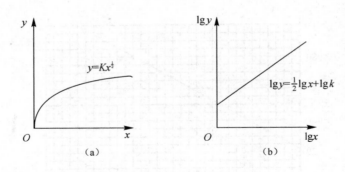

图 1 - 3 - 3 曲线的直化方法二
(a) 抛物线；(b) 直线

练 习 题

① 测量某物体的长度 L 10 次，测量值分别是 63.75 cm，63.58 cm，63.53 cm，63.65 cm，63.56 cm，63.59 cm，63.53 cm，63.54 cm，63.57 cm，63.62 cm，试求长度的平均值 $\overline{L}$，标准偏差 S_L 及算术平均值的标准偏差 $S_{\overline{L}}$。如果不考虑仪器误差，试写出测量结果的表达式。

② 用米尺测得正方形的边长为 $a_1 = 2.01$ cm，$a_2 = 2.05$ cm，$a_3 = 2.02$ cm，$a_4 = 1.98$ cm，$a_5 = 1.96$ cm，求正方形边长的平均值 $\overline{a}$，平均值 $\overline{a}$ 的标准偏差 $S_{\overline{a}}$ 及合成不确定度 σ_a；正方形面积的平均值 $\overline{A}$、算术平均值 $\overline{A}$ 的合成不确定度 σ_A（考虑米尺的示值误差不大于 ±0.05 cm），并写出测量结果的表达式，如果要求面积的相对误差小于 0.5%，试用误差公式简单分析量具及其规格应作何选择为宜？

③ 比较下列三个不同测量结果的好坏：

(a) $l_1 = (75.80 \pm 0.05)$ cm　　　(b) $l_2 = (1.525 \pm 0.005)$ cm

(c) $l_3 = (0.0485 \pm 0.0005)$ cm

试问：哪一个测量结果的精密度高？哪一个测量结果的准确度高？为什么？

④ 一金属圆柱的测量结果如下：直径 $D = (2.04 \pm 0.01)$ cm，高度 $H = (4.12 \pm 0.01)$ cm，质量 $m = (149.18 \pm 0.05)$ g。试求：

(a) 圆柱体体积 V 和密度 ρ 的测量结果；

(b) 用方和根合成公式计算密度 ρ 的合成不确定度大小并写出测量结果的表达式。

⑤ 试分别用两种误差传递公式推导下列函数的误差公式。（等式右边未经注明各量均为直接测量量）

(a) $E = \dfrac{K - K'}{K}$

(b) $V_0 = \dfrac{V_t}{\sqrt{1 + at}}$（$a$ 为常量）

(c) 电阻率 $\rho = \dfrac{\pi D^2 R}{4L}$

(d) $n = \dfrac{\sin[(A + D_{\min})/2]}{\sin(A/2)}$

⑥ 改正下列各题的错误：

（a）$d = (20.785\ 1 \pm 0.01)$ cm　　　　（b）$L = (17\ 000 \pm 1\ 000)$ km

（c）$D = 12$ km ± 100 m　　　　　　（d）$T = (0.001\ 730 \pm 0.000\ 5)$ s

（e）$0.125 \times 0.253 = 0.031\ 625$

⑦ 变换以下物理量单位并指出有效数字位数。

（a）$m = (1.750 \pm 0.001)$ kg，改写成以 g、mg、t（吨）为单位。

（b）$t = (1.8 \pm 0.1)$ min，改写成以 s 为单位。

⑧ 试用有效数字运算规则计算下列各式：

（a）$107.50 - 2.5 = ?$　　　　　　（b）$3.028\ 6 + 0.54 = ?$

（c）$\dfrac{76.000}{40.00 - 2.0} = ?$　　　　　（d）$\dfrac{\sqrt{98.754}}{1.34} = ?$

（e）$\dfrac{100 \times (5.6 + 4.412)}{(78.00 - 77.0)} \times 10.000 + 110.0 = ?$

（f）$\dfrac{8.042\ 1}{(6.088 - 6.045)} + 30.9 = ?$　　（g）$\log 2\ 000 - \log 2.5 = ?$

物理实验基础知识小结

① 物理实验误差一般分为系统误差、偶然误差和粗大误差三大类。表示偶然误差有两种：

（a）任一次测量的标准偏差，记为 S。

（b）算术平均值的标准偏差，记为 $S_{\overline{N}}$。

其计算公式分别为：

$$S = \sqrt{\dfrac{\sum\limits_{i=1}^{K} (N_i - \overline{N})^2}{K - 1}}$$

$$S_{\overline{N}} = \sqrt{\dfrac{\sum\limits_{i=1}^{K} (N_i - \overline{N})^2}{K(K - 1)}} = \dfrac{S}{\sqrt{K}}$$

式中，K 为测量次数。

用两种误差表示测量结果的表达式分别为：

$$N = \overline{N} \pm S; \qquad N = \overline{N} \pm S_{\overline{N}}。$$

式中，N 为某个物理量的测量结果；$\overline{N}$ 为某一测量量的平均值——K 次测量的最佳值（近真值）。以上两式都是表示直接测量时的误差计算。

② 用仪器误差表示测量结果的表达式为：

$$N = \overline{N} \pm \Delta N_{\text{仪}}$$

式中，$\Delta N_{\text{仪}}$ 为所用仪器的仪器误差。

仪器误差一般由制造厂标明在仪器的说明书上。对于电表采用示值误差来表示其仪器误差，用公式：

$$\Delta N_{\text{仪}} = N_{\text{m}} \cdot P\%$$

式中，N_{m} 为电表的量限（满量程值）；P 为电表级别。

至于在实验中用哪种误差表示测量结果，要视具体实验而定。

③ 间接测量的误差计算可分两类。一类是标准偏差的传递，按"方和根合成传递"；另一类是算术平均误差和仪器误差的传递，按"算术合成传递"。因此，对某个物理量进行测量时，首先应区别测量的情况，是直接测量还是间接测量，然后按照有关公式，计算测量的误差。

④ 有效数字的运算方法是一种近似计算法，测量结果的有效数字（直接测量或间接测量），都是由误差决定的。误差一般取一位，在运算过程中的误差，一般取两位。测量结果有效数字中的可疑位数，必须与误差位对齐。

⑤ 相对误差。

（a）表达式。

$$E = \frac{\Delta N}{N}$$

或

$$E_r = \frac{\Delta N}{N} \times 100\%$$

式中，ΔN 为误差的泛指，可以是 σ_N，$\sigma_{\bar{N}}$，$\Delta_{\text{仪}}$，S，$S_{\bar{N}}$ 中的任一种。

或

$$E_s = \frac{|\text{测量值} - \text{理论值}|}{\text{理论值}} \times 100\%$$

（b）相对误差的有效数字。

$E < 10\%$ 取一位有效数字；$100\% > E > 10\%$ 取两位有效数字；$1\,000\% > E > 100\%$，取三位有效数字。

⑥ 数据处理的基本方法，有列表法、作图法、逐差法等几种，这些处理数据的基本方法，在物理实验中是经常用到的。学会使用这些方法并掌握其要点。

（a）列表法是一种记录数据的基本方法，其要点是在表格头上标明名称，栏目里左第一格写出所代表的物理量（符号）标明单位。

（b）作图法是一种简单而直观的处理数据的方法，要求要用坐标纸作图，自变量为横坐标，因变量为纵坐标，要定标度尺并在轴上标度，依据实验数据和标度描点连线；要写好图名和图注。

（c）逐差法是一种求平均值的科学方法，其要点是将实验数据分成两组，取其对应的差再求平均。

第二章 实 验

实验一 长度的测量

一、实验目的

① 掌握游标卡尺和螺旋测微计的测量原理及使用方法。

② 熟悉并掌握直接测量、间接测量的结果和误差表示方法。

③ 能够根据所要求的测量精度，正确地选择仪器。

游标卡尺、螺旋测微计是实验测量中最基本的仪器，不但在许多实验中都用到这类仪器，而且其读数原理应用非常广泛。在不少其他测量仪器的读数装置上，如电位差计、读数显微镜和分光仪等也采用这些原理装置，因此掌握这些仪器的测量原理和使用方法具有普遍意义。

这些仪器的规格通常是用量程和分度值来表示的。量程是指测量范围；而分度值是指仪器所标示的最小划分单位，它的大小反映了仪器的精密程度。测量时必须根据不同的精度要求，合理地选择不同量程和精度的仪器。

二、实验原理

1. 游标卡尺

游标卡尺的构造如图 2-1-1 所示。它由一个主尺和一个附尺构成。附尺套在主尺上且可沿主尺自由滑动。

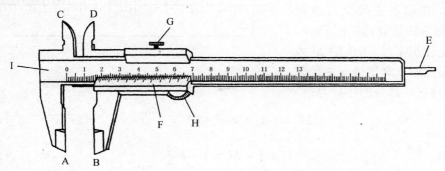

图 2-1-1　游标卡尺的构造

A，B—外钳口；C，D—内钳口；I—主尺；F—游标尺；E—深度尺；G—游标固定螺丝；H—摩擦点

卡尺在主尺和附尺的同一端组成上下两个钳口。待测物体夹在钳口 A、B 之间，可测量物体的外径和长度，钳口 C、D 可用来测量物体的内径；E 用来测量槽、孔的深度。下面以

能准确读出 0.1 mm 的游标卡尺为例，说明它的原理及读数方法。

游标是附在主尺上的一个可移动的附件，利用它可使测量数据更为精确。以游标来提高测量精度的方法，不仅用在游标卡尺上，而且还广泛地用于其他仪器上，例如分光计、经纬仪和测高仪等。游标的长度和分格数可以不同，但是游标的基本原理和读数方法是相同的。

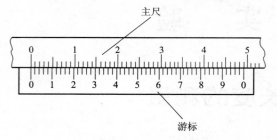

图 2 - 1 - 2　直游标与游标精度

如图 2 - 1 - 2 所示，游标上 N（50）个分度格的长度和主尺上 $N-1$（49）个分度格的长度相等。设主尺上最小分度值为 a（1 mm）。游标上最小分度值 b 可由 $Nb = (N-1)a$ 算得。主尺上每格分度值 a 与游标上每格分度值 b 的差值称为游标分度值，用 Δ 表示，即：

$$\Delta = a - b = a - \frac{N-1}{N}a = \frac{a}{N} \tag{2-1-1}$$

例如图 2 - 1 - 2 中，$N = 50$，$a = 1$ mm，则游标分度值 $\Delta = \frac{1}{50} = 0.02$ mm。

在图 2 - 1 - 2 上，当游标的"0"线与主尺的"0"线对齐时，游标上第 50 条刻度线与主尺上第 49 条刻度线对齐。此时，游标上的第一条刻度线与主尺上的 1 mm 刻度线之间的距离差为 0.02 mm，游标上第 5 条刻度线与主尺上 5 mm 处的刻度线间距为：

$$\Delta l = 5 \times 0.02 = 0.10 \text{（mm）}$$

依此类推，当游标向右移动，使游标的第 10 条刻度线与主尺上 1 cm 处的刻度对齐时，游标"0"线与主尺"0"线的间距 $\Delta l = 10 \times 0.02 = 0.20$ mm。为了便于直接读数，在游标第 5，10，15，20，25，30，35，40 和 45 根线上标有 1，2，3，4，5，6，7，8 和 9 等字样，表示游标的这些线与主尺刻度线对齐时，分别为 0.10 mm，0.20 mm，0.30 mm，…，0.90 mm，如图 2 - 1 - 3 所示。

综上所述，游标尺的读数方法可归纳为：先读出主尺上与游标"0"刻度对应的整数刻度值 l mm，再从游标上读出不足 1 mm 的 Δl 数值。若游标上第 k 刻度线与主尺刻度线对齐，则 Δl 部分的读数为：

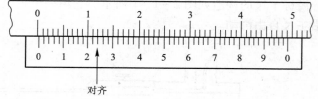

图 2 - 1 - 3　直游标读数原理

$$\Delta l = k\Delta = k(a - b) = k\frac{a}{N} \tag{2-1-2}$$

最后结果为：

$$L = l + \Delta l = l + k\frac{a}{N} \tag{2-1-3}$$

例如，在图 2 - 1 - 4 中，读数为 $50 + 12 \times 0.02 = 50.24$ mm = 5.024 cm。

2. 螺旋测微计

螺旋测微计是比游标卡尺更精密的仪器，可用来测量更小的长度。如金属丝的直径，薄片的厚度等。它也是有一个固定主尺和一个附尺，附尺套在主尺上，可以前后旋动。在附尺与主尺之间有精密的螺杆连接在一起，其螺纹间距为 0.5 mm，待测物就夹在钳口 A、B 之间。如图 2 - 1 - 5 所示。其读数原理如下：

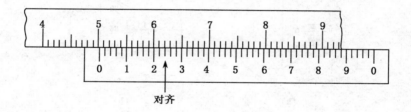

对齐

图 2 - 1 - 4 直游标的读数

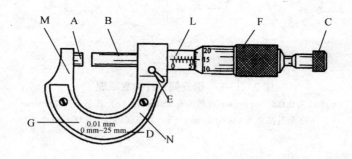

图 2 - 1 - 5 螺旋测微计

F—附尺；L—主尺准线；M—尺架；C—棘轮；A，B—钳口；

E—锁紧装置；D—量程；G—分度值；N—绝热板

螺旋测微计在主尺上刻有准确到 0.5 mm 的上下两排刻线，在附尺边缘围界上刻有 50 个分度线。当钳口 A、B 紧靠时，附尺边缘与主尺的零刻度重合，而且附尺的零分度与主尺的准线 L 相重合如图 2 - 1 - 6（a）。当附尺相对主尺转过一周时，螺杆本身就会沿轴线方向前进或后退 0.5 mm。因此，当附尺转过一个分度时，螺杆就会前进或后退 $\frac{1}{50} \times 0.5 = 0.01$ mm，此即为螺旋测微计的最小分度值。读数时，应先以附尺边缘为准，读出左边主尺上的 0.5 mm 以上的整数部分，然后以主尺准线 L 为准，读出附尺上小于 0.5 mm 的小数部分（估读到最小分度的十分之一，即千分之一毫米），最后将两者相加即为测得值。

例：当物体夹在 A、B 之间时，附尺边缘在主尺上的 6.0 ~ 6.5 mm 之间，而且主尺准线对着附尺上的 $n = 25$ 分度，如图 2 - 1 - 6（b），此时测量值应读为 6.250 mm，最后一位的 0 要读出，当 n 不是整数时，应估读小数点后的一位数字，如图 2 - 1 - 6（c），测量值应为 7.751 mm。

三、使用方法

1. 游标卡尺

① 观察游标分度及其对应的主尺分度数，确定游标读数值。

② 左手持被测物体，右手握卡尺，右手拇指按住摩擦点 H，松开固定螺丝 G，使附尺

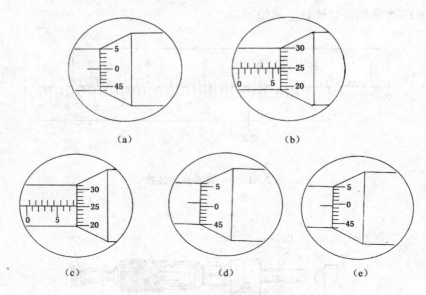

图 2 - 1 - 6　螺旋测微计读数原理

（a）读数为 0.000 mm；（b）读数为 6.250 mm；（c）读数为 7.751 mm；

（d）零点误差为 +0.010 mm；（e）零点误差为 -0.004 mm

在主尺上可以自由滑动。

③ 将卡尺拉开，使钳口稍大于（测内径时要小于）被测物体的长度，然后将被测物体置于钳口中间，使钳口与物体轻轻接触。

④ 读出游标零刻线左边主尺上的毫米整数。

⑤ 看游标的第几条刻线与主尺的刻线对齐，将游标上该刻线的序号乘上游标读数值，即得小数部分。

⑥ 将毫米整数与小数部分相加，即得被测数值。

使用游标卡尺的注意事项：

① 使用前应先检查钳口是否密合，主尺与附尺的零位线要相互对准。如果对不准，要记下卡尺的零点读数，最后将测量结果加以修正。

② 推动附尺不能用力过大，以免被测物体或钳口因过力挤压变形。

③ 切忌被测物体在夹紧的钳口间移动，不许用卡尺测量表面粗糙的物体。

2. 螺旋测微计

① 观察主尺和附尺分度，确定读数关系。

② 检查零点，如果零点不准，应把这一数值记下来，在测量结果中将该零点读数误差加以修正。

修正：假设零点误差为 d_0，则 $d_修 = d_读 - d_0$，"0" 在准线下，d_0 为正；"0" 在准线上，d_0 为负。如图 2 - 1 - 6（d），$d_0 = +0.010$ mm；如图 2 - 1 - 6（e），$d_0 = -0.004$ mm。

③ 左手握 U 形柄，右手旋转棘轮 C，使钳口稍大于被测物体。

④ 将被测物放在钳口 A、B 之间，再转动棘轮，使钳口轻轻与被测物接触。

⑤ 以附尺边缘为准，读出主尺上 0.5 mm 整数倍数的读数。

⑥ 以主尺上的准线 L 为准，找出附尺对应读数，读出小于 0.5 mm 的读数。

⑦ 两者相加，即为被测物体的尺寸。

注意事项：

① 从附尺上读小数部分时，要估到最小分度的十分之一。因此螺旋测微计又叫千分尺。

② 测量时不能旋转附尺套筒，必须旋转顶端棘轮，至听到"咔、咔、咔"摩擦声即停止转动。

③ 用完后要使钳口 A、B 间留一间隙。

四、实验内容

① 利用游标卡尺测量金属圆柱筒的内外直径、高度和深度，并计算出金属圆柱筒的实有体积。

② 利用螺旋测微计测量金属圆球的直径 D，并计算金属圆球的体积。

五、数据记录及处理

1. 金属圆柱筒体积的测量

数据填入表 2 – 1 – 1 中。

游标卡尺示值误差 $\Delta_{仪} = \pm 0.02$ mm；零点误差：_____ mm

表 2 – 1 – 1　实验数据记录　　　　　　　　　　　　　　mm

项目＼次数	1	2	3	4	5	平均值	平均绝对误差
外径 D						$\overline{D} =$	$\Delta D =$
内径 d						$\overline{d} =$	$\Delta d =$
高度 H						$\overline{H} =$	$\Delta H =$
深度 h						$\overline{h} =$	$\Delta h =$

数据处理：

① 求出金属圆柱体的体积 V_1 和 V_2 的相对误差。

若：$\overline{V}_1 = \dfrac{\pi}{4}\overline{D}_c{}^2\overline{H}_c =$ 　　　　　　$\overline{V}_2 = \dfrac{\pi}{4}\overline{d}_c{}^2\overline{h}_c =$

则：$E_{\overline{V}_1} = \dfrac{\Delta V_1}{V_1} = 2\dfrac{\Delta D}{D} + \dfrac{\Delta H}{H} =$ 　　　　$E_{\overline{V}_2} = \dfrac{\Delta V_2}{V_2} = 2\dfrac{\Delta d}{d} + \dfrac{\Delta h}{h} =$

② 计算金属圆柱体和体积 $\overline{V}_1$、$\overline{V}_2$ 和实有体积 $\overline{V}$。

$\overline{V}_1 = \dfrac{\pi}{4}\overline{D}_c{}^2\overline{H}_c =$ 　　　　$\overline{V}_2 = \dfrac{\pi}{4}\overline{d}_c{}^2\overline{h}_c =$ 　　　　$\overline{V} = \overline{V}_1 - \overline{V}_2 =$

③ 求 V 的绝对误差和相对误差。

$\Delta V_1 = \overline{V}_1 \times E_{\overline{V}_1}$ 　　　　　　$\Delta V_2 = \overline{V}_2 \times E_{\overline{V}_2}$

$\Delta V = \Delta V_1 + \Delta V_2 =$ 　　　　　　$E_{\overline{V}} = \dfrac{\Delta V}{V} \times 100\% =$

④ 体积的结果表达式

$$V = (\overline{V} \pm \Delta V) \quad （注明单位）$$

2. 金属圆球体积的测量

数据填入表 2 - 1 - 2 中。

螺旋测微计示值误差 $\Delta_仪 = \pm 0.004$ mm；零点误差：_____ mm

表 2 - 1 - 2　实验数据记录　　　　　　　　　　　mm

次数 直径 D	1	2	3	4	5	平均值	平均绝对误差
直径 D						$\overline{D} =$	$\Delta D =$

数据处理：

① 计算钢球体积 $\overline{V}$ 的相对误差。

若：$\overline{V} = \dfrac{\pi}{6}\overline{D}^3 =$　　　　　　　则：$E_V = \dfrac{\Delta V}{\overline{V}} = 3\dfrac{\Delta D}{\overline{D}} =$

② 计算钢球体积 $\overline{V}$。

$$\overline{V} = \frac{\pi}{6}\overline{D}^3 =$$

③ 求绝对误差。

$$\Delta \overline{V} = \overline{V} \times E_{\overline{V}} =$$

④ 体积的结果表达式。

$$V = (\overline{V} \pm \Delta V) \quad （注明单位）$$

实验二 刚体转动实验

转动惯量是刚体转动惯性大小的量度，它与刚体的总质量、形状大小和转轴的位置有关。对于形状简单的匀质物体，可以通过数学方法直接计算它绕定轴的转动惯量。但是，对于形状复杂或非匀质的刚体，用数学方法计算它的转动惯量非常困难，多用实验方法测定。因此，学会刚体转动惯量的测量方法，具有重要的实际意义。

一、实验目的

① 用实验方法验证刚体的转动定律。
② 学习测量转动惯量的一种方法。
③ 学会用作图法处理数据。

二、实验仪器

JIJG－Ⅰ型转动惯量实验仪；DDJ－Ⅱ型电脑多功能计时器。

三、仪器描述

用 JIJG－Ⅰ型转动惯量实验仪测转动惯量不仅性能稳定、操作容易，而且结果也比较精确，实验方法和手段都是比较新颖的。在实际应用上，可以测量电机转子、钟表齿轮、机械零件及枪炮弹丸等物体的转动惯量。JIJG－Ⅰ型转动惯量实验装置如图 2－2－1 所示。

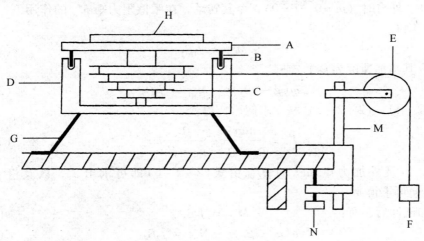

图 2－2－1 转动惯量实验仪

A—载物台；B—遮光细棒；C—绕线塔轮；D—光电门；E—滑轮；F—砝码托、砝码；G—三角座；
H—被测试件；M—滑轮支架；N—固定滑轮扳手

塔轮 C 安装在三角座 G 上，塔轮具有 5 个不同半径 r，从上至下分别为 3.50 cm、

3.0 cm、2.50 cm、2.00 cm、1.50 cm；H 为放在
载物台上的被测物体。参看图 2 - 2 - 2 载物台，
有对称伸出的 4 块平板，平板上对称分布了 12
个圆孔，供测转动惯量之用。砝码钩上放上选定
的砝码，钩上拴上不可伸长，质量可忽略的细
线，细线的另一端打结，沿塔轮上开的细缝塞
入，并密绕于所选定半径的轮上（线不可重
叠）、使细线通过滑轮 E 与砝码托 F 相连，然后
放手，开始实验后，砝码在重力作用下通过细线
对转动系统施以外力矩 T 作用。滑轮支架 M 可
以升降、以使细线在塔轮不同的半径上时与转轴
垂直。N 是固定滑轮架的扳手。

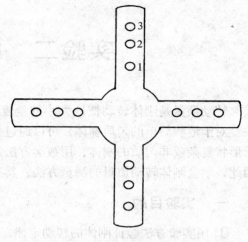

图 2 - 2 - 2　载物台俯视图

四、实验原理

空实验台转动时，其转动惯量用 J_1 表示，加上被测试物件的转动惯量用 J_2 表示。由转动惯量的叠加原理可知，试件的转动惯量 J_3 为：

$$J_3 = J_2 - J_1 \tag{2-2-1}$$

由刚体的转动定律可知：

$$Tr - M_\mu = J\beta \tag{2-2-2}$$

式中，M_μ 为摩擦阻力矩；β 为角加速度；T 为张力，由牛顿第二定律得：

$$T = m(g - a) = m(g - r\beta) \tag{2-2-3}$$

式中，m 为砝码及托的质量；g 为重力加速度。

未加试件、外力时（$m = 0$，$T = 0$），令其转动，在摩擦阻力矩 M_μ 的作用下，体系将做匀减速转动，则有：

$$-M_{\mu 1} = J_1\beta_1 \tag{2-2-4}$$

加外力后（令其角加速度为 β_2）有：

$$m(g - r\beta_2)r - M_{\mu 1} = J_1\beta_2 \tag{2-2-5}$$

式（2 - 2 - 4），（2 - 2 - 5）联立求解后，得：

$$J_1 = \frac{mgr}{\beta_2 - \beta_1} - \frac{\beta_2}{\beta_2 - \beta_1}mr^2 \tag{2-2-6}$$

测出 β_1，以及外加力矩 mgr 的 β_2，由式（2 - 2 - 6）即可求出 J_1，以及将 J_1 代入式（2 - 2 - 4）后便可求得 $M_{\mu 1}$。

同理，加试件后，有：

$$-M_{\mu 2} = J_2\beta_3 \tag{2-2-7}$$

$$m(g - r\beta_4)r - M_{\mu 2} = J_2\beta_4 \tag{2-2-8}$$

所以

$$J_2 = \frac{mgr}{\beta_4 - \beta_3} - \frac{\beta_4}{\beta_4 - \beta_3}mr^2 \tag{2-2-9}$$

因 β_1，β_3 值实为负，因此式（2 - 2 - 6），（2 - 2 - 9）中分母实为相加。式（2 - 2 - 9）中的 m、r 可以相同，也可以都不相同。测 β 的实验顺序可以是 β_1、β_2、β_3、β_4，也可以是其他顺序。其方法见测 β 的原理。

若从 $t_0 = 0$，$\omega = 0$ 时开始实验：

$$\theta = \omega t + \frac{1}{2}\beta t^2 = \frac{1}{2}\beta t^2 ; \beta = \frac{2\theta}{t^2} \qquad (2-2-10)$$

若使 m 足够小，使 $a \ll g$，即 $r\beta \ll g$ 则由式 $(2-2-2)$，$(2-2-3)$，$(2-2-10)$ 可得：

$$mgr - M_\mu = 2J\theta/t^2$$

$$m = \frac{2J\theta}{gr} \cdot \frac{1}{t^2} + \frac{M_\mu}{gr} = K_1 \cdot \frac{1}{t^2} + \frac{M_\mu}{gr} \qquad (2-2-11)$$

式中，$K_1 = 2J\theta/gr$，可见，保持 J，θ，r 不变时，m 与 $1/t^2$ 呈线性关系，若以 m 为纵轴，$1/t^2$ 为横轴作图，由图线斜率可求出 J，用截距求得 M_μ。

若保持 θ，m，J 为常量，改变 r 值，测出下落的时间，则：$mgr - M_\mu = 2J\theta/t^2$，变为：

$$r = \frac{2J\theta}{mg} \cdot \frac{1}{t^2} + \frac{M_\mu}{mg} = K_2 \cdot \frac{1}{t^2} + \frac{M_\mu}{mg} \qquad (2-2-12)$$

式中，$K_2 = 2J\theta/mg$，同样用作图法可求 J 和 M_μ。

五、测 β 的方法

设转动体系的初角速度为 ω，从 $t = 0$ 时开始计其角位移 θ。

因为

$$\theta = \omega t + \frac{1}{2}\beta t^2$$

若测得与 θ_1、θ_2 相应的时间为 t_1、t_2，则：

$$\theta_1 = \omega t_1 + \frac{1}{2}\beta t_1^2 \qquad (2-2-13)$$

$$\theta_1 = \omega t_2 + \frac{1}{2}\beta t_2^2 \qquad (2-2-14)$$

式 $(2-2-13)$，$(2-2-14)$ 联立，求解得：

$$\beta = \frac{2(\theta_2 t_1 - \theta_1 t_2)}{t_2^2 t_1 - t_1^2 t_2} \qquad (2-2-15)$$

六、实验内容

① 调节实验装置。按图 $2-2-1$ 装配好实验装置，配上 DDJ-Ⅱ型电脑多功能计时器，使用方法见本实验附录。

② 选 r 为定值，如 $r = 2.50$ cm，将铜柱 (m_0) 放于固定位置，使 m 以高度 h 由静止下落。改变砝码质量 m，可每次增加 5.0 g 砝码。实验时，务必使遮光细棒紧靠使用的光电门。放手，使砝码在张力矩作用下开始转动，遮光棒即刻挡住光电门，开始计转数 k，同时计相应的时间 t。

每测量一次，按 "0"、"7" 键，取出 $1 \sim 7$ 个脉冲的时间 t_1（$\theta = 6\pi$）进行记录，再按 2 次 "9" 键消除记忆，使毫秒计处于待计时状态。每组重复三次取平均值 $\bar{t}$。作 $m - \frac{1}{t^2}$ 关系曲线图，求转动惯量 J，通过对测量误差的分析确定测量结果的表达式。

$r = 2.50$ cm　　本实验测两柱体放在固定位置　　取 $\theta = 6\pi$

表 2 - 2 - 1 测量数据记录

m/g					
t_1/s					
t_2/s					
t_3/s					
$\bar{t}/\mathrm{s}$					
$\dfrac{1}{\bar{t}^2}/\mathrm{s}^{-2}$					

③ 选取 m 为一定值，如 $m = 20.0\ \mathrm{g}$，将铜柱放于刚才的固定位置，改变 r（如取 $r =$ 1.50 cm，2.00 cm，2.50 cm，3.00 cm，3.50 cm），测出砝码下落时间 t，每个半径重复测量三次取平均值，作 r—$\dfrac{1}{\bar{t}^2}$ 关系曲线，求转动惯量 J，通过对测量误差的分析，确定测量结果的表达式并与内容②的结果相比较，J 在理论上应该是一个定值，但实验结果有些差别，考虑其差别的原因是什么？

$m = 20.0\ \mathrm{g}$　　　取 $\theta = 6\pi$

表 2 - 2 - 2 测量数据记录

r/cm					
t_1/s					
t_2/s					
t_3/s					
$\bar{t}/\mathrm{s}$					
$\dfrac{1}{\bar{t}^2}/\mathrm{s}^{-2}$					

④ 维持 $m = 10.0\ \mathrm{g}$ 不变，r 取 2.50 cm，对称地改变 m_0 位置，令其质心与 OO' 轴相距为 X_1、X_2、X_3、X_4、X_5，测出砝码下落时间，观测转动惯量与质量分布之关系，并作图求转动惯量 J，检验平行轴定理。

⑤ 将 m_0 换成铝质的质量相同的圆盘和圆环，重复步骤②、③的内容，求出两个物体的转动惯量，观测转动惯量与质量分布的关系。

⑥ 讨论本实验的测量误差。其中测量误差限为：$\Delta r = 0.5\ \mathrm{mm}$，$\Delta h = 1\ \mathrm{mm}$，$\Delta t = 0.01\ \mathrm{s}$，$\Delta m = 0.1\ \mathrm{g}$。

思 考 题

① 为了能进行实验，都作了哪些近似？

② 实验中如何保证 $g \gg a$ 的条件？由于作了近似对结果会产生多大影响？

③ 怎样在实验过程中判断所测的数据是否是正确的？

④ 实验中②、③用两种方法测量转动惯量，转动惯量应该是一个定值，但结果有些差别，试分析，除偶然误差外有什么原因？

⑤ 试分析本次实验的主要系统误差包括哪些方面？如果要求你对这些系统误差做处理，你会怎么做？

⑥ 试说明你能对本实验做哪些改进，或者你还能用其他什么方法测量转动惯量？

附录　DDJ－Ⅱ型电脑多功能计时器使用说明书

1. 概述

DDJ－Ⅱ型电脑多功能计时器是测量时间间隔的一种数字式仪表。计时准确，精确度高，是本机的特点。该机器是由单片芯片和固有程序等组成，具有记忆存储功能，可记 64 个脉冲输入的（顺序的）时间，还可以调整为脉冲的编组计时，并可随意提取所需数据。有备用通道，即双通道"或"门输入。本仪器可为编程记忆式毫秒计。

2. 技术指标

① 电源：220V ± 10% , 50 Hz, 12 W。

② 时基单位，时基信号振荡源 12 MHz，时间单位是 s。

③ 显示数字、计时显示 6 位，脉冲计数量显示 2 位，数码管可视距离 5 m。

④ 输入脉冲不小于 10 μs。

⑤ 计时范围：0 ~ 999. 999 s，

计时误差 ≤0. 000 5 s。

⑥ 工作环境：

温度：－35 ℃ ~ +40 ℃，

相对湿度：80%。

⑦ 工作时间：连续 10 h。

⑧ 外形尺寸：330 mm ×120 mm ×300 mm。

⑨ 质量：约 3. 8 kg。

3. 使用方法

① 参看图 2 –2 –1、DDJ－Ⅱ型电脑多功能计时器面板图，将四芯电缆连接光电开关和输入脉冲，只接通一路（另一路备用），若用输入Ⅰ插孔输入，请将输入通断开关接通（即开关处于"　　"状态），输入Ⅱ通断开关断开（即开关处于"　　"状态）。反之亦然。若从两输入插孔同时输入信号，请将两通断开关都接通（即开关处于"　　"状态）。

② 接通电源，仪器进入自检状态。板面显示 88. 888 888，闪四次后，显示 P　01　64，它表明制式（P）为每输入 1 个（光电）脉冲，记一次时间，最多可记 64 个时间数据。

③ 按一次"＊#"或"#"键，面板脉冲记数显示"00"，时间计时显示"000000"，此仪器处于待计时状态。从输入第1个脉冲开始计时。

④ 脉冲时间记录存储后，取出数据的方法如下：如若取第1个脉冲到第5个脉冲之间的时间，则按0、5两数码键，再如若取第1个脉冲到12个脉冲之间的时间，则按1、2两数码键。依此类推，按0、1两数码键，则显示000.000表示计时开始的时间。按"#"键一次，则脉冲计时的个数递增"1"次，按"＊"键一次则递减"1"次。因此可方便地依次提取数据。

⑤ 按"9"键两次，仪器又处于新的待计时状态，并把前次数据消除。

⑥ 按复位键则仪器为接通电源后的重新启动。

4. 调整制式的方法

启动后，显示 P 01 64，例如若欲不是每1个（01）脉冲输入记录1次时间，而是8次记录1次时间，不要求记"64"个数据而是只记24数据，则在"P 01 64"制式下按0、8、2、4键，则面板即显示"P 08 24"，在这种制式下，每输入8个编组的脉冲就记1次从实验开始后的时间数据。自动记录24个数据以后就自动停止计时。提取数据办法同前，这样，在测转动惯量、重力加速度和各种摆的时间数据时，就很方便。

注意事项：

① 光敏管的正负极性不能接反。

② 如果用一路输入插孔输入信号、另一路断开头必须断开。

③ 防止强磁电场干扰，阻挡光电门时间不可太长。

④ 光敏电阻小于 3 kΩ 才能正常工作。

实验三 用拉伸法测金属丝的 杨氏弹性模量

一、实验目的

① 学会用拉伸法测金属丝的杨氏弹性模量。

② 掌握用光杠杆法测量微小伸长量的原理。

③ 学会用逐差法处理数据。

二、实验仪器

YMC-1型杨氏模量测定仪一套（包括光杠杆和砝码组），尺读望远镜一个，钢卷尺一个，螺旋测微计一个。

三、实验原理

杨氏弹性模量是描述固体材料抵抗形变能力的重要物理量，是选定机械构件材料的依据之一。可以为机械制造和加工的选材提供理论基础。

任何固体在外力的作用下形状都要发生改变，通常称为形变。形变又分为弹性形变和范性形变。所谓弹性形变就是在外力撤除后，物体能完全恢复原来的形状。范性（塑性）形变是在外力撤除后不能完全恢复原状，还保留一些形变。

变形又可分为拉伸、扭转、切变、弯曲等，其中最简单的是纵向伸长（或压缩）。本实验只研究纵向拉伸弹性形变，在实验中应控制外力大小，以保证外力去除后物体能恢复原状。

物体发生弹性形变时，相对于原来长度或原来体积所发生的形变叫协变，如拉伸弹性协变为 $\Delta L / L$（ΔL 为伸长或压缩量，L 为金属丝长度）。发生弹性形变的物体，单位面积上的作用力 F/S 称为协强。根据胡克定律，在物体的弹性限度内协强与协变成正比：

$$\frac{F}{S} = E \frac{\Delta L}{L} \qquad (2-3-1)$$

比例系数：

$$E = \frac{F/S}{\Delta L/L} \qquad (2-3-2)$$

称为杨氏弹性模量。式中，F 为沿长度方向上的外力；S 为金属丝截面积。

上式中 F、S 和 L 三个量用普通的方法可以测得，因 ΔL 是一个很小的量，所以用一般长度测量的方法很难将它测准，因此实验中采用了光杠杆法。

杨氏模量测定仪的装置如图 $2-3-1$ 所示，金属丝固定于支架的顶端，下端连在一圆柱体上，圆柱体可以将金属丝夹紧，圆柱体的下端有一可挂砝码盘的环，支架中下部附有固定平台，中间有一圆孔，圆柱体可以在圆孔中随金属丝的伸长上下自由移动，光杠杆（如图

现象称为闪频现象。此时指针所对的刻度值即为摆轮振动与强迫外力的相位差 ϕ。利用闪频现象可方便地将相位差 ϕ 的数值直接读出，误差不大于 $2°$。

摆轮的振幅是利用光电门 H 测出摆轮 A 外圈上凹形缺口个数，并由数显装置直接显示出此值，精度为 $2°$。

玻尔共振仪电气控制箱的前面板和后面板分别如图 2−5−4 和图 2−5−5 所示。

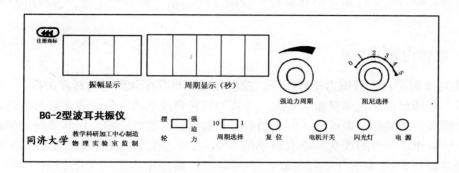

图 2−5−4　玻尔共振仪电气控制箱前面板

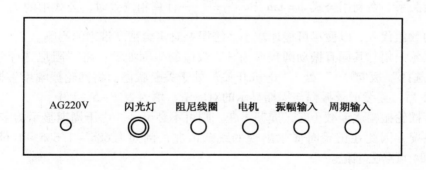

图 2−5−5　玻尔共振仪电气控制箱后面板

前面板左面 3 位数字显示摆轮的振幅。右面 5 位数字显示时间，计时精度为 10^{-3} s。利用面板上"摆轮，强迫力"和"周期选择"开关，可分别测量摆轮强迫力矩（即电动机）的单次和 10 次周期所需时间。复位按钮仅在 10 个周期时起作用，测单次周期时会自动复位。

电机转速调节旋钮，系带有刻度的十圈电位器。调节此旋钮时可以精确改变电机转速，即改变强迫力矩的周期。该旋钮上的刻度仅供实验时作参考，以便大致确定强迫力矩周期值在多圈电位器上的相应位置。

阻尼电流选择开关可以改变通过阻尼线圈内直流电流的大小，达到改变摆轮系统的阻尼系数。选择开关可分 6 挡，"0"处阻尼电流为 0，"1"处最小电流约 0.3 A 左右，"5"处阻尼电流最大，约为 0.6 A。阻尼电流采用 15 A 稳压装置提供，实验时选用位置根据情况而定（可先选择在"2"处，若共振时振幅太小则可改用"1"，但不可放在"0"处），保证共振时振幅不大于 $150°$。

闪光灯开关用来控制闪光与否。当揿下按钮时，每当摆轮上的长缺口通过平衡位置时便产生闪光。由于闪频现象，可从相位差读数盘上看到刻度线似乎静止不动的读数（实际上有机玻璃盘 F 上的刻度线一直在匀速转动），从而读出相位差数值。为使闪光灯管不易损坏，采用自断开关按钮，仅在测量相位差时揿下该按钮。

电机开关用来控制电机是否转动。在测定阻尼系数 β 与摆轮固有圆频率 ω_0 和振幅的关系时，必须将电机关掉。

电气控制箱与闪光灯和玻尔共振仪之间的连线采用各种专用电缆，确保电路连接准确无误。

四、实验内容

1. 测定无阻尼、无强迫力矩作用下，摆轮振幅 θ 与其振动周期的对应关系

对于一个理想的摆轮弹簧振动系统，弹簧的扭转弹性系数 k 为常数，它与扭转的角度大小无关。而实际的玻尔共振仪中，由于制造工艺和材料性能的影响，涡状弹簧的扭转弹性系数 k 的值随着扭转角度的改变而略有微小的变化（3% 左右），因而造成在不同振幅时系统的固有振动圆频率 ω_0 有变化。如果取 ω_0 的平均值，则将在共振点附近使相位差的理论计算值与实验值相差过大。为此，必须测出摆轮振幅与其振动固有圆频率 ω_0（和固有周期 T_0）之间的对应关系。在利用公式 $\phi = \tan^{-1} \dfrac{\beta\, T_0^2\, T}{\pi\,(T^2 - T_0^2)}$ 计算相位差时，公式中的 T_0 采用对应于某个振幅的数值代入，以便尽可能地减小系统误差对实验精度带来的影响。

测量摆轮振幅与其固有振动圆频率相对应数值的步骤如下：将"阻尼选择"扳向"0"处，"周期选择"扳向"1"处，"电机开关"处于关断状态。将摆轮振幅用手扳向 140° ~ 150°，松手后，连续记录振幅与周期显示的对应值，填入表 2 – 5 – 1 中。

注：若摆轮振幅逐渐减小时，周期不变，则可不必记录。由于周期显示的末位数变化 1 属于正常情况，因此在记录时偶尔出现的跳跃情况，例如 1.685 ~ 1.685 ~ 1.684 ~ 1.685，中间的 1.684 可略去不记。

2. 测定阻尼系数 β

将"阻尼选择"扳向"2"（或"1"）处［注意：此开关位置选定后，在实验过程中不能任意改变或将整机电源切断，否则由于电磁铁剩磁现象将引起 β 值变化。只有在某一阻尼系数 β 的所有实验数据测试完毕，要改变 β 的值时才允许拨动此开关，这点是至关重要的］。"周期选择"扳向"10"，选择面板上的"摆轮"、"电机开关"仍处于关断状态。将角度指针 F 放在"0"处。然后用手扳动摆轮使其振幅约为 140°，松手后，连续记录"振幅显示"窗口读数 10 次，并从"周期显示"窗口记录下这 10 个振动周期的显示值，填入表 2 – 5 – 2，根据公式：

$$\ln \frac{\theta_0 e^{-\beta t}}{\theta_0 e^{-\beta(t + nT)}} = n\beta T = \ln \frac{\theta_0}{\theta_n} \tag{2 – 5 – 8}$$

可求出 β 的值。式中，n 为阻尼振动的次数，θ_n 为第 n 次振动时的振幅，T 为阻尼振动周期的平均值。该平均值可通过测 10 个摆轮阻尼振动周期值求算术平均值而得。为了充分利用测量的数据并尽可能的减小系统误差对实验结果的影响，采用逐差法处理数据。本实验中，实际采用公式 $\beta = \dfrac{1}{5T} \ln \dfrac{\theta_i}{\theta_{i+5}}$ 计算阻尼系数。如此重复 2 ~ 3 次求 β 的平均值。

3. 测定受迫振动幅频特性（θ/θ_r）^{2}—ω/ω_0 曲线和相频特性 ϕ—ω/ω_0 曲线

曲线在实验原理部分，受迫振动的稳态振动之振幅 θ 和初相位 ϕ（即稳态振动与强迫周期外力之间的相位差）与系统其他参数的函数关系分别由式（2-5-4）和式（2-5-5）给出。共振时的圆频率和振幅与系统的固有圆频率、阻尼系数和强迫力幅值之间的关系由式（2-5-6）和式（2-5-7）给出。而要通过实验测定玻尔共振仪的受迫振动幅频特性和相频特性，则需按以下步骤测出相关的物理量。

① 保持"阻尼选择"在原位置，打开"电机开关"，调整"强迫力周期"旋钮到适当位置（旋钮指针在 5.00 左右），此时打开闪光灯会看到 ϕ 读数值（相位差）大致在 $80°$ ~ $100°$ 之间。

② 当摆轮振幅稳定后（即振幅显示不变），按下"复位"钮记录下当前的"强迫力周期"数据（即电机转速刻度盘值）、"周期显示"窗口数据（$10T$）和"振幅显示"窗口数据（θ 的值），并按下闪光灯开关，从有机玻璃转盘 F 上读取 ϕ（相位差）值，填入表 2-5-3 中。

③ 改变"强迫力周期"旋钮读数，重复上述步骤②（共 10 次），依次测出 ϕ 在 $30°$ ~ $150°$ 范围内所对应的各项数据。〔注意：在共振点（$\phi = 90°$）附近强迫力周期旋钮指示值每次变化 0.10，例如 5.00→5.10；当小于 $60°$ 或大于 $110°$ 时，每次可变化 0.20 ~ 0.30 左右〕。

五、数据记录和处理

1. 摆轮振幅与其对应的固有振动周期 T_0 的关系

根据实验内容的步骤和要求测量相关数据，填入表 2-5-1 中（振幅 $30°$ ~ $150°$）。

表 2-5-1　摆轮振幅与其固有振动周期 T_0（ω_0）的关系

振幅/（°）	T_0/s	ω_0/s^{-1}

2. 阻尼系数 β 的测量和计算

根据实验内容中的要求和注意事项，测量相关数据，填入表 2-5-2 中，并利用公式 $n\beta T = \ln(\theta_0/\theta_n)$，在对所测数据按逐差法处理后，求出 β 值。

表 2 − 5 − 2　阻尼系数 β 的测量

阻尼开关位置 _____

θ_i	振幅／（°）	θ_{i+5}	振幅／（°）	$\ln(\theta_i/\theta_{i+5})$
θ_0		θ_5		
θ_1		θ_6		
θ_2		θ_7		
θ_3		θ_8		
θ_4		θ_9		
				平均值

$10T =$ _____ s

$T =$ _____ s

$\beta = \dfrac{1}{5T}\ln\dfrac{\theta_i}{\theta_{i+5}} =$ _____ s^{-1}

3. 幅频特性和相频特性测量

按实验内容中的步骤和要求测量有关数据，填入表 2 − 5 − 3 中。

表 2 − 5 − 3　幅频特性和相频特性数据记录表

电机转速刻度盘值	强迫力矩 10 次振动周期 $10T$ ／s	振幅／（°）	摆轮固有振动周期 ／s	ϕ 的测量值／（°）	$\dfrac{\omega}{\omega_0}=\dfrac{T_0}{T}$	$\dfrac{\theta}{\theta_r}$	ϕ 的计算值 $\phi=\tan^{-1}\dfrac{\beta T_0^2 T}{\pi(T^2-T_0^2)}$

表中 θ_r 是 ϕ 接近 90°时对应的摆轮振幅值的最大值；T_0 与振幅 θ 的对应值从表 2 − 5 − 1 的数据中查得。

利用表 2 − 5 − 3 的有关数据，在坐标纸上作 $\left(\dfrac{\theta}{\theta_r}\right)^2 － \dfrac{\omega}{\omega_0}$ 及 $\phi － \dfrac{\omega}{\omega_0}$ 曲线图。

六、误差来源

① 阻尼系数的测定误差。

② 无阻尼振动时系统的固有振动圆频率 ω_0（或周期 T_0）的确定存在较大误差。

实验六　声速的测量

声波是一种在弹性媒质中传播的机械波，振动频率在 20～20 000 kHz 的声波称为可闻的声波，频率低于 20 Hz 的称为次声波，频率超过 20 kHz 的称为超声波。对于声波特性的测量（如频率、波长、波速、声压衰减和相位等）是声学技术的重要内容，如波速（声速）的测量在声波定位、探伤和测距中有着广泛的应用。

本实验通过对超声波在空气中传播速度这一非电量的测量，了解压电陶瓷（晶体）换能器的功能，加深对驻波和振动合成理论的理解。

一、实验目的

① 学习用共振干涉法和相位比较法测量超声波在空气中的传播速度。
② 加深对驻波和振动合成理论知识的理解。
③ 了解压电换能器的功能和培养综合使用仪器的能力。

二、实验原理

由于超声波具有波长短、易于定向发射等优点，所以在超声波段进行声速测量是比较方便的。超声波的发射接收一般通过电磁振动与机械振动的相互转换来实现。最常见的是利用压电效应和磁致伸缩效应。

声速 v、声源振动频率 f 和波长 λ 之间的关系是：

$$v = f\lambda \qquad (2-6-1)$$

由上式可知，测得声波的频率 f 和波长 λ，就可求得声速 v，其中声波频率 f 可通过频率计测得。本实验的主要任务是测出声波的波长。常用的方法是共振干涉法和相位比较法。

1. 超声波的获得——压电换能器

本实验采用压电陶瓷换能器来实现声压和电压之间的转换。其结构如图 2-6-1 所示，主要是由压电陶瓷片和轻、重两种金属组成，压电陶瓷片由一种多晶结构的压电材料（钛酸钡、锆钛酸铅）制成。在压电陶瓷片的两个底面加上正弦交变电压，它就会按正弦规律发生纵向伸缩，即厚度按正弦规律发生形变，从而产生超声波；同样压电陶瓷片也可以使声压转化为电压的变化，用来接收声信号。

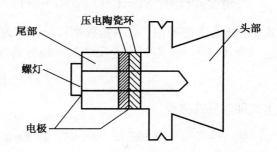

图 2-6-1　压电陶瓷换能器结构图

压电换能器产生的波具有平面性、单色性及方向性强的特点，同时可以控制频率在超声波范围内使一般的音频对它没有干扰。当频率提高时，其波长就变短，这样就能在不长的距离内测到许多个波长，用逐差法取其平均值，测定波长比较准确，这些都可以提高测量的精度。

2. 共振干涉（驻波）法

实验装置如图 2-6-2 所示，图中 S_1 和 S_2 为压电陶瓷超声换能器。S_1 作为超声波源（发射头），低频信号发生器输出的正弦交变电压信号接到换能器 S_1 上，使 S_1 发出一平面声波。S_2 作为接收头，把接收到的声压转换成交变的正弦电压信号输入示波器观察。S_2 在接收超声波的同时还反射一部分超声波。这样，由 S_1 发出的超声波和由 S_2 反射的超声波在 S_1 和 S_2 之间的区域干涉，从而出现驻波共振现象。

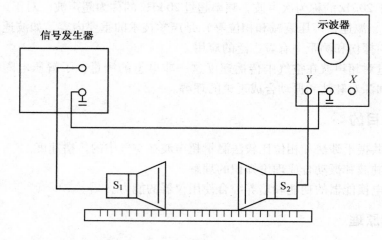

图 2-6-2 共振干涉实验装置

波动理论指出，声源发出的声波（频率为 f），经介质到反射面，若反射面与发射面平行，入射波在反射面上就被垂直反射。于是，当声场中同时存在频率相同的两列波时，其叠加结果讨论如下：

设沿 X 方向的入射波方程为：$y_1 = A_1 \cos\left(\omega T - \dfrac{2\pi}{\lambda}x\right)$。

反射波方程为：$y_2 = A_2 \cos\left(\omega T + \dfrac{2\pi}{\lambda}x\right)$。

式中，A 为声源振幅；ω 为角频率；$2\pi x/\lambda$ 为初相位。

当 $A_1 = A_2 = A$ 时，则介质中某一位置的合振动方程为：

$$y = y_1 + y_2 = \left(2A\cos\frac{2\pi}{\lambda}x\right)\cos\omega t \qquad (2-6-2)$$

上式即为驻波方程。

当 $\left|\cos\dfrac{2\pi}{\lambda}x\right| = 1$ 或 $\dfrac{2\pi}{\lambda}x = n\pi$ 时，在 $x = n\dfrac{\lambda}{2}$，$n = 1$，2，…位置上，声振动的振幅最大，称为波腹。

当 $\left|\cos\dfrac{2\pi}{\lambda}x\right| = 0$ 或 $\dfrac{2\pi}{\lambda}x = (2n-1)\dfrac{\pi}{2}$ 时，在 $x = (2n-1)\dfrac{\lambda}{4}$，$n = 1$，2，…位置上，声振动的振幅最小，称为波节。

由上述讨论可知：相邻两波腹（或波节）之间的距离为 $\dfrac{\lambda}{2}$。

一个振动系统，当激励频率接近系统的固有频率（本实验中压电陶瓷的固有频率）时，系统的振幅达到最大，通常称为共振。驻波场可以看成是一个振动系统，当信号发生器的激励频率等于驻波系统的固有频率时，发生驻波共振，声波波腹处的振幅达到相对最大值。当驻波系统偏离共振状态时，驻波的形状不稳定，而且声波波腹的振幅比最大值要小得多。

驻波系统的固有频率不仅与系统的固有性质有关，而且还取决于边界条件。在图 2-6-2 装置条件下，S_2 为自由端，端面必定是声波波腹。当 S_1 和 S_2 之间的距离 x 恰好等于半波长的整数倍时，即：

$$x = n\frac{\lambda}{2} \ (n = 1,2,\cdots) \tag{2-6-3}$$

形成驻波，示波器上可观察到的信号的幅度较大；不满足式（2-6-3）条件时，信号的幅度较小。在幅度较大时，再仔细调节信号发生器的频率，可以找到信号幅度相对最大的状态，即驻波共振态。对某一特定波长，可以有一系列的 x 值满足式（2-6-3）。所以 S_2 在移动的过程中，驻波系统也相继经历了一系列的共振态。由式（2-6-3）可知，任意两个相邻的共振态之间，即 S_2 所移动的距离为：

$$\Delta x = x_{n+1} - x_n = (n+1)\frac{\lambda}{2} - n\frac{\lambda}{2} = \frac{\lambda}{2}$$

所以当 S_1 和 S_2 之间的距离 x 连续改变时，示波器上的信号幅度每一次周期性变化，相当于 S_1 和 S_2 之间的距离改变了 $\lambda/2$。此距离 $\lambda/2$ 可以由游标卡尺测得，频率 f 由数字频率计读得。根据式（2-6-3）可求得声速。

3. 相位比较法

实验装置如图 2-6-3 所示。S_1 接信号发生器、数字频率计后接示波器的 X 轴，S_2 接示波器的 Y 轴，当 S_1 发出的平面超声波通过媒质到达接收端 S_2，在发射波和接收波之间产生相位差：

$$\Delta\varphi = \varphi_2 - \varphi_1 = 2\pi\frac{x}{\lambda} = 2\pi f\frac{x}{v} \tag{2-6-4}$$

因此可以通过测量 $\Delta\varphi$ 来求得声速。

$\Delta\varphi$ 可以用相互垂直振动合成的李萨如图形来进行测定，设输入 X 轴的入射波振动方程为：

$$x = A_1\cos \ (\omega t + \varphi_1)$$

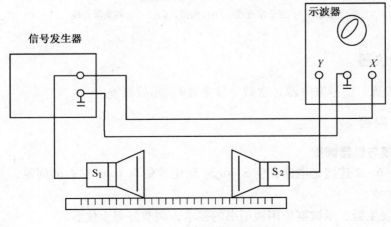

图 2-6-3 相位比较实验装置

输入 Y 轴由 S_2 接收到的波动，其振动方程为：

$$y = A_2\cos\left(\omega t + \varphi_2\right)$$

上两式中，A_1 和 A_2 分别为 X，Y 方向振动的振幅；ω 为角频率；φ_1，φ_2 分别为 X，Y 方向振动的初相位。则合成振动方程为：

$$\frac{x^2}{A_1^2} + \frac{y^2}{A_2^2} - \frac{2xy}{A_1A_2}\cos\left(\varphi_2 - \varphi_1\right) = \sin^2\left(\varphi_2 - \varphi_1\right) \qquad (2-6-5)$$

此方程轨迹为椭圆，椭圆的长短轴和方位由相位差 $\Delta\varphi = \varphi_2 - \varphi_1$ 决定。当 $\Delta\varphi = 0$ 时，由式 $(2-6-5)$ 得 $y = \dfrac{A_2}{A_1}x$，即轨迹为处于第一和第三象限的一条直线，参阅图 $2-6-4$（a）。

当 $\Delta\varphi = \lambda/2$ 时，得 $\dfrac{x^2}{A_1^2} + \dfrac{y^2}{A_2^2} = 1$，则轨迹为以坐标轴为主轴的椭圆，参阅图 $2-6-4$（b）。当 $\Delta\varphi = \pi$ 时，得 $y = -\dfrac{A_2}{A_1}x$，则轨迹为处于第二和第四象限的一条直线，参阅图 $2-6-4$（c）。

改变 S_1 和 S_2 之间的距离 x，相当于改变了发射波和接收波之间的相位差，荧光屏上的图形也随之不断变化。显然，每改变半个波长的距离 $\Delta x = \lambda/2$，则 $\Delta\varphi = \pi$。随着振动的相位差从 $0 \sim \pi$ 的变化，李萨如图形从斜率为正的直线变为椭圆，再变到斜率为负的直线。因此，每改变半个波长，就会重复出现斜率符号相反的直线。测得了波长 λ 和频率 f，根据式 $(2-6-1)$ 即可计算出室温下声波在媒质中的传播速度。

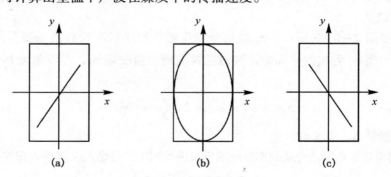

图 $2-6-4$　李萨如图形
（a）一、三象限直线；（b）椭圆；（c）二、四象限直线

三、实验仪器

声速测量装置，信号发生器（含数字频率计）、示波器等。

四、实验内容

1. 电路连接与仪器调整

① 按图 $2-6-2$ 连接好电路，使 S_1 和 S_2 靠拢并留有 $1\ cm$ 左右的间隙，且两端平行又与螺旋测微尺正交。

② 按信号发生器、示波器使用说明书的要求，调节好每个仪器。

③ 了解压电陶瓷谐振频率 f，将信号发生器的输出频率调至 f 附近。慢慢移动 S_2，可以

在示波器上看到正弦振幅的变化。移到第一次振幅较大处，固定 S_2，再仔细调节频率 f，使示波器上的图形振幅达到最大。此值即为谐振频率 f 与 S_1 发射器的固有频率一致。由信号发生器上读下频率 f，并监视频率变化的情况。

2. 共振干涉（驻波）法测声速

① 在共振频率条件下，缓慢移动 S_2，当示波器上出现振幅最大时，记下螺旋测微尺的读数 x_1。

② 依次移动 S_2，记下各振幅最大时的 x_2，x_3，…共 12 个。

③ 记下实验时的室温 t。

3. 相位比较法测声速

① 按图 $2-6-3$ 连接好电路。示波器的 X 轴应至外接。

② 在上述共振频率 f 下，先使 S_2 和 S_1 靠拢（间距约 1 cm），然后缓慢移动 S_2，当荧光屏上出现 45° 斜线时，记下 S_2 的位置 x_1'。

③ 依次移动 S_2，记下示波器上直线由图 $2-6-4$（a）变为图 $2-6-4$（c）、再由图 $2-6-4$（c）变为图 $2-6-4$（a）时螺旋测微尺上的读数 x_2'，x_3'，…值共 12 个。

④ 记下室温 t'。

五、数据处理与分析

① 表格自拟，列表记录所有数据。

② 以逐差法处理数据，分别计算出驻波法和相位法测得的波长 λ，然后算出 v 及 $\Delta\varphi$。

③ 按理论值公式：$v_{理} = v_0\sqrt{\dfrac{T}{T_0}}$ 分别算出两种方法测量时的理论值 $v_{理}$。上式中的 v_0 为 $T_0 = 273.15$ K 时的声速，$v_0 = 331.45$ cm/s，$T = t + 273.15$ K。

④ 分别计算两种方法测得结果的百分误差，并分析原因。

六、注意事项

① 实验前应先了解压电换能器的谐振频率 f，并在实验过程中尽量保持不变。

② 在实验过程中要保持激振电压值不变。

③ 测量过程中必须使用螺旋测微尺上的微调螺丝。

思 考 题

① 测量声速用什么方法？具体测量的是哪些物理量？

② 如何调节和判断测量系统是否处于共振状态？

讨 论 题

① 在空气中声速与温度关系如何？当温度下降时，声波的频率和波长是否会发生变化？

② 为什么在实验过程中改变 S_1S_2 间距离时，S_1 和 S_2 的端面应保持互相平行？不平行会产生什么问题？

实验七　气体比热容比的测定

气体的比定压热容 c_p 与比定容热容 c_v 之比 $\gamma = c_p/c_v$ 在热力学过程特别是绝热过程中是一个很重要的参数，测定的方法有很多种，这里介绍一种比较新颖的方法，通过测定物体在特定容器中的振动周期来计算 γ 值。

一、实验目的

测定多种气体（单原子、双原子、多原子）的比定压热容与比定容热容之比。

二、实验仪器

BR – 1 型气体比热容比测定仪，螺旋测微计，气压计，物理天平各一台。

三、实验仪器构造

如图 2 – 7 – 1 所示。

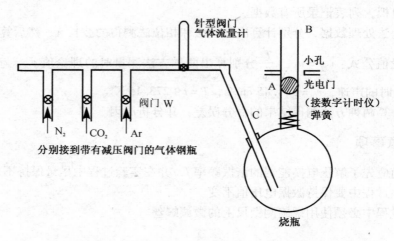

图 2 – 7 – 1　BR – 1 型气体比热容比测定仪构造

A—钢珠；B—玻璃管；C—进气管

BR – 1 型气体比热容比测定仪是利用物体在待测气体作用下作周期振动，通过测得物体的振动周期从而计算出该气体的比定压热容 c_p 与比定容热容 c_v 之比 γ。基本装置如图（2 – 7 – 1）所示。

钢瓶中装有待测气体，在气压泵的作用下，待测气体以小气压气流的形式从进气管 C 处注入烧瓶中。与烧瓶紧密相连的玻璃管 B 的中央开设有一个小孔，其内装有一个直径比玻璃管的直径仅小 0.01 ~ 0.02 mm 的钢珠 A，钢珠在小气压气流作用下，可在玻璃管中无摩擦地上下移动。当钢珠处于小孔下方的半个振动周期时，注入烧瓶的气体会使容器的内压力增大，引起钢珠向上移动；而当钢珠处于小孔上方的半个振动周期时，容器内的气体将通过小孔流出，使钢珠下沉。钢珠将以上述过程在玻璃管中振动。只要适当控制注入气体的流量，钢珠就能在玻璃管的小孔上下做简谐振动，振动周期可利用光电计时装置测得。

四、实验原理

钢珠 A 的质量设为 m，半径为 r（直径为 d），当瓶子内压强 p 满足下面条件时，钢珠处于力平衡状态。此时有：

$$p = p_l + \frac{mg}{\pi r^2} \tag{2-7-1}$$

式中，p_l 为大气压强。

若钢珠偏离平衡位置一个较小距离 x，则容器内的压强变化 $\mathrm{d}p$。物体的运动方程为：

$$m\frac{\mathrm{d}^2 x}{\mathrm{d}t^2} = \pi r^2 \mathrm{d}p \tag{2-7-2}$$

因为钢珠振动过程相当快。所以可以看做绝热过程，绝热方程为：

$$pv^\gamma = 常数 \tag{2-7-3}$$

将式（2-7-3）求导数得出：

$$\mathrm{d}p = -\frac{p\gamma \mathrm{d}v}{v}$$

已知

$$\mathrm{d}v = \pi r^2 x \tag{2-7-4}$$

将式（2-7-4）代入式（2-7-2）得：

$$\frac{\mathrm{d}^2 x}{\mathrm{d}t^2} + \frac{\pi^2 r^4 p\gamma}{mv}x = 0$$

此式即为熟知的简谐振动方程，它的解为：

$$\omega = \sqrt{\frac{\pi^2 r^4 p\gamma}{mv}} = \frac{2\pi}{T}$$

即

$$\gamma = \frac{4mv}{T^2 p r^4} = \frac{64mv}{T^2 p d^4} \tag{2-7-5}$$

式（2-7-5）中各量均可方便测得。因而可以算出 γ 值。由气体运动论可以知道，γ 值与气体分子的自由度数 f 有关。理论上可用下式计算不同气体的 γ 值：

$$\gamma = \frac{f+2}{f}$$

所以：单原子气体（Ar, He） $f=3$ $\gamma \doteq 1.67$

      双原子气体（Ne, H_2, O_2） $f=5$ $\gamma \doteq 1.40$

      多原子气体（CO_2, CH_4） $f=6$ $\gamma \doteq 1.33$

五、实验内容

测量空气的比热容比（可近似看做双原子气体），并与理论值比较，求百分误差。

① 调节光电门的位置，使其与玻璃管 B 上的小孔基本上在同一高度。

② 打开气泵电源开关，调节气流量旋钮，控制气流量大小，直到使钢珠 A 在玻璃管中

以小孔为平衡位置做简谐振动。

③ 打开计时器电源开关，调节周期次数旋钮，可选择 50 次或 100 次。按下复位按钮后，计时器即可自动记录振动 50 个或 100 个周期所需时间，重复 5 次，求平均值 $\overline{T}$。

④ 记录当时大气压强 p_l 值；钢珠质量 m 值，直径 d 值；烧瓶容积 V 值。

⑤ 求 $\overline{T}$、σ_T、$\gamma_测$、σ_γ 及 $\dfrac{\gamma_测 - \gamma_理}{\gamma_理}$ 的值。

六、实验数据记录及处理

数据记录填入表 2 – 7 – 1 中。

$$m = \underline{\hspace{2.5cm}} \text{kg}; \ d = \underline{\hspace{2.5cm}} \text{m}, \ V = \underline{\hspace{2.5cm}} \text{m}^3$$

$$p_l = \underline{\hspace{2.5cm}} \text{mmHg}^① = \underline{\hspace{2.5cm}} \text{N/m}^2$$

表 2 – 7 – 1　实验数据记录

次数	周期次数	时间/s	周期/s	平均值/s
1	50（100）			
2	50（100）			
3	50（100）			
4	50（100）			
5	50（100）			

计算如下数值：

$$\overline{T} = \frac{\sum\limits_{i=1}^{5} T_i}{5} = \qquad\qquad \gamma_理 = \frac{f+2}{f} =$$

$$\overline{\gamma_测} = \frac{64mv}{\overline{T}^2 pd^4} = \qquad\qquad \frac{\sigma_\gamma}{\gamma_测} = \sqrt{4\left(\frac{\sigma_T}{\overline{T}}\right)^2} =$$

$$\sigma_T = \sqrt{\frac{\sum\limits_{i=1}^{5}(\overline{T} - T_i)^2}{5(5-1)}} = \qquad\qquad \left|\frac{\gamma_理 - \gamma_测}{\gamma_理}\right| \times 100\% = \sigma_\gamma =$$

$$\gamma_测 = \overline{\gamma} \pm \sigma_\gamma =$$

---

① 　1 mmHg = 133.322 Pa

实验八 液体表面张力系数的测定

一、实验目的

① 了解硅压阻式力敏传感器的测量原理。

② 学会使用硅压阻式力敏传感器测量液体的表面张力。

③ 学会用最小二乘法处理数据。

液体的表面张力是表征液体性质的一个重要常数，它在工农业、医学、物理化学等领域的科学研究中有着重要的应用。拉脱法是测量液体表面张力系数常用的方法之一，用拉脱法测量液体表面张力，对测量力的仪器要求较高，由于用拉脱法测液体表面的张力为 $1 \times 10^{-3} \sim 1 \times 10^{-2}$ N，因此需要有一种量程范围较小，灵敏度高，且稳定性好的测量仪器。近年来，新发展的硅压阻式力敏传感器式张力测定仪正能满足测量液体表面张力的需要，它比传统的焦利氏称、扭称等灵敏度高，稳定性好。

本实验要求学生对力敏传感器的灵敏度进行定标，并用拉脱法测量液体的表面张力系数，将测量结果与标准值进行比较。在实验中学生需仔细观察物理过程及现象。

二、实验仪器

图 2-8-1 为实验装置图，其中，液体表面张力测定仪包括硅扩散电阻非平衡电桥的电源和测量电桥失去平衡时输出电压大小的数字电压表，其他装置包括铁架台、微调升降台、装有力敏传感器的固定杆，盛液体的玻璃皿和圆形吊环，实验证明，当环的直径在 3 cm 附近，而液体和金属环接触的接触角近似为零时，运用公式（2-8-1）测量各种液体的表面张力系数的结果较为正确。

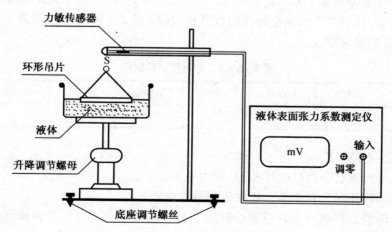

图 2-8-1 液体表面张力测定装置

三、实验原理

① 液体的表面有如紧张的弹性薄膜，在表面内存在一种张力，这种液体表面的张力作用，从性质上看，类似固体内部的拉伸胁强，只不过这种胁强存在于极薄的表面层内，而且不是由于弹性形变引起的，被称为表面张力。测量一个已知周长的金属圆环或金属片从待测液体表面脱离时需要的力，从而求得该液体表面张力系数的实验方法称为拉脱法。若接触液体采用金属吊环法时，考虑一级近似可以认为脱离力为表面张力系数乘上脱离表面的周长，即：

$$f = a\pi(D_1 + D_2) \tag{2-8-1}$$

式中，f 为脱离力；D_1、D_2 分别为圆环的外径和内径；a 为液体的表面张力系数。液体的表面张力与该液体的材料固有特性、液体纯度和液体的温度有关。

② 采用硅压阻式力敏传感器测量拉力。硅压阻式力敏传感器由弹性梁和贴在梁上的传感器芯片组成，其中芯片由4个硅扩散电阻集成一个非平衡电桥，当外界压力作用于金属梁时，在压力作用下，电桥失去平衡，此时将有电压信号输出，输出电压大小与所加外力成正比，即：

$$\Delta U = Kf \tag{2-8-2}$$

式中，f 为外力的大小；K 为硅压阻式力敏传感器的灵敏度；ΔU 为传感器输出电压的大小。

四、实验内容

1. 基本内容

① 接通组合测试仪电源，将仪器预热 15 min。

② 在玻璃器皿内放入被测液体并安放在升降台上。

③ 在传感器梁端头小钩上，挂上砝码盘，调节电子组合仪上的补偿电压旋钮，使数字电压表显示为零值。

④ 在砝码盘上分别加上 0.5 g，1.0 g，1.5 g，2.0 g，2.5 g，3.0 g，3.5 g 等质量的砝码，将这些砝码力作用下，数字电压表的数值相应填入表 2-8-1 中。用最小二乘法作直线拟合，求出传感器灵敏度 K。

表 2-8-1　力敏传感器定标

M/g	0.500	1.000	1.500	2.000	2.500	3.000	3.500
U/mV							

力敏传感器灵敏度 $K =$ 　　　　 mV/g

⑤ 用游标卡尺测量金属环的外径 D_1 和内径 D_2。

⑥ 将金属圆环用净化水洗净，挂在传感器的小钩上。

⑦ 调节升降台，将液面上升至靠近环的下沿。观察环的下沿是否和待测液面平行，如不平行可调节吊环上的吊丝，使达到平行。

⑧ 调节玻璃器皿下的升降台，使其渐渐上升。将环的下沿部分全部浸没于待测液体，然后，反向调节升降台，使液面逐渐下降。这时，金属环和液面间形成一环形液膜，继续下

降液面，测出环形液面即将拉断前一瞬间数字电压表读数值 U_1 和液膜拉断后一瞬间数字电压表数值 U_2，则 $\Delta U = U_1 - U_2$。

⑨ 将实验数据填入表 2-8-2 中并代入式（2-8-1）和式（2-8-2），求该液体的表面张力系数，并与标准值进行比较。

待测液体_____，温度_____，本地区 $g =$ _____

表 2-8-2 实验数据记录

序号	U_1/mV	U_2/mV	$\Delta U/\text{mV}$	$F/\,(\times 10^{-3}\,\text{N})$	$a/\,(\text{N}\cdot\text{m}^{-1})$
1					
2					
3					
4					

$D_1 =$ _____ m；$D_2 =$ _____ m

平均值：$\bar{a} =$ _____ N·m^{-1}

2. 选做内容

改用其他液体如酒精、丙酮等，用以上相似方法测量不同浓度时的表面张力系数。

五、使用注意事项

① 第一次使用吊环或片时应将其放入 NaOH 溶液中浸泡约 20~30 s。然后，用自来水冲洗掉环或片上的残液。

② 将环或片放入净化水中，清洗，并用电吹风吹干（或用清洁纸擦干）。

③ 圆环或吊片存放时，应放在有干燥剂的玻璃缸内。

④ 使用过程中防止灰尘和杂质污染液体。

⑤ 使用结束后将传感器的帽盖旋好，以免损坏。

思 考 题

硅压阻式力敏传感器的工作原理是什么？

实验九　液体黏滞系数的测定

一、实验目的

① 观察液体黏滞现象，学会用落针法测量液体黏滞系数。
② 测定液体的黏滞系数随温度变化的关系。
③ 了解利用落针法测量液体密度的方法。

二、实验仪器及结构

实验仪器由黏度计本体、落针、霍尔传感器、单板机计时器和控温系统五部分组成。

1. 黏度计本体

黏度计结构如图 2-9-1 所示。用透明玻璃管制成的内外两个圆筒容器，竖直固定在水平机座上，机座底部有调水平螺丝。内筒长 550 mm，内筒直径（$2R_1$）约 40 mm，外筒直径约 60 mm。内筒盛放待测液体（如豆油），内外筒之间通过控温系统灌水，用以对内筒水浴加热。外筒的一侧上、下端各有一接口，用橡胶管与控温系统的水泵相连。机座上竖直放置铝合金支架，其上装有霍尔传感器和取针装置。圆筒容器顶部盒子上装有投针装置（发射器），它包括喇叭形的导环和带永久磁铁的拉杆。装此导环是为了便于取针和让针沿容器中轴线下落。用取针装置把针由容器底部提起，针沿导环到达盖子顶部，被拉杆的磁铁吸住。拉起拉杆，针因重力作用而沿容器中轴线下落。

落针如图 2-9-2 所示。它是有机玻璃制成的空细长圆柱体，总长约为 185 mm，其外

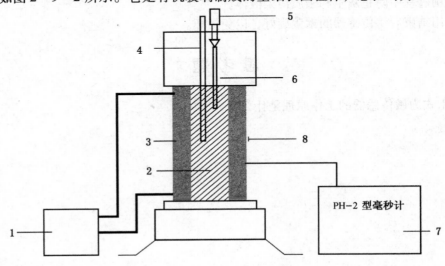

图 2-9-1　黏度计结构

1—水泵；2—待测液体；3—水；4—酒精温度计；5—控杆；6—落针；7—单片机计时器；8—霍尔传感器

半径为 R_2，直径为 d，有效密度为 ρ_s。它的下端为半球形，上端为圆台状，便于拉杆相吸。内部两端装有永久磁铁，异性磁极相对。磁铁的同性磁极间的距离为 l（170 mm），内部有配重的铅条，改变铅条的数量，可改变针的有效密度 ρ_s。

2. 霍尔传感器

它是敏感度极高的开关型霍尔传感器，做成圆柱状，外部有螺纹，可用螺母固定在仪器本体上。输出信号通过屏蔽电缆、航空插头接到单板机计时器上。传感器有 5 V 直流电源供电（来自单板机计时器），外壳用非磁性材料（铜）封装，每当磁铁经过霍尔传感器前端时，传感器即输出一个矩形脉冲，同时有 LED（发光二极管）指示。这种磁传感器的使用，为非透明液体的测量带来方便。

3. 单板机计时器

以单板机为基础的 PH－2 型多功能毫秒计用以计时和处理数据。硬件采用 MCS－51 系列微处理芯片，配有并行接口，驱动电路，输出有 4×4 键盘实现。显示为 6 个数码管，软件固化在 2764EPROM 中，霍尔传感器产生的脉冲经整形后，从航空插座输入单板机，由计时器完成两次脉冲之间的计时，接受参数输入，并将计算结果显示出来，其面板如图 2－9－3 所示。它由 220 V 交流电供电，经整流稳压变为 5 V 直流电。

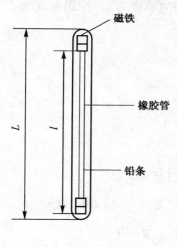

图 2－9－2 落针

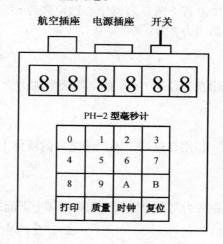

图 2－9－3 PH－2 型毫秒计面板

4. 控温系统

控温系统由水泵、加热装置及控温装置组成。微型水泵运转时，水流自黏度计本体的底部流入，自顶部流出，形成水循环，对待测液体进行水浴加热，加热功率为 100 W，并通过控温装置的调节，达到预定温度。待测液体的温度则用置于其中的酒精温度计测量，控温系统的前后面板分别如图 2－9－4 和图 2－9－5 所示。

三、实验原理

在稳定流动的液体中，由于各层液体速度不同，互相接触的两液层之间有相互力。一般把这对力称为黏滞力或内摩擦力，液体的这一性质称为黏滞性。实验证明，黏滞力 f_η 的大

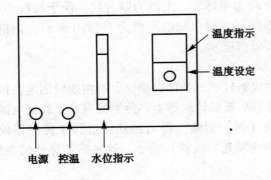
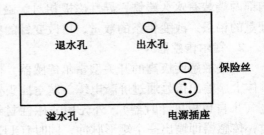

图 2 - 9 - 4　黏度计控温系统的前面板　　　　图 2 - 9 - 5　黏度计控温系统的后面板

小与所取的液层的面积 S 和层间速度梯度 $\dfrac{dv}{dr}$ 的乘积成正比，即 $f_\eta = \eta S \dfrac{dv}{dr}$。其中比例系数 η 称为液体的黏滞系数或内摩擦系数。它决定于液体的性质和温度。

黏滞系数为 η 的牛顿液体装满半径为 R_1 的圆管中，让半径为 R_2、长为 L 的圆柱形落针在其中垂直下落。若离中心轴距离为 r 的圆筒状液体层的速度为 v，作用在高为 L 的圆筒面上的黏滞力 f 为：

$$f = 2\pi r L \eta \left(\frac{dv}{dr} \right)$$

而作用在半径为 $r + dr$ 的圆筒面黏滞力为：

$$f + \frac{df}{dr} dr$$

因此，作用在这两个圆筒面之间的液体上的黏滞力为：

$$\frac{df}{dr} dr = 2\pi L \eta \frac{d}{dr} \left(r \frac{dv}{dr} \right) dr$$

上述黏滞力与两个圆筒之间的液体上下面的压强差构成的力 $\left[- (2\pi r dr)(p_1 - p_2) \right]$ 相平衡：

$$2\pi L \eta \frac{d}{dr} \left(r \frac{dv}{dr} \right) dr = - 2\pi r (p_1 - p_2) dr$$

所以

$$\frac{d}{dr} \left(r \frac{dv}{dr} \right) = - \frac{p_1 - p_2}{L \eta} r \qquad (2 - 9 - 1)$$

考虑到针下落的最大速度为 v_∞（也称收尾速度），解上式得：

$$\frac{dv}{dr} = - \frac{p_1 - p_2}{2L\eta} r + \frac{v_\infty + (p_1 - p_2)(R_1^2 - R_2^2)/4L\eta}{r \ln (R_1/R_2)} \qquad (2 - 9 - 2)$$

$$v = \frac{(p_1 - p_2)}{4L\eta}(R_1^2 - r^2) + \frac{v_\infty - (p_1 - p_2)(R_1^2 - R_2^2)/4L\eta}{\ln (R_1/R_2)} \ln \left(\frac{R_1}{r} \right) \qquad (2 - 9 - 3)$$

此外，根据质量守恒方程，它表示单位时间内被针推开的液体流量 $\pi v_\infty R_2^2$ 等于流过针和圆筒间隙的流量即：

$$q = \int_{R_2}^{R_1} 2\pi r v \, dr = \pi v_\infty R_2^2 \qquad (2 - 9 - 4)$$

另一方面，作用在针的向上的力为针上下端面的压强差所产生的力 $[\pi R_2^2 (p_1 - p_2)]$、作用在针侧面的黏滞力 $(2\pi R_2 L \tau_0)$ 以及浮力 $(\pi R_2^2 L \rho_L g)$ 之和，而向下的力为重力 $(\pi R_2^2 L \rho_S g)$。以上各力达到平衡，针以匀速 v_∞ 下落，于是得到关系：

$$\pi R_2^2 L \rho_S g = \pi R_2^2 (p_1 - p_2) + 2\pi R_2 L \tau_0 + \pi R_2^2 L \rho_L g \qquad (2-9-5)$$

式中，ρ_S 为针的密度；ρ_L 为液体密度；τ_0 为剪切应力。计算时考虑到容器和针的深度均为有限，并对其修正，解以上方程组得：

$$\eta = \frac{gR_2^2(\rho_S - \rho_L)}{2l} \cdot \frac{1 + \dfrac{2}{3L_r}}{1 + \dfrac{3}{2C_W L_r} \cdot \left(\ln \dfrac{R_1}{R_2} - 1\right)} \cdot \left(\ln \frac{R_1}{R_2} - 1\right) t \qquad (2-9-6)$$

式中，R_1 为容器的内半径；R_2 为针的半径；l 为磁铁同名磁极间距；t 为两磁极经过传感器的时间间隔；ρ_S 为针的密度；ρ_L 为液体的密度；g 为重力加速度；η 为液体黏度系数；C_W 为壁和针长的修正系数，$C_W = 1 - 2.04k + 2.09k^3 - 0.59k^5$，其中 $k = R_2/R_1$；$L_r = (L - 2R_2)/2R_1$。

由于已将计算 η 的程序固化在计时器的 EPROM 中，ρ_S，ρ_L 和 η 都可在单板机上显示出来。针中两磁极通过传感器的时间间隔 t 从单板机读出。

在变温条件下，还必须考虑到液体密度随温度的改变：

$$\rho_L = \rho_{L_0} / [1 + \beta(T - T_0)] \qquad (2-9-7)$$

式中，β 为液体的体膨胀系数；ρ_{L_0} 为液体温度为 T_0 时的密度；ρ_L 为液体温度为 T 时的密度。

四、实验步骤

1. 研究液体黏度随温度的变化

① 加热液体：接通控温系统的电源，按下控温按钮，启动水泵，将温度控制器旋转到某一温度（如高出室温 5 ℃），此时绿色指示灯亮，对待测液体水浴加热，达到设定温度后，红色指示灯亮进行保温，由于热惯性，需待一段时间后，才能达到平衡，记下容器中酒精温度计的读数（此时为液体温度）。

② 接通毫秒计的电源，这时毫秒计显示"PH-2"，霍尔传感器上的 LED 应亮。

③ 取下容器上端的盖子，将针放入液体中，然后盖上盖子。

④ 开机或按单板机上的复位键，显示"PH-2"，表示毫秒计进入复位状态。

⑤ 按"3"键，显示"—"，表示毫秒计进入计时待命状态。

⑥ 将投针装置的磁铁拉起，让针落下，稍等片刻，毫秒计显示时间（单位：毫秒）。按"A"键将提示修改参数，第一次按"A"键，提示"P"，输入针的密度（红色针的密度 $\rho_S = 1\,412\ \text{kg/m}^3$）；第二次按"A"键，提示"PL"，输入该温度下液体的密度 ρ_L［根据式（2-9-12）提前把所有要测温度下的 ρ_L 算出，以便快速输入］；第三次按"A"键显示该温度下的液体黏度系数，并记录下次数据。

注意：本单板机只认可 4 位整数密度值。如 $\rho_L = 920\ \text{kg/m}^3$，必须输入"0920"。

⑦ 用取针装置将针拉起，重复④~⑥步骤，要求每一温度下测量 3 次。

⑧ 设定其他温度，继续加热液体，测定该温度下的黏度系数，做黏度系数与温度关系

曲线。

2. 测液体密度

在某一温度下，在待测密度的液体中，先后将已知密度的两针（密度不同）投入，由于液体黏度对两个针来说是一样的，所以在式（2-9-6）中消去黏度系数 η，只剩下液体密度 ρ_L 是未知的，将针的密度代入，既可求得液体密度。设针 1 的密度为 ρ_{S1}，收尾速度为 v_{01}，设针 2 的密度为 ρ_{S2}，收尾速度为 v_{02}，则液体的密度为：

$$\rho_L = \rho_{S1} \frac{1 - (\rho_{S1}/\rho_{S2})(v_{01}/v_{02})}{1 - (v_{01}/v_{02})} = \rho_{S1} \frac{1 - (\rho_{S1}/\rho_{S2})(t_2/t_1)}{1 - (t_2/t_1)} \qquad (2-9-8)$$

只要从单板机的毫秒计中分别读出两针上下两端同名磁极经过霍尔探头所经过的时间 t_1 和 t_2，就可以计算出液体的密度。

五、注意事项

① 应让针沿圆筒中心轴线下落。

② 落针过程中，针应保持竖直状态，若针头部偏向霍尔探头，数据偏大；若针尾部偏向霍尔探头，数据偏小。

③ 用取针装置将针拉起悬挂在容器上端后，由于液体受到扰动，处于不稳定状态，应稍等片刻，再将针投下，进行再次测量。

④ 取针装置将针拉起并悬挂后，应将装置上的磁铁旋转，离开容器，以免对针的下落造成影响。

⑤ 取针和投针时均需小心操作，以免把仪器本体弄倒、打坏圆筒容器。

附录　仪器安装及主要技术参数

1. 仪器安装

① 将仪器本体放在平整的桌面上，取下容器盖子，将待测液体（如大豆油）注满容器（务必注满！）再将盖子加在容器上，用底脚螺丝调节黏度计本体，通过水准仪观察平台是否水平，既圆筒容器是否垂直。

② 将仪器本体的橡皮管连接到控温系统上。下面的橡皮管接控温系统后面板上的出水孔，上面的橡皮管接入水孔。用漏斗往水箱内注水，使水位达到管的 1/2 ~ 2/3，加水完毕，经检查确认没有渗漏后，擦干仪器及机身，再将控温装置电源接到 220 V 交流电源上。

③ 将霍尔传感器安装在黏度计的铝板上，让探头与圆筒容器垂直，并尽量接近圆筒。传感器的输出电缆接到功能毫秒计的航空插座上，将单板机电源线接到 220 V 交流电源上。

2. 仪器规格和主要技术参数

① 仪器本体。

内筒内半径　$R_1 = 18.5$ mm

内筒长度　$H = 550$ mm

外筒外直径　60 mm

外筒长度　500 mm

温度计　0 ~ 100 ℃

取针器磁铁安装螺栓 $\phi 18 \times 6$

② 针。

针长 $L = 185$ mm

针外半径 $R_2 = 3.5$ mm

针内半径 2.0 mm

针质量 $m = 16.0 \times 10^{-3}$ kg

（备用针质量 10.0×10^{-3} kg）

针内同性磁极间距 $l = 170$ mm

针的有效密度 $\rho_S = 2\,272$ kg/m^3（灰针）；$\rho_S = 2\,260$ kg/m^3（蓝针）；$\rho_S = 1\,412$ kg/m^3（红针）

③ 待测液体的参数。

金龙牌大豆油，$T_0 = 20$ ℃时 $\rho_{L_0} = 920$ kg/m^3 体膨胀系数 $\beta = 0.000\,88$ ℃$^{-1}$

汽油机油，$T_0 = 27.4$ ℃时 $\rho_{L_0} = 870$ kg/m^3 体膨胀系数 $\beta = 0.000\,68$ ℃$^{-1}$

普通机油，$T_0 = 27.6$ ℃时 $\rho_{L_0} = 895$ kg/m^3 体膨胀系数 $\beta = 0.000\,71$ ℃$^{-1}$

实验十 电热法测量固体线胀系数

一、实验目的

① 学会用电热法测量紫铜管的线膨胀系数。

② 掌握用光杠杆测量微小伸长量的原理。

二、实验仪器

GXC – S 型数显式固体线胀系数测定仪，光杠杆，尺读望远镜，米尺、台灯。

三、实验原理

固体的线胀系数是描述固体材料热形变的重要物理量，是选定建筑材料、机械构件等材料的依据之一，可以为各种用途的固体选材提供理论基础。

任何固体在温度变化时都要发生形变，即通常的"热胀冷缩"现象。一般而言，当温度发生变化时，固体中不同方向上长度的相对变化量是不同的。但对于均匀的各向同性的固体材料来说，各方向的长度相对变化量却相同，这时只需测量某一方向的线胀系数即可。

物体在温度为 t_1 时的长度为 L，温度为 t_2 时的长度为 $L + \Delta L$，定义线胀系数为：

$$\alpha = \frac{1}{L} \cdot \frac{(L + \Delta L) - L}{(t_2 - t_1)} = \frac{\Delta L}{L(t_2 - t_1)} \qquad (2 - 10 - 1)$$

线胀系数的物理意义为：物体的温度改变 1℃ 时长度的相对变化量。

由式（2 – 10 – 1）可以看出，只要测出 t_1 时的长度为 L，温度为 t_2 时长度的变化量 ΔL，就可以得到线胀系数。因为长度变化量 ΔL 很小，所以用一般测量长度的方法很难将它测准，因此采用光杠杆法来测量。

GXC – S 型数显式固体线胀系数测定仪结构示意图如图 2 – 10 – 1 所示。其温度控制数显表示值为 0.1℃，加热电压 200 V，温度 t 的测量范围为 – 40℃ ~ 110℃。被测紫铜管末端与底面相接触，顶端在平台中间的圆孔中漏出，并且大体上和平台表面对齐。光杠杆 M 的前足刀片放在平台的沟槽内，后足尖放在紫铜管顶端。当温度变化后，紫铜管的长度改变 ΔL，所以紫铜管顶端相对于平台表面的高度变化也为 ΔL（忽略散热罩的高度变化，平台表面的高度不变）。因此光杠杆（见图 2 – 3 – 2）的后足尖的位置随之改变 ΔL，同时后足尖以前足刀片为轴转过了 θ 角，平面镜也转过了 θ

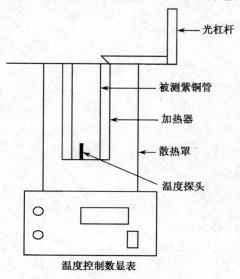

图 2 – 10 – 1 线胀系数测定结构示意图

光杠杆

被测紫铜管

加热器

散热罩

温度探头

温度控制数显表

角，若望远镜中的叉丝原来对准标尺上的刻度 a_1，平面镜转动 θ 角后，根据光的反射定律，反射线将转过 2θ 角，设此时叉丝对准的新刻度为 a_2，则有：

$$a = |a_2 - a_1|$$

根据实验三中图 2-3-2、图 2-3-3 以及光杠杆与测量原理的相关分析，得到

$$\Delta L = \frac{c}{2b} \cdot a = \frac{c}{2b}|a_2 - a_1| \qquad (2-10-2)$$

由此可见，光杠杆的作用在于将微小的 ΔL 放大为标尺上的位移 a。通过 a、b、c 这些较易测准的量，间接地测定 ΔL。

将式（2-10-2）代入式（2-10-1）得：

$$\alpha = \frac{c|a_2 - a_1|}{2bL(t_2 - t_1)} \qquad (2-10-3)$$

根据式（2-10-3）就可以求出线胀系数 α。

四、仪器调整

① 实验前把被测紫铜管取出，在室温下用米尺测量其长度 L，并记录。然后把被测管慢慢放入孔中，直到其末端接触底面。

② 将光杠杆放在平台上，前足刀片放在平台的沟槽内，后足尖放在被测紫铜管的顶端，并使光杠杆的平面镜与平台大致垂直。望远镜和标尺组放在离光杠杆镜面前方 1.5～2.0 m 处，且望远镜和光杠杆处于同一高度的水平面内（此高度要便于观察读数）。调节望远镜大致水平、光杠杆镜面及标尺大致铅直。

此步骤调节可分为两步进行，具体操作方法如实验三中所述。

五、实验内容与步骤

① 按要求调整好仪器，记录望远镜中上、下视距丝 b_1 和 b_2 的读数以及 a_1 的读数。

② 将电源开关打开，按下预置开关，进入预置状态，轻触调节开关，调节预置温度（如 90.0℃），调节完毕，再按预置开关，退出预置状态，进入工作状态（紫铜管被加热或散热）。

③ 记录数据。需要说明的是：当把预置温度设置为某一温度时（如 90.0℃），并非紫铜管被加热（或散热）到这一温度时就一直保持这一恒定温度不变，而是温度继续升高（或降低），只是到达这一温度后，温度升高（或降低）的速度逐渐减小，直到达到某一定的最高（或最低）温度后再逐渐回落（或回升），就这样在预置温度上下往复变化。一般而言，这个最高（或最低）温度高出（或低于）预置温度 20℃ 左右，但随着实验温度环境及预置温度的不同而不同，这是因为在不同的情况下散热快慢不同。一般情况下，每降到预置温度时或非常接近预置温度（其误差不超过 1.0℃）时，从望远镜中读出十字分划板中央十字线水平线在标尺上的刻度值 a_{2i} 并记录，重复三次，把数据填入表格中。之所以在温度下降时读数，是因为散热速度较加热速度慢，温度下降较温度升高的速度慢，读数较准确。上述热惯性现象是由于加热和散热不能立即达到热动平衡而造成的。

$b_1 =$ _____ cm;　　　　$b_2 =$ _____ cm;　　　　$b =$ _____ cm;

$L =$ _____ cm;　　　　$c =$ _____ cm

表 2 – 10 – 1　实验数据记录

测量次数 i	_____℃（室温）a_{1i}/cm	90℃时 a_{2i}/cm	$a = \mid a_2 - a_1 \mid$/cm
1			
2			
3			
平均值			

六、数据处理与结果表示

根据线胀系数公式 $\alpha = \dfrac{c \mid a_2 - a_1 \mid}{2bL \ (t_2 - t_1)}$ 即可求出 α，利用误差传递估计线胀系数的误差限。

为了表达方便，令 $t = t_2 - t_1$

相对误差限：$\dfrac{\Delta\alpha}{\bar{\alpha}} = \dfrac{\Delta c}{c} + \dfrac{\Delta a}{\bar{a}} + \dfrac{\Delta b}{b} + \dfrac{\Delta L}{L} + \dfrac{\Delta t}{t}$　　　　　　　　　　　（2 – 10 – 4）

式中，$\Delta a = \sqrt{(3S_{\bar{a}})^2 + \Delta_{\text{仪}}^2}$，$\Delta_{\text{仪}}$ 为标尺的示值误差（$= \pm 0.05$ cm）；Δc 为米尺最小分度值的一半（$= \pm 0.05$ cm）；Δb 为标尺最小分度值的一半的 50 倍（$= \pm 2.5$ cm）；ΔL 取 0.1 cm；Δt 取 1℃。

由式（2 – 10 – 4）算出 $\Delta\alpha =$ _____ ℃$^{-1}$；

测量结果表示为：$\alpha_{\text{测}} = \bar{\alpha} \pm \Delta\alpha =$ _____ ℃$^{-1}$。

七、注意事项

① 调节望远镜时，切记要用手托住移动部分，防止突然撞击与过度震动。

② 光杠杆和镜尺组一经调好后，在实验过程中要防止光杠杆和望远镜及标尺的位置有任何的变动。否则，所测数据无效，实验应从头做起。

实验十一　导热系数的测量

导热系数是表征物质热传导性质的物理量。材料结构的变化与所含杂质对导热系数都有明显的影响，因此材料的导热系数常常由实验具体测定。测定导热系数的方法一般分为两类：一类是稳态法，另一类是动态法。在稳态法中，先利用热源在待测样品内部形成一稳定的温度分布，然后进行测量。在动态法中，待测样品中的温度是随时间变化的，例如呈周期性的变化。本实验采用稳态法进行测量。

一、实验目的

测量不良导体、金属以及空气的导热系数。

二、实验仪器

FD – TC – Ⅱ导热系数测定仪，铜 – 康铜热电偶（二副），多量程数字式毫伏表，杜瓦瓶，橡胶样品，硬铝样品（附绝缘圆盘），游标卡尺。

三、实验原理

① 测定导热系数的原理是法国数学家、物理学家约瑟夫·傅立叶给出的导热方程式。该方程式指出，在物体内部，垂直于导热方向上两个相距为 h、面积为 A，温度分别为 T_1、T_2 的平行平面，在 Δt 内，从一个平面传到另一个平面的热量 ΔQ，满足下述表达式：

$$\frac{\Delta Q}{\Delta t} = \lambda A \cdot \frac{T_1 - T_2}{h} \qquad (2 - 11 - 1)$$

式中，λ 定义为该物质的导热系数，亦称热导率。由此可知，导热系数是表示物质热传导性能的物理量，其数值等于两相距单位长度的平行平面上，当温度相差一个单位时，在单位时间内，垂直通过单位面积所流过的热量，其单位为 $[W/(m \cdot K)]$。

② 本实验装置如图 2 – 11 – 1 所示，固定于底座 D 上的三个测微螺旋头支撑着一铜质散热盘 P，在散热盘 P 上安放一待测的圆盘样品 B，样品 B 上安放一圆筒发热体，圆筒发热体有电热板提供热源，实验时一方面发热体底盘 A 直接将热量通过样品上平面传入样品，另一方面散热盘 P 借助电扇有效稳定地散热，使传入样品的热量不断往样品的下平面散出，当传入的热量等于散出的热量时，样品处于稳定导热状态，这时发热盘 A 与散热盘 P 的温度为一定的数值。当待测样品为空气层时，可利用测片调节三螺旋头使散热盘与发热盘相距一定的距离 h，此即待测空气层的厚度。

③ 由式（2 – 11 – 1）可知通过待测样品 B 盘的热流量 $\Delta Q/\Delta t$ 为：

$$\frac{\Delta Q}{\Delta t} = \lambda \pi R^2 \cdot \frac{T_1 - T_2}{h} \qquad (2 - 11 - 2)$$

式中，h 为样品厚度；R 为圆盘样品的半径；λ 为样品的热导率；T_1、T_2 分别为稳态时样品上下平面的温度。

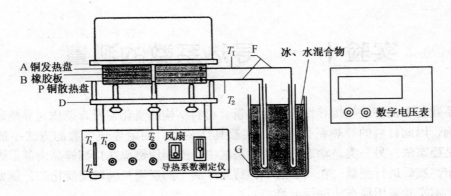

图 2 – 11 – 1　FD – TC – Ⅱ 导热系数测定仪实验装置
A—铜发热盘；*B*—橡胶板；*D*—底座；*F*—热电偶；*G*—杜瓦瓶

④ 实验时，当传热达到稳态时，T_1、T_2 的值将稳定不变，这时可以认为发热盘 A 通过圆盘样品上平面传入的热量与由散热盘 P 向周围环境散热的速率相等。因此可通过散热盘 P 在稳定温度 T_2 时的散热速率求出热流量 $\Delta Q/\Delta t$，方法如下。当读得稳态时的 T_1、T_2 后，将样品盘 B 抽去，让发热盘 A 的底面与散热盘 P 直接接触，使盘 P 的温度上升到比 T_1 高出 1 mV 左右时，再将发热盘 A 移开，覆上圆盘样品（或绝缘圆盘），让散热盘 P 冷却电扇仍处于工作状态，每隔 30 s 读一下散热盘的温度示值，选取邻近 Q_2 的温度数据，求出铜盘 P 在 T_2 的冷却速率 $\left.\dfrac{\Delta T}{\Delta t}\right|_{T=T_2}$，则 $mc\left.\dfrac{\Delta T}{\Delta t}\right|_{T=T_2}=\dfrac{\Delta T}{\Delta t}$ 就是散热盘在 T_2 时的散热速率，得：

$$\lambda = mc\left.\frac{\Delta T}{\Delta t}\right|_{T=T_2} \times \frac{h}{T_1-T_2} \times \frac{1}{\pi R^2} \qquad (2-11-3)$$

式中，m 为铜盘的质量；c 为铜的比热容。

四、实验内容

① 实验装置如图 2 – 11 – 1 所示，在底座 D 的支架上先放上铜散热盘 P、待测样品 B 和带电热板的发热盘 A。实验时，发热盘直接将热量通过样品 B 上平面传入样品，同时散热盘 P 通过电扇有效稳定地散热，使传入样品的热量不断从样品的下平面散出。当传入的热量等于散出的热量时样品处于稳定导热状态，这时，发热盘 A 与散热盘 P 的温度为一定数值。即样品 B 上、下表面各维持稳定的温度 T_1、T_2，它们的数值分别用安插在 A、P 侧面深孔中的热电偶 F 来测量。F 的冷端侵入盛有冰、水混合物的杜瓦瓶 G 中。底座 D 上有开关，可用以变换上、下热电偶的测量回路。数字电压表用以测量温差电动势。（图中未画出）

② 数字电压表的测试。

a. 将换挡开关打置 20 mV 挡。

b. 将数字表的输入端短路，调零。

c. 将数字表的输入端分别接测定仪的正、负极。

③ 稳态法测定。

a. 按实验装置图连接：安置圆筒、圆盘时，须使放置热电偶的洞孔与杜瓦瓶 G、数字电压表位于同一侧。将热电偶冷端插入侵于冰水中的细玻璃管内，玻璃管内要灌入适当的硅油；再将热电偶的热端抹上些硅油，插入到发热盘与散热盘侧面的小孔中；热电偶的输入端接在仪器的正、负输入端；并将样品放置在发热盘与散热盘中用测片辅助，使之充分接触。

b. 使用 200 V 电压挡加热，使上盘的温度达到 $T_1 = 4.00$ mV 即可将开关拨至 110 V 挡待 T_1 降至 3.50 mV 左右时，通过手动调节电热板电压 220 V 挡、110 挡及 0 挡，使 T_1 读数在 ±0.03 mV 范围内，同时每隔 2 min 记下样品上下圆盘 A 和 P 的温度 T_1 和 T_2 的数值，一般认为散热盘的温度 T_2 在 10 min 内不变则达到稳定。

c. 当读得稳态时的 T_1、T_2 后，将样品盘 B 抽去，让发热盘 A 的底面与散热盘 P 直接接触，使盘 P 的温度上升到比 T_2 高出 1 mV 左右时，再将发热盘 A 移开，覆盖上圆盘样品 B（或绝缘圆盘），测定散热盘 P 下降到原来数值所需要的时间就可测出散热盘 P 的散热速率。测金属的导热系数时，T_1、T_2 值为稳态时金属上下两个面的温度，此时散热盘 P 的温度为 T_3 值。此时 P 盘的冷却速率应为 $\dfrac{\Delta T}{\Delta t}\Big|_{T=T_3}$　　所以

$$\lambda = mc\frac{\Delta T}{\Delta t}\Big|_{T=T_3} \times \frac{h}{T_1 - T_2} \times \frac{1}{\pi R^2}$$

测 T_3 的值时可在 T_1、T_2 达到稳定时，将上面测 T_1 或 T_2 的热电偶移下来进行测量。

d. 用游标卡尺多次测量样品圆盘 B 和散热盘 P 的几何尺寸。散热盘 P 的质量 m 约 1 kg，可用药物天平秤衡。

注意事项：

① 使用前将加热盘与散热盘面擦干净。样品两端面擦净后，可涂上少量的硅油，以保证接触良好。

② 在实验过程中，若移开电热板，先应关闭电源；移开热圆筒时，手应握住固定轴转动，以免烫伤手。

③ 实验结束后，切断电源，保管好样品，不要划伤两端面。

④ 数字电压表数字出现不稳定时先检查热电偶及各个环节的接触是否良好，并及时加以修理，再查电压表是否良好。

五、数据表格及记录（表格自拟）

思　考　题

预习思考题：
① 本实验的基本原理是什么？
② 本实验最终需要计算导热系数的公式是哪一个？

课后思考题：
① 实验时多处用的硅油起到什么作用？
② 本实验的误差主要来自于哪一项？
③ 散热盘下方的风扇起什么作用？

实验十二　基本电学仪器的使用

一、实验目的

① 熟悉几种常用电学仪器的原理、性能，并掌握其使用方法。

② 熟悉电学实验的基本操作规程，掌握电学测量结果的表示方法。

二、实验仪器

电流表、电压表、万用电表、电阻箱、滑线变阻器、开关和直流电源。

三、概述

电磁学实验在整个普通物理理论和实验中占有重要的地位和较大的比重，不仅如此，这些仪器在生产实践和科研中也有着广泛的应用。因而，熟悉掌握电学测量仪器的原理、性能及其使用方法，对今后从事实际工作尤为重要。

要掌握基本电学仪器的使用方法，除了要了解仪器的工作原理之外，使用前必须对仪器的规格和性能有所了解，才能保证仪器的完好无损和人身的安全。为此，本实验将详细介绍几种仪器的主要规格、性能和使用注意事项（其他有关内容还应参阅本实验中的附录内容）。通过具体的实验电路的连线、测量，进一步巩固掌握电学实验的基本知识。

1. 检流计

检流计在电路中常用符号Ⓖ表示，它的主要规格有：

① 电流常数：即指针偏转一个分格时，流过检流计线圈的电流强度。通常用安/格或安/分度作单位，电流常数越小，表示检流计越灵敏。如 AC5/1 型检流计的电流常数为 10^{-5} 安/格，表示指针偏转一分格就有 10^{-5} 安电流通过。

② 内阻：即检流计内部线圈的直流电阻，用 R_g 表示。

检流计在使用中虽可不考虑表头的正负极性，但必须注意通过它的电流大小不允许超过检流计本身的量程（其量程＝电流常数×指针满偏的分格数），否则将会损坏检流计。

2. 多量程电表

① 量程：常用的电压和电流表常常是多量程的，如图2-12-1所示为 0～10～20～50～100 mA 多量程直流电流表。它有两个以上接线柱，其中"－"端是共用接线柱，其余接线柱均标有多量程数值，供不同量程选择使用。在实验中要预先估计电路中电流的大小，然后选用比它稍大的量程进行测量。

② 表头内阻：即电表两端的电阻值。一般电流表内阻都很小，不能用万用表对它进行直接测量，否则将使电表损坏，电流表的内阻 R_A 常标于读数面板下方的中心位置处，单位为欧姆（Ω）。在测量电流时应尽量选用

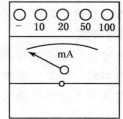

图 2-12-1　多量程直流电流表

内阻小的表头以减小它对测量电路的影响。

　　一般电压表的内阻 R_V 用每伏欧姆数来表示，单位为 Ω/V。如果一万用表直流电压挡的内阻为 20 kΩ/V，若使用 10 V 挡量程进行电压测量，则该挡电压表的内阻 R_V = 量程 × 每伏欧姆数 = 10 V × 20 kΩ/V = 200 kΩ。同理可知，50 V 挡量程的表头内阻 R_V = 1 MΩ。在进行电压测量时，要尽量选用内阻大的表头，以免因表头的接入而使测量电路发生变化。

　　③ 读数视差：在测量过程中读数时，常常因指针的观察角度不同而得到不同数值，这种误差称为"读数视差"。为了减少此误差，读数时必须使视线垂直于刻度表面再读数。对于精密电表，刻度尺下面常附有镜面。只有当指针在镜中的像与指针重合时所对准的刻度数，才是准确的读数值。

　　④ 在电学测量中，用电表进行测量产生的误差主要有两类，即仪器误差和附加误差。

　　a. 仪器误差：由于电表本身结构和制作上的不完善而造成。如：轴承摩擦、分度不准、刻度尺划的不均匀、游丝变质等原因，使得电表的指示值与其真值有误差，通常称为电表的"基本误差"。电表出厂时，都要经过校准，根据其基本误差的大小划定为不同的准确度等级。其中"基本误差"定义为：

$$\gamma_m = \frac{\Delta_{max}}{A_m} \times 100\% = \frac{A - A_0}{A_m} \times 100\%$$

式中，γ_m 为电表的基本误差；Δ_{max} 为电表指示值中的最大绝对误差；A 为电表指示值；A_0 为电表的实际值（或叫真值）；A_m 为电表的上限值（或叫满量程值）。

　　根据国家标准计量局规定，对应电表不同的准确等级，其基本误差不超过表2-12-1中的规定。

表 2 - 12 - 1　电表的各准确度等级的最高基本误差

电表的准确度等级	0.1	0.2	0.5	1.0	1.5	2.5	5.0
基本误差不大于/%	±0.1	±0.2	±0.5	±1.0	±1.5	±2.5	±5.0

　　b. 附加误差：由于外界因素的变动对仪表读数产生影响而造成的误差。外界因素是指仪表周围环境的温度、电场、磁场、振动等。

　　当电表在正常情况下（即符合电表说明书上所要求的工作条件）运用时，一般不会产生附加误差，因而电表的测量误差主要是仪器误差。但经长期使用的电表，其基本误差常常会超过规定的允许值，故要定期进行校准。

　　c. 电表的测量误差及测量结果的表示：由电表的"基本误差"公式，可以通过准确度等级来确定该电表的最大绝对误差。例如，量程为 100 mA 的 0.5 级电表，其最大绝对误差为：

$$\Delta I_{max} = 量程 × 电表等级 \% = 100 × 0.5\% = 0.5 (mA)$$

若用该表进行电流测量时，表针指示的读数为 60.8 mA，则测量结果可表示为：

$$I_测 = (60.8 ± 0.5)\ mA$$

该测量结果的相对误差则为 $\frac{\Delta I}{I} = 0.8\%$。可见，用同一级别的电流表测量不同大小的电流时，各测量结果的最大绝对误差相同，但是小电流的测量结果其相对误差反而大了。因此，在选择电表量程时应使所测值在电表满刻度的 2/3 以上，越接近满刻度误差越小。

3. 旋转式电阻箱

在电路中常用符号 ─◿─ 表示电阻箱或可变电阻器，它的主要规格有：

① 总电阻：即电阻箱上各个旋钮都放在最大值时的总阻值。如附录图 2 - 12 - 4 中电阻箱的总电阻为 99 999.9 Ω。

② 额定功率：即电阻箱中每个电阻的功率额定值，一般为 0.25 W。电阻箱各挡电阻所允许通过的最大电流，可由公式 $I = \sqrt{\dfrac{P}{R}}$ 求得，式中 P 为额定功率，R 为各挡中最小的电阻值。在同一挡中，最大电流都相等。表 2 - 12 - 2 中列出了各挡电阻允许通过的最大电流值，使用中绝对不允许超过相应的最大电流值。

表 2 - 12 - 2　各挡电阻允许通过的最大电流值

各电阻挡 /Ω	×0.1	×1	×10	×100	×1 000	×10 000
最大电流/A	1.5	0.5	0.15	0.05	0.015	0.005

③ 电阻箱的等级：根据其误差大小，电阻箱分为若干个准确度等级，一般有 0.02、0.05、0.1、0.2 级等等，它表示电阻值相对误差的百分数。例如 0.1 级电阻箱所用电阻为 258.5 Ω，其绝对误差为 258.5 × 0.1% = 0.3 Ω。此外，不同级别的电阻箱规定允许的接触电阻标准也不同。如 0.1 级规定每个旋钮的接触电阻不得大于 0.002 Ω。电阻较大时，由接触电阻带来的误差可以忽略不计，为了减少接触电阻，精密电阻箱附设小电阻接头，如附录图 2 - 12 - 4（b）中的接线柱，电阻小于 9.9 Ω 时，用 0 ~ 0.9 Ω 接线柱，大于 10 Ω 的电阻都用 0 ~ 99 999.9 Ω 接线柱。

使用电阻箱要注意不能让电阻值出现零欧姆，否则会损坏其他仪表，一般来说，当电阻值由低挡进位到高挡时，应先将高挡旋钮拨至 1 处，再将低挡旋钮拨至 0。

四、电学实验的基本操作规程

① 实验前的准备：实验前首先要把所用仪器的性能、规格、使用方法搞清楚，准备好数据记录表，然后按电路图的顺序摆好各仪器位置，同时还要兼顾读数、操作的方便。

② 连线：在理解电路原理的基础上按回路顺序进行连线。如图 2 - 12 - 2 分压线路中，首先从电源 E 的一端开始（但电源开关必须断开），用导线将电键 K 和滑线变阻器的全电阻 ab 两端串联，然后再与电源的另

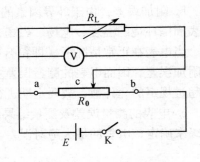

图 2 - 12 - 2　分压线路

一端相连；第二步可以由滑线变阻器的 ac 两端引两根导线到电压表 V 的两端测量分压值；最后再从分压电压 ac 两端引出两根线连到负载 R_L（电阻箱）电路，连线过程中，所有电源最后再连入电路，电键也应先断开，注意电表的正负极不要接错。

③ 检查：连线完毕应先对照电路图自行检查，确认无误后请老师复查，合格后方可通电进行实验。

④ 通电、合电键时，要密切注意各仪表的可能反应，一旦出现异常要及时断开电键。实验中需要暂停时可断开电键。若更换电路，应将各仪器先调到安全状态然后断开电键，拆除电源后改接电路。

⑤ 安全：实验中无论电路中有无高压，都要避免用双手接触电路中导体。

⑥ 整理：实验完毕，先将电源和电键断开，经教师检查数据并认可后方能拆除电线，拆线时务必先拆除电源，最后将所有仪器用具整理好放回原处，经教师允许后再离开实验室。

五、实验内容与步骤

① 记录本实验所用主要仪器 ZX – 21 型电阻箱、滑线变阻器、C19 – V 型直流电压表、C46 – mA 型直流电流表的主要规格参数。

② 观察滑线变阻器在限流电路中的作用。

a. 按图 2 – 12 – 3 所示的电路连线。电路中滑线变阻器（全阻值为 R_0）作限流用，通过电阻 R_L 的电流为：

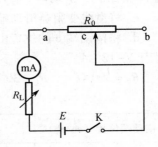

图 2 – 12 – 3　限流电路图

$$I = \frac{E}{R_L + R_{ac}} \qquad (2 – 12 – 1)$$

当滑动端 c 移至 a 端时，$R_{ac} = 0$，电流 $I = \frac{E}{R_L}$ 最大。当 c 移至 b 端时，$R_{ac} = R_{ab} = R_0$，电流 $I = \frac{I}{R_L + R_{ab}}$ 最小。为了保证电路安全，接通电源前要把滑动端 c 移至 b 端，使电路中的初始电流最小。

b. 取电源电压 $E = 5$ V 左右，R_L 选用 50 Ω 电阻值，电流表量程选 100 mA，滑线变阻器用 300 Ω 规格。

c. 将滑线变阻器的滑动端 c 逐渐移向 a 端，观察电路中电流 I 的变化。微调电源电压，使得 c 端移到 a 点时，（$R_0 = 0$）电流表满量程。

d. 将滑线变阻器的滑动端 c 逐渐移向 b 端，要求 c 端的位置由 a 开始每移动全长的 1/5，记录一次电流值的大小，并填入表 2 – 12 – 3 中。

$R_0 = 300$ Ω，$R_L = 50$ Ω，$E = 5 \sim 6$ V，电表准确度级别_____

表 2 – 12 – 3　实验数据记录

滑动端位置 ac/ab	0	1/5	2/5	3/5	4/5	1
选择量程						
电流 I 的值/mA						

e. 断开电键 K，将 R_L 的阻值改为 1 kΩ，毫安表改接 10 mA 量程，其余不变，重复步骤 c、d，进行测量并记录（表格自列）。

f. 比较两次测量结果，试用式（2 – 12 – 1）分析，说明在限流电路中，为使负载 R_L 中的电流随滑动端 c 的位置均匀变化，滑线变阻器的选择原则是什么？

g. 根据所用电流表的准确度级别，求出任一测量值的最大绝对误差 ΔI，并写出任一测

量结果的表达式 $I_测 =$ (_____ ± _____) mA。

③ 观察滑线变阻器在分压电路中的作用。

a. 按图 2－12－2 电路连线。首先电源电压 E 全部加在滑线变阻器 R_0 的两固定端 a、b 上，由滑动端 c 和固定端 a（也可用另一固定端 b）取出分压送到负载 R_L 上，改变 c 的位置，负载 R_L 上即可获得由 0～E 范围内可调的电压值。

当负载 $R_L \gg R_0$ 时，流过 R_{ab} 及 R_{cb} 的电流 I 可视作不变，这时，$V_{ac} + V_{cb} = E$，则有：

$$IR_{ac} + IR_{cb} = E$$

亦即滑线变阻器 R_{ac} 及 R_{cb} 两端的分压值与它们的阻值大小成正比。因此改变滑动端 c 的位置，负载上即可得到任意可调的电压值。为保证电路安全，一般在接通电源前要把滑动端 c 移至中间位置，使输出负载 R_L 的分压值 $0 < V_{ac} < V_m$ 之间。

b. 取电源电压 $E = 10$ V 左右，负载 R_L 取 30 kΩ，滑线变阻器选用 300 Ω 规格，电压表选 10 V 量程，滑动端 c 置于 a 端，检查无误后合上电键 K。

c. 将滑线变阻器滑动端 c 逐渐移至 b 端，微调电源电压，使电压表指针满量程。

d. 将滑动端 c 的位置由 b 向 a 移动，要求每改变全长的 1/5 记录一次 V_{ac} 的大小，并填写表 2－12－4。

$R_0 = 300$ Ω $R_L = 30$ kΩ $E = 10$ V   电表准确度级别_____

表 2－12－4　实验数据记录

滑动端位置（ac/ab）	1	4/5	3/5	2/5	1/5	0
选择量程						
电压 V_{ac}/V						

e. 断开电键 K，改变 R_L 阻值为 500 Ω，其余不变。重复上述步骤，观察并记录数据（表格自列）。

f. 比较 d、e 的测量结果，试分析说明在分压电路中，为了获得均匀调节的输出分压，滑线变阻器的规格应如何选择？

g. 根据所用电压表的级别和量程，求出任一测量值的最大绝对误差 ΔV，并写出测量结果表达式 $V_测 =$ (_____ ± _____) V。

④ 学习用 500 型万用表测量市电 220 V 交流电压和滑线变阻器的电阻值。

a. 按附录的使用说明测量交流电压值。使用前，务必仔细检查转换开关的位置，测量交流电压时，先将转换开关 S_1 旋至 "$\underset{\sim}{V}$" 处，S_2 旋至交流 250 V 挡，测量数据由第二条刻度线（两端标有 "≃" 的那一条刻线）读出。

如已知交流挡的准确度级别为 4.0，求出测量值的最大绝对误差 ΔV，并写出测量结果的表达式 $V_测 =$ (_____ ± _____) V。

b. 测量电阻值。转换开关 S_2 旋至 "Ω" 处，S_1 选择电阻 ×10 Ω 量程，测量前要先将两测试表笔短路，调节 "欧姆零点" 旋钮 R_0，使指针偏转指 0 Ω，然后测量分压电路用的滑线变阻器总电阻 R_{ab}。注意：必须断开电路测量电阻！测量数据由第一条刻度线（两端标有 "Ω" 的那一条刻线）读出。

c. 测量完毕将万用表的转换开关 S_1，S_2 拨回空挡或最高电压挡处。

注意事项：

在电磁学实验中，仪器的合理布置和电路的正确连接，应当予以充分重视。

附录　电学实验中常用实验仪表与设备的介绍

正确熟练地使用电学仪表，是电学实验基本内容之一。每个电学实验都是用一些电表通过一定的线路来测量电学量和它们之间的关系。因此如果仪表使用不当，或线路连接错误，不但使实验无法进行，而且很容易造成仪器损坏。下面简单介绍基本电表的构造性能及使用方法。

1. 检流计（又称电流计）

检流计通常用来作为指零仪表（即确定电路中有无电流通过），有时也用以测微小电流。

① 构造：仪器的主要部分是一块马蹄形磁铁，磁铁的两极间装有一个可转动的线圈。当线圈中有电流通过时，线圈受磁场的力矩作用而转动，同时弹簧游丝又给一个反方向的恢复力矩，使线圈平衡在某一角度，由指针在刻度盘上指示出来。根据电流与磁场的相互作用定律，能够证明线圈的偏转角度与电流的大小成正比，所以从指针所指示的刻度可看出电流的大小。

② 性能：检流计所允许通过的电流是非常小的，最常用的可指示出 10^{-5} A 的电流，所以一般只用作指零仪表，不可任意连在电路中测量较大的电流。

③ 使用方法：使用时常串联一个可变电阻器，以控制电流，保护检流计。检流计内阻（线电阻）一般不大，检流计指针的平衡位置在标尺中间，可以向左右两个方向偏转。

2. 电流表（又称安培表）

电流表用以测量电路中的电流强度。

① 构造：由一个灵敏电流计并联一个很小的分流电阻所构成。指针的平衡位置在标尺的一边。

分流电阻的作用是使线路中的电流大部分通过分流电阻流过去，只有少量的电流通过检流计的线圈，这样就可用来测量较大的电流强度。并联不同大小的分流电阻，同一个仪表可以测量不同大小的电流强度（如附录图 2 - 12 - 1）。

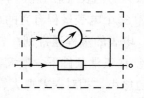

附录图 2 - 12 - 1　电流表的构造

② 使用方法：电流表所能测量的最大电流强度，叫做电流表的量程。必须注意，使用一个电表，不能使待测的电流强度大于电流表的量程，否则容易烧毁电流表，但也不能使待测的电流强度比电流表的量程小得多，否则，电流表偏转太小，测量值的相对误差大。

一个电流表常常有好几个量程，分别用接线柱接出，并在接线柱上标明。

直流电流表有正负极，使用时总是串联在待测电流的电路中，而且电流的方向总是从正极进入电流表，从负极出来（如附录图 2 - 12 - 2）。注意电流表绝不可与电路并联或直接接在电源上，因为电流表的内阻很小，这样做将使电流表烧毁。电流表符号用 A 表示。

3. 电压表（又称伏特计）

① 电压表用来测量一段电路两端的电压。电压表的外形同电流表的外形完全一样，它是由灵敏电流计串联一个大电阻构成的。

② 使用方法：电压表使用时也必须注意它的量程，要根据所测电压的大小选择适当的量程。电压表并联在待测电路上，而且正极连在高电位的点上，负极连在低电位的点上。电压表的读数就是两点间的电压（即电位差）。电压表符号用 V 表示（如附录图 2 – 12 – 3）。

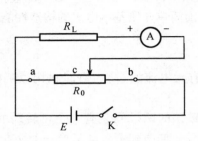

附录图 2 – 12 – 2 电流表的接法

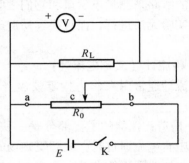

附录图 2 – 12 – 3 电压表的接法

4. 正确使用电表的几点说明

① 很好地分辨电表，熟悉它们的用途。有些电表从外表看来，几乎完全一样，但用途却完全不同。如电压表和电流表外形差不多，但前者用来测量电压，后者用来测量电流，如果把电流表错当电压表使用，则电流表就会马上烧毁。所以，在实验之前要很好地分辨仪表，熟悉它们的用途。

② 电表的准确度等级：电表按其不同准确度分为七级（0.1、0.2、0.5、1.0、1.5、2.5、5.0）。实验准确度要求高一些的，用级数小的表（较贵）；实验准确度差一些的，则用级数大的电表（较经济）。

③ 每个电表量程有它的最大允许值，如超过此值，轻则准确度受到损害，重则电表会损坏。电表的量程通常刻在表上最显著的地位，或者由仪表刻度标明的最大数值来决定。

④ 在正常条件下，最大绝对误差是不变的（即准确度不变），故在满刻度限度内，被测量的值愈小，相对误差愈大，因此，为了提高被测量的准确度，在选用仪表时要尽可能使被测数值在仪表满刻度的 2/3 以上。

⑤ 电路中常用的符号见附录表 2 – 12 – 1、附录表 2 – 12 – 2。

附录表 2－12－1　常用的电气元件符号

名称	符号	名称	符号
原电池或蓄电池	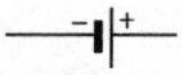	单极开关	
电阻的一般符号 （固定电阻） 变阻器（可调电阻） （1）一般符号 （2）可断开电路的 （3）不断开电路的		双极转换开关	
电容器的一般符号 可变电容器		指示灯泡	
		不连接的交叉导线 连接的交叉导线	
电感线圈 有铁芯的电感线圈 有铁氧体芯不可调线圈	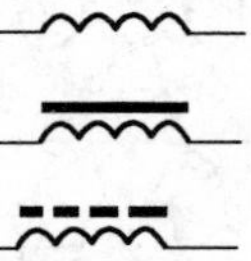	晶体二极管 稳压管	
有铁芯的单相 双线变压器	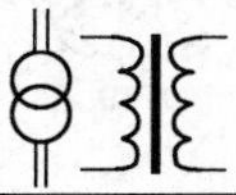	晶体三极管 （P－N－P）	

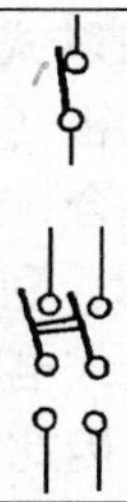

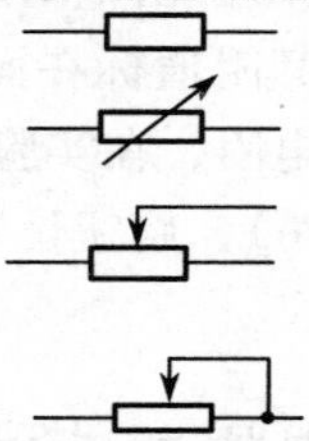

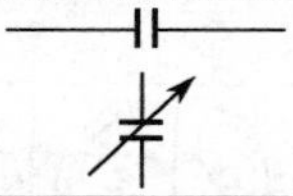

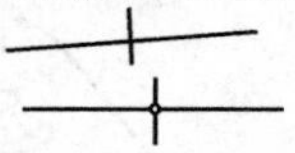

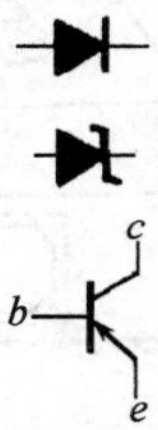

附录表 2－12－2　常见电气仪表面板上的标记

名称	符号	名称	符号
指示测量仪表的一般符号		磁电系仪表	
检流计		静电系仪表	
安培表	A	直流	—
毫安表	mA	交流（单相）	~
微安表	μA	直流和交流	≃
伏特表	V	以标度尺量限 百分数表示的准确度 等级，例如1.5级	1.5
毫伏表	mV	以指示值的百分数表示的准确度等级，例如1.5级	 (1.5)
千伏表	kV	标度尺位置为垂直的	⊥
欧姆表	Ω	标度尺位置为水平的	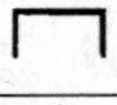
兆欧表	MΩ	绝缘强度试验电压为2 kV	 ☆2
负端钮	－	接地用的端钮	 ⊥
正端钮	＋	调零器	
公共端钮	＊	Ⅱ级防外磁场及电场	

$$R_S = \underline{\hspace{3cm}} \Omega$$

表 2 – 14 – 1　电流表改装测量数据记录　　　　　　　　　　　　　　mA

	I_X	0.00	2.00	4.00	6.00	8.00	10.00
I_S	$I_{S1}(0 \sim 10)$						
	$I_{S2}(10 \sim 0)$						
$I_S = (I_{S1} + I_{S2})/2$							
$\delta I_X = \bar{I}_S - I_X$							

d. 由测出的数据，以 δI_X 为纵坐标，I_X 为横坐标，在直角坐标纸上绘出一条校正曲线。

② 将量限为 $I_g = 50\ \mu A$ 的表头改装成量限为 $V = 5\ V$ 的电压表，并加以校正。R_g 由实验室给出。

a. 根据给定的表头量限 I_g 和内阻 R_g 以及欲改装成的电压表量限 V，用公式（2 – 14 – 4）计算出分压电阻 R_H 的阻值（精确到 1 Ω）。

b. 从 ZX21 型电阻箱上选取 R_H 值与表头串联成电压表（即改装表），按图 2 – 14 – 5 接好校正实验电路。检查电路后方可接通电源实验。图中 $E = 6\ V$。

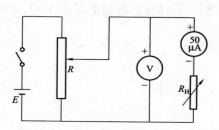

图 2 – 14 – 5　校正电压表的电路

c. 校正扩程后的电表。先调整表头机械零点，再校正量限，最后校正刻度。

校正量限：改装表和标准表都必须同时达满量程。若有差异，可稍调 R_H。

校正刻度：均匀的取 6 个刻度，使电压从小到大，再从大到小地校正，将数据填入表 2 – 14 – 2 中。

$$R_H = \underline{\hspace{3cm}} \Omega$$

表 2 – 14 – 2　电压表改装测量数据记录　　　　　　　　　　　　　　V

	V_X	0.00	1.00	2.00	3.00	4.00	5.00
V_S	$V_{S1}\ (0 \sim 5)$						
	$V_{S2}\ (5 \sim 0)$						
$V_S = (V_{S1} + V_{S2})/2$							
$\delta V_X = \bar{V}_S - V_X$							

d. 由测出的数据，以 δV_X 为纵坐标，V_X 为横坐标，在直角坐标纸上绘出一条校正曲线。

思 考 题

① 如图 2 – 14 – 6 所示，如果电源电压 $E = 6\ V$，量程 I_g 为 1 mA 的改装表头 G 的内阻 R_g 为 100 Ω，改装成量程为 $I = 100\ mA$ 的电流表。100 mA 标准表头内阻约为 10 Ω，那么为了使各电流表的电流不超过量程，此时所选择的滑线变阻器 MN 阻值至少应多大？为了进行校准，

MN 滑线变阻器的规格选多大最合适？（若最小校准电流为 10 mA）

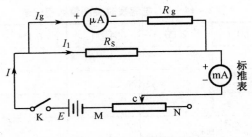

图 2 - 14 - 6 电路图

② 在校准改装后的电压表的量程时，若标准电压表读数为 5.00 V，而改装的表头为 4.80 V，此时与该表头串联的电阻 R_a 应增大，还是减小？如何依计算出的误差值确定表的级别，若计算出的基本误差 $A = 1.8\%$，其他指标均合格，那么此表应定为多少级？

实验十五 用惠斯登电桥测电阻

桥式电路在电磁测量中应用极广，它是一种应用比较法进行测量的仪器。利用电桥电路可以测量电阻、电容、电感、频率、温度等许多物理量。根据用途不同，电桥的种类繁多，惠斯登电桥仅是其中的一种，它能较准确的测量 $10 \sim 10^6 \ \Omega$ 中等阻值的电阻。

一、实验目的

① 掌握用惠斯通电桥测电阻的原理和方法。
② 学会正确使用厢式惠斯登电桥。

二、实验仪器

直流电源一台，板式滑线电桥，ZX25a 标准电阻箱一个，AC – 5 直流检流计一个，3 kΩ 滑线变阻器一个，被测电阻等。

三、实验原理

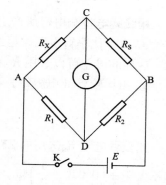

图 2 – 15 – 1 惠斯登电桥原理图

将 4 个电阻 R_1、R_2、R_X、R_S 连接成一个四边形 ACBD，每一边叫做电桥的一个臂，在对角 A 和 B 之间加上电压，在另一对角 C 和 D 之间连接检流计 G，就构成一惠斯登电桥（如图 2 – 15 – 1）。调节桥臂电阻阻值，使检流计指针指零（桥上无电流通过），这时 C、D 两点电压相等，称为电桥平衡。当电桥平衡时，R_1 和 R_X 上的电压相等，R_2 和 R_S 上的电压相等。通过 R_1 和 R_2 的电流相等，设为 I_1；通过 R_X 和 R_S 的电流也相等，设为 I_2，于是有：

$$I_1 R_1 = I_2 R_X; \qquad I_1 R_2 = I_2 R_S$$

两式相除，则：$\dfrac{R_1}{R_2} = \dfrac{R_X}{R_S}$

所以：

$$R_X = \frac{R_1}{R_2} \times R_S \qquad\qquad (2 - 15 - 1)$$

由公式（2 – 15 – 1）知，被测电阻 R_X 的阻值可由 3 个标准电阻 R_1、R_2、R_S 的阻值求得，同时电桥的平衡与工作电流无关，这是用比较法测量的特点。上式也可写成：

$$R_X = K R_S \qquad\qquad (2 - 15 - 2)$$

式中，K 为电桥的比率；R_1、R_2 为比率臂；R_S 为比较臂；R_X 为测量臂。把被测电阻接在测量臂上，选好比率臂的适当比率 K，调节比较臂电阻 R_S 的阻值，总能使电桥达到平衡。把所得 K 和 R_S 的数值代入式（2 – 15 – 2）即可求得 R_X 的阻值。

四、实验内容

板式滑线电桥是用 1 m 长且粗细均匀的电阻丝代替比率臂电阻 R_1 和 R_2（如图 2 - 15 - 2）。比率臂的电阻值比就等于电阻丝的长度之比，所以有：

$$K = R_1/R_2 = L_1/L_2$$

代入式（2 - 15 - 2），则

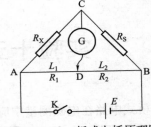

图 2 - 15 - 2　板式电桥原理图

$$R_X = KR_X = \frac{L_1}{L_2}R_S \qquad (2-15-3)$$

由公式（2 - 15 - 3）不难证明，当触点 D 放置在 $L_1 = L_2 = 50$ cm 处，测量误差最小（用求极值的方法，可自己证明）。

为了消除电阻丝粗细不均匀或比率臂两端电阻不准所引起的误差，可将被测电阻和比较臂电阻对调（注意对调测量时，要保持整个测量系统条件不变）再测一次，结果得：

$$R_{X1} = \frac{L_1}{L_2}R_{S右}; \qquad R_{X2} = \frac{L_2}{L_1}R_{S左}$$

将两式相乘再开方可求得被测电阻的平均值：

$$\overline{R_X} = \sqrt{R_{S左}R_{S右}} \qquad (2-15-4)$$

用线式电桥测电阻所产生的误差主要有三个方面：

① 由于比率臂电阻丝粗细不均匀，或两端电阻值不准确而产生的误差。

这样的误差可以采用 R_X 和 R_S 对调测量来消除，由式（2 - 15 - 4）求得被测电阻 R_X。

② 由比较臂（电阻箱）不准产生的误差即

$$\frac{\Delta R_X}{R_X} = \frac{1}{2}\left(\frac{\Delta R_{S右}}{R_{S右}} + \frac{\Delta R_{S左}}{R_{S左}}\right) \approx \frac{\Delta R_S}{R_S}$$

比较臂电阻 R_S 选用的 ZX25a 型标准电阻箱。其相对误差用被接入电阻值的百分数表示，为不大于 $\pm\left(0.020 + \dfrac{1}{R_S}\right)\%$

根据所用电阻箱准确等级可得：

$$\frac{\Delta R_S}{R_S} = \pm\left(0.020 + \frac{1}{R_S}\right)\% \qquad (2-15-5)$$

其中 0.020% 是电阻箱等级电感的相对误差，$\dfrac{1}{R_S}\%$ 是对调对误差的影响。

③ 由于电桥灵敏度的限制所产生的误差。

用桥路平衡法测电阻，R_X 的测量值准确与否，除了取决于 R_1、R_2 值是否准确以外，还取决于电桥的平衡程度。当检流计指针指零时，桥上的电流并不是绝对为零，而是 I_g 小到无法用检流计检测而已。这样必定会带来测量误差。为了定量的研究这个误差，引入电桥相对灵敏度 S_i 的概念。它定义为：

$$S_i = \frac{\Delta n}{\Delta R_S/R_S} = \frac{\Delta nR_S}{\Delta R_S}$$

即：当电桥平衡以后，使比较臂电阻的阻值改变一个微小量（增加或减少）ΔR_S，使检

流计指针偏转 Δn 个小格，检流计指针偏转的个数 Δn 与比较臂电阻相对变化量 $\Delta R_{\mathrm{S}}/R_{\mathrm{S}}$ 的比值，称为电桥的相对灵敏度。电桥的相对灵敏度与下列因素有关：

① 与检流计灵敏度成正比。

② 与电源电动势成正比。

③ 与被测电阻的阻值和其他桥臂阻值的配置有关。

由于电桥相对灵敏度的限制，被测电阻所产生的相对误差为相对灵敏度的倒数。即

$$E_{\mathrm{R_X}} = \frac{1}{S_{\mathrm{i}}} \times 100\% \qquad\qquad (2-15-6)$$

因此，由以上误差分析可知：用线式电桥测电阻，关于比率臂电阻丝粗细不均匀所产生的误差用对调法测量已消除。测量结果的误差主要由比较臂电阻箱的误差和电桥相对灵敏度引起的测量误差来决定，所以 R_{X} 的相对误差可用下式求得：

$$E_{\overline{\mathrm{R_X}}} = \frac{\Delta R_{\mathrm{X}}}{R_{\mathrm{X}}} = \left(0.020 + \frac{1}{\sqrt{R_{\mathrm{S左}} \times R_{\mathrm{S右}}}} + \frac{100}{S_{\mathrm{i}}} \right)\% \qquad (2-15-7)$$

五、实验操作步骤

① 照图 $2-15-3$ 连好线路，经仔细检查后方可进行测量。

② 接通电源之前，将滑线变阻器 R 调到阻值最大，估计一下被测电阻 R_{X} 的阻值，调节 R_{S} 接近被测电阻的阻值，然后合上电键 K，接通电源。把连接检流计的扣键触头轻轻碰触电阻丝的中点（即 $L_1 = L_2 = 50$ cm），观察检流计指针偏转情况，如果偏转过大，可马上断开扣键触头 D，改变一下 R_{S} 的阻值，再使触头 D 碰触电阻丝的中心。再次观察检流计指针的偏转情况。如果检流计指针反向偏转，则说明被测电

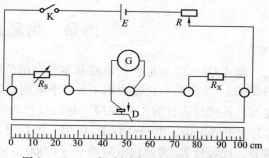

图 $2-15-3$　板式滑线电桥测电阻的电路

阻的阻值在两次选择的 R_{S} 之间。这时再次改变 R_{S} 的阻值，使检流计的指针不再发生明显的偏转。然后，把滑线变阻器 R 调到电阻为零，以提高测量灵敏度。这时检流计指针可能偏离零点，再细心调节 R_{S} 直至检流计指针为零，电桥达到平衡。因为比率臂的比率 $K = L_1/L_2 = 1$，所以 R_{S} 的阻值就是被测电阻 R_{X} 的阻值，记下 R_{S} 的阻值。紧接着测量电桥的灵敏度，当电桥平衡后，改变 R_{S} 的阻值为 R_{S}'，使检流计的指针偏转 10 个小格（指针左偏或右偏均可），求出 R_{S} 的变化量 ΔR_{S}

$$\Delta R_{\mathrm{S}} = |R_{\mathrm{S}} - R_{\mathrm{S}}'|$$

③ 将 R_{S} 和 R_{X} 对调，重复上述步骤进行测量，把所测得的数据记录入表 $2-15-1$ 中（要求上述步骤测两个电阻）。

表 $2-15-1$　测量数据记录 $K = L_1/L_2$　　　　　　　　　　　　　　Ω

项目　　顺序	被测电阻标称值 $R_{\mathrm{X1}} = 200$		被测电阻标称值 $R_{\mathrm{X1}} = 68$	
	左	右	左	右
R_{S}				
R_{S}'				
ΔR_{S}				

六、数据处理

① 由电桥相对灵敏度 S_i 的定义可求得：

$$S_{i左} = \frac{\Delta n}{\Delta R_{S左}/R_{S左}} = S_{i右} = \frac{\Delta n}{\Delta R_{S右}/R_{S右}} =$$

$$\overline{S_i} = \frac{1}{2}(S_{i左} + S_{i右}) = \qquad （精确到整数）$$

② 计算待测电阻 R_X 的相对误差：

$$E_{\overline{R_X}} = \frac{\Delta R_X}{R_X} = \left(0.020 + \frac{1}{\sqrt{R_{S左}R_{S右}}} + \frac{100}{S_i}\right) =$$

③ 计算待测电阻 R_X 的平均值：

$$\overline{R_X} = \sqrt{R_{S左}R_{S右}} =$$

④ 计算待测电阻 R_X 的绝对误差：

$$\Delta R = E_{\overline{R_X}} \times \overline{R_X} = \underline{\qquad} \ \Omega$$

⑤ 实验结果表达式：

$$R_X = (\overline{R_X} \pm \Delta R_X) = \underline{\qquad} \ \Omega$$

附录 用箱式电桥测电阻

箱式 QJ-23 型电桥的电路基本与自组桥相同，其内部线路如图 2-15-4 所示，面板如图 2-15-5 所示。仪器内附 4.5 V 干电池，若需外接电源则由 "B" 的 "+、-" 接线柱接入；外接检流计时由 "外接" 接线柱接入，同时将 "内接" 接线柱用金属片短接。倍率 C 为十进固定值，共分 0.001，0.01，0.1，1，10，100，1 000 七挡，由左上角的倍率旋钮调节。比较臂 R_0 为四位电阻箱（×1 000，×100，×10，×1 四个钮组成）。待测电阻接到 R_X 接线柱两端。"B"，"G" 按键相当于自组桥中的开关 K_1，K_2，按下即可接通电源和检流计。

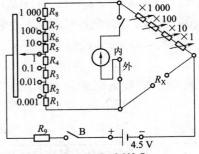

$R_1 = R_8 = 0.999 \ \Omega$ $R_2 = R_7 = 8.902 \ \Omega$
$R_3 = R_6 = 81.009 \ \Omega$ $R_4 = R_5 = 409.09 \ \Omega$ $R_9 = 10 \ \Omega$

图 2-15-4 箱式电桥电路图

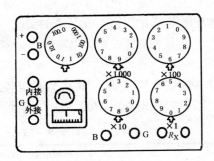

图 2-15-5 箱式电桥面板

① 开放检流计。如图 2-15-6 所示，先将"内接"接线柱的金属片松开并接到"外接"接线柱之间，使检流计指针自由摆动，调节检流计使指针指零。

② 选好倍率。将待测电阻接到 R_X 接线柱两端。根据待测电阻大小，将倍率钮旋选到适当的倍率值（参照表 2-15-2），使测量结果有四位有效数字，并调好比较臂旋钮 R_0 的值使桥路接近平衡。

③ 进行测量。用跃按法按下"B"、"G"按键（顺序是先按"B"后按"G"，先断"G"后断"B"），根据检流计指针偏转情况适当增减 R_0 使电桥平衡，直到反复通断"B"、"G"按键时指针无任何摆动才算真正达到平衡。

图 2-15-6　AC5/1 型指针
式检流计面板

④ 数据处理。依上法分别测量三个电阻，将倍率值，比较臂电阻 R_0 值及示出的 R_X 值填入数据表格（自列），并参照表 2-15-2 要求计算误差限 ΔR_X，将测量结果表示成：

表 2-15-2　箱式电桥倍率值

倍率	R_X/Ω	电压/V	基本误差/%
×0.001	1 ~ 9.999	4.5	±1
×0.01	10 ~ 99.99	4.5	±0.5
×0.1	100 ~ 999.9	4.5	
×1	1 000 ~ 9 999	6	±0.2
×10	10 000 ~ 40 000	15	
	50 000 ~ 99 990	20	
×100	1 000 00 ~ 9 999 90	15	±0.5
×1 000	1 000 000 ~ 9 999 000	15	±1

$$R_X = \overline{R}_X \pm \Delta R_X$$

测量完毕，将金属片松开接到"内接"接线柱之间，使内附检流计线圈短路，以防震坏检流计。

五、注意事项

① 按下开关 B 和 G 的时间不能太长。

② 各线接头必须干净并接牢，以防因桥路不通使检流计指针不动或总偏向一侧。

③ 注意观察在增加或减小 R_0 阻值时，检流计指针是偏向"＋"方还是偏向"－"方，以便测量时根据电桥平衡条件有目的地进行调节，不得随意扭动旋钮。

④ 调节比较臂四个旋钮时应由大到小进行，当大阻值的旋钮转过一格，检流计指针越过零点偏向另一侧时，说明电桥平衡就在这两挡阻值之间。根据情况再增、减下一个较小阻值的旋钮。

⑤ 若待测电阻上未标明出厂值，可先用万用表粗测待测电阻值，然后再用电桥测量。

思 考 题

预习思考题：

① 电桥由哪几部分组成？电桥的平衡条件是什么？

② 测量时，若比较臂 4 个旋钮都旋到最大仍不能使电桥平衡，应如何改变倍率？若只用 3 个旋钮就达平衡，应如何改变倍率？为什么？

③ 在调节电桥平衡过程中，如何根据实际测量电路和检流计指针偏转方向判断 B、D 两点电位的高低？如何增减 R_0 的阻值才能使电桥平衡？为什么？

课后思考题：

当电桥达到平衡后，若互换电源与检流计位置，电桥是否仍保持平衡？为什么？

实验十六 用模拟法测绘静电场

一、实验目的

① 学习用模拟法测绘静电场的原理和方法。

② 加深对电场强度和电位概念的理解。

二、实验仪器

JDC – IV 型静电场描绘实验仪一套，直流稳压电源（10 V，1 A）一台，导线等。

三、实验原理

在一些科学研究和生产实践中，往往需要了解带电体周围静电场的分布情况。一般来说，带电体的形状比较复杂，很难用理论方法进行计算。用实验手段直接研究或测绘静电场通常也很困难。因为仪表（或其探测头）放入静电场，总要使被测场原有分布状态发生畸变；而且除静电式仪表之外的一般磁电式仪表不能用于静电场的直接测量，因为静电场中不会有电流流过，对这些仪表不起作用。所以，人们常用"模拟法"间接测绘静电场分布。

1. 模拟的理论依据

模拟法在科学实验中有着极其广泛的应用，其本质是用一种易于实现、便于测量的物理状态或过程的研究去代替另一种不易实现、不便测量的状态或过程的研究。

为了克服直接测量静电场的困难，可以仿造一个与待测静电场分布完全一样的电流场，用容易直接测量的电流场去模拟静电场。

静电场与稳恒电流场本是两种不同的场，但是它们两者之间在一定条件下具有相似的空间分布，即两种场遵守的规律在形式上相似。它们都可以引入电位 U，而且电场强度 $E = -\Delta U$；它们都遵守高斯定理。对静电场，电场强度在无源区域内满足以下积分关系：

$$\oint_S E \cdot \mathrm{d}S = 0$$

对于稳恒电流场，电流密度矢量 J 在无源区域内也满足类似的积分关系：

$$\oint_S J \cdot \mathrm{d}S = 0$$

由此可见，E 和 J 在各自区域中满足同样的数学规律。若稳恒电流场空间均匀充满了电导率为 σ 的不良导体，不良导体内的电场强度 E' 与电流密度矢量 J 之间遵循欧姆定律：

$$J = \sigma E'$$

因而，E 和 E' 在各自的区域中也满足同样的数学规律。在相同边界条件下，由电动力学的理论可以严格证明：像这样具有相同边界条件的相同方程，其解也相同。因此，可以用稳恒电流场来模拟静电场。也就是说静电场的电力线和等势线与稳恒电流场的电流密度矢量和等位线具有相似的线分布，所以测定出稳恒电流场的电位分布也就求得了与它相似的静电场的电场分布。

2. 模拟长同轴圆柱形电缆的静电场

利用稳恒电流场与相应的静电场在空间形式上的一致性，则只要保证电极形状一定，电极电位不变，空间介质均匀，在任何一个考察点，均应有 $U_{稳恒} = U_{静电}$ 或 $E_{稳恒} = E_{静电}$。下面以同轴圆柱形电缆的静电场和相应的模拟场——稳恒电流场来讨论这种等效性。

如图 2-16-1（a）所示，在真空中有一半径为 r_a 的长圆柱形导体 A 和一个内径为 r_b 的长圆筒形导体 B，它们同轴放置，分别带等量异号电荷。由高斯定理可知，在垂直于轴线的任一个截面 S 内，都有均匀分布的辐射状电力线，这是一个与坐标 z 无关的二维场。在二维场中电场强度 E 平行于 xy 平面，其等位面为一簇同轴圆柱面。因此，只需研究任一垂直横截面上的电场分布即可。

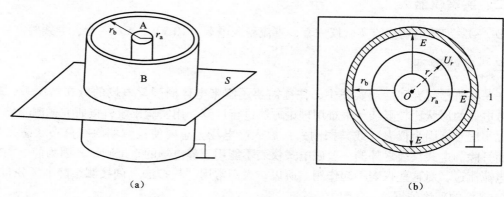

（a）   （b）

图 2-16-1　同轴电缆及其静电场分布

（a）同轴电缆；（b）同轴电缆截面的静电场分布

距轴心半径为 r 处〔如图 2-16-1（b）〕的各点电场强度为：

$$E = \frac{\lambda}{2\pi\varepsilon_0 r}$$

式中，λ 为 A（或 B）的电荷线密度。其电位为：

$$U_r = U_a - \int_{r_a}^{r} E dr = U_a - \frac{\lambda}{2\pi\varepsilon_0}\ln\frac{r}{r_a} \tag{2-16-1}$$

若 $r = r_b$ 时 $U_b = 0$，则有：

$$\frac{\lambda}{2\pi\varepsilon_0} = \frac{U_a}{\ln\dfrac{r_b}{r_a}}$$

代入式（2-16-1）得：

$$U_r = U_a \frac{\ln\dfrac{r_b}{r}}{\ln\dfrac{r_b}{r_a}} \tag{2-16-2}$$

距中心 r 处场强为：

$$E_r = -\frac{\mathrm{d}Ur}{\mathrm{d}r} = \frac{U_a}{\ln\dfrac{r_b}{r_a}} \cdot \frac{1}{r} \qquad (2-16-3)$$

若上述圆柱形导体 A 与圆筒形导体 B 之间不是真空，而是均匀地充满了一种电导率为 σ 的不良导体，且 A 和 B 分别与直流电源的正负极相连，见图 2-16-2，则在 A，B 间将形成径向电流，建立起一个稳恒电流场 E_r'。可以证明不良导体中的电场强度 E_r' 与原真空中的静电场 E_r 是相同的。

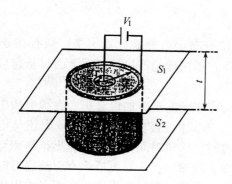 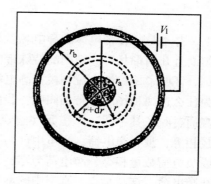

图 2-16-2 同轴电缆的模拟模型

（a）同轴电缆模型；（b）模型的静电场分布

取厚度为 t 的圆柱形同轴不良导体片来研究。设材料的电阻率为 ρ（$\rho = 1/\sigma$），则从半径为 r 的圆周到半径为 $r+\mathrm{d}r$ 的圆周之间的不良导体薄块的电阻为：

$$\mathrm{d}R = \frac{\rho}{2\pi t} \cdot \frac{\mathrm{d}r}{r} \qquad (2-16-4)$$

半径 r 到 r_b 之间的圆柱片电阻为：

$$R_{rr_b} = \frac{\rho}{2\pi t}\int_r^{r_b} \frac{\mathrm{d}r}{r} = \frac{\rho}{2\pi t}\ln\frac{r_b}{r} \qquad (2-16-5)$$

由此可知，半径 r_a 到 r_b 之间圆柱片的电阻为：

$$R_{r_a r_b} = \frac{\rho}{2\pi t}\ln\frac{r_b}{r_a} \qquad (2-16-6)$$

若设 $U_b = 0$，则径向电流为：

$$I = \frac{U_a}{R_{r_a r_b}} = \frac{2\pi t U_a}{\rho\ln\dfrac{r_b}{r_a}} \qquad (2-16-7)$$

距中心 r 处的电位为：

$$U_r = IR_{rr_b} = U_a\frac{\ln\dfrac{r_b}{r}}{\ln\dfrac{r_b}{r_a}} \qquad (2-16-8)$$

则稳恒电流场 E_r' 为：

$$E'_r = -\frac{dU'_r}{dr} = \frac{U_a}{\ln\frac{r_b}{r_a}} \cdot \frac{1}{r} \qquad (2-16-9)$$

可见式（2-16-8）与式（2-16-2）具有相同形式，说明稳恒电流场与静电场的电位分布函数完全相同，即柱面之间的电位 U_r 与 $\ln r$ 均为直线关系，并且 U_r/U_a 即相对电位仅是坐标的函数，与电场电位的绝对值无关。显而易见，稳恒电流的电场 E' 与静电场 E 的分布也是相同的，因为：

$$E' = -\frac{dU'_r}{dr} = -\frac{dU_r}{dr} = E$$

实际上，并不是每种带电体的静电场及模拟场的电位分布函数都能计算出来，只有在 σ 分布均匀而且几何形状对称规则的特殊带电体的场分布才能用理论严格计算。上面只是通过一个特例，证明了用稳恒电流场模拟静电场的可行性。

为什么这两种场的分布相同呢？我们可以从电荷产生场的观点加以分析。在导电质中没有电流通过时，其中任一体积元（宏观小，微观大，即其内仍包含大量原子）内正负电荷中数量相等，没有净电荷，呈电中性。当有电流通过时，单位时间内流入和流出该体积元内的正或负电荷数量相等，净电荷为零，仍然呈电中性。因而，整个导电质内有电流通过时也不存在净电荷。这就是说，真空中的静电场和有稳恒电流通过时导电质中的场都是由电极上的电荷产生的。事实上，真空中电极上的电荷是不动的，在有电流通过的导电质中，电极上的电荷一边流失，一边由电源补充，在动态平衡下保持电荷的数量不变。所以这两种情况下电场分布是相同的。

四、模拟条件

模拟方法的使用有一定的条件和范围，不能随意推广，否则将会得到荒谬的结论。用稳恒电流场模拟静电场的条件可以归纳为下列三点：

① 稳恒电流场中的电极形状应与被模拟的静电场中的带电体几何形状相同。

② 稳恒电流场中的导电介质应是不良导体且电导率分布均匀，并满足 $\sigma_{电极} > \sigma_{导电质}$ 才能保证电流场中的电极（良导体）的表面也近似是一个等位面。

③ 模拟所用电极系统与被模拟电极系统的边界条件相同。

五、静电场的测绘方法

由式 2-16-3 可知，场强 E 在数值上等于电位梯度，方向指向电位降落的方向。考虑到 E 是矢量，而电位 U 是标量，从实验测量来讲，测定电位比测定场强容易实现，所以可先测绘等位线，然后根据电力线与等位线正交的原理，画出电力线。这样就可由等位线的间距确定电力线的疏密和指向，将抽象的电场形象地反映出来。

六、实验装置

JDC-IV 型静电场描绘实验仪由水槽、双层固定支架、同步探针和专用电源组成，如图 2-16-3 所示，支架采用双层式结构，上层放记录纸，下层放水槽。电极已直接制作在水槽中，并将电极引线接出到外接线柱上，电极间制作有电导率远小于电极且各向均匀的导电介质。接通直流电源（10 V）就可进行实验。在水槽内和记录纸上方各有一探针，通过金属探针臂把两探针固定在同一手柄座上，两探针始终保持在同一铅垂线上。移动手柄座时，可保证两探针的运动轨迹一样。由水槽内的探针找到待测点后，按一下记录纸上方的探针，在记录纸上留下一个对应的标记。移动同步探针在水槽内找出若干电相位同的点，由此即可描绘出等位线。

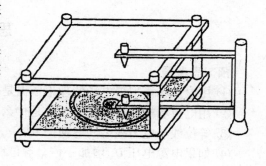

图 2 - 16 - 3 电场描绘仪

七、实验内容与步骤

1. 描绘同轴电缆的静电场分布

① 利用图 2 - 16 - 4 所示电路图，将水槽中内外两电极分别与直流稳压电源的正负极相连接，电压表正负极分别与同步探针及电源相连接，移动同步探针测绘同轴电缆的等位线簇。要求相邻两等位线间的电位差为 1 V，共测 6 条等位线，每条等位线测定出 8 个均匀分布的点。以每条等位线上各点到原点的平均距离 $\bar{r}_{测}$ 为半径画出等位线的同心圆簇。然后根据电力线与等位线正交原理，再画出电力线，并指出电场强度方向，得到一张完整的电场分布图。在坐标纸上做出相对电位 U_r/U_a 和 $\ln \dfrac{r_b}{r_{测}}$ 的关系曲线，并与理论结果比较，再根据曲线的性质说明等位线是以内电极中心为圆心的同心圆。

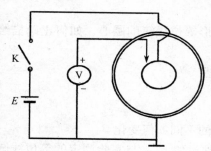

图 2 - 16 - 4 电路图

八、实验数据及处理

① 在坐标纸上做出等位圆图，用虚线画出电力线，注意电力线的方向和起止点。

② 在同一张坐标低上做出由数据表格提供数据的两条曲线图：理论图线和实验测量图线。其中横轴为 $\ln \dfrac{r_b}{r_{测}}$，纵轴为 $\dfrac{U_r}{U_a}$。数据填入表 2 - 16 - 1。

$U_a = 10.0$ V　　$r_a = 10.0$ mm　　$r_b = 50.0$ mm

表 2 - 16 - 1　实验数据记录

U_r/V	10.0	5.0	4.0	3.0	2.0	1.0	0
$\bar{r}_{测}$/mm							
$\ln \dfrac{r_b}{r_{测}}$							
$r_{理}$/mm							
$\dfrac{\|r_{理} - \bar{r}_{测}\|}{r_{测}} \times 100\%$							
$\dfrac{U_r}{U_a}$							

思 考 题

预习思考题：

① 用电流场模拟静电场的理论依据是什么？

② 用电流场模拟静电场的条件是什么？

③ 等位线与电力线之间有何关系？

④ 如果电源电压 U_a 增加一倍，等位线和电力线的形状是否发生变化？电场强度和电位分布是否发生变化？为什么？

课后思考题：

① 根据测绘所得等位线和电力线的分布，分析哪些地方场强较强，哪些地方场强较弱？

② 从实验结果能否说明电极的电导率远大于导电介质的电导率？如不满足这条件会出现什么现象？

③ 在描绘同轴电缆的等位线簇时，如何正确确定圆形等位线簇的圆心，如何正确描绘圆形等位线？

④ 由式（2－16－2）可导出圆形等位线半径 r 的表达式为：

$$r_{理} = r_b \cdot \left(\frac{r_a}{r_b}\right)^{U_r/U_a}$$

试讨论 U_r 及 E_r 与 r 的关系，说明电力线的疏或密随 r 值的不同如何变化。

⑤ 由上题给出的 r 的表达式计算各等位线圆半径的理论值 $r_{理}$，与实验测定的等位线圆半径 $\bar{r}$ 比较求百分误差，分析误差原因。

实验十七 用双臂电桥测低电阻

一、实验目的

① 掌握双臂电桥测量低电阻的原理和使用方法。

② 用双臂电桥测导体的电阻率。

二、实验仪器

QJ44 型便携式直流双臂电桥一台，被测金属导线两根，千分尺一把。

三、实验原理

电阻按阻值的大小来分，大致可分为三类，在 1 Ω 以下的为低电阻（如电机电枢绕组，分流器电阻等）；在 1 Ω 到 100 kΩ 之间的为中值电阻；100 kΩ 以上的为高电阻。不同阻值的电阻测量方法不尽相同，它们都有本身的特殊问题。例如用惠斯登电桥测中值电阻时，可以忽略导线本身电阻和接点处的接触电阻（总称附加电阻）的影响。但在测低电阻时，就不能忽略。一般说，附加电阻约为 0.001 Ω 左右。若所测低电阻为 0.01 Ω，则附加电阻的影响可达 10%，要是被测电阻为 0.001 Ω 以下，就无法得出测量结果了。为了避免附加电阻的影响，人们又设计了双臂电桥（又称开尔文电桥），例如 QJ44 型双臂电桥。它能精确测量 $10^{-4} \sim 11$ Ω 的直流低电阻。

图 2 – 17 – 1 的线路是惠斯登电桥电路，在电桥平衡时有：$R_x = \dfrac{R_1}{R_2} R_0$。

由图 2 – 17 – 1 可见，桥式电路有 12 根导线和 A，B，C，D 4 个接点，其中由 A，C 点到电源和由 B，D 点到检流计的导线电阻可分别并入电源和检流计的"内阻"，对测量结果没有影响。但桥臂的 8 根导线和 4 个接点的电阻会影响测量结果。

在电桥中，比例臂 R_1 和 R_2 可用较高的电阻。因此和这两个电阻相连的 4 根导线（由 A 到 R_1，C 到 R_2 和由 D 到 R_1，D 到 R_2 的导线）的电阻不会对测量结果带来太大影响，可以忽略不计。因待测电阻 R_x 是一低电阻，比较臂 R_0 也应该是低电阻，于是和 R_0、R_x 相连的导线及接触电阻就会影响测量结果。

为了消除上述电阻的影响，采用图 2 – 17 – 2 的线路。与图 2 – 17 – 1 比较看出，为避免图中由 A 到 R_x 和由 C 到 R_0 的导线电阻，可将 A 到 R_x 和 C 到 R_0 的导线尽量缩短，最好缩短为零。使 A 点直接与 R_x 相连，C 点直接和 R_0 相接。要消除 A，C 点的接触电阻，进一步又将 A 点分成 A_1，A_2 两点，C 点分成 C_1，C_2 两点。使 A_1，C_1 点的接触电阻并入电源的内阻。A_2，C_2 点的接触电阻并入 R_1，R_2 的电阻中。但图 2 – 17 – 1 中 B 点的接触电阻和由 B 到 R_x 及由 B 到 R_0 的导线电阻就不能并入低电阻 R_x，R_0 中。因而对惠斯登电桥进行改良，在线路中增加了两个电阻 R_3，R_4。让 B 点移到跟 R_3，R_4 及检流计相连。这样只剩下 R_x 和 R_0 相连的附加电阻了。同样，把和 R_x，R_0 相连的两个接触点各自分开，分成 B_1，B_2 和 B_3，

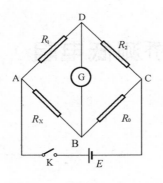

图 2 – 17 – 1　惠斯登电桥电路

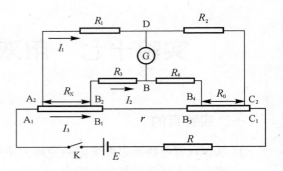

图 2 – 17 – 2　改进后的电路图

B_4。这时 B_2，B_4 的接触电阻并入附加的两个较高的电阻 R_3，R_4 中，将 B_1、B_3 用粗导线相连，并设 B_1、B_3 间连线电阻与接触电阻的总和为 r。后面还要证明，适当调节 R_1，R_2，R_3，R_4 和 R_0 的阻值。就可以消去附加电阻 r 对测量结果的影响。调节电桥的平衡过程，就是调整电阻 R_1，R_2，R_3，R_4 和 R_0，使检流计中的 I_g 等于零的过程。

当电桥达到平衡，即检流计中的电流 I_g 等于零时，通过 R_1 和 R_2 的电流相等，图中以 I_1 表示；通过 R_3 和 R_4 的电流相等，以 I_2 表示；通过 R_x 和 R_0 的电流也相等，以 I_3 表示。因 B，D 两点的电相位等，故有：

$$I_1 R_1 = I_3 R_x + I_2 R_3$$
$$I_1 R_2 = I_3 R_0 + I_2 R_4$$
$$I_2 (R_3 + R_4) = (I_3 - I_2) r$$

联解得到：

$$R_x = \frac{R_1}{R_2} R_0 + \frac{r R_4}{R_3 + R_4 + r} \left(\frac{R_1}{R_2} - \frac{R_3}{R_4} \right) \qquad (2 - 17 - 1)$$

现在来讨论式（2 – 17 – 1）等号右边的第二项。如果 $R_1 = R_3$ 及 $R_2 = R_4$ 或者 $R_1/R_2 = R_3/R_4$ 则式（2 – 17 – 1）右边第二项为零，即：

$$\frac{r R_4}{R_3 + R_4 + r} \left(\frac{R_1}{R_2} - \frac{R_3}{R_4} \right) = 0$$

这时式（2 – 17 – 1）变成：

$$R_x = \frac{R_1}{R_2} R_0 \qquad (2 - 17 - 2)$$

可见，当电桥平衡时，式（2 – 17 – 2）成立的前提是 $R_1/R_2 = R_3/R_4$，在双臂电桥中，采用所谓双十进电阻箱。在这种电阻箱里，两个相同十进电阻的转臂连接在同一转轴上。因此在转臂的任一位置都保持 R_1 和 R_3 以及 R_2 和 R_4 分别相等。

将在惠斯登电桥基础上增加了两个电阻臂 R_3，R_4，并使 R_3，R_4 分别随原有电阻臂 R_1，R_2 作相同变化（增大或减小），在平衡时用来消除附加电阻 r 的影响，上述电路装置称为双臂电桥。因此双臂电桥平衡时式（2 – 17 – 2）成立。或者说，式（2 – 17 – 2）是双臂电桥的平衡条件。根据式（2 – 17 – 2）可以算出低电阻 R_x 来。

还应提出的是，在双臂电桥中电阻 R_x（或 R_0）必须有 4 个接线端。这类接线方式的电阻称为四端电阻。因可从 A_1，B_1 两端流进或流出电流，因此通常称接点 A_1 和 B_1 为电流端，在双臂电桥上用符号 C_1 和 C_2 表示。而 A_2 和 B_2 则称为"电压端"，在双端电桥上用符号 P_1 和 P_2 表示。采用四端电阻可以大大减小测量低电阻时导线电阻和接触电阻对测量结果的影响。双臂电桥的型号虽各有不同，但它们的线路原理都是一样的。图 2 – 17 – 3 是 QJ44 型便携式直流双臂电桥的线路图。图 2 – 17 – 4 是它们的板面图。

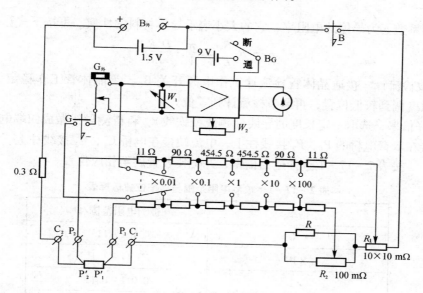

图 2 – 17 – 3 QJ44 型便携式直流双臂电桥线路图

将图 2 – 17 – 3 和图 2 – 17 – 2 的线路进行比较可知，线路图 2 – 17 – 3 和面板图 2 – 17 – 4 中的 C_1，C_2 和 P_1，P_2 接待测电阻 R_x，图中的滑线读数盘和步进读数相当于图 2 – 17 – 2 中的已知电阻 R_0，只不过这里的 R_0 被分成连续可变和跳跃可变的两部分。倍率读数开关有 100，10，1，0.1，0.01 五格，即为图 2 – 17 – 2 中 R_1/R_2 和 R_3/R_4 的比值（比例臂）。B 为接通电源的按钮，G 为接通检流计的按钮。"调零"钮为晶体管检流计的电气零点调节器。"灵敏度"调节钮用来调节晶体管检流计的灵敏度。面板右上方的 B 为电桥外接电源接线柱，B_G 为晶体管检流计工作电源开关。

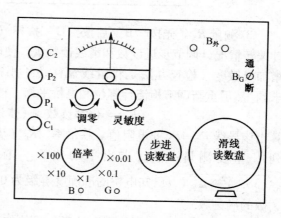

图 2 – 17 – 4 QJ44 型便携式直流双臂电桥的面板图

四、内容及步骤

1. 测量一段铜线的电阻率

一段导线的电阻与该导线材料的物理性质和它的几何形状有关。实验指出，导线的电阻与其长度 L 成正比。与其横截面积 S 成反比，则：

$$R = \rho \frac{L}{S}$$

式中，比例系数 ρ 为导体的电阻率，它的大小表示导体材料的性质。可按下式算出：

$$\rho = R \frac{S}{L} = \frac{\pi}{4} \cdot \frac{D^2 R}{L}$$

① 开放检流计。接通晶体管检流计工作电源开关 B_G，等晶体管工作稳定（约 5 min）后，将灵敏度调到较低位置，再调节检流计到零位。

② 选好倍率，选取一定长度的导线（铜线或铁线），将待测导线做成四端电阻，将电阻的电压端接在双臂电桥的 P_1，P_2 接线柱上，电流端接在电桥 C_1，C_2 接线柱上。估算被测电阻值的大小，按表 2 – 17 – 1 选择适当倍率，并把比较臂旋至相应位置。

表 2 – 17 – 1　被测电阻范围与倍率位置选择表

倍率	被测电阻范围/Ω
×100	1.1 ~ 11
×10	0.11 ~ 1.1
×1	0.011 ~ 0.11
×0.1	0.001 1 ~ 0.011
×0.01	0.000 11 ~ 0.001 1

③ 测量 R_X。先按"B"后按"G"按钮（断时先断"G"后断"B"），观察检流计指针偏转情况，调节步进读数和滑线读数盘，使电桥平衡。若发现检流计灵敏度不够，应适当增加灵敏度（检查办法是将滑线盘移动 4 小格，检流计偏离零位约一格就能满足测量要求），然后重新调节检流计零位和电桥平衡。按照

$$R_X = 倍率读数 \times （步进读数 + 滑线盘读数）$$

算出该导线 P_1，P_2 间电阻值。将倍率、R_0（步进读数 + 滑线盘读数）等记入数据表格（自列）。重复测量一次，求出平均值 $\bar{R}_X$、标准偏差 $S_{\bar{R}_X}$ 及电阻测量的误差限 $\Delta R_X = \sqrt{(3S_{\bar{R}_X})^2 + \Delta_{仪}^2}$，已知电桥的准确度等级为 0.2 级（即 $|\Delta_{仪}| \leq 0.2\% \times R_{max}$，$R_{max}$ 为电桥读数的满刻数）。

④ 测量 D，L。用螺旋测微计测量导体的直径 D，用米尺测量 P_1，P_2 间导体的长度 L，均测量五次。将数据记入表格（自列），求出平均值 $\bar{D}$，$\bar{L}$ 及测量误差限 ΔD，ΔL。

⑤ 数据处理。应用电阻率公式 $\rho = \dfrac{\pi D^2 R}{4L}$ 计算出 $\bar{\rho}$ 值，计算测量结果的误差限 $\Delta \rho$。将结果表示为：

$$\rho = \bar{\rho} \pm \Delta \rho \quad （\Omega \cdot mm^2/m）$$

2. 按照上边步骤和方法测一段铁丝的电阻率，将结果记入表格，并计算 $\bar{\rho}$ 值和测量误差限 $\Delta\rho$

电桥使用完毕，将"G""B"按钮松开，B_c 开关拨向"断"位置，避免浪费晶体管检流计放大器电源。如电桥长期搁置不用，应将电池取出。

五、注意事项

① 连接导线时，各接头必须干净、接牢，避免接触不良。

② 用双臂电桥测量时，由于低值电阻电流大，在测量过程中的通电时间尽量短暂。

③ 为便于测量前估算导线电阻的大小，现给出20℃时电阻率的值，以供参考。

铜丝电阻率 $\rho_{铜} = 0.017\ 2\ \Omega \cdot mm^2/m$

铁丝电阻率 $\rho_{铁} = 0.120\ \Omega \cdot mm^2/m$

思 考 题

预习思考题：

① 双臂电桥与惠斯登电桥有哪些异同？

② 双臂电桥是怎样消除导线的电阻和接触电阻的影响的？

课后思考题：

① 根据什么现象可将电桥迅速调至平衡状态？

② 电桥测量的准确性决定于什么因素？下列因素是否会增大电桥测量的不确定度？

a. 检流计没有调好零点。

b. 检流计灵敏度不够高。

c. 电流电动势不太稳定。

实验十八　用线式电位差计
测量电池的电动势

电位差计是精密测量中应用最广的仪器之一。它不但能精确测量电动势、电压、电流和电阻等，而且还可用来校准精密电表和直流电桥等直读式仪表。下面仅就线式电位差计作一介绍。

一、实验目的

① 掌握线式电位差计的补偿法测量原理，并熟悉其电路结构。
② 学习用线式电位差计测量电池的电动势和内阻。

二、实验仪器

板式电位差计一个，滑线变阻器两个（32 Ω、2 900 Ω）电阻箱一个（ZX36），检流计一个，直流稳压电源一个，单刀单掷开关一个，双刀双掷开关一个，标准电池一个，被测电池一个，导线若干。

三、实验原理

1. 补偿原理

若将电压表并联到电池两端，就有电流通过电池内部。由于电池有内阻 r，所以电池内部存在电位降落 Ir，因而电压表的指示值只是电池的端电压 V，且 $V = E_X - Ir$。显然，只有当 $I = 0$ 时，电池的端电压 V 才等于其电动势 E_X。

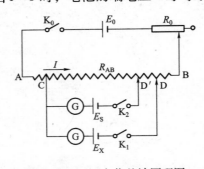

图 2 - 18 - 1　电位差计原理图

怎样才能使电池内部没有电流通过而又能测定它的电动势 E_X 呢？用补偿法就可以解决这一问题，如图 2 - 18 - 1 所示。当 K_0 接通后，有电流 I 通过电阻丝 AB，并在电阻丝上有电位降落 IR_{AB}。如果再接通 K_1，可能出现三种情况：

① 当 $E_X > V_{CD}$ 时（即 CD 段电阻丝上的电压降时），G 中有电流自右向左流动，使指针指向一侧（没电流时指针处于中间零位）。

② 当 $E_X < V_{CD}$ 时，G 中电流自左向右流动，使指针指向另一侧。

③ 当 $E_X = V_{CD}$ 时，G 中无电流，指针不偏转。这种情形称之为电位差计处于补偿状态，或者说，待测电路得到了补偿。

在补偿状态，$E_X = IR_{CD}$。若单位长度电阻丝的电阻为 r_0，CD 段电阻丝的长度为 L_X，则：

$$E_X = Ir_0L_X \qquad (2-18-1)$$

保持可变电阻 R_0 的滑动端位置不变，即工作电流 I 保持不变，另用一个电动势为 E_s 的标准电池替代图 2-18-1 中的 E_x，即切断 K_1 而接通 K_2，适时地将 CD 的位置调到 CD′，同样可调到检流计 G 的指针不偏转，达到补偿状态。若 CD′ 段电阻丝长度为 L_S，则：

$$E_S = IR_{CD'} = Ir_0 L_S \tag{2-18-2}$$

比较式（2-18-1）和式（2-18-2），则有：

$$E_X = \frac{L_X}{L_S} E_S \tag{2-18-3}$$

式（2-18-3）表明，待测电池的电动势 E_X 可用标准电池的电动势 E_S 和在同一工作电流下电位差计处于补偿状态时测得的 L_X 和 L_S 来确定。

图 12-8-1 所示的电路，就是电位差计的基本电路，它是由三个缺一不可的回路组成的。其中第一个回路，即 $R_0 E_0 K_0 ABR_0$，叫工作电流回路；第二个回路，即 $GE_S K_2 D'CG$，叫标准工作电流回路（也叫校正工作电流回路）；第三个回路，即 $GE_X K_1 DCG$，叫测量回路。

2. 电位差计的相对灵敏度

在实验中电位差计被补偿是以检流计指针无偏转来判断的。检流计指针不偏转，并不说明补偿回路的电流绝对为零，只是因检流计精确度等级所限，从检流计上反映不出来罢了。设电阻丝长度为 L_X 时电位差计处于补偿状态，即检流计指针不偏转，这时如果稍微改变 L_X——微量 ΔL_X（如当 L_X 变为 L'_X，则 $\Delta L_X = |L_X - L'_X|$），检流计指针若偏转 Δn 个分度，则电位差计的相对灵敏度 S_i 定义为：

$$S_i = \frac{\Delta n}{\Delta L_X / L_X} = \frac{\Delta n \cdot L_X}{|L_X - L'_X|} \tag{2-18-4}$$

如果改变量 ΔL_X 使检流计指针偏转一个分度，则

$$S_i = \frac{1}{\Delta L_X / L_X} \tag{2-18-4'}$$

四、仪器介绍

① 板式电位差计：其装置如图 2-18-2 所示。图中 AB 间的电阻丝长度为 10 m，（自制的为 5 m）分为 10 段或 5 段（每段 1 m）往复绕在接线柱上，最后一段（1 m）电阻丝下面固定有毫米分度尺。滑动端 D 可在 CB 间 0~2 m 电阻丝上连续改变。图中 R_0 为可变电阻（滑线变阻器，用阻值小的一个），是用来调节工作电流使测试回路达到补偿状态的；可变电阻 R_1（用阻值大的滑线变阻器）是用来保护检流计和标准电池的。在系统达到补偿态或是阻值为 0 Ω，可以提高电位差计的灵敏度；双刀双掷开关 K_1（代替图 2-18-1 中的 K_1 和 K_2）是用来选择接通标准工作电流回路（即 E_S 回路）或测

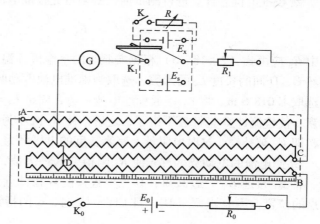

图 2-18-2 电位差计测电动势的电路

量回路（即 E_X 回路）的。

② 标准电池：选用的标准电池为饱和式镉汞电池，整个电池密封在一个盒子里。这种电池的电动势很稳定，温度在 20 ℃时，其电动势约为 1.018 59 V。使用中随时间的变化极小，因温度的影响而产生的变化，可用下面的经验公式准确地加以修正。

$$E_S(t) = E_S(20) - 4(t-20) \times 10^{-5} - (t-20)^2 \times 10^{-6}$$
$$= [E_S(20) - (t-20)(t+20) \times 10^{-6}] \qquad (2-18-5)$$

式中，$E_S(t)$ 为温度为 t ℃时的电动势 E_S，$E_S(20)$ 为 20 ℃时的电动势，即 $E_S(20) = 1.018\ 59$ V；t 为室温摄氏度。

使用标准电池必须注意以下几点：

① 必须在温度波动小的条件下（0 ℃ ~ 40 ℃）保存，并要远离热源，避免太阳光直射。

② 正负极不能接错，通过标准电池的电流不能大于 $10^5 \sim 10^6$ A，不允许将其两极短路连线或用电压表去测量它的电动势。

③ 标准电池内是装有化学溶液的玻璃容器，要防止振动和摔碰。一般不可倒置，而所用的辛斯登标准电池可以倒置。

五、实验内容和步骤

1. 用线式电位差计测电池的电动势

① 按图 2 - 18 - 2 连线。根据线路特点，接线要领归纳为"两耳两环"接线法。"两环"是工作电流回路（即 $AK_0E_0R_0AB$ 回路）和测量回路（即 DGK_1R_1CD 回路）；"两耳"指的是 E_S 和 E_X。接线时先将电源 E_0，开关 K_0 和工作电流调节电阻 R_0 三者串联，接于 AB 两端，但应分清哪端是正极，哪端是负极；再将双刀 K_1，检流计 G 和保护电阻 R_1 三者串联，接于 C、D 两端；最后将两耳，即 E_S 和 E_X 接到 K_1 上。这时应特别注意 C 的 D 哪端是正极，哪端是负极。E_0、E_S 和 E_X 三者的正极应在同一端，负极也在同一端。连好电路后，必须将 K_0、K_1 断开，R_0 置于其 1/2 阻值处，R_1 置于阻值大处。为了测量内阻，可再将单刀开关 K 和电阻箱 R 串联后接到 E_X 的两端但必须断开 K，只有测电池内阻时才接通。注意，经认真检验后，方可接通电源。（没有把握请老师检验后方可通电）

② 校准电位差计。进行测量前，必须首先校准电位差计。根据，

$$E_X = \frac{L_X}{L_S}E_S$$

其中 E_S 应由式（2 - 18 - 5）根据实验时的室温摄氏温度得到。为了便于直接读数，可将电阻丝 C、D 间的长度 L_S 的米数，选取为标准电池电动的伏特数。例如 $E_S = 1.018\ 6$ V，则 L_S 应选取 1.018 6 m。将 K_1 接通标准电池一边，固定 $L_S = 1.018\ 6$ m 处，调节 R_0，即调节工作电流，使检流计 G 指针近于指零，之后，使 R_1 减小为 0，重新细调 R_0，使检流计 G 指针指零，即 E_S 被补偿，这时电阻丝上每米长度的电压降为 1 V。

③ 测电池的电动势。首先使 R_1 阻值变为最大值，但 R_0 固定不变，即保持工作电流不变。将 K_1 接通 E_X 一边，调节 D 点位置，使 G 指针近于指零，之后将 R_1 减小为零，再细调 D 点的位置，当 D 点调至 D′，且 CD′ $= L_X$ 时，G 的指针指示零，则 E_X 被补偿，且

$$E_X = \frac{L_X}{L_S}E_S = \frac{L_X}{1.018\ 6} \times 1.018\ 6\ \text{V} = L_X(\text{V})$$

这就是说，当 E_X 被补偿时，L_X 的米数就等于被测电池电动势的伏特数。这样就可直接读出 E_X 的值而不必计算。

④ 板式电位差计的相对灵敏度：这一问题可在测了电池电动势之后，随即进行测量较为方便。即记下电位差计被补偿时的 L_X 后，将 L_X 改变为 L'_X，使检流计 G 指针偏转 Δn 个分度，依式（2-18-4）或式（2-18-4'），即可计算出线式电位差计的相对灵敏度 S_i。

2. 用线式电位差计测电池的内阻 r（该部分实验内容可不做要求）

上述测电动势的线路不动，先使 R_1 阻值变为最大值，选择好 R 的阻值，闭合 K，形成一个回路，回路中就有电流 I' 通过 R 和电池内部，由欧姆定律可知，电池的端电压 $U = I'R$，则电池的电动势 E_X 为：

$$E_X = I'R + I'r = U + \frac{U}{R}r$$

$$\Delta r = R(E_X - U) = \left(\frac{E_X}{U} - 1\right)R \tag{2-18-6}$$

这样，电池的电动势 E_X 已经测定，R 为电阻箱所选用的已知电阻，用电位差计测出电池的端电压（与测电动势 E_X 的方法完全一样，就是在测 E_X 时，把 K、R、E_X 回路接通，所测出的即为端电压）。把 R、E_X 和 U 代入式（2-18-6），即可求出电池内阻 r。

总之，用线式电位差计测电池的电动势 E_X 和内阻 r，可用如下步骤测定：

① 按图 2-18-2 连接好线路（连同虚线所示的闭合回路接好，只是将 K 断开），待检查后方可接通电源。

② 调节工作电流（即调节 R_0 值）校准电位差计，取 $L_s(m)$ 为修正后的标准电池电动势的伏特数值。

③ 测电池的电动势。当电位差计达补偿时，记下 CD 段电阻丝的长度 $L_X(m)$。

④ 测电位差计的相对灵敏度，将 L_X 改为 L'_X，使检流计指针偏转 Δn 个分度。并记下 L'_X 和 Δn。

⑤ 测端电压。接④步，闭合 K（选好 R 的阻值），将 L'_X 改为 L''_X，即 $CD'' = L''_X$ 时，电位差计达补偿状态，记下 L''_X 值。

第二次、第三次与上述步骤一样。在作本实验时应注意保护电阻 R_1 的使用及单刀开关 K，只有在测电池内阻时闭合，除此之外，K 必须断开。将所有数据记入表 2-18-1。

$\Delta n = 10$ 分度，$\qquad t = 20\ ℃ \sim 25\ ℃$，$\qquad E_s = 1.018\ 6\ V$

表 2-18-1 测量数据记表

待测量 量值大小 次数	1	2	3	附注
L_X/m				即 E_X 大小
L'_X/m				
R/Ω	80	60	40	
L''_X/m				即 U 大小

注意：表中数据 3 次测量都是从调节测试回路补偿开始的。即实验步骤③开始。

六、数据处理与误差分析

（1）误差分析

本实验只分析一下测量电动势 E_X 的误差。要根据（2-18-3）式可知：

$$\frac{\Delta E_X}{E_X} = \frac{\Delta L_X}{L_X} + \frac{\Delta L_s}{L_s} + \frac{\Delta E_s}{E_s}$$

因标准电池的电动势 E_s 经过对温度的修正后，其误差甚小，即 $\Delta E_s/E_s$ 可略去不计，而

$$\frac{\Delta L_X}{L_X} \approx \frac{\Delta L_s}{L_s}$$

故有

$$\frac{\Delta E_X}{E_X} = 2\frac{\Delta L_X}{L_X}$$

又由电位差计相对灵敏度 S_i 的定义可知：

$$S_i = \frac{1}{\Delta L_X/L_X}$$

所以

$$\frac{\Delta E_X}{E_X} = \frac{2}{S_i}$$

（2）数据处理

本实验中三次测量数据不是等精度测量，所以由电位差计相对灵敏度 S_i 的定义可求出：

$$S_{i1} = \frac{\Delta n}{\Delta L_{X1}/L_{X1}} = \frac{\Delta n}{|L_{X1} - L'_{X1}|/L_{X1}} =$$

$$S_{i2} = \frac{\Delta n}{\Delta L_{X2}/L_{X2}} = \frac{\Delta n}{|L_{X2} - L'_{X2}|/L_{X2}} =$$

$$S_{i3} = \frac{\Delta n}{\Delta L_{X3}/L_{X3}} = \frac{\Delta n}{|L_{X3} - L'_{X3}|/L_{X3}} =$$

$$\bar{S}i = \frac{1}{3}(S_{i1} + S_{i2} + S_{i3}) = \qquad （精确到整数）$$

$$\frac{\Delta E_X}{\bar{E}_X} = \frac{2}{\bar{S}_i} =$$

$$\bar{E}_X = \frac{1}{3}\sum_{i=1}^{3} E_{Xi} = \qquad V$$

$$\Delta E_X = \bar{E}_X \cdot \frac{\Delta E_X}{\bar{E}_X} = \qquad V$$

$$E_X = (\bar{E}_X \pm \Delta E_X) = \qquad V$$

再由 $r = \left(\frac{E_X}{U} - 1\right)R$ 可求得 r_i，故 $\bar{r}(\Omega)$ 即可求出来。

至此，S_i 已经测算出来，则 $\Delta E_X/E_X$ 就可求出来。再由 $\bar{E}_X = \frac{1}{3}\sum_{i=1}^{3} E_{Xi}$ 和 $\Delta E_X = \bar{E} \times \frac{2}{\bar{S}_i}$

分别求出 $\bar{E}_X$ 和 ΔE_X ，则测量结果就可表示为：

$$E_X = (\bar{E}_X \pm \Delta E_X) = \qquad V$$

则由 $r = \left(\dfrac{E_X}{U} - 1\right) R$ 可求得 r_i ，故 $\bar{r}$ (Ω) 即可求出来。

思 考 题

① 简单故障分析和排除是电学实验的基本功之一，试分析下述简单故障的可能原因及排除方法（参阅本实验的图 2 – 18 –2）。

a. 经检查连线无误，并已将 R_0、R_1、L_S 分别置于正确位置，合上 K_0 和 K_1（E_S 侧），G 不偏转。

b. 合上 K_0 和 K_1（E_S 侧），G 偏转，但调节 R_0 无反应。将 K_0 打开，（a）G 的偏转不变；（b）偏转减小。

c. 检查连线无误，合上 K_0 和 K_1（E_S 一侧），调节 R_0 和 R_1，（a）G 始终不偏转；（b）G 的偏转达不到零。

② 有兴趣的同学可试着设计板式电位差计。例如：以上实验中标准电池 E_S 不变，若 E_X 增加，电源电压和 C 点如何变化？

实验十九　示波器的使用

示波器是一种用途广泛的电子测量仪器，能直接观察电信号的波形，也能测量电信号的幅度、周期或频率的大小。用双踪示波器还可以测量两个信号之间的时间差或相位差。同时利用两个同频率叠加信号的图形（李萨茹图形）的特性可以求出未知信号的频率．示波器在电子工程测量中有广泛应用。

一、实验目的

① 了解示波器的工作原理。
② 学习掌握示波器和低频信号发生器的正确使用方法。
③ 观测正弦波形和李萨如图形。

二、实验仪器

SP1631A 型功率函数信号发生器两台，SS – 6502 型双踪示波器一台及信号线两条。

三、实验原理

示波器基本包括以下几个部分：示波管、垂直放大器、垂直衰减器、水平放大器、水平衰减器、扫描发生器、触发同步器和直流电源等。如图 2 – 19 – 1 所示。

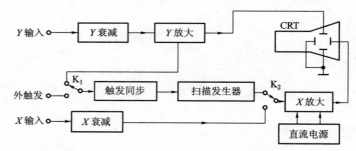

图 2 – 19 – 1　示波器的原理图

1. 示波器显示波形的原理

如果在垂直偏转板上加一交变的正弦电压，则电子束的亮点将随电压的变化在垂直方向来回运动，如果电压的频率较高，则看到一条垂直亮线，如图 2 – 19 – 2 所示。要想显示正弦波形，必须同时在水平偏转板上加一扫描电压，使电子束的亮点沿水平方向拉开。这种扫描电压的特点是电压随时间成线性关系增大到最大值，此后再重复地变化。这种扫描电压随时间变化的关系曲线形呈锯齿形，故称锯齿波电压，如图 2 – 19 – 2 所示。当只有锯齿波电压加在水平偏转板上时，如果频率足够高，将在屏上显示一条水平亮线。

如果在垂直偏转板上加正弦电压，同时在水平偏转板上加锯齿波电压，电子受垂直、水平两个方向电场力的作用，电子的运动是两相互垂直的运动的合成。当锯齿波电压比正弦波

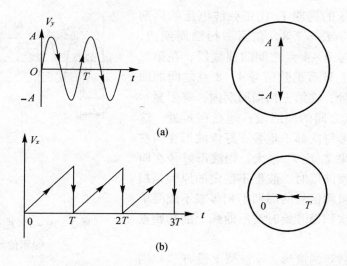

(a)

(b)

图 2 - 19 - 2　示波器显示的波形
（a）正弦波电压；（b）锯齿波电压

电压变化周期稍大时，在屏上将显示出完整周期所加正弦电压的波形图，如图 2 - 19 - 3
所示。

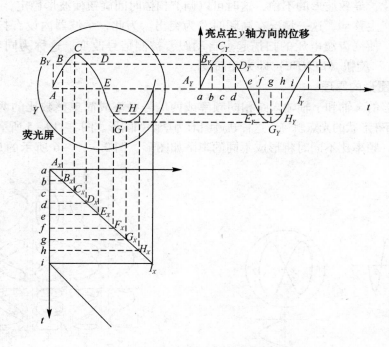

图 2 - 19 - 3　示波器显示波形原理

2. 波形的同步调节

　　如果正弦波和锯齿波电压的周期稍有不同，则屏上出现的是一个移动着的不稳定图形。
这一情形如图 2 - 19 - 4 所示。

设锯齿波电压的周期 T_x 比正弦波电压的周期 T_y 稍小，假如 $T_x/T_y = 7/8$。在第一扫描周期内，屏上显示正弦信号 $0 \sim 4$ 点之间的曲线段；在第二扫描周期内，屏上显示正弦信号 $4 \sim 8$ 点之间的曲线段，起点在 $4'$ 处；在第三扫描周期内，屏上显示正弦信号 $4 \sim 8$ 点之间的曲线段；起点在 $8'$ 处。这样屏上显示的波形每次都不重叠，好像波形在向右移动。同理，如果 T_x 比 T_y 稍大，则波形好像在向左移动。所以观察波形时，波形不稳定的原因是扫描电压的周期与被测信号的周期不相等或不成简单的整数倍，即每次扫描开始时波形曲线上的起始点不一样。

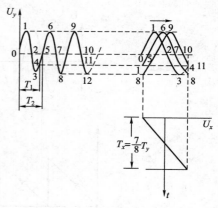

图 2 - 19 - 4　$T_x = (7/8)T_y$ 时显示的波形

为获得一定数量的波形，示波器上设有"扫描时间"（或"扫描范围"）、"扫描微调"旋钮，用来调节锯齿波电压的周期 T_x（或频 f_x），使之与正弦波电压的周期 T_y（或频 f_y）成合适的关系，从而，屏上得到所需数目的完整的被测波形。

锯齿波电压与正弦波电压是相互独立的，由于环境或其他因素的影响，它们的周期可能发生微小的变化，导致波形的不稳，这时可以调节扫描时间旋钮使波形稳定，但过一段时间波形有可能又产生移动，这一情况在高频时尤为突出。为此，示波器内设有扫描同步电路，在适当调节后，使锯齿波电压的扫描起点自动跟着被测信号改变，这称为同步。面板上的"触发电平调节"旋钮（LEVEL）即为此而设。

3. 李萨如图形的原理

如果示波器的 x 轴和 y 轴输入是相同频率或两信号频率成简单整数比的两个正弦电压，则屏上将呈现特殊形状的光点轨迹，这种轨迹图形为李萨如图形。图 2 - 19 - 5 所示为 $f_y : f_x = 2:1$ 的李萨如图形。频率比不同时将形成不同的李萨如图形。图 2 - 19 - 6 所示的是频率比成简

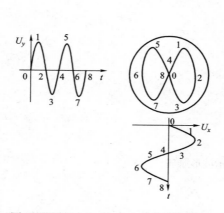

图 2 - 19 - 5　$f_x : f_y = 2:1$ 的李萨如图形

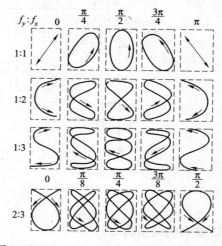

图 2 - 19 - 6　$f_y : f_x = n_x : n_y$ 的几种李萨如图形

单整数比值的几组李萨如图形。从图形中可总结出以下规律：如果做一个限制光点 x、y 方向变化范围的假想方框，则图形与此框相切时，横边上的切点数 n_x 与竖直边上的切点数 n_y 之比恰好等于 y 轴和 x 轴输入的两正弦信号的频率之比，即 $f_y : f_x = n_x : n_y$。所以利用李萨如图形能方便的比较两正弦信号的频率。若已知其中一个信号的频率，数出图上的切点数 n_x 和 n_y，便可以算出另一待测信号的频率。

四、实验内容

1. 正弦波形的调节与测量

① 调节观察正弦波形，绘出所调单个波形的草图，定量测量这一正弦信号的峰峰值 V_{p-p} 和频率 f_x。求出该信号电压的有效值 $V = V_{p-p} / 2\sqrt{2}$。

a. 打开电源。

b. 将"Y轴位移"（↑↓POSITION）、"X轴位移"（←→POSITION）、"辉度"旋钮（INTEN）和"聚焦"旋钮（FOCUS）调到中央位置；自动/常规开关（SWEEPMODE）置于AUTO；触发源开关（SOURCE）置于"内触发"。

c. 按下示波器面板上的电源开关（POWER），将会看到一条亮线或一个亮点，可通过调节时间旋钮（TIME/DIV）得到一条亮线。

d. 调节"Y轴位移"和"X轴位移"旋钮，使扫迹移动到屏的中央

e. 调节"辉度"旋钮和"聚焦"旋钮，使扫迹亮度和粗细适中。

f. 从SP1631A型功率函数信号发生器输出一正弦电压，电压值与频率值应选择合适，不要太大，输入到通道一（CH1）上。

g. 调节示波器面板上的"幅度"旋钮（VOLTS/DIV）和"时间"旋钮（TIME/DIV）适中不要太小，将在屏上得到完整的正弦波形。

h. 调节"触发电平调节"旋钮（LEVEL/SLOPE）使波形稳定。

② 正弦波形的测量。

a. 测量正弦波形的幅度。将"幅度"旋钮（VOLTS/DIV）的内旋钮（幅度增益微调钮）调到校准的位置（CAL），顺时针旋到底即可；调节"幅度"旋钮（VOLTS/DIV）的分度值以获得一易于读取的信号幅度，读出正弦波形的峰峰值 V_{p-p}。

b. 测量正弦波形的周期。将扫描增益微调钮（VARIABLE）调到校准的位置（CAL）顺时针旋到底即可；调节"时间"旋钮（TIME/DIV），在屏上获得几个完整的波形，读出几个完整波形的周期，便可以获得正弦波形的周期 T 和正弦信号频率 f。

2. 利用示波器观察李萨如图形，并测量未知信号的频率

① 从一个SP1631A型功率函数信号发生器选择一个频率合适的待测信号（一般选择范围在 50 ~ 1 000 Hz）输入到示波器的CH2通道上，从另一个SP1631A型功率函数信号发生器选择同频率的信号输入到示波器的CH1通道上。

② 将通道选择按钮的双踪按钮（DUAL）按下去至开的位置，此时将在屏上看到两个正弦信号波形，调节CH1和CH2的 y 轴分度值按钮（VOLTS/DIV）和幅度微调钮（VARIABLE），使两正弦信号幅度大致相等。

③ 按下示波器的 x—y 按钮，这时将看到一个变化的圆形花样，调节"水平位移"旋钮和CH2的"竖直位移"旋钮，使图形位于屏的中央位置。此时CH1通道上的正弦信号输入

到示波器的水平偏转板上，所以 CH1 通道上的正弦信号频率定为 f_x；CH2 通道上的正弦信号输入到示波器的竖直偏转板上，所以 CH2 通道上的正弦信号频率定为 f_y。仔细调节输入到 CH1 通道上的信号发生器的输出频率 f_x，使显示屏上的图形比较稳定为止，这就是李萨如图形。实际操作中不可能调到 $f_y:f_x$ 成准确的整数比，这是因为：两个互相垂直的信号可以做到满足频率相同，而不能同时满足初相位也相同的条件。因此李萨如图形不可能十分稳定，会有缓慢的变化，所以调到图形变化最缓慢即可。

④ 调节输入到 CH1 通道上的信号发生器的输出频率 f_x，使李萨如图形水平边上的切点数 n_x 与竖直边上的切点数 n_y 成不同的比值如表 2 – 19 – 1 所示，并记录下读出的信号频率 f_x，由图形计算出信号频率 f_y，利用公式

$$f_y = \frac{n_x}{n_y} f_x$$

算出相应的 f_y 值并求其平均值。

表 2 – 19 – 1　实验数据记录　　　　　　　　　　　　　　Hz

$\dfrac{n_x}{n_y}$	读出加在 CH1 的信号频率 f_x	由图形计算出加在 CH2 的信号频率 f_y	$\bar{f_y}$
1/1			
1/2			
1/3			
2/1			
2/3			

实验二十 铁磁材料的磁滞回线和基本磁化曲线

一、实验目的

① 认识铁磁物质的磁化规律，比较两种典型的铁磁物质的动态磁化特性。
② 测定样品的基本磁化曲线，作 μ—H 曲线。
③ 测定样品的 H_c，B_r，B_m 等参数。
④ 测绘样品的磁滞回线，估算其磁滞损耗 W。

二、实验原理

铁磁材料（如铁、镍、钴和其他铁磁材料）除了具有高的磁导率外，另一个重要的特点就是磁滞。磁滞现象是材料磁化时，材料内部磁感应强度 B 不仅与当时的磁场强度 H 有关，而且与以前的磁化状态有关。

图 2–20–1 表示铁磁质的这种性质，设铁磁质在开始时没有磁化，如磁化场 H 逐渐增加，B 将沿 Oa 增加，曲线 Oa 叫做起始磁化曲线，当 H 增大到某一值时，B 几乎不变。若将磁化场 H 减小，则 B 并不沿原来的磁化曲线减小，而是沿图中 ab 曲线下降，即使 H 降到零（图中 b 点），B 的值仍接近于饱和值，与 b 点对应的 B 值，称为剩余磁感应强度 B_r（剩磁）。当加反向磁化场 H 时，B 随之减小，当反向磁化场达到某一值（如图中 c 点）时，$B=0$，与 Oc 相当的磁场强度 H_c。称为矫顽磁力。当反向场继续增加时，铁磁质中产生反向磁感应强度，并很快达到饱和。逐渐减小反向磁化场，减到零，再加正向磁化场时，则磁感应强度沿 $defa$ 变化，形成一闭合曲线 $abcdefa$ 这闭合曲线称为磁滞回线。

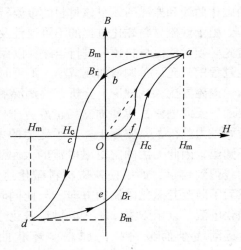

图 2–20–1 铁磁质的磁滞性质

由于有磁滞现象，能够有若干个 B 值与同一个 H 值对应，即 B 是 H 的多值函数，它不仅与 H 有关，而且与这铁磁质磁化程度有关。例如：与 $H=0$ 相应的 B 有三个值：

① $B=0$ 的 O 点，这与原来没有磁化相对应。
② $B=B_r$，这是在铁磁质已磁化之后发生的。
③ $B=-B_r$，这是在反向磁化后发生的。

必须指出，当铁磁材料从未被磁化开始，在最初几个反复磁化的循环内，每一个循环 H 和 B 不一定沿相同的路径进行（曲线并非闭合曲线）。只有经过十几次反复磁化（称为"磁锻炼"）以后，才能获得一个差不多稳定的磁滞回线。它代表该材料的磁滞性质。所以样品只有"磁锻炼"后，才能进行测绘。

不同铁磁材料，其磁滞回线有"胖"、"瘦"之分。通常根据磁滞回线的不同形状将磁铁分为软磁材料、硬磁材料和矩磁材料等几种。

软磁材料的磁滞回线窄而长，剩余磁感应强度 B_r 和矫顽磁力 H_c 都很小，其基本特征是磁导率高，易于磁化及退磁。软铁、硅钢及薄膜合金属于这一类，它们常用来制造变压器及电机的转子。当铁磁质反复被磁化时，介质要发热。实验表明，反复磁化所发生的热与磁滞回线包围的面积成正比，变压器选用软磁材料就是考虑了这一点。

硬磁材料的磁滞回线较宽，B_r 和 H_c 都较大，因此，其剩余磁感应强度 B_r 可保持较长时间。铬、钴、镍等元素的合金属于硬磁材料，它常用于制造永久磁铁。

矩磁材料的磁滞回线接近矩形，其特点是剩余磁感应强度 B_r 接近饱和时的 B_m，矫顽磁力小。若使矩磁材料在不同方向的磁场下磁化，当磁化电流为零时，它仍能保持 $+B_r$ （$\approx B_m$）和 $-B_r$ （$\approx -B_m$）两种不同的剩磁，矩磁材料常用作记忆元件，如电子计算机中储存器的磁芯。

软磁材料和硬磁材料的根本区别在于矫顽磁力 H_c 的差别。对于高磁导率的软磁材料，H_c 很小，只有 $1 \sim 10$ A/m （$10^{-2} \sim 10^{-1}$ Oe[①]）；对高矫顽磁力硬磁材料，H_c 在 10^5 A/m （$1\,000$ Oe）以上；矩磁材料的矫顽磁力 H_c 一般在 10^2 A/m （1 Oe）以下。可见，铁磁材料的磁化曲线和磁滞回线是该材料的重要特性，也是设计电磁机构和仪表的重要依据之一。

由于铁磁材料磁化过程的不可逆性及具有剩磁的特点，在测定磁化曲线和磁滞回线时，首先必须对铁磁材料预先进行退磁，以保证外加磁场 $H=0$ 时，$B=0$；其次，磁化电流在实验过程中只允许单调增加或减小，不可时增时减。

退磁方法，从理论上分析，要消除剩磁 B_r，只要通一反向电流，使外加磁场正好等于铁磁材料的矫顽磁力就行了，实际上，矫顽磁力的大小通常并不知道，因此无法确定退磁电流的大小。但从磁滞回线得到启示，如果使铁磁材料磁化达到磁饱和，然后不断改变磁化电流的方向，与此同时逐渐减小磁化电流，以至于零。那么该材料磁化过程是一连串逐渐缩小而最终趋向原点的环状曲线，如图 2-20-2 所示，当 H 减小到零时，B 亦同时降到零，达到完全退磁。

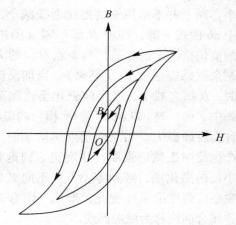

图 2-20-2 退磁程图

铁磁材料 U 和 H 关系曲线见图 2-20-3。

可以说磁化曲线和磁滞回线是铁磁材料分类和选用的主要依据，图 2-20-4 为常见的两种典型的磁滞回线，其中软磁材料的磁滞回线狭长，矫顽力、剩磁和磁滞损耗均较小，是改造变压器、电机和交流磁铁的主要材料。而硬磁材料的磁滞回线较宽，矫顽力大，剩磁大，可用来

① 注：1 Oe $= \dfrac{1\,000}{4\pi}$ A/m。

制造永磁体。

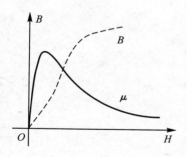

图 2-20-3 铁磁材料 μ 和 H 关系曲线

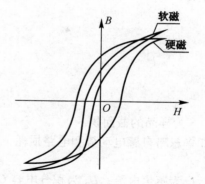

图 2-20-4 不同铁磁材料的磁滞回线

观察和测量磁滞回线和基本磁化曲线的线路如图 2-20-5 所示。

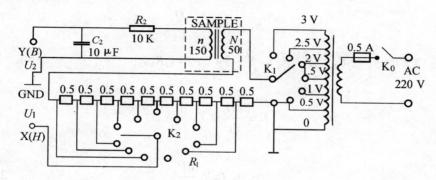

图 2-20-5 实验线路

待测样品为 EI 型矽钢片，N 为励磁绕组，n 为用来测量磁感应强度 B 而设置的绕组。R_1 为励磁电流取样电阻，设通过 N 的交流励磁电流为 I，根据安培环路定律，样品的磁化场强为：

$$H = \frac{NI}{L}$$

式中，L 为样品的平均磁路。

因为

$$I = \frac{U_1}{R_1}$$

所以

$$H = \frac{N}{LR_1} \cdot U_1 \qquad (2-20-1)$$

式中，N，L，R_1 均为已知常数，所以由 U_1 可确定 H。

在交变磁场下，样品的磁感应强度瞬时值 B 是测量绕组 n 和 $R_2 C_2$ 电路给定的，根据法拉第电磁感应定律，由于样品中的磁通 Φ 的变化，在测量线圈中产生的感应电动势的大小为：

$$\varepsilon_2 = n \frac{\mathrm{d}\Phi}{\mathrm{d}t}$$

$$\Phi = \frac{1}{n}\int \varepsilon_2 \mathrm{d}t$$

$$B = \frac{\Phi}{S} = \frac{1}{nS}\int \varepsilon_2 \mathrm{d}t \tag{2-20-2}$$

式中，S 为样品的截面积。

如果忽略自感电动势和电路损耗，则回路方程为：

$$\varepsilon_2 = I_2 R_2 + U_2$$

式中，I_2 为感生电流；U_2 为积分电容 C_2 两端电压，设在 Δt 时间内，I_2 向电容 C_2 的充电量为 Q，则：

$$U_2 = \frac{Q}{C_2}$$

$$\varepsilon_2 = I_2 R_2 + \frac{Q}{C_2}$$

如果选取足够大的 R_2 和 C_2，使 $I_2 R_2 \gg \dfrac{Q}{C_2}$，则 $\quad \varepsilon_2 = I_2 R_2$。

因为

$$I = \frac{\mathrm{d}Q}{\mathrm{d}t} = C_2 \frac{\mathrm{d}U_2}{\mathrm{d}t}$$

所以

$$\varepsilon_2 = C_2 R_2 \frac{\mathrm{d}U_2}{\mathrm{d}t} \tag{2-20-3}$$

由两式（2-20-2），（2-20-3）可得：

$$B = \frac{C_2 R_2}{nS} U_2 \tag{2-20-4}$$

式中，C_2，R_2，n 和 S 均为已知常数，所以由 U_2 可确定 B。

综上所述，将图 2-20-5 中的 U_1 和 U_2 分别加到示波器的"X 输入"和"Y 输入"便可观察样品的 B—H 曲线；如将 U_1 和 U_2 加到测试仪的信号输入端可测定样品的饱和磁感应强度 B_m，剩磁 B_r，矫顽力 H_c，磁滞损耗 W 以及磁导率 μ 等参数。

三、实验内容

① 电路连接：选样品 1 按实验仪上所给的电路图连接线路，并令 $R_1 = 2.5\ \Omega$，"U 选择"置于 0 位。U_H 和 U_2（即 U_1 和 U_2）分别接示波器的"X 输入"和"Y 输入"，插孔 $\perp$ 为公共端。

② 样品退磁：开启实验仪电源，对试样进行退磁，即顺时针方向转动"U 选择"旋钮，令 U 从 0 增至 3 V，然后逆时针方向转动旋钮，将 U 从最大值降为 0，其目的是消除剩磁，确保样品处于磁中性状态，即 $B = H = 0$，如图 2-20-6 所示。

③ 观察磁滞回线：开启示波器电源，令光点位于坐标网格中心，令 $U = 2.2$ V，并分别调节示波器 X 和 Y 轴的灵敏度，使显示屏上出现图形大小合适的磁滞回线（若图形顶部出

现编织状的小环，如图 2 – 20 – 7 所示，这时可降低励磁电压 U 予以消除）。

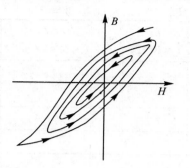

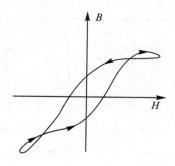

图 2 – 20 – 6　退磁示意图　　　　图 2 – 20 – 7　U_2 和 B 的相位差等因素引起的畸变

④ 观察基本磁化曲线，按步骤②对样品进行退磁，从 $U = 0$ 开始，逐挡提高励磁电压，将在显示屏上得到面积由小到大一个套一个的一簇磁滞回线。这些磁滞回线顶点的连线就是样品的基本磁化曲线，借助长余晖示波器，便可观察到该曲线的轨迹。

⑤ 测绘 μ—H 曲线：仔细阅读测试仪的使用说明，接通实验仪和测试仪之间的连线。开启电源，对样品进行退磁后，依次测定 $U = 0.5$ V，1.0 V，$\cdots$，3.0 V 时的 10 组 H_m 和 B_m 值，作 μ—H 曲线。

⑥ 令 $U = 3.0$ V，$R_1 = 2.5$ Ω，测定样品 1 的 B_m，B_r，H_c 和 W 等参数。并用坐标纸绘制 B—H 曲线。

以上磁滞回线基本实验内容均可以由 TH – MHC 型智能磁滞回线测试仪完成，KH – MHC 型智能磁滞回线测试仪除可以完成磁滞回线基本实验内容外，还具有与 PC 机数据通讯的功能。用配带的串行通讯线将测试仪后面板上的 RS – 232 串行输出口与 PC 机的一个串行口相连接，在 PC 机中运行 PCCOM. EXE 程序，计算机就可以读取测试仪采集的数据信号，将实验数据保存在硬盘里，并可以在计算机显示屏上显示磁滞回线和其他曲线，详细使用说明参见本实验附录Ⅱ。

四、实验记录

填入表 2 – 20 – 1 中和表 2 – 20 – 2 中。

表 2 – 20 – 1　基本磁化曲线与 μ—H 曲线

U/V	H/（$\times 10^4$ A·m^{-1}）	B/（$\times 10^2$ T）	$\mu = B/H$/（H·m^{-1}）
0.5			
1.0			
1.2			
1.5			
1.8			
2.0			
2.2			
2.5			
2.8			
3.0			

表 2 - 20 - 2　*B—H* 曲线

$H_e =$		$B_r =$		$B_m =$		$W =$	
No.	$H/$ $(\times 10^4 \text{ A} \cdot \text{m}^{-1})$	$B/$ $(\times 10^2 \text{ T})$	No.	$H/$ $(\times 10^4 \text{ A} \cdot \text{m}^{-1})$	$B/$ $(\times 10^2 \text{ T})$	No.	$H/$ $(\times 10^4 \text{ A} \cdot \text{m}^{-1})$	$B/$ $(\times 10^2 \text{T})$

附录 I　TH – MHC 型智能磁滞回线测试仪使用说明书

磁滞回线实验组合仪分为实验仪和测试仪两大部分。

一、实验仪

配合示波器，即可观察铁磁性材料的基本磁化曲线和磁滞回线。

它由励磁电源、试样、电路板以及实验接线图等部分组成。

1. 励磁电源

由 220 V，50 Hz 的市电经变压器隔离、降压后供试样磁化。电源输出电压共分 11 挡，即 0 V，0.5 V，1.0 V，1.2 V，1.5 V，1.8 V，2.0 V，2.2 V，2.5 V，2.8 V 和 3.0 V，各挡电压通过安置在电路板上的波段开关实现切换。

2. 试样

样品 1 和样品 2 为尺寸（平均磁路长度 L 和截面积 S）相同而磁性不同的两只 EI 型铁芯，两者的励磁绕组匝数 N 和磁感应强度 B 的测量绕组匝数 n 亦同。

$N = 50$，$n = 150$，$L = 60$ mm，$S = 80 \text{ mm}^2$。

3. 电路板

该印刷电路板上装有电源开关、样品 1 和样品 2、励磁电源"U 选择"和测量励磁电流（即磁场强度 H）的取样电阻"R_1 选择"，以及为测量磁感应强度 B 所设定的积分电路元件 R_2，C_2 等。

以上各元器件（除电源开关）均已通过电路板与其对应的锁紧插孔连接，只需采用专用导线，便可实现电路连接。

此外，设有电压 U_B（正比于磁感应强度 B 的信号电压）和 U_H（正比于磁场强度 H 的信号电压）的输出插孔，用以连接示波器，观察磁滞回线波形和连接测试仪作定量测试。

4. 实验接线示意图（如附录图 2 – 20 – 1 所示）

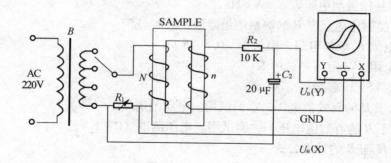

附录图 2 – 20 – 1 实验接线示意图

二、测试仪

　　附录图 2 – 20 – 2 所示为测试仪原理框图，测试仪与实验仪配合使用，能定量、快速测定铁磁性材料在反复磁化过程中的 H 和 B 之值，并能给出其剩磁、矫顽力、磁滞损耗等多种参数。

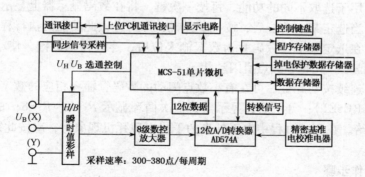

附录图 2 – 20 – 2 测试仪原理框图

测试仪面板如附录图 2 – 20 – 3 所示，下面对测试仪使用说明作介绍：

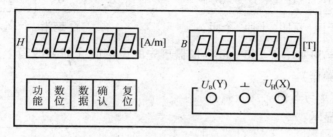

附录图 2 – 20 – 3 测试仪面板图

1. 参数

L 待测样品平均磁路长度　　　$L = 60$ mm

S　待测样品横截面积　　　　　$S = 80 \text{ mm}^2$

N　待测样品励磁绕组匝数　　　$N = 50$

n　待测样品磁感应强度 B 的测量绕组匝数　　　$n = 150$

R_1　励磁电流 I_H 取样电阻，阻值　　0.5~5 Ω

R_2　积分电阻　　阻值　　10 K

C_2　积分电容　　容量　　20 μF

U_{HC}　正比于 H 的有效值电压，供调试用。电压范围（0~1 V）

V_{BC}　正比于 B 的有效值电压，供调试用。电压范围（0~1 V）

2. 瞬时值 H 与 B 的计算公式

$$H = \frac{NU_H}{LR_1}; B = \frac{U_B R_2 C_2}{nS}$$

3. 测量准备

先在示波器上将磁滞回线显示出来，然后开启测试仪电源，再接通与实验仪之间信号连接。

4. 测试仪按键功能

① 功能键：用于选取不同的功能，每按一次键，将在数码显示器上显示出相应的功能。

② 确认键：当选定某一功能后，按一下此键，即可进入此功能的执行程序。

③ 数位键：在选定某一位数码管为数据输入位后，连续按动此键，使小数点右移至所选定的数据输入位处，此时小数点呈闪动状。

④ 数据键：连续按动此键，可在有小数点闪动的数码管输入相应的数字。

⑤ 复位键（RESET）：开机后，显示器将依次循环显示 $P \cdots 8 \cdots P \cdots 8 \cdots$ 的信号，表明测试系统已准备就绪。在测试过程中由于外来的干扰出现死机现象时，应按此键，使仪器进入或恢复正常工作。

5. 测试仪操作步骤

① 所测样品的 N 与 L 值。

按 RESET 键后，当 LED 显示 $P \cdots 8 \cdots P \cdots 8 \cdots$ 时，按功能键，显示器将显示：

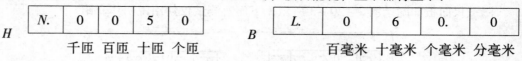

这里显示的 $N = 50$ 匝、$L = 60$ mm 为仪器事先的设定值（如要改写上述参数，可参阅附录数位键和数据键操作）。

② 所测样品的 n 与 S 值。

按功能键，将显示：

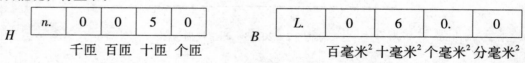

这里显示的 $n = 150$ 匝、$S = 80$ mm^2 为仪器事先的设定值（如要改写上述参数，可参阅附录）。

③ 电阻 R_1 值和 H 与 B 值的倍数代号。

按功能键，将显示：

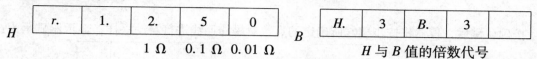

H | | | | |
| $r.$ | 1. | 2. | 5 | 0 |

1 Ω　0.1 Ω 0.01 Ω

B | | | | |
| $H.$ | 3 | $B.$ | 3 | |

H 与 B 值的倍数代号

这里显示的 $R_1 = 2.5\,\Omega$，H 与 B 值的倍数代号 3 为仪器事先的设定值（如要改写上述参数，可参阅附录）。

注：H 与 B 值的倍数是指其显示值需乘上的倍数。

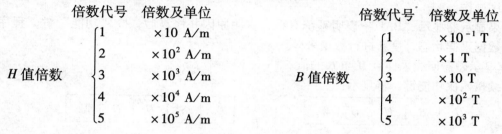

	倍数代号	倍数及单位		倍数代号	倍数及单位
	1	$\times 10$ A/m		1	$\times 10^{-1}$ T
	2	$\times 10^2$ A/m		2	$\times 1$ T
H 值倍数	3	$\times 10^3$ A/m	B 值倍数	3	$\times 10$ T
	4	$\times 10^4$ A/m		4	$\times 10^2$ T
	5	$\times 10^5$ A/m		5	$\times 10^3$ T

④ 电阻 R_2，电容 C_2 值。

按功能键，将显示：

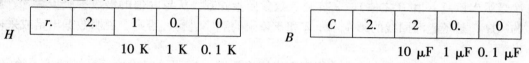

H | | | | |
| $r.$ | 2. | 1 | 0. | 0 |

10 K　1 K　0.1 K

B | | | | |
| C | 2. | 2 | 0. | 0 |

10 μF　1 μF 0.1 μF

这里显示的 $R_2 = 10$ kΩ，$C_2 = 20$ μF 为仪器事先的设定值（如要改写上述参数，可参阅附录）。

注：N，L，n，S，R_1，R_2，C_2，H 与 B 值的倍数代号等参数可根据不同要求进行改写，并可通过 SEEP 操作存入串行 EEROM 中，断电后数据仍可保存。

⑤ 定标参数显示（仅作调试用）。

按功能键，将显示：

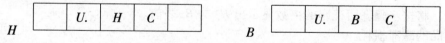

H | | | | |
| | $U.$ | H | C | |

B | | | | |
| | $U.$ | B | C | |

按确认键，将显示 U_{HC} 和 U_{BC} 电压值。

注：a. 无输入信号时，禁止操作此功能键。

b. 显示值不能大于 1.000 0，否则必须减小输入信号。

⑥ 显示每周期采样的总点数和测试信号的频率。

按功能键，将显示：

H | | | | |
| | $n.$ | | | |

B | | | | |
| | $F.$ | | | |

按确认键，将显示出每周期采样的总点数 n 和测试信号的频率 f。

⑦ 数据采样。

按功能键将显示：

H | H. | | B. | | B | t | e | s | t |

按确认键后，仪器将按步骤⑥所确定的点数对磁滞回线进行自动采样，显示器显示为：

H | . | . | . | . | B | . | . | . | . |

若测试系统正常，稍等片刻后，显示器将显示"GOOD"，表明采样成功，即可进入下一步程序操作。

如果显示器显示"BAD"表明系统有误，查明原因并修复后，按"功能"键，程序将返回到数据采样状态，重新进行数据采样。

⑧ 显示磁滞回线采样点 H 与 B 的值。

连续按两次功能键，将显示：

H | H. | S | H | O | W. | B | B. | S | H | O | W. |

每按两次确认键，将显示曲线上一点的 H 与 B 的值（第一次显示采样点的序号，第二次显示出该点 H 和 B 之值），采样总点数参照步骤⑥，H 与 B 值的倍数参照步骤③。显示点的顺序，是依磁滞回线的第 4，1，2 和 3 象限的顺序进行，否则，说明数据出错或采样信号出错。

若在进行第⑦步骤中只按功能键而未按确认键（表明未完成数据采样就进入第⑧步骤，此时将显示："NO DATA"，表明系统或操作有误）。

⑨ 显示磁滞回线的矫顽力 H_c 和剩磁 B_r。

按功能键，将显示：

H | | H | c. | | | B | | B | r. | | |

按确认键，将按步骤③所确定的倍数显示出 H_c 与 B_r 之值。

⑩ 显示样品的磁滞损耗。

按功能键，将显示：

H | | | A. | = | | B | | | H. | B. | |

按确认键，将按步骤③所确定的单位显示样品磁滞回线面积。

磁滞损耗的计算公式：

$$W = \int sH\mathrm{d}B \qquad \text{单位为 } H \times B \times 10^3 \text{ J/m}^3 \text{（单位参照步骤③）}$$

⑪ 显示 H 与 B 的最大值 H_m 与 B_m。

H | H_m. | | | | | B | B_m. | | | | |

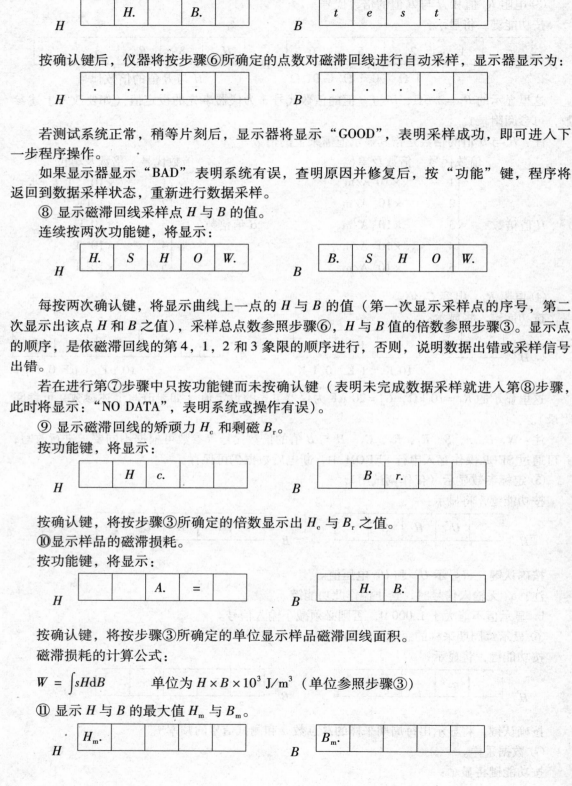

按确认键，将按步序③所确定的倍数显示出 H_m 与 B_m 之值。

⑫ 显示 H 与 B 的相位差。

按功能键，将显示：

H | | P | H | $R.$ | |

B | | | | | C |

按确认键，如显示为：

H | | 2 | $5.$ | 5 | 0 |

B | | $H.$ | $-$ | $-$ | $B.$ |

上例显示表示，H 与 B 的相位差是 25.5°，在相位上 U_H 超前 U_B。

⑬ 与 PC 连机测试操作。

按功能键，将显示：

H | | $P.$ | $C.$ | $-$ | $-$ |

B | | S | H | O | $W.$ |

按确认键，进入联机状态（参阅附录Ⅱ）

⑭ U_{HC} 电压校准操作（调试时用）。

按功能键，将显示：

H | | | $H.$ | | |

B | | C | H | E | $C.$ |

⑮ U_{BC} 电压校准操作（调试作用）。

H | | | $B.$ | | |

B | | C | H | E | $C.$ |

⑯ SEEP 操作（数据存入 EEPROM－93C46）。

按功能键，将显示：

H | | | | | |

B | | S | E | E | $P.$ |

方法：在 H 显示器的最高两位上写入存入码"96"；

按确认键，片刻后，回显"85"，说明数据已存入 EEPROM 中。

⑰ 程序结束。

按功能键，将显示：

H | | 0 | | | |

B | | | | | |

5. 注意事项

① 如按仪器事先设定值输入 N，L，n，S，R_1，R_2，C_2，H 与 B 的倍数代号等参数，则

不必按确认键；如要改写上述参数，则改写后，务必按确认键，才能将数据输入。

② 按常规操作至步骤⑫（显示 H 与 B 的相位差）后，磁滞回线采样数据将自动消失，必须重新进行数据采样。

③ 测试过程中如显示器显示"COU"字符，表示应继续按动功能键。

6. 数位键和数据键操作

若改写样品的某项参数，如将 $N = 50$ 匝，$L = 60$ mm 改写 $N = 100$ 匝，$L = 80$ mm，可按如下步骤进行。

按功能键，显示器将显示：

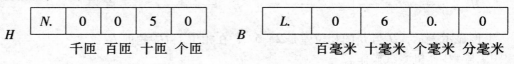

① 将 N 由 50 匝改写为 100 匝。

按动数位键，使位于 B 窗口数据框内"个毫米"处的小数点右移至"分毫米"处；再按动数位键，使小数点渐次移入 H 窗口"百匝"（即数据输入位）处。

$$H \quad \boxed{N \mid 0 \mid 0. \mid 5 \mid 0}$$

按动数据键，将小数点位处数码管数字"0"改写为"1"；

$$H \quad \boxed{N \mid 0 \mid 1. \mid 5 \mid 0}$$

再按动数位键，使小数点右移一位至"十匝"处（数据输入位）。

$$H \quad \boxed{N \mid 0 \mid 1 \mid 5. \mid 0}$$

按动数据键，将小数点位处数码管数字"5"改写为"0"；

$$H \quad \boxed{N \mid 0 \mid 1 \mid 0. \mid 0}$$

再按动数位键，使小数点右移一位至"个匝"处。

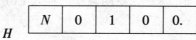

至此，样品匝数已由 50 改写为 100。

② 将 L 由 60 mm 改写为 80 mm。

操作方法同上。

连续按动数位键，使小数点由 H 窗口的"个匝"处右移至 B 窗口"十毫米处"（数据输入位）。

	L	0	6.	0	0

B

按动数据键，将小数点位处的数码管数字"6"改写为"8"；

	L	0	8.	0	0

B

再按动数位键，使小数点右移一位至"个毫米"处。

	L	0	8	0.	0

B

至此，样品平均磁路长度 L 已由 60 mm 改写为 80 mm。

③ 按确认键，当显示器显示"1"，表明修改后的 N，L 值已输入。

④ 若要将改写后的数据存入 EEPROM 中，请参阅操作步骤⑯。

附录Ⅱ KH–MHC 型智能磁滞回线测试仪使用说明书

KH–MHC 型智能磁滞回线测试仪除可以完成磁滞回线基本实验内容外还具有与 PC 机数据通讯的功能。其脱机使用方法与功能和 TH–MHC 型智能磁滞回线测试仪一样，其与 PC 机通讯的功能和使用方法介绍如下：

1. 进入联机操作状态

用配带的串行通讯线将测试仪后面板上的 RS–232 串行输出口与 PC 机的一个串行口相连接，打开测试仪，首先用测试仪上的按键确认 N，L，n，S 四个参数，然后按"功能"键将功能调至"PC SHOW"功能，按"确认"键进入 PC 机联机操作状态，数码显示器上显示"PC. F—"。

2. 运行要求

PLCOM 可以在软盘或硬盘上运行，但由于速度上的原因，请将提供的软盘上的所有文件复制到硬盘的一个目录下，如 C：\ PLCOM 目录。

3. 运行 PLCOM. EXE

假定 PLCOM. EXE 在 C 盘的 PLCOM 目录下，进入 C：\ PLCOM 目录，在 DOS 提示条件下输入命令：

C：\ PLCOM > PLCOM

屏幕出现如下提示：

Read data of H, B from Device.

Copyright（c）1998—1999 by Hangzhou Tianhuang.

All yights reserved.

Will You sample H & B？（Y/N）

此时，PLCOM 询问是否立即对 H 和 B 进行采样，如果按"Y"键，则 PLCOM 将指示测试仪对 H 和 B 进行采样，出现如下提示：

Sampling... Please Waitting...

即"正在采样，请稍候……"。测试仪上的数码显示器同时显示正在采样。

如果按"N"键，PLCON 从测试仪中读取的是上一次的测试结果。然后，PLCOM 从测试仪中取采样点数及 H 和 B 的采样数据，屏幕显示如下：

Get Sample Count...

Count：308

Read array of H...

Read array of B...

在读 H，B 采样数据结束后，屏幕上出现 H 曲线、B 曲线及 H—B 曲线的画面。按任意键可以退出 PLCOM 画面。

从测试仪中读取的 H 和 B 的数据保存在当前目录下的数据文件 HYST. DA – TREADME 程序来阅读，方法是在 DOS 提示输入

C：\ PLCOM > EDIT HYST. DAT

注：在操作过程中，如果由于意外情况使测试仪与 PC 机的联机出现问题，按"ESC"键可以中止正在进行的那一步操作。

实验二十一 霍尔效应法测定螺线管轴向磁感应强度分布

一、实验目的

① 学习用霍尔效应测量磁场的原理和方法。
② 学习用霍尔器件测绘长直螺线管的轴向磁场分布。

二、实验仪器

螺线管磁场实验仪，安培表（0～2 A），毫安表（0～20 mA）直流稳压电源（2 A，30 V）。甲电池5节，VJ31型箱式电位差计，滑线变阻器（300 Ω，150 Ω）各一个，标准电池，检流计，单刀开关2个，导线等。

三、实验原理

1. 霍尔效应法测量磁场原理

霍尔效应从本质上讲是运动的带电粒子在磁场中受洛仑兹力作用而引起的偏转。当带电粒子（电子或空穴）被约束在固体材料中，这种偏转就导致在垂直电流和磁场的方向上产生正负电荷的聚积，从而形成附加的横向电场。对于图 2－21－1 所示的半导体试样，若在 X 方向通以电流 I_S，在 Z 方向加磁场 B，则在 Y 方向即试样 A，A' 电极两侧就开始聚积异号电荷而产生相应的附加电场——霍尔电场。电场的指向取决于试样的导电类型。显然，该电场是阻止载流子继续向侧面偏移，当载流子所受的横向电场力 eE_H 与洛仑兹力 $e\overline{v}B$ 相等时，样品两侧电荷的积累就达到平衡，故有：

$$eE_H = e\overline{v}B \qquad (2-21-1)$$

式中，E_H 为霍尔电场；$\overline{v}$ 是载流子在电流方向上的平均漂移速度。

设试样的宽为 b，厚度为 d，载流子浓度为 n，则：

$$I_S = ne\overline{v}bd \qquad (2-21-2)$$

由式 2－21－1，2－21－2 可得：

$$V_H = E_h b = \frac{1}{ne} \cdot \frac{I_S B}{d} = R_H \frac{I_S B}{d} \qquad (2-21-3)$$

即霍尔电压 V_H（A，A' 电极之间的电压）与 $I_S B$ 乘积成正比与试样厚度 d 成反比。比例系数 $R_H = \frac{1}{ne}$ 称为霍尔系数，它是反映材料的霍尔效应强弱的重要参数。

霍尔器件就是利用上述霍尔效应制成的电磁转换元件，对于成品的霍尔器件，其 R_H 和 d 已知，因此在实用上就将式（2－21－3）写成：

$$V_H = K_H I_S B \qquad (2-21-4)$$

式中，$K_H = \frac{R_H}{d}$ 为霍尔器件的灵敏度（其值由制造厂家给出），它表示该器件在单位工作电流和单位磁感应强度下输出的霍尔电压。式（2 – 21 – 4）中的单位取 I_S 为 mA，B 的单位为 T，V_H 的单位为 mV，则 K_H 的单位为 mV/（mA·T）。根据式（2 – 21 – 4），因 K_H 已知，而 I_S 由实验给出，所以只要测出 V_H 就可以求得未知磁感应强度 B：

$$B = \frac{V_H}{K_H I_S} \qquad\qquad (2 - 21 - 5)$$

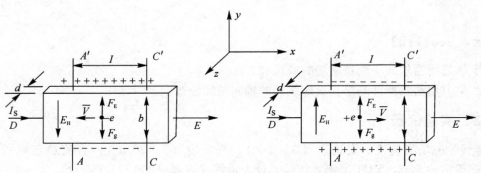

图 2 – 21 – 1　半导体试样

2. 霍尔电压 V_H 的测量方法

应该说明，在产生霍尔效应的同时，因伴随着多种副效应，以致实验测得的 A，A' 两电极之间的电压并不等于真实的 V_H 值，而是包含着各种副效应引起的附加电压，因此必须设法消除。根据副效应产生的机理可知，采用电流和磁场换向的对称测量法，基本上能够把副效应的影响从测量的结果中消除，具体的做法是保持 I_S 和 B（即 I_M）的大小不变，并在设定电流和磁场的正、反方向后，依次测量由下列四组不同方向的 I_S 和 B 组合的 A、A' 两点之间的电压 V_1，V_2，V_3 和 V_4，即：

$$
\begin{array}{lll}
+I_S & +B & V_1 \\
+I_S & -B & V_2 \\
-I_S & -B & V_3 \\
-I_S & +B & V_4
\end{array}
$$

求上述四组数据 V_1，V_2，V_3 和 V_4 的代数平均值，可得：

$$V_H = \frac{1}{4}(V_1 - V_2 + V_3 - V_4) \qquad\qquad (2 - 21 - 6)$$

通过对称测量法求得的 V_H，虽然还存在个别无法消除的副效应，但其引入的误差甚小，可以略而不计。

式（2 – 21 – 5），式（2 – 21 – 6）就是本实验用来测量磁感应强度的依据。

3. 载流长直螺线管内的磁感应强度

螺线管是由绕在圆柱面上的导线构成的，对于密绕的螺线管，可以看成是一列有共同轴线的圆形线圈的并排组合，因此一个载流长直螺线管轴线上某点的磁感应强度，可以从对各圆形电流在轴线上该点所产生的磁感应强度进行积分求和得到，对于一个有限长的螺线管，在距离两端口等远的中心点，磁感应强度为最大，且等于：

$$B_0 = \mu_0 N I_M \qquad\qquad (2 - 21 - 7)$$

式中，μ_0 为真空磁导率；N 为螺线管单位长度的线圈匝数；I_M 为线圈的励磁电流。

由图 2-21-2 所示的长直螺线管的磁力线分布可知，其内腔中部磁力线是平行于轴线的直线系，渐近两端口时，这些直线变为从两端口离散的曲线，说明其内部的磁场是均匀的，仅在靠近两端口处，才呈现明显的不均匀性，根据理论计算，长直螺线管一端的磁感应强度为内腔中部磁感应强度的 1/2。

四、实验装置简介

TH-S 型螺线管磁场测定实验组合仪全套设备由实验仪和测试仪两大部分组成（其中测试仪部分由同学自己连接）。

实验仪：

① 长直螺线管。长度 $L = 28$ cm，单位长度的线圈匝数 N（匝／米）标注在实验仪上。

② 霍尔器件和调节机构。霍尔器件如图 2-21-3 所示，它有两对电极，A，A' 电极用来测量霍尔电压 V_H，D，D' 电极为工作电流电极，两对电极用四线扁平线经探杆引出，分别接到实验仪的 I_S 换向开关和 V_H 输出开关处。

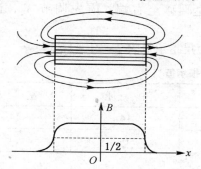

图 2-21-2　长直螺线管的磁力线分布

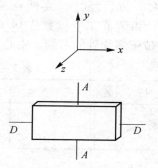

图 2-21-3　样品示意图

霍尔器件的灵敏度 K_H 与载流子浓度成反比，因半导体材料的载流子浓度随温度变化而变化，故 K_H 与温度有关。实验仪上给出了该霍尔器件在 15 ℃时的 K_H 值。

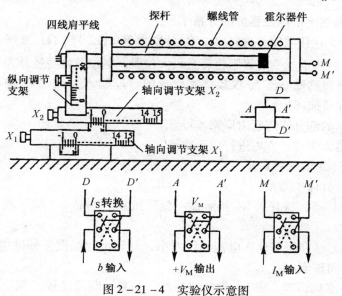

图 2-21-4　实验仪示意图

实验仪如图2-21-4所示，探杆固定在二维'（X，Y方向）调节支架上。其中Y方向调节支架通过旋钮Y调节探杆中心轴线与螺线管内孔轴线位置，应使之重合。X方向调节支架通过旋钮X_1，X_2调节探杆的轴向位置。二维支架上设有X_1，X_2及Y测距尺，用来指示探杆的轴向及纵向位置。

当前利用二维调节结构的同类产品中，只能测试螺线管半边轴向磁场分布曲线，无法满足实验要求。为此，此仪器专门设置了X_1，X_2两个互补的轴向调节支架，实现从螺线管一端到另一端的整个轴向磁场分布曲线的测试，且调节平衡，可靠，读数准确。同时也克服了当前另一些同类产品如探杆直接推拉法，滑轮拉线法等结构粗糙，读数不准，易出故障的缺点。

仪器出厂前探杆中心轴线与螺线管内孔轴线已按要求进行了调整，因此，实验中，Y旋钮无需调节。

如操作者想使霍尔探头从螺线管的右端移至左端，为调节顺手，应先调节X_1旋钮，使调节支架X_1的测距尺读数X_1从0.0→14.0 cm，再调节X_2旋钮，使调节支架X_2测距尺读数X_2从0.0→14.0 cm，反之，要使探头从螺线管左端移至右端，应先调节X_2，读数从14.0 cm→0.0，再调节X_1，读数从14.0 cm→0.0。

霍尔探头位于螺线管的右端、中心及左端，测距尺指示见表2-21-1。

表 2-21-1　测距尺指示值

位　置		右　端	中　心	左　端
测距尺读数/cm	X_1	0	14	14
	X_2	0	0	14

③ 工作电流I_S及励磁电流I_M换向开关；霍尔电压V_H输出开关。三组开关与对应的霍尔器件及螺线管线包间连线出厂前均已接好。

五、实验内容及步骤

1. 测绘螺线管轴线上磁感应强度的分布

① 按图2-21-5连接线路，选择R_1，R_2分别为300 Ω，150 Ω；毫安表量程为10 mA，安培表量程为1 A，并将滑线变阻器阻值旋至最大位置。电位差计转换开关K_2'（断）。必须强调指出：决不允许将励磁电流I_M误接到实验仪的"I_S输入"或"V_H输出"处，否则一旦通电，霍尔器件即遭损坏！

注意：图中所示的部分线路已由厂家连接好。

经教师检查线路无误后，方可进行以下步骤。

② 校准电位差计（请先看实验十八，电位差计再做以下调节）。

校准电位差计，具体步骤是：

a. 参照图2-21-5，将开关K_2'指示在"断"位置。"粗"、"细"和"断路"三个按钮全部松开。

b. 根据室内的温度和所用标准电池的说明书，计算出此温度下标准电池的电动势E_S，把温度补偿盘R_S指向该值。

c. 事先将检流计G调零。将K_2'指向"标准"位置。断续地按"粗"按钮，同时依次

调节 R_{p_1}，R_{p_2} 和 R_{p_3}，使 G 指零。然后按"细"按钮，同时调 R_{p_3} 使 G 精确地指零。这就校准好了电位差计。

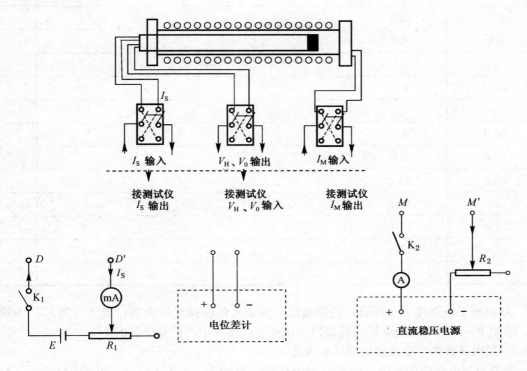

图 2 – 21 – 5　线路图

③ 测绘螺线管轴线上磁感应强度的分布。慢慢调节 R_1，R_2 分别使 $I_S = 8.0$ mA，$I_M = 0.6$ A，并在测试中保持不变。

以相距螺线管两端口等远的中心位置为坐标原点，探头离中心位置 $X = 14 - X_1 - X_2$ 调节旋钮 X_1，X_2 使测距尺读数 $X_1 = X_2 = 0.0$ cm。先调节 X_1 旋钮。保持 $X_2 = 0.0$ cm 使 X_1 停留在 0.0 cm，0.5 cm，1.0 cm，1.5 cm，2.0 cm，5.0 cm，8.0 cm，11.0 cm，14.0 cm 等读数处，再调节 X_2 旋钮，保持 $X_1 = 14.0$ cm，使 X_2 停留在 3.0 cm，6.0 cm，9.0 cm，12.0 cm，12.5 cm，13.0 cm，13.5 cm，14.0 cm 等读数处，将电位差计的 K_2' 转至待测电压"未知 I"或"未知 II"，依次调节测量盘 I，II，III，使电位差计处于补偿状态，测出各相应位置的 V 值，并计算相对应的 V_H 及 B 值，填入表 2 – 21 – 2 中。

$$I_S = 8.0 \text{ mA}, \quad I_M = 0.60 \text{ A}$$

表 2 – 21 – 2　测量数据

X_1/cm	X_2/cm	X/cm	V_H/mV（$+I_S$，$+B$）略去附加效应	B/T
0.0	0.0			
0.5	0.0			
1.0	0.0			
1.5	0.0			
2.0	0.0			

续表

X_1/cm	X_2/cm	X/cm	V_H/mV（$+I_S$，$+B$）略去附加效应	B/T
5.0	0.0			
8.0	0.0			
11.0	0.0			
14.0	0.0			
14.0	3.0			
14.0	6.0			
14.0	9.0			
14.0	12.0			
14.0	12.5			
14.0	13.0			
14.0	13.5			
14.0	14.0			

④ 以磁感应强度 B（高斯）为纵坐标，霍尔元件在螺线管内的位置 X（厘米）为横坐标，绘制 B—X 曲线。验证螺线管端口的磁感应强度为中心位置磁强的 $1/2$。

2. 测螺线管内中心位置的磁感应强度

考虑附加电动势的影响，仍然利用此装置，保持 $I_S = 8.0$ mA，$I_m = 0.60$ A 不变，$X_1 = 14.0$ cm，$X_2 = 0.0$ cm 此时霍尔元件处于中心位置。断开 V_H 输出开关，将 I_S，I_M 按下表中要求进行换向，然后将 V_H 输出端作相应换向。合上 V_H 输出开关，将电位差计的 K_2' 转至待测电压未知"Ⅰ"或未知"Ⅱ"位置，依次调节测量盘Ⅰ，Ⅱ，Ⅲ，使电位差计处于补偿状态，测出 V_1，V_2，V_3，V_4 值，并计算相对应的 V_H 及 B 值，填入表 2-21-3 中。

表 2-21-3 V_H 及 B 值

X_1/cm	X_2/cm	X/cm	V_1/mV	V_2/mV	V_3/mV	V_4/mV	V_H/mV	B/T
			$+I_S + B$	$+I_S - B$	$-I_S - B$	$-I_S + B$		
14.0	0.0							

注意：工作电流 I_S，励磁电流 I_M，换向开关（指向螺线管时为"$+$"向）、霍尔电压 V_H 及输出开关（指向螺线管时为"$+$"向）的正确使用。

将螺线管中心的 B 值与理论值进行比较，求出相对误差。

$$B_{理论} = \mu_0 N I_M = \qquad\qquad \mu_0 = 4\pi10^{-3} \left(\frac{\text{Gs}\cdot\text{m}}{\text{A}}\right)(1\text{ Gs} = 10^{-4}\text{ T})$$

$$本实验中 I_M = \qquad\qquad N =$$

$$\Delta B = |B - B_{理论}| = \qquad\qquad \frac{\Delta B}{B_{理论}} =$$

实验结束后，慢慢地将 I_S，I_M 调至较小（R_1，R_2 调至最大），然后再断开关 K_1，K_2。

附录　附加电动势

1. 爱延毫森（Etinghausen）效应

霍尔元件内每个载流子的实际定向漂移速度是不相同的，有的漂移速度 v' 大于平均速度 v，有的漂移速度 v'' 小于平均速度 v。在图所示的条件下，霍尔电场建立以后，$v' > v$ 的自由电子所受的洛仑兹力 $fa' = ev'B > f_E$，这些电子将向下偏转；而 $v'' < v$ 的自由电子所受的洛仑兹力 $f''_B = ev''B < f_E$，这些电子将向上偏转。这样使霍尔元件中一侧高速载流子较多，载流子与晶格碰撞而使这一侧温度较高；另一侧低速载流子较多，使这一侧的温度较低，从而出现 Z 方向上的温度梯度，这种现象被称为爱延毫森效应。于是 P、S 极间产生了温差电动势 V_E。由以上分析可知，V_E 随 I_S 和 B_X 的换向而换向。

2. 能斯物（Nernst）效应

由于电极 M、N 焊接面的接触电阻不相等，工作电流 I_S 通过时两处耗散的焦耳热，也不相同，使左右两个端面出现温度差。这个 Y 轴方向的温度梯度会引起一个附加的同方向的热扩散电流。这个电流在磁场作用下，类似于 V_H 也会在 P、S 极间产生电压 V_H。这种现象被称为能斯特效应。由以上分析可知，V_N 与 I_S 的方向无关，随 B_X 的换向而换向。

3. 里纪—勒杜克（Righi—Leduc）效应

上述热扩散电流的各个载流子的速度各不相同，根据爱延毫森效应所述的理由，此时也将出现一个 Z 方向上的温度梯度，这种现象被称为里纪—勒杜克效应。于是 P、S 极间又产生了附加的温差电动势 V_{RL}，V_{RL} 随 B_X 的换向而换向，与 I_S 的换向无关。

4. 不等电位差（或称零位误差）V_0

由于霍尔元件材料本身的不均匀，霍尔电极位置的不对称，即使不存在磁场，当 I_S 通过霍尔片时，P、S 两极也会处在不同的等位面上。因此，霍尔元件存在着由于 P、S 电位不相等而附加的电压，称之为"不等电位差"，用 V_0 表示。V_0 随 I_S 的换向而换向，与 B_X 的换向无关。

由以上分析可知，在 B_X 和 I_S 给定的情形下，实际测量的 P、S 两端的电压不仅包含 V_H，还包含着 V_E、V_N、V_{BL} 和 V_0。假如 B_X 和 I_S 的方向如图 2−21−1 所示，又设 P 端比 S 端电势高时 V_0 为正，并且 N 端的温度比 M 端高，那么此时测得的 P、S 极间的电压为：

$$V_1 = V_H + V_0 + V_E + V_N + V_{RL}$$

如果 I_S 不变，将 B_X 换向，P、S 间的电压：

$$V_2 = -V_H + V_0 - V_E - V_N - V_{RL}$$

如果 B_X 和 I_S 同时换向，P、S 间的电压：

$$V_3 = V_H - V_0 + V_E - V_N - V_{RL}$$

如果 B_X 不变，将 I_S 换向，P、S 间的电压：

$$V_4 = -V_H - V_0 - V_E + V_N + V_{RL}$$

将 $V_1 - V_2 - V_3 + V_4$，就可消去 V_0，V_N 和 V_{RL}，得到：

$$V_H = \frac{1}{4}(V_1 - V_2 + V_3 - V_4) - V_E$$

从其他实验已知，爱延毫森效应引起的电压 V_E 比 V_H 小得多，$V_E/V_H < 5\%$，故 V_E 可略去，又 $V_3 < 0$，$V_4 < 0$

所以
$$V_H \approx (V_1 - V_2 + V_3 - V_4)/4 = \frac{1}{4}(V_1 + |V_2| + V_3 + |V_4|)$$

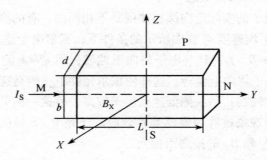

附录　图 2 – 21 – 1

实验二十二 密立根油滴实验

电荷的不连续性的发现和电子电量的精确测定推进了人们对微观结构的认识。而且许多物理常数如电子的质量、普朗克常数等，都可以根据电子的电量 e 的数值来确定。

由美国实验物理学家密立根（R. A. Millikan）首先设计并完成的密立根油滴实验，在近代物理学的发展史上是一个十分重要的实验。它证明了任何带电体所带的电荷都是某一最小电荷——基本电荷的整数倍；明确电荷的不连续性；并精确地测定了基本电荷的数值，为实验上测定其他一些基本物理量提供了可能性。

一、实验目的

通过对带电油滴在重力场和静电场中运动的测量，验证电荷的不连续性，并测定电子的电荷值 e。

二、实验原理

用油滴法测量电子的电荷有两种方法，即静态（平衡）测量法和动态（非平衡）测量法。两种测量方法分述如下：

1. 静态（平衡）测量法

用喷雾器将油喷入两块相距为 d 的水平放置的平行极板之间。油在喷射撕裂成油滴时，一般都是带电的。设油滴的质量为 m，所带的电荷为 q，两极板间的电压为 V，则油滴在平行极板间将同时受到重力 mg 和静电力 qE 的作用。如果调节两极板间的电压 V，可使该两力达到平衡，如图 2 – 22 – 1 所示。这时：

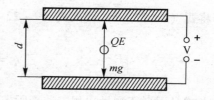

图 2 – 22 – 1 油滴在两平行极板之间静止

$$mg = qE = q \frac{V}{d} \qquad (2 - 22 - 1)$$

为了测出油滴所带的电量 q，除了需测定 V 和 d 外，还需要测量油滴的质量 m。因 m 很小，需用如下特殊方法测定：平行极板不加电压时，油滴受重力作用而加速下降，但是由于空气黏滞阻力与油滴的速度成正比，下降一段距离达到某一速度 v_g 后，阻力 f_r 与重力 mg 平衡（空气浮力忽略不计），油滴将匀速下降。根据斯托克斯定律可知：

$$f_r = 6\pi a \eta v_g = mg \qquad (2 - 22 - 2)$$

式中，η 为空气的黏滞系数；a 为油滴的半径（由于表面张力的原因，油滴总是呈小球状）。设油的密度为 ρ，油滴的质量 m 可以用下式表示：

$$m = \frac{4}{3}\pi a^3 \rho \qquad (2 - 22 - 3)$$

由式（2 – 22 – 2）和式（2 – 22 – 3），得到油滴的半径：

取 ×10^{-10} 挡位，将光电暗盒放置在 30 cm 处，测量电流指示为零时的电压值，观测光电流为零时的电压值是否依次增大。如果依次增大证明光电子的能量与光频率成正比。

③ 验证光电效应是瞬时效应

选取 365 nm 的滤色片和 ϕ20 的透光孔，将电压输出调节到 0.00 V，选取 ×10^{-10} 挡位，将光电暗盒放置在 30 cm 处，通过光孔转盘来瞬间改变光的有无，观测电流指示是否也瞬时的有无变化；

3. 测量截止电压

由于存在其他干扰电流的影响，要精确测量截止电压必须采用拐点（抬头点）法来测量。

① 将光电暗盒置于 35 cm 处并选取 ϕ20 的透光孔，选取 ×10^{-10} 挡位，然后依次选取 365 nm、405 nm、436 nm、546 nm、577 nm 的滤光片，从 −4.50 V 开始由低到高每次增加 0.5 V 一直到 0.00 V，粗略确定电流开始变化的位置，并将数据记录在表 2 − 23 − 1 中，此过程称为粗测。

表 2 − 23 − 1　粗测数据记录

$L = 35$ cm, $\phi = 20$ cm

电压 /V	电流（365 nm） /A	电流（405 nm） /A	电流（436 nm） /A	电流（546 nm） /A	电流（577 nm） /A
−4.50					
−4.00					
−3.50					
−3.00					
−2.50					
−2.00					
−1.50					
−1.00					
−0.50					
0.00					

② 为了使测量进一步精确，需要在在粗测的基础上精确测量"抬头点"电压，每隔 0.02 V 记录一次光电流的数值，并将实验数据记录在表 2 − 23 − 2 中。此过程称为细调。

需要指出的是：由表 2 − 23 − 1 所测结果分析，精确的抬头点电压是一个值，它存在于很小的范围内，因此，对应于不同波长抬头点的电压值没有必要按着表 2 − 23 − 2 给出的测量范围做大量的 0.02 V 的调节，只要根据表 2 − 23 − 1 的数据分析，在粗调确定的结果前一个数据开始做几个改变 0.02 V 电压数据，从而确定该波长所对应的抬头点电压值。因此表 2 − 23 − 2 只作参考。

③ 分析实验数据，并将确定的抬头点电压记录在表格 2 − 23 − 3 中。

表2-23-2 细调数据测量

$L = 35$ cm，$\phi = 20$ cm

365 nm	405 nm		436 nm		546 nm		577 nm	
电压/V	电流/A	电压/V	电流/A	电压/V	电流/A	电压/V	电流/A	电压/V	电流/A
-2.20								
-2.18								
-2.16								
-2.14								
-2.12								
-2.10								
-2.08								
-2.06								
-2.04								
-2.02								
-2.00								
-1.98								
-1.96								
-1.94								
-1.92								
-1.90								
-1.88								
-1.86								
-1.84								
-1.82								
-1.80								
-1.76								
-1.74								
-1.72								
-1.70								
-1.68								
-1.66								
-1.64								
-1.62								
-1.60								

五、实验数据处理

① 根据表2-23-3中的数据拟合出 V_0—ν 的曲线，如果是一条直线则证明爱因斯坦方程的正确性。

② 计算出直线的斜率 K，则 $h = eK$，并与理论值 $h = 6.626 \times 10^{-34}$ J·s 作比较，并计算实验相对误差 σ。

注意：表中的数据不可能完全在一条直线上，做直线时要尽量使各个点均匀地分布在直线两侧，使得测量结果误差最小。

表2-23-3

λ/nm	365	405	436	546	577	H/ ($\times 10^{-34}$ J·s)	σ/%
ν/ ($\times 10^{14}$ Hz)	8.22	7.41	6.88	5.49	5.20		
$-V_0$/V							

思 考 题

① 爱因斯坦光电效应方程的物理意义是什么？

② 什么是截止频率？什么是截止电压？实验中如何确定截止电压？

③ 实验测得的光电管的伏安特性曲线与理想曲线有何不同？"抬头点"的确切含义是什么？

④ 实验结果的精度和误差主要取决于哪几个方面？

附录 I THQPC-1型普朗克常数测定仪的使用说明

THQPC-1型普朗克常数测定仪是为验证爱因斯坦方程和求取普朗克常数而设计的一种物理实验教学仪器。本仪器设计新颖，结构牢固，操作简便，实验数据准确，可供开设近代物理或普通物理实验教学所用。本仪器采用数字显示表，显示电压和电流，方便直观，使数据准确度提高。

一、仪器结构

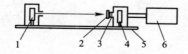

图2-23-5 仪器结构

1—汞灯；2—滤色片；3—光阑；4—光电管；5—底座；6—测试仪

二、仪器的主要技术参数

1. 微电流放大

电流测量范围：$10^{-8} \sim 10^{-10}$ A，分3挡，三位半数显显示，最小显示位 10^{-10} A。

零漂：开机 30 min 后，30 min 内不大于满度读数的 ±1%（×10^{-10} A 挡）。

2. 光电管阳极电源

电压调节范围：−5.00 ～ +5.00 V，最小调节电压 0.01 V。

3. 滤色片

滤色片是一组直径为 20 mm 的带通型有色玻璃片，它具有滤选 365 nm、405 nm、436 nm、546 nm、577 nm 等谱线的能力。

4. 光源

光源采用 GGQ − 50 W 高压汞灯。

5. 光电管参数

光谱响应范围：340 ～ 700 nm；

最小阴极灵敏度：≥1 μA/Lm；

阳极：镍圈；

阴极为银—氧—钾（Ag − O − K）；

暗电流：≤10^{-12} A。

为避免散光和外界磁场对微弱电流的干扰，光电管安装在暗盒中，暗盒前可以安放 φ5 mm、φ10 mm、φ20 mm 的光孔和 φ20 mm 各种滤色片，通过转动转盘来选取。

三、仪器使用注意事项

① 仪器不宜在强磁场、强电场、高湿度及温度变化率大的场合下工作。

② 配套滤色片是精选加工的组合玻璃片，注意避免污染，保持良好的透光率。

③ 汞灯电源关掉之后不能立即重新开启，必须过一段时间再开通电源，以免影响使用寿命。

附录 II　光学仪器的使用和维护规则

光学仪器的应用十分广泛。例如，它可将像放大、缩小或记录储存；可以实现不接触的高精度测量；利用光谱仪器可研究原子、分子和固体的结构，测量各种物质的成分和含量等。特别是，由于激光的产生和发展，近代光学和电子技术的密切配合，以及材料和工艺上的革新等，光学仪器在国民经济的各个部门几乎成为不可缺少的工具。

光学仪器的核心部件是它的光学元件，如各种透镜、棱镜、反射镜、分划板等，对它们的光学性能（如表面光洁度、平行度、透光率等）都有一定的要求。光学元件极易损坏。最常见的损坏有下列几种：

① 破损：由于使用者粗心大意，使光学元件受到强烈的撞击（如跌落、震动）或挤压，造成缺损和破裂。

② 磨损：这是最常见的，也是危害性最大的损坏。往往在玻璃表面上附有灰尘等污物时，由于处理方法不正确（如用手或布，甚至用纸片去擦），以致使玻璃的光学表面留下刻痕。也有因使用或保管不善，使光学元件和其他物体发生摩擦。磨损的结果，将使仪器成像变模糊，严重时甚至不能成像。

③ 污损：由于手指上的油垢汗渍或不洁的液体所造成的沉淀，结果在光学表面上留下斑渍。

④ 发霉：这是由于光学元件所处于环境的温度较高，湿度较大，适宜于微生物的生长而造成的。

⑤ 腐蚀：是在光学表面遇到酸、碱等化学物品后造成的。

由于以上原因，光学仪器在使用和维护时必须遵守下列规则：

① 必须在了解仪器的使用方法和操作要求后才能使用仪器。

② 仪器应轻拿、轻放，勿受震动。

③ 不准用手触摸仪器的光学表面。如必须用手拿一些光学元件（如透镜、棱镜等）时，只能接触非光学表面部分，即磨砂面，如透镜的边缘、棱镜的上下底面等，如图所示。

④ 光学表面若有轻微的污痕或指印，可用特制的镜头纸或清洁的麂皮轻轻地拭去，不能加压力擦拭，更不准用手、手帕、衣服或其他纸片擦拭。使用的镜头纸应保持清洁（尤其不能粘有尘土）。若表面有较严重的污痕、指印等，一般应由实验室管理人员用乙醚、丙酮或酒精等清洗（镀膜面不宜清洗）。

图 2-23-6　拿透镜的正确姿势

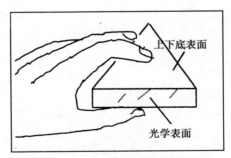

图 2-23-7　拿棱镜的正确姿势

⑤ 光学表面如有灰尘，可用实验室专备的干燥的脱脂软毛笔轻轻掸去，或用橡皮球将灰吹去，切不可用其他任何物品揩拭。

⑥ 除实验规定外，不允许任何溶液接触光学表面。

⑦ 光学仪器中的机械部分，很多都经过精密加工，如迈克尔逊干涉仪的蜗轮、蜗杆、分光仪的微调螺钉、刻度盘、可调狭缝等，装配也很精密，因此操作时动作要轻，螺母不要拧得过紧或强行转动，发现异常立即停下，以免损坏部件或仪器，严禁私自拆卸仪器。

⑧ 仪器用毕，应放回箱内或加罩，防止沾污尘土。

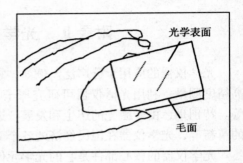

图 2 - 23 - 8　拿平面镜的正确姿势

实验二十四　薄透镜焦距的测定

光学仪器种类繁多，而透镜是光学仪器中最基本的元件。反映透镜特性的一个重要的物理量是焦距。在不同的使用场合下，为了不同的目的，需要选择不同焦距的透镜或透镜组。要测定透镜的焦距，常用的方法有平面镜法和物距像距法。对于凸透镜还可用移动透镜二次成像法（又称共轭法），应用这种方法，只需要测定透镜本身的位移，测法简便，测量的精度高。

一、实验目的

① 学习测量透镜焦距的几种方法。
② 掌握简单光路的分析和调整方法。
③ 了解透镜成像原理，观察透镜成像的像差。

二、实验仪器

光具座，凹透镜，凸透镜，平面镜，物。

三、实验原理

1. 薄透镜成像公式

透镜可分为凸透镜和凹透镜两类。凸透镜具有使光线会聚的作用，就是说一束平行于透镜主光轴的光线通过透镜后将会聚于主光轴上。会聚点 F 称为该透镜的焦点。薄凸透镜光心 O 到焦点 F 的距离称为焦距 f〔如图 2-24-1（a）〕。凹透镜具有使光束发散的作用，即一束平行于透镜主光轴的光线通过透镜后将散开。把发散光的延长线与主光轴的交点 F 称为该透镜的焦点。薄凹透镜光心 O 到焦点的 F 的距离称为它的焦距 f〔图 2-24-1（b）〕。

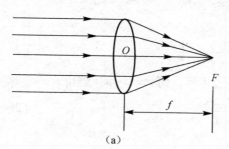
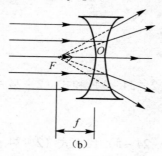

（a）　　　　　　　　　　　　　　　（b）

图 2-24-1　薄透镜成像
（a）凸透镜；（b）凹透镜

当透镜的厚度与其焦距相比甚小时，这种透镜称为薄透镜。在近轴光线（指通过透镜中心并与主光轴成很小夹角的光束）的条件下，薄透镜（包括凸透镜和凹透镜）成像的规律可表示为：

$$\frac{1}{u} + \frac{1}{v} = \frac{1}{f} \tag{2-24-1}$$

式中，u 为物距；v 为像距；f 为透镜的焦距，u，v 和 f 均从透镜的光心 O 点算起。对于实物物距 u 恒取正值，像距 v 的正负由像的实虚来确定。实像时 v 为正；虚像时 v 为负。对于凹镜，f 为负值。

为了便于计算透镜的焦距 f，式（2-24-1）可改写为：

$$f = \frac{uv}{u+v} \tag{2-24-2}$$

只要测得物距 u 和像距 v，便可算出透镜的焦距 f。

2. 凸透镜焦距的测量原理

① 平面镜法：当光点（物）处在凸透镜的焦点上时，它发出的光线通过透镜后可成为一束平行光。若用跟主光轴垂直的平面镜将此平行光反射回去，则通过透镜后光点的像将与光点本身重合。于是凸透镜光心到光点（物）之间的距离即为该透镜的焦距。

② 物距像距法：物体发出的光线，经过凸透镜折射后可成实像在凸透镜另一侧。分别测出物距 u 和像距 v，代入式（2-24-2）即可算出透镜的焦距 f。

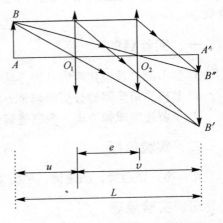

图 2-24-2　凸透镜焦距共轭法测量

③ 共轭法：如图 2-24-2，设物和像屏间的距离为 L（要求 $L > 4f$），且保持 L 不变，移动透镜，当它在 O_1 处时，屏上将出现一个放大的清晰的像 $A'B'$，（设此时物距为 u，像距为 v）；它在 O_2 处（设 O_1O_2 之间的距离为 e）时，在屏上又得到一个缩小的清晰的像 $A'B''$。

按照透镜成像公式（2-24-1），在 O_1 处：

$$\frac{1}{u} + \frac{1}{L-u} = \frac{1}{f} \tag{2-24-3}$$

在 O_2 处：

$$\frac{1}{u+e} + \frac{1}{v-e} = \frac{1}{f} \tag{2-24-4}$$

因为式（2-24-3）和式（2-24-4）等号右边相等，而 $v = L - u$，解得：

$$u = \frac{L-e}{2} \tag{2-24-5}$$

将式（2-24-5）代入式（2-24-3），得：

$$\frac{2}{L-e} + \frac{2}{L+e} = \frac{1}{f}$$

则：

$$f = \frac{L^2 - e^2}{4L} \tag{2-24-6}$$

这个方法的优点是，把焦距的测量归结为对可以精确测定的量 L 和 e 的测量，避免了在测量

u 和 v 时，由于估计透镜光心位置不准确所带来的误差。因为在一般情况下，透镜的光心并不跟它的对称中心重合。

3. 凹透镜焦距的测量原理

① 物距像距法：如图 2 - 24 - 3 所示，从物点 A 发出的光线经过凸透镜 L_1 后会聚于 B。假若在凸透镜 L_1 和像 B 之间插入一个焦距为 f 的凹透镜 L_2，然后调整（增加或减少）L_2 与 B 的距离，则由于凹透镜的发散作用，光线的实际会聚点将移远到达 B'。根据光线传播的可逆性，如果将物置于 B'，则由物点发出的光线经过凹透镜 L_2 折射后所成的虚像将落在 B 点。

令 $O_2B' = u$，$O_2B = v$，并考虑到对于凹透镜，f 和 v 均为负值。由式（2 - 24 - 1）得：

$$\frac{1}{u} - \frac{1}{v} = -\frac{1}{f} \qquad\qquad (2 - 24 - 7)$$

或

$$f = \frac{uv}{u - v}$$

② 平面镜法：如图 2 - 24 - 4 所示，将物点 A 安放在凸透镜 L_1 的主光轴上，测出它的成像位置 F。固定 L_1 后，在凸透镜 L_1 和像 F 之间插入待测的凹透镜 L_2 和一平面反射镜，并使 L_2 与 L_1 的光心 O_1、O_2 在同一轴上。移动 L_2，当由平面镜 M 反射的光线在物点 A 附近成一清晰的像时，则从凹透镜射到平面镜上的光是一束平行光，此时虚像点 F 就是凹透镜 L_2 的焦点。测出此时 L_2 的位置，则间距 O_2F 即为该凹透镜的焦距。

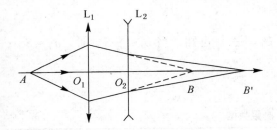 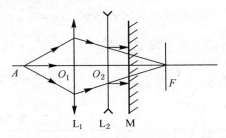

图 2 - 24 - 3　凹透镜焦距的物距像距法测量　　　　图 2 - 24 - 4　凹透镜焦距平面镜法测量

四、实验步骤与内容

1. 光学元件同轴等高的调整

薄透镜成像公式（2 - 24 - 1）仅在近轴光线的条件下才能成立。对于一个透镜位置，应使发光点处于该透镜的主光轴上，并在透镜前适当位置上加一光阑，挡住边缘光线，使入射光线与主光轴的夹角很小，对于由 n 个透镜等元件组成的光路，应使各光学元件的主光轴重合，才能满足近轴光线的要求。习惯上把各光学元件主光轴的重合称为同轴等高。显然，同轴等高的调节是光学实验必不可少的一个步骤。在后续光学实验中不再赘述此要求。

调节时，先用眼睛判断，将光源和各光学元件的中心轴调节成大致重合，然后借助仪器或者应用光学的基本规律来调整。在本实验中，利用透镜成像的共轭原理进行调整。

① 如图 2 - 24 - 2 放置物、透镜和屏，使 $L > 4f$（f 为透镜的焦距），然后固定物和像屏。

② 当移动透镜到 O_1 和 O_2 两处时，屏上分别得到放大和缩小的像，物点中心 A 处在主光轴上，则它的两次成像中心位置重合于 A'；物点 B 不在主光轴上，则它的两次成像位置

B'，B'' 分离开。当 B 点在主光轴上方时，放大的像点 B' 在缩小的像点 B'' 的下方。反之，则表示 B 点在主光轴的下方。调节物点中心 A 的高低，使经过透镜两次成像的中心位置重合，即达到了同轴等高。

③ 若固定物点中心 A，调节透镜的高度，也可以出现步骤②中所述的现象。根据观察到的透镜两次成像的位置关系，判断透镜中心是偏高还是偏低，最后将系统调成同轴等高。

2. 凸透镜焦距的测量

在精确测量前，将欲测透镜安装好，让远处的物（如窗子、室内的物品）经过透镜折射后成像屏上。粗略测出透镜至屏的距离，此即透镜的焦距。这是一种能迅速提供大致结果的有用方法。

（1）平面镜法

① 将用光源照明的带箭头的半透明板（简称物）、凸透镜和平面镜装在光具座支架上，改变凸透镜至半透明板（物）的距离，直至板上箭头旁边出现清晰的箭头像为止；测出此时的物距，即为透镜的焦距。画出此时的光路图。

② 在实际测量时，由于对成像清晰程度的判断总不免有一定的误差，故常用左右逼近法读数。先使透镜由左向右移动，当像刚清晰时停止，记下透镜位置的读数，再使透镜自右向左移动，在像刚刚清晰时又可读得一数，取这两次读数的平均值作为成像清晰时凸透镜的位置。重复以上测量步骤五次，将数据填入表（2 - 24 - 1）中，求出焦距的平均值 $\bar{f}$ 及其标准偏差 $S_{\bar{f}}$。若已知光具座标尺的示值误差 $\Delta_仪$ 不大于 1 mm，试估算焦距的合成不确定度 σ_f，写出测量结果的表达式：$f_测 = \bar{f} \pm \sigma_f$。

由合成不确定度公式 $\sigma_f = \sqrt{S_{\bar{f}}^2 + U_f^2}$（其中 $U_f = \dfrac{\Delta_仪}{3}$）可知，当 $U_f \leqslant \dfrac{1}{3} S_{\bar{f}}$ 时，$\sigma_s \approx S_{\bar{f}}$；而当 $S_{\bar{f}} \leqslant \dfrac{U_f}{3}$ 时，$\sigma_f \approx U_f$。

表 2 - 24 - 1　测量数据　　　　　　　　　　　　　　cm

次数	薄透镜位置			物位置	焦距	焦距平均值	标准偏差
	左→右	右→左	平均				
1							
2							
3							
4							
5							

③ 固定凸透镜，然后改变平面镜和凸透镜之间的距离，观察成像有无变化，并加以解释。

④ 稍微改变平面镜的法线和光轴夹角，如使平面镜上下倾斜或左右偏转，观察像与物相对位置的偏移跟平面镜转角变化之间有何关系？画出光路图并加以分析。

（2）物距像距法

① 在物距 $u > 2f$ 和 $2f > u > f$ 的范围内，各取 3 个不同的 u 值（固定物，改变凸透镜位

置），用左右逼近读数法测出成像清晰时屏的位置，填入表 2 - 24 - 2 中，按公式（2 - 24 - 2）求出焦距，然后求出焦距的平均值 $\bar{f}$。测读时应同时观察像的特点（如大小、取向等），分别画出光路图并做出说明。

物距 u 的条件：_____

表 2 - 24 - 2　测量数据　　　　　　　　　　　　　　　　　　　cm

次数	物位置	镜位置	屏位置			物距	像距	焦距	$\bar{f}$
			左→右	右→左	平均				
1									
2									
3									

② 根据步骤①的结果取 $u = 2f$，观察成像特点，画出光路图并作说明。

③ 取 $u < f$，观察能否用屏得到实像？应当怎样观察才能看到物像？试画出光路图并加以说明。

④ 将以上所得数据和观察到的现象进行比较，列表说明物距 $u = \infty$，$u > 2f$，$u = 2f$，$2f > u > f$，$u = f$ 和 $u < f$ 时所对应的像距 v 和成像特征。

（3）共轭法

① 按图 2 - 24 - 2，将被光源照明的刻有箭头的板、透镜和像屏装在光具座支架上，取板和像屏的间距 $L > 4f$（f 为透镜的焦距）。

② 移动透镜，当像屏上出现清晰的放大像和缩小像时，记录透镜所在位置 O_1，O_2 的读数（用左右逼近法读数），算出 O_1O_2 的距离 e。由式（2 - 24 - 6）算出透镜的焦距。

③ 固定物、屏间的距离 L 不变，依步骤及②的要求重复测量 5 次，求出平均焦距 $\bar{f}$ 及其合成不确定度 σ_f，写出结果的表达式 $f_{测} = \bar{f} \pm \sigma_f$。

注意：间距 L 不要取得太大。否则将使一个像缩得很小，以致难以确定凸透镜在哪个位置上时成像最清晰。

3. 凹透镜焦距的测量

测量时需要用一凸透镜作辅助用具。具体的步骤，请参阅"凹透镜焦距的测量原理"一节自己拟定。将测量所得数据填入表 2 - 24 - 3 中，代入式（2 - 24 - 7）求出焦距并求出平均焦距 $\bar{f}$。

4. 观察透镜成像的像差

前面叙述的都是近轴光线成像。在近轴光线范围内，一物体发出的光线，经过透镜折射后，才能得到一个不失原样的像。在实际的一般光学系统中，由于光源的非单色性和未能满足近轴光线的要求（如为了增大像的亮度不恰当地扩大透镜的通光孔径等），使得实际成像的质量下降。实际成像情形与单色近轴光线成像情形之间的差异，称之为像差。像差的类型很多，下面只观察其中的三种像差。

凸透镜成小像时屏的平均位置 B：_____

表2-24-3 测量数据   cm

次数	凹透镜位置	凹透镜成像屏位置			物距	像距	焦距	$\bar{f}$
		左→右	右→左	平均				
1								
2								
3								
4								
5								

① 球差。如果光轴上物点 A 发出的大孔径单色光束，经过透镜的不同部分折射后成像不在一点，就称该透镜的成像有球差（图2-24-5）。

为观察此现象，在透镜前分别置不同半径的圆环形光阑，使光束通过不同的部位，测出对应的像距。以 B_1 表示近轴光的像点，则其他各像点与 B_1 之间的距离表示透镜对应不同光阑时的球差。

实验还观察到：不同的光阑，成像清晰的范围不同。光阑越小，成像清晰范围越大。在照相技术中，成像清晰范围的大小称为景深。换句话说，我们观察到光阑（即照相机的光圈数）越小，景深越大。

② 色差。由于玻璃的折射率随波长不同而略有差异，即使入射光满足近轴的要求，对同一物点，不同波长的光在轴上的像点也不重合，这种现象称为色差（图2-24-6）。

在透镜前置一小孔光阑，再在光源附近分别加红光和蓝光滤色片，测出对应红光和蓝光的像点位置，此两位置读数的差值即为透镜对红光和蓝光的色差。

取下滤色片，观察白光下的成像情形。开始移动像屏，可看到光斑由模糊变为带有彩边的较清晰的像，继续移动像屏又变为模糊光斑。在上述过程中还伴有颜色的变化，试说明此现象。

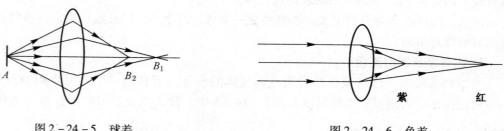

图2-24-5 球差   图2-24-6 色差

③ 像散。按实验内容1所述，调节光学系统达到同轴等高，将透镜明显地偏转一角度，观察到屏上的像将变模糊。现若将物换为被照明的刻有十字的屏板，透镜仍偏转一角度，则在移动像屏时发现十字的水平线和垂直线的成像位置不一致。测出此两位置间的距离，即表示透镜在上述倾斜角度的像散。

由此可见，为了改善透镜成像的质量，尽量减少各种像差，在光学仪器中很少使用单透镜，而是采用多个透镜组成的组合透镜。

附录 共轭法测量凸透镜焦距的数据处理举例

测量数据见表 2-24-4。

物的位置：16.00 cm；屏的位置：128.00 cm

附录表 2-24-1 测量数据 cm

次数	透镜位置			透镜位置			e_i	平均值
	左→右	右→左	平均	左→右	右→左	平均		
1	60.90	62.00	61.45	82.30	83.10	82.70	21.25	$\bar{e} = 21.50$
2	62.00	61.40	61.70	82.80	83.20	83.00	21.30	
3	60.80	61.80	61.30	83.00	83.50	83.25	21.95	$S_e = 0.23$

由数据记录得：$L = 112.00$ cm；$e = 21.50$ cm

① 求出凸透镜焦距的平均值 $\bar{f}$。

由公式 $f = \dfrac{L^2 - e^2}{4L}$，得 $f = \dfrac{112.00^2 - 21.50^2}{4 \times 112.00} = 26.968$（cm）

② 估算 $\bar{f}$ 的测量不确定度。

a. 由方和根合成公式推求合成不确定度 σ_f：

$$\sigma_f = \sqrt{\left(\frac{\partial f}{\partial L}\right)^2 \sigma_L^2 + \left(\frac{\partial f}{\partial e}\right)^2 \sigma_e^2} = \sqrt{\left(\frac{L^2 + e^2}{4L^2}\right)^2 \sigma_L^2 + \left(\frac{e}{2L}\right)^2 \sigma_e^2}$$

b. 估算 L 的合成不确定度 σ_L。

单次测量估读误差引起的不确定度量 U_{L_1}：

$$U_{L_1} = \sqrt{\left(\frac{0.05}{\sqrt{3}}\right)^2 + \left(\frac{0.05}{\sqrt{3}}\right)^2} = 0.041（\text{cm}）$$

导轨标尺的示值误差引起不确定度分量 U_{L_2}：

$$U_{L_2} = \frac{0.1}{3} = 0.033（\text{cm}）$$

则：

$$\sigma_L = \sqrt{U_{L_1}^2 + U_{L_2}^2} = 0.053 \text{ cm}$$

c. 估算 e 的合成不确定度 σ_e。

多次测量的随机误差引起的不确定度分量为：

$$S_e = 0.23 \text{ cm}$$

仪器的示值误差引起的不确定分量 U_e：

$$U_e = \frac{0.1}{3} = 0.033（\text{cm}）$$

则：

$$\sigma_e = \sqrt{S_e^2 + U_e^2} = 0.23 \text{ cm}$$

代入公式 $\sigma_f = \sqrt{\left(\dfrac{L^2 + e^2}{4L^2}\right)^2 \sigma_L^2 + \left(\dfrac{e}{2L}\right)^2 \sigma_e^2}$　求得合成不确定度：

$$\sigma_f = \sqrt{\left(\frac{112^2 + 21.5^2}{4 \times 112^2}\right)^2 \times 0.053^2 + \left(\frac{21.5}{2 \times 112}\right)^2 \times 0.23^2} = 0.026(\text{cm})$$

③ 测量结果为：

$$f_{测} = (26.97 \pm 0.03)\text{cm}$$

思 考 题

① 在什么条件下，物点发出的光线通过由会聚透镜和发散透镜组成的光学系统将得到一实像？

② 试说明用共轭法测凸透镜焦距 f 时，为什么要选取物和像屏的距离 L 大于 $4f$（四倍焦距）。

③ 在测量凸透镜的焦距时，可以利用测得的多组 u，v 值，然后以 $u + v$ 作纵轴，以 uv 作横轴，画出实验曲线。试根据式（2 - 24 - 1）事先推断一下实验曲线将属于什么类型？怎样根据这条曲线求出透镜的焦距 f 呢？

④ 在测量凸透镜的焦距时，还可利用测得的多组 u，v 值，以 v/u（即像的放大倍率）作纵轴，以 u 作横轴，画出实验图线，试问这条实验图线具有什么形状？怎样从这条图线求出焦距呢？

注：对于薄透镜成像公式 $\dfrac{1}{u} + \dfrac{1}{v} = \dfrac{1}{f}$，不同的书所用符号有所不同。公式中各量的计量起点、正负及其涵义，也各有相应的符号规则，本讲义采用了较为通用和简化的叙述。

实验二十五　分光仪的调节和使用

光的折射定律和反射定律定量地描述了光线在传播过程中发生偏折时，角度间的相互关系。同时，光在传播过程中的衍射、散射等物理现象也都与角度有关，一些光学量如折射率、光波波长、色散率等都可通过直接测量有关的角度去确定。因此，精确测定光线的偏折角度是光学实验技术的重要内容之一。

分光仪是一种能精确测量角度的基本光学仪器，常用来测量折射率、光波波长、色散率和观测光谱等。分光仪的基本部件和调节原理与其他更复杂的光学仪器（如单色仪、摄谱仪等）有许多相似之处，学习和使用分光仪也可为今后使用精密光学仪器打下良好基础。

一、实验目的

① 了解分光仪的结构和工作原理。
② 掌握分光仪的调节要求和调节方法。
③ 学会用分光仪测量玻璃棱镜顶角的方法。

二、实验仪器

分光仪一台，钠光灯一个，平行平面镜一个，待测玻璃三棱镜一个。

三、分光仪的构造原理

分光仪的外形结构如图 2 - 25 - 1 所示，它由五个部件组成：底座、平行光管、望远镜、刻度盘和载物平台。

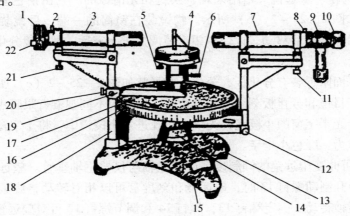

图 2 - 25 - 1　分光仪的外形结构

1—狭缝；2—狭缝套筒锁紧螺钉；3—平行光管；4—载物台；5—载物台水平调节螺钉（3 只）；
6—载物台锁紧螺钉；7—望远镜；8—目镜套筒锁紧螺钉；9—阿贝式自准直目镜；10—目镜视度调节圈；
11—望远镜水平调节螺钉；12—望远镜转动微调螺钉；13—刻度盘制动螺钉；14—望远镜制动螺钉；
15—底座；16—刻度盘；17—游标盘；18—立柱；19—游标盘转动微调螺钉；
20—游标盘制动螺钉；21—平行光管水平调节螺钉；22—狭缝宽度调节螺钉

① 底座。底座 15 中央有一固定轴（即主轴），刻度盘和游标盘套在主轴上，可绕主轴转动，载物台套在主轴上端，可以升降。

② 平行光管。平行光管 3 是用来产生平行光的，原理如图 2 - 25 - 2（a）。它的一端装有会聚透镜，另一端装有有狭缝的套筒，调节螺钉 22 可以改变狭缝的宽度；松开螺钉 2，套筒可以沿光轴前后移动和转动，当狭缝正好移动到物镜的第一焦面上时，由狭缝入射的光经过物镜后射出平行光束。调节螺钉 21 可以改变平行光管的倾斜度。整个平行光管通过立柱 18 固定在仪器基座上。

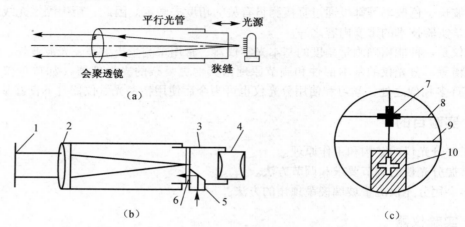

图 2 - 25 - 2　分光仪部件的内部构造
（a）平行光管；（b）自准直望远镜；（c）分划板
1—反射镜；2—物镜；3—目镜套筒；4—目镜；5—全反射棱镜；6—分划板；
7—十字反射像；8—叉丝 G；9—叉丝 H；10—绿色十字窗

③ 自准直望远镜。望远镜 7 是用来观察狭缝和光谱像的。它由消色差物镜和阿贝目镜组成，具体结构如图 2 - 25 - 2（b）所示。物镜装在镜筒的一端，目镜装在另一端的套筒中，目镜套筒可沿光轴前后移动，以便将望远镜调焦于无穷远，即目镜分化板准确位于物镜焦平面上。

在目镜的焦平面附近装有分化板，分化板的形状如图 2 - 25 - 2（c）所示。旋转目镜视度调节圈可以改变目镜和分化板刻线的相对位置，以适应不同观察者眼睛焦距的差异。在分化板旁有一刻有透光十字窗的小棱镜，光线由小孔进入小棱镜中，将十字窗投射出去，自准直望远镜的反射像为一绿色小十字。

调节螺钉 11 可改变望远镜的倾斜度，使其光轴与仪器主轴垂直。望远镜通过支架又与刻度盘相连，当松开制动螺钉 13 时，望远镜和刻度盘可以相对转动，旋紧时，望远镜和刻度盘一起绕仪器主轴转动。固定螺钉 13，螺钉 14 和调节螺钉 12 对望远镜进行转动微调。

④ 载物台。载物平台是一个用来放置棱镜、光栅等光学元件的平台。载物台套在游标盘上，可以绕主轴转动，旋紧载物台锁紧螺钉 6 和游标盘制动螺钉 20，调节游标盘螺钉 19，还可以对载物台进行微调。放松载物台锁紧螺钉 6，载物台可根据需要单独绕轴旋转、升降，调节到所需位置后，再把载物台锁紧螺钉 6 旋紧。台上有夹持待测物的弹簧片，台下有三个水平调节螺钉，用来调节平台的倾斜度。

⑤ 刻度盘和游标盘。套在主轴上的刻度盘和游标盘为分光仪的读数装置。

a. 角游标的读数。JYY－1′型分光仪刻度盘分为 360°，共刻有 720 等份的刻线，最小分格值为 30′，游标盘上相隔 180°处有两个游标读数刻度，它们各有 30 个分格对应于度盘上 29 个分格值。因此通过游标能读出 1′的角值。读数方法按游标原理读取，以游标零线为准，在刻度盘上读出度数和分值，再找游标盘上刚好和刻度盘刻线对齐的那条线，得到分值，然后二者相加。读数示例见图 2 － 25 － 3，刻度盘上读数为 87°30′，游标盘上第 15 条刻线与刻度盘刻线重合，故读数为 87°45′。

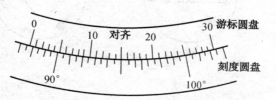

b. 消偏心差。为了提高读数精度，每次读数都必须读取两个游标刻度所示的角度值，然后求平均数。

图 2 － 25 － 3　刻度盘读数示例

目的是为了消除由于刻度盘刻划中心 O 与其旋转中心 O'（即仪器主轴）不重合所引起的偏心差。待测角度为：

$$\varphi = \frac{1}{2}(\mid \varphi_1 - \varphi'_1 \mid + \mid \varphi_2 - \varphi'_2 \mid)$$

式中，φ 为望远镜实际转过的角度值；φ_1、φ_2 为望远镜初始位置的游标"1"和游标"2"的读数；φ'_1、φ'_2 为望远镜转过 φ 角后游标"1"和游标"2"的读数。

特别注意，φ_1 与 φ'_1，φ_2 与 φ'_2 必须一一对应，不能颠倒搞错。另一点必须注意的是，当望远镜在转动过程中 φ 读数通过 360°的位置，即 φ_1 和 φ'_1（或 φ_2 和 φ'_2）分别在 360°位置的两侧时，望远镜转过的角度应当为 $\varphi = 360° - \varphi_1 + \varphi'_1$。什么原理，请同学自己思考。

四、仪器调节要求及步骤

① 目视估计，将载物平台、望远镜和平行光管的光轴尽量调至水平状态。

② 调节望远镜，使之适合观察平行光，并使其光轴与仪器转轴垂直。

a. 使之适合观察平行光。接通电源，从目镜处观察十字分划板，调节目镜视度调节圈，使分划板位于目镜焦平面上，则十字分划板清晰可见。此后目镜位置不能再动。

在小平台上放一平行平面镜［如图 2 － 25 － 4（a）］所示，使平面镜处在平台任意两个调节螺丝的连线的中垂线上，转动小平台，使镜筒光轴与平面镜平面大致垂直。此时应有由望远镜射到平面镜的光线经平面镜反射回来。如果反射光线能进入望远镜，则望远镜不再转动。从目镜处观察由平面镜反射回望远镜中的十字窗像，调节目镜套筒锁紧螺钉，使分划板位于物镜焦平面上，此时可从望远镜中观察到平面镜反射回的清晰十字窗像。至此，望远镜已调节达到适合观察平行光的要求。

b. 用"各半调节"法，使望远镜光轴与载物台转轴垂直，使反射十字窗像位于图［2 － 25 － 4（c）］中的 C 处。当望远镜光轴与平行平面镜的镜面垂直时，望远镜中十字窗像处于 C 处，但当平台转过 180°，使平面镜另一面对准望远镜时，十字窗像很可能在上下方向上偏离 C 处。这说明望远镜光轴与仪器转轴不垂直。此时，调节载物台水平调节螺钉中的 B_1 或 B_2，使像向 C 靠拢一半，剩下的一半调节望远镜水平调节螺钉 11 来完成。再将小平台转过 180°、观看反射的十字窗像，若不在 C 处则仍按以上办法进行"各半调节"，使像位于 C 处，经过三四个回合的调整，直到平行平面镜两面反射的十字窗像都位于 C 处，望远镜光轴才垂直于仪器转轴。望远镜的俯仰角不许再转动。

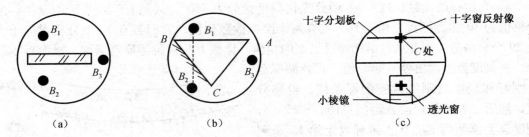

图 2 - 25 - 4　仪器调节

（a）平行平面镜；（b）三棱镜；（c）分划板

这一步的调节要求是：首先，由望远镜出射的光线经由平面镜两面反射时，都能在望远镜中看到反射像；其次，望远镜与小平台各调二分之一；经几次调节使平行平面镜两面反射的像都出现在 C 处。

③ 调节平行光管，使其出射平行光，并使其光轴与望远镜光轴重合。

将望远镜正对平行光管，将光源正对平行光管狭缝，从望远镜里观察被照亮的狭缝。调节狭缝宽度调节螺钉，使光缝尽量小（调节时不要用力过猛以免损坏狭缝），松开狭缝套筒锁紧螺钉，使狭缝处于水平位置。前后移动狭缝位置，使狭缝在分划板上的像清晰可见。此时狭缝位于会聚透镜的焦平面上，从平行光管出射的是平行光。调节平行光管水平调节螺钉，使光缝像处在望远镜分划板水平直径中央，再将缝转回到竖直位置，使光缝像位于竖直直径中央。再拧紧狭缝套筒锁紧螺钉，这一步是通过调节平行光管水平调节螺钉，调整平行光管仰俯角，最后使平行光管光轴与望远镜光轴重合。

至此，分光仪已调好，可以使用了。

五、测量练习：三棱镜顶角测定

为了正确测出三棱镜顶角，还要调节小平台，使三棱镜主截面与刻度盘平行。

① 使三棱镜的主截面与刻度盘平行：把三棱镜如图 [2 - 25 - 4 （b）] 放置在小平台上，使棱镜的一个光学面与平台的两螺丝钉连线 B_1B_2 垂直。旋转小平台，使棱镜一个光学面（AB）正对望远镜，调节 B_1B_2 中的一个螺钉，使由 AB 面反射回望远镜的十字窗像位于 C 处（千万不可调节望远镜）。转动小平台，使棱镜的 AC 面对准望远镜，并调节载物台的第三个螺钉 B_3，使像位于 C 处。如此反复调节几个回合，使由 AB，AC 面反射的十字窗像均位于 C 处，这时两个平面 AB，AC 的法线一定和转轴垂直，而棱镜主截面就与刻度盘平行（分光仪在制作时其转轴与刻度盘垂直）。

② 测定三棱镜顶角：旋转望远镜，使棱镜光学面 AB 反射的十字窗像位于分划板 C 处。固定望远镜（拧紧望远镜制动螺钉）和平台，由两个游标刻度读出 φ_1 及 φ_2（首先确定两游标刻度编号 1 和 2，从而 1 号游标读数为 φ_1，2 号游标读数为 φ_2）。松开望远镜制动螺钉，转动望远镜，使其对准棱镜的另一光学面 AC，并使由 AC 反射的十字窗像位于 C 处。固定望远镜，记下此时两个游标刻度的角度 φ_1' 和 φ_2'。

则望远镜转过的角度 φ（如图 2 - 25 - 5 所示）：

$$\varphi = \frac{1}{2}\left[\,|\,\varphi_1 - \varphi_1'\,| + |\,\varphi_2 - \varphi_2'\,|\,\right]$$

而棱镜顶角：

$$A = 180° - \varphi$$

以上测量过程应注意 φ_1，φ_2，φ_1'，φ_2' 不能搞颠倒，否则将出现错误结果。

　　重复测量三次，求出转角的平均值 $\bar{\varphi}$ 及其标准偏差 $S_{\bar{\varphi}}$。如果不考虑分光仪的测角误差，求出顶角 A 的测量结果及其测量不确定度 σ_A，写出测量结果的表达式。

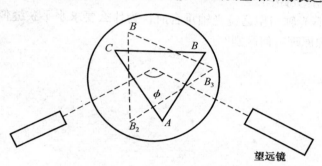

图 2 − 25 − 5　测定三棱镜顶角

六、数据处理

将测量结果填入表 2 − 25 − 1 中。

表 2 − 25 − 1　测量结果 （°）

测量序数 n	AB 为反射面		AC 为反射面	
	φ_1	φ_2	φ_1'	φ_2'
1				
2				
3				
平均值				
平均值的标准偏差	$S_{\bar{\varphi}1} =$	$S_{\bar{\varphi}2} =$	$S_{\bar{\varphi}'1} =$	$S_{\bar{\varphi}'2} =$

其中

$$S_{\bar{\varphi}_i} = \frac{\sqrt{\sum_{i=1}^{3}(\varphi_i - \bar{\varphi})^2}}{n(n-1)}$$

则：

$$\varphi = \frac{1}{2}\left[\,|\,\bar{\varphi}_1 - \bar{\varphi}_1'\,| + |\,\bar{\varphi}_2 - \bar{\varphi}_2'\,|\,\right]$$

$$A = 180° - \varphi$$

$$\sigma_A = S_{\bar{\varphi}} = \frac{1}{2}\sqrt{S_{\bar{\varphi}_1}^2 + S_{\bar{\varphi}_2}^2 + S_{\varphi_1'}^2 + S_{\bar{\varphi}_2'}^2}$$

所以三棱镜顶角的测量结果为：

思 考 题

预习思考题:

由于测微鼓轮中螺距间总有间隙存在,当测微鼓轮刚开始反向旋转时会发生空转,从而引起读数误差(称为空回误差),实验时应如何避免?

实验二十八　研究衍射光栅及测定光波波长

衍射光栅是利用多缝衍射原理使光波发生色散的光学元件，它由大量相互平行，等宽、等间距的狭缝组成。由于光栅具有较大的色散率和较高的分辨本领，所以它是研究光谱时普遍采用的重要光学元件。

一、实验目的

① 学会测量光栅常数、角色散率。
② 学会用光栅测定光波波长。

二、实验仪器

分光仪，光栅，水银灯。

三、原理

光栅 G（如图 2 – 28 – 1）有 N 个宽度为 a 的狭缝，相邻两狭缝间不透明部分宽为 b，$a + b = d$ 称为光栅常数。当一束平行光垂直照射到光栅上，将在每个狭缝处发生衍射，而 N 个狭缝发出的光还要发生干涉。所以在屏上所观察到的是 N 个单缝衍射图样的相干叠加结果。

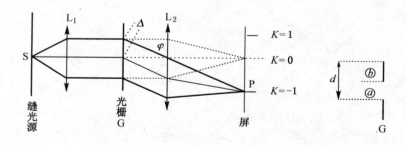

图 2 – 28 – 1　衍射光栅原理图

相邻两狭缝射来的对应光线（具有相同衍射角）到达 P 点的光程差为：

$$\Delta = (a + b)\sin \varphi = d\sin \varphi \qquad (2 - 28 - 1)$$

当光程差 Δ 满足条件：

$$(a + b)\sin \varphi = K\lambda \quad (K = 0, \pm 1, \pm 2\cdots) \qquad (2 - 28 - 2)$$

则在透镜焦平面上形成明条纹，称为主极大条纹。式中，φ 为衍射角；λ 为光波波长；K 为光谱级数。当 $K = 0$ 时，任何波长都满足极大条件，所以在 $\varphi = 0$ 处出现中央混合色亮条纹。对于 K 的其他值，则不同的 λ 对应于不同的 φ 角，因此复色光通过光栅衍射后，将在中央亮条纹两侧对称分布开各级不同波长的亮条纹，从而把复色光分解成单色光。

由式（2-28-2）可知，当已知光波波长 λ，并测得其第 K 级的衍射角 φ_K 时，就可确定光栅常数 d。反之，当已知光栅常数 d 时，测得某未知波长光线的衍射角 φ_K，又可根据式（2-28-2）求得该光波的波长 λ。

衍射光栅的基本特性由它的分辨本领和角色散率来表征。这里只讨论光栅的角色散率。角色散率是同一级光谱中两条谱线的衍射角之差 $\Delta\varphi$ 与它们的波长差 $\Delta\lambda$ 的比值，即：

$$D = \frac{\Delta\varphi}{\Delta\lambda} \qquad (2-28-3)$$

对式（2-28-2）微分可得出：

$$D = \frac{d\varphi}{d\lambda} = \frac{K}{(a+b) \cdot \cos\varphi} = \frac{K}{d \cdot \cos\varphi} \qquad (2-28-4)$$

由式（2-28-4）可以看出，当某一级光谱 K 和光栅常数 d 为常量时，D 正比于 $1/\cos\varphi$，衍射角 φ 越大，角色散率 D 越大。对不同波长 λ_1，λ_2，衍射角 φ_1，φ_2 也不相同，所以对于 λ_1，λ_2 的角色散率也就不一样。但若两个波长很邻近时，它们的衍射角相差也就很小，则在这两波长范围内的角色散率可以视为常数，而且可以通过测量两波长的衍射角来测定该波长处的角色散率：

$$D = \frac{\Delta\varphi}{\Delta\lambda}$$

四、仪器调节

为了能正确测量光栅的衍射角，仪器装置必须满足下列条件。

① 望远镜光轴垂直于分光仪转轴，且能接收平行光。

② 平行光管光轴垂直于分光仪转轴，且能出射平行光。

③ 光栅平面垂直于入射的平行光，且衍射角平面平行于刻度盘。

为实现以上三个条件，必须首先根据"分光仪的调节"实验中的步骤要求，使分光仪达到：望远镜光轴垂直于分光仪的转轴，且能接收平行光；平行光管能出射平行光且其光轴也与分光仪转轴垂直。以上两步调好后，再调节光栅，以满足正确测量衍射角所应保证的条件。调节光栅步骤如下：

① 调节光栅面和入射的平行光垂直。方法：用水银灯照亮平行光管狭缝，缝宽调节要适当，将望远镜竖直直径对准平行光管的狭缝像中央，并固定望远镜位置。将光栅按图 2-28-2（a）放置在载物台上，轻轻转动载物台以便从望远镜中观察由光栅反射回来的十字窗像；调节载物台倾斜螺丝 B_1，B_2，并转动载物台，使反射回来的十字窗像处在分划板上部十字中心处。此时光栅平面就和望远镜垂直。同时也和平行光管垂直，达到了平行光束垂直入射到光栅平面的要求。将载物台位置固定，并在整个实验中，不再转动载物台的位置。

② 用望远镜观察光栅光谱［图 2-28-2（b）］，使光栅刻痕线取竖直方向。先从望远镜中观察 0 级亮条纹，然后转动望远镜观察 $K = \pm1$ 级谱线。如果在 0 级两侧看到的谱线有上升或下降情况（即不等高），说明光栅刻痕未取竖直方向，应调节载物台倾斜螺丝 B_3，使观察到的各条谱线都等高。这样，就达到了光栅衍射角所在的平面与刻度盘平行的要求。

由于光栅的安放位置不可能非常准，在调节载物台倾斜螺丝 B_3 的过程中，原先已和望远镜垂直的光栅平面的状态可能会受到破坏。因此①，②步调节需要反复进行多次，直到光栅面垂直望远镜光轴，同时正、负级两侧光谱都要等高才算满足测量要求。

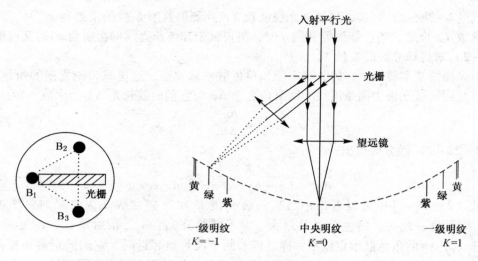

图 2 - 28 - 2 调节光栅示意图
(a) 光栅位置图；(b) 用望远镜观察光栅光谱

五、实验步骤

① 用水银灯光谱中 $\lambda = 5\ 461\ \text{Å}$ 的绿线测量光栅常数 d。
根据式：

$$d = \frac{K\lambda}{\sin\varphi_K}$$

用分光仪测出 $K = 1$ 级的 5 461 Å 光谱线的衍射角 φ_K，就可算出光栅常数 d。由于衍射光栅光谱对零级的极大是对称的，为提高测量精度，在测第 K 级光谱时应测出 $+ K$ 级和 $- K$ 级的光谱位置 θ，θ'，两位置之差为 $2\varphi_K$。即 $\varphi = \dfrac{1}{2}\left(\dfrac{\theta_1 - \theta'_1}{2} + \dfrac{\theta_2 - \theta'_2}{2}\right)$

② 测定水银光谱中两条黄线波长 λ_1，λ_2。用分光仪测出两条黄光的 $K = 1$ 级衍射角 φ_{K_1}，φ_{K_2}，则由公式 $\lambda = \dfrac{d\sin\varphi_K}{K}$ 和式（2 - 28 - 1）中求出的光栅常数 d，就可算出待测黄光的波长 λ_1，λ_2。

③ 由测得的两黄线波长 λ_1，λ_2 及其对应的衍射角 φ_{K_1}，φ_{K_2} 确定角色散率 D。

六、记录数据及处理

将测定结果记入表 2 - 28 - 1，表 2 - 28 - 2 中。

① 测定光栅常数 d。

表 2 - 28 - 1 测量光栅常数

波长/Å	级数 K	衍射角位置读数 θ/（°）			衍射角/（°）	光栅常数/mm
		游标刻度	+ K	- K		
5 461 Å	1	左游标				
		右游标				

$d =$ 　　　mm

② 测定水银光谱中两条黄线的波长。

表 2 - 28 - 2　测定波长

水银黄线	级数 K	衍射角位置读数 $\theta/$ （°）			衍射角/ （°）	波长/Å
		游标刻度	$+K$	$-K$		
黄 1	1	左游标				
		右游标				
黄 2	1	左游标				
		右游标				

$\lambda_1 =$ 　　　Å

$\lambda_2 =$ 　　　Å

③ 确定水银两黄线处的角色散率：

$$D = \frac{\Delta\varphi}{\Delta\lambda} = \qquad \text{弧度}/Å$$

④ 若分光仪的最大测角误差为 $\Delta\theta = \pm1'$，试估算光栅常数 d 及波长 λ_1，λ_2 的测量误差 Δd、$\Delta\lambda_1$、$\Delta\lambda_2$ 及其测量结果表达式。

参考公式：

$$\Delta d = d\sqrt{\left(\frac{d}{K\lambda}\right)^2 - 1} \cdot \Delta\theta; \qquad \Delta\lambda = \sqrt{\left(\frac{d}{K}\right)^2 - \lambda^2} \cdot \Delta\theta$$

思 考 题

预习思考题：

① 实验中狭缝宽度为何不宜过大？宽度过小又有什么问题？应该怎么调合适？

② 如果平面光栅的两玻璃平面不完全平行，则在调节望远镜与光栅面垂直的过程中将会看到什么现象？

课后思考题：

① 为什么要保证入射光线垂直入射到光栅平面？怎样调节才能保证？

② 光栅刻痕不平行于分光仪转轴的衍射条纹是否会变斜？从什么现象可以判断刻痕不平行于仪器转轴？怎样调节才行？

注意：

① 预习本实验时，必须首先仔细复习"分光仪的调节"实验内容。

② 本实验 K 取 ±1 时不要误测 $K = \pm2$ 或其他的谱线。

③ 不要用手去摸或用擦镜纸去擦拭光栅表面。

实验二十九　单缝衍射光强分布的测量

一、实验目的

① 掌握使用光硒电池测量相对光强分布的方法。

② 通过对夫琅和费单缝衍射的光强分布曲线的绘制，加深对光的衍射现象和理论的理解。

二、实验仪器及其结构

测量时把各仪器按图 2 - 29 - 1 所示组装。

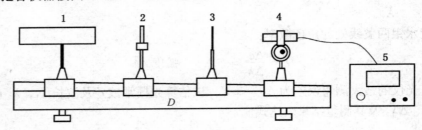

图 2 - 29 - 1　测量一维光强分布

1—激光器；2—单缝或双缝等二维调节架；3—小孔屏；4——维光强测量装置；5—检流计

三、实验原理

光的衍射现象分为两大类：夫琅和费单缝衍射和菲涅尔衍射。夫琅和费单缝衍射指的是光源和衍射屏到狭缝的距离都是无限远（或相当于无限远）的情况，如图 2 - 29 - 2 所示。将狭缝光源 S′ 置于透镜 L_1 的焦平面上，由 S′ 发出的光通过 L_1 后成为平行光，垂直照射在狭缝 S 上。根据惠更斯—菲涅耳原理，狭缝上每一点都可以看成是发射子波的新波源。由于子波叠加的结果，在透镜 L_2 第二焦平面上，可以得到一组平行于狭缝的明暗相间的衍射条纹。使用氦氖激光进行上述实验时，鉴于氦氖激光光束具有良好的方向性，光束细锐，能量集

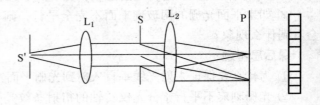

图 2 - 29 - 2　夫琅和费单缝衍射原理图

中，加之一般衍射狭缝宽度 a 很小，故准直透镜 L_1 可以省略不用。

如果将观察屏放置在距离狭缝较远处，D 远大于 a，则聚焦透镜 L_2 亦可省略。

如图 2 - 29 - 3 所示，设屏幕上 P_0 处（P_0 位于光轴上）是中央亮条纹的中心，其光强为 I_0，根据计算结果，屏幕上与光轴方向成 θ 角的 P_θ 处的光强为：

$$I_\theta = I_0 \frac{\sin^2\beta}{\beta^2} \quad \left(\beta = \frac{\pi a \sin\theta}{\lambda}\right) \qquad (2 - 29 - 1)$$

式中，a 为狭缝宽度；λ 为入射单色光的波长。由式（2 – 29 – 1）得到：

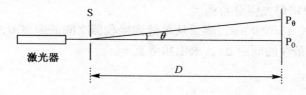

图 2 – 29 – 3　单缝衍射示意图

① 当 $\beta = 0$（即 $\theta = 0$）时，P_θ 处的光强是最大值，称主极大。

② 当 $\beta = m\pi$（$m = \pm 1$，$\pm 2\cdots$）即 $a\sin\theta = m\lambda$ 时，$I_\theta = 0$，出现暗条纹。由于 θ 值实际上很小，因此暗条纹出现在 $\theta = \dfrac{m\lambda}{a}$ 的方向上，显然主极大两侧暗纹之间的角间距 $\Delta\theta_1 = \dfrac{2\lambda}{a}$ 为其他相邻暗纹之间角间距 $\Delta\theta = \dfrac{\lambda}{a}$ 的两倍。

③ 除了主极大以外，两相邻暗纹之间都有一个次极大，这些极大的位置出现在 $\beta = \pm 1.43\pi$，$\pm 2.46\pi$，$\pm 3.47\pi\cdots$ 处，其相对光强依次为 0.047，0.017，0.008 等。夫琅和费单缝衍射的光强分布如图 2 – 29 – 4 所示。

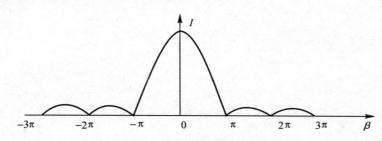

图 2 – 29 – 4　夫琅和费单缝衍射的光强分布

四、实验步骤

① 如图 2 – 29 – 1 所示，安排实验仪器，打开激光器，调节各元件共轴，狭缝铅直，使激光垂直照射于可调狭缝 2 的刀口处。在离狭缝 D 距离处放置观察屏，使屏上衍射图样清晰、对称、最亮并且条纹间距适当，以便于测量。

② 将如图 2 – 29 – 1 所示的电路连接好，注意极性。由于夫琅和费单缝衍射光强分布中，主极大与次极大之间光强相差很大（约几十倍），因此，应适当设定（调节）检流计的零点（不一定在度盘的零点）、检流计的灵敏度、电阻箱的阻值和狭缝宽度，使得测主极大光电流时检流计的指针不跑出度盘之外，也能较灵敏地测量出各次极大光电流值。

③ 激光器稳定半小时后，才能进行测量。调节测微器 4 上的狭缝手轮，缝宽要适当（控制光电流，使检流计的指针不跑出调好的量程），并通过衍射图样的对称中心，旋转横向微调手轮使测微器的进光从衍射图样的左边第二个最小的位置到右边第二个最小的位置，（或者相反方向进行逐点扫描，但每次扫描只能向一个方向进行，以避免手轮产生空程，这相当于改变衍射角 θ，每转一圈狭缝移动 0.5 mm，记录一次光强值（实际记录的是光电流值，既检流计偏转的格数；光强与光电流成正比）。在扫描时，应注意将主极大、次极大和

极小的位置及光强值，准确记录下来。以横向微调手轮的读数 x 为横坐标，对应的光电流值为纵坐标，描绘出单缝衍射光强分布曲线。

④ 已知激光的波长 $\lambda = 650$ nm，测量从单缝到接收器之间的距离 D，从光强分布曲线图读出 $\beta = \pm \pi$ 处两条暗条纹的间距 Δx，求出单缝宽 a。

实验三十 光的偏振

一、实验目的

① 观测光的偏振现象。
② 了解产生和检验偏振光的一般方法。
③ 了解 $\lambda/4$ 和 $\lambda/2$ 波片的作用。

二、实验仪器

光源，偏振片，波片，硅光电池，光点检流计，光具座等。

三、实验原理

光是电磁波且是横波，其电矢量振动方向与传播方向垂直。自然光，它的电矢量振动在垂直于光的传播方向的平面内的所有可能方向，而且没有一个方向占优势。在一个固定的平面内，如果电矢量只沿一个固定方向振动，这种光称为线偏振光；若光波的电矢量振动只在某一确定方向上占优势，则称为部分偏振光。获得偏振光的常用方法有下列几种：

1. 反射起偏（如图 2 – 30 – 1）

当光线斜射向非金属的光滑平面上（例如水、玻璃、陶瓷、塑料等）时，反射光和透射光都会发生偏振现象，其偏振程度决定于光的入射角。当入射角为某一特定值 φ_b 时，反射光成为线偏振光，其振动面垂直于入射面，这时的入射角 φ_b 称为起偏角。起偏角 φ_b 和反射界面两物质的折射率 n_1，n_2 间有下列关系 $\tan \varphi_b = n_2/n_1$，此关系为布儒斯特定律。

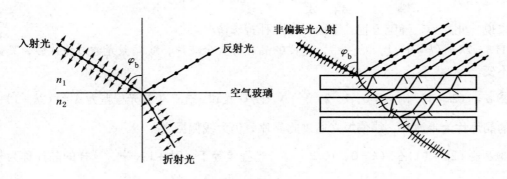

图 2 – 30 – 1 光的反射起偏

自然光以起偏角 φ_b 入射至一叠平行玻璃片堆上时，折射出的光束因逐渐失去垂直入射面的振动成分而变成程度不同的部分偏振光，玻璃片越多，则折射出的光越接近线偏振光。

2. 选择性吸收产生偏振

某些二向色性晶体（如硫酸碘奎宁、硫酸金鸡钠碱、电气石、人造偏振膜片等）对两个相互垂直的电矢量振动具有不同的吸收本领，这种选择吸收性质，称为二向色性，当自然光通过二向色性晶体或膜片时，其中一种振动成分几乎被完全吸收，而另一种与之垂直的振动成分几乎没有损失，因此，透射光就成为线偏振光，如图 2 - 30 - 2 所示。

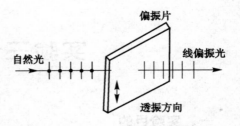

图 2 - 30 - 2　偏振片的起偏作用

3. 双折射产生偏振

当自然光入射到某些双折射晶体（如方解石、石英等）时，在晶体内分解为两束传播方向稍有差别的偏振光，即寻常光（O 光）和非常光（e 光）。入射光在某一特定方向入射时，光线不发生双折射，这个方向称为晶体光轴；通过光轴并与晶体表面垂直的平面，称为主截面。

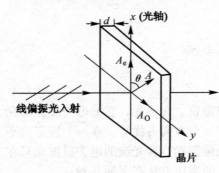

图 2 - 30 - 3　波晶片的作用

当振幅为 A 的线偏振光垂直入射到表面平行于光轴的双折射晶片时，若振动方向与晶片光轴夹角为 θ，则在晶片表面上 O 光和 e 光的振幅分别为 $A\sin\theta$ 和 $A\cos\theta$，如图 2 - 30 - 3，它们的相位相同。O 光和 e 光在晶片中有不同的传播速度，经过厚高为 d 的晶片后，它们的位相差 δ 为：

$$\delta = \frac{2\pi}{\lambda}(n_O - n_e)d$$

式中，λ 为入射光在真空中的波长；n_O 和 n_e 分别为晶片对 O 光和 e 光的折射率，由于 O 光和 e 光振动方向相互垂直，合振动方程式为：

$$\frac{X^2}{A_O^2} + \frac{Y^2}{A_e^2} - 2\frac{XY}{A_O A_e}\cos\delta = \sin^2\delta$$

一般来说，此式为一椭圆方程，下面讨论几种特殊情况。

① $\delta = 2k\pi$（$k = 0$，1，2，…），这样的晶片称为全波片，线偏振光通过波片后，其偏振状态不变。

② $\delta = (2k+1)\pi$（$k = 0$，1，2，3 …），使 O 光和 e 光产生的光程差为 $\Delta = (2k+1)\frac{\lambda}{2}$，这样的晶片称为半波片，线偏振光通过此晶片后仍为线偏振光。

③ $\delta = (2k+1)\frac{\pi}{2}$（$k = 0$，1，2 …），光程差等于 $(2k+1)\frac{\lambda}{4}$，这样的晶片称为 $\frac{\lambda}{4}$ 波片，当线偏振光照在 $\frac{1}{4}$ 波片上，一般地说，通过 $\frac{1}{4}$ 波片的光为正椭圆偏振光，但在 $\theta = 0$，$\frac{\pi}{2}$ 时得到线偏振光；$\theta = \frac{\pi}{4}$ 时得到圆偏振光，如图 2 - 30 - 4。

鉴别光的偏振状态的过程叫检偏，它所用的装置称为检偏器。按照马吕斯定律，强度为 I_0 的线偏振光通过检偏器后，透射光的强度为：

$$I = I_0\cos^2\theta$$

式中，θ 为入射光偏振方向与检偏器偏振轴之间的夹角，如图 2 - 30 - 5 所示。

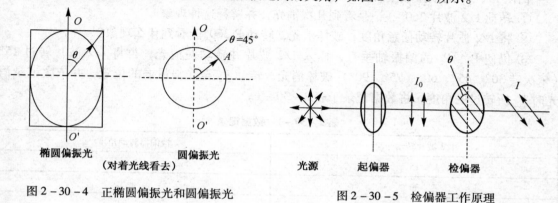

椭圆偏振光   圆偏振光

（对着光线看去）

图 2 - 30 - 4 正椭圆偏振光和圆偏振光

光源   起偏器   检偏器

图 2 - 30 - 5 检偏器工作原理

四、实验内容和步骤

1. 用起偏器和检偏器鉴别自然光和偏振光（装置如图 2 - 30 - 6）

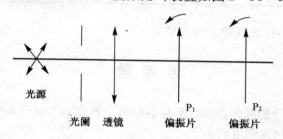

光源

光阑   透镜   偏振片   偏振片

图 2 - 30 - 6 起偏和检偏装置示意图

① 鉴别自然光；在光源至光屏的光路上插入偏起器 P_1，旋转 P_1，观察光屏上光斑强度的变化情况。

② 鉴别偏振光：在偏起器 P_1 后面再检偏器 P_2。固定 P_1 的方位，旋转 P_2 360°观察光屏上光斑强度的变化情况。

③ 以光电转化装置代替光屏接受 P_2 出射的光束，从消光位置开始旋转 P_2，每转过 10°记录一次相应的光电流值 I，共转 90°，在坐标纸上做 I—$\cos^2\theta$ 图线（90°≤θ≤180°），数据表格自拟。

2. 观察椭圆偏振光和圆偏振光

先使 P_1、P_2 的偏振轴垂直，在 P_1 与 P_2 间插入 1/4 波片，转动波片使 P_2 后的光屏仍处于消光状态。

① 旋转 P_2 360°观察光屏上光斑强度的变化，写出观察结果。

② 将 P_1 转过 20°，旋转 P_2 360°观察光屏上光斑强度的变化判断偏振类型，写出观察结果。

③ 将 P_1 转过 45°，旋转 P_2 360°观察光屏上光斑强度的变化判断偏振类型，写出观察结果。

附录 II　常用的显影液和定影液的配方

1. D－72 显影液（底片相纸通用）

配　方	作　用
（1）温水　30 ℃ ~45 ℃　750 mL	
（2）米吐尔 $[CuH_6(OH)NHCH_3]$ $\frac{1}{2}H_3SO_3$　3.1 g	显影剂，快速还原剂，显出影像较软
（3）无水亚硫酚（Na_2SO_3）45 g	保护剂，防止药液氧化，使显出银粒细小。
（4）对苯二酚　$[C_6H_4(OH)_2]$　12 g	慢速显影剂，显影温度要求高，显出影像较硬
（5）无水碳酸钠（Na_2CO_3）67 g	促进剂
（6）溴化钾（KBr）1.9 g	控制剂，防止产生灰雾

温水溶解后，加水至 1 000 mL。

2. D－76 微粒显影液（用于底片）

配　方	作　用
（1）温水　50 ℃　750 mL	
（2）米吐尔　2 g	显影剂
（3）无水亚硫酸钠　100 g	保护剂
（4）几奴尼（对苯二酚）　5 g	显影剂
（5）硼砂（$Na_2B_4O_7 \cdot 10H_2O$）　2 g	促进剂

加水至 1 000 mL。

其中：米吐尔属于急性显影剂，显影能力强并快速，所得影像反差小。

几奴尼属于缓性显影剂，显影能力较米吐尔低，所得影像反差较大，显影液中上述两者兼用，可以相互补偿优缺点。

亚硫酸钠属于保护剂，因水能溶解空气中的氧，易使显影剂发生氧化作用，亚硫酸钠与氧的化合能力极强，能抢先与氧化合起来，这样对显影液起到保护作用。

碳酸钠属于促进剂，它本身是碱性物质，因为显影液对盐进行显影时，会产生一定数量能限制银盐还原的酸性物质，而碳酸钠可与其中和，不使显影中途停止，起到了促进显影的作用。

溴化钾属抑制剂，加入显影液后可增加溴离子 Br^- 的含量，在显影时，能阻止未感光部分溴化银的溴离子 Br^- 电离，也限制了感光部分银粒子 Ag^+ 的还原，防止底片或照相纸产生灰雾以致色调变暗，所以它对银盐还原起了抑制作用。

3. F－5 酸性坚膜定影液（相纸、底片通用）

配　方	作　用
（1）热水　60 ℃ ~70 ℃　600 mL	
（2）结晶硫代硫酸钠（$Na_2S_2O_3 \cdot 5H_2O$）240 g	定影剂（溶去感光的溴化银）
（3）无水亚硫酸钠　15 g	保护剂（使硫代硫酸钠遇酸时不易分解）

（4）醋酸（CH_3COOH）30%　45 mL　　　　停显剂，中和显影液

（5）硼砂（H_6BO_3）　7.5 g　　　　　　　坚膜剂

（6）硫酸铝钾矾［$K_2Al_2(SO_4)_2 \cdot 24H_2O$］　　D – 19 高反差强力显影剂（全息照相
　　15 g　　　　　　　　　　　　　　　　用）

加水至 1 000 mL

配　方	作　用
（1）温水 50 ℃　800 mL	
（2）米吐尔　2 g	显影剂
（3）无水亚硫酸钠　90 g	保护剂
（4）对苯二酚　3 g	显影剂
（5）无水碳酸钠　48 g	促进剂
（6）溴化钾　5 g	抑制剂

溶解后加水至 1 000 mL。显影温度为 20 ℃ ～25 ℃，显影时间为 3 ～5 min。

定影液中的大苏打对未显影的银盐具有溶解能力，亚硫酸钠为保护剂，醋酸的作用是中和显影剂中的碱性物质。硼酸的作用，是防止定影液污染而变色，并巩固醋酸和钾矾的性能。钾矾能对感光材料的乳剂膜起坚膜作用，防止乳剂层脱落或在定影水洗过程中擦伤等作用。

在配制所需药液时，各药品必须严格按配方的温度、分量和次序，依次溶完一种，再加一种，为了加速溶解，可不断搅拌，新配好的溶液需静置 5 ～12 h 后再使用。

附录Ⅲ　照相纸的选择

为了使反差强弱不同的底片都能印出满意的照片，通常要备有几种性能稍有不同的印相纸，分为 1 号（软性）、2 号（中性）、3 号（中性偏硬）和 4 号（硬性）等。这样就可以根据底片的反差选择合适的印相纸或放大纸，相互调整，以取得较好的效果。现将选配原则列表如下：

底片反差程度	相纸性能	所得结果
强	软（1 号）	良（反差正常）
中	中（2，3 号）	良（反差正常）
弱	硬（4 号）	良（反差正常）

实验三十三　彩色照片的扩印

一、实验目的

① 了解彩色成像的基本原理和光与颜色的关系。
② 初步掌握 G70 彩色放大机的操作使用。
③ 掌握彩色印相的方法。

二、实验仪器

G70 彩色放大机一台，钠光灯或黄色光灯二台，恒温器二个，彩色显影液和彩色定影液，彩色相纸、日光灯一台，电吹风一个，洗相盘及竹夹子若干。

三、实验原理

在彩色摄影中常把红、绿、蓝色光称作三原色光，而把青、品红、黄色光称作三补色光，每一种原色光是由两种补色光组成，而每一种补色光则由两种原色光组成，这些光的波长为 3 950 ~ 6 800 Å，原色光同补色光的关系可用色光六星图来说明，如图 2 - 33 - 1。

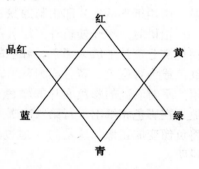

图 2 - 33 - 1　色光六星图

在六星图中，对角相对的互为补色，每一种原色光由两相邻补色光组成，如红色 = 品 红 + 黄色，每一种补色光由其两相邻原色光组成，如黄色 = 红色 + 绿色。近代摄影中，经常采用的是在感光片上生成染料的方法，利用光的可分解性，分层生成染料，将景物的颜色记录或还原。

1. 彩色感光材料的结构

多层彩色片按照生成染料的方式分类，可生成内偶式及外偶式两种；由所用的成色剂来分类，可分成油溶性，水溶性两种；按使用方法，又可分为负片、正片、相纸、反转片、中间片等多种，但不管其分类如何，多层彩色片都含有三种基本乳剂层，这三层乳剂分别形成黄色、品红、青色或红、绿、蓝三种单色影像。为了满足照相上的其他要求，增加其他许多涂层，有的彩色片竟达十余层之多。现以彩色负片（即胶卷）为例综合介绍如下：

彩色负片的层数排列从片基向上数起：

① 片基。

② 底（膜）层。这是为了增加片基与乳剂层的黏附性而涂上的一种辅助涂层。

③ 加了增感剂的感红乳剂层，这种感红层实际包括两层：靠底层的是橙红色罩层，它可以校正青染料颜色不纯的缺点；在橙红色罩层上面有一层感红层，经彩色显影后生成青色染料的乳剂层。

④ 不含卤化银的明胶间隔层，这是防止染料串层用的一种辅助涂层。

⑤ 加了增感剂的感绿乳剂层。它实际上包括两层：下层是黄色罩层，用来校正品红染料颜色不纯的缺点，上层是感绿层，红色显影后生成品红色染料的乳剂层。

⑥ 不含卤化银的明胶间隔层。

⑦ 黄滤色层。由极细微的黄色胶体银组成，因其本身为黄色，所以能吸收蓝光，使下面的几层乳剂不再受蓝光的干扰。

⑧ 没有增剂的感蓝乳剂层。经彩色显影后生成黄色染料的乳剂层。

⑨ 保护膜层。可以防止胶片在生产或使用过程中产生摩擦灰雾。

以上介绍的是彩色负片常用的正型排列方式，即最上层为黄色染料，中间层为品红色染料，下层为青色染料。有些多层片，例如彩色正片，则常采用倒型排列，即将品红色染料放在最上层、黄色染料放在最下层，将青色染料放在中间层。这样排列由于采用了氯化银乳剂，所以感光速度有所损失，但对提高影像的清晰度是有好处的。

2. 彩色照片颜色的还原过程

一张照片的彩色影像是怎样获得的呢？这就是原景的色彩如何在照片上还原的问题。

彩色照片是由彩色底片印放出来的，所以整个影像的还原过程，就是原景物被负片记录，由相纸再从底片印出与原景物色彩一样照片的程序。

拍摄时，曝光使负片三层乳剂全部感光，彩色显影后，三层乳剂都出现颜色。原影物的白色部分负片上成为黑色，红色的成为淡青色，绿色的成为淡品红色，蓝色的成为橙色，橙红色成为青蓝色，黄色成为蓝色，品红色成为绿色，青色成为红色，黑色的成为橙红色的色罩。平时看到的彩色底片的颜色正好是原景物的补色加上彩色色罩的综合色。通过彩色印放，在彩色相纸上进行第二次曝光，使相纸的三层乳剂生成颜色，再次生成各色相应的补色将负像变成正像，这是与上述过程相似的相反过程。整个过程可以用图 2 - 33 - 2 来简单说明。

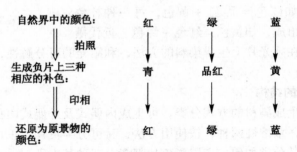

图 2 - 33 - 2　彩色照片颜色的还原过程

3. 校正照片偏色

校正照片偏色是彩色照片制作工作中很重要的环节。凡是制作一张彩色照片都需要校正偏色，这也是制作彩色照片不同于制作黑白照片的一个特点。

所谓校正照片偏色，就是消除掉照片上不应该存在的多余的颜色，使照片上的各部分颜色都能真实地表现出来。一般所采用的校正照片偏色的方法是减色法，使用黄色、品红色、青色滤色片。

确定照片偏色是校正偏色的前提，看不准偏色就谈不上校正偏色。确定照片偏色可以从各种不同的角度去观察。由于每个人对颜色的感受能力不同，并同个人的经验有很大的关系，下面介绍的是确定照片偏色的一般原则：

① 采用平衡校正的方法。当照片存在偏色时，它的低密度和高密度都偏某一种颜色。那么这张照片上处于各级密度的各种景物也普遍盖罩某一种色彩，而把本身的颜色掩盖起来了。校正偏色就是为了把各种景物共有的那种色调去掉，使景物本身的颜色表现出来，这种校正颜色的方法叫做平衡校正。

② 观察偏色以照片的中间密度为主适当考虑照片的低密度和高密度。

③ 确定照片偏色程度以正确曝光为前提。试验样片时，不但有偏色，也伴随着曝光多少而引起的色调变化，一张照片在既有偏色、又有曝光不正确的情况时，它们两者的关系需要结合起来考虑。

④ 观察照片画面的灰色部位。彩色照片上表现景物的灰色程度，最能说明照片颜色的平衡程度，是鉴别一张照片是否偏色的依据。

⑤ 利用第一印象。当你拿起彩色照片时，第一眼给你什么样的感觉，是红色调、还是青色调，是蓝色调、还是紫色调，这叫第一印象，利用第一印象，可以帮助你校正照片上的偏色，特别是对偏色不太严重，接近于正常色调的样片，有一定的作用。

4. 确定照片偏色程度

当观察出照片有偏色，并分清了主要和次要偏色，紧接着需要解决的问题就是要估计出照片偏色的大致程序，需要多少单位的校正滤色片。这个问题很难用几句话就回答清楚。这是由于照片偏色程序的估计是在自己实践的基础上逐步认识的。只要经过一段时间的工作，不断从实践中加以对比分析，就能比较正确地估计出偏色的程度。

5. 校正滤色片的使用方法

在确定了照片偏色，并分清了主要偏色和次要偏色，又确定了照片的偏色程度之后，就要使用校正滤色进行印相或放大，应该怎样正确使用校正滤色片呢？

前面谈到减色法放大中使用的补色滤色片是黄色、品红色、青色三种，具体使用时，有时只使用其中一种滤色片，比如黄色，或者品红色，或者青色滤色片。而大多数时用两种滤色片，比如黄色加品红色，或者黄色加青色，或者品红色加青色滤色片。不应同时使用三种滤色片，因为三种滤色片同时使用，就等于加了一层中性灰色。正因为校正滤色片只能使用两种或一种。因此在使用方面就出现了两种情况：

① 照片偏什么颜色就增加该颜色的滤色片。如照片偏黄色，就增加黄色滤色片，照片偏青色，就增加青色滤色片。表面上看起来，似乎偏什么色增加什么滤色片不是加重偏色了吗？事实并非如此。因为所谓照片偏黄色，就是说，第一层的黄色密度大于第二层和第三层（正型材料为例）。那么要校正掉照片上的黄色，就需要将第二层和第三层的黄色密度升高，那么第二层需要感受绿光，第三层需要感受红光，又由于绿光＋红光＝黄色光，因此增加黄色光才能产生蓝色影像，也才能抵消掉照片上的黄色。所以照片上偏黄色时，就需要增加黄色滤色片来校正。

② 照片偏什么颜色就减少该偏色的补色滤色片。比如照片偏黄色，就可以减少黄色的互补色——蓝色滤色片。这同前面方法的效果是一致的。照片偏黄色，说明第一层感受蓝光过多，那么可以减少蓝色光（即品红光＋青色光）的方法，使第一层少感光，黄色染料的生成便会降下来。

便可得知滑线电阻与负载应怎样匹配。

实验目的

做出滑线电阻的限流特性曲线和分压特性曲线。

实验提示

限流器的电路如图 3 – 2 – 1 所示。

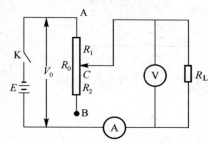

图 3 – 2 – 1　限流器的电路图

电流的最大值和最小值分别为：

$$I_{max} = \frac{V_0}{R_L}; \qquad I_{min} = \frac{V_0}{R_L + R_0}$$

这就是电流的调节范围。R_0 愈大，I_{min} 愈小，调节范围愈大。同时还要考虑调节时对电流控制的线性程度。

负载 R_L 上的电流为：

$$I = \frac{V_0}{R_L + R_0 - R_2} = \frac{V_L I_{max}}{R_L + R_0 - R_2}$$

引进参数 $x = R_2/R_0$，$k = R_L/R_0$，可得：

$$\frac{I}{I_{max}} = \frac{k}{k + 1 - x}$$

对于不同的 k 值，x 与 I/I_{max} 的关系如图 3 – 2 – 2 所示。由曲线可知：

① 负载 R_L 上的电流不可能为零，且 k 越大，电流可调范围越小。

② k 越大，调节范围越小但线性度较好。

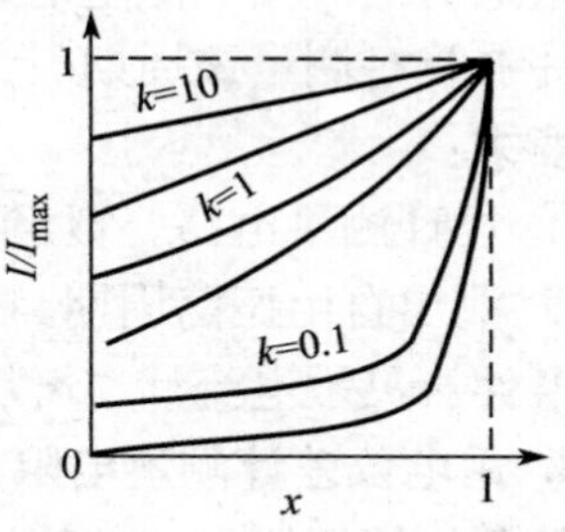

分压器的电路图如 3 – 2 – 3 所示。

随滑线变阻器触头位置的变动，R_L 上的电压 V 就从 0 变到 V_0，调节范围和变阻器阻值 R_0 无关。触头在任意位置，即任意 R_2 值，负载 R_L 上的电压为：

$$V = \frac{R_2 R_L}{R_1(R_2 + R_L) + R_2 R_L} V_0$$

图 3 – 2 – 2　I/I_{max} 关系图

同样引入参数 $x = R_2/R_0$，$k = R_L/R_0$，可得：

$$\frac{V}{V_0} = \frac{xk}{x + k - x^2}$$

对于不同的 k 值，x 与 V/V_0 的关系如图 3 – 2 – 4 所示，由图可以看出：

① 当 $k \geqslant 1$ 时，V/V_0 在整个范围内均匀变化，且有足够的调节范围故通常取 R_0 接近于负载 R_L。

② $k < 1$，曲线出现突变部分，不易调到某些电压值。

实验条件

直流稳压电源，滑线变阻器，电阻箱，电压表，毫安表等。

2. 用伏安法测电阻 R_X

任务：用伏安法测电阻，要求相对误差 $\dfrac{\Delta R_X}{R_X}$ 小于 1.5%，由此选择仪器和测量条件。

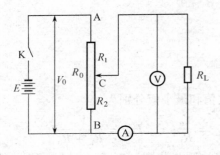

图 3 - 2 - 3　分压器电路图

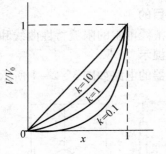

图 3 - 2 - 4　x 与 V/V_0 关系图

要求：

① 定出电表的级别。

② 定出电表的量程。

③ 定出电压电流的测量范围。

条件： 9 V 直流电源，滑线电阻，不同级别、多量程的电压表，电流表，待测电阻 R_x 约 100 Ω。

3. 测定灵敏电流计的自由振荡周期

任务： 灵敏电流计的线圈一般受到三个力矩的作用，即磁偏转力矩、悬丝的扭力矩以及电磁阻尼力矩。当电磁阻尼力矩为零时的振荡叫自由振荡，相应的周期叫自由振荡周期。实验的任务就是测量该周期。

要求：

① 设计测量电路，拟定实验方案。

② 测出自由振荡周期。

条件： 灵敏电流计，滑线电阻，标准电阻，电阻箱，电源，伏特表，秒表等。

4. 用电位差计测量电阻

任务： 用箱式电位差计测量未知电阻 R_x（约为 10 Ω）。

要求：

① 拟定测量方案，设计测量电路。

② 进一步熟悉箱式电位差计的使用。

条件： UJ - 31 型电位差计，直流稳压电源，检流计，标准电池，1.5 V 甲电池，标准电阻（10 Ω），滑线电阻器，未知电阻等。

第三节　光学设计实验

1. 用试深法测定透明固体与液体的折射率

任务： 从空气中看水底的物体时总觉得其位置升高了，请根据一些现象设计一实验，测定透明固体（有机玻璃砖）和液体（水）的折射率。

要求：

① 扼要写出实验原理、测量公式，画出光路图。

② 正确选用仪器，测出所需各值，计算出折射率 n，其相对误差应小于 3%。

条件：读数显微镜，有机玻璃砖，其他自选。

2. 用双棱镜测量钠光灯波长

任务：设计一实验利用双棱镜测量钠光波长 $\lambda_{钠}$。

要求：说明原理，画出光路图，列出测量公式，写出简要实验步骤，测定数据并计算 $\lambda_{钠}$。

条件：光具座全套，测微目镜，钠光灯，双棱镜，其他所用仪器、工具自选。

3. 用分光仪测定液体（水）的折射率

任务：根据折射极限法原理设计一实验，在分光仪上测定流体（水）的折射率。

要求：说明原理，画出光路图，推导出测量公式，拟定实验步骤，测出数据并计算 $n_{水}$。

条件：分光仪，钠光灯，待测液体（蒸馏水），其他所用仪器、材料自选。

4. 用偏振光测定玻璃相对空气的折射率

任务：根据偏振光的性质及产生偏振光的方法，设计一实验，测出玻璃相对空气的折射率 n。

要求：说明原理，画出光路图，推导测量公式，拟定实验步骤，测出数据并计算 n。

条件：分光仪，检偏器，照明光源，其他自选。

5. 利用干涉法测定电容纸厚度

任务：设计一实验，利用干涉法原理测定电容纸的厚度。

要求：说明实验原理，推导测量公式，画出光路图，简述实验步骤，测出电容纸厚度。

条件：所需仪器设备、光源、用具自选。

6. 测定一双凸透镜的曲率半径

任务：设计一实验，利用光的干涉原理测出双凸透镜的曲率半径。

要求：叙述实验原理，推导测量公式，画出光路图，扼要说明实验步骤，测出双凸透镜的曲率半径。

条件：待测双凸透镜一块，其他所用仪器、用具自选。

7. 分光仪用途综述

任务：利用所学知识，综述分光仪有哪些用途，并用有关实验加以说明。

要求：

① 查阅有关资料，利用所学知识，综述分光仪的各种用途。

② 对于每一种用途，应扼要阐明实验原理、测量公式，画出光路图，拟定实验步骤，并具体进行实验加以测定。

条件：分光仪一台，其他所需光学元件、光源自选。

8. 综述测定波长的各种方法

任务：利用所学知识，综述测定波长的各种方法，并用有关实验加以说明。

要求：

① 查阅有关资料，利用所学知识，综述测定波长的各种方法。

② 对于每一种测定波长的方法均应扼要阐明实验原理，所需实验条件（包括所需仪器），测量公式，画出光路图，拟定实验步骤并具体进行实验，加以测定。

条件：钠光灯，激光器及电源，汞灯，其他所需仪器、光源、用具自选。

9. 设计制作全息光栅片

任务：根据全息原理，设计一个光路图，拍摄一个全息光栅片。

要求：

① 简述实验原理及制作过程，画出光路图。

② 拍摄一张全息光栅片

③ 设计一方法测出光栅片每毫米为多少条。

条件：全息实验台（含所需附件），其他条件自选。

10. 设计制作幻灯片

任务：设计制作一张投影仪用幻灯片。

要求：将分光仪结构图制成一张黑白幻灯片，简要说明制作过程及注意事项。

条件：DF 照相机一台，分光仪结构图一张。其他仪器设备及材料自选。

第四节　综合设计实验

1. 音叉共振观测

任务：观察音叉受迫振动现象，用所提供的仪器测出共振频率。

要求：

① 利用所提供的仪器设计音叉受迫振动装置，画出装置图。

② 用示波器观察音叉随频率作受迫振动现象，并用所给仪器测出共振频率。

③ 画出共振频率附近的频率 f 与振幅 A 的曲线图。

条件：音叉，电动线圈，低频信号发生器，示波器，放大器，压电传感器，稳压电源。

2. 李萨如图形观测

任务：给定不同固有频率的音叉，把两相互垂直，且不同频率的机械振动，用光反射的方法合成李萨如图形光环。

要求：

① 了解不同音叉有不同固有频率特性。

② 把机械振动合成的李萨如图用光的办法演示出来。

③ 由所提供的仪器设计出装置图。

④ 一个音叉固有频率已知，用此种办法测其他的音叉固有频率。

条件：

若干不同固有频率音叉（其中有一个音叉的固有频率已知），He—Ne 激光器，胶底反光纸，反光镜，光屏。

3. 微波的迈克尔逊干涉

任务：用迈克尔逊干涉法测微波波长。

要求：

① 掌握迈克尔逊干涉法。

② 弄清微波与光波对反射物体的要求。

③ 测微波波长。

条件： 微波发生器，转动仪，接收器，微波半反射半透射板，微波反射板。

4. 测固体的线膨胀系数

任务： 用光的干涉法测固体线膨胀系数。

要求：

① 用迈克尔逊干涉仪改制。

② 掌握干涉法测微小长度的方法。

③ 测固体线膨胀系数。

条件：

迈克尔逊干涉仪，钠光灯，待测圆柱体，夹制固体的部件（自己设法制作）。

5. 用惠斯登电桥给光敏二极管定标

任务： 绘光敏二极管电阻与光照强度的曲线。

要求：

① 用惠斯登电桥测不同光照下光敏二极管电阻的电阻值。

② 利用聚光灯和调光电路调节光照强度。

③ 自己设计调光电路，并推算聚光灯电流与光照的关系。

④ 绘出光照度（聚光灯功率）与光敏二极管电阻的关系曲线。

条件： 惠斯登电桥，聚光灯稳压源，调压器，光敏二极管。

6. 研究金属电阻丝的电阻与形变关系

任务： 电阻丝形变后会发生电阻变化，测出电阻与形变之间的关系。

要求：

① 熟悉开尔文电桥原理和使用方法。

② 利用光杠杆或干涉法测形变。

③ 用开尔文电桥测电阻丝电阻。

④ 绘出形变 dL/L 与电阻变化率 dR/R 间关系曲线。

条件： 自选实验室中的仪器。

7. 电加热法测液体的比热容

任务： 用电加热法测水的比热容。

要求：

① 用热电偶测水温。

② 掌握比热容的概念。

③ 电加热的能量要全部被水吸收。

条件：

杜瓦瓶两支，电加热器，电压表，电流表，热电偶，冰块若干，秒表。

附　表

附表1　常用物理量的国际单位制

类别	物理名称	单位名称	单位符号		用其他 SI 单位表示
			中　文	国　际	
基本单位	长度	米	米	m	
	质量	千克	千克	kg	
	时间	秒	秒	s	
	电流	安培	安	A	
	热力学温标	开尔文	开	K	
	物质的量	摩尔	摩	mol	
	光强度	坎得拉	坎	cd	
辅助单位	平面角	弧度	弧度	rad	
	立体角	球面度	球面度	sr	
导出单位	面积	平方米	米^2	m^2	
	速度	米每秒	米/秒	m/s	
	加速度	米每秒平方	米/秒^2	m/s^2	
	密度	千克每立方米	千克/米^3	kg/m^3	
	频率	赫兹	赫	Hz	s^{-1}
	力	牛顿	牛	N	m·kg/s^2
	压强、压力	帕斯卡	帕	Pa	N/m^2
	功、能量、热量	焦耳	焦	J	N·m
	功率、辐射通量	瓦特	瓦	W	J/s
	电量、电荷（量）	库仑	库	C	s·A
	电势、电压、电动势	伏特	伏	V	W/A
	电容	法拉	法	F	C/A
	电阻	欧姆	欧	Ω	V/A
	磁通	韦伯	韦	Wb	V·s
	磁感应强度	特斯拉	特	T	Wb/m^2
	电感	亨利	亨	H	Wb/A
	光通量	流明	流	lm	
	光照度	勒克斯	勒	1x	lm/m^2
	黏度	帕斯卡秒	帕·秒	Pa·s	

附表 2　基本物理常数（1986 年国际推荐值）

量	符号	数值	单位	不确定度（×10⁻⁶）
光速	c	299 792 458	m/s	（精确）
真空磁导率	μ_0	$4\pi \times 10^{-7}$	N/A²	（精确）
真空介电常数 $1/\mu_0 c^2$	ε_0	8.854 187 817	$\times 10^{-12}$ F/m	（精确）
牛顿引力常数	G	6.672 59（85）	$\times 10^{-11}$ m³/(kg·s²)	128
普朗克常数	h	6.626 075 5（40）	$\times 10^{-34}$ J·s	0.60
基本电荷	e	1.602 177 33（49）	$\times 10^{-19}$ C	0.30
电子质量	m_e	0.910 938 97（54）	$\times 10^{-30}$ kg	0.59
电子荷质比	$-e/m_e$	−1.758 819 62（53）	$\times 10^{11}$ C/kg	0.30
质子质量	m_p	1.672 623 1（10）	$\times 10^{-27}$ kg	0.59
里德伯常数	R_∞	1.097 373 153 4（13）	$\times 10^{7}$/m	0.001 2
精细结构常数	a	7.297 353 08（33）	$\times 10^{3}$	0.045
阿伏伽德罗常数	N_A，L	6.022 136 7（36）	$\times 10^{23}$/mol	0.59
摩尔气体常数	R	8.314 510（70）	J/(mol·K)	8.4
玻尔兹曼常数	k	1.380 658（12）	$\times 10^{-23}$ J/K	8.4
摩尔体积（理想气体）$T = 273.15$ K $P = 101\ 325$ Pa	V_m	22.414 10（29）	$\times 10^{-3}$ m³/mol	8.4
圆周率	π	3.141 592 654		
自然对数底	e	2.718 281 828		
对数变换因子	ln10	2.302 585 093		

附表3　20 ℃时常见固体和液体的密度

物质	密度/(kg·m^{-3})	物质	密度/(kg·m^{-3})
铝	2 698.9	窗玻璃	2 400 ~ 2 700
铜	8 960	冰	800 ~ 920
铁	7 874	石蜡	792
银	10 500	有机玻璃	1 200 ~ 1 500
金	19 320	甲醇	792
钨	19 300	乙醇	789.4
铂	21 450	乙醚	714
铅	11 350	汽油	710 ~ 720
锡	7 298	弗利昂 – 12	1 329
汞	13 546.2	变压器油	840 ~ 890
钢	7 600 ~ 7 900	甘油	1 260
石英	2 500 ~ 2 800	食盐	2 140
水晶玻璃	2 900 ~ 3 000		

附表4　标准大气压下不同温度的纯水密度

温度/℃	密度/(kg·m^{-3})	温度/℃	密度/(kg·m^{-3})	温度/℃	密度/(kg·m^{-3})
0	999.841	17.0	998.774	34.0	994.371
1.0	999.900	18.0	998.595	35.0	994.031
2.0	999.941	19.0	998.405	36.0	993.68
3.0	999.965	20.0	998.203	37.0	993.33
4.0	999.973	21.0	997.992	38.0	992.96
5.0	999.965	22.0	997.770	39.0	992.59
6.0	999.941	23.0	997.538	40.0	992.21
7.0	999.902	24.0	997.296	41.0	991.83
8.0	999.849	25.0	997.044	42.0	991.44
9.0	999.781	26.0	996.783		
10.0	999.700	27.0	996.512		
11.0	999.605	28.0	996.232	50.0	988.04
12.0	999.498	29.0	995.944	60.0	983.21
13.0	999.377	30.0	995.646	70.0	977.78
14.0	999.244	31.0	995.340	80.0	971.80
15.0	999.099	32.0	995.025	90.0	965.31
16.0	998.943	33.0	994.702	100.0	958.35

附表5　在海平面上不同纬度处的重力加速度

纬度/（°）	g/（m·s^{-2}）	纬度/（°）	g/（m·s^{-2}）
0	9.780 49		
5	9.780 88	50	9.810 79
10	9.782 04	55	9.815 15
15	9.783 94	60	9.819 24
20	9.786 52	65	9.822 94
25	9.789 69	70	9.826 14
30	9.793 38	75	9.828 73
35	9.797 46	80	9.830 65
40	9.801 80	85	9.831 82
45	9.806 29	90	9.832 21

附表6　部分金属的杨氏弹性模量

金属名称	杨氏弹性模量	
	/GPa	/（×10^{10} N·m^{-2}）
铝	69～70	7.0～7.1
钨	407	41.5
铁（钢）	186～206	19.0～21.0
铜	103～127	10.5～13.0
金	77	7.9～8.1
银	68～80	7.0～8.3
锌	78	8.0
镍	203	21.4
铬	235～245	24.0～25.0
合金钢	206～216	21.0～22.0
碳钢	169～206	20.0～21.0
康铜	160	16.3

注：杨氏弹性模量值与材料结构、化学成分、加工成分、加工方法关系密切。实际材料可能与表中罗列的数值有所不同。

附表 7 部分金属合金的电阻率及温度系数

金属或合金	电阻率/（μΩ·m）	温度/℃
铝	0.028	42×10^4
铜	0.017	43×10^4
银	0.016	40×10^4
金	0.024	40×10^4
铁	0.098	60×10^4
铅	0.205	37×10^4
铂	0.105	39×10^4
钨	0.055	48×10^4
锌	0.059	42×10^4
锡	0.12	44×10^4
水银	0.958	10×10^4
伍德合金	0.52	37×10^4
碳钢（0.10% ~ 0.15%）	0.10 ~ 0.14	6×10^4
康铜	0.47 ~ 0.51	$(-0.4 \sim +0.1) \times 10^4$
铜锰镍合金	0.34 ~ 1.00	$(-0.3 \sim +0.2) \times 10^4$
镍铬合金	0.98 ~ 1.10	$(0.3 \sim 4) \times 10^4$

注：电阻率与金属中的杂质有关，表中列的数据为 20 ℃时的平均值。

附表 8 常温下部分物质相对空气的折射率

物质 / 折射率 波长	$H_α$/（656.3 nm）	D 线/（589.3 nm）	$H_β$ 线/（186.1 nm）
水（18 ℃）	1.334 4	1.333 2	1.337 3
乙醇（18 ℃）	1.360 9	1.362 5	1.366 5
二硫化碳（18 ℃）	1.619 9	1.629 1	1.654 1
玻璃（轻）	1.512 7	1.515 3	1.521 4
玻璃（重）	1.612 6	1.615 2	1.621 3
燧石玻璃（轻）	1.603 8	1.608 5	1.620 0
燧石玻璃（重）	1.743 7	1.751 5	1.772 3
方解石（寻常光）	1.654 5	1.658 5	1.667 9
方解石（非寻常光）	1.484 6	1.486 4	1.490 8
水晶（寻常光）	1.541 8	1.544 2	1.549 6
水晶（非寻常光）	1.550 9	1.553 3	1.558 9

附表9 常用光源谱线波长

物质	谱线/nm	颜色	物质	谱线/nm	颜色
H(氢)	656.28	红	Ne(氖)	626.65	橙
	486.13	绿蓝		621.73	橙
	434.05	蓝		614.31	橙
	410.17	蓝紫		588.19	黄
	397.01	蓝紫		585.25	黄
He(氦)	706.52	红	Na(钠)	589.592(D_1)	黄
	667.82	红		588.995(D_2)	黄
	587.56(D_3)	黄	Hg(汞)	623.44	橙
	501.57	绿		579.07	黄
	492.19	绿蓝		576.96	黄
	417.31	蓝		546.07	绿
	447.15	蓝		491.60	绿蓝
	402.62	蓝紫		435.83	蓝
	388.87	蓝紫		407.78	蓝紫
Ne(氖)	650.65	红		404.66	蓝紫
	640.23	橙	He-Ne激光	632.8	橙
	638.30	橙			

参 考 文 献

［1］丁慎训，张连芳．物理实验教程［M］．北京：清华大学出版社，2002.
［2］钟读敏．大学物理实验［M］．合肥：中国科技大学出版社，1995.
［3］曹正东，何雨华，孙文光．大学物理实验［M］．上海：同济大学出版社，2003.
［4］周殿清．大学物理实验［M］．武汉：武汉大学出版社，2002.
［5］陆廷济，胡德敬，陈铭南．物理实验教程［M］．上海：同济大学出版社，2000.
［6］沈元华，陆申龙．基础物理实验［M］．北京：高等教育出版社，2003.